mtb

Zum Buch:

Als Summer in Willowbeck ankommt, überschwemmen sie die Erinnerungen an ihre Mutter. Vor ihrem Tod hat diese hier ein kleines Bootscafé geführt. Doch auch auf dem Schiff ist so einiges im Argen. Die Kaffeemaschine ist kaputt, das Kuchenangebot erbärmlich, und nicht alle Bewohner des Städtchens wünschen Summer Erfolg. Doch zum Glück hält das Flussvolk zusammen. Besonders Valerie, die beste Freundin ihrer Mutter, ist immer da – und irgendwie auch Mason vom Nachbarboot und sein frecher Terrier. Nach und nach wird alles leichter, bis Summer die Wahrheit über Mason erfährt und plötzlich nicht mehr weiß, ob sie ihm noch vertrauen kann …

„Ein Buch wie eine liebevolle Umarmung"

Kristy Greenwood

Zur Autorin:

Cressy wurde im Südosten Londons geboren. Schon immer liebte sie Bücher und studierte schließlich Englisch. Heute lebt sie gemeinsam mit ihrem Ehemann David in Norwich.
Wenn sie gerade einmal nicht schreibt, dann liest sie oder macht Urlaub in ihrer Heimat London und an der wunderschönen Küste Norfolks.

Lieferbare Titel:

Leinen Los – Ein Jahr voller Hundeglück

Cressida McLaughlin

Wenn die Liebe Anker wirft

Roman

Aus dem Englischen von
Martina Takacs

mtb

MIRA® TASCHENBUCH
Band 26054

1. Auflage: September 2017

Deutsche Erstveröffentlichung

Titel der englischen Originalausgabe:
The Canal Boat Café

erschienen bei: Harper
An imprint of HarperCollins*Publishers*

Published by arrangement with
HarperCollins*Publishers* Limited, UK

Umschlaggestaltung: büropecher, Köln
Umschlagabbildung: Büropecher / Illustration von Roland Pecher
Redaktion: Christiane Branscheid
Satz: GGP Media GmbH, Pößneck
Printed in Germany
Dieses Buch wurde auf FSC®-zertifiziertem Papier gedruckt.
ISBN 978-3-95649-684-4

www.mira-taschenbuch.de

Für David, für alles.

Danksagung

Jede einzelne Minute des Schreibens an diesem Buch habe ich genossen und dabei jede Menge Unterstützung und Ermutigung erfahren.

Einen Riesendank spreche ich an Kate Bradley aus, die eine wundervolle Person und Lektorin ist und mich immer in die richtige Richtung steuert, an mich glaubt und nie versagt, wenn es darum geht, mir ein Lächeln zu entlocken. Ich bin so froh, mit ihr arbeiten zu dürfen! Dasselbe gilt für das ganze HarperCollins-Team, mit dem einfach alles fröhlich, spannend und leicht über die Bühne geht – zumindest aus meiner Sicht, wenn auch vielleicht nicht aus der des Teams. Mein besonderer Dank geht an Charlotte Brabbin, die außergewöhnlich geduldig und überhaupt brillant ist, an Katie Moss, Kim Young, Martha Ashby und Ann Bissell, außerdem an Alice Stevenson und Alexandra Allden, dafür, dass sie aus meinen Worten ein so ansprechendes Päckchen mit richtig fantastischem Cover gemacht haben. An meine Lektoren und Korrektoren, die bei verschiedenen Phasen meines Buches mitgewirkt haben, entweder an Teilen oder dem vollständigen Roman: Rhian McKay, Kati Nicholl, Anne O'Brien und Linda Joyce. Ich bin voll Anerkennung für alles, was sie geleistet haben, um meine Worte in Form zu bügeln.

Vielen Dank an die brillante und unermüdliche Hannah Ferguson. Sie ist ein Traum von Agentin, und ich kann es immer noch nicht fassen, dass ich mit ihr zusammenarbeite.

An Kirsty Greenwood und Alex Brown, die Gurus der Bücherwelt, die mir mehr geholfen haben, als ich es ausdrücken kann, und mir herzensgute Freunde geworden sind. Was würde ich nur ohne euch tun?

Ich bin von einigen tollen Autoren inspiriert – und unermüdlich ermutigt – worden. Hier muss ich Katie Marsh, Isabelle Broom, Vicky Walters, Lisa Dickenson, Lucy Robinson, Holly Martin, Cesca Major, Katey Lovell und Elly Griffiths nennen, doch ich könnte die Liste endlos fortsetzen.

Ihr alle, die ihr meine Bücher gelesen, über sie getweetet oder mir dazu Nachrichten geschrieben habt, ihr seid es, für die all die Arbeit sich lohnt. Über Jahre habe ich davon geträumt, dass Leser zu mir Kontakt aufnehmen, um mir mitzuteilen, wie sehr sie meine Geschichten lieben oder durch sie berührt werden, und jetzt geschieht das wirklich. Ich danke euch fürs Lesen und dafür, dass ihr euch die Zeit nehmt, mich anzusprechen.

Ich habe auf Kanalbooten immer nur Urlaubsfahrten gemacht und hatte nie mit den alltäglichen Schwierigkeiten zu tun, die es mit sich bringen, auf einem zu wohnen, darum musste ich der Genauigkeit halber beim Recherchieren auf Bücher zurückgreifen. Besonders hilfreich waren: „The Liveaboard Guide: Living Afloat on the Inland Waterways“ von Tony Jones und „How to Live on a Canal Boat: An Alternative Lifestyle“ von Vaughan Tucker. Sämtliche Fehler sind also auf mein Unverständnis bezüglich der richtigen Funktionsweise der Boote zurückzuführen.

Mein Dank an Anne für ihre Freundschaft und ihr Bootswissen und für die Bellinis am Erscheinungstag, an Katy C., dafür, dass sie generell einfach genial ist, und für die Namensvorschläge zu Protagonisten zukünftiger Bücher. Eines Tages erwischt sie bestimmt einen, mit dem auch ich mich wohlfühle, wenn ich ihn benutze, aber höchstwahrscheinlich wird es nicht Willimon sein. Dank auch an Judy, Lisa und Sandra, auch wenn ich sie längst nicht oft genug zu Gesicht bekomme, aber ihre Liebe und ihre Unterstützung sind selbst über die Entfernung superwichtig; an Kate G., dafür, dass sie die Dinge in die richtige Perspektive gerückt und mich stets und ständig zum Lachen gebracht hat.

Dank auch an Mum und Dad, die mich ins Sevenoaks Wildlife Reserve gebracht haben, als ich klein war, und meine Liebe zur Natur erweckten – und für den unvergesslichen Eisvogel-Augenblick. Ohne ihre Unterstützung und ihre fortwährende Bereitschaft, zuzuhören und Ratschläge zu geben, würde ich all dies gar nicht machen. Danke auch an Lucy, dass sie eine echte große Schwester ist.

Dank an David, den wunderbarsten und geduldigsten Ehemann, der mich ohne zu zweifeln von Anfang an unterstützt und Netflix von vorn bis hinten abgegrast hat, während ich mich zum Schreiben verkroch, der mir Kaffee gebracht und mich wundervoll bekocht hat, ohne sich auch nur ein einziges Mal zu beschweren. Er hat das hier möglich gemacht, und ich werde ihm auf ewig für seine Liebe und Großzügigkeit dankbar sein. Ich weiß, dass ein Teil von ihm allzu gern auf einem Boot leben würde, und weil ich mich in den Lebensstil vertieft habe, um dieses Buch zu schreiben, reizt es mich mittlerweile auch selbst, doch ein Problem gibt es dabei, welches ich nie lösen könnte: Wo würde ich bloß all unsere Bücher verstauen?

BAND 1

Alle Mann an Bord

1. Kapitel

Summer Freeman umklammerte das Lenkrad mit vor Aufregung klammen Fingern, als sie auf das Betonrechteck einbog, das sich stolz als „Parkplatz Willowbeck" ankündigte.

Alles war genau wie früher: die abgewetzte Markierung der Parkbuchten, der Hinweis am Parkautomaten, dass man von November bis März hier gebührenfrei parken durfte, der Holzpfosten mit den Pfeilen, die einem den Weg wiesen: „Black Swan", „Fluss Great Ouse" und „Leinpfad". Eine dünne Eisschicht überzog die Oberkante der Schilder und verlieh ihnen etwas Weihnachtliches, obwohl es bereits Mitte Februar war.

Kein Schild zeigte zum „Bootscafé", was Summers Mutter Madeleine stets ein Dorn im Auge gewesen war. „Weshalb bekommt der blöde Pub eins, kann man bei uns nicht ebenso gut essen und trinken?", hatte sie sich echauffiert. Immer wieder dieselbe Diskussion, aber genau genommen immer wieder scherzhaft. Aus dem Wettbewerb mit Dennis und Jenny Greenway, den Besitzern des Pubs, hatte Madeleine einen regelrechten Sport gemacht, zumindest solange sie alle noch befreundet gewesen waren – bevor alles sich unwiderruflich verändert hatte.

Summer parkte in der hintersten Ecke neben dem Lieferwagen der Metzgerei, man hätte denken können, sie wollte auf keinen Fall gesehen werden. In den letzten acht Monaten hatte sie oft an Willowbeck gedacht, und das in sehr lebendigen Bildern, aber an eine Rückkehr war bis vor Kurzem nicht einmal zu denken gewesen. Von Cambridge aus, wo sie wohnte, fuhr man vierzig Minuten bis hierher, und das Studio, in dem sie als Schriftmalerin arbeitete – heute würde man wohl Werbetechnikerin sagen –, lag noch dazu in der entgegengesetzten Richtung. Den Weg nach Norden, vorbei an der imposanten Silhouette der Ely-Kathedrale, hätte sie an diesem Morgen selbst im Schlaf gefunden, dabei war es ein ganzes Weilchen her, dass sie die Strecke das letzte Mal gefahren war. Das Café der Mutter gehörte nun ihr, doch sie hatte es wie ein kaputtes Spielzeug einfach links liegen gelassen. Die Vorstellung, dort den Platz ihrer Mutter einzunehmen, schmerzte einfach zu sehr.

Sie schwang sich aus dem Auto, und kleine Atemwölkchen stiegen vor ihr in die Höhe, so kalt war es. Frierend schloss sie den alten Polo ab, zog den roten wollenen Mantel enger um den Körper und ging langsam über den Platz. Alles umher wirkte an diesem Februarmorgen wie ausgestorben, ihre Schritte hallten weit. Wenn doch nur Latte hier wäre, dachte sie. Ihre junge Hündin, ein süßer kleiner Bichon Frisé, schaffte es immer, sie aufzumuntern, aber weil Summer nicht genau wusste, was heute auf sie zukommen mochte, hatte sie das Fellknäuel lieber gar nicht erst mitgenommen. Nicht dass der kleine Hund ständig im Weg herumsprang oder sie am Ende gar nicht wusste, wo sie ihn unterbringen sollte.

Zum Fluss gewandt, stand sie auf der Straße. Rechts sah sie die Rückseite der kurzen Ladenzeile von Willowbeck, wie sie wusste, die Metzgerei von Adam und seinem Sohn Charlie, daneben der Zeitschriftenladen, in dem mehr Ansichtskarten verkauft wurden als Zeitungen, und ein kleiner Souvenirshop. Sie mochte die weichen Pastelltöne und die gemütliche Atmosphäre dort, inmitten der Regale voller Kerzen, Kissen und Türschilder mit Sprüchen über Hunde und über das Leben auf dem Fluss. In ihrer kleinen Wohnung in Cambridge hing ein Schild, das ihre Mutter einst in dem Laden gekauft hatte. „Wär' ich doch auf meinem Boot“, stand darauf. Summer war die letzten acht Monate ganz und gar nicht dieser Meinung gewesen, aber mittlerweile stand sie unter Zugzwang.

Links von ihr erhob sich der Black Swan, ein großes, cremefarbenes Gebäude mit schwarzem Anstrich rund um Türen und Fenster. Auf dem Rasen, der zum Fluss hin sanft abfiel, standen einige Picknicktische. Drunten am Ufer erstreckten sich die Anlegeplätze von Willowbeck, genügend für sechs Kanalboote, die typischen schmalen, langen Hausboote für englische Binnengewässer, welche man der Länge nach hintereinander am Leinpfad festmachen konnte. Vier der Anlegestellen waren Dauerplätze von Ortsansässigen, einer von ihnen hatte ihrer Mutter gehört.

Summer holte tief Luft und schlenderte weiter. Langsam geriet der Fluss in ihr Blickfeld, der heute dunkel, jedoch beinahe gläsern wirkte. Kahle Bäume warfen lange Schatten auf den Pfad am jenseitigen Ufer. Sie lächelte, als ein älteres Paar mit einem Jack-Russel-Terrier vorbeispazierte, der eifrig den Boden beschnupperte.

Alle Dauerliegeplätze waren besetzt. Die Moonshine, Valeries lilafarbenes Boot, lag am linken Reihenende, dem Pub am nächsten, direkt neben dem Bootscafé. Die Lichter im Café brannten, aber die Luke an der Seite war geschlossen und die kleine Kuchentafel draußen fehlte. Summer schluckte. Sie wusste, es lag nicht nur am Wetter, dass es sie fröstelte, und sie zögerte noch einen Moment, den Fuß an Bord zu setzen.

Ganz rechts lag die *Celeste*, das Boot von Norman Friend. Der alte Mann war nicht zu sehen, hielt bei der Kälte wahrscheinlich unter Deck Winterschlaf. Der Liegeplatz zwischen der Celeste und dem Bootscafé hatte beim letzten Mal, als Summer in Willowbeck gewesen war, auf einen neuen Bewohner gewartet. Jetzt lag dort ein schönes, in Rot, Gold und Schwarz angepinseltes Narrowboat. *Sandpiper* stand in schnörkeligem Schriftzug an der Seite, und Summer konnte nicht umhin, die Kunstfertigkeit des Malers zu bewundern. In glücklicheren Zeiten hatte sie oft davon geträumt, eines Tages ihre eigenen Entwürfe auf Booten wie diesen prangen zu sehen, die gemächlich über den Fluss glitten. Jetzt aber überschattete Kummer jeden Gedanken an den Fluss und die Boote. Sie hatte sich im

Atelier vergraben und jeden Auftrag angenommen, nur um nicht an den Tag zurückdenken zu müssen, an dem ihre Mutter gestorben war.

„Summer? Bist du das?"

Die Stimme klang hoch und dünn, aber riss Summer abrupt aus ihrem Tagtraum. Valerie Brogans Kopf erschien in der Bugtür des Bootscafés, bevor sie nach draußen an Deck kam. Ihr rotes Haar wallte wie loderndes Feuer über ihre Schultern, sie hatte rosige Wangen, und das lange Kleid leuchtete ebenso lila wie ihr eigenes Boot nebenan.

„Ein Glück, dass du da bist, Schätzchen!" Sie breitete die Arme aus, und Summer ging ihr ein Stück weit entgegen, sodass sie eben noch außer Reichweite blieb. „Komm an Bord, Liebes!", rief Valerie. „Nun komm schon. Von da aus kannst du mich wohl kaum retten."

Summer setzte ein möglichst warmes Lächeln auf und trat über die Planke. Die ältere Frau schloss sie fest in die Arme, und ein Duftgemisch aus Kaffee, Rauch und Jasminaroma erstickte sie beinahe.

„Du hast ja keine Ahnung, wie sehr ich dich vermisst habe. Wie lang ist es jetzt her? Acht Monate?"

Summer versuchte zu nicken, während Valerie sie umschlungen hielt. Sieben Monate und sechsundzwanzig Tage, dachte sie und murmelte: „Ja, ungefähr."

„Na, komm rein." Valerie löste die Umarmung, sah ihr Gegenüber offen an und seufzte, bevor sie nach hinten deutete. „Ist nicht in bester Verfassung, musst du wissen, also sei gewarnt."

Aufmerksam folgte Summer ihr durch die Tür und schnappte nach Luft.

Das Café nahm die vordere Hälfte des Bootes ein, an Zweiertischen konnten zwölf Leute Platz finden. Die Theke – der Thron von Madeleines kleinem Königreich – befand sich ganz hinten im Raum. Dort hatte sie Kuchen, Scones und Kaffee verkauft, sowohl an die Gäste im Café als auch durch die Luke zum Leinpfad, und jeder Kunde war von ihr wie ein lieber Freund behandelt worden. Tische und Stühle im Café strahlten in demselben Königsblau mit roten Akzenten wie das Boot, sogar die Möbel für draußen, die im Winter auf dem Boot lagerten, waren farblich abgestimmt.

Zumindest war dies das Bild, das Summer in Erinnerung hatte. In ihrer Erinnerung lief alles rund. Als sie aber jetzt in der Tür stand und die eisige Luft ihr um die Stiefelkanten wehte, war dieses Bild schnell dahin, obwohl Madeleine gewiss mit Recht stolz auf das gemütliche Café gewesen war.

Gäste waren nicht da – zum Glück. Tische und Stühle standen kreuz und quer durcheinander, als hätten die letzten Besucher fluchtartig den Raum verlassen. Einige der blauen Oberflächen waren sogar so zerkratzt, dass das blanke Holz durchschimmerte. Kaffeebohnen lagen überall auf dem Boden verstreut – vermutlich eine ganze Tüte – und teilten sich besonders in den Ecken den Platz mit Staub und Spinnweben. Die Fenster waren verschmiert und kahl, und die Theke sah aus, als wäre sie von Eichhörnchenhorden geplündert worden – alles voller Krümel, Teller und Chaos. Der Geruch von angebranntem Kaffee kroch einem sofort in die Nase.

Valerie stand da wie ein Häufchen Elend.

Aber Summer wusste ohnehin, dass sie an all dem selbst die Schuld trug. „Halb so schlimm", sagte sie zaghaft und strich mit dem Finger über eine Tischplatte, bis ihr ein Splitter in die Quere kam.

„Nein, noch viel schlimmer", entgegnete Valerie. „Ich hab's versucht, Schätzchen, ehrlich, aber selbst im Winter sind andauernd Leute da. Es ist nie voll, aber ein Kommen und Gehen ohne Ruhepause. Am Ende bin ich immer völlig erledigt."

„Ist ja nicht deine Schuld", flüsterte Summer. „Was ist denn eigentlich passiert?" Sie ging hinüber zu der leidgeprüften Kaffeemaschine.

„Die hat den Geist aufgegeben, sprüht nur noch Wasser und dampft und faucht. Heute Morgen wollte ich sie sauber machen und hab dabei die Tüte mit den Bohnen umgekippt. Noch dazu hat Jenny …" Valerie verstummte und warf einen Blick auf die Theke, auf der unter einem Glassturz mit der Aufschrift „je 10 Cent" ein paar Jammie Dodgers, kleine Doppelkekse mit Marmeladenfüllung, lagen. „Maddy ist unzufrieden mit mir, das weiß ich."

Summer ballte die Hände zu Fäusten. „Was sagst du da?"

„Sie ist ganz stark präsent. Und sie sieht mich scheitern." Valerie bückte sich, um Kaffeebohnen aufzuheben und sie dann in die Tasche ihres Kleides zu verstauen. „Aber ich glaube, sie verzeiht mir trotzdem."

„Valerie." Summer bemühte sich, ruhig zu sprechen. „Bitte, konzentrieren wir uns darauf, alles wieder in Gang zu bringen. Es dauert bestimmt nicht allzu lange." Sie schob einen Stuhl zurück an einen der Tische, hoffte, dass es gleich besser aussehen würde. Leider ohne Erfolg.

Valerie schenkte ihr ein Lächeln. „Ach, Liebes, ich freu mich so, dich zu sehen. Ich hätte dich längst anrufen sollen."

„Ich freu mich auch", gab Summer leise zurück. Sie wusste so gut wie Valerie, dass es durchaus mehr als einen Anruf gegeben hatte, aber sie war nicht ans Telefon gegangen. Sie hatte es sich einfach nicht vorstellen können, an den Ort zurückzukehren, an dem ihre Mutter – und sie – einst so glücklich gewesen war. „Und es tut mir so leid", fügte sie hinzu. „Du hättest dich nicht um all das hier kümmern müssen, Valerie. Schließlich hast du ein eigenes Leben."

„Aber Maddy war meine beste Freundin, und ich bin ja gleich nebenan. Ich hätte es mir nie verziehen, nicht wenigstens versucht zu haben, das Café am Laufen zu halten. Meine Kartenlesungen halte ich ja trotzdem. Ich fürchte nur, dass ich alles noch schlimmer gemacht hab. Vielleicht wäre es besser gewesen, ganz zu schließen. Die Kaffeemaschine war ja nur der

Tropfen, der das Fass zum Überlaufen brachte. Wenn wir jetzt an einem kalten Februarmorgen nicht mal heißen Kaffee servieren können, dann war's das."

„Also kümmere ich mich erst mal darum." Summer zog den Mantel aus und hängte ihn über einen Stuhl, krempelte die Ärmel ihres grauen Pullovers hoch und band sich die rotblonden Haare zu einem lockeren Pferdeschwanz zusammen. Das Haargummi dafür trug sie immer am Handgelenk.

Der Stahl der Maschine war heiß, die Kaffeemühle an der Seite leer, und als sie ins Innere schaute, schlug ihr heißer Dampf ins Gesicht. Sie wandte sich ab, wollte sich ein Tuch greifen, fand aber nur ein Trockentuch, das aussah, als wäre es seit Wochen nicht gewaschen worden. Sie wischte sich das Gesicht an ihrem Strickpulli ab.

Valerie schwebte hinter die Theke, wobei ihre Ohrringe heftig hin und her baumelten. „Also, wie geht es dir, Summer? Ich habe dich vermisst. *Willowbeck* hat dich vermisst."

Summer mühte sich mit der Maschine ab. Sie schaufelte durchnässte Brocken von gemahlenem Kaffee hervor, der sich im Innern abgesetzt und alles verstopft hatte. „Ganz gut, danke. Viel Arbeit, einige neue Leute, darum ist die Atmosphäre im Studio wirklich gut. Weihnachten war ... schon ein bisschen schwierig", fügte sie leiser hinzu.

„Ach, Liebes, ist doch klar, ohne Maddy. Geht es deinem Bruder und deinem Vater gut?"

„Ja, Ben ist noch in Edinburgh, aber er war über Weihnachten bei Dad. Trotzdem hat es sich ... eigenartig angefühlt." Sie hatte seit der Scheidung ihrer Eltern vor fast acht Jahren kein echtes Familien-Weihnachtsfest mehr erlebt. Die wenigen traditionellen Feste bei ihrem Vater hatten sich mit Treffen mit der Mutter die Waage gehalten. Sie hatten meist im Black Swan gefeiert, aber manchmal waren sie auch mit dem Boot den Fluss hochgefahren, um andere Pubs für sich zu entdecken. Madeleine hatte jedes Mal schnell im Mittelpunkt gestanden, weil sie so gern mit allen schwatzte, sie hatte sogar Summer mit ihrer Fröhlichkeit angesteckt, die so auch an Selbstsicherheit gewann. Ohne all das hatte sich Weihnachten einfach völlig falsch angefühlt. Maddys Abwesenheit war erdrückend gewesen.

„Hier war's genauso“, gestand Valerie. „Willowbeck kam mir viel ruhiger vor.“

Summer schloss die Augen. „Ja, sicher. Klar“, murmelte sie.

Sekunden später lehnte sie an der Theke und schaufelte mehrere Handvoll Kaffeesatz auf das schmutzige Trockentuch. Sie sah zu Valerie hinüber. Ihre Mutter und deren beste Freundin hatten immer eine ähnliche Ausstrahlung gehabt und beide deutlich jünger gewirkt als Anfang fünfzig. Auf Valeries Boot konnte man sich Horoskope erstellen und die Zukunft lesen lassen. Es war eine Schatztruhe der Magie und Mystik gewesen, auf die Summer sich nie richtig hatte einlassen können.

Irgendwie war ihr völlig entfallen, dass Valerie ihrer Mutter fast ebenso nah gestanden hatte wie sie selbst. Die gute Seele hatte jahrelang an Maddys Seite gelebt und sie nun genauso verloren, und anstatt wegzulaufen, hatte sie versucht, weiterzumachen und fortzuführen, was Madeleine nun nicht mehr anpacken konnte.

Kein Wunder, dass es mit dem Café bergab gegangen war, aber wie viel schlimmer wäre es gewesen, wenn Valerie es einfach Summer überlassen hätte? Es wäre längst geschlossen, also was bedeuteten schon ein paar Kratzer oder eine miserable Plätzchenauswahl!

Vom Leinpfad her erklangen Schritte, und Summer sah hinaus zu dem plaudernden Paar, das gerade an den Anlegeplätzen vorbeischlenkerte. Sie seufzte und rührte mit einem Finger durch die Kaffeebohnen. „Tut mir wirklich leid, Valerie“, wiederholte sie.

„Ach was.“ Die Gute winkte ab. „Hauptsache, du bist hier.“

Summer verzog das Gesicht. Die Entschuldigung war nicht im Mindesten angemessen gewesen, und Valerie war viel zu nachsichtig. „Ich glaub, das gute Stück läuft wieder.“

„Du hast es geschafft?“ Valerie machte große Augen.

„Sie war nur verstopft. Ich wasche sie noch richtig aus, und dann schauen wir nach den anderen Wehwehchen.“

„Ich hol schnell Handfeger und Kehrschaufel.“

„Hast du noch anderes Gebäck? Kuchen?“ Neben den Jammy Dodgers stand ein Tablett mit etwas, das wie Haferplätzchen aussah – die aber so dünn waren wie Krokantriegel.

Valerie wich Summers Blick aus. „Ich bin halt keine begnadete Bäckerin.“

„Sieht man“, witzelte Summer. „Ich aber auch nicht. Das war immer schon Mums Ding.“ Suchend schaute sie sich um, als würde ihr das die Inspiration schlechthin bescheren. Wenn sie ein paar Zutaten besorgte, konnte sie zumindest mit wunderbaren Aromen ein paar Gäste ins Café locken. Aber was konnte sie auf die Schnelle zaubern? Im Sitzbereich lag noch viel im Argen, aber sie hatten zumindest die Luke, die momentan noch vor der Welt verschlossen war. Ely und damit der nächste Supermarkt lag mit dem Auto nur zehn Minuten entfernt, also konnte sie schnell einkaufen fahren. „Hat der Metzger am Wochenende auf?“

„Samstags und Sonntag früh“, erwiderte Valerie. „Also noch ein paar Stündchen.“

„Perfekt. Ich brauche fünf Minuten.“ Summer wusch sich die Hände am Waschbecken, steckte das durchweichte Küchentuch mit dem Berg aus Kaffeesatz in eine Plastiktüte und knotete sie zu. In den Mantel gemummelt, machte sie sich auf den Weg.

Die Luft war schneidend kalt im Vergleich zu drinnen, wo die Kaffeemaschine heißen Dampf versprüht hatte. Der Fluss schien endlos tief, sodass Summer erschauerte, als sie hinüber ans Ufer trat. Im Vorbeigehen warf sie einen Blick auf die Sandpiper, aber dort war alles dunkel. Dann kam sie an der Celeste vorbei. Der Gedanke an Norman, der offenbar noch immer dort hauste, kam ihr tröstlich vor, obwohl man ihn getrost als ungeselligste Person von Willowbeck bezeichnen konnte. Meist saß er mit seiner Angel an Deck und knurrte, wenn andere Boote die Ruhe auf dem Wasser störten. Für jemanden, der auf dem Fluss lebte, gab er sich extrem intolerant gegenüber anderen Bootseignern.

Auf einmal fügte sich alles wieder zu einem Bild zusammen: Valerie und ihre Vorhersagen, Norman, der Metzger, die Schönheit des Flusses, an dem sie orange-blaue Eisvögel beobachtet hatte oder ein Rotkehlchen, das auf der Ruderpinne oder dem Dach saß, das laute Geschnatter von Enten, Gänsen und Schwänen. Heute Morgen war alles so friedlich gewesen. Die Boote hoben sich hell von dem düster-frostigen Silbergrau des Örtchens ab, eine bessere Leinwand für die Bilder in ihrer Erinnerung hätte es nicht geben können.

Nur war ihre Mum auf jedem dabei – in ihrer Baumwollschürze, wie sie lachte oder jemandem zuzwinkerte, das blonde Haar nach hinten gebunden. Wie sie ein Blech mit Kirsch-Scones aus dem Ofen nahm, sich aus der Luke lehnte, um eine vorbeigehende Familie zu begrüßen, und sich dann an Summer wandte, um ihr eine Geschichte von früher zu erzählen, als sie und Blaze ihr noch bis zum Knie reichten. Später musste Summers älterer Bruder ihre Mum ständig daran erinnern, dass er seinen Namen offiziell in „Ben“ geändert hatte, aber Madeleine ließ es sich nicht nehmen, ihn bei seinem ursprünglichen zu nennen. Summer wusste, dass sie es besser getroffen hatte. Sie liebte es, wie die Lieblingsjahreszeit ihrer Mum zu heißen.

Sie merkte, dass sie stehen geblieben war und mit dem Finger den kurvigen Schriftzug *Celeste* auf Normans Boot nachfuhr. Da ertönte ein lautes Klopfen von innen. Sie machte einen Satz nach hinten, als die Bugtür sich öffnete und Norman angriffslustig mit gestrecktem Zeigefinger vor ihr in der Luft herumwedelte. Er sah genauso aus wie bei ihrer letzten Begegnung: blaue Mütze, löchriger grüner Strickpulli mit Zopfmuster und grau melierter Bart.

„Norman!“, stieß sie hervor und musste lächeln. „Schön, dich zu sehen. Ist lange her, aber du bist immer noch derselbe.“

Er nickte knapp. „Pfoten weg.“

„Was?“ Sie runzelte die Stirn.

„Kratz mir nich’ die Farbe ab.“ Er deutete mit dem Kinn in ihre Richtung, und Summer ließ die Hand sinken. Klar, er wusste natürlich, dass Valerie sich die ganze Zeit mit dem Café abgemüht hatte, selbst wenn er mit niemandem sprach. Ihr wurde klar, dass es einiges gab, was sie wiedergutzumachen hatte, nicht nur der einst besten Freundin ihrer Mutter gegenüber.

„Entschuldige, ich … ich meine, es tut mir leid.“

„Hm?“, knurrte er. „Was?“

Summer sah ihn an. „Dass ich nicht hier war.“

„Wieso? Is’ mir eh einerlei.“

Sie räusperte sich. „Okay. Ich mach Brötchen mit frischem gebratenem Bacon fürs Café. Möchtest du eins haben?“

„Hm“, machte Norman und behielt sie unter den buschigen grauen Augenbrauen hervor im Blick.

„Ja, dann“, sagte Summer betont munter. „Schönen Tag derweil.“ Sie winkte ihm zu und ging schnell zum Metzger.

Dort wurde sie um einiges herzlicher begrüßt, dabei war es im Laden fast so kalt wie draußen. Das Sägemehl auf dem Boden war eigentlich überflüssig, aber Adam hatte sein Geschäft immer möglichst traditionell geführt.

„Sehe ich richtig?“, fragte er und sah von dem Buch auf, in das er etwas eingetragen hatte. „Ich dachte, du hättest diesem Ort den Rücken gekehrt.“

„Tja, zumindest für heute bin ich bin wieder da. Wie geht es dir? Und wie geht’s Charlie?

„Er ist hinten. Macht sich gut als Lehrling. Sonst ist alles beim Alten. Der Laden läuft, und wir kriegen viele Bestellungen. Was kann ich für dich tun?“

Summer blickte auf die Auslage. „Ich brauche etwas Bacon. Geräucherten. Ehrlich gesagt, kann’s auch etwas mehr sein.“

Adam machte große Augen. Er hatte schütteres mittelbraunes Haar, ein freundliches Gesicht und trug eine rot-weiß gestreifte Schürze über dem weißen Kittel. „Also bist du wieder im Café?"

Summer druckste herum. „Ich, äh, helfe Valerie. Und bei der Kälte kommen Brötchen mit knackig gebratenem Bacon bestimmt gut an. Freut mich, dass ihr viel zu tun habt. Es kommt mir heute hier so ruhig vor. Man sieht kaum jemanden. Ist das immer so?"

„Es ist noch ziemlich früh, Mädchen. Aber mir ist schon aufgefallen, dass das Café ein bisschen zu kämpfen hat." Konzentriert wog er den geräucherten Speck ab.

Summer fiel keine passende Erwiderung ein. Sie wollte ihm sagen, dass es nicht ihr Café war, dass sie nie darum gebeten hatte und dass dafür verantwortlich zu sein das Letzte war, was sie wollte. Denn das bedeutete, sich offen einzugestehen, dass ihre Mutter nicht mehr da war.

Als sie stumm blieb, fuhr Adam fort: „In den Wintermonaten ist es natürlich immer etwas ruhiger, aber das wird schon werden. Und Valerie ist ein Arbeitstier, oder?"

„Absolut. Es ist toll, wie bemüht sie ist, das Café am Leben zu halten." Summer biss sich auf die Unterlippe, als ihr bewusst wurde, wie gemein das klingen musste. Adam reichte ihr den Bacon, und sie kramte ihre Geldbörse hervor, bezahlte und bedankte sich. Dann verließ sie schnell den Laden und fragte sich, wie in aller Welt sie es nur geschafft hatte, es sich schon an einem einzigen Vormittag mit jedem im Ort zu verscherzen. Gut, dachte sie und warf dem Black Swan einen betrübten Blick zu. *Bei Jenny und Dennis reicht dafür schon meine bloße Anwesenheit.*

Als sie zum Café zurückkam, hatte Valerie alle Stühle und Tische auseinandergeschoben und schrubbte den Boden. Alle Spuren von Kaffeebohnen und Spinnweben waren verschwunden. Es roch nach dem Pinienduft des Putzmittels.

„Ich dachte, ich mach mal klar Schiff", sagte Valerie.

„So sieht es schon viel besser aus. Ich hab Bacon mitgebracht, aber wir brauchen noch Brötchen. Haben wir welche hier?"

„Nein. Ich hab kaum ein bisschen Kuchen hinbekommen, aber Sandwichcremes erst recht nicht. Beim Zeitungsladen gibt's Weißbrot."

Summer grübelte kurz. „Ich glaub, Brötchen wären besser. Meinst du, ich kann eine halbe Stunde verschwinden, um in Ely ein paar Sachen zu besorgen? Dann werd ich ein bisschen backen."

Valerie strahlte. „Ich wusste, du holst den Laden aus der Klemme."

„Das werd ich ganz bestimmt nicht", widersprach Summer. „Jeder hätte seine Mühe, dieses Café ganz allein zu führen. Ich helfe dir wieder auf die Beine, mehr nicht."

„Es sind aber nicht *meine* Beine, die hier stehen sollten. Ich mache das für Maddy und dich, Summer. Ich hab selbst einen Beruf, um den ich mich kümmern muss, wie du schon sagtest. Gerade jetzt brauche ich das Geld von meinen Sitzungen mehr denn je." Sie deutete umher, und Summer fühlte, wie ihr die Röte in die Wangen stieg. Valerie hatte natürlich eine Menge Zutaten und noch einiges andere besorgen müssen.

„Ich war nie so recht geeignet für so was, und Maddy hat dir das Café hinterlassen", fuhr Valerie fort. „Du hast es doch früher immer geliebt, oder? Mit ihr hier zu sein?"

„Ja, aber ich hab einen Job, eine Wohnung – und jetzt auch einen Hund. Ich habe ja nie richtig hier gewohnt, weil …"

„Weil all das Maddy gehörte. Aber sie ist nicht mehr hier." Energisch stellte die Putzfee den Mopp beiseite. „Der Wohnraum steht leer, das Café geht den Bach runter. So wird es zu einem Geisterschiff." Summer warf ihr einen scharfen Blick zu, aber Valerie sprach unbeirrt weiter: „Ich weiß, dass Maddy dich hier haben möchte. Sie würde nichts lieber sehen, als dass du ihr Werk fortführst. Du hast heute schon bewiesen, dass du dazu bestimmt bist, hier zu sein."

„Ich habe die Kaffeemaschine geputzt und Bacon gekauft", wehrte Summer mit einer Spur Bitterkeit in der Stimme ab. „Das ist alles. Trotzdem geht noch alles drunter und drüber: Wir haben fast nichts anzubieten, und Gäste sind nicht in Sicht. Egal, wie viel Speck ich brate – was bringt es schon, wenn niemand da ist, der ihn essen will? Ach, Valerie, ich weiß, dass du viel aufgegeben hast, um den Betrieb im Café aufrechtzuerhalten, aber ich kann doch nicht einfach zurückkommen. So einfach geht das nicht!"

„Dann verkauf es." Valerie fixierte sie mit nussbraunen Augen. „Sieh zu, dass du das Boot loswirst. Zieh einen Schlussstrich." Summer erstarrte. „Ich meine es ernst. Wenn du nicht mehr hier sein willst, dann verkauf alles, und mach etwas anderes mit dem Geld deiner Mutter. Es hat keinen Sinn, so herumzueiern."

Summer schüttelte den Kopf.

„Ich will dich nicht quälen, Schätzchen, aber du wirst etwas tun müssen."

„Ich muss zum Supermarkt." Summer wandte sich zur Tür.

„Gut", sagte Valerie, tauchte den Mopp platschend in den Eimer und schwang ihn in einer Pfütze von Seifenlauge in weitem Bogen über die Planken. „Das ist immerhin ein Anfang."

Als Summer mit Einkaufstaschen voller Backzutaten und krossen weißen und Vollkornbrötchen aus Ely zurückkam, stand die Luke offen, und Valerie lehnte sich hinaus, um einem jungen Pärchen, das in Wollmützen und Handschuhen vor ihr stand, blaue Pappbecher mit Kaffee zu reichen. Summer beeilte sich, an Bord zu klettern, und war erstaunt, als sie die Veränderung sah.

Der Boden blitzte, die Tische und Stühle waren wieder ordentlich aufgestellt und frei von Krümeln, bereit, hier und da ausgebessert und dekoriert zu werden. Die Theke glänzte, die Jammy Dodgers waren weg, und die Kaffeemaschine verströmte einen so verlockenden Duft, dass Summer sich augenblicklich einen Spiced Latte macchiato wünschte.

„Wow!“

„Das waren unsere ersten Kunden“, sagte Valerie. „Sie kamen direkt, als ich die Luke öffnete. Ich hab ein bisschen aufgeräumt, aber das Angebot ist recht dürftig.“

Summer hob die Taschen hoch. „Das hier hilft hoffentlich. Lass uns den Bacon braten, ich mach die Brötchen zurecht, und dann fange ich mit Brownies an.“

„Oh“, sang Valerie träumerisch, „du und deine Brownies. Maddy hat immer gesagt, dass die sich am besten verkaufen.“

„Wer's glaubt“, knurrte Summer, aber ihre Lippen verzogen sich zu einem Lächeln – bis sie den Zustand der Küche sah.

„Dazu bin ich noch nicht gekommen“, entschuldigte sich Valerie hinter ihr.

„Schon okay“, murmelte Summer. Verstohlen nahm sie die Tür weiter hinten in Augenschein, die in die Kabine führte. Dort hatte ihre Mutter auf mehr als engem Wohnraum gehaust, da das Café die Hälfte des Bootes einnahm. Unzählige Filme hatte sie mit ihr gesehen, auf dem Sofa an sie gekuschelt, während das Boot sanft schaukelte.

Summer hatte die Gemütlichkeit des Wohnraums nie in Zweifel gezogen, aber der Gedanke, jetzt dort hineinzugehen, schnürte ihr augenblicklich die Kehle zu. Wie sollte es dort noch Wärme geben, wenn Madeleine nicht mehr da war? Valeries Worte fielen ihr wieder ein: dass ihre Mutter stark präsent sei, und sie stellte sich Maddy auf dem Sofa vor, wie sie blass und emotionslos auf den leeren Bildschirm starrte.

Verärgert schüttelte sie den Kopf – nein, sie würde sich nicht mit Valeries Geisterglauben abgeben – und stellte die Tüten ab, um sich dem Durcheinander auf der Arbeitsplatte und neben dem Spülbecken zu widmen.

„Sag mir, was ich tun soll", forderte Valerie sie von der Tür her auf.

„Kannst du weiter Kaffee ausschenken? Ich muss zusehen, dass hier alles glänzt, bevor ich anfange."

„Meinst du nicht, dass *ich* das lieber übernehmen sollte?"

„Nein, wirklich nicht. Du hast schon das Café gewienert, jetzt bin ich dran." Sie ordnete das Geschirr, ließ heißes Wasser ein und packte die Sachen ins Spülbecken.

Die Küche wieder in Schuss zu bringen, würde schnell gehen, aber es reichte gewiss nicht, um das Café zu retten und es wieder in die funkelnde, gemütliche Oase zu verwandeln, in die Maddy ihr Herzblut gesteckt hatte. Dass Summer die erste Hürde genommen und zurückgekehrt war, hieß noch lange nicht, dass sie auch den Willen aufbrachte, bei der Stange zu bleiben.

2. Kapitel

Um elf hatten sie die ersten Bacon-Brötchen durch die Luke verkauft. Im Innenraum wartete allerdings noch eine Menge Arbeit: Die Kratzer auf den Tischen mussten ausgebessert, die Fenster blank geputzt und alles auf Hochglanz gebracht werden, ganz abgesehen von der persönlichen Note wie Blumen auf den Tischen. Darauf hatte Maddy immer viel Zeit verwendet. Gut, zumindest war das Café geöffnet, sie konnten etwas servieren, und eine Ladung Brownies verströmte Schokoladenduft im Ofen.

Summer brach der Schweiß aus. Ihre Wangen glühten, und ihr Haar kräuselte sich von der Hitze aus dem Ofen. Voller Energie hatte sie geputzt und gewerkelt und gespürt, dass sie im Hintergrund mehr bewirken konnte als an der Front im Service. Zudem war sie monatelang nicht in Willowbeck gewesen, sodass die Stammkunden an Valerie gewöhnt waren – falls es überhaupt noch welche gab.

„Schätzchen, was meinst du, sollen wir die Tafel rausstellen?"

Summer wischte sich die Hände ab, kontrollierte kurz die Ofenuhr und folgte Valerie ins Café. Es sah viel heller aus, obwohl die verschmierten Fenster das Sonnenlicht nur gedämpft durchließen. Die Theke war sauber, die Glasstürze warteten auf frische Brownies, und ein Glas mit Schneeglöckchen, die Summer nach ihrem Einkauf noch schnell unterwegs gepflückt hatte, stand neben der Kasse. Bevor sie hätte antworten können, wurde sie von Valerie fest umarmt.

„... Tafel ...", presste sie heraus.

„Schau doch nur, was du bewirkt hast", Valerie lächelte. „Was für ein Riesenunterschied!"

„Wir beide waren das", widersprach sie und entwand sich sanft Valeries Griff. „Und wir sind noch längst nicht fertig. Außerdem hätte dir auch sonst jemand helfen können – zwei Paar Hände schaffen mehr als eins. Mehr nicht."

Valerie schüttelte den Kopf. „Nun sei mal nicht so bescheiden. Das Café ist wie gemacht für dich, du solltest es führen!"

„Ist es nicht", antwortete sie schwach. „Mum war dafür gemacht. *Sie* ist es, die jetzt hier stehen sollte."

Valerie sank in sich zusammen. Das Strahlen verschwand aus ihren Augen, und sogleich fühlte Summer sich schuldig, aber sie konnte nichts daran ändern. Ihre Mum war viel zu früh aus dem Leben gerissen worden, noch dazu, während sie es in vollen Zügen genossen hatte. Und sie selbst sah sich nicht in der Lage, sich mit der schrecklichen Tatsache abzufinden. Auch nicht damit, dass sie eine Mitschuld an all dem trug.

„Ich bereite die Tafel vor", sagte sie und nahm sich den aufklappbaren Aufsteller, der an der Verkaufstheke lehnte, und die Farbkreiden.

Ihre Schritte hallten auf dem Schiffsboden, und das Boot wippte leicht, als sie durch den Café-Bereich aufs Deck eilte und hinüber auf den Pfad trat. Sie stellte die Tafel nahe der Luke ab und kniete sich davor auf den Boden. Das Leder ihrer Stiefel knarzte. Sie überlegte einen Moment und schrieb dann mit blauer Kreide:

Die Kälte geht weg – mit einem Brötchen Bacon-Speck!

Die Schrift sah sicher und schwungvoll aus. Wann immer Summer auf dem Boot geholfen hatte, war ihr von Madeleine dieser Part überlassen worden. Sie war eine professionelle Schriftdesignerin, es lag ihr im Blut. In Rot schrieb sie darunter:

Kaffee oder Tee dazu? – Für 50 Pence im Nu.

Sie fing gerade die letzte Zeile an, als sie spürte, dass jemand hinter ihr stand.

„Was soll das denn werden?", fragte eine vertraute Stimme, und Summer drückte die Kreide so fest auf, dass diese abbrach. Sie stützte sich am Boden ab, rappelte sich auf, klopfte sich den Schmutz von den Knien und wandte sich dann langsam zu Jenny um.

„Wonach sieht's denn aus?", fragte sie zurück, richtete sich zu ihrer vollen Größe von gerade mal eins fünfundsechzig auf und versuchte, das Gefühl zu ignorieren, von oben herab angesprochen zu werden.

„Nach null Chance, etwas zu verkaufen, was keiner haben will", kam es bissig zurück. „Du kannst dich nicht nur durch ein paar kindische Reime beliebt machen." Sie war ganz in Schwarz gekleidet, hatte das rotbraune Haar zu einem Zopf gebunden, und ein Pony rahmte ihr verkniffenes Gesicht ein.

Summer kam in den Sinn, dass Jenny Mitte vierzig sein musste, aber deutlich verlebter aussah, als Madeleine je ausgesehen hatte. Vielleicht ein weiterer Grund dafür – neben all den anderen –, dass Jenny sich als Konkurrenz aufspielte?

„Vielleicht fühlt man sich ja wohl bei uns. Wie auch immer. Valerie musste alles allein machen, aber jetzt bin ich zurück und helfe ihr. Warum glaubst du, wir könnten keinen Erfolg haben?"

„Weil die Dinge sich geändert haben. Hat die Gute dir nichts erzählt?"

Summer schaute aus den Augenwinkeln zum Boot hinüber. „Was erzählt?"

„Wir bieten jetzt auch professionelle Torten und Kuchen an, und wir haben schon ab zehn Uhr morgens geöffnet. Du solltest dir mal unsere Küche ansehen, super Ausstattung. Kannst ja mal rüberkommen und ein Stück roten Samtkuchen probieren. Hab ich gestern gebacken. Federleicht und saftig frisch."

Summer verschränkte die Arme. „Dein Ernst?"

„Aber sicher." Jenny bedachte sie mit einem so offenen Lächeln, dass Summer sich eine Sekunde lang täuschen ließ und dem Irrglauben verfiel, alles wäre vergeben und vergessen. „Dann siehst du selbst, dass deine kläglichen Bemühungen um euer sogenanntes *Café* gescheitert sind."

Summer erschrak selbst über die Woge von Trotz, die sich in ihr auftürmte. „Du irrst dich", blaffte sie zurück.

„Die Wahrheit tut manchmal verdammt weh, Summer. Ich weiß das ja wohl am besten, oder? Bewundernswert, dass du gekommen bist, aber du musst dich mit der Tatsache abfinden, dass du auf verlorenem Posten stehst."

„Und wie wir ein Café sind", warf Summer selbstsicher ein. „Da steht's doch, sogar in Schönschrift." Sie zeigte auf das Boot. „Ihr seid ein Pub, und ich wette, kaum einer weiß, dass ihr Kuchen anbietet. Nur weil du vielleicht einen neuen Mixer und ein paar extravagante Backrezepte rausgekramt hast, heißt das noch lange nicht, dass du was Besseres bist."

Jennys Gesicht spiegelte ihre wachsende Wut. „Du hast keine Chance", zischte sie. „Und zwar schon längst nicht mehr! Je eher du das kapierst, umso besser."

„Und was gibt dir das Recht, hier Regeln aufzstellen zu wollen? Was spricht dagegen, dass jede von uns ihr eigenes Ding macht und wir uns gegenseitig in Ruhe lassen?"

„Als ob du das nicht genau wüsstest."

„Hör mal, ich hab dir nichts getan. Hör auf, mich wegen etwas anzugreifen, das vor Monaten geschehen ist. Ich will keinen Krieg. Wenn ich demnächst hierher zurückkomme …" Sie hielt inne, als die Worte ihr unüberlegt aus dem Mund geschlüpft waren.

„Ach. Willst du das denn?", schoss Jenny zurück.

Summer starrte die Pubbesitzerin an, wie sie in ihrem konservativen Outfit aus schwarzer Hose und schwarzem Pullover in der Kälte stand, professionell, aber ohne jede Persönlichkeit, und sie herausfordernd fixierte, und musste sich eingestehen, dass sie die Antwort nicht kannte. „Kann schon sein", brachte sie dennoch heraus und wusste gleich, dass ihre Unentschlossenheit Jenny gerade recht kam.

Jenny lächelte triumphierend, bevor sie auf dem Absatz kehrtmachte. „Gib dich geschlagen. Geh nach Hause, und lass die Vergangenheit hier."

Geknickt beobachtete Summer, wie Jenny den Trampelpfad über den Wiesenhang bis hinauf zur Vorderseite des Pubs stolzierte. „Scheiße", murmelte sie, wandte sich wieder der Tafel zu und merkte, als sie kurz hochsah, dass Valerie sorgenvoll aus der Luke herüberschaute.

Die Begegnung mit Jenny war exakt so schlimm gewesen, wie Summer es erwartet hatte, aber gleichzeitig hatte sich in ihrem Innern eine Flamme entzündet. Zum ersten Mal an diesem Tag spürte sie etwas von derselben Leidenschaft für das Bootscafé, die sie stets bei ihrer Mutter bewundert hatte. Was Jenny ihr an den Kopf geworfen hatte, stimmte nicht, und selbst wenn sie nicht bereit war, für immer nach Willowbeck zurückzukommen, wollte sie sich dieser Person nicht geschlagen geben.

„Sie hat also wirklich den Einsatz erhöht – mit Torte." Seufzend zog sie das Blech mit Brownies aus dem Ofen. Hitze schlug ihr entgegen, gefolgt vom wundervollen Duft nach schmelzender Schokolade und Butter.

Valerie nickte. „Sie bieten jetzt mehr als das übliche Pubessen an. Dennis hat die Küche letztes Jahr renoviert, kurz nachdem … kurz nach dem Sommer."

Summer runzelte die Stirn. „So?"

„Ich schätze, es gab eine Lücke auszufüllen", sagte Valerie leise.

„Nein, bestimmt nicht deswegen. Ich meine, vielleicht aus Jennys Sicht, aber ich glaube nicht, dass Dennis es je so gesehen hat."

Ihre Blicke trafen sich. „Ich bezweifle, dass er eine andere Wahl hatte."

Summer atmete geräuschvoll aus, setzte die Brownies zum Auskühlen auf ein Gitter und wandte sich wieder ihrer Scones-Mischung zu. Sie knetete sich noch kurz die Finger, bevor sie in den Teig griff. Das war das Beste: Butter und Mehl ineinanderreiben, und heute würde sie genau das als kulinarischen Anti-Stress-Ball benutzen.

„Also haben die vom Pub dich in den letzten Monaten links liegen gelassen?"

„Dennis lächelt mich immerhin kurz an, wenn Jenny nicht in der Nähe ist."

„Mitgefangen, mitgehangen?"

„Ich glaube, für Jenny ist mittlerweile ein Tag ohne Streit mit wem auch immer kein guter Tag."

„Und danach zwingt sie die Leute, Torte in sich reinzustopfen", fügte Summer sarkastisch hinzu. „Das kommt bestimmt ziemlich komisch an."

Valerie kicherte. Es klang halbherzig und nicht überzeugend. Summer hatte bereits festgestellt, dass die Freundin ihrer Mum einen großen Teil ihrer alten Zuversicht verloren hatte und dafür lieber ihr alles überließ. Sie stellte den Teig beiseite und bedeutete Valerie, schon mal ins Café vorzugehen. Wenig später folgte sie ihr mit den Brownies. Zwar waren die noch lange nicht genug abgekühlt, aber besser klebrige, schmelzende Brownies als gar keine, und bei der frischen Luft, die durch die Luke strömte, würden sie schnell abkühlen.

Summer deckte die Schokosünden noch nicht mit dem Glassturz ab, und schenkte zwei Tassen Kaffee ein. Kurz darauf hatten sich die beiden mit Kaffee und Kuchen an einem der kleinen Tische niedergelassen.

„Es ist sicher einsam hier, seit Mum gestorben ist." Die Worte taten weh, aber in den letzten Stunden war Summer zu dem Schluss gekommen, dass sie, solange sie die Tatsachen nicht aussprach, auch niemals überzeugend etwas gegen das Dilemma mit dem Boot würde ausrichten können.

„Ich hab noch meine Arbeit als Medium", sagte Valerie mehr zu ihrem Kaffee. „Und ich habe Gäste bedient, auch wenn das nicht viel gebracht hat. Mr. Dawson aus dem Dorf holt sich immer auf dem Weg zur Arbeit hier seinen Kaffee. Er kommt jeden Morgen im Anzug den Pfad entlanggeschlendert. Die Bootsleute sind auch nett, fanden die Farbe von meiner Moonshine klasse."

„Dunkles Purpur sieht ja auch schön aus", pflichtete Summer bei, „und es ist ungewöhnlich für ein Kanalboot. Aber sag: Wenn die im Pub so feindselig sind, gehst du denn dann trotzdem hin?"

„Manchmal, wenn ich keine Kraft zum Kochen habe, aber eine warme Mahlzeit brauche. Ich hab ja nichts gegen Jenny, und wie ich schon sagte – Dennis benimmt sich immer absolut freundschaftlich, und die Angestellten sind richtig lieb."

„Norman ist ja eher ein Eigenbrötler, also vermute ich, hier unten …" Summer sah aus dem Fenster. Ein Wildentenpaar schwamm vorbei, die grünen Federn des Erpels schillerten im Sonnenlicht. „Wer wohnt in der Sandpiper? Die war letztes Mal noch nicht hier."

„Oh, da wohnt Mason." Valeries Gesicht hellte sich auf. „Ein ganz Netter."

„Wer ist er?"

„So ein Naturtyp. Streift umher und sucht Vögel und Gänse."

Summer kräuselte die Nase. „Ein Vogelbeobachter?"

„Er macht das beruflich. Schreibt und fotografiert für Zeitschriften. Hat eine ziemlich starke Aura, scheint ein wirklich gutmütiger, liebenswürdiger Naturbursche."

„Aha", befand Summer. „Klingt umgänglich."

„Na ja, er ist – einfach ein echter Lichtblick."

Ein Geräusch an der Luke ertönte. Summer sprang auf, um sich um den neuen Gast zu kümmern, aber dann sah sie, dass es sich bei dem vermeintlichen Kunden um eine getigerte Katze handelte, die ins Café sprang. Als Summer sie aufhob und sich an die Wange hielt, schnurrte das Fellknäuel ihr laut ins Ohr.

„Harvey! Wie hab ich dich vermisst!“ Sie grinste und ging, den zufriedenen Kater im Arm, an den Tisch zurück. „Wie geht’s den beiden?“, wollte sie von Valerie wissen.

„Gut. Harvey versucht momentan, Motten zu fangen. Auf einem Boot keine gute Idee, besonders nach dem, was seinem Bruder passiert ist.“

„Oh nein.“ Summer wandte sich dem Kater zu. „Es ist sehr, sehr dumm, so was zu machen, nicht wahr, Harvey?“ Das Katerchen schloss die Augen vor Behagen. „Wie geht’s Mike?“

Mike war Harveys Bruder. Als er noch ganz winzig gewesen war, hatte Valerie ihn aus dem Fluss gerettet. Sie war hinter ihm hergesprungen wie Shakespeares wahnsinnige Ophelia, jedoch mit dem Unterschied, dass weder sie noch der Kater dabei ihr Leben gelassen hatten.

„Ihm geht’s prima. Aber sein Abenteuergeist ist noch immer nicht wieder aufgeflammt.“ Valerie streckte einen Arm aus, um Harveys seidiges Fell zu streicheln. „Manchmal überrascht er meine Klienten, nachdem er die Hälfte der Sitzung auf dem Sofa verschlafen hat. Dann taucht er plötzlich maunzend auf oder springt ihnen sogar auf den Schoß. Das zeugt vielleicht nicht gerade von Professionalität, aber ich bringe es nicht über mich, ihn wegzugeben. Mein Boot ist seine kleine Welt, und die will ich nicht noch mehr eingrenzen. Harvey ist waghalsig genug für beide: Er erkundet mutig andere Boote, wenn dort mal ein Fenster oder eine Tür offen steht.“

„Meine Güte, ob er wohl schon auf der Celeste war? Ach Katerchen, wenn du doch nur sprechen könntest.“ Summer kraulte Harvey das Fell zwischen den Augen.

Valerie seufzte. „Neuerdings legt er sich mit Masons Hund an.“

„Oha. Was hat er denn für einen?“ Summer wurde von Sehnsucht übermannt, als sie an Latte dachte, die sie zu Hause bei einer Freundin gelassen hatte.

Valerie machte eine unbestimmte Handbewegung. „So einen kleinen struppigen. Ein echter Quälgeist, wenn du mich fragst, aber Mason würde ich das nicht ins Gesicht sagen. Ich hab Harvey mehr als einmal erwischt, als er den Struppi mit aufgestelltem Schwanz angefaucht hat. Aber Masons Hund kommt immer wieder, als würde er es mögen.“

Summer musste laut lachen. „Klingt wie eine aufrichtige Beziehung.“

Valerie schaute sie eindringlich an. „Weißt du was, Summer Freeman? Du hast gerade zum ersten Mal, seit du wieder hier bist, gelacht.“

Summer wollte etwas erwidern, fand aber keine Worte. Sowieso ertönte im selben Moment ein leises Klackern von der Luke her, diesmal stand dort aber ein menschlicher Besucher.

„Hallo? Kann man einen Kaffee bekommen? Mir frieren die Hände ab.“

Ein Gesicht erschien, und Valerie ging hinüber, um sodann einen älteren Herrn mit weißem Haarschopf zu begrüßen, der in eine dicke braune Jacke eingemummelt war.

Summer kehrte in die Küche zurück, um sich wieder den Scones zu widmen. Während sie die Masse zwischen den Fingern zerrieb, wurde ihr klar, wie sehr sie sich vor der Welt verschlossen hatte und wie ungerecht das Valerie gegenüber gewesen war. Wenigstens schien die sich nicht allzu einsam zu fühlen, konnte in den Pub gehen und hatte einen neuen, netten Nachbarn, obwohl der anscheinend ein komischer Vogel war.

Sie schob die Scones in den Ofen und schaute nach der Zeit. Es war zwei Uhr, und realistisch gesehen, konnte das Café höchstens bis vier geöffnet bleiben. Wieder linste sie zum Durchgang in den Wohnbereich und erschauerte. Herrje, Schluss mit den Spukgedanken, ermahnte sie sich, das dort waren schließlich nur ein paar leere Räume. Sie schalt sich selbst, wünschte sich wieder einmal Lattes unkomplizierte Gesellschaft und begann, aufzuräumen. Sie nahm sich fest vor, das Boot vor Einbruch der Dunkelheit wieder zu verlassen.

Ihr fiel ein, dass sie Norman gegenüber die Bacon-Brötchen erwähnt hatte. Da er offenbar nicht bereit war, sich eins zu holen, womit sie eigentlich auch nicht gerechnet hatte, entschied sie sich, es ihm zu bringen. Es hatte sie überrascht, wie gut es ihr tat, Valerie wiederzusehen und wieder zu backen. Ein Teil von ihr ahnte schon, dass das keine einmalige Sache sein konnte. Nicht, wenn das Café überleben sollte. Vielleicht konnte sie jedes zweite Wochenende herkommen. Auf jeden Fall war es ihr wichtig, dass jeder in Willowbeck – und vor allem Jenny – wusste, dass das Bootscafé wieder geöffnet hatte. Und Norman auf ihre Seite zu bringen, schien ihr ein guter Ansatz zu sein.

Sie briet noch ein paar Scheiben Bacon, schnitt ein knuspriges Brötchen auf und belegte es. Zum Schluss rundete sie das Ganze mit einem Klacks Barbecuesoße ab.

„Wie trinkt Norman noch mal seinen Kaffee?"

Valerie winkte ab. „Für ihn ist Kaffee *eine dieser neumodischen Erfindungen.* Er trinkt grundsätzlich nur Tee."

Summer schaute verdutzt. „Ach, stimmt ja. Was würde wohl passieren, wenn ich ihm einen Spiced Latte mit Lebkuchengewürz, Schlagsahne und Zimt bringe?"

„Er würd ihn wohl in den Fluss schütten."

„Okay, dann bring ich ihm doch lieber Tee."

Sie hämmerte an die Bugtür und fürchtete schon, dass das Bacon-Brötchen längst kalt geworden war. Drinnen blieb alles still, und sie klopfte noch einmal. Schließlich hörte sie ein Poltern, und einige weitere merkwürdige Geräusche, bevor die Tür einen schmalen Spalt geöffnet wurde.

„Was?", brummte Norman.

„Ich hab dir ein Bacon-Brötchen und einen Tee mitgebracht. Ein kleiner Willkommensgruß. Dachte, das wärmt dich ein bisschen auf."

„War gar nicht weg. Bin die ganze Zeit hier gewesen."

„Nein, ich meine, weil *ich* weg war, also eher kein ‚Willkommen', sondern ein ‚Schön-dich-wiederzusehen'."

„Hast' schon gesagt."

„Dann sag ich's jetzt noch mal. Ich freu mich wirklich, dich zu sehen. Wie geht es dir denn?"

„Bacon, wie?" Norman nahm das Brötchen argwöhnisch in Augenschein, das in einige Servietten eingeschlagen war.

Summer nickte. „Vom Metzger, also richtig gut."

Er richtete den Blick auf ihr Gesicht. „Na dann", sagte er unbestimmt.

„Wie?"

„Is' gut, ich nehm's." Er streckte die Hände aus, und Summer übergab den Pappbecher und das Brötchen.

„Lass es dir schmecken", sagte sie herzlich, obwohl er sie behandelte, als hätte er soeben ihr einen Gefallen getan.

Er machte eine Bewegung mit dem Kopf, die man fast für ein genicktes ‚Danke' hätte halten können, und schloss die Tür.

Summer seufzte und schlang die Arme um den Körper. Trotz des Mantels fror sie. Die Sonne senkte sich schon langsam, und es wurde kälter. Merkwürdig, dass der Fluss gar nicht zugefroren war. Sie sprang vom Deck der Celeste und ging gemächlich an der Sandpiper vorbei.

Jetzt brannte drinnen Licht. Sie widerstand dem Drang, ihre Nase an die Scheibe zu drücken. Mason, der Naturjournalist. Sie konnte sich nicht vorstellen, dass die Geschichten, die er schrieb, wirklich spannend waren: Reiher, die die ansässigen Koikarpfen in den heimischen Teichen dezimierten, die Ankunft eines seltenen Zugvogels aus Afrika ... Aber auf einem Boot lebte es sich natürlich sehr naturnah. Wenn sie ehrlich war, hätte sie seine Fotos liebend gern mal gesehen.

Sie war schon fast wieder beim Boot, als sie dort Unruhe wahrnahm, laute Stimmen – die von Valerie und jemand anderem – und Hundegebell. Sie ging schneller, und als sie eben an Deck springen wollte, wetzte ein kleiner struppiger Terrier an ihr vorbei. Er trug etwas in der Schnauze, das stark nach einer großen, dicken Scheibe Bacon aussah.

„Ist das *unser* …“, platzte sie heraus, da schoss ein Mann über die Schwelle und hätte sie fast umgerannt. Im letzten Moment bewahrte er Summer vor einem Sturz.

„Entschuldigung! Das ist mein Hund. Er hat Valeries Bacon gestohlen, und ich muss …“ Aber er brach den Satz ebenso ab wie der Hund seine Flucht. Der Terrier kam zurückgetrottet und blieb vor seinem Herrchen stehen, den Speck noch immer aus der Schnauze baumelnd. Der Fremde ließ Summer los und hockte sich hin. Er schaute den Hund an, als wüsste er nicht, was er jetzt tun sollte. Das Tier richtete die dunklen Augen keck auf ihn und wedelte mit dem Schwanz. Ein Bild der Herausforderung. Der Mann seufzte, dann hob er den Fotoapparat hoch, der an einem Riemen über seiner Schulter baumelte, nahm den Hund ins Visier und drückte auf den Auslöser.

Summer war völlig perplex und starrte die beiden an.

„Aus!“, befahl der Unbekannte. „Aus, na los.“ Doch das Tier gab den Bacon nicht frei. „Archie“, wiederholte der Mann mit drohendem Ton in der Stimme und hielt dem Hund eine Hand hin. Der wich zurück. „Archie!“, sagte er noch einmal, diesmal noch eindringlicher. Der Terrier zögerte, schaute kurz zu Summer hoch und ließ den vollgesabberten Baconstreifen in die dargebotene Hand fallen.

Sein Herrchen starrte einen Moment darauf, murmelte dem Hund etwas Unverständliches zu und stand auf.

„Tut mir leid, dass ich Sie fast umgerannt hätte.“

Summer, noch immer verwirrt, schüttelte den Kopf und versuchte, den verdorbenen Bacon zu ignorieren, den der Mann in der Hand hielt. „Nein. Nein, ich …“

„Oh, Summer“, Valerie tauchte an Deck auf. „Du hast Mason also schon kennengelernt. Leider in einem ungünstigen Augenblick, wie?“

Mason sah sie scharf an, und Summer sagte nur: „*Das* ist Mason?“

„Sie scheinen überrascht. Was hat sie Ihnen denn von mir erzählt? Ist mir wirklich unangenehm, das mit Archie. Ich hatte ja keine Ahnung, dass Sie …“ Wieder brach er mitten im Satz ab und schaute sie mit leicht zusammengekniffenen Augen an.

Summer hielt seinem Blick stand.

Mason hatte dunkle Augen, die trotz der angespannten Situation freundlich wirkten, wie Valerie schon angedeutet hatte. Sie wurden von dunklen Brauen beschattet, und sein Gesicht umgaben nahezu pechschwarze Locken. Widerspenstige, freche Locken. Ob sie sich wohl weich anfühlten? Summer musste sich zurückhalten, um nicht hineinzulangen. Er trug eine verwaschene Jeansjacke über einem weißen Shirt, dunkle Jeans und einen grünen Wollschal, Letzterer das einzige Zugeständnis an die Kälte. Die schwarze, verchromte Kamera sah modern aus, war aber einer alten Leica nachempfunden. Offenbar ein sehr teures Modell.

„Sie sind also Summer“, nahm er den Faden wieder auf.

„Klingt, als hätten Sie auch schon von mir gehört.“ Ihre Kehle fühlte sich ausgetrocknet an. Valerie war sicher vorsichtig in ihrer Wortwahl gewesen, dennoch konnte er sich zweifellos die wahre Geschichte erschließen: dass sie sowohl das Boot ihrer Mutter als auch deren beste Freundin im Stich gelassen hatte, als diese sie am meisten gebraucht hatten.

„Hab ein bisschen was aufgeschnappt“, gab er zu und sah Valerie an, bevor er ergänzte: „Nur im Vorbeigehen, wenn ich mir einen Kaffee geholt habe.“

„Und das ist Archie?“ Der Hund hechelte leicht und wartete offenbar immer noch darauf, dass man ihm zu seinem Fund gratulierte. Oder er hoffte, dass der Speck ihm nun, da er für den menschlichen Verzehr absolut unbrauchbar geworden war, zurückgegeben würde. „Valerie hat gesagt, dass er ein kleiner Quälgeist ist."

„Summer!", zischte die sofort.

Mason warf Valerie einen Seitenblick zu und fuhr sich mit der Hand durchs Haar. „Tatsächlich? Er ist ein bisschen frech, aber normalerweise nicht gar so schlimm. Wobei – bisher gab es im Café nie Bacon-Brötchen. Ich wollte eigentlich nur fragen, ob ich eins bekommen kann, aber ich fürchte, das hat sich gerade erledigt." Er blickte seinen Hund zerknirscht an.

„Warum haben Sie ihn eigentlich fotografiert? Führen Sie etwa Buch über seine Fehltritte?"

Mason zuckte gleichmütig die Schultern. „Ich fotografiere nun mal gern. Es war vielleicht nicht Archies bester Moment, aber Potenzial für ein gutes Foto bot er schon."

Summer schüttelte den Kopf und lachte, aber Valerie legte ihr eine Hand auf den Arm.

„Ich glaube, er ist sogar ganz hinten im Boot gewesen."

„Nein!" Summer holte tief Luft.

„Und ich weiß nicht, ob die Tür richtig zu war."

„Mums Sachen!" Sie schlüpfte an Valerie vorbei, lief in die Küche und öffnete die angelehnte Tür. Ohne sich Zeit zum Nachdenken zu lassen, betrat sie den Wohnraum. Die Vorhänge waren zugezogen. Als sie das Licht anknipste, musste sie blinzeln und sich an eines der Regale klammern. Masons Hund hatte keinerlei sichtbare Zerstörung hinterlassen, weil es gar nichts zu zerstören gab.

Das Zimmer wirkte wie leer gefegt. Die Möbel standen noch da, das Sofa und die Einbauschränke, aber alles Persönliche – der kleine Schmuckkoffer, die Kissen und Fotos – war weg. All das, was den Raum zum Reich ihrer Mutter gemacht hatte. Nichts war von ihr übrig. Summer schlurfte zur Koje. Das Bett hatte jemand abgezogen, das Foto von ihnen dreien – ihr, Ben und Madeleine – fehlte. Ganz hinten in dem winzigen Bad fand sie genau dieselbe

Situation vor: der Schrank leer, Handtücher und Badematte nicht mehr da, keine Gummiente mehr auf dem Waschbecken.

Es hätte ein x-beliebiges Boot sein können. Zurück im Wohnzimmer, fühlte sie das Kribbeln in der Nase, wie immer, wenn sie den Tränen nahe war. Sie hatte nicht hineingehen wollen, aber dass Mums Raum wirklich *aller* Erinnerungen beraubt sein würde, hätte sie im Leben nicht erwartet.

Mason stand neben dem Sofa, schaute sich um und rieb sich eine Wange. „Hat er viel angerichtet?"

Wie betäubt schüttelte sie den Kopf. „Wo ist Valerie?"

„Bedient einen Gast."

„Sie müssen Ihren Hund anleinen", sagte sie tonlos, während sie sich an ihm vorbeischob.

Mason folgte ihr. „Sonst kann er sich besser benehmen. Der Bacon hat ihn zu sehr gereizt."

„Valerie, wo sind Mums Sachen? Warum sieht alles so leer aus?" Ihre Stimme klang rau, und Summer verfluchte sich innerlich.

Mit gerunzelter Stirn wandte die Freundin ihrer Mutter sich zu ihr um. „Ben hat alles ausgeräumt."

„Was? Wann?"

Direkt nach der Beerdigung. Ich weiß, es war kompliziert damals – tja, du wolltest nicht herkommen. Darum nahm ich an, dass du ihm das überlassen wolltest. Wir hatten die Küchenausstattung so gelassen, für das Café. Er meinte, den Rest wolle er entsorgen. Ich hab dir eine Nachricht hinterlassen und gedacht, ihr hättet alles abgesprochen."

„Ich hatte keine Ahnung! Da war doch …" Sie verstummte und ließ den Kopf hängen. Konnte sie es Ben übel nehmen? Aber musste er denn gleich *alles* verschwinden lassen? Okay, er hätte es auch nicht ewig hinausschieben können. Genau wie ihr Vater hatte er sich nie für das Boot interessiert, darum war sie überzeugt gewesen, die beiden würden niemals herkommen und alles würde erhalten bleiben, bis sie sich eines Tages in der

Lage fühlte, es sich anzuschauen. Valeries Nachrichten hatte sie sich nicht angehört, sondern es wie immer vorgezogen, komplizierte Dinge schlichtweg zu ignorieren. Jetzt musste sie mit den Konsequenzen klarkommen.

„Ben hat bestimmt das ein oder andere aufbewahrt." Valerie rieb sich verlegen den Arm. „Ruf ihn doch mal an. Ich weiß, dass Maddy froh wäre, dass er es getan hat, damit ihre Habseligkeiten nicht zu lange unbeachtet herumliegen und verstauben. So ist hier alles bereit für einen neuen Besitzer, für einen Neuanfang." Sie sah Summer geradeheraus an. „Das wünscht sich Maddy mehr als alles andere."

Summer trat einen Schritt zurück und knallte direkt in Mason hinein. Ein Hauch Zitrus- und Vanillearoma von seinem Aftershave erfasste sie, bevor sie auf Abstand ging. „Woher willst du das wissen? Wie kommst du darauf, dass meine Mum es gut finden würde, was Ben gemacht hat? Sie ist tot! Sie kann weder etwas ablehnen noch irgendetwas billigen, wie gern du das auch hättest."

Valerie riss die Augen auf. „Aber Schätzchen, sie ist …"

„Sie ist nicht mehr da", sagte Summer hart. Ihr ganzer Ärger brach nun hervor. „Sie ist nicht hier! Nichts ist hier mehr von ihr übrig!"

„Aber ich *spüre* sie." Valerie legte sich eine Hand auf die Brust. „Und wenn du mich nur für *dich* mit ihr sprechen lassen würdest …"

„Nein! Das werde ich nicht. Es geht nicht." Sie zog den Mantel enger.

„Wo willst du hin?"

„Nach Hause. Ich fahre nach Hause in meine Wohnung, zu meinem Hund und meinem Leben." Sie wies in die Runde. „Wir haben ja hier jetzt alles so weit wiederhergestellt. So kommst du sicher zurecht."

Fassungslos starrte Valerie sie an. „Das werde ich nicht! Natürlich nicht – ohne dich wird das alles nicht funktionieren."

„Komm schon, das stimmt nicht."
„Ich seh dich aber morgen wieder, oder?"
„Hast du nicht gehört, was ich gesagt hab?" Summer schaute von Valerie zu Mason, der am Fenster stand. Er sah sie teilnahmslos, aber dennoch durchdringend an. Sie fühlte sich plötzlich peinlich berührt, weil sie merkte, wie falsch alles lief. Sie konnte doch nicht Valerie die Schuld geben! Das musste einen furchtbar falschen Eindruck machen. Ihr Ärger verpuffte ein wenig, aber sie blieb standhaft. „Ich kehre in mein Leben zurück", sagte sie leise.
„Bitte, komm wieder. Ich bitte dich."
„Ich würde mich auch morgen über ein Bacon-Brötchen freuen", mischte sich Mason ein. „Zumal ich heute nicht in den Genuss gekommen bin."
„Dafür braucht ihr mich nicht, Bacon ist ja da." Summer schnappte sich ihre Handtasche, eilte nach draußen und schloss die Tür hinter sich. Im Dämmerlicht sah sie, dass Mason die Hundeleine seitlich am Boot angebunden hatte. Sie bückte sich, um den Terrier zu streicheln, der sie mit braunen Augen ansah und ihr die Hand zu lecken versuchte. „Das war gemein, hm?", sagte sie zu ihm. „Richtest du Mason aus, dass es mir leidtut und dass ich ihn nicht anmeckern wollte?"
„Es sei dir verziehen", hörte sie seine Stimme hinter sich. Sie drehte sich um, und er sagte: „Du kannst mir mit Fug und Recht heute alles an den Kopf werfen, was du willst, nach dem, was Archie da vorhin angestellt hat. Der Bacon ist im Eimer, also lass mich morgen neuen besorgen, und den mache ich dann höchstpersönlich im Café – als Wiedergutmachung."
Summer stand auf und schaute ihn unschlüssig an. Es fiel ihr schwer, sich abzuwenden, nicht nur, weil Mason unvermittelt zum formlosen Du übergegangen war. Er hatte eine weiche Stimme, keine Spur von Akzent. Seine Art zu sprechen ließ darauf schließen, dass er ein unendlich geduldiger Mensch sein musste, aber da war noch etwas. Seine Locken sahen so unge-

bändigt aus, sein Auftauchen auf ihrem Boot war so chaotisch gewesen, und seinen Hund schien er überhaupt nicht im Griff zu haben – dennoch ging von Mason etwas Anziehendes aus. Es fiel ihr schwer, das Durchdringende, die Tiefe in seinen Augen nicht zu beachten. Ja, sie wollte mehr über diesen Mann erfahren.

„Ich muss los“, sagte sie ruhig. Als sie sich auf den Weg machen wollte, fiel ihr eine weiße Schachtel auf, die an der Kante des Decks stand. Sie bückte sich, klappte sie auf und starrte auf ein Stück roten Samtkuchen. Zornig wandte sie sich um und drückte Mason die Schachtel in die Hand. „Hier. Guten Appetit, im Namen von Jenny. Vielleicht kannst du ja ein tolles Foto davon machen, bevor du ihn genießt.“ Sie warf einen Blick zum Pub hinauf, aber in der Dämmerung konnte sie außer dem Schimmer der erleuchteten Fenster nichts erkennen. Jenny beobachtete sie mit Sicherheit und freute sich diebisch über den gelungenen Scherz. Das hier war so gut wie ein Riesenplakat mit der Aufschrift „Scher dich aus der Stadt!“

Sie ließ den verdutzten Mason mitsamt der Kuchenpackung stehen und lief zu ihrem Wagen.

3. Kapitel

Als Summer vierzig Minuten später ihre Wohnung aufschloss, war ihre Wut verflogen. Latte begrüßte sie, als wäre sie Monate fort gewesen, kläffte und wuselte ihr um die Füße, während Summer ihr Futter gab und sich einen Tee kochte.

Kurze Zeit später machte sie es sich auf dem Bett bequem, mit Lattes kleinem warmen Körper an sich gekuschelt, und rief Ben an.

„Ich dachte, es wäre okay für dich", sagte er auf ihre Frage. „Einer musste es doch tun."

„Warum? Es war nicht okay, und es musste auch vorerst keiner tun."

„Sie ist acht Monate tot, Sum. Du hättest nicht gewollt, dass all ihre Sachen da vergammeln."

„Und wo sind ihre Sachen jetzt?"

Ben seufzte heftig und lang gezogen. „Die hab ich abgegeben – gespendet vor allem. Dad hat sich nicht dafür interessiert, und du – na ja, hast neben dir gestanden, was verständlich war." Bevor sie widersprechen konnte, ergänzte er: „Da hab ich's eben erledigt."

„Du hast rein gar nichts aufbewahrt?" Summer zog das Hündchen auf ihren Schoß und drückte das weiche Fellbündel an sich. Sie hatte den Welpen kurz nach dem Tod der Mutter bekommen und wollte Latte nun nicht mehr missen. Wenn sie noch einmal aufs Boot musste, würde sie die Kleine mitnehmen.

„Doch, ein bisschen was", antwortete Ben. Und dann wurde seine Stimme weich. „Den Kompass hast du aber schon, stimmt's?"

„Der war nicht da?“ Summer schloss die Augen. Der Kompass mit den Perlen- und Rosenquarz-Intarsien und der unglaublich glatten, kühlen Oberfläche war Maddys liebstes Stück gewesen.

„Du hast ihn nicht mitgenommen? Nicht vielleicht vorher irgendwann?“

„Nein.“

„Ich schwöre, dass er nicht da war. Ich hab ihn sogar gesucht, aber dann dachte ich, du hättest ihn schon.“

„Dann hast du ihn mit dem anderen Zeug weggeworfen?“

„Nein. Das hätte ich ganz bestimmt nicht gemacht. Jedenfalls nicht absichtlich.“

Summer vergrub den Kopf in Lattes Fell. „Ich weiß“, murmelte sie im Sitzen. „Das würdest du nicht.“

„Er ist vielleicht immer noch auf dem Boot. Wer weiß? Hinters Sofa gefallen oder so. Schau überall nach.“

„Klar.“ Plötzlich fühlte sie sich unendlich erschöpft. „Und wie ist’s dir in der Zwischenzeit ergangen?“

Sie hörte ihm zu, wie er von seinem Leben in Edinburgh erzählte, seiner Arbeit bei der Anwaltskanzlei, seiner Freundin Vicky, mit der er kürzlich zusammengezogen war. Es kam ihr so normal vor, vermutlich genauso normal, wie es ihr eigenes Leben bis zu jenem Tag gewesen war.

„Ehrlich, Sum, ich glaub nicht, dass ich den Kompass weggeschmissen habe. Schau noch mal nach, okay? Und wenn ich kann, komme ich bald mal runter und schau, wie’s dir geht.“

„Du bist kein schlechter Bruder, Blaze.“ Summer rang sich ein Lächeln ab.

„Wenn du mich weiter so nennst, werd ich zum Monster.“

„Wie Incredible Hulk? Blaze, der Bösewicht mit den Superkräften?“

„Fordere es nicht heraus, Sum.“

„Eigentlich ist Blaze ein hervorragender Superheldenname. Kann gar nicht verstehen, dass du ihn aufgegeben hast. Denk mal an all die Frauen, die du haben könntest.“

„Ich leg jetzt auf."

„Danke, dass du daran gedacht …", begann sie, aber dann hörte sie es klicken, als Ben das Gespräch beendete. Sie streckte sich aus, Latte noch immer auf dem Schoß, und starrte an die Decke.

Er war nie besonders herzlich gewesen, immer viel förmlicher und fokussierter als sie. Wie sein Dad. Aber immerhin hatte er sich an den Kompass erinnert. Er hätte ihr früher sagen können, dass er das Boot leer räumen wollte – genau genommen hätte er sie fragen können. Aber wenn sie vernünftig darüber nachdachte, war ihr so eine schreckliche, nahezu unmögliche Aufgabe erspart geblieben.

Sie besaß das Boot ihrer Mutter. Sie war entschlossen, den Kompass zu finden, und sie hatte all ihre Erinnerungen. Jetzt musste sie nur noch den Mut aufbringen, sich ihnen zu stellen, die Trauer hinter sich zu lassen. Sie musste akzeptieren, dass Mum nicht mehr da war, und versuchen, die guten Zeiten im Gedächtnis zu behalten. Dafür, das war ihr klar, musste sie nach Willowbeck zurückkehren.

Am nächsten Vormittag, dem Valentins-Sonntag, war es noch immer klirrend kalt, aber die Sonne traute sich etwas mehr heraus. Summer ergänzte den Vorrat an Brötchen und Bacon, bevor sie sich auf den Weg machte.

Latte hüpfte abenteuerlustig neben ihr her, als sie über die Planken ging. Auf dem schmalen Kanalboot konnte man kaum etwas erkennen. Es war abgeschlossen und Valerie noch nicht in Sicht. Summer wühlte in der Tasche nach den Schlüsseln und fragte sich, ob ihr gestriger Zwist Valerie womöglich den Rest gegeben hatte. Hatte die gute Seele nun doch endgültig das Café aufgegeben und überließ es nun ihrer unwilligen Obhut?

Sie schloss auf, schaltete das Licht ein, nahm Brownies und Scones aus dem Kühlschrank und stellte sie auf die Theke, bevor sie die Kaffeemaschine einschaltete. Alles hier kam ihr viel zu leer vor, weil weder ihre Mutter noch Valerie da waren. Zum Glück hatte Summer den kleinen, flauschigen Begleiter dabei.

Sie machte sich ans Aufräumen, wischte die Scheiben der Theke aus und setzte schon Bacon auf, bevor sie anfing, ein Blech Muffins zu backen. Latte erkundete inzwischen jeden Winkel des Bootes. Sie suchte auf dem Smartphone ein Album aus – Bat for Lashes – und drehte den Ton auf volle Lautstärke. Während sie die Zutaten rührte, sang sie mit. Sie konnte ein paar einfache Sachen backen, auch wenn ihr vielleicht das Wissen und Maddys Einfallsreichtum fehlten, wenn es ums Backen ging. Ihrer Erfahrung nach waren die Leute, die auf einem Spaziergang oder einer Bootstour vorbeikamen, schon glücklich, wenn sie nur einen Scone oder ein Haferplätzchen bekamen.

Als die Sonne höher stieg, erwachte auch der Ort. Die Weidenbäume, deren Äste sich sogar bis in den Fluss neigten, riefen einen Schimmer auf dem Wasser hervor. Jogger und Spaziergänger mit Hunden zogen vorüber, und die Straßenlaternen gingen aus, als die Februarsonne sich ganz heraustraute.

Drei Schwäne glitten sacht am Boot vorbei, die Hälse ausgestreckt. Dann tuckerten zwei Kanalboote, eins nach dem anderen, langsam den Fluss hinab, ein Steuermann rief dem anderen zu, wo sie später am Tag anlegen würden.

Um halb neun öffnete Summer die Luke und sperrte auch die Bugtür auf. Eine breite, klappbare Planke diente als Brücke zum Pfad. Auf dem Deck gab es eine Bank, die sich an die Bugkrümmung anzuschmiegen schien, und Summers Blick fiel auf etwas am Boden, das zum Teil hinter der Sitzbank verborgen lag.

Sofort drohte der Ärger wieder aufzusteigen, aber es war keine Kuchenschachtel, sondern ein viel kleinerer Gegenstand, diesmal definitiv kein essbarer. Summer hob ihn auf und drehte ihn in den Händen. Ein Herz, aus Holz geschnitzt. Sie schaute sich um, doch es hätte seit Tagen dort liegen können, wenn es jemand vom Leinpfad oder einem anderen Boot aus fallen gelassen oder herübergeworfen hätte. Sie fuhr mit dem Finger darüber. Die Oberfläche fühlte sich rau und ungeschliffen an, es war grob geschnitzt, jedoch künstlerisch schön gestaltet. Auf jeden Fall in Handarbeit. Sie sah sich noch einmal um, und da sie niemanden entdecken konnte, nahm sie das Herz mit nach drinnen, wo sie es auf die Theke legte, neben das Glas mit den Schneeglöckchen, die bereits die Köpfe hängen ließen.

Fünfzehn Minuten später erschien Valerie. Ihr markerschütternder Schrei verbannte alle vorherige Stille. „Summer! Du bist wieder da! Ich hatte schon Angst, dass es Einbrecher sind." Sie trug ein graues Kleid, über dem ein Hauch von silbrigem Schimmer lag. Summer hatte sich an ihrem zweiten Tag auf dem Wasser für einen langen, himmelblauen dicken Pullover über Leggins und dazu fellgefütterte Stiefel entschieden. Sie umarmte Valerie und stellte ihr Latte vor, die von einem Stuhl gesprungen war und der älteren Frau schon um die Füße wuselte.

„Was für ein entzückendes Tierchen! Wie alt ist sie?"

„Sechs Monate. Ich hab sie bekommen, nachdem … um etwas Gesellschaft zu haben."

„Tiere sind so gut für unser Wohlergehen, und sie ist einfach perfekt", schwärmte Valerie und fügte an das kläffende Knäuel gewandt hinzu: „Bist du doch, nicht wahr?" Dann streichelte sie Latte, und der kleine Hund drehte sich im Kreis und ließ vor Begeisterung hechelnd die Zunge heraushängen.

„Sie mag dich", stellte Summer fest und lächelte. „Valerie, wegen gestern …"

„Ich kann dir gar nicht sagen, wie froh ich bin, dass du zurückgekommen bist", wurde sie unterbrochen.

„Ich hab mich nicht gerade gut benommen. Es tut mir leid, dass ich dermaßen wütend war."

„Du warst durcheinander. Ich hab mich gewundert, dass du so gut klargekommen bist, gleich am ersten Tag. Und da bist du ja nun wieder."

„Nur für heute. Und dann … ich weiß nicht. Ich backe Muffins und vielleicht noch Herzplätzchen."

„Herzplätzchen?"

„Zum Valentinstag", erklärte Summer schnell. „Na ja, ist ziemlich kitschig, aber viele Leute mögen das, und vielleicht fördert's den Absatz."

„Ich mag deine Art zu denken. Darauf wär ich nie gekommen."

„Bin ich auch nur deswegen." Summer zeigte Valerie das Herz und beobachtete ihre Reaktion, aber sie schien ebenso perplex zu sein, wie sie selbst es gewesen war. „Du kennst keinen Holzschnitzer oder so in der Gegend?"

Valerie schüttelte den Kopf. „Vielleicht kommt es vom Andenkenladen? Jemand könnte es verloren haben, und dann ist es irgendwie hier gelandet."

„Kann sein. Wie auch immer, es …"

Das Schrillen des Rauchmelders unterbrach sie. Gleich darauf zog eine dicke Rauchwolke an ihnen vorbei. Latte bellte, aber man hörte es kaum bei dem Lärm.

„Verdammt, der Bacon!", rief Summer und sauste in die Küche, wo sie die angekokelten Reste in der schwelenden Pfanne vorfand. Sie riss die Pfanne vom Herd und hielt sie direkt unter den Wasserhahn, um zumindest irgendetwas zu retten.

„Alles in Ordnung", rief sie, als sie ins Café zurückging, wo Valerie sich gerade streckte und auf den blinkenden Knopf drückte, bevor sie dem verstummten Rauchmelder mit einem Küchentuch Luft zufächelte, in der Hoffnung, er möge dann nicht wieder anspringen.

In dem Moment stürzte Mason zur Tür herein, in Jeans und einem schwarzen Hemd, das nur zur Hälfte zugeknöpft war. Er runzelte die Stirn und sah überhaupt ganz zerknittert aus, zumindest um die dunklen Augen herum. Er schien tief Luft zu holen, bevor er auf die Theke zuging.

„Wow, einer von der ganz schnellen Truppe", kommentierte Summer, die versuchte, nicht allzu sehr auf das halb offene Hemd zu starren. „Leider wirst du noch etwas auf dein Brötchen warten müssen. Ich hab eben den Bacon verbrannt."

„Schon okay“, sagte Mason und deutete ein Lächeln an. Anscheinend abgelenkt, schaute er sich um, und seine Brust hob und senkte sich, als wäre er in aller Eile hergerannt. „Alles in Ordnung?“ Besorgt sah er erst Valerie, dann Summer an.

„Ja, danke“, antwortete Summer, aber Mason sah an ihr vorbei zur Küche. „Ach, entschuldige. Jetzt hat der Alarm dich sicher geweckt.“

Er machte eine Kopfbewegung, als versuchte er, einen unangenehmen Gedanken loszuwerden. „Halb so wild. Hat mich nur an den Bacon erinnert. Ich hab ja versprochen, heute den Küchendienst für dich zu übernehmen.“

„Ach, das mache ich für das Café doch sowieso. Ich bin jetzt eine Bratpfanne im Rückstand, aber wenn du dich hinsetzt und mir fünf Minuten Zeit gibst, stille ich deinen Heißhunger von gestern.“

Er stützte sich an der Theke ab. Sein Atem ging jetzt wieder normal. „Hört sich gut an.“

„Was magst du trinken?“

„Einen Espresso, bitte.“

„Gleich ran an die starken Sachen, wie?“ Als Summer sich zur Kaffeemaschine umdrehte, merkte sie, dass er barfuß war. Auch Latte hatte es gemerkt, und bevor Summer den Neuankömmling warnen konnte, war der Hund dabei, ihm eifrig die Füße abzulecken.

„Wer bist du denn?“ Mason streichelte Latte, wobei sich sein Gesichtsausdruck merklich entspannte.

„Latte. Bisher hat sie noch keinen Bacon gestohlen.“

„Aber sie versucht, meine Zehen zu fressen.“

„Ja, sorry, aber sie hat eine Vorliebe für Füße. Komischer Hund. Latte, hör auf, komm schon, lass das.“ Latte sah zu ihr hoch und trottete zum vorderen Ende des Cafés, sprang auf den Stuhl, der am weitesten entfernt stand, und ließ sich nieder, den Rücken ihnen zugewandt. „Oh nein“, stöhnte Summer. „Jetzt ist sie beleidigt.“

Mason lachte auf. „Dein Hund ist ja eine Diva."

„He, das ist unfair!"

„Aber du siehst es doch selbst. Sie schmollt."

„Willst du mir erzählen, dass Archie nie schmollt?"

„Niemals." Mason trat zur Fensterbank neben die Luke, dabei fiel ihm auf, dass sein Hemd noch immer halb offen stand.

Summer war es peinlich, dass sie ihn nicht darauf aufmerksam gemacht hatte. Er schien muskulös, soweit sie das beurteilen konnte. Ihre Blicke trafen sich, als er mit Zuknöpfen beschäftigt war, und sie tat gleichgültig.

„Ich muss neuen Bacon braten. Valerie?"

„Soll ich helfen?"

„Nein, willst du auch ein Brötchen?"

„Also, wenn du mich so fragst … Aber lass mich dir zur Hand gehen."

Für Muffins und Gebäck wie Cookies war der große Ofen ideal, eine Spezialausstattung, auf die Madeleine bei Kauf und Einrichtung des Bootes bereits geachtet hatte. Und mit den fertigen Bacon-Brötchen und frischem Kaffee ließen sich die drei an zwei nah beieinanderstehenden Tischen nieder, Summer gegenüber von Mason. Latte saß immer noch auf dem hintersten Stuhl, aber gutes Zureden und ein Stückchen Bacon halfen ihr schließlich über die Kränkung hinweg.

Mason war zwischendurch kurz auf die Sandpiper gegangen, um Archie zu holen, der nun neben dem Tisch auf dem Boden lag. Latte linste mit schwarzen Augen über die Stuhlkante, als müsste sie noch entscheiden, ob der fremde Hund Freund oder Feind war.

Die Luke war geöffnet, die Tafel auf dem Pfad pries dasselbe Angebot an wie am Tag zuvor, ergänzt durch ein rotes Kreideherz und die Worte:

Liebe, Lust und Leidenschaft –
Gebäck vom Boot, wie märchenhaft!

Die beiden Frauen bedienten die Gäste abwechselnd, die jedoch alle an der Luke bestellten. Summer hoffte, dass die Leute ermuntert wurden, ihrem Beispiel zu folgen, und sich drinnen an einen Tisch zu setzen.

„Ich kann nicht glauben, dass du Archie den Bacon gegeben hast“, klagte Mason kopfschüttelnd.

„Ich konnte doch nicht Latte welchen geben und ihm nicht.“

„Aber er wird denken, dass er gewonnen hat. Dass er die Beute seines Raubzugs zurückbekommt. Was wird jetzt aus seinem Benehmen?“

„Du glaubst, dass er ein vorzeigbares Benehmen hatte?“ Valerie zog eine Augenbraue hoch.

„Warum bist du überhaupt so schnell rübergekommen?“ Summer wollte erst „halb angezogen“ hinzufügen, aber Mason hatte sicher ohnehin gemerkt, dass der Zustand seiner Kleidung ihr aufgefallen war. Sein dunkles Haar war diesmal besonders ungezähmt. Eine einzelne Locke fiel ihm in die Stirn, während er aß.

„Der Alarm hat mich geweckt, den konnte ich doch unmöglich ignorieren.“

„Echt nett von dir, nach uns zu sehen“, befand Valerie.

„Ich wollte euch bloß bitten, das Ding auszuschalten.“ Er grinste sie so entwaffnend an, dass Summer beinahe die Spannung in seinen Schultern entgangen wäre. „Aber ernsthaft – wenn ich eines beim Leben auf einem Boot gelernt habe, dann, dass einer auf den anderen aufpassen muss. So funktioniert das Bootsleben besser. Übrigens – toller Kuchen.“

„Der rote Samtkuchen? Du hast ihn gegessen?“

„Klar. Was hätte ich denn sonst damit machen sollen?“

„Dann war er nicht vergiftet?“ Summer lächelte ihn schuldbewusst an.

„Vergiftet? Ich dachte, er wäre ein Geschenk von Jenny gewesen, und du hättest ihn aus irgendeinem Grund einfach nicht gewollt – vielleicht ja, weil du dich gestern Abend über Gott und die Welt aufgeregt hast.“

Summer seufzte. „Jenny ist nicht gerade der größte Fan des Bootscafés."

„Warum nicht?", fragte Mason und nippte an seinem Kaffee. „Konkurrenzdenken?"Valerie nickte heftig. „Genau deswegen."

„Ihr könnt nicht nebeneinander existieren? Man kann doch kaum jemals zu viel Kuchen haben."

„*Wir* würden's ja gern versuchen", entgegnete Summer, „aber Jenny ist nicht so erpicht darauf."

„Dann war der Kuchen gar kein Friedensangebot?" Mason kraulte Latte zwischen den Ohren.

„Eher eine Demonstration von Überlegenheit. Beim nächsten Mal könnte er aber durchaus vergiftet sein."

„Ist das nicht ein bisschen melodramatisch?"

„Dieser Frau würde ich alles zutrauen", widersprach Valerie vehement.

„Erzähl mal was von deinen Vögeln", beeilte sich Summer zu fragen.

Mason zog die Stirn kraus. „Meinen Vögeln? – Was hat Valerie dir erzählt?" Er verschränkte die Arme.

„Gar nichts", sagte Valerie und schaute weg.

„Ich meine deine Arbeit. Valerie sagte, dass du ein Naturbursche bist."

„Bursche?"

„Oder … äh … Liebhaber", log Summer, „also, Naturliebhaber natürlich", Mason hob die Brauen. „Nein, natürlich nicht ‚natürlich'." Sie kicherte nervös. „Nicht, dass ich sagen könnte, ob du sonst kein Liebhaber wärst", fuhr sie fort, leicht aus der Fassung gebracht. „Also, ich meine, ich hab ja nichts gesehen, um das beurteilen zu können, aber …"

„Summer Freeman!", quiekte Valerie.

Summer spürte, wie ihr Hitze in die Wangen stieg, und barg das Gesicht in den Händen. „Mistmistmist!"

„Das hatte ich ganz vergessen", Valerie winkte unbestimmt in Summers Richtung. „Du lässt nie ein Fettnäpfchen aus. –

Noch jemand Kaffee?“ Sie erwartete offensichtlich keine Antwort, sondern nahm die Tassen direkt mit zur Kaffeemaschine.

Summer schaute Mason an, der das Kinn auf eine Hand gestützt hatte, sein Lächeln breit und forsch zugleich. „Das ist jetzt völlig falsch rübergekommen.“

Latte stellte die Vorderpfoten auf die Tischkante, weil sie unbedingt mit einbezogen werden wollte.

„Also, ein Naturist bin ich jedenfalls nicht“, sagte Mason, „vielmehr ein Wildlife-Journalist. Aber tatsächlich verbringe ich viel Zeit damit, die Natur zu fotografieren und über sie zu forschen und zu schreiben. Vermutlich ist ‚Naturliebhaber‘ sogar das richtige Wort, auch wenn manch einer sich darunter etwas anderes vorstellen könnte.“

„Vielleicht bleiben wir besser bei ‚Wildlife-Journalist‘“, schlug Summer vor. Sie presste die Hände an die Wangen.

„Auch gut.“ Mason schien es einerlei.

Valerie stellte ihnen frisch aufgebrühten Kaffee hin, und Mason hob Latte auf seinen Schoß, weg von den dampfenden Tassen.

„Seit ich Summer kenne, hatte sie dieses herrliche Talent, ihre Gedankengänge der Welt mitzuteilen, ohne vorher darüber nachzudenken. Als gäbe es in ihrem Hirn keine Mauern.“

„Jetzt übertreibst du aber“, kam es zurück.

„Nein, keinesfalls. Aber ich finde es herrlich!“

„Ach so?“ Summer sah sie an.

Valerie nickte. Sie strahlte. „Ja sicher. Denn seit ich dich gestern wiedergesehen habe, warst du selbst eine einzige Mauer. Bis eben. Es tut gut, dich wiederzuhaben.“ Sie tätschelte ihr die Schulter. „Und du …“ Sie deutete auf Mason.

„Ich? Was?“ Er grinste kurz, aber Summer merkte, dass er damit nur Nervosität überspielte.

Valerie wedelte warnend mit dem Zeigefinger, sagte aber nichts weiter, sondern verzog sich wieder in die Küche.

„Ich würde gern mehr über deinen Job hören und darüber, was du fotografierst“, wechselte Summer das Thema, um die unangenehme Stille zu füllen.

„Alles.“ Er blickte ihr in die Augen.

Summer lächelte. „Eine kurze Zusammenfassung würde für den Moment reichen.“

„Nein, ich meine, dass ich alles Mögliche fotografiere. Ich versuche, einzigartige Momente festzuhalten, besonders schöne oder ungewöhnliche Dinge, die mir auffallen. Kann ich nicht mal Aufnahmen von Latte machen?“

„Willst du sie in einem Zeitschriftenartikel unterbringen?“

„Hatte ich nicht vor“, er rieb über Lattes Ohren.

„Oh, sie wird enttäuscht sein, stimmt’s?“ Latte jaulte einmal, und Summer lachte. „Siehst du!“

„Entschuldigung“, rief jemand durch die Luke, „haben Sie geöffnet?“

Summer stand auf. „Ich muss …“

„Ja, sicher.“ Mason erhob sich ebenfalls. „Ich sollte gehen und mich ordentlich anziehen.“

„Du musst eiskalte Füße haben.“

„Danke fürs Frühstück. Hat sich gelohnt, zu warten.“ Er wollte ihr seine Tasse reichen, aber sie griff schon danach, und er berührte statt der Tasse ihre Hand. Sie wartete, dass er seine Hand zurückzog, doch er tat es nicht.

„Du hast kalte Hände“, sagte er.

„Es ist Februar.“

„Valentinstag.“

„Du kannst dir gleich einen Scone holen, wenn du willst. Sie müssen gleich fertig sein.“

„Liebe, Lust und Leidenschaft …“, zitierte Mason.

Summer schluckte. „Ist doch nur ein Reim …“

„Verzeihung“, tönte es wieder. „Ich hätte gern so ein Gebäck!“

„Komme!“, rief Summer. Sie zog ihre Hand weg und ließ

Mason am Tisch stehen. Ihr Herz klopfte heftig, als sie zur Luke ging, um den Gast zu begrüßen.

Der stetige Strom von Gästen war über den ganzen Tag verteilt, ganz so, wie Valerie gesagt hatte. Summer backte, füllte Teller mit frischem Kuchen und Gebäck, und immer wieder war das Zischen der Kaffeemaschine zu hören, wenn für einen Cappuccino Milch aufgeschäumt wurde. Willowbeck war sogar an einem grauen Tag attraktiv. Die Wintersonne schien leicht, ein Anflug von Frühling lag in der Luft, sodass mehr Leute als sonst zu Fuß und per Boot unterwegs waren. Das Bootscafé fiel auf durch seine rotblaue Tracht, Summer und Valerie wurden zum Arbeiten von Lattes kleinen, begeisterten Lauten ermutigt, und dreimal wagten sich Gäste ins Boot und nahmen an den Tischen Platz, um zu bestellen.

Die Innenausstattung war für Summers Geschmack deutlich zu kahl: Die ewig schmutzigen Fensterscheiben hätten eigentlich Licht hereinlassen sollen, auch die Wimpel mussten erneuert und noch einige Tischplatten von Schrammen befreit werden. Es hätte gemütlicher hier drinnen sein können, aber immerhin war das Heizsystem neuwertig, sodass es im Café selbst bei geöffneter Luke recht warm blieb. Die Deko würde man im Laufe der Zeit immer noch aufpeppen können.

Als gegen fünf die Sonne langsam sank, klappte Summer die Luke zu und schloss sie ab, zog Madeleines rotblaue Baumwollschürze aus und umarmte Valerie. „Morgen kann ich aber nicht kommen“, sagte sie.

„Nicht?“

„Ich arbeite gerade an einigen Aufträgen und kann's mir nicht erlauben, unter der Woche auch nur einen Tag nicht im Atelier zu sein.“

„Dann war es das jetzt?“ Panik lag in Valeries hoher Stimme.

„Nein“, gab Summer gedehnt zurück. „Zumindest glaub ich das nicht. Aber – lass mich nachdenken. Ich möchte mich sowieso bei dir dafür bedanken, dass du mich gebeten hast, herzukommen. Ich hätte nie gedacht, dass ich das mal sagen werde, aber …"

„… du hast gespürt, dass du hierhergehörst?" Valerie lächelte hoffnungsvoll.

„Sagen wir, ich fand's nicht übel", kam Summer ihr entgegen, „gar nicht so schmerzhaft wie befürchtet." Tatsächlich war sie gerade heute viel zu beschäftigt gewesen, um über irgendetwas anderes nachzudenken als darüber, wer bedient oder was aus dem Ofen genommen werden musste – oder was sie da heute Morgen zwischen ihr und Mason wahrgenommen hatte. Es war ihr durchaus aufgefallen, dass er sich den angebotenen Scone später nicht mehr geholt hatte.

„Aber du kommst", sagte Valerie, diesmal deutlich sicherer als noch am Samstag. Sie schien optimistischer. „In der Zwischenzeit tu ich, was ich kann, also warte nicht zu lange."

„Werd ich nicht, versprochen. Na komm, Latte." Sie befestigte die Leine am Halsband und trat mit dem Hund hinaus in die Dämmerung.

Ihre Schritte hallten auf dem Pfad. Eine Welle von Gelächter brandete den Hügel herab, als jemand aus dem Pub trat. Summer wurde langsamer, als sie an der Sandpiper vorbeiging. Durch die Vorhänge schimmerte Licht. Unwillkürlich bekam sie eine Gänsehaut, nicht von der Kälte, sondern vor Sehnsucht.

Nichts hatte mehr Magie, als durch die Dunkelheit zu gehen, in erleuchtete Fenster zu blicken und sich Familien oder Paare dort vorzustellen – wie sie in dieser sicheren, behaglichen Welt Gespräche führten, während die Nacht ausgesperrt blieb. Das Gefühl kam ihr noch stärker vor, wenn sie am Fluss war, weil es draußen dann noch ungastlicher war, die eisigen Tiefen des Wassers in ihrer Bedrohlichkeit klar vor Augen. Nirgendwo hatte sie sich je so geborgen gefühlt wie in einer kalten Winternacht in Decken eingemummelt auf dem Boot ihrer Mutter, während sie beim Flackern des Holzofens einen Film schauten oder sich bei leiser Musik unterhielten.

Sie stellte sich Mason vor, wie er gerade in dem kleinen Raum am PC saß und durch seine Fotos scrollte. Oder wie er ein Buch las, ein Glas Rotwein neben dem Ellenbogen. *Barfüßig.* Sie war erstaunt, wie lebendig sie dieses Bild vor sich sah und wie sehr sie sich wünschte, die Sandpiper von innen zu sehen.

Jedes Boot war einzigartig, und sie fand alle schön. Jedes für sich war ein Ort, an dem man ein Gefühl von Sicherheit und Gelassenheit empfinden konnte. Masons Anwesenheit würde diesen Effekt gewiss noch verstärken.

Als sie ins Auto einstieg, dachte Summer an das Boot ihrer Mum. Jenseits der Kombüse war es nur noch eine leere Hülle, irgendwie leer und hohl. Ich will nicht dauerhaft auf dem Boot bleiben, dachte sie. *Ich bin noch nicht so weit.* Doch während sie zurück zu ihrer Wohnung fuhr, spukten bereits erste Ideen und Pläne in ihrem Kopf herum. Willowbeck und das Bootscafé versuchten mit aller Macht, sich einen Platz in ihren Gedanken zurückzuerobern.

An den folgenden drei Tagen arbeitete sie durchgehend an ihren Aufträgen: einem Ladenschild für eine neue Boutique und einer neuen Beschriftung für einen Pub, dessen Name geändert wurde und der jetzt „Zum Dummen Entchen“ heißen sollte, was sie mindestens zehn Mal am Tag zum Lachen brachte.

Sie hatte sich einer Künstlerkooperative mit einer kleinen Galerie und einem Atelier außerhalb von Cambridge angeschlossen. Die Gemeinschaft war von einer Gruppe von Studienkollegen, die mit ihr zusammen die Kunsthochschule besucht hatten, vor ein paar Jahren gegründet worden. Man hatte Summer die Möglichkeit gegeben, mitzumachen, als sie sich gerade abmühte, die eigenen Arbeiten an den Mann zu bringen und Kontakte zu knüpfen. Mittlerweile nutzten an die dreißig Künstler das Atelier und präsentierten Ausstellungen in der

Galerie. Eine tolle Sache, man kam gut miteinander aus und teilte sich Marketing und Kosten zu gleichen Teilen, sodass Summer nie besonders unter Druck geriet.

Sie liebte es, detailgenau zu arbeiten und Dinge schaffen zu können, die jahrelang halten würden. Mit den anderen Künstlern kam sie gut aus. Jetzt aber war sie mit den Gedanken woanders. Sie hatte Ideen für Backrezepte, überlegte, welche Blumen sich am besten für eine Tischdeko im Vorfrühling eigneten. Dann wieder fragte sie sich, von welchem ihrer Künstlerkollegen sie den besten Stoff für neue Bootswimpel beziehen könnte. Auch Latte, die sonst wie ein Bild der Fügsamkeit auf einem Kissen lag, hüpfte unruhig durch die Gegend, schnüffelte im Atelier umher und steckte dabei überall ihr kleines Näschen hinein.

Während Summer beim Arbeiten zu verhindern versuchte, dass ihr Hund sich zu einer flauschigen Leinwand mauserte, wanderten ihre Gedanken auch zu Mason zurück. Sie war nicht einmal eine Stunde mit ihm zusammen gewesen, aber sein ernstes Gesicht, das hin und wieder von diesem wandelbaren Lächeln aufgehellt wurde, seine dunklen Augen – ja selbst seine nackten Füße – kamen ihr immer wieder in den Sinn.

Fast so regelmäßig, wie sie Anrufe oder SMS-Nachrichten von Ross bekam.

Summer lehnte sich zurück, wärmte die Hände an dem To-go-Kaffeebecher und begutachtete das Schild. Sie hatte das Wort „Dumme“ fast fertiggestellt und wollte dann ein Entenküken skizzieren. Sie wusste, dass ihre Arbeit gut war, aber sie ging auch nicht so akribisch vor wie gewöhnlich. Eine SMS kam an, und sie seufzte.

Ross besaß einen Laden für Künstlerbedarf in Cambridge, wo Summer oft einkaufte. Das Angebot war nicht zu teuer, er bot einen ausgezeichneten Kundenservice. Im Laufe des letzten Jahres hatten sie ein freundschaftliches Band geknüpft, jedoch hatte Ross eine andere Vorstellung von ihrer Freundschaft, wie sich herausstellte. Summer hatte eines Abends noch schnell Farbe nachkaufen wollen, als er sich eben daranmachte, den Laden abzuschließen. Nach der Begrüßung hatte er deutlich durchblicken lassen, dass er mehr von ihrer Beziehung erwartete.

Mit seiner Offenheit hatte er sie völlig überrumpelt, zumal sie nie mehr als einen Freund in ihm gesehen hatte. Sie hatte sich nie zu ihm hingezogen gefühlt, keinen Funken Leidenschaft ihm gegenüber empfunden. Ross war ein netter Kerl, aber ohne tiefe Überzeugung – außer der, dass er mit ihr zusammen sein wollte –, und sie konnte sich beim besten Willen nicht vorstellen, mit jemandem zusammenzuleben, der sich so oberflächlich gab und keinerlei tiefere Emotion bei etwas zeigte. Sie war standhaft geblieben, freundlich, aber unnachgiebig – bis ihre Mutter sie allein gelassen hatte.

Sie schloss die Augen, dachte daran, was geschehen war, wie Ross versucht hatte, sie zu trösten, ihr zuzuhören, sie zu halten, als sie gerade das am nötigsten brauchte. Als sie es eines Abends nicht fertigbrachte, in die Einsamkeit ihrer Wohnung zurückzukehren, war sie mit ihm in den Pub gegangen. Bei ihm fühlte sie sich sicher und gut aufgehoben, und letztlich hatte sie Ross erlaubt, sie nach Haus zu begleiten.

Ein großer Fehler, wie sie von vornherein gewusst hatte. Es konnte nicht das sein, was sie wollte, aber sie musste einfach etwas anderes fühlen als den Schmerz über den Verlust, und so war Ross ihr Wundpflaster gewesen. Nach der Nacht hatte sie sich entschuldigt, ihm erklärt, dass sie nicht in der Verfassung für eine Beziehung wäre und sich wünschte, sie könnten Freunde sein. Er war verständnisvoll gewesen – allzu verständnisvoll – und hatte sich mit einer Freundschaft einverstanden erklärt.

Summer wusste gleich, dass er sich etwas vormachte und nur in ihrer Nähe bleiben wollte, um sie wenigstens nicht ganz zu verlieren, aber sie konnte nicht die innere Stärke aufbringen, den Kontakt ganz abzubrechen. Einerseits fühlte sie sich schuldig, weil sie ihn derartig behandelt hatte, andererseits rechnete sie es ihm hoch an, dass er für sie da gewesen war, ohne Fragen zu stellen. Sie hatte Valeries Freundschaft verloren und die Nähe der Menschen, die sie in Willowbeck kannte, weil sie es nicht schaffte, dorthin zurückzugehen, und Ross schien diese Lücke zu füllen. Ihn wegzustoßen, wäre noch schmerzlicher für ihn gewesen. Die Situation fühlte sich festgefahren an und machte sie unsicher. Ross war ganz im Gegensatz dazu standhaft und präsent wie immer.

Höflich schlug sie seine Einladung zum Kunstfestival am Wochenende aus. Sie begann, ihre Sachen zu packen, wusch die Pinsel aus und räumte die Staffelei aus dem Weg, um das Schild trocknen zu lassen. Nur eine Person konnte ihr helfen, das Kuddelmuddel in ihrem Kopf zu entwirren, und das war Harriet.

Sosehr Summer immer die Freiheit geliebt hatte, die das Leben auf dem Wasser ihr geboten hatte, so sehr geerdet war ihre beste Freundin Harry. Als Summer auf die Einfahrt zu dem pittoresken weißen Cottage einbog, musste sie lächeln. Harry hatte die Fähigkeit, den Garten selbst in kalten Monaten vor Farben strotzen zu lassen. Die Beete leuchteten voller blauer und rosa Hyazinthen, Schneeglöckchen und einiger wilder Primeln. An der Haustür hatte die Freundin das ganze Jahr über verschiedene Kränze hängen, momentan einen herzförmigen aus roter Winde mit eingewobenen weißen Tupfern aus Nelken und Schleierkraut.

Harry öffnete die Vordertür, und ein breites Lächeln erschien auf ihrem ovalen Gesicht. Das Haar fiel ihr seidig glänzend über die Schultern, Summer hatte den intensiven Mahagoniton immer schon bewundert. „Hey, komm rein! Der Kessel ist schon aufgesetzt."

„Danke dir." Summer hörte selbst, wie erleichtert es sich anhörte, weil sie sich so sehr freute, Zeit mit ihrer besten Freundin zu verbringen. Sie folgte Harry in die große, in schlichtem Holz gestaltete Küche, die dank Harrys kreativem Geschick und dem cremefarbenen Wandanstrich sehr heimelig wirkte. Filzsterne hingen am Schrank, selbst gemachte pastellfarbene Kissen lagen auf den Stühlen, eine kleine gehäkelte Schafherde weidete neben dem Toaster. Eine fast fertig gestrickte Mütze bedeckte zur Hälfte einen Wust von Papieren und ungeöffneten Briefumschlägen auf dem Küchentisch, Summer schob den Stapel beiseite.

„Wie geht's dir, Harry?"

„Gut. Uns geht's gut." Die Freundin nickte und holte etwas aus dem Ofen, das einen köstlichen Duft verströmte.

„Was ist das?" Summer ging hinüber, um einen Blick auf das Blech zu erhaschen.

„Orangen-Zimt-Kuchen."

„Wow. Ist das …"

„Dir zu Ehren."

„Wo sind die Jungs?"

„Fischen gegangen." Harry lachte. „Greg hat Tommy eine dieser lächerlichen Shows auf einem obskuren Doku-Sender gezeigt, rein zufällig natürlich, nur um sein Interesse zu wecken, und das ist ihm super gelungen. Ich hab Greg nie so glücklich gesehen. Wahrscheinlich verliere ich beide an den Fluss. Das wäre eine ziemliche Ironie des Schicksals."

Summer verdrehte die Augen. Seit sie beide sich kannten, hatte Harry sie wegen ihrer Hippie-Mutter aufgezogen und war nicht sonderlich überrascht gewesen, dass Madeleine nach der Scheidung von Summers Vater das Boot gekauft hatte. Harry hatte sie im Sommer oft dort besucht und ihr Gesellschaft geleistet, wenn sie bei wenig Betrieb aufregende Flusstouren unternahmen. Letztendlich schien sie aber auch immer froh gewesen zu sein, wenn sie wieder aufs Festland und in ihre Heimat konnte, in der sie fest verwurzelt war. Summer hatte Harry nie überreden können, mit ihr campen zu gehen, ganz zu schweigen davon, ihre

Sicherheit und ihre Komfortzone aufzugeben und einfach mal das Leben auf dem Wasser auszuprobieren.

„Erstaunlich, dass Greg erst jetzt damit anfängt", befand sie. „Meinst du, Tommy wird dem Wasser genauso verfallen wie sein Vater?"

„Hängt wahrscheinlich davon ab, ob sie einen fetten Fisch an die Angel kriegen." Harry stöhnte. „Wir werden sehen. Eigentlich war geplant, dass er heute mit Freunden Go-Kart fahren geht, aber dann mussten wir das absagen. Hoffentlich lohnt es sich für ihn."

„Fürs Häkeln oder Backen kannst du ihn wohl kaum begeistern?"

„Könnte noch werden. Er ist ja erst zehn."

Bei schöner Aussicht auf den ländlichen Cottage-Garten hatten sie es sich gemütlich gemacht. Ein paar Spatzen flogen um ein Futterhäuschen und zeterten, und Summer fühlte, wie die Anspannung von ihr abfiel.

„So", Harry sah sie an, „dann erzähl mal. Du bist ja nicht nur wegen des deliziösen Kuchens hier."

„Deliziös. Das ist er wirklich."

„Sum!"

„Schon gut. Es ist nur … gerade alles ein bisschen kompliziert."

„Sprechen wir von Ross?", wagte Harry einen vorsichtigen Vorstoß.

Summer schüttelte den Kopf. „Nein, oder zumindest hat sich in der Richtung nichts verändert. Aber das ist … Es ist meine Schuld, ich weiß. Nein, es geht ums Boot."

„Du meinst das Bootscafé?" Harry straffte den Rücken, sichtlich perplex. „Was ist damit? Denkst du doch darüber nach, hinzufahren?"

„Ich war schon da. Das ist es ja."

„Wirklich? Wann? Erzähl mir jedes Detail! Wie war's? Geht es dir gut?"

Summer seufzte, löffelte sich Zucker in den Tee und begann zu berichten.

Gefühlte Stunden später, nachdem sie sich eine Menge Orangen-Zimt-Kuchen einverleibt und eine Menge Erlebnisse, Gedanken und Ideen von sich gegeben hatte, wartete sie gespannt auf das Urteil ihrer Freundin.

„Du weißt eh, was ich davon halte", sagte Harry. „Das weißt du schon die ganze Zeit. Das Boot ist das Vermächtnis deiner Mum. Es könnte *dein* Café werden, Summer, *dein* Boot! Es ist ein blühendes, ungewöhnliches und wunderschönes Unternehmen, und du brauchst nur zuzugreifen. Eine bessere Gelegenheit gibt's nicht."

„Ganz so blühend ist es im Moment nicht."

„Könnte es aber sein. Du musst nur dein Herzblut hineinstecken."

„Aber Mum ..."

„Maddy hätte es sich gewünscht. Mehr als alles andere. Mach es zu deinem eigenen Ding. Du kannst noch mal anfangen – mit *Summers* Café. Deine Mum wird immer dort sein, in deinem Herzen, aber sie würde ganz sicher wollen, dass du es auf deine Weise machst, nicht auf ihre."

„Du hörst dich an wie Valerie." Summer lachte leise in sich hinein, und Harry lächelte sie mitfühlend an.

„So ist sie eben. Es ist ihre Art, damit fertigzuwerden. Sie versucht doch nur, zu helfen."

„Ich weiß. Aber ich kann das nicht, nicht so. Zu glauben, dass Mum auf uns herabschaut, uns leitet. Sie muss doch verstehen, dass es mir nicht hilft, wenn sie solche Sachen sagt."

„Okay. Was ist *deine* Methode?" Harry pickte mit der Fingerspitze Krümel vom Teller.

Summer zuckte mit den Schultern.

„Dich vor allem zu verschließen, was dich an Maddy erinnert – indem du das tust, Sum, hältst du dir nicht nur das Unangenehme vom Leib, weißt du? So hältst du auch das Schöne fern. Willst du denn die Erinnerungen nicht lieber zulassen?"

Summer fühlte Tränen in sich aufsteigen, als Schleusen der Trauer sich in ihr öffneten. „Aber du weißt doch, was ich getan habe", flüsterte sie. „Du weißt doch, warum es für mich so schwer ist. Wie könnte ich an all das denken, was wir zusammen erlebt haben, ohne mich *daran* zu erinnern?"

Harry beugte sich vor und legte eine Hand auf die ihre. „Ich weiß. Trotzdem kannst du es. Es wird dauern, aber du wirst einen Weg finden, um dir selbst zu vergeben. Maddy hätte dich niemals dafür verantwortlich gemacht. Niemand tut das, nur du selbst."

„Aber ich kann mich nicht davor verschließen, oder?" Tränen liefen ihr über die Wangen, und Summer wischte sie mit der Handfläche ab. „Gott, ich vermisse sie so sehr! Und ich kann nicht aufhören, darüber nachzudenken, ob sie noch hier sein könnte, wenn ich nicht ... wenn ich das nicht getan hätte."

Harry schüttelte heftig den Kopf, aber ihr Blick blieb auf die Freundin geheftet. „Du musst damit aufhören. Denk so etwas nicht. Es war einfach schlechtes Timing. Schreckliches, tragisches Timing. Aber du bist doch nicht schuld an ihrem Tod, Sum. Du magst Fehler gemacht haben – wie jeder andere auch –, aber du musst nach vorn schauen. Sag Ross noch mal ganz deutlich, dass du keine Gefühle für ihn hast, dass du auf dieses Boot musst und es zum Laufen bringen willst."

„Es ist nur eine leere Hülle."

„Dann füll es mit Dingen, die dich glücklich machen."

„Ich kann nicht backen."

„Erstens stimmt das nicht, zweitens kann ich dir helfen, und drittens: Was heißt das schon, wenn du's nicht kannst? Kein Café kann nur durch die Marmeladenkekse von jemand anderem überleben. Es ist *dein* Boot, Summer. Nimm es an! Ich glaube, es nicht zu tun wäre ein Riesenfehler. Viel größer als alles, worüber du dir gerade Sorgen machst."

Summer schaute aus dem Fenster. „Wirklich?" Sie dachte an die Nacht, in der ihre Mutter gestorben war, an den Abend, als sie sich betrunken hatte und in Ross' Armen gelandet war, sah das vernachlässigte Innenleben des Cafés bei ihrer Rückkehr, Valeries flehendes, bestürztes Gesicht. „Du glaubst wirklich, ich könnte es aufpäppeln?"

„Ich weiß, dass du es kannst. Ich glaube sogar, dass du es musst. Trau dich, geh zurück zu irgendeinem der hundert Anlässe auf diesem Boot mit Maddy, Valerie und dir, manchmal auch mir und Greg und Tommy, und du wirst sehen, dass ich die Wahrheit sage. Das Boot ist dein persönlicher Glückshort, auch wenn du das im Moment nicht erkennst. Also. Sag schon: Wie geht's weiter?"

4. Kapitel

Summer kam am Freitagmorgen in aller Frühe in Willowbeck an, als die Sonne gerade aufging. Alles war still, und ihr Atem hing wie Nebel in der Luft. Latte lief ruhig neben ihr her, zitterte aber vor Aufregung, weil sie ungewohnt früh geweckt worden war und Frauchen nun zu diesem merkwürdigen, neuen Ort begleiten durfte.

Summer schlenderte den Pfad zum Fluss entlang und erstarrte, als sie an dem Wegweiser vorbeikam. Einer der Pfeile war erneuert worden. Der Hinweis zum Pub lautete jetzt: *Black Swan – Pub & Teehaus.* Sie biss die Zähne zusammen, um den aufsteigenden Ärger zu unterdrücken. Das musste in der vergangenen Woche geschehen sein – Jenny hatte den nächsten Schlag gegen sie geführt. *Wie kann sich ein Pub ernsthaft als Teehaus bezeichnen, nur wegen ein paar ausgefallener Kuchen? Mum hätte sich nie für so was hergegeben.* Schließlich hatte das Bootscafé nicht einmal einen Wegweiser.

Sie stapfte auf den Pub zu und merkte erst dann, dass sie keine Ahnung hatte, was sie sagen sollte. Sie musste nachdenken, und genau das war es, wozu sie hergekommen war. Also änderte sie kurzerhand die Richtung, warf der Sandpiper im Vorbeigehen einen knappen Blick zu, fummelte den Schlüssel hervor und schloss ihr Boot auf.

Sie schaltete das Licht ein, dann die Kaffeemaschine, zog den Mantel aus und setzte sich an einen der Tische, während sie wartete, dass der Kaffee durchlief. Latte stand auf dem Stuhl gegenüber, die Vorderpfoten am Fenster, und bellte den Leinpfad an.

„Schsch, Latte!“, ermahnte sie Summer. „Reg dich ab.“

Der Hund bellte weiter, und sie sah hinaus. Jemand näherte sich, und ihr stockte der Atem, als sie den Mann erkannte.

„Was will *der* denn hier?“ Kurz zuckte der Impuls auf, das Licht wieder auszuschalten und sich in der Küche zu verstecken, aber es war zu spät. Ohnehin musste er ihr Auto auf dem Parkplatz gesehen haben.

Er sah sie durchs Fenster, hob die Hand zum Gruß, kam über die Planke aufs Bugdeck und stieß die Tür auf. „Hallo, Summer.“

„Ross.“ Sie ging zur Kaffeemaschine. „Was machst du denn hier?“

„Du hast gesagt, dass du's heute nicht schaffst, in den Laden zu kommen, weil du hier sein würdest, darum dachte ich, komme ich auch.“

„Es ist noch ziemlich früh.“

„Du bist ja auch ein früher Vogel, weiß ich doch.“ Sein kurzes, kastanienbraunes Haar ragte stachelig gegelt in die Höhe, die schwarze Diesel-Jacke war vorn offen, sodass die Aufschrift auf dem Shirt darunter teilweise hervorblitzte.

Summer nickte und unterdrückte ihre Furcht. Insgeheim war sie froh gewesen, dass sie Ross – aus gutem Grund, und nicht etwa unter einem Vorwand – hinhalten konnte, dabei hätte sie ahnen müssen, dass ihn das nur ermutigte.

„Ziemlich fesch hier. Kann gar nicht glauben, dass ich es noch nie gesehen habe. Also – nach dem Tod deiner Mutter, das verstehe ich schon, aber davor. Warum war ich noch nie in Willowbeck?“

„Willst du was trinken?“

„Cappuccino wär super. Danke.“ Er tappte langsam umher und erkundete alles. Schließlich hob er das hölzerne Herz auf, warf Summer einen schnellen Blick zu und legte es wieder ab. „Fühlt sich's nicht komisch an, wieder hier zu sein?“

„Schon, ja. Ich konnte es mir nicht vorstellen und hab es nie in Betracht gezogen …“

Ross lehnte sich an die Theke. „Ich geb ja zu, dass ich mich gewundert habe, als du's in deiner SMS erwähntest. Nach allem, was du erzählt hast, dachte ich, es wäre zu schwer für dich."

Summer schäumte Milch auf. „Es war anders als erwartet", sagte sie laut, um die Maschine zu übertönen.

„Wie anders?"

„Es war schön, Valerie zu treffen. Sie brauchte Hilfe, und es hat mich an all die guten Dinge hier erinnert. Daran, wie es früher war – und daran, dass ich jetzt verantwortlich bin."

„Das Café ist ziemlich weit weg." Lächelnd nahm er die Tasse, die sie ihm reichte, entgegen.

„Nicht mal eine Stunde."

„Schon, aber jeden Tag?"

„Na ja, ich müsste gar nicht fahren, wenn ich ..." Sie brach ab.

„Wenn du was? Hier einziehst?" Ross gluckste verhalten und nippte an seinem Cappuccino. „Komm schon, Summer. Ich war für dich da, oder? Ich hab dir geholfen, mit allem fertigzuwerden. Glaubst du wirklich, dass du zu so einem Umbruch bereit bist? Dein ganzes Leben nach Willowbeck zu verlegen? Was ist mit der Koop, deiner Arbeit, deiner Wohnung? Du hast noch nie ein Café geführt."

„Ja, aber die Koop ist ein Unternehmen. Ich bin da an der Führung beteiligt, darum ist mir das alles vertraut. Und ich bin oft mit meiner Mutter hier gewesen."

„Genau, *mit deiner Mutter*. Nicht allein. Hör mal, Summer." Er trank aus, stellte die Tasse auf die Theke und griff nach ihrer Hand. „Das ist eine große Sache. Wann, sagst du, bist du zum ersten Mal wieder hier gewesen?"

„Vor einer Woche." Sie versuchte, ihm ihre Hand zu entziehen, aber er hielt sie fest und schüttelte den Kopf.

„Das reicht nicht. Und ist es wirklich was für dich? Dass deine Mum all das geliebt hat, bedeutet nicht, dass du in ihre

Fußstapfen treten musst. Du bist Künstlerin. Über Boote weiß ich nichts, aber bestimmt würde so was einiges einbringen. Du könntest dir ein eigenes Atelier leisten."

„Ross! Ich kann es nicht einfach so verkaufen!"

„Warum nicht?

„Es … dümpelt gerade so vor sich hin."

„Dann überlass es jemand anderem." Er ergriff nun auch ihre andere Hand.

„Ross …"

„Dann überstürz es wenigstens nicht. Das ist eine wichtige Entscheidung."

„Das weiß ich, aber ich …" Sie drehte sich um, als sie ein Geräusch hörte. Latte begann wieder zu bellen, aber fast sofort fiel ein tieferes, schrofferes Kläffen in ihre hohen Laute ein.

„Hallo? Summer, bist du da?"

Summer keuchte auf. Sie hatte ihn nicht an den Fenstern vorbeikommen sehen, weil Ross sie zu sehr abgelenkt hatte, und jetzt stand Mason in der Tür. Er trug einen dicken blauen Pullover und abgewetzte Jeans. Seine Kamera baumelte wie üblich um seinen Hals, und sein Blick richtete sich sogleich auf ihre Hände, die Ross noch immer festhielt.

Summer befreite sich endlich aus dem Griff. „Mason, komm doch rein. Wie geht's dir? Das ist Ross."

„Hi", Mason streckte die Hand aus.

„Freut mich, Sie kennenzulernen, Mason." Ross schüttelte Mason die Hand, und Summer wandte sich den Hunden zu, die sich gegenseitig beschnupperten und sich neugierig per Pfotendruck begrüßten. Latte gab durch ihr hohes Bellen kund, dass sie sich freute, den Terrier wiederzusehen. Keine Spur mehr von ihrem früheren Argwohn.

„Sie mögen sich", sagte Mason, der ihrem Blick gefolgt war. „Du scheinst überrascht."

„Ich wundere mich nur, dass Archie nicht den dominanten Macho herauskehrt, obwohl Latte aufgetaut ist."

„Nur weil er nicht auf dich hört", neckte Summer.

„Hey!" Mason grinste. „Archie hört *wohl* auf mich, mindestens jedes fünfte Mal."

„Aber nicht, wenn Bacon im Spiel ist. Espresso?"

„Klar."

„Ich könnte auch noch was gebrauchen", ließ Ross sich vernehmen.

Summer nahm ihm die leere Tasse ab und bereitete die Getränke vor, wobei sie Mason und Ross an der Maschine vorbei beobachtete.

„Sie leben also in Willowbeck?", fragte Ross.

Mason nickte. „Im Boot nebenan."

„Ziemlich nah", murmelte Ross. „Dann reisen Sie wohl viel?"

„Manchmal." Mason zuckte mit den Schultern. „Ich fühle mich in Willowbeck zu Hause. Es ist für meine Arbeit günstig, und jetzt, da Summer hier ist und das Café wieder läuft, habe ich nicht vor, in absehbarer Zeit abzureisen."

Summer durchzuckte es warm, und sie senkte den Kopf, um ihr Lächeln zu verbergen.

„Wir hatten gerade davon gesprochen, dass sie das Boot verkauft", konterte Ross.

„Was?", platzte Mason laut heraus, und Latte und Archie ließen von ihrer gegenseitigen Begutachtung ab und sahen zu ihm auf.

„Ross hatte das nur vorgeschlagen", stellte Summer hastig klar und übergab ihm die kleine Tasse mit Espresso. „Ich überlege noch, was genau ich machen werde."

„Aber es wäre nur vernünftig", setzte Ross nach und nahm einen frischen Cappuccino entgegen.

„Inwiefern?", hakte Mason nach, und Summer nahm den verhaltenen Ärger in seiner Stimme wahr. Er wandte sich ihr zu. „Als du letztes Wochenende hier warst, da – ich weiß gar nicht, wie ich beschreiben soll, was du hier bewirkt hast. Ich meine, nicht nur das." Er hielt die Tasse in die Höhe. „Du bringst neuen Schwung in die Anlegestelle. Dieses Boot und das, was es zu bieten hat, das macht einen großen Teil von Willowbeck aus. Klingt vielleicht etwas pathetisch, aber ich bin nicht der Einzige, der so denkt."

Summer spürte die Wärme in seinen Worten und musste wieder an das Gefühl denken, das die Berührung seiner Hand in ihr ausgelöst hatte. Es war erst ein paar Tage her. Aber was Ross sagte, hatte auch seine Berechtigung. Sie wusste nicht, ob das hier zu ihrem Traum werden konnte. Und wenn sie nicht alles dafür geben würde, sollte dann nicht lieber jemand anders diese Gelegenheit bekommen?

„Lieb, dass du das sagst. Ich brauche nur etwas Zeit, um mir darüber klar zu werden, was für mich das Beste ist."

„Du kannst es jederzeit mit mir besprechen, Summer, das weißt du." Ross kippte auch den Rest des zweiten Cappuccinos hinunter, obwohl dieser noch heiß sein musste, und küsste sie auf die Wange.

Summer schüttelte leicht den Kopf. „Ich glaube nicht, dass …"

„Ich muss zurück und den Laden aufmachen, aber ich ruf dich später an. – War nett, Sie kennenzulernen, Mason."

Sie sah ihm nach, als er ging, und fühlte Masons Blick auf sich ruhen, aber er wartete, bis Ross außer Sichtweite war, bevor er sie ansprach.

„Wäre es wirklich eine Option für dich, das Café zu verkaufen?" Es lag kein Vorwurf in seiner sanften Stimme.

„Das ist alles so verwirrend", klagte Summer ausweichend. „Sicher, Valerie wünscht sich, dass ich herkomme, und das Café kann sich nur halten, wenn jemand es ordentlich führt, das ist auch klar. Aber ob ich die Richtige dafür bin, ist fraglich."

„Soweit ich es beurteilen kann, bist du genau die Richtige dafür." Mason trat näher zu ihr, und Summer hielt die Luft an. „Du brauchst nicht gleich eine Entscheidung treffen – es sei denn, du entscheidest dich direkt, zu bleiben. Wenn du wirklich einen Verkauf in Betracht ziehst, dann denk lieber etwas länger darüber nach." In seinen Augen blitzte etwas auf und strafte sein ernstes Gesicht Lügen.

„Okay", Summer lächelte. „Ich darf also erst nachdenken, bevor ich die *richtige* Entscheidung treffe?"

„So ist es." Mason schlüpfte an ihr vorbei und stellte seine leere Tasse in die Küche.

„Hey, die Kundschaft darf da nicht rein!", rief Summer. „Du bist da keine Ausnahme! Warum kümmert es dich überhaupt so sehr, ob ich bleibe?"

Mason pfiff. Archie schaute kurz hoch, er lag inzwischen mit Latte zusammengekuschelt an der Theke, schloss aber die Augen sogleich wieder. „Archie, los. Komm!"

Summer verschränkte die Arme und sah zu, wie Mason kniend versuchte, das Hundeknäuel zu entwirren. „Sagtest du nicht, er würde auf dich hören?"

Mason stöhnte. „Ist wohl so eine Art Vorführeffekt. Es kümmert mich übrigens", wechselte er das Thema, „weil du eine Espressomaschine hast und die besten Bacon-Brötchen weit und breit machst."

Summer schluckte den Kloß im Hals hinunter. „Jeder andere könnte das Café ebenso gut führen."

„Ich will aber nicht, dass *irgendjemand* das Café führt, sondern du." Er hielt Archie am Halsband fest und schaute zu ihr hoch. „Ich hab's ernst gemeint, als ich sagte, dass du eine willkommene Aufwertung von Willowbeck bist, und ich wäre traurig, wenn du gehst. Aber wenn du mit Ross woanders leben willst, dann …"

„Nein, nein", unterbrach sie ihn hastig. „Mit Ross hat das nicht das Geringste zu tun."

„Dann versprich mir, dass du darüber nachdenkst." Archie entwand sich seinem Griff und flüchtete an Deck. Mason rannte schimpfend hinter ihm her, und Latte plumpste Summer gegen die Fußknöchel.

„Versprochen“, rief sie und nahm ihren Hund auf den Arm. „Ich werde darüber nachdenken.“

Nach einem ruhigen Morgen, an dem sie gebacken und Gäste bedient hatte, holte Summer die Tafel herein, zog die Planke an Deck, schlenderte bis hinter ins Heck durch und fragte sich, wann das Boot zum letzten Mal seinen Liegeplatz verlassen hatte. Es war definitiv mehr als acht Monate her, und der Gedanke, dass ihre Mutter die Letzte am Steuer gewesen war, machte ihr gleichzeitig Mut und Angst.

Sie trat ans Steuer, löste das Getriebe aus seiner Arretierung und öffnete den Gashebel ein wenig. Dann drehte sie den Schlüssel und prüfte, ob alle Zündungslichter aufleuchteten – was sie taten. Ein weiteres Schlüsseldrehen, sie schloss die Augen in einem stummen Gebet. Nach einem Moment erwachte der Motor lautstark zum Leben und gab ein tiefes, kehliges Klackern von sich. Summer legte den Leerlauf ein, ging langsam das Boot außen entlang und befestigte ein Seil in der Mitte, das sie am Ufer zusätzlich vertäute. Am Pfad löste sie die anderen Seile der Vertäuung. Der Ablauf, den ihre Mum ihr beigebracht hatte, war ihr sofort wieder präsent. Zuletzt löste sie das mittlere Seil wieder, stieg am Heck wieder an Bord und legte den Gang ein.

Sie drückte sich von der Uferkante ab und manövrierte das Bootscafé weg von der Anlegestelle. Die Heckwelle erreichte die Sandpiper und die Moonshine, als das Boot sich entfernte. Sie steuerte immer weiter hinaus, straffte sich und fuhr langsam den Fluss hinauf. Enten schwammen ihr aus dem Weg, und sie nahm den üppigen Geruch der Vegetation wahr, obwohl es so kalt war.

Sie hatte ganz vergessen, wie schön der Fluss sein konnte! Unter der Steinbrücke gab sie sich Mühe, so ruhig wie möglich zu steuern. Als sie sich von Willowbeck entfernte, verbreiterte sich der Fluss, Bäume beugten sich über dem Wasser, blattlos und kahl. In der Landschaft dahinter wechselten sich Felder und Wälder ab. Keine anderen Zeichen von Leben. Ein Reiher stand reglos am Ufer, auf ein silbernes Aufblitzen seines Frühstücks unter der Wasseroberfläche wartend. Summer sog tief die frische Luft über dem Fluss, die friedvolle Atmosphäre über dem gleichmäßigen, leichten Tuckern des Bootes ein.

Latte saß dicht bei ihr am Heck, ihr treuer Kamerad. Die Bewegung des Bootes war für sie ungewohnt. Eine seltsame neue Art des Daseins. Sie kamen an bekannten Wegmarken vorbei, als ein Stück vom Leinpfad zu ihrer Linken auftauchte. Die Bänke, die ihn säumten, waren in unterschiedlichen Farben gestrichen: Violett, dann Gelb, dann Grün. Dort stand ein winziger Schuppen, und sie erinnerte sich, dass jemand ihr einmal erzählt hatte, dort habe es früher einen Flusswächter gegeben, der eigens angestellt war, danach Ausschau zu halten, ob Bootsführer auf dem Wasser Schwierigkeiten hatten und sie vor den nahen Schleusen zu warnen. Jetzt war das Häuschen halb verfallen, Efeu wucherte durch die Tür und das Fenster.

Sie passierte ein anderes, in Blautönen gestrichenes Kanalboot. Am Ruder stand ein Mann in schwarzer Windjacke. Er nickte ihr zu, sie winkte und lächelte. Der Fluss verbreiterte sich weiter. Summer steuerte das Boot zum Ufer, verlangsamte die Fahrt und hielt schließlich an. Sie befestigte das Mittelseil wieder und sicherte das Boot mit Seilen an Bug und Heck, die sie an den Landungspfählen festmachte. Als sie aufs Bootsdach kletterte, zeigte sich, dass es eine Grundreinigung nötig hatte, was sie jetzt jedoch kein bisschen kümmerte. Die Kapuze in die Stirn gezogen, legte sie sich auf den Rücken und blickte hinauf zum Himmel, der voller grauer Wolken war, die schnell über sie hinwegzogen, aber hier und da schien die Nachmittagssonne hindurch.

Summer versuchte, den Kopf freizubekommen, und sobald sie es halbwegs geschafft hatte, trudelte Frage um Frage ein. Genau genommen, eine ganze Flut von Fragen. *Wird meine*

Arbeit darunter leiden, wenn ich auch für das Café verantwortlich bin? Kann ich es wirklich führen, nur mit Valeries Hilfe und dem Einsatz von Harry und Mason – schließlich habe ich doch sonst nichts? Ich glaube kaum, dass ich diesem wunderbaren Ort, zu dem das Bootscafé unter Mums Energie geworden ist, gerecht werden kann, womöglich sollte ich etwas anderes machen, etwas ganz eigenes. Oder hat Ross recht und ich sollte es verkaufen und weiterziehen? Bestimmt wird das alles zu schwer, vor allem mit Jenny, die so vehement gegen mich ist …

Summer konnte noch so viel Rückendeckung bekommen und angebliche Botschaften von ihrer Mum, die Valerie ausrichtete, aber mit dem, was sie tat, musste sie ganz im Reinen sein. Sonst würde sie bei der ersten echten Hürde das Handtuch werfen. Ob sie stark genug war?

Sie hörte ein hohes, wohlbekanntes Piepen und setzte sich gerade rechtzeitig auf, um es orange-blau aufblitzen zu sehen, als ein Eisvogel an ihr vorbeischoss und in den Fluss eintauchte. Sie lächelte. Ihr Lieblingsvogel, an den ruhigen Flussabschnitten fast ein alltäglicher Anblick. Immer wieder eine Freude, wenn sie einen sah.

So schweiften ihre Gedanken wieder zu Mason und seiner Leidenschaft fürs Fotografieren, seiner Liebe zur Natur. Sie wollte mehr darüber wissen, woran er arbeitete, wollte seine Fotos sehen, aber dafür musste sie in Willowbeck sein, das Café führen.

„Hallo? Verzeihung!“ Das laute Rufen brachte sie wieder in die Wirklichkeit. „Haben Sie geöffnet?“

Summer setzte sich vollends auf und schaute auf den Pfad. Ein Paar stand dort, in Parkas verpackt, die Augen verfroren zugekniffen.

„Wir wollten nur fragen …“ Die Frau in den Vierzigern mit langem, rostrotem Haar deutete auf die Bugseite. „Also, falls Sie offen haben – wir könnten beide eine Tasse Tee gebrauchen. Irgendwas zum Aufwärmen wäre toll. Wir waren nämlich viel zu ehrgeizig mit unserem Marsch und werden sonst noch zu Eisblöcken erstarren, bevor wir unser Hotel erreichen."

„Aber sicher. Viel Gebäck habe ich nicht mehr, aber einen Kaffee oder Tee kann ich Ihnen schnell machen." Summer zog Latte an sich und kletterte mit ihr hinunter zum Deck.

„Wir sollten möglichst bald weiterziehen, sonst kommen wir gleich nicht mehr in Gang", warnte der Mann. „Aber ein heißer Tee wäre ein Segen."

Summer schaltete die Beleuchtung im Café ein und ging an die Theke, Latte immer dicht auf den Fersen. „Es dauert nur ein paar Minuten, bis das Wasser heiß ist", sagte sie, als sie die Maschine einschaltete. „Bitte, kommen Sie doch rein."

„Dann nutzen wir eben doch die Gelegenheit, um uns aufzuwärmen", beschloss die Frau händereibend und schaute sich um. „Haben Sie etwas mit dem Café in Willowbeck zu tun?"

Summer stutzte. „Wie bitte?"

„Nur ein Stückchen weiter den Fluss runter liegt Willowbeck, ein hübsches Städtchen. Und da soll's ein Café auf einem Kanalboot geben. Freunde von uns wohnen nicht weit entfernt, und sie erzählen immer wieder, wie hübsch es ist. Anscheinend gab es in letzter Zeit Probleme damit, aber sie hoffen, dass es im Frühling wieder richtig eröffnet wird."

„Ich, ähm … Normalerweise liegt das Boot in Willowbeck."

Die Frau sah Summer erstaunt an. „Also sind Sie das tatsächlich? Ich hatte nämlich gehört, dass die Tische blau gestrichen sein sollen. Liegen Sie denn jetzt woanders?"

„Nein, ich bin nur heute unterwegs. Diesen Teil des Flusses habe ich lange nicht besucht."

„Und jetzt haben wir Sie gestört", ließ sich der Mann vernehmen. „Das wollten wir nicht."

„Ach, halb so wild. Ich freu mich, wenn das Café einen guten Ruf hatte."

„Hatte?", platzte die Frau heraus.

Summer goss Tee auf. „Es gab in letzter Zeit ein paar Veränderungen, darum muss ich jetzt einige Entscheidungen treffen."

„Oh, dann kann ich nur sagen, bleiben Sie bitte in Willowbeck. Jeff und Annie wären am Boden zerstört, wenn das Café geschlossen wird. Und wir müssten es uns dann ewig anhören."

„Den Pub an der Ecke mit der Kuchentheke können sie nämlich nicht ausstehen", setzte die Frau hinzu. „Soll so eine undefinierbare Mischung aus Bistro-Kneipe und Boutique-Konditorei sein. Ziemlich langweilig und ohne jeden Charme."

„Wie ich hörte, sollen die Kuchen und Torten aber recht gut sein", warf Summer nach einigen Augenblicken möglichst sachlich ein.

„Was hat man von einem guten Stück Torte, wenn es nicht mit einem Lächeln serviert wird?" Die Frau nahm wenig später dankbar die dampfende Teetasse entgegen. „Ich würde sagen, das ist der am heißesten ersehnte Tee meines Lebens."

Summer lachte. „Bleiben Sie ruhig ein Weilchen. Ich hab noch ein paar Muffins übrig, und hier ist es wenigstens warm."

„Wir sollten uns lieber wieder auf den Weg machen, junge Frau, sonst wollen wir am Ende noch hier einziehen." Der Mann drückte ihr die Hand. „Wir werden Sie aber gern in Willowbeck besuchen, mit Jeff und Annie."

Die Frau bückte sich, um Latte zu streicheln. Jetzt, da die beiden gehen wollten, begann der Hund, sich für sie zu interessieren. Sie zog den Reißverschluss an ihrem Mantel wieder hoch.

„Sehr gern, das würde mich freuen", Summer sah ihnen nach, als sie die Tür aufdrückten und sich gegen die Kälte wappneten. Zu Latte gewandt, sagte sie: „Und ich kann sie ja nun schlecht im Stich lassen, oder?" Der kleine Hund blickte sie erwartungsvoll an, ließ sich dann wieder auf einem der Stühle nieder und schaute aus dem Fenster, eine Pfote an der Scheibe. „Auf jeden Fall muss ich das Café für den Frühling fertig machen, selbst wenn jemand anders es führen sollte."

Energiegeladen ging sie ans Heck, startete das Boot, löste die Leinen und begann vorsichtig das langsame, heikle Wendemanöver. Sie würde das Boot nach Willowbeck zurückbringen und dann mit der Planung beginnen.

Etwa zwei Wochen später hatte Summer ihr Hab und Gut so weit reduziert, dass alles Nötige in eine große Reisetasche und einen Pappkarton passte, und machte einen letzten Kontrollgang durch ihre Wohnung, damit auch ja nichts Wichtiges zurückblieb. Der Plan war recht einfach: Sie wollte die Wohnung noch einige Monate behalten, während sie auf dem Boot wohnte. Harry und sie hatten durchgesprochen, wie sie weiterhin an Aufträgen arbeiten konnte. Wenn sie den Wagen auf dem Parkplatz stehen ließ, konnte sie leicht zwischendurch zum Atelier fahren, die Auftragsmenge aber reduzieren und vorläufig das Café nur an ein paar Tagen pro Woche öffnen.

Harry hatte sich angeboten, ein paar Köstlichkeiten zu backen, damit Summer mehr Auswahl an Kuchen anbieten konnte. Sie wollte sie in Willowbeck treffen, und die neu ernannte Cafébesitzerin war dankbar für die moralische Unterstützung.

Was sie Harry nicht gesagt hatte, war, dass sie vorhatte, nach einigen Monaten das Geschäft zusammen mit dem Boot zu verkaufen. Der Plan, den Ross ihr unterbreitet hatte, kam ihr vernünftig vor. Sie würde dem Bootscafé den bestmöglichen Start geben und es dann jemand anderem überlassen.

Sie klickte Lattes Leine ans Halsband und wandte sich zur Haustür, als es klopfte. Sie öffnete, und Ross streckte ihr einen Blumenstrauß entgegen. „Überraschung!"

„Ross!" Summer rang sich ein Lächeln ab. „Was willst du denn hier?"

„Ja, ich weiß, du hast gesagt, dass ich dir heute nicht beistehen muss, aber ich dachte, du kannst vielleicht doch Hilfe gebrauchen."

„Wie nett von dir, aber es geht schon. Harry wird dort sein."

„Das heißt nicht, dass ich nicht auch dort sein kann. Alle Mann an Deck – oder wie heißt das?" Er grinste, wartete darauf, dass sie die Blumen nahm, und hob dann ihre Reisetasche auf.

Aber statt sie an ihrem Auto abzustellen, packte er die Tasche in den Kofferraum seines Corsas. „Ich fahre hinter dir her!", rief er ihr zu.

„Oh nein", flüsterte Summer. Sie schloss zweimal ab, legte die Blumen auf die Kiste hob diese hoch und angelte mit der freien Hand nach Lattes Leine. Ihre Vermieterin Mrs. Cumberland wusste Bescheid und hatte die Neuigkeit mit ihrer typisch sachlichen Art aufgenommen. „Wenn Sie sich entscheiden sollten, ganz auszuziehen, können Sie mit einer kurzen Kündigungsfrist rechnen", so ihre Reaktion. In Cambridge gäbe es immer Bedarf an Wohnraum, sodass die Wohnung bestimmt nicht lange leer stehen würde. Obwohl Summer nicht erwartet hatte, von ihrer Vermieterin vermisst zu werden, fühlte es sich doch etwas mies an, so sang- und klanglos „entlassen" zu werden.

Ross gegenüber war sie vage geblieben, hatte ihm mitgeteilt, dass sie alles daransetzen wollte, das Café wieder richtig in Gang zu bekommen, nicht jedoch, dass sie erwog, es dann zu verkaufen, so wie er es ihr empfohlen hatte. Sie wollte sich von niemandem in die Karten schauen lassen, bevor sie sich endgültig entschieden hatte.

Harry sagte immer frei heraus ihre Meinung. Summer wusste selbst, dass sie deutlicher mit Ross hätte sprechen und noch einmal hätte klarstellen müssen, dass niemals etwas anderes als eine Freundschaft sie beide verbinden würde und sie sich vielleicht auch gar nicht mehr wiedersehen würden. Aber sie war fest entschlossen gewesen, noch mit ihm zu sprechen, wenn sie nur erst die Hürde genommen hatte, auf das Boot ihrer Mum zu ziehen. Und jetzt war er hier und wollte ihr helfen! Sie sah ihn im Rückspiegel an, und er winkte. Sie hob eine Hand, ließ den Motor an und fuhr los.

So sollte es denn sein: Auf nach Willowbeck.

Zwei Tage blieben noch bis März. Die Sonne schien, und der Himmel war klar und tiefblau. Frost schimmerte auf dem Pfad und den Wegweisern und hatte auch das mittlerweile blass minzgrüne Gras blass überzogen, nachdem die Nacht klirrend kalt gewesen war und die Sterne wie Eis gefunkelt hatten. In dem Moment, als Summer aus dem Auto stieg, fühlte es sich an, als würde sie das Gesicht in einen Gefrierschrank halten. Ross parkte neben ihr ein.

Sie vergewisserte sich, dass sie den Schlüssel zum Boot in der Manteltasche hatte, nahm Latte an die lange Leine und holte den Karton aus dem Kofferraum. Der farbenfrohe Strauß aus Nelken und Schleierkraut lag noch immer obenauf. Ihre Arme zitterten, und das nicht nur von dem Gewicht, das sie trugen.

„Also dann!“ Ross sprang aus seinem Wagen und rieb sich die Hände. „Herrgott, ist das kalt. Ob's auf dem Boot warm genug ist?“

Summer verdrehte die Augen. „Ich hab dir schon mal gesagt, dass es wie ein Haus ist, nur kleiner und auf dem Wasser – und du hast es doch schon gesehen.“

„Aber du musst die Toilette ausleeren.“

„Tja, das stimmt, aber nicht allzu oft, und ich kann dafür zur Pumpstation fahren. Ich kann auch fernsehen, im Internet surfen und sogar so aufregende Sachen machen wie Duschen und Haareföhnen. Es ist kein Camping.“

Ross ging nach hinten und griff sich Summers Reisetasche. „Der Kaffee war auch richtig gut“, gab er zu.

„Na siehst du, ich bin perfekt eingerichtet.“ Sie machten sich auf den Weg die Straße hinunter, und bald kamen das Heck des Bootscafés und das Rot und Gold vom Bug der Sandpiper in Sicht. Summer atmete tief ein und hielt die Luft an. Sie biss sich auf die Unterlippe, als könnte sie damit die Furcht unterdrücken, die sie zu übermannen drohte.

„Summer!", rief eine bekannte Stimme, und Tommy, der zehnjährige Sohn von Harry, rannte ihr entgegen. Er schwang einen grünen Kescher. „Summer, wir haben schon auf dich gewartet!"

„Tommy!" Sie stellte den Karton ab und umarmte den Jungen, der ein ganzes Stück gewachsen war, seit sie ihn das letzte Mal gesehen hatte. Sein dunkles Haar war jetzt länger und auf eine Weise widerspenstig, die ihm gut stand. Er hatte dieselben großen, dunklen Augen wie Harry und Gregs lange Beine. „Wie geht's dir?"

„Alles cool", er trat einen Schritt zurück, als hätte er gerade gemerkt, dass seine überschwängliche Wiedersehensfreude definitiv uncool war. „Mum hat gesagt, ich könnte hier fischen, aber es ist gar nichts da."

„Du hast es nur drei Minuten versucht." Harry stand vor ihnen. „Wie geht's dir, Summer?" Sie drückte die Freundin fest, hielt sie dann auf Armeslänge von sich und sah sie an. „Bereit für ein neues Abenteuer?"

Summer nickte, aber ihre Seelenverwandte durchschaute sie wie immer.

„Leicht wird es nicht", sagte Harry, „aber sieh mal …"

„Hey, schön, dich zu sehen."

Harry warf Summer einen bedeutsamen Seitenblick zu und lächelte dann Ross an. „Ross, hallo. Alles okay?"

„Ich dachte, Summer könnte Hilfe beim Umzug brauchen."

„Wie lieb von dir", bemerkte Harry.

„Aber das machen wir doch schon", beschwerte sich Tommy.

„Ja sicher, Tommy, wir alle." Harry wuschelte ihrem Sohn durch den Haarschopf und drehte sich um. Eine riesige Jutetasche stand hinter ihr auf dem Weg. „Wir haben ein paar Sachen mitgebracht. Nichts Nützliches, wie man sieht, aber ich hoffe, sie machen dein Leben hier etwas gemütlicher."

Summer bückte sich, um in die Tasche zu schauen, und Latte, die nicht ausgeschlossen werden wollte, steckte die Nase hinein. „Harry, das ist ja … Hast du die selbst gemacht?"

Harry lachte auf. „Als ob ich für so was Geld ausgeben würde."

Summer zog ein kleines Kissen in Cremeweiß und Blassblau hervor, bestickt mit einem Eisvogel, dann noch zwei kleine, gehäkelte Kuchen: einen Victoria Sponge Cake – den berühmten englischen Rührkuchen mit Marmelade und Vanillecreme – und einen Battenbergkuchen – einen mit Marzipan ummantelten bunten Biskuitkuchen in Dominoform.

„Fürs Café. Ich dachte, die sehen so fein schrullig aus."

„Sie sind toll", hauchte Summer. „Gestrickte Kuchen!"

„Gehäkelte", korrigierte Harry sie. „Und dann wäre da noch das hier." Sie zog etwas Viereckiges aus der Tasche, das in Seidenpapier gewickelt war. „Ich sollte dich das auspacken lassen, aber ich kann nicht warten." Die Freundinnen grinsten sich an, und Summer half dabei, das weiße Papier abzuziehen. Als sie sah, was darunter zum Vorschein kam, konnte sie nur darauf starren.

Es war ein Stickmustertuch ähnlich dem, das, wie sie wusste, seit der Geburt von Harrys Sohn über dessen Bett hing. Auf Tommys war das Alphabet gestickt, und unten am Rand war es von Bauernhoftieren gesäumt. Auf diesem hier prangte jedoch ihr Bootscafé in Rot und Blau auf einem stillen Fluss, über den sich seitlich ein Weidenbaum neigte. Darüber stand in passendem Rot und Blau sowie Sonnengelb für ihren Namen „Summer im Bootscafé".

„Für dich, Sum. Viel Freude damit."

Die schüttelte nur den Kopf und schluckte. „Ich weiß gar nicht, was ich sagen soll."

„Sag nichts. Lass uns reingehen und deine persönliche Note in dein neues Zuhause bringen."

„Mum hat das gemacht", Tommy blickte stolz drein. „Extra für dich."

„Ich weiß", flüsterte Summer. „Es ist wunderschön."

„Ist was für Mädchen", behauptete der Kleine. „Aber schlau, denn du heißt genau wie die Jahreszeit. Dann ist es, als ob

Sonne und Eiscreme und alles hier wäre, wenn du hier bist. So, als ob's auf dem Boot immer fröhlich und sonnig ist mit dir." Er grinste breit und zeigte auf das Boot.

„Ich glaube, er hat recht", Harrys Augen glänzten vor Stolz.

„Ich glaube, er ist ein Spitzel", entgegnete Summer leise.

„Was glaubst du, warum ich ihn mitgebracht habe?"

„Und, äh, was soll *ich* tun?"

Summer drehte sich zu Ross um, der die Frage gestellt hatte. „Es war nett, dass du meine Sachen hergebracht hast, aber du brauchst nicht zu bleiben."

„Möchte ich aber."

„Klar", Summer nickte und fühlte zeitgleich, wie Harry ihr einen Tritt gegens Schienbein verpasste. „Je mehr wir sind, umso lustiger wird es."

Ross vergaß augenblicklich seine Unsicherheit und grinste stattdessen breit. Die Tasche in der Hand, folgte er den anderen aufs Boot.

„Ich hab einen Brownieteig vorbereitet", eröffnete Summer. „Wenn ich ihn auf ein Blech packe, kann ich das Ganze direkt in den Ofen schieben. Ich mach das schnell und stoß dann später wieder zu euch."

Harry sah ihr offen ins Gesicht. „Die Brownies mache ich, meine Liebe. Du nimmst das da in Angriff." Sie zeigte auf die Tür zur Wohnkabine.

Summer seufzte, nahm die Tupperdose aus der Kiste und gab sie Harry, bevor sie, die Hände zu Fäusten geballt, durch den Gang in den Wohnbereich schlurfte. Sie schaltete alle Lichter ein, starrte auf die nackten Wände, das braune Ledersofa, die Einbauregale ohne jede Persönlichkeit.

Ross war ihr gefolgt. „Oh, das ist hübsch."

„Findest du?"

„Umwerfend." Er ging an ihr vorbei bis zum anderen Ende des Raumes. „Mondän."

„Du findest es mondän?"

„Du nicht? Räum deine Sachen hier rein, und es wird aussehen wie eine dieser Luxusjachten in den Bond-Filmen."

„Jetzt übertreibst du aber."

„Im Ernst, Summer, ich weiß, du hast mir gesagt, dass es wie ein Haus ist, mit allem Drum und Dran, aber das hatte ich nicht erwartet. Wow."

Summer beobachtete ihn, seine ehrliche Überraschung beim Anblick des Ortes, an den sie nur noch mit dem Gefühl einer Vorahnung gedacht hatte. Eine Welle der Dankbarkeit überfiel sie, gefolgt von einem Sturm der Begeisterung. All das gehörte ihr! Sie konnte sich hier nach Lust und Laune austoben. Sie langte nach Harrys Tasche, angelte das Eisvogel-Kissen heraus und ließ sich damit auf das Sofa plumpsen.

„So", sie sah Ross an. „Was hältst du davon?"

Er nickte. Auf seiner Wange erschien das Grübchen, wie immer, wenn er lächelte. „Sieht toll aus. Wird ein Leichtes, das hier zu verkaufen, wenn alles fertig eingerichtet ist."

Gestärkt nach Summers Brownies, werkelten sie den ganzen Morgen, packten Sachen aus, räumten Bücher in Regale, hängten Summers Uhr in Form einer Malerpalette an die Wand, legten Toilettenartikel ins Bad und verstauten Klamotten in dem winzigen Schrank. Es gab nur ein kleines Doppelbett, eins zwanzig breit, darum hatte Summer eine neue Decke gekauft und nach geeigneter Bettwäsche gesucht. Sie hatte sich am Ende für blau karierte entschieden, einfach und ansprechend, die würde gut zu den Holzwänden und der Einrichtung passen.

Valerie trudelte um elf ein. Sie glühte förmlich, weil sie den Morgen erfolgreich damit verbracht hatte, Interessierten die Zukunft zu lesen. Summer bekam ein schlechtes Gewissen, weil die Freundin ihretwegen in letzter Zeit den Job vernachlässigt hatte. Auch wenn sie nicht an das glaubte, was Valerie so machte, fanden deren Kunden es doch offenbar nützlich, und nur das zählte.

„Ich werde wieder eine Nachbarin haben!" Valerie umarmte Summer, die ihr gerade einen Cappuccino zu machen versuchte. „Und nicht irgendeine, sondern Summer Freeman." Die kleine Hündin sah zu den beiden auf, hoppelte auf Vorderpfoten auf und ab und quietschte vergnüglich. „Und dich natürlich auch, Latte. Ganz sicher wirst du von mir eine Menge Aufmerksamkeit einfordern." Sie hob den kleinen Vierbeiner hoch, und Latte leckte ihr die Nase.

„Allerdings." Summer lächelte. „Ich weiß gar nicht, was ich gemacht habe, dass sie so aufmerksamkeitsbedürftig ist."

„Sie maßlos verwöhnt, nehme ich an", antwortete Tommy ungewohnt förmlich.

„Thomas Poole", keuchte Harry. „Was in aller Welt bringt dich dazu, das zu sagen?"

„Das sagst du doch immer, wenn du findest, dass ich zu großspurig bin."

Valerie lachte und setzte Latte wieder ab. „Du bist ja ein wandelnder Sprachführer, junger Mann."

„Alles Nachahmung, das machen wir jungen Leute so. Darum ist es wichtig, in der Jugend gute Menschen um sich zu haben."

„Woher nimmt er das bloß?", Summer grinste.

Harry winkte ab. „Er ist einfach altklug oder schaut zu viel Erwachsenenfernsehen."

„Die nächsten Brownies", rief Ross, der aus der Küche kam. „Wie viel Teig hast du gemacht, Summer?"

„Genug für ein paar Tage. Ich hoffe, ich kann nach dem Mittagessen öffnen, damit mir nicht das ganze Wochenendgeschäft durch die Lappen geht."

„Meinst du denn, du bist einigermaßen angekommen?"

„Ich glaub, es hilft mir, richtig anzukommen, wenn das Geschäft anläuft. Schließlich heißt es ja auch ‚Das Bootscafé'."

„Ich mag den Namen Sandpiper", befand Tommy. „Außerdem ist es ganz in Gold, Rot und Schwarz, wie eine alte Uniform. Wer wohnt da eigentlich?"

„Ach, da wohnt Mason“, antwortete Summer bemüht beiläufig. „Ich kenne ihn noch nicht näher, aber Valerie schon.“

„Netter Kerl“, räumte die sofort ein. „Er hat sich wirklich gefreut, dass du zurückkommst, und sagt, er will später kurz reinschauen. Ich glaube aber, er ist gerade auf der Jagd nach einem Vogel.“

„Er ist *Jäger*?“ Tommys Stimme klang wie eine Mischung aus Furcht und Ehrfurcht.

„Nur mit dem Objektiv“, erklärte Summer, „nicht mit Waffen. Er fotografiert Wildtiere und schreibt über sie.“

„Auch über Fische?“

„Ob er sich auch für Fische interessiert, weiß ich nicht, aber ich frag ihn, falls du noch hier bist, wenn er kommt.“

„Ich schätze, er ist froh, dass jetzt noch jemand neben ihm wohnt“, sagte Valerie. „Bisher war Norman sein einziger direkter Nachbar.“

„Norman kenne ich auch“, Tommy riss die Arme hoch. „*Der angelt,* stimmt's? Aber ganz leise und brummig, als würde er sich über die Fische ärgern. Vielleicht, weil es hier im Fluss gar keine Fische gibt.“

„Vielleicht versuchst du es einfach noch mal?“ Summer legte dem Jungen eine Hand auf die Schulter. „Ganz sicher fängt Norman was, selbst wenn er sich nie darüber zu freuen scheint. Aber er hat von mir letztes Mal ein Bacon-Brötchen angenommen. Ich hab mich richtig privilegiert gefühlt“, sie ließ ein andächtiges Nicken folgen.

„Der gute alte Norman.“ Harry lachte. Dann schaute sie aus dem Fenster, und mit einem Mal war ihre Miene unergründlich. Sie hatte viel Zeit mit Summer und deren Mutter in Willowbeck verbracht, und Tommy und Greg waren oft mit dabei gewesen. Auch sie war nach mehrmonatiger Pause nun zum ersten Mal wieder hier.

Summer drückte ihre Hand. „Ich danke dir für alles, was du getan hast.“

„Mach was draus, Summer. Deine Mum wäre so stolz auf dich."

Summer sah sich um. „Kommt ganz darauf an, ob es bei mir so gut läuft wie bei ihr. Aber es sieht ja glücklicherweise so aus, als hätte ich eine Menge Hilfe. Ich kürze mal die Blumen und verteil sie auf den Tischen." Sie machte sich an dem Strauß zu schaffen, den sie von Ross bekommen hatte. „Es macht dir doch nichts aus?"

„Wie du meinst", Ross hob den Blick von seinem Handy. „Es sind schließlich deine."

„Wir müssen gleich los", bemerkte Harry. „Wir holen Greg von der Arbeit ab."

„Greg hab ich auch schon ewig nicht gesehen. Arbeitet er eigentlich jemals nicht?" Summer lachte, aber Harry stimmte nicht ein.

„Im Moment ist einfach zu viel los, als dass sie auf jemanden verzichten könnten."

„Das ist doch aber gut, oder?"

Harrys Mann arbeitete für eine kleine Landschaftsbaufirma, die in ganz Cambridgeshire tätig war.

„Klar", stimmte Harry zu, klang jedoch alles andere als überzeugt.

„Er wird doch aber auch mal einen freien Tag haben, oder?"

„Ja, sicher. Nur ist grad besonders viel zu tun."

„Dann läuft's im Unternehmen gut?"

Harrys Gesichtsausdruck überzog ein leichter Schatten, und sie zuckte gleichmütig die Schultern. „Na los, komm schon, Tommy, lass uns deinen Dad abholen."

„Aber jetzt hab ich keinen Fisch fürs Mittagessen gefangen!"

„Macht nichts. Wir können heute Abend welchen von Jimmys Scholle einfangen."

* * *

Die drei Verbliebenen machten weiter, als Harry und ihr Sohn gegangen waren. Die Tische sahen mit den leuchtenden Sträußchen mehr als einladend aus, Summer öffnete die Luke, baute auf dem Thekentresen einen Brownie-Turm auf einen Teller und schob eine Ladung Blaubeermuffins in den Ofen. Sie hätte zu gern einen Orangen-Zimt-Kuchen wie den von Harry gehabt, um mehr Gäste anzulocken, oder ihre berühmten Florentiner – ein ungewöhnliches, aber doch schlichtes Gebäck. Roter Samtkuchen war schon etwas Feines, aber für ihren Geschmack zu edel. Offenbar war sie nicht die Einzige, die das so sah. Sie wollte gemütlich und einzigartig, aber nicht zu schick rüberkommen.

Valerie stapelte frisch gespülte Teller neben der Kaffeemaschine auf. „Heute Nachmittag hab ich noch einige Lesungen, also verabschiede ich mich jetzt mal lieber."

„Kommst du noch auf einen Tee vorbei, wenn du fertig bist?" Summer wollte nicht zu verzweifelt klingen, aber es war noch Februar und die Tage waren ziemlich kurz. Heute würde sie zum ersten Mal abends allein auf dem Boot sein. Zum Glück hatte sie ihr iPad, das Netflix-Abo und den Wi-Fi-Booster, den ihre Mum direkt nach dem Kauf des Bootes eingebaut hatte. Die Kabine glich auch längst nicht mehr der leeren Hülle vom Morgen, aber Summer fürchtete sich dennoch ein bisschen vorm Alleinsein.

„Wollen wir's wagen, zum Abendessen in den Pub zu gehen?", schlug Harry vor.

„Im Ernst?"

„Okay, vielleicht nicht heute, aber irgendwann müssen wir es hinter uns bringen. Jenny muss doch erfahren, dass du jetzt hierbleibst."

„Was kann ich noch machen?", fragte Ross, sobald Valerie gegangen war.

„Vielen Dank, du hast mir wirklich unter die Arme gegriffen. Und ich – ich wollte noch etwas mit dir besprechen." Summer dachte daran, was Harry gesagt hatte.

„Gern." Ross saß mit seiner fast leeren Kaffeetasse an einem der Tische. „Schieß los."

„Okay. Also, es ist so …" Sie setzte sich ihm gegenüber und fummelte an den Knöpfen ihrer langen blauen Strickjacke herum. „Wegen dem, was zischen uns passiert ist, damals – ich …"

„Hallo? Jemand zu Hause?"

Summer brach mitten im Satz ab und schaute zur Tür, in der gerade Mason auftauchte. Seine schwarzen Locken hatte er diesmal einigermaßen gebändigt. Er trug eine kakigrüne, bis unters Kinn geschlossene Jacke über Jeans und schwarzen Wanderboots, um den Hals die obligatorische Kamera. Archie war ihm dicht auf den Fersen, und Latte hüpfte von ihrem Stuhl und tätschelte den kleinen Kameraden gleich mit den Pfoten.

„Hallo, Mason. Wie geht's?"

„Bisschen kühl draußen, aber sonst ist alles gut." Sein Lächeln erstarb, als er Ross sah, und er nickte ihm knapp zu. „Hallo. Wie läuft's, Summer? Sieht toll aus hier", er drehte sich einmal langsam um die eigene Achse. „Wie ein ganz anderes Café, schon jetzt."

Summer stand auf. „Soll ich dir was bringen? Kaffee? Tee?"

Er schüttelte den Kopf. „Nein, danke. Ich muss zusehen, dass ich meine Fotos hochgeladen kriege. Ich wollte dich nur willkommen heißen. Ganz offiziell. Ich glaube definitiv, dass du die richtige Entscheidung getroffen hast."

Sie trat von einem Fuß auf den anderen und wünschte, Ross wäre nicht da. In diesem Moment hatte sie das starke Bedürfnis, Mason zu gestehen, dass sie das Boot eigentlich verkaufen wollte. Ihm mehr als jedem anderen wollte sie es sagen. Sie würde es nicht ertragen, ihm das vorzuenthalten. „Mal sehen, wie sich das Ganze macht. Meine Freundin Harry hat geholfen, die Kabine gemütlicher einzurichten."

„Freut mich." Mason lächelte sie offen an. „Ich bin überzeugt, dass du dich im Nu einlebst. Ich weiß noch, wie es bei mir war, als ich das Boot gekauft hatte. Die ersten Wochen fühlte es sich komisch an, an Bord zu wohnen. Ganz anders als an Land."

„Das Bett ist ein bisschen klein", warf Ross ein.

Summer nahm die Irritation in Masons Gesicht wahr und schloss die Augen. Als sie sie wieder öffnete, wandte Mason sich gerade zum Gehen.

„Also dann, an die Arbeit. Komm, Archie, lass Latte in Ruhe."

„Schaust du morgen mal rein?", rief sie ihm nach. „Mein erster ganzer Tag auf dem Boot."

Mason drehte sich in der Tür um. „Morgen bin ich den ganzen Tag draußen, aber am Montag bin ich wieder da. Dann komm ich dich besuchen."

„Bestimmt?"

„Pfadfinder-Ehrenwort." Er sprang über die Planke zum Leinpfad. Summer sah ihn weggehen und merkte, dass sie grinste.

„Ziemlich hartnäckiger Typ, was?", bemerkte Ross ein wenig missmutig und trommelte mit den Fingern auf den Tisch.

„Er ist mein Nachbar. Es ist gut, dass er in der Nähe ist. Überhaupt – Leute hier zu haben, auf die ich mich verlassen kann."

„Du kannst dich auf mich verlassen, das weißt du hoffentlich."

„Darüber wollte ich mit dir sprechen." Sie atmete tief ein und setzte sich wieder. „Ich möchte dir sagen, dass ich es dir hoch anrechne, dass du heute gekommen bist, um mir beim Einzug zu helfen."

„Was für ein Freund wäre ich denn sonst?"

„Du bist ein großartiger Freund, Ross. Wirklich. Aber zwischen uns wird nie etwas anderes sein."

Ross runzelte die Stirn und verschränkte die Arme. „Was meinst du damit?"

„Dass ich keine Beziehung mit dir will, nur eine Freundschaft, wie bisher auch."

„Das weiß ich."

Summer schluckte. „Ich glaube nicht, dass du das weißt. Es wirkt immer so, als ob du ... Du sagst manchmal solche Sachen. Eben hast du das Bett erwähnt – vor Mason."

„Das Bett ist wirklich schmal – das kannst du nicht leugnen, oder?"

„Nein, aber du benimmst dich so ... Du bist so versessen darauf, hier zu sein – die ganze Zeit."

„Ich bin dein Freund, und ich bin erst zum zweiten Mal hier. Wäre es dir lieber, wenn ich so tue, als wärst du mir egal?"

Summer schüttelte frustriert den Kopf. „Das nicht. Aber ich glaube, wir sollten ... Ich muss mich darauf konzentrieren, das Café in Gang zu bringen."

„Ich kann dir helfen, Summer. Und irgendwann – wer weiß, was noch geschehen kann?"

Sie presste die Handflächen unter dem Tisch zusammen. „Ich weiß genau, was geschehen wird und was nicht – für mich selbst, Ross. Es tut mir leid, aber ich habe keine solchen Gefühle für dich. Das wird sich nicht ändern."

Ross starrte sie mit eingefrorenem Lächeln an. „Lass dir Zeit. Das ist alles neu für dich. Du hast deine Mutter erst vor ein paar Monaten verloren, und jetzt das hier. Du musst erst mal Fuß fassen und dir darüber klar werden, was du tun willst. Vielleicht stellst du fest, dass du es hier liebst, entgegen allen deinen Erwartungen. Womöglich entscheidest du dich sogar, ganz hierzubleiben. Keiner weiß, was die Zukunft bringt oder ob die Dinge später nicht doch anders aussehen werden. Verlass dich darauf, dass ich immer für dich da bin, so weit entfernt oder so nah, wie du mich haben willst."

„Ross ..."

„Ich sollte mich auf den Weg machen. Denk nicht jetzt darüber nach. Ruf mich an, auch wenn du nur Gesellschaft brauchst. Ist bestimmt nicht leicht, ganz allein auf dem Boot zu sein, besonders nachts." Er ging um den Tisch herum zu ihr und schloss sie in die Arme. „Pass auf dich auf, und ruf mich an. Egal wann, wenn es sein muss. Wie du schon sagtest – es ist nicht einmal eine Stunde entfernt."

Summer machte die Augen zu. Ihre Energie und ihre Entschlossenheit waren dahin. *Wird Ross denn die Wahrheit nie akzeptieren?* Sie seufzte. *Oder tut er es erst, wenn ich mich einem anderen Mann an den Hals werfe?*

5. Kapitel

Summers erster Abend verlief ruhiger als erwartet, aber als es ihr auffiel, war sie froh über den Frieden. Sie gab Latte Futter, packte ein Fertiggericht in den Ofen, machte eine Flasche Wein auf und suchte sich ein Album von Einaudi auf dem iPad aus, einem der bekanntesten italienischen Komponisten und Pianisten überhaupt. Sie zündete ein paar kleine Lichter in der Kabine an, um dieselbe Gemütlichkeit heraufzubeschwören, die sie immer mit dem Boot ihrer Mum verbunden hatte.

Sie war Harry und dem Kleinen, aber auch Valerie und Ross unendlich dankbar, dass sie ihr geholfen hatten, die eigene Angst zu überwinden und das Boot in etwas zu verwandeln, das sie nun ihr eigenes Reich nennen konnte.

Wegen Ross fühlte sie sich noch schuldig, aber ebenso war sie seiner überdrüssig. Wieder einmal hatte sie klarstellen müssen, dass zwischen ihnen nichts weiter sein würde. Sie war bereit gewesen, ihm zu sagen, dass sie den Kontakt ganz abbrechen konnten, wenn es für ihn so einfacher wäre, aber wieder hatte er es nicht geschafft, den Sachverhalt überhaupt zu akzeptieren. Langsam verzweifelte sie daran, dass sie womöglich nie in der Lage sein würde, es ihm begreiflich zu machen.

Ihr Telefon piepte. Es war Harry, die sich nach ihr erkundigen wollte. Tommy und Greg hätten sich mächtig über Fish 'n' Chips zum Abendessen gefreut, schrieb sie, obwohl es nicht ganz so frisch war, wie Tommy es gern gehabt hätte. Die Freundin wollte wissen, wie der erste Abend liefe, und Summer antwortete mit einer kurzen Nachricht, schloss die Augen und drückte das Weinglas an die Brust. Obwohl das Boot festgemacht war, schaukelte es sanft. Man merkte es kaum, nur wenn man sich darauf konzentrierte, aber sie wusste, dass sie es sofort merken würde, falls es aufhörte. Das Boot schlug sanft, mit fast melodischem Klatschen an die Betonbegrenzung des Leinpfads oder gegen Valeries oder Masons Boot, wenn ein anderes Kanalboot auf dem Fluss vorüberfuhr.

Nach und nach überrollte sie die Magie, wieder auf dem Boot zu sein. Es hatte immer nur eine Koje gegeben, und der Wohnraum war durch das Café sowieso recht begrenzt, aber das Sofa, auf dem sie saß, konnte man zu einem Gästebett ausziehen, und so war sie oft doch auch früher schon so manches Mal über Nacht geblieben. Sie war die Geräusche gewöhnt, all die Sinneseindrücke, die sich einem hier boten, während man völlig eingehüllt in der eigenen Welt schaukelte. Sie hatte vergessen, wie sehr sie das immer genossen hatte, und jetzt, selbst ohne ihre Mum, fühlte sie sich ruhig und gelassen.

In dieser Nacht kroch sie zum ersten Mal unter die frisch bezogene karierte Bettdecke. Sie schaltete das Licht aus, und die Augen fielen ihr zu. Einen Moment später, so schien es, graute bereits der Morgen.

Summer stand früh auf und ging mit Latte über den Leinpfad spazieren, bevor sie das Café öffnete. Wie immer an Sonntagen war in Willowbeck viel los, und sie arbeitete ununterbrochen – backte, spülte, servierte. Ein paar Leute wagten sich ins Café, genossen die Aussicht auf den Fluss durch die Fenster, die nun um einiges sauberer waren als zuvor. Ganz zuunterst in Harrys Tasche hatte Summer eine Rolle aus verschieden gemusterten Stoffwimpeln in Rot, Gelb und Blau gefunden und sie hinter der Theke aufgehängt. Sie wollte sich davon inspirieren lassen und selbst noch welche nähen.

Harry war die bei Weitem kreativste Person, die sie kannte. Sie konnte sich auf alles einlassen – Stoffe, Essen, Schmuck, Holz – und daraus etwas Besonderes entstehen lassen. Summers künstlerisches Talent war auf das Schildermalen und auf

Acrylfarben begrenzt, aber die Freundin hatte irgendwie magische Finger und einfach ein Auge fürs Detail. Die beiden hatten sich auf der Kunsthochschule kennengelernt, damals war Summer überzeugt gewesen, dass Harry eine kunterbunte Karriere starten, vielleicht auch einmal ein eigenes Geschäft oder eine Galerie eröffnen würde. Mit zwanzig hatte die Freundin dann Greg kennengelernt, ein Jahr später schon Tommy bekommen, und dann schien sie glücklich damit, ganz in ihrem Familienleben aufzugehen und nur noch hobbymäßig kreativ zu sein. Am vergangenen Tag aber hatte Summer das Gefühl gehabt, dass bei ihrer besten Freundin etwas im Argen lag, und sie fragte sich, ob Harry es wohl mittlerweile bereute, nicht einige der unzähligen Möglichkeiten ergriffen zu haben, die sich ihr geboten hatten.

Am Sonntagabend sank Summer erschöpft, aber glücklich ins Bett. Es waren keine größeren Katastrophen eingetreten, nur einmal waren ihr die Kuchen ausgegangen, zum Glück konnte sie ein frisches Blech gerade aus dem Ofen nehmen, und einmal hatte sie mit der Unterstützung eines älteren Herrn und seines Regenschirms eine Ente aus dem Café jagen müssen. Sie wollte die erste Woche an Bord nutzen, um einen Schlachtplan zu entwerfen. Es galt, festzustellen, an welchen Tagen der Ansturm am größten war und an welchen Tagen sie das Café geschlossen halten konnte, um ohne großen Verlust ins Atelier zu fahren. Sie hatte alle dringenden Aufträge schon vor dem Umzug erledigt, und das Schild mit der Aufschrift „Zum Dummen Entchen" musste erst Anfang April abgeliefert werden. Recht früh kuschelte sie sich in ihre Koje und ließ sich vom Fluss sanft in den Schlaf schaukeln.

Montag war der 29. Februar. Schalttag. Sie schaute hinaus in den grauen Himmel. Latte wuselte ihr um die Füße und konnte es kaum erwarten, Gassi zu gehen. Ob es ein außergewöhnlicher Tag werden würde? Immerhin war es der Tag, an dem der Tradition nach Frauen ihrem Angebeteten einen Antrag machen durften. Aber für sie kam das ja nicht infrage, weil eben niemand für sie infrage kam. Außerdem hielt sie den Brauch sowieso für ziemlich unzeitgemäß. Sie schloss das Boot ab, schlenderte über den Pfad, am Pub vorbei und unter der Brücke hindurch. An den Stellen, an denen es stockfinster und feucht war, kroch ihr unwillkürlich ein Schauer über den Rücken, und sie erinnerte sich, dass Valerie ihr und ihrer Mum vor langer Zeit eine Geschichte erzählt hatte – über einen Geist, der auf der Brücke erschien und ins Wasser hinabblickte. Valerie hatte die Geschichte mit vielen Details gespickt, mit Namen und Daten. Man nahm an, dass es sich bei dem Geist um eine junge Frau handelte, die von ihrem Geliebten sitzen gelassen worden war und sich in den Fluss gestürzt hatte. Summer hatte das Ganze als tragisches Ereignis abgetan, um das sich mit der Zeit eine Sage rankte. Aber niemand außer Valerie würde zugeben, hier einen Geist gesehen zu haben.

Sie lief immer weiter, ließ Latte alles erkunden und genoss die Ruhe um sich herum, bis ihre Hände von der Kälte taub wurden. Also machte sie kehrt, spazierte zurück in Richtung Willowbeck und winkte zu den Booten hinüber, die vorbeikamen und deren Steuermänner trotz der Kälte gut gelaunt schienen. Unter der Brücke fing Latte an zu bellen. Einen Moment lang fürchtete Summer, dass ihre Erinnerung den Geist heraufbeschworen hatte, aber dann raste ein Border-Terrier auf Latte zu, und beide Hunde tollten aufgeregt umher.

„Archie!", erklang eine bereits vertraute Stimme, Summer vergrub das Lächeln im Kragen und setzte ihren Weg fort.

Mason stand auf dem Pfad direkt bei seinem Boot, eine zusammengerollte Zeitschrift in der Hand, und schaute böse auf seinen Hund.

„So wohlerzogen", bemerkte Summer, als sie ihn erreicht hatte.

Sofort grinste er betreten. „Wir hatten eine Fliege an Bord, die mich total irritiert hat mit ihrem ständigen Gesumme. Als ich sie zur Tür rausjagen wollte, hat Archie die Gelegenheit ergriffen und ist rausgeflitzt."

„Zum Glück ist er nicht weit weggelaufen."

„Das macht er nicht. Ich glaube, er will mich testen. Mir zeigen, dass er richtigen Ärger machen kann, wenn ich nicht auf ihn aufpasse. Er hält meine Füße auf Trab."

„Ist vielleicht besser, als an ihnen zu knabbern?" Summer zeigte auf Latte.

„Kann sein. Wie geht's dir als frischgebackene Cafébesitzerin?"

„Nicht allzu desaströs." Summer grinste nun ihrerseits. „Keine Katastrophen bisher. Wie war deine Arbeit?"

Mason nickte und bückte sich, um Archie zu streicheln, der zu ihm zurückgekehrt war. Dann kam Latte an die Reihe, die bereitwillig die zusätzliche Aufmerksamkeit für sich einheimste. „Ganz gut. Nicht so interessant, wie ich gehofft hatte. Die meisten Wildtiere halten noch Winterschlaf, aber ich hab ein paar schöne Aufnahmen." Er hob die Kamera, wartete, bis Latte zu ihm aufsah, und machte einen Schnappschuss von ihr.

„Die würde ich zu gern mal sehen."

„Fühl dich herzlich eingeladen, einen Blick auf alles zu werfen, was die Sandpiper zu bieten hat." Sie kosteten den kurzen Moment der Stille aus, dann spürte Summer, dass die Atmosphäre sich änderte. „Ich weiß, es ist für dich nicht einfach gewesen, die Entscheidung zu treffen, zurückzukehren. Der Tod deiner Mutter liegt noch nicht so lange zurück, oder?"

Summer blickte seufzend zu Boden. „Das war letzten Sommer. Ich wusste nicht, ob ich je wiederkommen würde. Ich war hier so gern mit ihr zusammen und wollte die Erinnerungen nicht auslöschen, indem ich neue ohne sie schaffe."

„Kann ich verstehen", sagte Mason sanft. „Es geht mich ja nichts an, aber ich glaube, es ist mutig, dass du das tust. Und selbst wenn es anfangs schwer ist, lohnt es sich am Ende."

„Meinst du wirklich?"

Mason nickte. „Mal ganz davon abgesehen, dass es das Boot deiner Mutter war – auf dem Wasser zu sein, wirkt mehr als entspannend. Ich hab schon immer gesagt, dass Wasser eine heilende Kraft besitzt."

Summer kniff die Augen zusammen. „Meinst du das auf so eine mystische Weise?" Womöglich hatte er mehr mit Valerie gemein, als ihr lieb war.

„Nein, in ganz natürlicher", Mason gab sich sachlich. „Die Natur kann heilen. Niemand auf der Welt könnte behaupten, dass ein Spaziergang an der frischen Luft einem schadet."

„Jane Austen könnte es."

„Wie?" Mason sah sie verständnislos an.

„Viele Jane-Austen-Heldinnen haben sich bei einem zünftigen Marsch im Regen beinahe den Tod geholt."

„Ach, Jane Austen hat damit alle getäuscht. Ich wette, es war nicht der Marsch, der die Damen fast umbrachte, sondern das ganze romantische Durcheinander, das sie durchzustehen hatten."

„Interessante Theorie."

„Davon hab ich 'ne Menge auf Lager." Mason streckte sich. Er trug einen rostroten Pullover, der dabei ein wenig hochrutschte und den Blick auf wenige Zentimeter seines gebräunten Bauches freigab. „Machst du heute wieder Bacon-Brötchen?"

„Wie schaffst du es nur, bei so viel Bacon so …" Sie brach ab, als ihr bewusst wurde, dass ihm ihr Blick nicht entgangen war. „Ach, vergiss es."

„Was?" Sein Lächeln wuchs. Summer schluckte.

„Klar kann ich die Brötchen machen", sagte sie zurückhaltend. „Gib mir eine halbe Stunde, um alles vorzubereiten und den ersten Kaffee durchzujagen."

„Abgemacht." Er hob die Kamera wieder und richtete sie auf Summer, einen fragenden Blick in den Augen.

Sie schnappte nach Luft und war selbst überrascht, wie nervös sie sich angesichts der Kameralinse fühlte. Doch er schien es sich anders zu überlegen, lächelte nur kurz und senkte den Fotoapparat wieder. Schon sprang er auf sein Boot. Archie trennte sich von Latte und folgte ihm.

Nur ein Eichhörnchen und ein paar Enten auf der Wiese vor dem Pub waren nun noch in der Nähe. Ihr Atem normalisierte sich langsam wieder, als sie an Deck trat. Etwas fiel ihr ins Auge, das unten an der Bordwand lag. Sie hockte sich hin und hob es auf, nachdem Latte daran geschnüffelt und es trotz der reizvollen Form offenbar als uninteressant eingestuft hatte. Sie drehte und wendete das Ding in den Händen und nahm es schließlich mit hinein.

Als Mason dann an der Theke lehnte und herzhaft in sein knuspriges Bacon-Brötchen biss, fragte sie ihn, was er von ihrem Fund hielt. Sie legte den Gegenstand neben das Holzherz und Harrys gehäkelte Kuchen.

„Das hab ich gefunden", sie streckte ihm den geschnitzten Frosch vor die Nase, den er sogleich in Augenschein nahm. „Es lag draußen an Deck."

Mason sah sie an und untersuchte die Schnitzerei. „Handwerklich schöne Arbeit."

„Finde ich auch. Grob geschnitzt, aber schön, fast wie eine Kohlezeichnung."

„Von demselben Künstler?" Mason nahm das Herz in die Hand.

„Ganz sicher. Ich hab sie an derselben Stelle gefunden und bei dem Herz erst angenommen, dass es von einem anderen Boot oder jemandem auf dem Leinpfad aus der Tasche gefallen ist. Aber jetzt?" Sie schüttelte den Kopf.

„Was hat das zu bedeuten? Ein Herz, dann ein Frosch?"

Wieder schüttelte Summer den Kopf. „Ich versteh's nicht. Es ist mein eigenes kleines Mysterium." Sie hatte zwar eine Vermutung, die wollte sie vor Mason aber nicht zugeben. Sie hatte tatsächlich daran gedacht, dass er derjenige sein könnte, der ihr die Sachen hingelegt hatte. Das Herz war an dem Tag nach ihrem Kennenlernen da gewesen, der Frosch, als sie eben auf dem Boot eingezogen war und festgestellt hatte, dass ihr Herz immer wieder zu hüpfen begann, wenn Mason sie anlächelte. Selbst ihr erschien das albern, und vielleicht war es ein Zeichen dafür, dass sie zu viel an ihn dachte und Verbindungen sah, wo keine waren.

„Aber du bist dir sicher, dass das Holz nicht vergiftet ist?", fragte er und zog misstrauisch eine Braue in die Höhe.

„Haha. Jenny bedroht mich auf viel eindeutigere Weise. ‚Ich backe Kuchen – schau doch nur, wie gut sie sind, und verschwinde endlich!'"

„Was ist das eigentlich zwischen euch beiden?"

Summer schaute aus dem Fenster. „Sie kommt nicht mit Konkurrenz klar."

„Aber du bist doch gerade erst angekommen – wie konnte sie *so* schnell *so* sauer werden?"

„Weil ich von vornherein eine Bedrohung bin."

Mason verschränkte die Arme auf der Theke, stützte sein Kinn darauf ab und sah sie an, während sie anfing, an der Tasse herumzufummeln, die sie gerade abtrocknete. „Ich hab mit Dennis und Jenny ein paar Mal gesprochen, seit ich hier bin, und sie kommen mir beide wie absolut nette Leute vor."

„Wie lange bist du denn schon in Willowbeck? Letzten Juni warst du jedenfalls noch nicht hier."

„Nein, erst seit November. Normalerweise fahre ich mehr herum, aber im Naturschutzgebiet gibt's viel zu sehen, es wird gerade umgestaltet. Ich soll für den neuen Heimatführer die Fotos machen, und die haben mit einem Wildlife-Magazin eine Absprache für eine Serie fürs ganze nächste Jahr. Alles über den Wechsel der Jahreszeiten, die Lebensräume, die Tiere. Darum hab ich auch grad diese Art von Langzeit-Übergangs-Heimat."

„Und danach bist du wieder weg?"

„Vermutlich." Er nippte an seinem Kaffee.

„Hast du denn immer schon auf Booten gelebt?" Summer spülte die wenigen Tassen und wartete gespannt auf seine Antwort.

Er schüttelte den Kopf. „Fünf Jahre."

„Warum? Was hat dich zum Leben auf dem Wasser getrieben?"

Er konzentrierte sich weiterhin auf seinen Kaffee. „Verschiedene Dinge. Ich hatte das Bedürfnis, auszubrechen, wollte ein einfacheres Leben. Es ist eine gute Methode, um zu reisen, näher an die Natur ranzukommen. Es passt zu mir."

„Du hast ein schönes Boot."

„Als ich's gekauft hab, war es ein Wrack."

„Hast du alles selbst gemacht?"

„Nein, so viel Talent habe ich nicht. Ich hab es zum Bootsbauer gebracht. Es ging erst mal darum, es fahrtüchtig zu bekommen, und die anderen Kleinigkeiten kamen dann über die Jahre dazu. So aufpoliert wie jetzt ist es eigentlich erst seit Kurzem. Aber wie auch immer …" Er neigte sich über die Theke und piekte ihr sanft in den Arm. „Du lenkst vom Thema ab. Was ist das also mit Dennis und Jenny? Es passt irgendwie nicht ins Bild. Komm doch heut Abend mit mir in den Pub!"

„Was?" Summers Herzschlag beschleunigte sich.

„Ist ja nicht so, dass er Norman Bates wäre."

„Nein, ich … Ich weiß nicht, ob ich das kann."

„Hast du eine Bierallergie?"

„Jenny will mich garantiert nicht sehen."

„Aber es macht ihr nichts aus, mich zu sehen, das schwächt den Effekt ab."

„Mason …"

„Summer?" Wieder bedachte er sie mit diesem entwaffnenden Lächeln. Die Ernsthaftigkeit war wie weggeblasen, er sah so freundlich und offen aus wie sonst auch. Sie wollte seine Seele tiefer ergründen, ihn kennenlernen, diesen Mann, den es überhaupt nicht kümmerte, dass er seinen Hund nicht im Griff hatte, der die Kamera auf alles Mögliche richtete, der seine Tage versteckt in Gebüschen verbrachte, wo er darauf wartete, von einem wilden Tier überrascht zu werden. Da wurde ihr klar, dass sie über seinen Vorschlag, ihn in den Pub zu begleiten, genauso aufgeregt gewesen wäre, wenn sie keine Bedenken wegen Jenny gehabt hätte, egal wie harmlos die Einladung sein mochte.

„Okay“, sie klang überzeugter, als sie war. „Ich komme mit.“

Summer durchkämmte den winzigen Kleiderschrank nach etwas Passendem zum Anziehen, aber weil sie mit ihrem Outfit so vieles gleichzeitig zu verstehen geben wollte, war es schlicht unmöglich. Sie wollte sich Jenny gegenüber sehr bestimmt zeigen, aber nicht zu aggressiv, außerdem hübsch aussehen, ohne dass Mason den Eindruck bekam, dass sie es darauf anlegte. Wie sah überhaupt ein anti-aggressives Outfit aus? Matt pinkfarben und aus Wolle?

Was um alles in der Welt tat sie da?

Am Ende entschied sie sich für ein bordeauxfarbenes langärmliges Kleid, zog zur Sicherheit eine Strumpfhose und flache, kniehohe Stiefel an, schließlich war es noch immer recht kalt, und trug dezentes Make-up auf. Das Bad wirkte nun, da es eingerichtet war, selbst ohne das Gummientchen ihrer Mutter recht heimelig.

Latte bekam Futter und sprang danach direkt aufs Bett, wo sie sich zufrieden auf den karierten Kissen zusammenrollte. Der Hund wusste genau, dass kein Ärger zu befürchten war, denn Summer fühlte sich schuldig, weil sie am Abend allein weggehen wollte. Sanft streichelte sie den Vierbeiner und fragte sich, wie so ein kleines Tier es schaffen konnte, sie so vollkommen zu vereinnahmen. Sie sollte vielleicht aufhören, Mason mit Archie aufzuziehen.

Er wartete auf dem Pfad auf sie. Als sie die Lichter im Café ausschaltete, wurde er – wie die ganze Umgebung – in völlige

Dunkelheit getaucht. Einen Augenblick später erfasste sie der Schein einer Taschenlampe.

„Es ist zwar nicht weit", meinte Mason, „aber ich hab schon mehrmals versucht, in der Dunkelheit zum Boot zurückzufinden. Auch wenn man nichts getrunken hat, kann das ganz schön schiefgehen."

„Danke. Meine hab ich vergessen."

Schweigend schlenderten sie über den Trampelpfad bis zur großen Holztür des Pubs. Summer fühlte vor Aufregung und Furcht, wie sich ihr Bauch verkrampfte. Mason drückte die Tür auf und ließ sie vorangehen. Wärme und der Geruch von Pommes schlug ihnen entgegen.

Sie erinnerte sich gut an die hübsche Einrichtung des Pubs: dunkle Holztische vor cremefarbenen Wänden, blaue Kissen und zu den Fenstern hin abgeteilte Nischen. Willowbeck war ein recht isolierter Ort, aber im Pub klirrte es verhalten – Ansässige und Besucher wollten sich mit ein paar Drinks den Übergang in eine neue Arbeitswoche erleichtern. Mason berührte sie leicht am Arm und lenkte sie in Richtung Bar.

„Was möchtest du?"

„Rotwein, bitte."

„Für uns bitte einen Rotwein und ein Ale, Dennis."

Summer sah Dennis zum ersten Mal seit über acht Monaten und wurde von einer Welle aus Erinnerungen überschwemmt. Es schien, als ginge es ihm ähnlich, denn er stand einfach hinter der Bar und starrte sie an, als wäre ihm eben der Geist von der Brücke erschienen.

Er war hochgewachsen und untersetzt, hatte kurzes, mittelbraunes Haar und warme grüne Augen. Sie hatte schon oft gesehen, wie kleine Lachfältchen seine Augen umrahmten, aber jetzt lastete sein Blick wie ein Laserstrahl auf Summer.

Mason schaute etwas verwirrt zwischen den beiden hin und her. „Ähm, Dennis?"

Der Barmann löste sich abrupt aus seiner Starre und wandte sich Mason mit einem etwas zu breiten Lächeln zu. „Sorry, Mason. Wie war das gleich noch mal?“

Mason nahm kurz darauf die Getränke in Empfang und suchte ihnen einen Tisch, aber als Summer ihm folgen wollte, hielt Dennis sie zurück.

Sie drehte sich um. „Hi“, sagte sie leise.

Er sah kurz zu Boden. „Jenny erwähnte, dass du … Ich hätte nie gedacht, dass … Wie geht's dir?“

„Ganz gut. Und dir?“

Er lächelte wehmütig und zuckte mit den Schultern. „Alles ganz okay. Auf jeden Fall schon besser. Toll, dich zu sehen. Bist du jetzt für immer hier? Wohnst du in Willowbeck?“

„Auf Mums Boot. Ich will keinen Ärger machen, nur …“

Dennis winkte ab. „Darüber musst *du* dir doch keine Gedanken machen.“

„Jenny hat mir einen Samtkuchen an Deck hinterlassen.“

„Sicher nur eine spontane Schockreaktion, weil sie nicht mit dir gerechnet hat. Bestimmt eine einmalige Sache.“

„Sie kam mir ziemlich wütend vor.“

Dennis begrüßte mit einem Winken ein junges Paar, das eben hereingekommen war. „Sie hat überreagiert. Seit ein paar Monaten ist sie richtig wild aufs Backen, und durch deine Rückkehr fühlt sie sich verunsichert. Aber ich werd mit ihr sprechen. Mach dir keine Sorgen.“

„Danke dir.“

„Ich freu mich, dass du wieder da bist.“

Summer wandte sich ab und ließ den Blick durch den Pub schweifen. Mason saß in einer der Nischen und beobachtete sie.

Er sah sie fragend an. „Kuchenstrategie?“, fragte er, als Summer ihn erreicht hatte.

„Bitte?“

„Planst du, die Bevölkerung von Willowbeck zu spalten und mit zauberhaften Kuchen zu erobern?“

„Ach so. Ja, so was in der Art."

„Oder auch nicht." Er rutschte etwas zur Seite, um ihr trotz der langen Beine gegenübersitzen zu können, berührte aber eins ihrer Beine noch mit dem Knie.

„Wieso nicht?" Summer versuchte, sich wieder ganz auf die Gegenwart zu konzentrieren.

„Weil da mehr zwischen dir und Dennis vorgefallen zu sein scheint."

„Ich habe ihn lange nicht gesehen."

„Also ist er wohl im Gegensatz zu Jenny nicht dagegen, dass du das Café wieder aufpeppelst?"

„Das würde ich so nicht sagen. Danke für den Wein." Sie trank einen kleinen Schluck. „Mmh, sehr gut. Erzähl mir was über deine Arbeit. Oder über das Naturschutzgebiet. Was erforschst du gerade?"

Es zuckte kurz um seine Mundwinkel, bevor er antwortete: „Alles Mögliche. Ich bin richtig gut, wenn's um Verhaltensbeobachtung geht. Dabei spielt das Territorium eine Rolle. Dennis hat was für dich übrig, stimmt's?"

„Wir sind immer gut miteinander ausgekommen." Sie spürte, wie der wollene Stoff des Kleides im Nacken kratzte, und bewegte sich unruhig auf dem Sitz.

„Und was ist dann passiert?" Seine Stimme klang weich.

„Schnee von gestern." Ihre Blicke trafen sich kurz, und sie sah schnell weg. „Eigentlich kann ich dazu gar nichts sagen. Nicht jetzt."

„Klar." Mason nickte bedeutungsvoll, und eine Blase um sie herum schien zu platzen. Er trank einen Schluck Bier und fragte leutselig: „Willst du was über mein derzeitiges Techtelmechtel mit den Rotschenkeln hören?"

„Oho, bin ganz Ohr." Sie war noch mal davongekommen, aber irgendwie fühlte Summer sich ausgelaugt und ermattet. Mason erzählte mit wachsender Begeisterung von seiner Arbeit, von Stunden des Wartens, von dem magischen Moment, wenn er das zu sehen bekam, was er sich erhofft hatte, und von der Enttäuschung, wenn die Fotos genau das doch nicht hergaben. Ein Teil von ihr hatte sich wohl gewünscht, dass er weitergebohrt und sie dazu gebracht hätte, zu erzählen, was im letzten Sommer geschehen war. Harry hatte sie daran erinnert, dass sie voranschreiten musste, aber die Sache belastete sie noch immer und bremste sie aus wie ein festsitzender Anker.

Der Abend verging, ohne dass Mason das Thema „Jenny und Dennis" noch einmal zur Sprache brachte. Summer erfuhr eine Menge über seinen Beruf und berichtete ihrerseits von ihrer Arbeit als Schriftdesignerin – auch davon, dass sie einmal daran gedacht hatte, ihre Kunst auf Kanalbooten anzuwenden. Schließlich begleitete er sie im Schein der Taschenlampe zu ihrem Boot zurück und wartete, bis sie drinnen war, das Licht eingeschaltet und abgeschlossen hatte, bevor er zur Sandpiper weiterging.

Am folgenden Tag, dem ersten März, wartete eine geschnitzte Narzisse an Deck auf sie, Summer drapierte sie neben dem Herz und dem Frosch auf der Theke. Sie hatte keine Ahnung, was die Sammlung zu bedeuten hatte oder wer diese Stücke für sie hinterließ, aber ihre Neugierde wuchs, und so wusste sie, dass sie nun jeden Morgen zuerst nachschauen würde, ob ein weiteres Geschenk für sie auf dem Deck lag.

Summer nutzte die folgenden Wochen, um in das Bootsleben einzutauchen. Sie backte Scones und Muffins, Cupcakes und Brownies, machte Bacon- und Bockwurst-Sandwiches mit frischer Metzgerware. Die Tische waren tagtäglich mit echten Blumen dekoriert, und Summer fing sogar an, eigene Wimpel zu nähen, um die wunderschöne Wimpelreihe von Harry zu ergänzen.

Kein Tag verging, ohne dass sie Valerie traf, und die Gäste hielten sie auf Trab. Adam von der Metzgerei revanchierte sich dafür, dass sie stets bei ihm einkaufte, indem er regelmäßig Kaffee und Kuchen bei ihr bestellte, und sogar Carole vom Souvenirshop kam manchmal hereingestürmt in einem ihrer sicherlich unpraktischen, aber dafür eleganten engen Bleistiftröcken. Summer begann, Zitate und Mottos auf die Tafeln über der Theke und draußen vor der Luke zu schreiben und hoffte, dass es den Tages-Specials eine besondere Note verlieh.

Wie immer im März war es feuchtkalt, aber auf dem behaglichen Boot ließ es sich gut aushalten. Und was noch wichtiger war: Sie *führte* das Café. Es war ein kleines Café, aber es gab einen zuverlässigen Zustrom an Kundschaft. Die Leute genossen ihren Kuchen, lobten auch den Kaffee und kamen immer wieder. Harry besuchte sie mindestens einmal die Woche und brachte jedes Mal etwas Leckeres, Überraschendes mit. Summer hätte sich im Traum nicht vorstellen können, solch außergewöhnliche Dinge selbst zu machen: Tiramisu-Kuchen, Kirsch-Mandel-Schnitten, gesalzene Karamell-Snacks. Harrys Kreationen waren immer im Handumdrehen verkauft, und Summer fühlte sich so verraten wie ihre Kundschaft, wenn das letzte Juwel kulinarischen Genusses über dic Theke gewandert war und sie wieder auf Rosinen-Scones mit Marmelade und Clotted Cream zurückgreifen musste.

Als Valerie eines Morgens bei einem Bacon-Brötchen erwähnte, dass Maddy ganz gewiss sehr nah über das rege Treiben am Bootscafé wache, hätte Summer ihr *beinahe* zugestimmt. Es lief richtig gut: Sie hatte es noch nicht vermasselt, weder das Boot versenkt, noch war sie pleite gegangen. Die Marmeladen-Mandelfüllung auf dem Mürbeteig der Bakewell-Tartes war ihr immer wunderbar gelungen und gar nicht bitter gewesen. Und Jenny oder Dennis hatte sie nicht mehr getroffen.

Sie war seit dem einen Abend nicht wieder mit Mason im Pub gewesen – auch mit niemandem sonst – und überlegte schon, ob Mason es nach dem Zusammentreffen mit Dennis vorzog, sich aus dem Schlamassel herauszuhalten. Nein, sie wollte ihn bewusst nicht einweihen, darum konnte sie es ihrem Nachbarn nicht vorwerfen, dass er ein klein wenig auf Abstand zu gehen schien. Womöglich hatte auch Ross' besitzergreifendes Benehmen einen falschen Eindruck bei ihm hinterlassen. Sie sah Mason aber noch regelmäßig. Wenn er nicht im Naturschutzgebiet arbeitete, holte er sich ein Bacon-Brötchen oder ein Stück Kaffeekuchen. Er lud sie aber seitdem nicht mehr ein. Sie beide hatten nur über das Café miteinander zu tun, und besonders glücklich machte Summer dieser Umstand nicht.

Ostern fiel dieses Jahr auf Ende März, und da Summer keine Einladung von ihrem Vater in Cambridge bekommen hatte und auch keine Lust verspürte, ihn dort zu besuchen, arbeitete sie einfach wie immer. An dem langen Wochenende würde es in Willowbeck und am Fluss sowieso besonders voll sein. Feste mit der Familie und die Aussicht auf wärmeres Wetter lockten die Leute immer nach draußen. Summer rief Valerie zu Hilfe, wenn es eng wurde oder das Café ziemlich verwüstet aussah, wenn leere Teller und Krümel überhandnahmen, die Spülmaschine Überstunden machte und die Kaffeemaschine beunruhigend laut wurde.

Nach Ostermontag legte sich die Hektik, und Summer fühlte, wie die Spannung in ihren Schultern nachließ. Dabei machte sie sich innerlich bereits darauf gefasst, dass es den ganzen Sommer über ebenso geschäftig zugehen würde. Dann würde niemand hier sein, der ihr so oft unter die Arme greifen konnte. Früher hatte *sie* ausgeholfen, wenn sie die Sommerzeit hier bei ihrer Mum verbrachte. Sie wusste noch, wie voll die Tische immer gewesen waren, drinnen und draußen, und was für eine Schlange sich an der Luke gebildet hatte, aber Maddy hatte stets die Kontrolle behalten und so unerschütterlich, so ausgeglichen gewirkt, dass der Stress überschaubar geblieben war.

Summer war gerade dabei, schon mal alles sauber zu machen, als es klopfte. Sie gab sich einen Ruck und ging zur Tür, obwohl sie die Kaffeemaschine bereits ausgeschaltet hatte. „Entschuldigung, aber wir haben schon ge… Oh."

„Hallo." Ross hielt eine Hand zum Gruß halb in die Höhe. „Lange nicht gesehen."

„Ja." Summer machte einen Schritt rückwärts.

„Tut mir leid, dass ich unangemeldet reinplatze. Ich hab einen freien Abend und wollte mal schauen, wie's dir geht."

„Ach, nein, es ist … Tja, schön, dich zu sehen. Was soll ich dir holen?"

Ross zog seine Jacke aus. „Ein Tee wäre klasse."

Summer schlüpfte in die Küche und setzte den Kessel auf. Nervös wischte sie sich die Hände an der schwarzen Hose ab. Den gesamten letzten Monat über hatte sie nichts von Ross gesehen oder gehört, und während ein Teil von ihr die Freundschaft zu ihm vermisst hatte, war sie andererseits erleichtert, dass er sich offenbar für den klaren Bruch entschieden hatte, den sie nicht hatte einfordern können. Aber jetzt war er doch wieder da, und somit auch die Last auf ihren Schultern.

„Bitte sehr." Sie stellte kurz danach zwei Teetassen auf einem der Tische ab und setzte sich.

Ross machte ein düsteres Gesicht und deutete nach hinten. „Gehen wir nicht in deinen, äh, Wohnbereich?"

Summer rang sich ein Lächeln ab. „Besser nicht. Da liegt alles drunter und drüber. Ich wusste ja nicht, dass du kommst. Wir sollten besser hierbleiben."

„Okay. Obwohl es sich so anfühlt, als würden wir bei mir im Laden Tee trinken. Ist ja dein Geschäftsbereich."

„Das Boot ist mein Zuhause. Das *ganze* Boot. Und das hier ist ein Café, also genau der richtige Ort zum Teetrinken." Sie presste den Rücken gegen die Stuhllehne. Latte wuselte ihr um die Füße, weil sie auf ihren Schoß wollte. Dann sprang der kleine Kläffer hoch und drehte sich um die eigene Achse wie eine Katze.

„Wie ist's dir bisher ergangen?", fragte Ross und ließ sich ihr gegenüber nieder.

„Gut, wirklich. Es war viel los."

„Du siehst gut aus. Scheinst ja regelrecht aufgeblüht zu sein."

„Von der Arbeit wird einem warm."

„Steht dir." Er schob eine Hand näher an ihre.

Summer versuchte, es zu ignorieren. „Wie steht es um das beste Künstlerbedarfsgeschäft in Cambridge?"

„Alles beim Alten. Nur meine Lieblingskundin fehlt mir. Sie war lange nicht da."

„Ach."

„Summer! Ich meine *dich* natürlich, du Leuchte. Ich vermisse dich."

Sie sah ihn an und überlegte, was sie antworten sollte. Sie kam nicht dazu.

„Gerade habe ich Valerie getroffen."

„Tatsächlich?"

„Sie hat mich auf dem Weg zu dir abgepasst und mir vorgeschlagen, ich solle mir doch mal von ihr die Karten lesen lassen." Er grinste und machte eine komische Grimasse.

„Und was hast du gesagt?"

Er zuckte mit den Schultern. „Hab angenommen."

„Hätte nicht gedacht, dass du dich dafür interessierst."

„Ist doch 'ne spaßige Sache."

„Für sie aber nicht. Sie nimmt das alles sehr ernst. Wann gehst du hin?"

„Ich war eben dort. Sie hat mich in ihr Boudoir mitgenommen", er lehnte sich vor und schloss die Hände um die Teetasse. „Purpurfarbener Velours und Satin – und dieser dicke, schwere Duft von Räucherstäbchen überall. Ich glaube, damit will sie die Kundschaft ablenken."

„He, Valerie ist keine Hochstaplerin!"

„Nein?"

„Natürlich nicht. Sie glaubt fest an das, was sie macht. Da bin ich ganz sicher. Und, wie fandest du ihre Lesung?"

Ross lächelte spöttisch. „Weiß nicht. Mit ein paar Dingen, die sie gesagt hat, hat sie den Nagel auf den Kopf getroffen. Ich würde bald jemanden treffen, der mir sehr wichtig ist, jemanden, der mir etwas Entscheidendes zu sagen hat."

„Ross ..."

„Es war unterhaltsam, aber ich glaube kaum, dass ich dem große Bedeutung beimessen sollte."

„Sie war zwar Mums beste Freundin ..."

„Aber?" Ross trank seinen Tee aus. Dann legte er, ohne dass sie es kommen sah, mit einer schnellen Bewegung seine Hand auf ihre.

„Ich glaube nicht an solche Sachen." Summer versuchte vergeblich, ihre Hand zu befreien. „Ich weiß nichts über ihre Lesungen, aber wenn sie mit *Verstorbenen* spricht? Ich glaube nicht, dass Menschen noch nach dem Tod hier herumhängen, um sich mit den Lebenden zu unterhalten. So was ergibt keinen Sinn. Wie findet sie die richtigen Leute, die nicht mehr unter uns sind? Warten die alle in kleinen Abteilen, bis ihre Verwandten auftauchen? Und wie kriegt sie all die Informationen? Kann sie die Toten sprechen hören oder gar sehen? Oder erscheinen die Worte einfach in ihrem Kopf? Und wie weiß sie, dass es real ist? Warum sollte eine tote Person weniger unaufrichtig sein als eine lebende? Nein, eindeutig zu viele Unklarheiten."

Ross nickte mit ernstem Gesicht. „Sicher, sicher. Das kann ich nachvollziehen. Und Valerie ist dir nicht böse wegen deiner Einstellung?"

Latte stubste Summer am Arm, wodurch sie Ross ihre Hand entziehen konnte. Sie streichelte über das lockige Fell und lächelte, als der Hund ihr die Hand leckte. „Valerie kümmert es nicht, was andere denken. Würde sie das tun, wäre sie längst nicht mehr im Geschäft. Sie weiß aber, dass ich nicht gut darauf zu sprechen bin, wenn sie Mum erwähnt. Mum ist tot, und für mich war es schwer genug, das zu akzeptieren, ohne dass Valerie dauernd Salz in die Wunde streut."

„Ja, das hört sich hart an. Ein bisschen ‚Ghostbusters' ist unterhaltsam, aber wenn die Rede von einem Verwandten oder Freund ist, …"

„Verzeihung!"

Summer sprang erschrocken auf. Sie hatte ganz vergessen, dass die Luke offen stand, weil es draußen so mild war. „Entschuldigung, ich …" Ihre Stimme erstarb, als sie merkte, wer vor der Luke stand. „Jenny?"

„Ein Unternehmen zu führen, bedeutet nicht nur Vergnügen, sondern auch Verantwortung. Zum Beispiel, sicherzustellen, dass die Kundschaft sich ordentlich benimmt." Jenny hatte einen engen roten Pulli an, das Haar war straff zurückgebunden, sodass die riesigen glitzernden Goldohrringe frei herabbaumeln konnten.

„Wie bitte?"

„Diese hier", säuselte sie, indem sie einen Pappbecher nach dem anderen auf das Bord an der Innenseite der Luke pfefferte, „liegen alle auf der Wiese vor dem Black Swan verstreut. Du musst etwas dagegen unternehmen. Das ist mutwillige Vermüllung."

„Tut mir leid. Ich werde …"

„Und auf dem Deck liegt auch Abfall." Sie schmiss noch etwas hinunter, das aber stabiler zu sein schien. Ein geschnitztes Holzkarnickel mit hochstehenden Ohren und einem Puschelschwänzchen. Summer lächelte unwillkürlich.

„Du findest das *lustig*? Jemand hätte darauf ausrutschen und sich sämtliche Knochen brechen können!"

Summer sah pure Wut in Jennys Augen und begriff, dass es nichts gab, womit sie die Zeternde hätte beschwichtigen können. „Es tut mir ehrlich leid, Jenny", sagte sie schlicht. „In Zukunft werde ich darauf achten. Und wegen der Kaffeebecher lasse ich mir auch was einfallen."

„Das will ich stark hoffen." Jenny drehte sich auf dem Absatz um und stolzierte zurück zum Pub. Summer hörte sie noch etwas murmeln, laut genug, dass sie das Wort „Ärger“ heraushören konnte.

Sie sammelte die Kaffeebecher auf und nahm das Holzkaninchen mit an den Tisch. „Nicht grade meine größte Unterstützerin“, sagte sie.

„Das tut mir leid.“ Ross drückte sanft ihren Arm. „Das ist sicher nicht leicht. Du weißt, dass ich für dich da bin, nicht wahr?“

„Ja“, antwortete sie. „Klar weiß ich das.“

6. Kapitel

„Herz, Frosch, Narzisse, Kaninchen." Mason legte alles der Reihe nach zurück auf die Theke, dabei musste er einen Teller mit recht unscheinbaren Ingwerplätzchen aus dem Weg schieben. „Wo ist die Verbindung?"

„Keine Ahnung", gab Summer zu. „und ich hab keinen blassen Schimmer, wen ich fragen könnte." Archie schaute gespannt zu ihnen auf, ganz Ohr. „Fällt dir was dazu ein, Kleiner?" Der Border-Terrier kläffte einmal laut und wedelte mit dem Schwanz.

„All diese Teile haben was mit Natur zu tun, außer dem Herz. Also, irgendwie schon, aber nicht so unmittelbar wie die anderen." Mason kaute leicht auf seiner Daumenkante herum, so konzentriert dachte er nach, und Summer sah ihn prüfend an. Heute trug er eine Brille mit schwarzem Rahmen, was das intensive Leuchten seiner Augen nur noch betonte. Sein dicker Strickpullover war dunkelgrün und passte farblich zur dunklen Jeans. Sein „schneller Kaffee, falls die Maschine noch an ist" dauerte schon über eine halbe Stunde, und offensichtlich war er ebenso neugierig, was die ungewöhnlichen Geschenke anging, wie Summer. „Irgendwelche Verdächtigen?", wollte er wissen.

„Mir fällt keiner ein. Außer dass es wahrscheinlich nicht Jenny ist." Sie hatte ihm von deren spontanem Kurzbesuch am Tag zuvor erzählt, woraufhin Mason ihr teilnahmsvoll den Rücken getätschelt hatte.

„Jenny nicht", überlegte er. „Und wir sind auf dem Fluss. Es könnte jemand sein, der auf einem anderen Boot oder zu Fuß auf dem Pfad vorbeikommt und sie dir unbemerkt aufs Deck legt – oder sie von irgendwo herüberwirft. Aber warum?"

Summer schenkte Kaffee für sie beide nach, setzte sich aber nicht wieder hin, sondern bedeutete Mason, ihr zu folgen. Sie ging durch die Küche in die Kabine. Vorsichtig schob sie die tief schlafende Latte auf dem Sofa ein Stück beiseite, um sich setzen zu können. Mason ließ sich neben ihr nieder, und Archie legte sich auf den Boden zu ihren Füßen, das Köpfchen auf den Vorderpfoten, und sah sie aus braunen Augen aufmerksam an.

„Du hast hier drin einen echt tollen Job gemacht", lobte er.

„Ist deins ähnlich eingerichtet?" Summer war seiner Einladung, ihn auf der Sandpiper zu besuchen, um einen Blick auf seine Fotos zu werfen, noch immer nicht gefolgt.

„Ja, aber ich hab etwas mehr Platz, weil kein Café das halbe Boot einnimmt. Komm vorbei, wann immer du Lust hast."

„Das mach ich gern", Summer hielt seinem Blick kurz stand, bevor sie wegsah. „Wegen der Schnitzereien – ich frage mich, ob es jemand ist, der meine Mum kannte, vielleicht ein Stammgast, der vorbeigekommen ist und gesehen hat, dass das Café wiedereröffnet hat."

Mason stellte seine Kaffeetasse, die er mitgenommen hatte, auf das Tischchen vor ihnen und wandte sich zu Summer um, den Arm über die Rückenlehne gelegt. „Ich erinnere mich an deine Mum", meinte er leise.

„Wirklich? Aber ich dachte, du bist erst im November hergekommen."

„Schon, aber ich war fünf Jahre auf dem Wasser unterwegs. Ich bin nirgendwo lange geblieben, und durch Willowbeck bin ich oft geschippert. Du bist nicht die erste Freeman, bei der ich meinen Kaffee hole." Er lächelte und forschte in ihren Augen, als wäre er unsicher, wie sie auf diese Neuigkeit reagieren würde. „Ich hab ihre unerschütterliche Energie noch gut in Erinnerung. Wie sie immer für jeden ein freundliches Wort oder einen Witz übrig hatte … Bei ihr war keiner nur irgendein Kunde. Sie hat sich an Namen erinnert, an Geschichten, die sie dann mit den Leuten verbunden hat."

Summer schluckte. Am liebsten hätte sie ihn gepackt und in seine Erinnerungen hineingeschaut, Erinnerungen an ihre Mum, die nicht von Schuldgefühlen und Traurigkeit verzerrt wurden. „Du siehst gut aus mit der Brille", hörte sie sich stattdessen sagen.

Mason war völlig verwirrt. „D-danke. – Entschuldigung. Wenn du nicht über sie reden willst, ist das natürlich in Ordnung. Versteh ich."

„Das ist es nicht. Tut mir leid. Wenn ich nervös bin, spielt mein Sprachzentrum immer verrückt. Ich hab an Mum gedacht, und was rauskam, war …" Sie deutete auf seine Brille. „Aber ich bin froh, dass du sie kennengelernt hast. Dass eine Menge Leute sie kennengelernen durften, weil das bedeutet, dass ihr Leben oder zumindest die Erinnerungen an ihr Leben erhalten bleiben. Wegen dieser Menschen wird sie nicht vergessen."

„Ich erkenne viel von ihr in dir wieder."

Summer suchte nach Zeichen für eine platte Schmeichelei, aber er machte einen ernsten Eindruck. „Ich erzähle den Leuten keine Witze, und ganz bestimmt erinnere ich mich nicht an die Namen aller Gäste."

„Aber du bist immer zuvorkommend und freundlich, und ich weiß, dass du Humor hast. Ich glaube, es braucht ein bisschen, bis zu dich öffnest, aber du hattest ja auch ein schweres Jahr." Mason nippte an seinem Kaffee und sah sie über den Tassenrand hinweg an. Er dachte nach. Sie nahm wahr, wie er die Dinge abwägte, bevor er weitersprach. Schließlich sagte er: „Und ich glaube, du fühlst dich schuldig."

Summer merkte, wie ihr das Blut aus dem Gesicht wich. Dann schien der Prozess sich durch ihren ganzen Körper fortzusetzen, der zu gefrieren und sich in eine Eisskulptur zu verwandeln schien. „Was?" Es war nurmehr ein Flüstern.

„Ich will dich nicht unter Druck setzen, aber da ist irgendwas – etwas, wovor du zu fliehen versuchst. Ich weiß nicht, ob es was mit Jenny und Dennis zu tun hat, aber ich möchte, dass du eines weißt, Summer: Ich kann dir helfen.“ Er beugte sich nach vorn und nahm ihre Hand, nachdem er die Tasse wieder abgestellt hatte. Summer war so überrascht von der Geste, dass es ihr den Atem raubte. Und dann sagte er: „Ich *weiß*, wie es sich anfühlt, wenn …“

„Summer! Summer, wo bist du?“

Sie schreckte zusammen, als an das Fenster hinter ihnen geklopft wurde, und Mason ließ ihre Hand los. Summer drehte sich um und versuchte, das Fenster aufzuklinken. Dabei wachte Latte auf und bellte verängstigt los, Archie sprang ebenfalls auf. Mason sammelte die Hunde ein.

„Was ist? Valerie, was ist passiert?“ Sie öffnete das Fenster und sah, dass Valerie auf dem Pfad hockte, mit rotem Gesicht und tränennassen Augen. „Oh Gott, Valerie, komm rein! Ich mach die Tür auf.“

Summer wollte aufstehen, doch Valerie schüttelte den Kopf. „Nein, für mich brauchst du nicht aufmachen.“

„Aber warum nicht? Ich will dir doch nur …“

„Du hättest mir von Anfang an die Wahrheit sagen sollen!“

„Was für eine Wahrheit?“

„Dass du glaubst, nichts von dem, was ich tue, wäre auch nur ansatzweise glaubwürdig. Dass ich verwundbare Menschen zu meinem persönlichen Vorteil übers Ohr haue.“

Summer verstand gar nichts mehr. „Was? Aber ich …“

„Hast du eine Ahnung, wie verletzend das ist? Dass Maddys Tochter, die Tochter meiner besten Freundin, mich für eine Betrügerin hält?“

„Valerie! Ich halte dich doch …“

„Ich dachte, wir sind Freunde! Ich dachte, wir geben aufeinander acht!“ Valerie legte die Hand an die Fensterkante, um sich abzustützen.

„Das tun wir doch auch“, beeilte sich Summer zu sagen. „Ich hab doch keinen Moment lang vergessen, was du alles für mich getan hast.“

„Und so dankst du es mir? Indem du hinter meinem Rücken über mich herziehst? Ich wusste ja, dass es für dich schwierig ist, wenn ich Maddy erwähne, aber dass du so weit gehst ..."

„Valerie", setzte Summer wieder an. Ihr Herz raste. „Ich hab nie im Leben geglaubt, dass du jemanden übers Ohr haust! Das stimmt einfach nicht! Komm bitte rein. Ich mach dir einen Kaffee, und dann können wir ..."

„Ich will nicht mehr reden, Summer. Ich wünsche mir gerade, ich hätte dich nie gebeten, zurückzukehren. Vielleicht wäre es besser gewesen, Maddys Café zu schließen. So hätte jeder die Chance zu einem Neuanfang gehabt."

„Das meinst du doch nicht im Ernst", antwortete Summer verzweifelt, aber Valerie stand auf und ging über den Pfad zurück zu ihrem Boot. Summer streckte sich und lehnte sich aus dem Fenster. Ein junges Paar, das mit einer Tüte Brot für die Enten vorbeikam, fuhr erschrocken zusammen. „Valerie, bitte!" Aber die war schon an Bord der Moonshine gegangen, ohne auch nur zurückzuschauen.

Summer zog sich wieder nach drinnen zurück und schloss das Fenster. „Verdammt, verdammt, verdammt!" Sie stützte die Ellenbogen auf die Knie und vergrub das Gesicht in den Händen. Zornig dachte sie zurück an den vorigen Tag, als Jenny sie und Ross unterbrochen hatte. Es gab keine bessere Methode, dem Café zu schaden, als die wenigen guten Freunde, die sie in Willowbeck hatte, gegen sie aufzuhetzen. Jenny musste etwas von dem Gespräch mitbekommen und ihre Aussagen völlig verdreht haben. „Ich hätte wissen müssen, dass so was passieren würde."

Sie fühlte Masons Hand auf ihrer Schulter, als er die Hunde wieder abgesetzt hatte. Seine Wärme tat gut. „Wer hat ihr das erzählt?"

„Jenny. Aber das ... das alles stimmt so nicht! Ich bin nur skeptisch. Trotzdem halte ich Valerie nicht für eine Schwindlerin. Gestern hab ich mit Ross darüber gesprochen, und Jenny hat uns unterbrochen. Sie hat vielleicht irgendwas aufgeschnappt und es gegen mich verwendet. Herrje, was mach ich jetzt nur?" Sie schaute zu ihm auf. In dem Moment wünschte sie sich, er würde seine Hand nie wegziehen.

„Sei aufrichtig. Erzähl Valerie, dass Jenny deine Worte völlig verdreht hat und dass du gar nicht so denkst. Im Moment ist sie nicht bereit, sich das anzuhören, aber sie wird sich beruhigen, und dann hört sie dir auch wieder zu." Aufmunternd nickte er ihr zu. „Wie oft ist Ross hier?"

„Ross? Ach, nicht oft. Er hat einen Laden für Künstlerbedarf, zu dem ich gehe, und er ist ... Er war in den letzten Monaten immer ein guter Freund für mich. Cambridge ist aber nicht mal eben um die Ecke. Er hat sein eigenes Leben."

Mason nickte bedächtig. „Gute Freunde?"

Summer schaffte ein kleines Lächeln. „Ziemlich gute. Er neigt zu ..." Sie überlegte, wie sie es erklären konnte, ohne negativ über Ross zu sprechen. „Er will mich beschützen, was wohl verständlich ist, da er sich um mich gekümmert hat, als ich am Boden zerstört war. Aber es ist okay, alles im grünen Bereich."

„Gut. Ihr seid also Freunde. Das ist gut zu wissen."

Summer wusste, dass sie verloren wäre, wenn er jetzt sein zauberhaftes Lächeln zum Besten geben würde. Sie hielt die Luft an, als ihr der Gedanke durch den Kopf waberte, wie es sich wohl anfühlen würde, wenn er sie küsste. Latte warf sich ihr unvermittelt an die Brust und bellte mit aller Kraft. „Was ist denn los?", stöhnte Summer. Der Hund kläffte weiter und drehte sich in ihrem Schoß wie ein verrücktes Fellbündel. Mason trug die Kaffeetassen aus der Gefahrenzone in die Küche.

„Du gehst?"

„Ich muss einen Artikel fertigstellen", rief er herüber, steckte aber den Kopf noch einmal herein. „Komm mit mir raus ins Naturschutzgebiet. Das Wetter wird schöner, und es gibt jetzt so viel zu sehen. Du wirst feststellen, dass Fotos viel interessanter sind, wenn du ein paar davon selbst geschossen hast."

„Wann?"

„Mal sehen, wie die Wetterprognosen ausfallen, aber irgendwann in den nächsten Tagen. Wir könnten früh losgehen und den Sonnenaufgang ansehen."

Summer hielt sich an Latte fest, als etwas in ihrem Bauch zu flattern begann. „Das wär schön."

„Ich sag dir Bescheid. Und sprich mit Valerie."

Sie nickte und hörte gleich darauf, wie er durchs Café ging und die Tür hinter sich schloss.

„Schäm dich, Latte", tadelte sie. „Warum musstest du uns unterbrechen?" Der Vierbeiner fiepte, sprang von ihrem Schoß und wetzte in die Küche. „Oh, Futter? Wie konnte ich das nur vergessen!"

Als sie die Futterpäckchen herausholte und sie der Hündin vor die Nase hielt, damit diese sich eine Sorte aussuchen konnte – ein völlig unsinniges Ritual, das Summer aber dennoch gern beibehielt – probte sie, was sie Valerie sagen wollte. Gott, hoffentlich würde sie ihr glauben! Was konnte Jenny überhaupt Dreistes erzählt haben, dass Valerie dermaßen aufgebracht hatte?

Voller Tatendrang erwachte Summer am nächsten Morgen. Endlich war April. Mason hatte ihr Hoffnung gegeben. Hoffnung darauf, dass sie die Sache mit Valerie in Ordnung bringen konnte, Hoffnung darauf, dass vielleicht die Wahrheit auch bei Jenny etwas bewirken konnte. Summer war überzeugt, nichts falsch gemacht, sondern lediglich missverstanden und fälschlich verurteilt worden zu sein. Und Mason hatte sie eingeladen, ihn ins Naturschutzgebiet zu begleiten. Er wollte seine große Leidenschaft mit ihr teilen! Nervös schlüpfte sie in schwarze Leggins, braune Stiefel und eine lange, purpurne Strickjacke zum Zuknöpfen. Die Haare band sie zurück. Dann zog sie eine kurze Lederjacke über, nahm Latte an die Leine und verließ das Boot. Sie konnte mit Valerie reden und dennoch um halb zehn öffnen.

Die Sonne schien kristallklar vom Himmel. Summer kniff die Augen zusammen, als sie über den Leinpfad zur Moonshine ging. Ihre Handflächen waren feucht von Schweiß, die Brust eng vor Erwartung. Aber Valerie hatte ein gutes Herz, darum würde sie ihr zuhören.

Sie klopfte kräftig, bekam aber keine Antwort. Nach einem Moment versuchte sie es erneut. War sie zu früh dran? Ob Valerie ausnahmsweise lange ausschlief? Oder wusste die Freundin womöglich, wer an der Tür stand? Frustriert lief sie auf dem Pfad weiter, während der Adrenalinpegel in ihr langsam wieder sank. Latte lief zu ihren Füßen. Wenigstens der Hund war glücklich, dass sie nun weiterziehen konnten.

Als sie zurückkam, herrschte immer noch Dunkelheit auf Valeries Boot. Wieder keine Reaktion auf ihr Klopfen. Summer seufzte und bummelte lustlos die letzten Schritte zum Café zurück, winkte dem Fahrer auf einem Kanalboot zu, das langsam vorbeiglitt. „Gibt's heute wieder Bacon-Brötchen?", rief der vollbärtige Mann am Steuer.

Summer erinnerte sich, dass sie ihn bereits bedient hatte und sogar seinen Namen kannte. „Hallo, Barry! In zwanzig Minuten."

„Gut, dann leg ich an." Er reckte einen Daumen in die Höhe, und Summer sah, wie er die Kurzzeitliegeplätze anvisierte.

Sie wandte sich vom Fluss ab, Latte zog an der Leine. Fast wäre sie frontal mit Jenny zusammengestoßen, die ihr Haar heute offen trug und in einem schwarzen Mantel mit Kunstfellkragen und einem langen, cremefarbenen Rock steckte. Die Gesichtszüge der Pubbesitzerin wirkten diesmal weniger verhärtet als bei ihrer letzten Begegnung.

Summer entspannte sich fast sofort wieder. „Jenny!"

„Das funktioniert so einfach nicht."

Summer starrte sie an. „Was genau?", fragte sie, obwohl sie es schon wusste.

„Dass du hier bist und das Café führst. Wir werden nie miteinander auskommen, und darum funktioniert es nicht."

„Wir könnten es versuchen."

„Nein. Ich werde nie vergessen, was deine Mutter mir angetan hat, meiner Ehe angetan hat. Dennis kann ich vergeben, und ich weiß, dass es ihm leidtut. Er macht es mir gegenüber wieder gut. Aber deine Mutter … Was *sie* getan hat, die Art, wie sie ihn beeinflusst, ihn manipuliert hat, damit er mich betrügt – das kann ich ihr nie vergeben."

Summer schloss die Augen. „Ich bin aber nicht sie." Die Worte hörten sich wie eine Lüge an, aber konnte sie wirklich die Verantwortung für die Taten ihrer Mutter übernehmen? Nein, sie glaubte nicht daran, dass ihre Mum Dennis manipuliert hatte. Sie wusste, dass er dasselbe für Maddy empfunden hatte wie sie für ihn, aber mit allem anderen hatte Jenny wohl recht.

„Du bist in *ihrem* Café", fuhr Jenny fort. „Du führst es an *ihrer* Stelle. Du musst es doch gewusst haben!"

Summer schluckte. Sie nickte. Tränen stiegen ihr in die Augen. „Ja", gestand sie. „Am Ende schon, aber es war weder mein Zuhause noch mein Geheimnis."

„Du hättest es mir sagen müssen!"

Summer schüttelte den Kopf. „Ich weiß ja, dass es ein Fehler von den beiden war, aber ich hab meine Mum doch geliebt. Ich hätte ihr Vertrauen nie missbrauchen können, um es dir zu sagen."

„Aber gebilligt hast du das Ganze nicht?"

Summer schluckte zweimal, weil sie einen Kloß im Hals hatte. „Nein."

„Dann hast du ja einen Eindruck davon, wie ich mich fühle, und kannst nachvollziehen, warum du gehen und mich und Dennis in Ruhe lassen musst. Alles war wieder in Ordnung, bis du gekommen bist."

„Aber das Café war doch die ganze Zeit hier!"

„Nicht wirklich. Es ging gerade langsam, aber sicher den Bach runter. Eine Genugtuung für mich." Jenny verschränkte die Arme.

„Bitte, Jenny …" Doch Summer fiel nichts mehr ein, was sie hätte sagen können.

Das war genau die Konfrontation, die sie gerade am allerwenigsten führen wollte. Über die Affäre ihrer über alles geliebten, wunderschönen Mum mit Dennis, mit der sie Jennys Leben zerstört hatte – und dann ihr eigenes. Zu ihrer Mutter hatte Summer mehr aufgeschaut als zu irgendjemandem sonst, aber nie war es ihr gelungen, mit dieser Sache ins Reine zu kommen. Das Bewusstsein über den Betrug war in den letzten paar Monaten von Maddys Leben ein Störfaktor zwischen ihnen gewesen, der sie zerrissen hatte, bevor sich im Juni alles zusammenspitzte. Das war der Tag, an den Summer nicht zurückdenken konnte, ohne dass es sie innerlich schüttelte.

„Jenny, bitte", drängte sie noch einmal. „Können wir denn nicht nebeneinander existieren wie jetzt? Das Leben ist viel zu kurz, um es mit Zwist und Streit zu verbringen."

„Du weißt es so gut wie ich." Jenny sprach ganz ruhig. „Du weißt, dass keine von uns Frieden finden kann, wenn wir beide bleiben. Darum bist du doch all die Monate weg gewesen, und darum bin nicht nur ich es, gegen die du ankämpfst. Ich habe dich und Valerie gestern Abend gehört. All das passiert, weil die Erinnerung zu schmerzhaft ist. Warum solltest du also hier auf verlorenem Posten kämpfen, wenn du auch überall sonst ein neues Leben anfangen kannst?"

„Für das Missverständnis mit Valerie bist allein du verantwortlich", entgegnete Summer aufgebracht.

„Was redest du da? Jetzt fängst du aber an zu spinnen!"

Summer versuchte, die Erinnerungen, die in ihr aufstiegen, zu verdrängen, um klar denken zu können, und Jenny nutzte die Gelegenheit.

„Dennis will dich hier nicht", blaffte sie und versetzte ihr damit den entscheidenden Schlag. „Ich will dich nicht, und wenn du nun auch mit Valerie streitest, dann frag ich mich, warum du überhaupt hierbleiben willst. Wozu? Warum gehst du nicht endlich woandershin, an einen Ort, wo man dich haben will? Falls es so einen überhaupt gibt."

„Weil ich …“ Aber Jenny war schon auf dem Weg in Richtung Parkplatz.

Summer hob Latte auf und drückte sie an sich, um die Nase im warmen Fell des Welpen zu vergraben. Sie blinzelte vor innerer Aufregung und versuchte, die zitternden Hände unter Kontrolle zu bringen. „Bacon“, murmelte sie. „Ich brauche Bacon, stimmt's?“

Sie wandte sich zur Metzgerei und sah Norman auf seinem Deck sitzen, die Angelrute über dem Wasser. „Hat recht“, sagte er, als sie an ihm vorbeiging.

„Bitte?“

Norman wies mit dem Kinn in Richtung Pub. „Sie da.“

„Was meinst du? Womit?“

„Immer der Kampf. Tut der Seele nich' gut. Hatte reichlich davon fürs ganze Leben. Lohnt sich nich'. Also lass ma' lieber.“

Summer sah ihn an. Ihre Blicke trafen sich. Er schaute unter buschigen Brauen und dem Mützenschirm hervor. Kampf war vielleicht der Grund für so viel Unruhe in ihrem Leben, aber war sie dafür verantwortlich? Lief sie auf Konfrontationskurs durchs Leben? In diesem Lichte hatte sie sich nie gesehen. Sie rang sich ein Lächeln ab. „Lust auf ein Bacon-Brötchen?“

„Wenn ich eins krieg.“

„Klar doch.“

Sie erneuerte ihren Baconvorrat und brachte ihn zum Café. Als sie an Deck geklettert war, stieß sie mit dem Zeh gegen etwas. Sie bückte sich, nahm das Objekt in die Hand und hielt es ins Licht. Wieder eine Schnitzerei, diesmal allerdings noch feiner gearbeitet. Etwas, das sie schon mal gesehen hatte, in genau dieser typischen Form … Aber einen Moment brauchte sie doch, um es zu identifizieren. Eine Narrenkappe mit Spitzen und Kügelchen an den Enden! Wie passte das nun zu den anderen Sachen? Wollte ihr jemand zu verstehen geben, dass ihre Anwesenheit hier in Willowbeck ein Witz war?

Sie belegte die Brötchen, stellte Gebäck hin, schaltete die Kaffeemaschine an, die üblichen Handgriffe eben. Mason kam nicht herüber. Valerie ließ sich nicht blicken. Summer bediente Barry und brachte Norman eine Bacon-Semmel, aber mit den Gedanken war sie anderswo. Sie merkte, wie sie auf das Elvis-Zitat starrte, das sie am vorigen Abend auf die Tafel geschrieben hatte – inspiriert von Mason:

Die Wahrheit ist wie die Sonne. Du kannst sie eine Zeit lang aussperren, aber sie wird nicht weggehen.

Summer glaubte an die Magie von Worten. Dass man einer Sache Kraft geben konnte, indem man sie aus dem Kopf herausholte und auf etwas bannte, was erlebbar, sichtbar war. Aus diesem Grunde liebte sie es, Schriftdesignerin zu sein, und darum gab sie sich die Mühe, außer dem Angebot auch Reime und Sprüchlein auf die Tafeln zu schreiben. Sie las das Zitat noch mal und erkannte darin mehr Wahrheit als je zuvor.

Sie hatte die Wahrheit so lange ausgesperrt. Die Wahrheit war die Affäre ihrer Mutter und was im Juni geschehen war. Sie hatte geglaubt, wenn sie zurückkäme, könnte sie sich allem stellen und einen Neubeginn wagen. Aber der Stachel des Ärgers saß noch an derselben Stelle, und sie wusste, dass sie sich der einen Sache, die sie davon abhielt, voranzuschreiten, noch nicht gestellt hatte: dem, was sie an dem Tag getan hatte, als ihre Mutter gestorben war.

Vielleicht hatte Jenny recht. Vielleicht konnte sie nicht in Willowbeck neu durchstarten. Vielleicht war all das hier zu sehr mit der Vergangenheit durchtränkt. Aber hey, sie lebte auf einem Boot. Warum sollte sie gerade hier bleiben? Warum nicht an einem anderen Ort mit dem Bootscafé erfolgreich sein, wo niemand sie oder Maddy oder ihre Geschichte kannte?

Als der Tag voranschritt, setzte sich die Idee in ihrem Kopf fest, und sie grübelte darüber, erwog die Vor- und Nachteile.

Ohne Valeries Unterstützung, mit den beiden Pubbetreibern gegen sich – und da jetzt sogar schon Norman sich aufs Argumentieren einließ –, was hatte sie da noch zu verlieren? Genau genommen nichts, redete sie sich ein. Aber jedes Mal, wenn sie an Masons Hand auf ihrer Schulter dachte, an seinen Blick, das Lächeln, das sie so umwarf, krochen Zweifel in ihr hoch. Aber waren ein einziger Abend im Pub und die Aufforderung zu einer Wanderung genug, um deswegen zu bleiben? Außerdem musste ihre Freundschaft ja nicht zu Ende sein, nur weil sie irgendwo anders am Fluss ihre Zelte aufschlug. Auch er besaß ein Boot. Sie würden gewiss in Kontakt bleiben.

Summer konnte die folgende Nacht kaum schlafen, und am Morgen stand ihr Entschluss fest. Sie duschte in aller Eile, zog eine Jogginghose und ein kariertes Hemd über und ging nach draußen in die Morgendämmerung. Willowbeck war verschlafen und ruhig, die Wasseroberfläche klar wie Glas. Ein Rotkehlchen sang in die Stille hinein. Summer begann mit dem Ablegen: Motor anwerfen, Mittelseil binden, bevor sie die anderen Seile löste. Verstohlen sah sie zur Sandpiper und wünschte sich, das Motorengeräusch würde Mason wecken, oder Archie. Warum sie sich nicht zugestand, ihm Bescheid zu sagen, dass sie ablegte – sie wusste es nicht.

Als sie in die Flussmitte hinaussteuerte und der Bug an den Weiden entlangstrich, spürte sie, wie der Reiz des Unbekannten sie überflutete. Gab es für sie wirklich anderswo einen Neubeginn? Würde sie das Bootscafé zum Erfolg führen und sich ein eigenes Leben aufbauen können, außerhalb von Willowbeck? Wenn hier jemand sie für eine Witzfigur hielt, dann war sie bereit, diesen Jemand eines Besseren zu belehren. Das hier war nun ihr Boot, und sie würde die Möglichkeiten, die vor ihr lagen, mit offenen Armen begrüßen. Nach einem letzten Blick zurück auf das Gold und Rot von Masons Boot, das sicher und geborgen am Anleger lag, gab sie Gas und trieb das Bootscafé flussaufwärts. Nur kaltes, tiefes Kielwasser ließ sie hinter sich zurück.

BAND 2

Auf zu neuen Ufern

7. Kapitel

Summer wurde von den energischen Tönen von Mumford & Sons aus dem Schlaf gerissen, die durch das leicht geöffnete Kabinenfenster dröhnten. Latte fing an zu bellen und trommelte mit den Vorderpfoten auf ihre Brust. Die Augen zu öffnen, war ein Kraftakt, aber als sie es geschafft hatte, sah sie, dass die Sonne durchs Fenster schien. Sie hatte es nicht nur offen gelassen, sondern nicht einmal die Vorhänge zugezogen. Im ersten Moment glaubte sie, noch in Willowbeck zu sein, und hielt die Musik nur für den Nachhall eines Traums. Ihr erster Gedanke galt der Frage, ob es wohl noch zu früh sein mochte, bei Adam im Metzgerladen neuen Bacon zu kaufen, und ob Mason womöglich gleich mit Archie vor der Bootstür stand. Sie musste lächeln. Dann setzte Latte eines ihrer Vorderpfötchen auf ihre Wange und winselte, und da erinnerte sie sich wieder.

Sie war gar nicht in Willowbeck. Schon seit einer Woche nicht mehr. Sie setzte sich auf und schaute aus dem Fenster, während der kleine Bichon Frisé neben ihr herumschnüffelte und mit dem Schwanz wedelte. Anstelle des überhängenden Weidenbaums und der Felder dahinter sah sie jenseits des breiten Flusses eine Reihe von kleinen Cottages. Alle waren in unterschiedlichen Farben gestrichen – Weiß, dann Beige, Blau und Blassgelb – und hatten Vorgärten aus kleinen Rasenquadraten oder, wie im Fall des beigen Hauses, mit einem Sammelsurium an Frühblühern. Auf dem Leinpfad waren schon einige Leute unterwegs. Ein junger Mann mit Baseballkappe führte seinen Irischen Wolfshund aus, und eine Frau radelte vorbei, während ihr Mantel wie ein Cape hinter ihr herflatterte.

Etwas weiter den Pfad hinauf wurde der Zugang zu einer Passage von großen Steinmauern gesäumt, die zum Marktplatz von Foxburn führten. Dort gab es einen Brunnen in der Mitte des Platzes, ein kleines, aber eindrucksvolles Rathaus mit Säulenportal und einen kleinen Imbiss mit hausgemachter Pizza zum Mitnehmen.

Ihr Boot war an einem temporären Liegeplatz vertäut, und Summer konnte bereits hören, dass auch um sie herum alles langsam erwachte: zwei Leute, die sich etwas zuriefen, das tiefe Grummeln eines Motors, als eines der Boote zur Tagestour ablegte. Sie hatte zwölf Liegeplätze gezählt, und alle waren belegt gewesen. Kein Wunder, jetzt zum Frühlingsanfang. Eine Mischung aus Händlern und Besuchern belegte die Kurzzeit- und die Dauerliegeplätze. Sie hatte sich mit einem weißhaarigen Paar nett unterhalten, Una und Colin, die in einem in traditionellem Grün und Rot gehaltenen Boot neben ihr ankerten. Es hieß „A Seeker's Fortune“ und war an der Dachkante gesäumt von Blumentöpfen voller Osterglocken.

Zwei Tage zuvor hatte eine Horde Handelsboote in Foxburn angelegt, unter anderem ein Antiquitätenladen auf einem Kanalboot. Ein Sandwichladen auf einem anderen machte einen ziemlich anspruchsvollen Eindruck. Auf der Tafel neben der Luke hing eine Liste mit ziemlich außergewöhnlich klingenden Füllungen. Dann war da noch ein blaues Boot mit feinen silbernen Akzenten, seitlich prangte der silbrige Schriftzug „The Wanderer's Rest“. Summer hatte keine Ahnung, wer sich da an Bord dieses Bootes befand. Sie war daran entlangspaziert, aber vor allen Fenstern hingen dichte dunkle Rollos. Zu der Gruppe gehörte auch „Water Music“, das Boot, das dafür verantwortlich war, dass die Musik sie geweckt hatte. Es lag drei Plätze weiter, was – wie ihr schnell klar wurde – eindeutig zu nah war.

Sie hatte hier auf ihren Reisegewerbeschein gewartet, den sie in Willowbeck, wo sie einen Dauerliegeplatz besaß, nie gebraucht hatte. Willowbeck war zudem viel kleiner und bot nur wenige Anlegestellen. Inzwischen hielt sie die Luke immer geöffnet, wenn sie an Bord war. Dort standen eine Teekanne, Becher und ein paar mundgerechte Brownie-Häppchen bereit, und auf ein Schild hatte sie geschrieben: „Bitte bedienen Sie sich. Das Bootscafé eröffnet in Kürze." Sie hoffte, dass es die Leute neugierig machte und wenigstens ein paar von ihnen zurückkommen würden, wenn sie das Café ganz offiziell, mit Gewerbeschein, betrieb.

Gestern war dann ihre Lizenz bewilligt worden. Nachdem sie also eine Woche lang die Gegend zu Fuß erkundet, ihr Boot aufgemöbelt, Filter gewechselt und Moos aus den Fensterlüftungen entfernt hatte – und endlos über die Sache in Willowbeck nachgedacht –, konnte sie nun endlich das Café wieder in Betrieb nehmen.

Frischen Bacon von Adam gab es jetzt jedoch nicht mehr. Sie war auch weiter entfernt von ihrer Freundin Harry, die sie mit bestem Qualitätskuchen versorgt hatte. Auf einen festen Kundenstamm, wie er sich in Willowbeck langsam, aber stetig entwickelt hatte, konnte sie momentan nicht zählen. Dennoch würde sie hier erneut voller Unsicherheit einen Neuanfang wagen.

Sie schob die Zukunftsangst beiseite und schlug die Bettdecke zurück, sehr zufrieden, dass sie herausgefunden hatte, wie man den Dieselboiler säuberte und das Heizsystem zum Laufen brachte. Obwohl die Aprilsonne schien, war es draußen noch kalt.

„Okay, Latte. Frühstück?" Der Hund sprang auf den Boden und folgte ihr in die Küche, die Nase nah an Summers Waden, sodass es schwierig war, einen Schritt zu machen, ohne zu stolpern. Nicht nur für sie fühlte sich dieser Ort ungewohnt neu an. Latte war in der vergangenen Woche jeden Morgen auf ihr Bett gehüpft, hatte gekläfft, gewinselt und sie mit der Pfote angestupst. Summer wusste, dass der Hund verunsichert war, aber ob es daran lag, dass er generell mit der unbekannten Umgebung nicht zurechtkam, den Geräuschen und Gerüchen, oder an ihrer eigenen Unsicherheit, die der kleine Vierbeiner wahrnahm, konnte sie nicht beurteilen.

Jedenfalls war heute ein neuer Tag, und sie würde das Café wiedereröffnen. Sie gab Latte zu fressen, schaltete den Ofen ein und bereitete noch im Schlafanzug die ersten Brownies vor. Sie schmunzelte, als draußen ein Song von Bryan Adams gespielt wurde und eine Entenformation knapp über der Wasseroberfläche flussaufwärts flatterte.

Der Eigner der Water Music ließ den ganzen Tag über einen bunten Mix Popmusik laufen, um seine Secondhand-Schallplatten, -CDs und -Kassetten zu bewerben. Summer war schon mehrmals die Frage durch den Kopf gegangen, wie oft man speziell dieses Boot wohl schon zur Weiterfahrt aufgefordert hatte. Jetzt dachte sie daran, dass sie dem Besitzer später, wenn die Brownies fertig waren, ein paar davon bringen und mehr über sein Reisegewerbe herausfinden könnte. Letztlich hatte sie ihr Vertrauen in das Café in Willowbeck zu einem großen Teil den Menschen um sie herum zu verdanken gehabt – Freunden wie Valerie, Mason und sogar Norman. Wenn sie an einem neuen Ort erfolgreich sein wollte, war es gut, die Bootsnachbarn zu kennen.

Während sie die Browniemischung anrührte, wanderten ihre Gedanken zu den letzten Tagen in Willowbeck zurück. Hatte sie zu spontan losgemacht und den Ort zu überstürzt verlassen, noch dazu, ohne jemandem Bescheid zu sagen? Möglich. Aber die Aussicht, wegzugehen und zu schauen, was der gewundene, glitzernde Fluss sonst noch zu bieten hatte, war einfach zu verlockend gewesen. Zu ihrem festen Liegeplatz beim Dorf konnte sie jederzeit zurückkehren, aber nun hatte sie einen Reisegewerbeschein und damit die Gelegenheit, zu beweisen, dass sie es auch allein schaffen konnte, irgendwo, wo niemand etwas von ihr, von dem Bootscafé – und der Geschichte ihrer Mutter – wusste.

Trotzdem gab es Dinge in Willowbeck, die sie bereits schmerzlich vermisste. Sie war dort etwas über einen Monat lang eine feste Einrichtung gewesen, hatte auf Valeries Ermunterung zählen können, auf die Kuscheleinheiten von Harvey, Valeries grau getigertem Kater, auf Normans ruppige Bemerkungen und Adams freundliches Gesicht, wann immer sie Bacon in der Metzgerei besorgte.

Und sie vermisste Mason. So gut kannte sie ihn noch gar nicht, aber ihn nicht mehr zu sehen, machte ihr zu schaffen. Es kam ihr fast so vor, als wäre kein einziger Tag vollständig und als würde sie immer auf irgendetwas warten, das hinter dem Horizont lag.

Sie füllte den Brownieteig, der süß duftete, in das tiefe Blech, schob es in den Ofen und schaltete die Kaffeemaschine ein. Vielleicht würde sie heute Cappuccino, Latte macchiato und heiße Schokolade servieren, anstatt nur die Teekanne nachzufüllen. Sie ging in die Kabine, entschied sich für Leggins, einen anschmiegsamen grünen Pulli und die weichen, mit Schaffell gefütterten UGG-Boots – und setzte sich aufs Bett. Noch einmal öffnete sie Masons SMS.

Sie hatte sie am selben Tag erhalten, als sie Willowbeck verlassen hatte. Der Absender war unbekannt gewesen, bis sie die Nachricht gelesen hatte: Summer, ich bin's, Mason. Valerie hat mir deine Nummer gegeben. *Wo bist du? Wir machen uns beide Sorgen.* Zu wissen, dass Valerie sich um sie sorgte, obwohl sie so wütend auf sie war, machte ihr Mut. Sie war ja nicht einmal einen Tag weg gewesen und hätte auch auf einem Tagesausflug sein können. In ihrer Antwort schrieb sie nur, dass sie einige Tage für sich brauche und sich melden würde.

Mason hatte das als Erklärung akzeptiert, sie aber daran erinnert, dass sie seine Einladung, mit ihm das Naturschutzgebiet zu besichtigen, angenommen hatte, und scherzhaft gedroht, sie darauf festnageln zu wollen. Seitdem hatten sie sich regelmäßig geschrieben, immer nur über unverfängliche Themen.

Mason: *Archie hat gerade versucht, eine Ente zu fangen. Er ist ein guter Schwimmer, aber jetzt muss ich die Kabine ausputzen, weil es schimmlig riecht.*

Summer: *Drei Plätze entfernt liegt ein Boot, wo sie nonstop seit neun Uhr früh Teeniepop spielen. Adele und London Grammar waren okay, aber jetzt läuft bei S Club 7. Wie übersteht man so was?*

Darauf hatte Mason zurückgeschrieben, in Willowbeck würde es solche Ruhestörungen nicht geben, aber sie hatte es in der Antwort darauf mit einem lachenden Smiley bewenden lassen.

Heute Morgen blieb ihr Handy-Display leer, und sie stellte fest, dass sie ihre Zeit nicht mit Gedanken an Mason verbringen konnte, zumal sie diejenige war, die entschieden hatte, Willowbeck zu verlassen. Sie sah nach den Brownies und begann mit einer Portion Scones, schaltete dann das Licht im Café ein, ging mit dem Tafelaufsteller und den Farbkreiden hinaus in die Sonne und schrieb:

Herein, wer mit mir feiern mag, das Bootscafé hat ersten Tag!
Gratis-Kaffee und Brownie dazu – was immer Sie wünschen: Greifen Sie zu!

Wieder drinnen, fegte und wischte sie den Boden im Café, wienerte die Theke und die Tischplatten, bis sie glänzten. Sie arrangierte die gehäkelten Kuchen und die Holzschnitzereien neu und spürte einen kurzen Stich der Trauer, als ihr bewusst wurde, dass sie keine dieser Figuren mehr bekommen würde, es sei denn, die Person, die sie ihr hinterlassen hatte, folgte ihr nach Foxburn – eine eher befremdliche Vorstellung. Schade, dass das „Mysterium" nun so endete. Ob jetzt, da sie nicht mehr dort war, wohl überhaupt noch Schnitzereien auf Valeries oder Masons Boot auftauchten? Sie würde Mason fragen, wenn sie die nächste SMS schrieb.

Latte bellte, und Summer drehte sich gerade rechtzeitig, um die Frau zu sehen, die forschen Schrittes zur Tür hereinkam.

„Hallo. Womit kann ich dienen?"

„Krieg ich wirklich ‚was immer' ich wünsche?", fragte die Frau mit leichtem walisischen Akzent. Sie mochte etwas älter sein als Summer, etwa Mitte dreißig, hatte ein rosiges, rundes Gesicht und trug einen kurzen schwarzen Bob. Ihr Haar glänzte so kräftig, dass es mit Sicherheit gefärbt sein musste. Sie trug eine rote Seidenbluse über Jeans und Chucks mit amerikanischem Flaggendesign.

„Klar. Einen Latte macchiato oder Cappuccino vielleicht?"

„Ich wünsche mir Pistazien-Rosen-Macarons und einen Chai Latte."

„Ähm, na ja, mit einem gewürzten Latte macchiato kann ich dienen, aber ... Wie wär's vorläufig mit einem Brownie, noch warm, direkt aus dem Ofen?"

Die Frau starrte an die Decke, als müsste sie angestrengt nachdenken. „Okay, das wird's fürs Erste auch tun. Sind in den Brownies Kirschen drin?"

„Nein, leider nicht."

„Na, zum Glück! Ich hasse Kirschen." Sie lächelte triumphierend.

Summer war erleichtert, dass sie ein wenig Zustimmung bekam, schlüpfte hinter die Theke und zauberte eine saubere Tasse hervor. Die Kundin trat an die Theke und neigte sich kurz hinab, um Latte zu streicheln.

„Oh, und den Hund, den hätte ich auch gern. Der ist ja zu süß!"

Summer runzelte die Stirn. „Ähm, nein, ich ..."

„Das war doch nur ein Scherz. Aber das Schild ist in der Beziehung ein klein wenig missverständlich." Sie streichelte Latte, die die Aufmerksamkeit sichtlich genoss. „Da steht nämlich, man bekäme, was immer man sich wünscht. Schreiben Sie also lieber ‚fast' dazu oder etwas in der Art."

Summer lachte. „Ich würde sehr gern Pistazien-Rosen… – Wie hieß das? Macarons? – anbieten."

„Oh, die sind einfach göttlich. Ganz im Ernst, wenn Sie die hier verkaufen, haben Sie eine neue Freundin fürs Leben."

„Ich weiß gar nicht, wie man die macht", gab Summer zu.

„Aber Sie können doch sicher nach Rezept backen, oder? Also, besorgen Sie sich ein Backbuch, und los geht's. Brownies sind super, und ich sage nicht Nein zu einem Brownie, aber etwas Vielfalt tut keinem weh. Das sag ich auch immer zu meinen Kunden."

„Haben Sie auch ein Café?" Summer erstarrte. War das hier eine Falle? Würde sie ewig auf dem Fluss umherschippern auf der Flucht vor anderen Geschäftsinhabern, die keine Konkurrenz vertrugen?

Die Frau streckte ihr die Hand zum Gruß entgegen. „Ich verkaufe keinen Kuchen, sondern Musik. CDs, Vinyl, ein paar Kassetten für die echten Retros. Ich bin Claire. Mir gehört die Water Music gleich da hinten. Wir sind vor ein paar Tagen angekommen, aber ich hab dich an diesem Teil des Flusses noch nie gesehen. Dabei entgeht mir für gewöhnlich nichts. Ich hab schon drauf gewartet, dass du endlich öffnest, damit ich mal Mäuschen spielen kann. Ist das Du okay? Sozusagen unter Kollegen …"

Summer reichte ihr die Hand. „Klar. Du bist also für den Mumford-&-Sons-Wecker verantwortlich."

„Und ich werd mich dafür bestimmt nicht entschuldigen. Vielfalt ist die Würze des Lebens. Wie heißt du?"

„Summer. Kriegst du denn keine Beschwerden wegen des Lärms?"

„Hier und da schon. Aber die meisten haben nichts gegen Musik einzuwenden, die die Stimmung hebt. Eigentlich beschweren sich gerade diejenigen, denen es am ehesten guttun würde, aber sie merken's nicht. Du wirst doch nicht damit anfangen, oder?" Claire nahm die Tasse Tee entgegen, blies kurz hinein, nippte aber gleich daran. „Der ist gut."

„Ich habe nicht vor, mich zu beklagen. Ich bin genauso eine Vagabundin wie du, und ich würde einfach weiterziehen, wenn's mich stören würde. Tut es aber nicht." Etwas betreten dachte sie daran, was sie Mason geschrieben hatte.

„Was machst du hier? Das Café existiert ja schon eine Weile, aber nicht mit dir am Steuer."

„Du kennst es?" Summer entschuldigte sich hastig und lief schnell in die Küche, einerseits, um ihre Überraschung zu verbergen und andererseits, um bei der Gelegenheit die Brownies zu holen. Sie schnitt sie an der Theke in Stücke.

„Ja, sicher. Wie gesagt, habe ich dich in dieser Gegend noch nicht gesehen, aber die Welt ist nun mal klein. Das Café ist doch von einer älteren Frau geführt worden, Margie oder so? Missy?"

„Maddy", warf Summer mit plötzlich rauer Stimme ein. „Meine Mum, Madeleine."

„Ah, genau." Claire sah sie eingehend an. „Hm, du siehst ihr wirklich ähnlich. Das rote Haar, die großen Augen ... Scheinst ein bisschen zurückhaltender, aber das ist okay, wenn du noch nicht so lange dabei bist. Hat sie das Café an dich weitergegeben?"

Summer seufzte und zögerte, aber es ließ sich kaum umschreiben. „Sie ist gestorben."

Claire lächelte freundlich. „Das tut mir leid. Harte Zeit, hm?"

„Ja. Das war es wirklich."

Sie schwiegen beide. Summer schenkte sich auch etwas ein und nahm sich einen Brownie. Die Ruhe zwischen ihnen hatte fast schon etwas Kameradschaftliches.

„Dann bist du nun stets und ständig unterwegs? Nicht mehr durchgehend an dieser einen Stelle am Fluss?"

„Willowbeck."

„Genau. Sehr schön da, fand ich immer. Guter Zugang, aber auch ziemlich ruhig, viel Grün in der Nähe vom Pub. Irgendwie schreit das nach etwas."

„Wie meinst du das?"

„Weiß nicht." Claire zuckte die Schultern. „Es sieht so einladend aus, aber trotzdem fehlt irgendwas."

„So was wie Water Music?" Summer musste lachen. „Ein Kick von Bruce Springsteen um halb neun morgens vielleicht?"

„Hey! Keiner könnte was gegen den *Boss* haben! Aber – ja, etwas Musik könnte dem Ort nicht schaden. Ein bisschen Schwung und Vitalität." Sie nickte. „Besonders wenn du jetzt nicht mehr da bist. Ist der Pub immer noch da?"

„Ist immer noch da", kam die etwas mürrische Antwort. Claire kniff die dunklen, mandelförmigen Augen zusammen, was Summer das Gefühl gab, bis ins Innere durchleuchtet zu werden.

„Du hast ihnen Konkurrenz gemacht", sagte Claire mit Bestimmtheit.

„So richtig klargekommen sind wir nicht miteinander", bestätigte Summer und erinnerte sich lebhaft an Jennys letzten Redeschwall.

„Deshalb bist du da weg?"

„Ich hatte den Eindruck, eine neue Umgebung könnte mir guttun", erklärte sie. „Das bedeutet nicht, dass ich nie dorthin zurückkehre. Ich hab da ein paar Freunde. Und genau das ist ja das Schöne am Leben auf einem Boot. Mum und ich sind immer ein bisschen flussauf- und flussabwärts gereist. Ich glaube, hier sind wir nie lange geblieben. An den Marktplatz kann ich mich nicht erinnern."

„Foxburn", Claire schüttelte den Kopf. „Bildhübsch."

„Du bist erst vor ein paar Tagen angekommen. Bleibst du nicht hier?"

„Nein, nein. Ich bin mit den anderen unterwegs. Wir sind eine kleine Gruppe von Händlern, ich mit dem Musikladen, das

Antiquitätenboot, der Grill und das Sandwichboot. Wir machen ein gutes Geschäft, indem wir zusammenhalten. Wo immer wir anlanden, sind wir so was wie ein schwimmender Markt. Du würdest gut zu uns passen, weißt du?"

„Das Sandwichboot hätte nichts dagegen?"

„Ralph macht keinen Kuchen", erwiderte Claire. „Leider. Aber bei ihm kannst du alle möglichen Sandwiches kriegen. Was immer du dir wünschst – im wahrsten Sinne. Wenn er die Füllung nicht machen kann, kriegst du es nicht am selben Tag, aber er recherchiert es, und am nächsten Tag hast du's. Auster und Stachelbeere – also, ich sage nicht, dass das dein Lieblingssandwich werden muss, ist klar, aber wenn du das haben willst, braucht er vierundzwanzig Stunden und zaubert es dir dann. Er wird dir selbst sagen, dass er bei dem Service keine Zeit hat, auch noch Kuchen zu backen. Darum war ich ja so gespannt auf dich." Claire zupfte sich die Bluse zurecht und lächelte sie offen an. „Wenn du wirklich wahr machst, was du sagst, wäre das einfach himmlisch."

„Macarons?"

„Alles Mögliche, was Kuchen und Gebäck angeht. Ich bin ein Fan von Süßkram für den Nachmittag, und wenn du dein Angebot etwas auffächerst, also einen Kuchenservice anbietest, so ähnlich wie der Sandwichservice, auf dem Ralphs Ruf aufbaut, wären wir unschlagbar. Musik, was zu essen, schöne alte Schätzchen ... Braucht man noch mehr auf einem Markt?" Sie breitete die Arme aus, und Summer lachte.

„Ich weiß nicht, ob ich mein Repertoire dermaßen erweitern kann. Harry hat mir bisher immer mal wieder Kuchen geliefert, den ich verkaufen konnte. Orangen-Zimt-Kuchen, Erdbeer-Banane, umwerfende Mandel-Toffee-Schnitten, die ich ...

„Oh mein Gott, hör auf! Wo ist dieser Harry? Ist er noch zu haben?"

„Harry ist eine Freundin", erklärte Summer, „und nach Willowbeck konnte sie schnell kommen, darum weiß ich nicht ..."

„Sieh zu, dass du sie wieder einspannst! Oder lass dir von ihr Rezepte schicken." Claires Tonfall war drängend.

„Was?"

„Im Ernst. Genau so was meine ich. Die Brownies? Delikat, aber nach ein paar Tagen brauch ich was anderes. Und das Flussvolk ebenso. Bootseigner und Leinpfadschiffer wissen die Vielfalt zu schätzen, falls du es noch nicht gemerkt haben solltest. Also, leg los!" Sie trank ihren Latte aus, leckte sich jeden einzelnen Finger ab und strahlte Summer an. „Ich hab das Gefühl, wir werden wunderbar miteinander auskommen. Was machst du heute Abend?"

Summer setzte zu einer Antwort an, schaute kurz nach hinten und hob planlos die Schultern.

„Na, dann wäre das ja geklärt. Heute Abend stelle ich dich den anderen vor."

Summer schaute ihr nach, als sie ging. Die rote Seidenbluse schimmerte wie Wasser, als Claire durch die Tür fegte. Die Water-Music-Besitzerin war mehr als groß, sowohl körperlich als auch, was ihre Präsenz anging, und es kam ihr vor, als wäre sie von einem Tornado verwirbelt worden – allerdings von einem sehr gutmütigen.

„Hab ich mich gerade zu irgendetwas verpflichtet?", fragte sie Latte, die auf einem der Stühle saß und sie schief anschaute. „Hab ich verspochen, Hunderte Kuchen zu backen oder heute Abend mit ihr auszugehen oder so was?" Latte gab keinen Mucks von sich. „Nein, ich glaub nicht. Aber warum werde ich das Gefühl nicht los, dass ich keine Wahl habe?"

Für Summer fiel der erste Verkaufstag in Foxburn noch geschäftiger aus, als sie es erwartet hatte. Sie freute sich über den stetigen Zustrom der Kundschaft und die fantastische Atmosphäre, die beinahe an Karneval erinnerte, während ein Potpourri an Musik von Claires Boot herüberschallte. Klassik, Oper – Summer erkannte „Three Little Maids" aus „Der Mikado" – ein bisschen von Kylie, den Rolling Stones, den Goo Goo Dolls. Ganz bestimmt tat Claire dem Ort dabei nicht ihren persönlichen Musikgeschmack kund, es sei denn, ihr Geschmack fiel unter die Kategorie „jede erdenkliche Musik". Selbst das hätte Summer sich aber vorstellen können. Schon jetzt bewunderte sie Claires Eifer, alles aufzusaugen und über den Tellerrand hinauszublicken. Sie freute sich darauf, Zeit mit ihr zu verbringen, anstatt noch eine Neunzigerjahreschnulze fürs iPad herauszusuchen.

Zunächst schienen die Gäste mehr als zufrieden mit den Leckereien. Summer backte den ganzen Tag über weiter. Zutaten hatte sie im Mini-Supermarkt am Marktplatz von Foxburn gekauft und außer Scones und Brownies heute auch Cupcakes mit Vanilleglasur, Zitronen-Blechkuchen und Apfelkuchen im Angebot. Es war ein Balanceakt, zu servieren und gleichzeitig aufzupassen, dass die Kuchen nicht verbrannten, aber sie hatte sich einige Rezepte vorab herausgesucht und manches sogar vorher schon gebacken, während sie auf den Gewerbeschein gewartet hatte, sodass sie genau wusste, wie lange jede Sorte im Ofen bleiben musste. Dann aber fragten immer wieder Gäste nach merkwürdigen Gebäcken wie Wiener Fingerkeksen, Hafer-Rosinen-Kekse, Käsekuchen und Puddingtörtchen.

In Summer keimte langsam ein Verdacht, und sie hakte darum ihrerseits nach: „Hatten Sie einen schönen Tag? Vielleicht ein bisschen Musik eingekauft?", „Sie waren nicht zufällig im Laden auf der Water Music?", „Ich kann's nicht fassen, dass sie dort Marilyn Manson gespielt haben, haben Sie vielleicht mit der Besitzerin gesprochen?" Die meisten gaben daraufhin zu: Ja, sie waren ins Café gekommen, nachdem sie bei Claire hereingeschaut hatten.

Nach weniger als einem Tag war sie zum Spielball einer verborgenen Kampagne geworden – durch jemanden, den sie eben erst kennengelernt hatte. Aber sie würde den Spieß umdrehen, nur brauchte sie mehr Zeit für eine Gegenattacke. Sie legte aber immerhin schon mal eine Liste der „absoluten Lieblingskuchen" ihrer Kunden an. Wenn sie auch nicht so einfach auf Harrys Expertentum zurückgreifen konnte, wollte sie doch bald den Geschmack derjenigen treffen, die bereit schienen, auch ein wenig mehr Geld auszugeben, wenn das Angebot erst ein bisschen erweitert war. Als der Andrang nachließ und es gegen Abend kälter wurde, nahm sie sich vor, mehr Rezepte herauszusuchen.

Um fünf schloss sie das Café und ging in ihre Kabine. Der Vierbeiner hopste aufs Sofa. „Heute nicht, Latte", sagte sie. „Wir gehen aus. Also mach dich fein." Latte bellte, wedelte mit dem Schwanz und rutschte mit den Vorderpfoten auf die Sofakante zu. Summer nahm sie hoch und hielt sie an sich gedrückt. Das Hündchen durfte sogar über ihre Wange lecken. „Na, schon glücklicher?", fragte sie. „Ich bin's nämlich."

Ihr Handy piepte, und Latte hüpfte zu Boden. Es war Mason. *Bist du da?*, schrieb er.

Summer lächelte und antwortete: *Wo – da? Bin auf dem Boot. Was ist los?*

Nichts, lautete die Antwort, doch kurz darauf klingelte ihr Handy.

Mason rief über FaceTime an, erkannte sie auf dem Display. Panik überkam sie. Wie würde sie wohl aussehen nach einem Tag Herumgerenne und Milchaufschäumerei? Aber es blieb ihr gar keine Zeit, sich um ihr Aussehen zu kümmern. Sie nahm an, und ein grobkörniges Bild von Mason füllte sogleich ihr Display aus.

Summer holte scharf Luft. Da war er, lächelte sie an, die dunklen Haare um das Gesicht völlig verwuschelt. Seine Augen hatten nicht dieselbe Intensität, wie wenn man ihm wirklich gegenüberstand, aber allein die Tatsache, ihn zu sehen, sandte einen warmen Schauer durch ihren Körper.

„Hi", sie lächelte nervös. „Was ist das denn jetzt?"

„Das", erwiderte Mason, „ist ein Hinterhalt."

„Was soll das heißen?“ Summer sank aufs Sofa. Das Handy hielt sie so vor sich, dass ihr Gesicht in dem kleinen Fenster in der Ecke blieb.

„Ach, Summer“, erklang eine andere Stimme, und Summer sah, wie der eigentliche Anrufer zur Seite rutschte und Valerie im Bild erschien. „Ach, sieh nur, da bist du ja! Bist du live?“

„Valerie!“ Aus ihr heraus kam eher ein Krächzen.

„Schätzchen, wo bist du? Was tust du? Du musst zurückkommen!“

„Ich – ich hab gedacht, du wolltest nicht mit mir sprechen.“

„Wollte ich auch nicht. Ich war wie von Sinnen die ersten Tage, aber dann bin ich wieder zu mir gekommen.“

Summer seufzte, als Erleichterung sie durchströmte. „Wirklich?“

„Schätzchen, du würdest so was nie über mich sagen, das weiß ich doch. Für jemanden, der normalerweise für so viele Kanäle geöffnet ist, hab ich kläglich versagt.“ Valerie schüttelte den Kopf, dass ihr die großen Ohrringe wie silberne Flecken gegen den Hals schlugen.

„Wahrscheinlich hat dir also jemand was Falsches eingetrichtert?“ Summer wollte Jenny nicht erwähnen und war neugierig, ob Valerie es von sich aus tun würde.

„Nein, ich hab was missverstanden oder mich verhört. Ich hatte eine schlechte Lesung, einen unzufriedenen Kunden, und dann – ja, ich muss das einfach falsch interpretiert haben. Es war nicht dein Fehler, aber jetzt hab ich dich vertrieben.“

„Nein, ich musste gehen, nicht nur wegen dieser Sache.“

„Okay“, mischte sich nun Mason ein, diesmal etwas gleichmütiger. „Aber jetzt kannst du doch zurückkommen, oder?“

„Ich weiß nicht. Ich glaube, es ist gut für mich, neue Orte auszuprobieren. Gut für mein Selbstvertrauen.“ Sie richtete sich auf, in der Hoffnung, dass ihr neues Ich die beiden über den Bildschirm anstrahlte.

„Komm zurück, Liebes", bat Valerie. „Hier ist nur ein großer leerer Platz, wo dein Boot lag. Jeden Tag kommen mehr und mehr Gänse und füllen ihn, quaken und greifen die Spaziergänger an. Und sie machen einen Haufen Dreck im Wasser. Wir hätten viel lieber wieder dein Boot dort."

„Absolut auch meine Meinung", sagte Mason, und Summer sah ihn an, frustriert, dass das Display alle paar Sekunden einfror und ihn verpixelte und sie ihn nicht richtig sehen konnte. Ob es wohl komisch rüberkam, fragte sie sich, wenn sie ihn bitten würde, ihr ein Foto von sich zu schicken? Vielleicht machte er ja genauso gern Selfies, wie er Tiere fotografierte. Aber sie schob die Idee gleich wieder von sich. „Übrigens schuldest du mir eine Wanderung. Hab ich nicht vergessen."

„Ich auch nicht."

„Wo bist du eigentlich?", wollte Valerie wissen.

Summer deutete hinter sich, als wäre ein großes Schild am Fenster, auf dem „Foxburn" stand. „Nicht weit weg. Ich hab sogar schon eine Freundin gefunden."

„Oh", machte Valerie ein wenig enttäuscht.

Summer ließ sich zurücksinken, und Latte sprang ihr auf den Schoß und reckte die Nase zum Display.

„Oh, Latte", hauchte Valerie mit flatternder Stimme. „Ach, Summer, dein süßes kleines Hündchen!"

„Archie schmachtet schon nach ihr", Mason rückte wieder ein wenig ins Sichtfeld. „Und wenn er unglücklich ist, benimmt er sich noch schlechter, weißt du? Auch wenn du es dir vielleicht nicht vorstellen kannst. Komm wenigstens den Hunden zuliebe zurück."

Summer kaute auf der Unterlippe. Mit ihr zu sprechen, war sicher Valeries Idee gewesen. Trotzdem war sie nicht willens, wieder Kurs auf die Heimat zu nehmen. Genau genommen, war Willowbeck auch noch nicht wirklich ihre Heimat. Als sie eben begonnen hatte, in dem Örtchen heimisch zu werden, war die Spannung mit Jenny im Pub zu stark geworden, so stark, dass sie das Gefühl hatte, frischen Wind zu brauchen. Einen Tapetenwechsel. Willowbeck hatte etwas Klaustrophobisches bekommen, und sie brauchte Raum zum Atmen. Auf einmal kam ihr der Anblick von Valerie und Mason, die sich auf ihrem winzigen iPhone-Display drängten, absolut lächerlich vor. Sie musste kichern.

„Was ist denn so lustig?", fragte Mason.

Summer versuchte, während des Lachanfalls zu sprechen. „Ihr … Es sieht so aus, als ob … Ich weiß auch nicht. Als ob ihr technisch minderbemittelte Verwandte wärt, die versuchen, ein total seriöses Gespräch zu führen. Das ist …" Sie holte Luft, brach erneut in Gelächter aus und gab es auf, ernst zu bleiben.

„Hallo? Minderbemittelt?", protestierte Mason gekränkt. „Ich bin sehr technikaffin, ja? Was ich über Photoshop nicht weiß, das braucht auch keiner zu wissen."

„Klar. Es ist nur so komisch." Endlich fand sie die Fassung wieder und lächelte. „Ich wollte, ich könnte euch richtig sehen."

„Na, dann komm doch einfach her", konterte Valerie.

Summer nickte. „Bald", sie blieb vage. Und dann, als sie an Jenny dachte, ergänzte sie: „Ich überleg's mir. Aber wir sollten das hier mal wieder machen."

„Wie, damit du noch mehr über uns herziehen kannst?" Sie konnte noch so eben erkennen, dass Mason die Stirn krauszog. Der Drang, ins Display zu greifen und ihn herauszuziehen, sodass er neben ihr auf dem Sofa sitzen konnte, wurde immer stärker.

„Selbstverständlich, warum sonst?"

Stille breitete sich aus, und sie wechselte das Thema. „Valerie, ich bin so froh, dass du dich gemeldet hast. Es ist wunderbar, mit dir zu sprechen, und ich wollte dich wirklich nicht ärgern. Nach allem, was du für mich getan hast, bin ich dir so viel schuldig."

Valerie schüttelte den Kopf. „Nicht doch, Summer. Wir vermissen dich. Es ist so, als hätten wir dich eben erst zurückbekommen, und dann bist du schon wieder weg."

„Ich weiß, aber ich – ich muss das tun. Es fühlt sich richtig an."

„Bleib nicht so lange."

Sie verabschiedeten sich, und Mason kappte die Verbindung. Summer streichelte abwesend ihre kleine Hündin und dachte zum fünfzigsten Mal darüber nach, ob sie nicht doch zurückkehren sollte. Verlockend ... Willowbeck und Valerie boten Sicherheit und Geborgenheit, und dass sie sich zu Mason hingezogen fühlte, war ein mächtiger Impuls. Dieses Gefühl wurde immer stärker, je länger sie getrennt waren, aber Foxburn hatte Potenzial, es versprach, interessant für sie zu werden. Claire würde sie ihren Freunden vorstellen, und Summer konnte es kaum abwarten, mehr über das Leben dieser Flussnomaden zu erfahren. Außerdem musste sie ja die Freundschaft mit Mason nicht aufgeben, nur weil das Café jetzt nicht mehr in Willowbeck lag.

Als konnte er Gedanken gelesen, kam in diesem Moment eine SMS von Mason. *Wo bist du? Ich verspreche, dir nicht hinterherzuhecheln und nach Willowbeck zurückzuzerren.*

Summer grinste. *Foxburn*, schrieb sie. *Nicht weit weg, und mir geht's prima.*

Gut, kam zurück. *War irgendwie komisch, dich verpixelt zu sehen, aber besser als nichts. M.*

Sie rappelte sich auf und ging hinüber in ihr kleines Bad. Wann erwartete Claire sie überhaupt? Sie wusste es nicht, aber fühlte, wie Abenteuerlust und Hoffnung auf die Entdeckung neuer Horizonte sie packten. Sie hatte die Brücken nach Willowbeck nicht abgebrochen, sondern baute nur neue hier. Vielleicht konnte man aus beiden Welten das Beste herauspicken. Zum ersten Mal seit ihrem Aufbruch aus Willowbeck fühlte sie sich glücklich.

Summer Freeman machte sich auf zu neuen Ufern.

8. Kapitel

Summer schlenderte den Leinpfad hinunter, Latte an der kurzen Leine. Bisher hatte der Hund keinerlei Interesse daran gezeigt, Enten und Gänse zu jagen, die ein fester Bestandteil des Lebens am Fluss waren, aber sie wollte kein Risiko eingehen. Außerdem hatte sie nie getestet, ob Latte überhaupt schwimmen konnte. Die Boote, von denen sie wusste, dass sie zu der Gruppe fahrender Händler gehörten, waren in unmittelbarer Nähe zu ihrem eigenen festgemacht, sodass die „Wassermusik" wie ein Sandwichbelag zwischen der „Sandwichhütte" und „Doug's Antiktempel" steckte. Claires Boot war traditionell gestrichen, in Rot und Grün und dem für die Flussboote so typisch bunt-blumigen Burgen-und-Rosen-Design, das aber so abgeändert war, dass es auch Noten, Bass- und Violinschlüssel enthielt. Die tanzten um den Schriftzug „Water Music" herum, der einem in leuchtendem Hellblau ins Auge stach. Zwei große Lautsprecher waren außen am Boot angebracht, sodass Claire jeden in einem Umkreis von fünfzehn Metern mit ihrer Beschallung erfreuen oder quälen konnte.

Summer trat auf das Deck und klopfte an die Hecktür. Claire öffnete und winkte sie herein, obwohl sie gerade an einem Ohrring herumfummelte.

„Darf Latte mit reinkommen?"

„'türlich."

Summer schlenderte durch die Kabine. Claires Boot spiegelte die Aufteilung des Cafés wider: Ein großer Bereich am Bug war für das Musikgeschäft reserviert und der Wohnraum entsprechend in den hinteren Teil gequetscht. Die Kabine war äußerst farbenfroh gestaltet, das Sofa in Hellblau, die winzige

Küche mit roten Schränken und einer schwarzen Arbeitsplatte im Granitdesign. Pfiffig, frech und individuell – genau wie Claire selbst.

„Kann ich mir den Laden mal anschauen?"

„Jepp. Wie lange bist du schon hier? Und es hat dich bisher nicht hierher verschlagen?" Claire führte sie mit einem Grinsen durch, und Summer betrat staunend den Musikladen.

Ihr erster Gedanke war, dass das Boot kurz vor dem Sinken sein musste mit so viel Zeug an Bord. Das hier war eine Schatztruhe der Musik, der kleine Raum war vollgestopft mit Schallplatten, die in diversen Kisten auf dem Boden und auf eingebauten Regalen an den Wänden lagerten. Summer konnte nur ein einziges Fenster entdecken, das dermaßen von Platten eingekesselt war, dass der Schein der Straßenlaterne draußen kaum auszumachen war. Ungefähr an derselben Stelle wie beim Bootscafé befand sich eine kleine Theke mit Kasse. Leichter Staubgeruch mischte sich mit einem anderen Aroma, das Summer nicht recht identifizieren konnte.

„Wow."

„Ja, ich weiß. Nicht gerade modern und übersichtlich – dabei bemühe ich mich drum, ehrlich." Claire fuhr mit einem Finger über die Oberkante einer Schallplattenreihe und deutete auf die Wollmäuse darauf. „Jeden Frühling und Herbst ziehe ich mich an eine ruhige Stelle am Fluss zurück und sortiere und versuche, den Raum etwas aufzuhübschen. Nur denke ich dann immer: Was, wenn ich dieses oder jenes Album rausschmeiße oder bei eBay verkaufe, und dann fragt am nächsten Tag jemand danach?"

Summer zog eine der LPs heraus und besah sich das Cover. „Sogar ‚Paradise Theatre' von Styx?"

„Mit Lasergravur auf dem Vinyl. Ein Klassiker."

„Hmm." Summer zog die Nase kraus und stellte die Platte wieder an den angestammten Platz. „Ich wette, hier kommen richtig interessante Kunden rein. Bleiben manche nicht stundenlang hier?"

„Yep." Claire verschränkte die Arme vor der Brust. „Und weißt du, was richtig dazu beitragen würde, dass sie mehr Geld in meinem Laden lassen? Das deliziöseste Kuchenangebot ein paar Boote weiter. Da könnten sie Kraft tanken, um dann weiterzusuchen, bis sie ihren Heiligen Gral gefunden haben."

„Ich hab durchaus deliziöse Kuchen. Hast du nicht genau das über meine Brownies gesagt? – Latte!" Summer sah, wie ihr Hund die Reichweite der Flexileine bis zum Letzten ausnutzte, um in eine der größeren Kisten zu klettern. „Nicht da rein!"

„Wir sollten sowieso losziehen."

„Wo treffen wir die anderen denn?" Ein wenig Nervosität keimte in ihr auf.

„Ach", sagte Claire nur, und ihr Grinsen ließ ahnen, dass sie etwas im Schilde führte. „Das darf ich nicht verraten."

Weit brauchten sie nicht zu gehen, aber Summers Herz machte einen Satz, als Claire bei dem Kanalboot stehen blieb, das an der letzten Anlegestelle festgemacht war, dort, wo das malerische Foxburn in eine dichte Buschlandschaft überging. Es war die Wanderer's Rest, blau und silbern, irgendwie fein und pompös zugleich.

Summer wandte sich zu Claire um und fragte erstaunt: „Hier?"

„Hier. Wusst ich's doch, dass es dir aufgefallen ist. Geht jedem so."

„Die Farben sind so ungewöhnlich! Meine Freundin Valerie hat ein lilafarbenes Boot in Willowbeck liegen. Sie macht Lesungen. Vorhersagen, Wahrsagerei, Astrologie, all so was."

„Ähm, na ja, auf diesem Boot hier gibt es eine Menge Magie", meinte Claire dazu und trat an Bord.

„Aha." Summers Neugier wuchs. Sie hob Latte über die Kante.

Claire klopfte einmal an die Tür und öffnete sie. Sie traten in eine wabernde Mischung aus Wärme, leisem Gemurmel und fantastischen Gewürzaromen, die in der Luft hingen. Summer blinzelte, während sie sich langsam an die schummrige Beleuchtung im Raum gewöhnte, die nur von einigen Leuchten hier und da und einem Holzbrenner herrührte. Latte wand sich in ihren Armen und kläffte, und einige Leute blickten zu ihnen hinüber.

Der Raum, in dem sie sich befanden, nahm beinahe die gesamte Länge des Bootes ein. Es gab kaum Möbel, außer einer kleinen, offenen Küche, die aus einem Kühlschrank, einer Arbeitsplatte und einem Herd bestand. Dahinter befand sich eine Tür, die vermutlich ins Bad führte. Auf dem Fußboden gab es keinen Teppich, stattdessen große Kissen und abgewetzte Sitzsäcke überall, auf denen Leute saßen oder sich fläzten und aus Take-away-Aluschälchen aßen.

„Wofür nutzt ihr denn dieses Boot sonst noch?", murmelte Summer. Sie versuchte, bekannte Gesichter im Halbdunkel zu erkennen.

„Oh, wofür immer man es braucht." Der Mann, der auf sie zukam, war groß und schlank, sein Gang eher ein Schlendern. Mit blauen Augen hielt er ihrem Blick stand. Sein aschblondes Haar war ein zottiger Mopp, und sein Bart sah völlig ungezähmt aus, aber Summer beschlich doch der Verdacht, dass der Fremde ihn mit großer Sorgfalt bearbeitete, um genau diesen Eindruck zu erwecken. Er trug ein locker sitzendes Hemd in blau-pinkem Paisleymuster.

„Summer", sagte Claire, „das ist Ryder. – Ryder, Summer."

„Hi", stellte Summer sich vor. „Ist das hier dein Boot?"

„In der Tat." Ryder breitete die Arme weit aus. „Und doch ist es auch jedermanns Boot. Ein Ort, an dem wir alle zusammenkommen können. Wir werden bald ablegen. Ich glaube, die meisten sind da."

„Wohin fahren wir?"

„Kleine Nachtkreuzfahrt", deutete Ryder an. „Geschichten, Musik, was du dir wünschst. Du und dein Welpe, ihr solltet Jas kennenlernen, der hat einen Irischen Wolfshund."

„Auf einem Boot?" Summer lachte.

Ryder blickte sie ernst an, und sie verstummte, aber dann kehrte sein Lächeln zurück, breiter als zuvor. „Es gibt solche und solche", bemerkte er. „Einmal traf ich jemanden, der ein Seidenäffchenpaar auf seinem Boot hielt. Sie hießen Ethel und Eldred."

Summer gluckste auf. „Nach dem angelsächsischen König? Hat das Geschichtenerzählen denn schon angefangen?"

Ryder wechselte schnell einen Blick mit Claire, als wolle er fragen: „Wo hast du die denn her?" Dann schlang er förmlich einen Arm um ihre Schultern. „Komm und lern alle kennen."

Er stellte ihr Ralph vor, in den Vierzigern, feines blondes Haar, der die „Sandwichhütte" führte, und Doug, etwas älter und mit milden Gesichtszügen, dunklem, stark ausgedünntem Haar und freundlichem Lächeln. Ihm gehörte der Antiquitätenkahn, und er schien Ryder argwöhnisch zu betrachten, obwohl der Jüngere ihn – wie Summer fand – mit echter Zuneigung vorstellte.

„Das hier", Ryder drückte Summers Schulter fast etwas zu fest, während sie sich einen Weg um die Kissen bahnten, „ist Jas. – Jas, möchtest du Summer und ihr Zuckerwattehündchen begrüßen?"

Der Mann kam umständlich auf die Füße, aber Summer war von seinem riesigen Wolfshund abgelenkt, der ihr selbst auf den Hinterbeinen sitzend noch bis zur Hüfte reichte.

„Hallo." Sie streckte ihm ihre Hand entgegen, und er schüttelte sie.

Er sah nach Mitte zwanzig aus, hatte dickes, schwarzes Haar, das oben auf dem Kopf so platt gedrückt aussah, als würde er die meiste Zeit eine Mütze tragen. Sein Bart sah um einiges gepflegter aus als Ryders. In seinem aufmerksamen Blick lag eine Sanftmut, die Summer an Mason erinnerte.

„Freut mich, dich kennenzulernen", sagte er, „und deinen kleinen Freund. Wie heißt er?"

„Sie heißt Latte. Und dein Bär?“

Jas schaute auf seinen Hund und lachte. „Das ist Chester. Er nimmt eine Menge Raum in Anspruch, aber er ist ein sanfter Kerl.

„Darf ich?“ Jas nickte, und Summer streichelte dem Wolfshund die Nase. Latte kämpfte in ihren Armen, und der große Hund reckte die Schnauze zu ihr hin. Summer schaute einen Moment zu, stellte aber fest, dass die Hauptemotion hier definitiv Neugier war, also setzte sie Latte auf dem Boden ab, die sogleich um Chester herumzuwuseln begann. Die Hunde erkundeten sich gegenseitig.

„Der Bär und die Zuckerwatte“, bemerkte Ryder. „Könnte der Beginn einer wunderbaren Lovestory sein.“

„Die könntest du ja später erzählen“, schlug Jas vor, „mit deinem ganz speziellen Erzähltalent.“

Ryder nickte bedächtig. „Vielleicht mach ich das, wenn wir irgendwo sind, wo es etwas … atmosphärischer ist. Zeit, Leinen los.“

Summer schaute sich um, während Ryder Richtung Heck schaukelte. Sie fand, dass das Boot schon ziemlich atmosphärisch wirkte. Ob ihre Mum je auf der Wanderer's Rest gewesen war? Das hier wäre genau nach ihrem Geschmack gewesen.

Claire legte ihr eine Hand auf die Schulter. „Alles okay?“

„Ja, bestens. An so einem Ort war ich noch nie.“

„Für Ryder wäre das das größte Kompliment überhaupt. Er ist übrigens harmlos. Ich weiß, dass er wie ein arroganter Schnösel rüberkommt, und das ist er mit Sicherheit auch, aber sonst ist er ein absolut gutherziger Kerl und öffnet sein Boot für jeden, der Geselligkeit sucht.“

„Also wohnt er hier?“

Claire nickte. „Rollt jede Nacht seinen Schlafsack aus.“

„Oder verschwindet in ein Hotel“, sagte Jas. „Keiner weiß das so genau.“

„Du Zyniker.“ Claire lachte.

Jas breitete die Arme aus. „Ich sag nur meine Meinung."

„Okay, lass uns was von Ralphs Thai-Curry nehmen, solange wir auf den Spaß warten."

Sie schaufelten sich Curry in Einwegschälchen, und als das Boot sich mit einem tiefen, angenehmen Tuckern in Bewegung setzte, saßen Claire und Summer auch schon auf Kissen neben Jas.

„Von wo bist du gekommen?", fragte Jas, während er Chesters Nase aus Claires Essen stupste.

„Willowbeck. Da hab ich einen festen Liegeplatz, wo ich mein Café auch schon sechs Wochen betrieben habe. Ich brauchte einen Tapetenwechsel." Sie fühlte Claires Blick auf sich ruhen. „Und du?"

„Bin seit zwei Jahren auf den Planken", antwortete er. „Das wollte ich schon machen, bevor ich an der Uni war. Ich reise zusammen mit dieser Horde, bin Freelance-Autor und betreibe einen Blog übers Leben auf dem Wasser." Er lachte auf, als er Summers überraschten Blick sah. „Nicht nur Teenie-Mädchen haben Blogs, weißt du?"

„Er hat ziemlich viele Follower", warf Claire ein. „Wie viele sind's mittlerweile?"

„An die zwanzigtausend. Ich glaube, es hilft, dass ich Chester dabeihabe. Jeder will doch Geschichten über einen riesigen Hund lesen, der auf einem Narrowboat lebt, oder? Ich habe jetzt auch schon einige Einnahmen durch Werbung. Das Schwierigste ist, für kontinuierlichen Empfang zu sorgen, damit ich auf Kommentare antworten kann."

„Chester ist toll", Summer strich über das raue braune Fell. „So friedlich."

„Ihn bringt kaum was aus der Ruhe, höchstens ein Mops, warum auch immer. Bei denen dreht er völlig durch, als ob er sie für Wesen halten würde, die nur so tun, als wären sie Hunde."

„Kann ich nachvollziehen."

„Sagt die Frau mit dem Zuckerwattehündchen", parierte Claire.

„Hey." Summer legte die Hände über Lattes Ohren. „Hör bloß auf."

„Und pass du auf, dass Ryder es nicht merkt, wenn du grade mal auf seiner Seite bist. Sonst wird er das schamlos ausnutzen, und dich auf ewig als engsten Kumpel betrachten."

„Ryder ist okay." Claire lächelte sie kurz an.

Summer sah trotz der schlechten Beleuchtung, dass sie leicht errötete, sich jedoch eisern darauf konzentrierte, mit der Plastikgabel den Rest des Currys auszukratzen.

Das Boot kam mit einem Vibrieren zum Stehen, und die Leute um sie herum erhoben sich langsam. Der Geräuschpegel stieg.

„Wo sind wir?", fragte Summer.

„Im Feenhain", flüsterte Claire verschwörerisch.

Summer sah zu Jas hinüber, um mehr zu erfahren, aber der verdrehte nur die Augen und überreichte ihr eine Decke.

Sie schwärmten vom Boot, Summer mit Latte an der kurzen Leine.

„Hier entlang, holde Maiden." Ryder verbeugte sich und schloss das Boot hinter ihnen ab.

Claire nahm Summer am Arm, als sie vom Deck auf die schlammige Erde stiegen. Sie hatten mitten in der Landschaft angelegt, ohne Häuser oder Straßenlaternen in Sichtweite. Um sie herum roch es erdig, der Fluss schien ein schwarzes Loch, die Luft war kühl, aber nicht zu kalt.

Sie knipsten Taschenlampen an und folgten dem Pfad der tänzelnden Lichtstrahlen zu einer Wiese und hinein in ein Wäldchen. Summer hörte Ryders leichten Schritt hinter sich. Vor ihr begannen einige der nächtlichen Wanderer, eine weiche, rhythmische Melodie zu summen. Sie fing unwillkürlich an, zu zittern, unsicher, ob die Neugier oder die Angst die Oberhand gewinnen würde. Eine Vision blitzte auf, in der sie auf einem improvisierten Altar mitten im Wald lag. Claire drückte ihr den

Arm, als würde sie ihre Unruhe spüren, und Summer wischte die Gedanken beiseite.

Bald gesellten sich zu den Lichtstrahlen kleinere leuchtende Punkte in der Ferne hinzu. Sie kamen von Lichterketten, die in den Bäumen verteilt waren. Als sie ankamen, ließen sie sich hier und da auf Baumstümpfen oder dem trockenen Waldboden nieder. Sie befanden sich auf einer von kleinen Lichtern wie eine Arena eingefassten Lichtung.

„Ist das der Feenhain?", Summer sah sich staunend um.

„Es heißt nicht wirklich so", sagte Claire. „Ich glaub nicht, dass es einen Namen hat. Ryder hat diese Stelle zufällig gefunden, hier kommen wir immer her, wenn wir in diesem Flussabschnitt unterwegs sind. Und mit dem Lichterkreis …" Sie zeigte hoch. „Sieht aus wie Feenlichter, nicht wahr?"

Als sie beide nebeneinandersaßen, zog Summer ihnen die Decke um die Schultern und warf Jas einen dankbaren Blick zu.

In der Mitte der Lichtung wurde ein Feuer entzündet, es knisterte, und orangerote Flammen züngelten durch die Dunkelheit. Ralph verteilte Plastikbecher, die er mit einer dunklen Flüssigkeit füllte.

„Was ist das?" Summer hielt ihm sitzend einen Becher hin. „Und wie tödlich wirkt es auf einer Skala von ein bis zehn?"

„Pflaumenwein aus eigener Herstellung", verkündete er stolz. „Ich würde ihn etwa bei sieben einordnen."

„Danke." Summer nippte und schloss die Augen, als Wärme sie durchströmte.

Ryder hob seinen Becher, und alle zogen nach in einem stummen Toast.

Der Wein stellte sich als süß und süffig heraus, sobald sie sich einmal an das Brennen gewöhnt hatte, darum stellte Summer den Becher recht bald neben sich auf den Boden, fast außer Reichweite.

Es war Doug, der sich als Erster räusperte und zu sprechen begann. Seine Stimme trug mühelos über die ganze Lichtung. „Fern von hier an einem schmalen, brodelnden Bach verläuft eine Straße, auf der man niemals in der Dunkelheit unterwegs sein sollte", begann er seine nächtliche Geschichte. „Man muss dann nämlich fürchten, einem Höllenhund zu begegnen. Das ist kein Hund wie du, Chester", ergänzte er, und der Irische Wolfshund stellte die Ohren auf, „und alles andere als dieser kleine Schoßhund da hinten." Er zeigte auf Latte. „Der Höllenhund ist eine schreckliche Kreatur, und ihr solltet alle beten, dass ihr nie einem begegnen müsst." Er nippte an seinem Wein, bevor er fortfuhr.

„Ihr seht ihn womöglich nicht einmal kommen, sondern spürt nur ein Prickeln im Nacken, als wenn jemand ganz dicht hinter euch steht, und dann rasselt es wie von Ketten, von ganz fern, dass man meinen könnte, es wäre nicht mehr als ein Hirngespinst. Hört ihr das?" Er hörte auf zu sprechen und hielt sich eine Hand ans Ohr, als lauschte er auf etwas. Die kleine Gruppe, die ohnehin nicht viel geredet hatte, verstummte gänzlich. Summer versuchte, die Atmung flach zu halten, aber sie fühlte eine Spannung in der Brust aufsteigen. Krampfhaft bemühte sie sich, etwas zu hören, betete aber gleichzeitig, dass es kein verhaltenes Kettenrasseln wäre.

„Als Nächstes …", sagte Doug laut, und die ganze Gruppe zuckte zusammen. Nervöses Kichern hier und da folgte. „… werdet ihr seinen Atem hören. Ein feuchtes, schweres Röcheln, wenn sich das Biest mit seinem geifernden Maul auf sein nächstes Opfer vorbereitet. Wenn ihr das Pech habt, ihn zu sehen – und wahrlich, das *ist* es, denn der Höllenhund, meine Damen und Herren, ist ein Vorbote des Todes – dann seht ihr seine roten Augen aufblitzen. Das Letzte, was ihr wahrnehmt, wird ein Schleier von dickem, pechschwarzem Fell sein. Niemand hat ihn je richtig gesehen, aber ein einziger flüchtiger Blick reicht aus, und es holt einen der Tod. Folgt meinem Rat, haltet euch von der Creek Road fern, und wenn es euch doch dorthin verschlägt und ihr hört schweres Keuchen hinter euch oder gar Kettenrasseln, dann betet, dass es nur ein Reisender ist, ein verirrter Bootsführer, der vom rechten Wasserweg abgekommen ist. Meidet die Straße bei Nacht."

Doug nickte einmal und trank noch etwas. Summer hob schon die Hände, um zu applaudieren. Sie fühlte einen Schauer über ihren Rücken rieseln, und niemand, absolut *niemand*, hätte sie dazu bringen können, sich in diesem Moment umzudrehen und in den dunklen Wald zu blicken. Aber niemand sonst machte Anstalten, zu klatschen.

Stattdessen beugte sich ein älterer Mann mit schulterlangem schlohweißem Haar vor, der Summer noch nicht vorgestellt worden war, und begann nun seinerseits mit einer Erzählung.

Die Geschichten sprudelten nur so, ein paar unheimliche, ein paar tragische, auch witzige und lächerliche waren dabei, die abwechselnd von den Leuten der Gruppe vorgebracht wurden. Jeder hatte seinen eigenen Stil, seine eigene Art, das Publikum zu fesseln. Ralph war urkomisch. Er erzählte etwas darüber, wie eine kleine lokale Theatergruppe, ohne es zu wissen, einen berühmten Schauspieler für ein Stück gecastet – und abgewiesen – hatte, und wie peinlich das gewesen sein musste. Jas wusste von einem geisterhaften Boot zu berichten, das ohne Steuermann unterwegs war, von dem man tiefes Klagen vernahm und auf dem sich hier und da ein Gesicht an einem der Bullaugen zeigte. Claires Geschichte hatte mit Musik zu tun, sowohl inhaltlich als auch von der Erzählweise her. Immer wieder streute sie Teile von Folksongs ein.

Summer war fasziniert. Ihr Gesicht fühlte sich heiß an vom glühenden Feuer, das entzündet worden war, während Latte auf ihrem Schoß döste. Sie lachte und bangte mit, und es gab sogar Momente, da kreischte sie laut auf. Sie hatte keine Ahnung, wie spät es inzwischen wohl geworden war, aber sie hätte liebend gern immer weiter den Geschichten gelauscht, bis die Morgensonne durch die Bäume schimmern würde.

Schließlich wandte sich Ryder an sie. „Summer, hast du nicht auch eine Geschichte, die du gern erzählen möchtest?"

Sie schluckte, griff nach ihrem Becher mit dem Pflaumenweinrest und warf Claire einen Blick zu. Die sah sie nur fragend an. „Ich – ähm, tut mir leid, aber ich hab das noch nie gemacht", gestand sie. „Daran hab ich nicht gedacht." Sie wartete mit angehaltenem Atem, was Ryder wohl sagen würde.

„Klar. Vielleicht beim nächsten Mal?" Er lächelte sie an und schien sie mit seinem herzlichen Blick bis ins Mark zu treffen, trotz des Halbdunkels und der Schatten. Sie fühlte, wie ein Schwall von Erleichterung sie durchflutete.

„Nächstes Mal", sie nickte. „Danke." Wenn es ein nächstes Mal gab – und schon die Tatsache, dass sie wiederkommen durfte, fand sie wundervoll – würde sie mutig sein und eine Geschichte zum Erzählen finden.

Als sie schließlich aufstanden, fühlten sich ihre Beine ganz taub an, und Jas half ihr, sich hochzustemmen. Wieder auf dem Boot, in der Wärme des Holzbrenners, merkte Summer, wie schwer ihre Lider wurden. Sie zwang sich, zu sprechen, um wach zu bleiben, bis sie Foxburn erreichten.

„Du hast eine wunderschöne Stimme", sagte sie zu Claire. „Deine Seele muss ja völlig mit Musik durchzogen sein …"

Claire lachte. „Für mich gibt's keine größere Leidenschaft. Eine Melodie oder ein Lied kann einfach alles aufwerten. Alles. Erzählst du nächstes Mal wirklich eine Geschichte?"

Summer nickte. „Sehr gern."

„Fürs Erste kannst du mir was von Willowbeck erzählen. Was hat dich in den Norden verschlagen? War es wirklich nur die Konkurrenz zum Pub?"

„Ach, da kam Verschiedenes zusammen", gab Summer zu. „Ich war lange nicht dort und brauchte nach dem – dem Tod meiner Mutter eine Weile, bis ich das Boot wieder sehen wollte. Die Freundin meiner Mum hat in meiner Abwesenheit versucht, das Café zu führen, und sie hatte Schwierigkeiten damit. Eigentlich wollte ich ihr nur auf die Sprünge helfen. Dabei wusste ich nicht mal, ob ich das kann. Dann war plötzlich alles wieder da. All das, weshalb ich es so geliebt hatte, auf dem Boot zu sein. Es hat wohl was damit zu tun, dass ich mit meiner Mum dort viel Zeit verbracht hatte, aber auch noch etwas anderes.“

Es war ihr klarer geworden, seit sie Willowbeck verlassen hatte. Zuvor dachte sie, es wäre dasselbe gewesen, wie wenn ihre Mutter ein Café in einem Einkaufszentrum oder an einer Hauptstraße betrieben hätte. Dass sie es dann gewiss ebenso geliebt und ebenso glückliche Erinnerungen daran gehabt hätte. Doch mittlerweile begann sie zu verstehen, dass es mehr sein musste als das. Der Fluss, wirklich ein zauberhafter Ort, versprühte eine besänftigende Magie.

„Einmal Flusskind, immer Flusskind“, sagte Claire.

„Hast du dein ganzes Leben auf Booten verbracht?“

„Ganz und gar nicht. Aber ich bin mit Kanalbooten um mich her aufgewachsen. Ich komme aus Brecon, und der Mon-and-Brec-Kanal ist fantastisch. Wir haben immer Touren darauf unternommen und so viel für Vergnügungsfahrten bezahlt, dass die Bootseigner mich und meine Brüder schließlich umsonst mitfahren ließen, wenn wir beim Tee- und Kaffeeservieren halfen. Wir durften sogar Fremdenführer spielen.“

„Und hattest du da schon vor, irgendwann mal richtig an Bord zu leben?“

„Nicht bewusst. Ich bin zufällig darauf gekommen, nach einer gescheiterten Beziehung. Ich hab online eine Wohnung gesucht, ein Albtraum. Da hab ich mir gedacht: Warum eigentlich nicht? Wieso nicht mal was anderes ausprobieren? Der Laden kam aber erst später dazu, als ich merkte, wie schwer es ist, einen Dauerliegeplatz zu ergattern. Mit einer festen Anstellung klappt es ohne den natürlich gar nicht. Irgendwie fand sich alles spontan, aber ich wollte nicht mehr ohne mein Boot weitermachen. Dann gab es diese Nächte wie heute, dieses Beisammensein, nicht zu sehr geplant, keine Routinen, das gefällt mir. Und du, was willst du machen, wenn du von Foxburn wegmusst?“

Summer zuckte mit den Schultern. „Frag mich nicht. Noch keinen blassen Schimmer." Sie hatte den Platz für vierzehn Tage, und danach würde sie weiterfahren müssen. Die Sicherheit, den Dauerplatz in Willowbeck, trug sie immer im Hinterkopf mit sich herum, aber nach dieser Nacht heute war ihr mehr denn je bewusst geworden, dass es noch vieles zu entdecken gab. Dinge, die sie sich nie hätte träumen lassen.

„Dann denk auch am besten noch nicht darüber nach", riet Claire, „sondern erst nächste Woche."

Ryder trat mit einer Flasche Cidre zu ihnen. „Kann ich den Damen einen Drink anbieten? Etwas Hilfe beim Aufwärmen?"

Summer lehnte kopfschüttelnd ab, aber er setzte sich ohnehin, um ihnen Gesellschaft zu leisten. „Wer steht denn jetzt am Steuer?", fragte sie.

„Ich hab's Jas überlassen. Er ist ein besserer Steuermann als ich, vor allem im Dunkeln. Wie fandest du unsere kleine Zusammenkunft?" Er kam Summer sehr nahe mit seinem Duft nach Äpfeln und Holzkohle.

„Wirklich schön. Ein bisschen kalt und unheimlich im Wald, aber ich schätze, das gehört nun mal dazu."

„Claire hat erwähnt, du betreibst ein Bootscafé."

„Stimmt." In seiner Gegenwart kamen ihr die Aufstelltafel, ihre Baumwollschürze und die Blumenvasen ziemlich läppisch vor. „Du kannst ja mal auf einen Kaffee vorbeikommen. Der geht dann aufs Haus."

Ryder kniff die Lider zusammen, antwortete aber nicht.

„Ich unterstütze sie beim Ausbau ihres Geschäfts", sagte Claire. „Zum Beispiel arbeite ich an einer Übersicht aller Leckereien, die sie backen soll."

„Oh, so eine Liste hab ich bereits", warf Summer schnell ein. „Mit allem, wonach die Kunden mich am Nachmittag gefragt haben. In Willowbeck haben gerade mal drei Personen nach einem bestimmten Gebäck gefragt, und eine davon war Jenny, die nur mit ihrem eigenen Samtkuchen angeben wollte."

„Ich *liebe* Samtkuchen!"

„Verbrüder dich bloß nicht mit der Konkurrenz. Jedenfalls ist es so, dass heute Nachmittag allein acht Leute unabhängig voneinander nach Käsekuchen, Fondant-Konfekt und Schillerlocken gefragt haben."

„Die Leute in Foxburn sind schon ein bunter Haufen", bemerkte Claire unschuldig mit abgewandtem Blick.

„Glaub nur nicht, dass mir entgangen wäre, von wem das ausging", bemerkte Summer.

„Hör nicht auf sie, sie steckt mit Begeisterung ihre Nase in alles", warnte Ryder. Die beiden wechselten einen dieser Blicke, nicht feindselig, aber definitiv geladen. Summer überlegte, ob sie sich unter einem Vorwand woandershin setzen und sie allein lassen sollte, aber da merkte sie, dass das Boot sich drehte. Anscheinend steuerte Jas den Liegeplatz an.

Sie verabschiedete sich von allen, ließ sich von Jas kurz umarmen, schüttelte Doug und Ralph die Hand und bekam von Ryder einen Kuss auf die Wange, bei dem sein Bart auf ihrer Wange kitzelte.

„Bis zum nächsten Mal", sagte er, an die Reling der Wanderer's Rest gelehnt.

„Auf jeden Fall", entgegnete Summer mit einem kurzen Seitenblick auf Claire.

Im Licht der Straßenlaternen, die im Nebel über dem Fluss verschwammen, ging sie dann mit ihr den Leinpfad hinunter.

„Hab ich dich denn nun überzeugt?", fragte Claire leise.

„Wovon überzeugt?" Summer zog Latte näher zu sich, die zu nah am Wasserrand herumstreunte. „Also ich mag deine Folksongs lieber als One Direction, so viel steht fest."

„Ganz meine Meinung, aber ich spreche vom Kuchen. Probier einfach ein paar neue, tolle Rezepte aus. Bestimmt hab ich irgendwo ein Backbuch, aber glaub mir, meine Muffins willst du nicht ausprobieren."

„Wie bitte?“ Summer lachte.

„Ich bin ein hoffnungsloser Fall, wenn’s ums Kochen und Backen geht“, gestand Claire jammernd. „Eine absolute Feinschmeckerin, aber gib mir eine Schüssel und einen Schneebesen, und ich spiele darauf höchstens Schlagzeug.“

„Du gibst mir also all diese Anweisungen …“

„Ich mache lediglich Vorschläge.“

„… Anweisungen, und kannst es nicht einmal selbst?“

„Müsste ich dich fragen, wenn ich’s könnte?“

„Auch wieder wahr.“ Sie hatten die Water Music erreicht, und Claire kramte ihre Schlüssel heraus. „Hat’s dir auch gefallen heute Abend?“, fragte sie. „Ich weiß, sie sind ein bisschen verrückt, aber es macht einfach tierisch Spaß mit ihnen.“

„Ich hatte ja keine Ahnung von euren Treffen. Hab schon lange nicht mehr so viel gelacht – und mich so gefürchtet. Es ist, als wäre mein Geist einmal generalüberholt worden. Freigepustet regelrecht. Danke, dass du mich gefunden hast.“

„Dass ich dem Brownieduft gefolgt bin, meinst du? Freundschaft ist eine Art Nebenwirkung von dem, worum ich dich bitten will.“

„Also, wenn du auf deine *Vorschläge* anspielst …“ Summer ließ den Satz unvollendet und grinste.

„Ja, okay. Keiner könnte behaupten, ich wäre sanftmütig. Aber he, versuch’s einfach. Wenn ich das Rezeptbuch nicht finde, gibt’s immer noch das Internet.“

Summer seufzte. „Dabei war Mason immer so zufrieden mit meinen Bacon-Brötchen.

„Mason?“ Claire hielt in der Kajütentür inne.

„Mein Nachbar in Willowbeck. Wir hatten uns gerade ganz gut angefreundet.“ Summer versuchte, nicht zu nostalgisch zu klingen.

„Soso“, kam es von Claire. „Demnach wird er sich eher nicht gefreut haben, dass du auf und davon bist?“

„Wir halten Kontakt. Mehr als ein paar Tage bin ich ja noch

nicht weg, aber immerhin behandelt er mich nicht nach dem Motto: Aus den Augen, aus dem Sinn."

„Beim Leben auf dem Wasser braucht man ein dichtes Kommunikationsnetz. Es ist gut, dass du noch Freunde dort hast."

„Sag, was ist das mit dir und Ryder?"

„Oho." Claires Augen strahlten unvermittelt. „Warum? Hast du was entdeckt, was dir gefällt?

„Nicht doch. Ich hab nur gespürt, dass da was zwischen euch in der Luft liegt. Aber es geht mich ja nichts an."

„Ach, so ein bisschen Neugierde ist schon okay. Ich hab dich keine Sekunde mit ihm allein gelassen, wie? Er ist schon in Ordnung, trotz allem. Kann nicht behaupten, dass er mich kaltlässt. Aber da wir beide in derselben Händlergruppe herumtingeln, wäre eine Beziehung ziemlich riskant. Wenn es schiefgeht, bricht womöglich alles auseinander, und dafür liegt mir viel zu viel an dieser planlosen kleinen Truppe. Ich will das, was wir uns aufgebaut haben, nicht aufs Spiel setzen."

„Wer sagt, dass du das würdest?"

Claire grinste breit. „Bring jetzt bloß keine Logik ins Spiel. Wir zwei haben uns gerade erst kennengelernt, und du organisierst schon mein Liebesleben."

„Du bist es, die mein Café organisiert!"

„Touché. Na gut, ich muss rein. Wir können diese Schlacht morgen weiterführen."

Sie verabschiedeten sich, wobei auch Latte nicht zu kurz kam, dann schlenderte Summer an den anderen Booten vorbei zu ihrem eigenen. Es war fast zwei Uhr, die Seeker's Fortune hatte geschlossen, alle Vorhänge waren zugezogen. Ob Una und Colin wohl Ryder schon mal getroffen oder sogar schon mal an einem der Geschichtenabende teilgenommen hatten?

Foxburn lag dunkel und still da. Enten und Gänse schliefen, die kleinen Cottages waren in Dunkelheit getaucht, alle Bootseigner, die am Abend dabei gewesen waren, kletterten leise in ihre Boote und schlossen die Türen hinter sich. Es erschien ihr selbst lächerlich, aber die Geschichten über den Höllenhund und die von Jas über das Geisterboot hatten sie beeindruckt. Summer spürte einen Anflug von Furcht, während sie hier draußen an ihrer Kajütentür stand, nur in Gesellschaft von Latte. Der kleine Bichon Frisé würde eine zähnefletschende Bestie mit Ketten und roten Augen wohl kaum in Schach halten können.

Als sie sicher in ihrem Bett unter der Decke lag, schickte sie Harry eine SMS, um sie auf einen Besuch einzuladen. Es gab da etwas, worüber sie mit der Freundin reden wollte, etwas, das nicht nur Claire, sondern vor allem ihren zukünftigen Gästen und auch Harry selbst zugutekommen konnte. Sie knipste das Licht aus, und beim sanften Schaukeln des Bootes, Lattes wärmenden Körper auf den Füßen, schlief sie schnell ein – trotz dämonischer Hunde und Klabautermänner, die sich hier und da noch in ihre Gedankenwelt trollten.

Als Summer am Freitagmorgen erwachte, hatte sie große Pläne. Sie würde ihr Angebot auf dem Café erweitern. Vielleicht nicht bis hin zu Schillerlocken, denn sie wusste, dass sie für Meisterwerke der französischen Pâtisserie weder über das Talent noch über die nötige Ausstattung verfügte, aber sie stimmte Claire zu, dass mehr Vielfalt dem Ruf des Cafés nur zuträglich sein konnte.

Harry klang am Telefon regelrecht enthusiastisch.

„Klar schaffst du das, Sum, du brauchst nur ordentliche Rezepte und Durchhaltevermögen."

„Aber ich hab nicht deine magischen Finger!"

„Ach, Unsinn. Deine Schilder sind mit viel Liebe zum Detail gemalt, das bringt nur jemand mit Geschick zustande. Mit etwas Sinn für Geschmack und Duft wird das ein Klacks."

„Das klingt aus deinem Mund so einfach. Kommst du mich besuchen? Ich würde das gern mit dir besprechen, vielleicht färbt ja deine Magie auf mich ab."

„Würde ich wirklich gern. Ich möchte so gern sehen, wo du jetzt bist, und diese umwerfenden Leute kennenlernen. Nur im Moment … Weißt du, es ist gerade ein bisschen hektisch hier. Ich muss mich um so vieles kümmern. Aber ich schau mal – vielleicht kann ich nächste Woche kommen. Ich frag mal Greg."

Summer zögerte. „Harry, ist alles in Ordnung bei euch?"

„Natürlich. Warum fragst du?"

Summer zog die Vorhänge in der Kabine zurück. Die Sonne schien bereits so hell, als wollte sie sich heute besonders mutig hervorwagen.

„Du klingst so … ausweichend. Als würdest du mich gar nicht treffen wollen."

„Summer, ich will dich wirklich gern sehen. Was denkst du denn? Es ist nur, weil Tommy furchtbar viel Hausaufgaben bekommt, und Greg muss immerzu Überstunden machen. Ich komme, sobald ich kann. Wirklich."

„Versprich es mir. Und wenn du möchtest, bring Greg und Tommy einfach mit."

„Mal sehen."

„Ich vermisse dich, Harry."

„Brauchst du doch nicht. Wir treffen uns bald."

Summer öffnete das Café. Von Claire wusste sie, dass freitags in Foxburn immer Markttag war. Am Leinpfad herrschte ein reges Kommen und Gehen, da die Leute am Fluss entlang zum Markt gingen oder von dort zurück nach Hause. Zum ersten Mal seit langer Zeit hatte sie kaum Zeit zum Nachdenken. Latte sprang mehr als aufgeregt umher und wäre fast in einen Kinderwagen gehopst, um den kleinen Jungen darin zu begrüßen. Summer entschloss sich, den Hund in der Kabine einzusperren. Sie hasste es, konnte aber unmöglich die ganze Zeit über ein Auge auf den Vierbeiner haben – nicht jeder der Gäste freute sich über einen kleinen, umherwuselnden Kläffer.

Es kamen keine Anfragen mehr nach außergewöhnlichem Gebäck, also hatte anscheinend auch Claire heute viel zu tun. Gegen drei taten ihr die Füße weh, und die Theke war beinahe leer gefegt. Sie hatte sicher über fünfzig Cappuccinos zubereitet, und das Geräusch des Milchaufschäumers geisterte unaufhörlich durch den Kopf.

Als der Markt später zu Ende ging, wurde es ruhiger. Ein blau-weißes Miet-Kanalboot, die Blue Heron, lag jenseits der Seeker's Fortune an einem Besucherliegeplatz, und eine Gruppe junger Männer in den Zwanzigern, alle in schrillen Shirts und ohne Jacken, sprangen von Bord auf den Leinpfad.

„Junggesellenabschied", erklärte eine weißhaarige Frau mit flottem Bobschnitt und großer Brille mit Schildkrötenoptik. Sie schüttelte verständnislos den Kopf, als die Männer lachend am Boot vorbeipolterten und sich dabei gegenseitig anrempelten. Die ältere Dame saß nahe der Theke, trank einen Tee und hatte einen Scone vor sich. „Ich werde nie verstehen, warum man ein Kanalboot für den rechten Ort hält, um vor der Hochzeit noch mal Dampf abzulassen. Die gehen doch mittlerweile eher nach Osteuropa, um zu schießen und Wodka in sich reinzuschütten?"

Summer lachte. „Ein bisschen ungewöhnlich ist das mit dem Boot schon."

„Allzu ungewöhnlich nun auch wieder nicht hier im Umkreis, meine Liebe. Leider."

„Kommen denn öfter Junggesellen mit solchen Partys hier an?"

„Junggesellinnen sogar auch, und vierzigste Geburtstage." Die Frau strich sich reichlich Erdbeermarmelade auf den Scone. „Eine Party mit einer Kombination aus Hochgefühl, Alkohol und tiefem, dunklem Wasser ist meiner Ansicht nach eine bodenlose Dummheit – und dann erst das arme Boot." Sie wies auf die Blue Heron. „Wenn Sie es mit Ihrem vergleichen oder mit dem Antiquitätenboot da hinten, ist das dort doch kaum mehr als ein Wrack. Dabei nutzen Sie Ihr Boot nicht nur privat, sondern lassen jeden Tag Leute hier herumtrampeln. Aber Sie vernachlässigen es auch nicht, oder?"

Summer musste an die acht Monate denken, in denen sie das Boot im Stich gelassen hatte. „Nicht mehr", antwortete sie.

„Genau. Diese Mietboote werden oft nur nach unterstem Standard gewartet. Sie sind eine Schande für den Fluss, und das nicht nur wegen der Leute, die dort an Bord gehen. Mein Terrence und ich haben zwanzig Jahre auf einem Boot gelebt. Wir hatten einen festen Liegeplatz in der Nähe von Northampton. Wir sind viel herumgeschippert, den ganzen Weg den Grand Union Canal hinauf und zurück, und das regelmäßig."

„Ach, wirklich?" Summer lehnte sich an die Theke.

„Diese Art von Partys gab es damals natürlich noch nicht. Nur anderes Volk, das den Fluss und seine Schönheit respektiert hat."

„Aber jetzt leben Sie nicht mehr auf dem Boot?"

„Nein, ich habe eine kleine Wohnung in Foxburn. Ich wollte nicht ganz vom Wasser weg, aber seit Terrence tot ist, sind wir nur zu zweit, meine Ginny und ich."

„Ginny?"

„Yorkshire-Terrier. Sie hat ein lahmes Bein, sonst hätte ich sie mitgebracht. Oh, sie liebt es, Gänse zu jagen. Darum wäre es jetzt nur Quälerei, sie zum Leinpfad mitzunehmen, wenn sie sich nicht richtig bewegen kann."

„Gänse? Ganz schön mutig für so einen kleinen Hund."

„Die Größe war noch nie ein Thema für sie. In ihrer eigenen Vorstellung ist sie ein Wolf."

Summer lachte. „Meine Latte würde sich wahrscheinlich von einem Entenküken jagen lassen, so ängstlich ist sie."

„Ach, Sie haben auch einen Hund?"

„Eine Bichon-Frisé-Hündin", sagte Summer, und der Blick der Frau hellte sich auf. „Ich musste sie wegsperren, weil es hier so hektisch zuging. Wenn Essen serviert wird, ist es manchen

Leuten lieber, wenn kein kleiner Vierbeiner in der Nähe ist. Aber jetzt hat sich die Lage ja beruhigt, warten Sie." Summer eilte in die Küche und öffnete die Kabinentür. Latte schlief auf dem Sofa, den Ärmel von Summers rotem Wollpulli in der Schnauze. „Na du – komm schon her und sag Hallo."

Latte öffnete die Augen, schaute sie schläfrig an, legte dann aber das Köpfchen wieder auf den Pfoten ab.

„Komm schon, Süße. Ich möchte dir jemanden vorstellen."

Das Fellknäuel schniefte und drehte sich weg.

Summer hockte sich hinunter und streichelte sie, während Latte sich schlafend stellte. „Du wirst sie mögen. Sie ist genauso freundlich wie Grandma. Und sie liebt Hunde. Sie hat eine …" In dem Moment setzte sich Latte auf und stellte wachsam die Ohren auf. Summer horchte, konnte aber nichts Verdächtiges hören. Plötzlich bellte Latte so laut und so nah an ihrem Gesicht, dass Summer fast nach hinten gefallen wäre. „Hey!", rief sie entrüstet, aber der kleine Hund war schon vom Sofa gesprungen und durch die Küche gewetzt. Sie rappelte sich auf und lief hinterher ins Café – wo sie wie angewurzelt stehen blieb.

Ihr Hund drehte sich um sich selbst und kläffte, und das direkt vor einem Border-Terrier. Der wiederum wedelte mit dem Schwanz, als wäre er ein auf die schnellste Stufe eingestelltes Metronom. Außerdem war seine Leine viel zu lang für den kleinen Raum, sie hatte sich um mindestens drei Tischbeine gewickelt. Summer brauchte dem Verlauf der Leine nicht zu folgen, um zu wissen, wer das andere Ende hielt.

Mason stand bereits neben dem Tisch, an dem die alte Dame saß, und lachte mit ihr zusammen über etwas, das er gerade gesagt hatte. Er hatte sich einen Schal um den Hals geschlungen und die ramponierte Denimjacke bis obenhin zugezogen, die Jeans-Hosenbeine steckten in ziemlich professionell wirkenden Wanderschuhen. Er drehte sich um und grinste die Cafébesitzerin an.

„Hi“, hörte Summer sich sagen. Plötzlich fürchtete sie, das Boot hatte sich vom Ufer losgerissen, denn ihr war, als würde sie von sachten Wellen fortgetragen.

„Du wirst eine warme Jacke brauchen“, sagte er statt einer Begrüßung, „und Handschuhe. Und wahrscheinlich auch eine Mütze.“

„Wozu?“

„Weil ich dich zu unserer Wanderung abhole.“

„Aber ich …“ Sie sah die alte Dame an.

„Oh, kümmern Sie sich nicht um mich. Ich gehe sowieso nach Hause, bevor es zu kalt wird. Ich habe Archies Bekanntschaft gemacht, und ich sehe, dass Latte anderweitig beschäftigt ist.“ Die beiden Hunde umkreisten sich, als würden sie einen Tanz aufführen.

„Sicher?“

„Bestimmt. Ich komme morgen noch mal auf einen Scone vorbei, falls Sie dann noch hier sind.“

„Bin ich.“ Summer lächelte. „Es wäre wirklich schön, ein paar Stammkunden zu haben, wenn ich in diesem Teil der Welt bin.“

Die Frau stand auf, und Mason half ihr in den Mantel.

„Auf Wiedersehen, meine Liebe“, sagte sie. „Herrliche Zeit für einen Spaziergang, aber Mason hat recht. Sie sollten sich warm einpacken.“

Summer sah ihr nach und wandte sich dann zu Mason um. Sie konnte gar nicht aufhören zu lächeln. „Sie kennt dich?“

„Sie hat lange auf dem Fluss gelebt, aber ich hab sie einige Jahre nicht gesehen. Ihr Mann ist letztes Jahr gestorben, darum ist sie nach Foxburn gezogen.“

„Ja, ich hörte davon. Kanntest du ihn gut?“

„Nein, das nicht. Auf dem Wasser trifft man viele Leute – das weißt du inzwischen sicher selbst –, aber wenn man nicht gerade irgendwo länger bleibt, lernt man sie nicht richtig kennen. Allerdings“, er sah ihr auf eine Weise in die Augen, die ihr einen warmen Schauer durch den ganzen Körper jagte, „lasse ich dich nicht einfach so entwischen. Hast du denn Lust, rauszugehen? Ich weiß, dass ich dich ziemlich überrumpelt hab.“

„Es ist eine wundervolle Überraschung“, sagte Summer und überlegte, ob sie ihn umarmen oder ihm einen Kuss auf die Wange geben sollte. Am Ende tat sie weder das eine noch das andere. „Es ist so schön, dich zu sehen! Und solange du mir versprichst, dass du mich nicht zurück nach Willowbeck zerrst, bin ich dabei.“

Mason hielt zur Verteidigung die Hände in die Höhe. „Warum hab ich wohl die Wanderung vorgeschlagen? Hier im Umkreis gibt's eine Menge zu sehen, besonders am späten Nachmittag.“

„Gib mir nur ein paar Minuten Zeit, dann schließ ich schnell den Laden ab.“

9. Kapitel

Summer brannten die Wangen vor Kälte, als Mason das Holztor öffnete und ihr den Vortritt ließ. In ihrer Wollmütze, den Handschuhen und Stiefeln fühlte sich die beißende Kälte sogar angenehm an, die frische Luft wirkte befreiend, nachdem sie den ganzen Tag auf dem Boot zugebracht hatte. Das Gebiet, in das Mason sie geführt hatte, lag nur zehn Minuten zu Fuß von der Anlegestelle in Foxburn entfernt, und sie staunte, wie nah an der Stadt das weite, offene Marschland lag.

Nach ihrer stürmischen Begrüßung erforschten Archie und Latte nun die Gegend, die Nasen dicht am Boden, wobei sie Summer und Mason hartnäckig im Weg herumliefen, weil sie kreuz und quer über den Pfad Spuren verfolgten und dabei dauernd die Richtung wechselten.

„Hunde sind hier zwar erlaubt", sagte Mason, „aber wir müssen auf den Wegen oder Reitwegen bleiben und dürfen sie nicht zu weit von uns weglaufen lassen."

Sie gingen auf einem festen Kiesweg, den zu beiden Seiten wild wachsende Grasflächen säumten. Summer sah in der Ferne Wasser glitzern, aber das Land um sie herum sah eben aus, ohne die Silhouette von Hügeln oder Gebäuden in der Ferne. Der Waldrand verlief zu ihrer Rechten, die Bäume waren üppig mit neuen Blattknospen überladen. Lärm von Krähen erfüllte die Luft. Vor sich erblickten sie nur hohes Gras und blassblauen Himmel, sonst nichts, auch keine Wolkendecke, die die klirrende Kälte etwas abmildern könnte.

Sie hielten die Hunde dicht bei sich, und Mason verfiel in einen schnelleren Schritt, wobei er darauf achtete, dass Summer stets neben ihm blieb.

„Was werden wir zu sehen kriegen?“, fragte sie mit verhaltener Stimme, um die Stille nicht aufzustören.

„Es gibt eine Schar Stelzvögel und Gänse auf den Seen“, erklärte Mason. „Und die Seeschwalben kommen in dieser Jahreszeit aus Afrika zurück. Wir könnten einen Baumfalken erwischen oder einen Kuckuck, und mit etwas Glück ist vielleicht ein Otter da, obwohl ich das schon wegen der Hunde bezweifle.“

Er hob alle paar Minuten seine Kamera und machte Aufnahmen von der Landschaft. Summer merkte, dass er zum Fotografieren meist nicht das digitale Display nutzte, sondern durch den Sucher schaute, ein Auge zugekniffen – alte Schule, trotz aller vorhandenen Technologie.

„Ich komme mir total unvorbereitet vor – du hast immerhin eine Kamera und ein Fernglas dabei.“

Mason klopfte leicht auf die Sachen. „Ich mach das ja auch beruflich und würde wohl nicht viel Erfolg haben, wenn ich in die Ferne blinzeln und raten müsste, was ich dort sehe. Du kannst aber beides auch benutzen, sobald wir was finden.“

„Danke sehr.“ Summer warf einen verstohlenen Seitenblick auf sein markantes Profil. Mit seinem Blick schien er alles zu scannen, was sich regte, damit ihm auch garantiert nichts Wichtiges entging. Als sie aber wegsah, spürte sie, dass auch er sie beobachtete. Sie musste sich ein Grinsen verkneifen. „Du hättest nicht herkommen und mich suchen müssen, weißt du.“

„Ich musste nicht, ich wollte! Du hast dich davongemacht, ohne dich zu verabschieden, und ich … Also, Valerie hat mich besucht, und sie war wirklich in Sorge. Ich wusste natürlich, dass sie echt wütend auf dich gewesen ist und dich zur Rede gestellt hat. Aber weil ich euch beide nicht für nachtragend halte, dachte ich, du würdest schnell darüber hinwegkommen.“

„Das hab ich auch versucht.“ Summer sprach möglichst leise und hielt Augen und Ohren offen, damit ihr nicht entging, wenn sich im Gras zu beiden Seiten etwas bewegte. Sie wanderten auf einen großen See zu, dessen Oberfläche wie gemustertes Glas schimmerte. Enten und Gänse saßen in Gruppen an den Ufern und auf Inseln in der Mitte. „Ich wollte doch zu Valerie. Aber entweder war sie nicht zu Hause oder einfach noch nicht bereit, mit mir zu reden. Und dann hab ich ..." Sie brach ab. Wie viel sollte sie über die Sache mit Jenny preisgeben? Sie wusste, dass Mason gut mit den Greenways auskam – es gab ja auch keinen Grund, warum das nicht der Fall sein sollte – und sie wollte nicht, dass er einen schlechten Eindruck von Maddy bekam – oder von ihr, wegen dem, was geschehen war. „Dann bin ich noch mal mit Jenny aneinandergeraten."

Sie wartete auf eine Antwort, aber Mason schritt scheinbar unbedarft weiter, schaute, wo Archie herumstreunte, und hielt sich den Fotoapparat ab und zu vors Gesicht. „Valerie hat's mir erzählt", sagte er schließlich, und Summer glaubte plötzlich, keine Luft mehr zu bekommen. „Ich hoffe, es macht dir nichts aus".

Sie atmete ein, brachte es aber noch nicht fertig, etwas zu sagen.

Mason sah sie prüfend von der Seite an und fuhr fort: „Sie war an dem Tag, als du abgehauen bist, bei mir. Völlig panisch. Sie hat mir gebeichtet, was passiert ist, dass sie dir vorgeworfen hat, sie eine Schwindlerin genannt zu haben – was ich natürlich schon wusste. Und sie meinte schließlich, das wäre wahrscheinlich nicht der einzige Grund dafür gewesen, dass du weggefahren bist. Hoffentlich wirfst du ihr jetzt nicht vor, dass sie dein Vertrauen missbraucht hat oder dass sie mich da in irgendwas reingezogen hat. Sie brauchte meine Hilfe und wollte wohl, dass ich mir ein Bild von der Situation machen kann."

„Und du wolltest schon immer genau wissen, was da wirklich zwischen mir und Jenny abläuft." Summer konnte nichts daran ändern, aber der Gedanke, dass Mason alles wusste und sie schon längst beurteilt hatte, zwang sie automatisch in die Defensive.

Er blieb stehen und wandte ihr das Gesicht zu. „So ist es nicht. Ich hab sie nicht gefragt. Sie hat's von sich aus erzählt. Aber, um ehrlich zu sein – ich war ja auch beunruhigt. Nach Valeries Vorwürfen und mit dem Wissen, wie schwer es für dich gewesen sein muss, überhaupt zurückzukehren, wollte ich unbedingt wissen, wo du steckst, um mit dir zu sprechen."

„Wie viel genau hat sie dir erzählt?"

„Dass Maddy und Dennis eine Affäre hatten und Jenny dahintergekommen ist, kurz bevor deine Mum starb." Es klang entschuldigend. Seine dunklen Augen hielten ihren Blick gefangen.

Summer schluckte und nickte. Sie war nicht einmal sicher, ob Valerie alle Umstände kannte, die zu Maddys Tod geführt hatten. Die ganze Geschichte hatte allein Harry von ihr erfahren. „Es war nicht nur Mums Tod, der es mir so schwer gemacht hat, nach Willowbeck zu kommen", gestand sie schwach. „Ich wusste schon immer, dass Jenny mich nicht dort würde haben wollen, aber es war mir nicht bewusst, wie sehr sie gegen mich ist."

„Ein bisschen kann ich verstehen, warum sie so aufgebracht ist", sagte Mason. „Trotzdem hast du nichts damit zu tun, was deine Mum gemacht hat, und ich finde, Jenny sollte in der Lage sein, zu erkennen, dass du genug durchgemacht hast."

Vögel kreischten, Summer schaute gen Himmel. Über ihnen flogen Wildgänse in einer großen V-Formation. „Du brauchst mich nicht zu verteidigen. Ich kann Jennys Standpunkt auch nachvollziehen."

„Dann bist du weggefahren, weil du dich schuldig gefühlt hast? Summer, du hast doch nichts falsch gemacht!" Er streckte den Arm aus, trat näher und ergriff ihre Hand, eine Berührung, die zwei Paar Handschuhe abdämpften.

Summer hatte das dringende Bedürfnis, ihnen beiden die Handschuhe herunterzureißen, um die Wärme seiner Finger zu spüren. „Da bin ich nicht so sicher", murmelte sie. „Ich fühle mich ganz und gar nicht unschuldig."

„Ich kenne nicht die ganze Geschichte, aber ich vermute, dass es eine verfahrene Situation war. Alles hängt irgendwie zusammen, und manchmal fühlt man sich schuldig, nur weil man etwas nicht in Ordnung bringen oder lösen konnte, obwohl man von vornherein gar nichts hätte ändern können." Etwas war da in Masons Ausdruck – eine Traurigkeit, die ihr nicht wie Mitleid vorkam, sie aber genauso verunsicherte.

Sie wandte sich wieder zum Weg und ging weiter, ohne seine Hand loszulassen. Er folgte neben ihr. „Das macht es kein bisschen leichter", fuhr sie fort.

„Natürlich nicht. Schuldgefühle aufzugeben, ist mit das Schwierigste überhaupt."

„Aber was, wenn man doch etwas getan hat, was sich als fataler Fehler herausgestellt hat?"

„Hattest du denn gute Absichten?"

Ihre Stimme war nicht mehr als ein Flüstern. „Ja. Oder zumindest glaubte ich, das Richtige zu tun."

„Und das alles führt dazu, dass es für dich heute zu hart wäre, dich am selben Ort aufzuhalten wie Jenny?" Mason wurde langsamer, als sie am See ankamen.

„Mir fällt es schwer, in Willowbeck zu sein, ganz unabhängig von der Sache mit Jenny."

Mason schaute ihr in die Augen. „Ich wünsche mir sehr, dass du in Willowbeck bleibst", sagte er mit weicher Stimme.

„Ich – ich weiß nicht, ob ich … Es ist nicht so einfach."

„Was? Mit der Vergangenheit klarzukommen?"

„Irgendwie alles. Auf dem Wasser zu leben … Die ganze Bootssache. In meiner Wohnung in Cambridge, als ich im Atelier gearbeitet hab, da kam es mir einfacher vor. Unkomplizierter. All diese … All das hier ist nicht so."

„Unkompliziert ist nicht immer das Beste", erwiderte Mason, und Summer, die noch immer seine Hand hielt, musste an die Erzählrunde vom Vorabend denken, an die Lichter in den Bäumen und den hausgemachten Wein.

„Mag sein", murmelte sie.
„Für einige Dinge lohnt es sich zu kämpfen. Du gehörst in dieses Café."
„Ich weiß nicht …"
„Und was ist mit all dem hier, direkt vor deiner Haustür?" Sein Griff wurde fester, und er führte sie nun zu der Seite des Weges, an der das Gras höher wuchs. Er nahm Archies Leine ganz kurz, kämpfte sich ein paar Schritte durchs Gras und hockte sich hin, Summer mit sich hinunterziehend.
Summer lachte. „Gibt es dafür nicht extra Verstecke?"
„Hier nicht. Und das ist die allerbeste Stelle zum Beobachten. Schau nur." Er brachte sein Gesicht dicht neben ihres, sodass sie fast dieselbe Perspektive hatten, und begann, ihr die verschiedenen Tiere auf dem See zu zeigen. Da waren Rotschenkel, Zwergtaucher und die Seeschwalben, die er zuvor erwähnt hatte. Ein Blaureiher stand starr wie eine Statue auf einer der Inseln in der Mitte, gelassen und mächtig, umgeben von lärmenden Enten und Gänsen. Mason machte seine Begleiterin auf einen kleinen schneeweißen Seidenreiher aufmerksam, der sich im Schilf des Ufergürtels versteckt hielt, und zu zweit lauschten sie den verschiedenen Rufen.
Summer amüsierte sich über das Zirpen des Schilfrohrsängers, das in ihren Ohren wie ein viel zu schräger Ton klang. Sie fühlte sich regelrecht überwältigt. Bestimmt würde sie sich nie an all die Namen oder die Unterscheidungsmerkmale der Vögel erinnern. Ob Mason ihr das übel nehmen würde? Gleichzeitig liebte sie es, ihm zuzuhören, wenn er redete. Sie merkte, wie seine Begeisterung unter der Oberfläche brodelte, und bewunderte es, wie er diese Emotionen unter Kontrolle behielt, wenn er sie auf die verschiedenen Vögel hinwies. Er war ihr so nah, dass sie beinahe das Timbre seiner Stimme an ihrer Brust vibrieren fühlte, und seine Kamera blitzte immer wieder vor ihm auf, so schnell wie die Vögel, die er damit festhielt.

Bald schon ging es Summer nicht mehr um die Fauna, sondern darum, dass sie hier bei ihm sein konnte und er Rücksicht auf sie nahm, damit sie die Zeit fand, alles zu entdecken. Die Sonne wanderte weiter und weiter, und es wurde kälter. Sie begann zu frieren und spürte ihre Füße kaum noch. Trotzdem wagte sie nicht, sich zu bewegen, weil sie den wunderbaren Moment nicht zerstören wollte.

Dann war da dieses bekannte Geräusch, hoch und beinahe vom Luftstrom verschluckt. Erst dachte sie, sich geirrt zu haben, aber als sie Mason anschaute, lächelte er.

„Eisvogel", flüsterte sie. Sie wandten sich wieder dem See zu, und ein Schimmer von Orange und Smaragdblau glitt nah an der Wasseroberfläche entlang und landete auf einer Tiefenmarkierung vor ihnen. „Ich liebe Eisvögel", wisperte Summer und sah aus dem Augenwinkel, wie Mason nickte.

„Die einzelnen Vögel haben alle ihr eigenes Territorium und rücken erst dichter zusammen, wenn die Brutzeit näher kommt.

„Also keine Partner fürs Leben?"

Mason schüttelte den Kopf. „Oft haben sie nur ein Jahr – sie leben nicht lange. Und viele Junge sterben schnell. Ihre Federn werden durchnässt, wenn sie tauchen lernen, oder die Eltern schicken sie weg, bevor die Kleinen richtig wissen, wie man Fische fängt. Sehr viele von ihnen ertrinken."

„Oh mein Gott, wie traurig! Warum erzählst du mir so was?"

„Weil es beweist, dass es etwas ganz Besonderes ist, wenn man einen zu sehen bekommt, so wie den hier, direkt vor uns. Ein sehr seltener Anblick", flüsterte er mit Ehrfurcht in der Stimme.

„So hab ich das noch nie gesehen", gab sie leise zu. „Dass es ein echtes Privileg ist, einen zu sehen." Bisher hatte sie sich einfach nur gefreut, die seltenen Vögel zu beobachten, wenn sie da waren, aber mit nur wenigen Fakten hatte Mason ihr eine völlig andere Sichtweise vermittelt. Das Schicksal der Eisvögel kam ihr tragisch vor, aber es zeigte ihr auch, wie wundervoll die Natur war, wenn sich etwas gegen so viele Widrigkeiten behaupten konnte.

Summer nutzte die Gelegenheit, noch dichter an Mason heranzurücken, und deutete auf eine Reihe großer schwarzer Vögel, die auf einem umgefallenen Baum saßen, der aus dem Wasser ragte. „Erzähl mal was über die da. Sind das Kormorane?“

„Ja. Das da sind allerdings keine Krähenscharben.“

„Aha.“ Sie wagte einen Blick zu Mason, obwohl sie keine Ahnung hatte, wovon er sprach. Seine Augen glänzten in der langsam untergehenden Sonne. Er neigte den Kopf so nah herüber, dass ihre Nasenflügel sich fast berührten, und Summer fühlte die Wärme seines Atems an ihrer Wange.

„Scharben leben nördlicher und in Küstennähe, sodass man sie hier normalerweise nicht findet.“

„So?“

„Sie kommen meist vereinzelt vor, Kormorane hingegen immer in Scharen.“

„Komisch.“ Summer schaffte es nicht, den Blick von ihm zu lösen.

„Sind super Taucher“, murmelte er, jetzt ohne jede Spur eines Lächelns.

Sie sahen einander in die Augen, und Summer spürte, wie Wärme sie durchflutete und gegen die Kälte in ihren Knochen anfocht. „Wirklich?“

Mason nickte nur, hörte einen Moment auf zu atmen, und Summer hielt ganz still, in Erwartung dessen, was als Nächstes geschehen würde.

„Entschuldigung“, sagte da jemand laut hinter ihnen, „ist das Ihr Hund? Der sich da hinten um das Schild verwickelt hat?“

„Was?“ Mason sprang auf. „Oh, verdammt! Verzeihung. Vielen Dank.“

Der Mann, der sie unterbrochen hatte, war groß und sehr dünn und trug ein Fernrohr bei sich, das größer als er selbst zu sein schien. Er schaute Mason vernichtend an und stapfte auf dem Weg von dannen.

Archie hatte es geschafft, seine Leine dermaßen um den Pfosten des Schildes zu wickeln, dass sein Kopf ganz nah am Holz gehalten wurde. Er hatte bereits vergeblich versucht, das Leder durchzunagen, um sich zu befreien. Latte saß neben ihm, bellte aber erst los, als Mason und Summer herbeigeeilt kamen.

„Wir waren doch gleich da drüben, warum hast du dich nicht gemeldet?“, beschwerte sich Summer bei ihrem Hund und hockte sich hastig neben Latte, um sie zu besänftigen. „Ich dachte, Archies Leine wäre schon ganz kurz eingestellt.“

„Die ist schon ziemlich alt, der Mechanismus funktioniert oft nicht oder löst sich. Ich brauch wohl doch eine neue.“

„In der Tat.“ Summer beobachtete, wie Mason seinen Hund loszumachen versuchte, was der Border-Terrier selbst erschwerte, indem er immer gleich zu zappeln begann, wenn er einen Zentimeter Platz dafür hatte. Je mehr Mason sich bemühte, umso mehr kämpfte der Kleine, und als schließlich ein Abschnitt losgeknotet war, machte der Hund einen Satz, und sein Herrchen fiel vornüber auf den Kiesweg.

„Mist!“

Summer lief zu ihm und verkniff sich das Lachen. „Alles in Ordnung?“

„Um mich geht’s mir gar nicht“, seufzend setzte er sich auf die Fersen und prüfte eingehend Kamera und Fernglas. „So ein Sturz kann ziemlich teuer werden.“ Er wischte sich Kiessteinchen von den Händen. „Mit ’ner sandigen Linse macht man nicht gerade magazintaugliche Fotos.“

Summer half ihm auf. „Danke.“ Er lächelte beschämt, und sie grinste zurück. „Du und dein Hund, ihr seid ein hoffnungsloser Fall.“

„Jaja, eines Tages raufen wir uns auch noch zusammen." Mason wickelte sich die Leine um die Hand, bis Archie sich nur noch eine Fußlänge von ihm entfernen konnte. „Wollen wir zurück?"

Summer nickte, obwohl sie enttäuscht war. „Willst du denn heute Abend noch heim nach Willowbeck?"

Mason schaute auf. Die Sonne war fast untergegangen, der Himmel glühte gelb in der Ferne, und zwischen dem Nachtblau hoch über ihnen und dem Horizont lag türkisfarbene Dämmerung. Die ersten hellen Sterne standen bereits wie Leuchtfeuer am Firmament. In den Bäumen regte es sich, als die Vögel begannen, sich Plätze für die Nacht zu suchen.

„Ich bin nicht scharf auf eine Nachtfahrt, also werde ich wohl bis morgen bleiben."

Ihr Herz machte einen Satz. „Schon Pläne für heute Abend?"

Er sah sie an. „So weit habe ich nicht vorausgeplant. Du?"

„Nur Latte und ich. Da du jetzt den ganzen Weg gefahren bist, um mir diesen wundervollen Ort zu zeigen, ist es doch das Mindeste, dass ich dir ein Abendessen anbiete. Dir und Archie."

„Bacon-Brötchen?" Er schmunzelte.

„Also, ich glaub schon, dass ich was Besseres hinbekomme als das. Wenn wir uns sputen, schaffen wir es noch vor Ladenschluss zum Supermarkt."

In der Dämmerung wanderten Mason und Summer mit vollen Taschen vom Einkauf den Leinpfad entlang. Die Hunde trotteten erschöpft und zahm neben ihnen her.

„Wo liegt die Sandpiper?", wollte Summer wissen.

„Auf dem hintersten Liegeplatz, hinter der Blue Heron."

„Deine Bekannte sagte, dass die Leute da einen Junggesellenabschied feiern. Das soll wohl hier am Fluss üblich sein."

„Yep. Und es endet nicht selten in einem unabsichtlichen Bad im Fluss."

„Was? Musstest du schon mal jemanden retten?“ Sie waren angekommen, und Summer schloss auf.

Mason fuhr sich durchs Haar. „Ein paar, aber nicht allein. Ich trink ja auch gern mal einen, aber es ist riskant, es so nah am Wasser damit zu übertreiben. Die Leute denken, es wäre nur ein Spaß, wenn sie womöglich dort reinfallen, aber meist ist es kälter, als man denkt, und der Schock ist gefährlicher als alles andere. Versuch mal, einen erwachsenen Mann, der blau ist wie eine Haubitze, zum Ufer und dann auch noch aus dem Wasser zu ziehen. Ich kann dir sagen …“

„Klingt nach einem echten Albtraum. Lass uns die Daumen drücken, dass es heute Nacht nicht dazu kommt, auch wenn du zumindest Erfahrung im Retten anderer Leute hast. Ich wäre absolut hilflos – wahrscheinlich würde ich alles noch schlimmer machen.“

Sie hatte es als Scherz gemeint, aber Mason starrte nur wie hypnotisiert auf die gekräuselte Wasseroberfläche.

„Mason?“ Sie berührte ihn leicht am Arm, und er zuckte zusammen und sah sie an. „Komm rein“, sagte sie sanft. „Fühl dich wie zu Hause.“

Er blinzelte und nickte, bevor er ihr folgte.

Sie gingen durch das Café in die Küche. Die Hunde liefen voraus ins Wohnzimmer, und Summer ließ die Taschen auf die Arbeitsplatte fallen, zog den Mantel und die Mütze aus. „Leg deine Jacke aufs Sofa. Möchtest du was trinken? Ich hab Wein.“ Er stimmte zu, sie öffnete eine Flasche Rotwein, packte den Einkauf aus, holte eine Tüte kleiner Kartoffeln und zwei Rumpsteaks heraus und fing an, Tomaten zu schneiden. Mason lehnte in der Tür und schaute ihr zu. Seine Jacke und den Schal hatte er abgelegt, ebenso das Fernglas.

Sie lächelte ihn an und strich sich eine Haarsträhne hinters Ohr. „Der Wein muss noch ein wenig atmen.“

„Und was tu ich, während du kochst?“

„Du könntest Musik einschalten, wenn du möchtest, und mal nachschauen, ob die Hunde sich gut benehmen."

„Du meinst, ob Archie sich gut benimmt." Er zog eine Braue hoch.

„Ich meine durchaus beide. Archie hat einen schlechten Einfluss auf meinen Welpen." Sie schmunzelte.

„Archie hat einen schlechten Einfluss auf mich", berichtigte Mason, griff nach vorn und angelte nach einer Olive aus einem Glas auf der Arbeitsplatte. „Ich seh mal, was sie treiben."

Summer fühlte sich trotz des langen Tages und des langen Spaziergangs energiegeladen. Hier drinnen war es deutlich wärmer als draußen, und ihre Wangen waren gerötet, noch bevor sie einen Schluck Wein getrunken hatte. Immer wieder fielen ihr Momente von der Wanderung ein, Masons Gesicht so nah an ihrem, seine Konzentration, als er ihr so viel über die Gänsearten erklärt hatte, seine Ehrfurcht gegenüber den Wundern der Natur und der Seltenheit des Eisvogels. Überleben entgegen allen Widrigkeiten – vielleicht war es genau das, was sie mit dem Bootscafé tat. Vielleicht war sie stärker, als sie gedacht hatte.

„Beide völlig erledigt", Mason stand neben ihr. „Soll ich?" Er schenkte Wein ein und reichte ihr ein Glas. Sie drehte sich um, lehnte sich an die Arbeitsplatte, und sie stießen an.

„Danke, dass du gekommen bist", sagte sie. „Ich kann zwar nicht sagen, dass ich einsam gewesen wäre, aber es war einfach herrlich heute Abend."

„Fand ich auch. Es tut mir nur leid, dass ich nicht länger bleiben kann. Die Arbeit ruft."

„Unterscheidet sich dein Naturschutzgebiet denn sehr von der Stelle, an der wir saßen?"

„Nicht sehr. Es ist ein bisschen kultivierter, nur könnten wir die Hunde nicht dorthin mitnehmen. Aber wie du siehst, wirkt die Tierwelt im offenen Gelände auch sehr eindrucksvoll. Wo ich arbeite, gibt es mehr Marschland als Wiesen, und einige

Wege führen durch den Wald, der Lebensraum ist also etwas vielfältiger. Das Gebiet wurde ausgeweitet, und jetzt wollen die Zuständigen dort mehr öffentliche Aufmerksamkeit. Man hofft darauf, dass sich Kraniche ansiedeln. Einige konnten erfolgreich in Norfolk eingeführt werden, also wäre es möglich."

„Kraniche", Summer runzelte die Stirn. „Sie sind den Reihern ähnlich, oder?"

„Ähnlich, aber größer und um einiges seltener. Ich zeige dir gleich ein paar Fotos, wenn du willst."

„Gern." Summer trank einen kleinen Schluck Wein. Sie hatte keine rechte Lust, sich wieder dem Kochen zuzuwenden, und wünschte sich, sie beide könnten die ganze Nacht weiterreden. Mason blickte etwas nervös zu Boden, dann zückte er die Kamera und richtete sie genau wie damals auf dem Leinpfad in Willowbeck auf sie. Summer hielt die Luft an, wartete, fragte sich, warum es sich so intim anfühlte, fotografiert zu werden, besonders zumal er doch ständig Dinge auf Fotos festhielt. Sie versuchte, nicht befangen zu wirken, aber der Gedanke, dass er sie ansah, sie durch den kleinen Sucher betrachtete, bereitete ihr ein komisches Gefühl im Bauch.

„Mason …"

„Macht es dir was aus?", fragte er sanft und schaute sie über den Rand des Fotoapparats hinweg an.

„Nein, obwohl – ich dachte, du wolltest Fotos von meinem Hund machen." Sie lachte nervös auf.

Mason machte mehrere Aufnahmen, senkte dann die Kamera und ging einen Schritt auf sie zu. „Latte posiert. Sie merkt es, wenn man sie so anvisiert. Aber du … Schau mal." Er drehte sich so, dass er sich neben ihr an die Arbeitsplatte lehnen konnte, und scrollte durch die Fotos. „Auf dem großen Monitor kannst du sie besser sehen, aber selbst so …"

Summer schaute auf die Fotos. Sie sah sich, ein Glas Wein in der Hand, an die Arbeitsplatte gelehnt, und konnte nichts Besonderes darin entdecken, obwohl sie im Gesicht einen Ausdruck reiner Zufriedenheit trug, ihre Augen auf eine gewisse Art lebendig wirkten, die sie im Spiegel sonst nicht bemerkte. Es war lange her, seit sie das letzte Mal Fotos von sich hatte machen lassen. In den vergangenen paar Monaten hatte es wenig Gelegenheiten für Schnappschüsse gegeben, und ihre Handykamera benutzte sie nur für die Dokumentation der eigenen Arbeit – erst die Schilder für den Job in verschiedenen Arbeitsphasen, und seit Kurzem Fotos vom Café und von Latte. „Das bin dann wohl ich", sagte sie, unsicher, was sie noch hinzufügen könnte.

„Stimmt schon, aber …", Mason seufzte. „Es ist schwer zu beschreiben. Vielleicht sollte ich's gar nicht erst versuchen, aber vielleicht ist es auch nur für mich wichtig."

„Was denn?" Sie wandte sich ihm zu, aber er starrte auf das Foto auf dem Display und runzelte leicht die Stirn, als würde er nach etwas suchen, über das er sich nicht im Klaren war. Summer fühlte eine starke Verbundenheit zu ihm. Jetzt, da er die Jacke abgelegt hatte, trug er nur einen dünnen schwarzen Baumwollpulli, der eine winzige Lücke zwischen dem Bündchen und dem Jeansbund frei ließ, als wäre er beim Waschen eingelaufen. Ihr war klar, dass aus einem faszinierten Anstarren ziemlich schnell auch Begehren werden konnte, aber sie war nicht annähernd sicher, ob sie für das bereit war, was sich daraus ergeben könnte.

Ein Klopfen an der Tür riss sie aus ihren Tagträumen. Mason schien auch zusammenzuzucken und lächelte unsicher. Sie ging zur Tür.

„Claire!" Sie verscheuchte die Enttäuschung und bat die neue Freundin herein.

„Ich hab's vorhin schon mal versucht, aber da warst du nicht da. Ryder will dich unbedingt bald auf der Wanderer's Rest wiedersehen, und ich wollte fragen, ob du morgen Abend Zeit hättest."

„Klingt super", sagte Summer und dachte daran, dass sie Zeit einplanen musste, um eine Geschichte vorzubereiten. „Möchtest du was trinken?"

Claire schüttelte den Kopf. Sie trug ein türkisblaues Wickelkleid, und ihr Haar glänzte so unbeschreiblich satt, dass Summer einen plötzlichen Stich von Neid verspürte. Sie drehte sich zu Mason um, der gerade zu ihnen ins Café kam.

Er erblickte Claire und sog scharf die Luft ein. Die beiden starrten sich gegenseitig stumm an. Summer wurde augenblicklich klar, dass sie für die beiden soeben völlig unsichtbar geworden war.

„Mason“, sagte Claire, und das Wort troff vor Neugier. „Hab mich schon gefragt, ob ich dich wohl hier wiedertreffen würde.“

„Claire, hi.“ Er versuchte zu lächeln, aber Summer bemerkte deutlich die Mühe, die es ihm bereitete. „Wie geht's dir?“

Summer ließ den Blick zwischen den beiden hin und her schweifen, und ihr anfänglicher Neid wandelte sich in etwas Tieferes.

10. Kapitel

„Ihr kennt euch?“ Summer bemühte sich um einen neutralen Tonfall.

„Von früher. Ist Jahre her“, gab Claire zurück. „Schön, dich zu sehen, Mason. Geht’s dir gut?“

Er fuhr sich mit der Hand übers Gesicht und warf einen kurzen Blick auf Summer. Fast wirkte er schockiert, sein Blick war fast vorwurfsvoll, als hätte Summer das Treffen geplant, im Wissen, dass es unwillkommen wäre. „Alles prima, danke. Und dir?“

Claire nickte. Plötzlich war ihr Lächeln schwach. Sie sah aus wie eine ganz andere Person als die vor Energie überschäumende Frau, die sie noch am vorigen Tag – und noch vor einem Moment – gewesen war. Als hätte jemand einen Stöpsel gezogen und ihre ganze Selbstsicherheit aus ihr herausrinnen lassen. „Ich geh dann mal, Summer. Wollte nur wegen morgen fragen.“

Summer nickte ungläubig. „Okay.“

Im nächsten Moment war Claire schon zur Tür hinausgestürmt und hatte sie und Mason im düsteren Café stehen lassen.

„Wir sollten was essen“, sagte Summer und versuchte, Begeisterung in ihre Stimme zu legen.

Sie aßen an einem der Tische im Café, was besser war, als im Wohnzimmer auf dem Sofa von den Knien zu essen. Die Kulisse strahlte zwar keine besondere Gemütlichkeit aus, aber das konnte nicht der Grund für die veränderte Atmosphäre sein. Mason war still geworden, verschlossen. Er schnitt sich sein Steak in winzige Stückchen, schob die Kartoffeln auf dem Teller her, schaute immer wieder verstohlen zu ihr hinüber, wich ihrem Blick jedoch aus.

Sie erzählte ihm, wie viel im Café los gewesen war, und er erzählte ihr, wie Norman ihm fast den Kopf abgebissen hatte, weil er ein paar Nilgänse hatte fotografieren wollen, die auf dem Heck der Celeste saßen. Trotzdem standen in allen Momenten des Schweigens und selbst beim Lachen unausgesprochene Worte im Raum. Sie sprachen nicht über das, was gerade passiert war. Summer wollte ihm gern von der Wanderer's Rest erzählen, von dem Hain, in dem Claire und ihre Freunde sich gegenseitig Geschichten erzählt hatten. Zu gern hätte sie gewusst, ob Mason von diesen Zusammenkünften wusste, ob er vielleicht schon als Flussnomade an etwas Ähnlichem teilgenommen hatte. Sie wollte aber Claire nicht erwähnen, um ihn nicht noch tiefer in sein Schneckenhaus zu treiben.

Mason selbst löste schließlich die Situation auf. Er seufzte, trank seinen Wein aus, und während er die beiden Gläser wieder auffüllte, fragte er, wie sie Claire kennengelernt habe.

„Sie hat mich gefunden", antwortete Summer und beobachtete ihn. „Sie kam her, um sich vorzustellen, und meinte, ich sollte eine größere Kuchenauswahl anbieten. Dann hat sie mich gestern Abend mitgenommen, um mir die anderen fahrenden Händler vorzustellen. Sie scheint richtig nett zu sein."

Mason deutete ein Nicken an. „Ist sie auch. Sie sagte, sie hätte erwartet, mich wiederzusehen."

„Ich hab dich mal erwähnt, in dem Zusammenhang, was für ein guter Freund du für mich gewesen bist. Möchtest du mir nicht erzählen, woher du sie kennst?"

Mason zog die Stirn kraus und rieb mit Daumen und Zeigefinger den Stiel des Weinglases hinauf. „Wir haben uns früher mal gekannt, vor ein paar Jahren, hatten benachbarte Anlegeplätze, und – na ja, du weißt, dass sie gut darin ist, sich bekannt zu machen. Wir waren befreundet." Doch so, wie er es sagte, klang es nicht wie etwas Schönes.

„Und dann wurde mehr daraus?", spann Summer beinahe im Flüsterton weiter.

Mason schüttelte den Kopf. „Nein. Es ist nie mehr daraus geworden. Kurz nachdem ich auf mein Boot gezogen bin und …“ Er rieb sich die Augen. „Dazu wäre es nie gekommen.“

Summer beugte sich nach vorn, versuchte, seinen Blick auf sich zu ziehen, aber er starrte noch immer auf sein Glas. „Alles okay mit dir?“

Er nickte und sah auf. Sie erschrak, weil er vollkommen verängstigt wirkte. „Ich glaube, du solltest lieber nach Willowbeck zurückkehren“, sagte er. „Kommst du mit mir mit? Morgen? Nicht nur meinetwegen, auch wegen Valerie.“

Summer riss entgeistert die Augen auf. „Was?“

„Ich weiß, ich hab gesagt, dass ich es ihr nicht sage, aber …“

„Ja, das hast du. Du hast sogar versprochen, es nicht zu tun.“

„Du hast ja recht, aber wer weiß, wann wir uns wiedersehen?“

„Es kann sein, dass ich zurückkomme, aber ich weiß es jetzt noch nicht. Mason, ich muss das wirklich mit mir selbst ausmachen. Nach allem, was passiert ist, muss ich erst sehen, ob ich das hier kann, ob ich das Café weit weg von Jenny und Ross und Willowbeck führen kann. Vielleicht hab ich dann die Stärke, um zurückzukommen. Aber jetzt noch nicht.“

„Ich kann nichts tun, dich umzustimmen?“ Er versuchte ein Lächeln, aber es wirkte leer, als wäre er nicht recht anwesend.

„Mason, warum machst du das?“ Summer seufzte. „Was ist los? Was war zwischen dir und Claire?“

„Wirklich nichts. Die Vergangenheit hat mich nur kurz eingeholt und überrumpelt.“

Summer schluckte den Klumpen herunter, der sich in ihrer Kehle gebildet hatte. Der wunderbare Nachmittag löste sich gerade vor ihren Augen in nichts auf. Sie wollte, dass Vertrauen zwischen ihnen beiden herrschte. Sie wollte Mason kennenlernen, aber das hier war eindeutig ein Rückschritt. „Du brauchst es mir natürlich nicht zu erzählen …“

„Da gibt's auch nichts zu erzählen", stieß er mit zornigem Blick hervor.

Summer schnappte nach Luft und ließ sich auf den Stuhl sinken.

„Ach, verdammt, es tut mir leid. Ich …" Er seufzte. „Entschuldige bitte. Wahrscheinlich sollte ich lieber gehen."

Sie nickte, obwohl es das Letzte war, was sie wollte, aber was auch immer ihn bedrückte, was auch immer das Zusammentreffen mit Claire bei ihm ausgelöst hatte, er war nicht bereit, darüber zu reden. Sie war sicher, dass der Abend nicht mehr zu retten war. Sie hatte dasselbe mit ihm gemacht, hatte den wahren Grund ihrer Probleme mit Jenny geheim gehalten, wollte von ihm nicht verurteilt werden. Er hatte sie damit in Ruhe gelassen. Sie wollte ihm sagen, dass es nichts gab, nichts, was etwas daran ändern konnte, dass sie ihn mochte, aber sie sah, wie fertig er plötzlich aussah, und wusste, dass sie nichts mehr tun konnte.

„Danke für das Essen", murmelte er, als er aufstand.

Sic erhob sich ebenfalls, räumte die Teller weg, und er holte Archie von dort weg, wo er es sich gemütlich gemacht hatte. Der Hund trottete gehorsam durch die Tür, aber Mason zögerte und drehte sich noch einmal um. „Es tut mir wirklich leid."

„Was, dass du hergekommen bist?" Sie lächelte knapp. „Es war ein wunderschöner Nachmittag. Ich hab dich vermisst, Mason."

Er zögerte kurz, trat dann aber näher heran. Summer ging ihm entgegen und umarmte ihn zaghaft. Ihr Atem steckte in ihrer Kehle fest, als sie seine Wärme spürte. Mason umschlang sie, sein Kopf ruhte fast auf ihrer Schulter, und seine Haare kitzelten auf ihrer Wange. Sein Haar war so weich, wie sie es sich vorgestellt hatte, und ihn um sich zu spüren, war tröstlich, obwohl sie die Spannung in seinen Schultern wahrnahm. Summer schloss die Augen, atmete Masons Duft ein und schwelgte in dem Gefühl, ihm so nah zu sein.

Auf einmal fragte sie sich, wie es gewesen wäre, wenn Claire nicht geklopft hätte und ein anderes Gefühl die Spannung hervorrufen würde. Sie wollte, dass er hier war, bei ihr, und bevor sie unterbrochen worden waren, hatte sich alles richtig angefühlt. Jetzt war es angespannt zwischen ihnen, beinahe, als wären sie wieder zu Fremden geworden.

„Bis bald?", fragte er, wich einen Schritt zurück und blickte sie an.

„Ja." Sie sah ihn gehen, schloss die Tür hinter ihm, und dann, als sie spürte, dass sich ihr Herz wieder zusammenzog, nachdem es einige glückselige Stunden lang so leicht gewesen war, nahm sie Latte auf den Arm und kroch ins Bett.

Als sie am nächsten Morgen aufstand und auf den Leinpfad hinaustrat, war die Sandpiper schon nicht mehr da. Seufzend ging Summer wieder hinein und machte diverse Bestandsaufnahmen, testete Öl- und Bilgenstand, kontrollierte, ob alle Bilgenpumpen arbeiteten und ob die Treibstofftankfilter sauber waren.

Als sie hineingehen wollte, um die Kaffeemaschine einzuschalten, winkte ihr Claire vom Bugdeck aus zu. Summer bedeutete ihr, hereinzukommen, und Latte lief zu ihr, um Claire in ihren Flip-Flops zu begrüßen. Die kleine Hündin schnüffelte an den bloßen Füßen herum, als wären es Packungen mit überaus edlem Hundefutter.

„Komm da weg, Latte", mahnte Summer.

Sie machte zwei Cappuccinos, und sie setzten sich an einen Tisch mit Ausblick über den Fluss, der heute grau und verwirbelt unter einer schweren Wolkendecke dahinzog.

„Mason noch da?", fragte Claire, den Blick fest auf ihre Tasse gerichtet.

„Nein, er ist schon zurück nach Willowbeck gefahren. Er wirkte etwas verstört durch deinen Besuch."

Claire schaute sie mit zusammengekniffenen Augen an und trank einen großen Schluck. „Wie viel weißt du über ihn?"

„Nicht allzu viel. Aber er war sehr herzlich mir gegenüber und hat viel getan, um den Kontakt zu halten, seit ich hierherkam."

„Magst du ihn?"

Summer kaute auf der Unterlippe und beobachtete ein grau-pinkes Kanalboot mit dem merkwürdigen Namen „The Laughing Gala", das langsam vorbeiglitt. Die Kräuselwellen des Fahrwassers schlugen sanft gegen den Bug. „Ja, schon", gestand sie mit gezwungenem Lächeln, „Aber ich ahne, dass du mir gleich etwas erzählst, wodurch sich das für immer ändert." Sie versuchte ein Lächeln, aber ihre eigenen Worte erfüllten sie mit Verzweiflung.

Claires Lächeln schien ebenso halbherzig, und obwohl sie den Kopf schüttelte, widersprach sie nicht. „Ich hab ihn vor einer Weile kennengelernt, vor etwa fünf Jahren. Er war noch nicht lange auf dem Wasser, ein echter Anfänger bei allem. Gott! Seine Haare!" Sie machte große Augen, trank und schüttelte den Kopf. „Er sah so was von fein und gepflegt aus, aber wir haben ihm prophezeit, dass er das schnell ablegen würde." Wieder schüttelte sie den Kopf. „Na ja, er scheint sich zumindest an das Bootsleben gewöhnt zu haben. Gut sieht er jedenfalls aus."

„Habt ihr euch nahegestanden?"

„Wir waren gute Bekannte. Er schien ein prima Typ zu sein, umgänglich zunächst, aber dann kommt man an einen Punkt ..." Sie seufzte. „Ich spreche nicht direkt für mich." Claire sank etwas zusammen, und Summer wappnete sich. „Meine Freundin Tania hat sich Hals über Kopf in ihn verliebt", fuhr Claire fort. „Er war liebenswert, aber immer auch ein bisschen geheimnisvoll. Ich weiß noch, dass sie sagte, er sei wie ein exotisches Rätsel, das gelöst werden müsse. Alles an ihm fand sie verlockend – strahlendes Lächeln und unwiderstehlicher Körper in engen Shirts und so, aber alles immer mit einer Prise Leichtigkeit. Erst mal schien er sie auch zu mögen, gab sich lieb und rücksichtsvoll, und sie sind eine Beziehung eingegangen. Ich glaube, für Tania war es sehr bald die große Liebe."

„Und was passierte dann?" Summer ärgerte sich über sich selbst, dass sie so verzweifelt klang, aber sie konnte nichts dafür. Sie fand diese Geschichte nicht weniger spannend als all jene, die sie in der vorletzten Nacht gehört hatte, aber diesmal betraf der Ausgang sie unmittelbar.

„Er hat sich davongestohlen", schloss Claire mit entschuldigendem Blick. „Kein Wort gesagt. Es gab keinen Streit oder sonst einen Grund, den Tania mir nennen konnte. Sie war am Boden zerstört."

Summer runzelte die Stirn. „Meinst du, sie hat vielleicht etwas verschwiegen? Etwas, das dazu geführt hat, dass sie sich getrennt haben? Vielleicht war es ihr zu peinlich, darüber zu sprechen, selbst mit dir."

Claire seufzte und schwenkte die Tasse mit dem Cappuccinorest. „Ich weiß, das wäre die ideale Erklärung – so wäre es im besten Fall gewesen, und natürlich kann ich nicht alles wissen, was vorgefallen ist, selbst von Tania nicht. Aber daraus, wie sie danach drauf war ... Ganz ehrlich, sie schien untröstlich und stand praktisch unter Schock, als wäre all das aus heiterem Himmel passiert. Ich hab sie noch davor gewarnt, sich zu sehr auf einen so rätselhaften Typen einzulassen – er wirkte wie einer dieser klassischen Bad Boys –, aber wenn man einen leckeren Donut geschenkt kriegt, den man nicht essen darf ... Du weißt, was ich meine, oder?"

„Man will ihn dann erst recht", murmelte Summer.

„Eben. Ich sag das nicht, um dich abzuschrecken, aber ich finde, du solltest die Wahrheit wissen. Soweit ich Mason kenne, zieht er 'ne gute Show ab, und dabei ist er kalt wie Eiscreme, aber längst nicht so süß."

Summer starrte auf den Schaum am Boden ihrer Tasse und versuchte, Claires Worte zu verdauen. Sie konnte sich keine Sekunde lang vorstellen, dass dies Masons Art sein sollte. Dennoch musste sie zugeben, dass sie ihn nicht besonders gut kannte, und sie konnte auch nicht darüber hinwegsehen, wie er sich verändert hatte, nachdem Claire aufgetaucht war. „Er ist mir hierher gefolgt", sagte sie mehr zu sich selbst.

„Kann sein, dass ihm das gut in den Kram passt, dass du abgehauen bist. Wenn du hier bist, kann er sich um dich bemühen und nach Willowbeck zurückkehren, wenn er genug hat. Entschuldige, das klingt hart, aber ich möchte nur ... Herrje, ich geb mal wieder ungefragt meinen Senf dazu, hm?" Claire rieb sich die Hände. „Er kann sich auch geändert haben, oder es steckt mehr dahinter bei der Sache zwischen Tania und ihm. Ich kann nur sagen, was ich weiß."

„Er hat sich verändert, als er dich gesehen hat", sagte Summer. „Er war so ... Er hat sich total entzogen. Irgendetwas hatte er auf dem Herzen." Sie löffelte den Cappuccinoschaum.

„Hey, du solltest jetzt nicht gleich einen Rückzieher machen. Jeder ist irgendwie kompliziert, und ich muss gestehen, dass er nun erst recht ein Hingucker ist, wo er ein Bootskerl geworden ist, schmuddelig und zerzaust." Sie schaute Summer mitleidig an. „Sei einfach nur vorsichtig."

Summer räusperte sich. „Ja, klar. Sowieso ist er jetzt weg. Ich vergesse ihn erst mal und konzentrier mich auf das Café und darauf, die Leute hier kennenzulernen."

„Und den Feenhain." Claire sah sie fragend an. „Du brauchst da nicht mitmachen, wenn du nicht möchtest. Jede Geschichte braucht ihr Publikum, darum kannst du auch einfach nur zuhören, wenn du dich damit wohler fühlst."

„Nein, ich würd mich schon gern integrieren."

Claire grinste. „Prima. Ich hab das Gefühl, du kannst ganz gut ein paar Märchen erzählen, wenn du in Fahrt kommst."

„So sicher wäre ich da nicht." Summer lachte gezwungen. „Wenigstens lenkt mich das ab." Sie hatte ihre Zweifel, dass sie in der Lage sein würde, an etwas anderes zu denken als daran, wie Mason sie angeblafft, sich entschuldigt und sie dann in die

Arme geschlossen hatte. Oder daran, wie anders der Abend verlaufen wäre, hätte Claire nicht die Vergangenheit wachgerüttelt und Erinnerungen, bei denen er sich offensichtlich nicht wohlfühlte. Er war ihr nie zuvor so kalt vorgekommen. Sie konnte nicht entscheiden, was hier wohl eher Fiktion war: Claires Geschichte über Mason und ihre Freundin Tania oder Mason selbst, wie er sich ihr gegenüber gab.

Am Ende blieb Summer nicht viel Zeit, über all das nachzudenken, weil es draußen zwar grau, aber doch ein Samstag Anfang April war und Foxburn vor Menschen nur so wimmelte. Sie hatte noch nie einen derart überlaufenen Flussabschnitt erlebt. Es gab eine konstante Fluktuation, die Kurzzeitanlegeplätze waren alle besetzt, und während im Café ein Kommen und Gehen herrschte, stand Summer auch oft genug an Deck und schaute, wie die Narrowboats aneinander vorbeisteuerten, darauf bedacht, sich nicht gegenseitig Schrammen in den Lack zu fahren. Sie winkte den Leuten am Steuer, bot Getränke und Kuchen an, wenn es so aussah, als würden die Neuankömmlinge einer Rast nicht abgeneigt sein – und wenn diese auch noch so kurz war.

In einem der kunterbunten Häuser gegenüber den Anlegestellen trug ein Ehepaar Liegestühle nach draußen in den Vorgarten. Mit einer Flasche Pimm's und abgegriffenen Taschenbüchern machten die zwei es sich für den Tag draußen gemütlich. Summer schmunzelte über die Beharrlichkeit der beiden, die dicke Pullis trugen. Latte genoss die verschiedenen Aussichten ebenso und bellte, wenn ein anderer Hund vorbeikam. Auf einem Boot stand ein Zwergschnauzer am Bug, die Vorderpfoten auf den Decksitzen, sodass er aussah wie eine Galionsfigur. Längsseits an einem anderen Boot schwamm ein glänzend schwarzer Labrador und schaffte es, zumindest, solange Summer ihn sehen konnte, mit dem Tempo des Bootes mitzuhalten. Der Mann am Steuer beobachtete ihn die ganze Zeit und rief

„Gut so, Leo!" und „Weiter so, Junge!", als würde der Hund für eine Kanalüberquerung trainieren.

Niemand in Foxburn hatte Hemmungen, an Bord des Bootscafés zu kommen, und Summer machte drinnen ein ebenso gutes Geschäft wie an der Luke. Es war, als wollte das Dorf mit aller Macht den Frühling hervorlocken, als dächten die Leute, das Wetter müsste sich selbst anpassen, wenn sie so taten, als wäre er tatsächlich bereits da. Summer hielt das für eine gute Einstellung. Harry würde sie in den nächsten Tagen besuchen kommen und ihre Ideen sicher begeistert aufnehmen. Sollte es funktionieren, dann gäbe es im Bootscafé demnächst sogar noch mehr Betrieb.

Am Abend ging sie in Begleitung von Una und Colin hinüber zu Claire. Die beiden waren Feuer und Flamme gewesen, die „Folk Night" mitzuerleben. Claire, Jas und Ryder hießen sie alle herzlich willkommen, und auf dem Weg zum Wald taten sie sich an Falafel-Wraps mit Raita und Chili-Salsa gütlich.

Als sie im Kreis saßen, die blinkenden Lichter über sich, waren Summers Handflächen feucht von Schweiß. Sie hielt sich nicht gerade für die geborene Rednerin und hatte sich immer hinter ihren kreativen Werken versteckt, den Schildern und Kunstwerken. Außer Una und Colin waren noch einige andere unbekannte Gesichter dabei. Die Gruppe setzte sich offenbar jedes Mal anders zusammen, Ryder schien jeden, der neugierig war, auf seinem Boot aufzunehmen. Daher erwartete Summer, diesmal auch Geschichten zu hören, die sie bereits vom letzten Treffen her kannte, oder etwas Ähnliches, wenn jemand die alten aufgriff. Dennoch hörte sie ausschließlich Neues.

Ryder, der ein grasgrünes Hemd trug und in der natürlichen Umgebung vollkommen zu Hause wirkte, schaute Summer aus blauen Augen an. „Hast du etwas für uns?", fragte er freundlich.

Summer nickte und merkte, dass ihre Kehle vollkommen trocken war. Sie versuchte zu schlucken und trank einen großen Schluck vom hausgemachten Wein, den Ralph wieder ausgeschenkt hatte.

„N-nicht weit von hier", begann sie, beugte sich vor und hoffte, dass ihre Stimme weit genug trug, „ein paar Stunden flussabwärts gibt es eine kleine Steinbrücke. Selbst in der Dämmerung sieht sie harmlos aus. Sie ist elegant gewölbt, und wenn man hinübergeht, erlauben die niedrigen Randmauern einen herrlichen Ausblick auf den Fluss und die Landschaft. Es ist so eine Brücke, auf der Liebespaare verweilen oder Freunde sich auf dem Weg zum Pub treffen."

Sie warf einen kurzen Blick in die Runde und ein Schauer durchfuhr sie, als sie merkte, dass sie die ungeteilte Aufmerksamkeit besaß.

„Aber geht man unter ihr hindurch", fuhr sie fort, „die paar Schritte im Schatten mit den feuchten Steinen über dem Kopf, dann hat man ein ganz anderes Gefühl. Eine dunkle Vorahnung von Furcht und Leid überkommt einen." Sie ließ den Hauch eines Lächelns erkennen und erzählte der Gruppe die tragische Geschichte von Elizabeth Proudfoot – Valeries Geist, der angeblich die Brücke in Willowbeck heimsuchte.

„Sie war jung und schön, hatte eine Haut wie Porzellan und schwarzes Haar, von dem ihr Vater, ein ansässiger Grundbesitzer, meinte, es sei zu kostbar und edel, um es öffentlich zu zeigen. Er war der Meinung, dass er sie vor unwillkommenen Avancen schützen könnte, wenn er sie auf seinem großen Landsitz festhielt. Der Gärtner wurde jedoch krank, und sein Sohn Jack übernahm die Arbeit für ihn. Er sah Elizabeth jeden Tag durch die Gärten spazieren und war verzaubert von ihr. Als ihr Vater herausfand, dass Jack sich zu seiner Tochter hingezogen fühlte, schickte er ihn fort. Den Gerüchten der Mägde entnahm Elizabeth, dass ihr Vater ihn nicht nur entlassen, sondern ihn im Fluss ertränkt habe. Was ihr Vater jedoch nicht wusste …", Summer legte eine dramatische Pause ein, „war, dass sie Jacks Gefühle erwiderte und sich bereits im

Obstgarten bei den Apfelbäumen mit ihm getroffen hatte, fernab von den großen Fenstern des Haupthauses. Das Mädchen war am Boden zerstört. Darum stahl sie sich an einem Frühlingsabend vom Gut fort und lief hinunter in den Ort nach Willowbeck zur Brücke über den Fluss. Es ist keine hohe Brücke, aber sie hatte Steine in den Taschen ihres weißen Kleides und wünschte sich einzig und allein, mit ihrer großen Liebe zusammen zu sein. So verzweifelt, warf sich Elizabeth ins Wasser. Man entdeckte ihre Leiche am nächsten Tag, mit einem Ausdruck von Ruhe in ihrem blassen Gesicht. Das Traurigste daran ist aber etwas anderes, denn Jack war gar nicht tot, sondern lebte in einem Ort in der Nähe, in den er selbst sich zurückgezogen hatte. Dort hatte er verzweifelt einen Ausweg gesucht, wie er doch noch mit seiner Liebsten zusammenleben könnte. Bis heute sucht Elizabeth die Brücke heim, ihr weißes Kleid im Wasser hinter ihr gebauscht, und sucht auf ewig nach Jack, den sie niemals unter der Wasseroberfläche finden wird."

Für Summer hatte es einige Zeit frustrierender Online-Recherche von einer zur nächsten Website bedeutet, bis sie schließlich die Geschichte gefunden hatte – kaum mehr als eine kurze Erwähnung der historischen Fakten. In Valeries Version war die junge Frau von ihrem Liebsten verlassen worden, aber anscheinend war die Sache in Wirklichkeit sogar noch tragischer verlaufen. Gerüchte hatten zu Elizabeths fataler Entscheidung geführt, dabei war Jack noch da gewesen und hatte nur auf seine Chance gewartet. Natürlich hatte Summer die Erzählung nach ihrer eigenen Fantasie ausgestaltet, aber alles basierte auf Tatsachen.

Als sie geendet hatte, bekam sie von Una und Colin tosenden Applaus, und die alteingesessenen Gruppenteilnehmer nickten wohlwollend. Doug hielt einen Becher in die Höhe und lächelte strahlend. Ein warmes Gefühl der Anerkennung durchströmte Summer.

Als sie wieder durch die Dunkelheit gingen, zurück zur Wanderer's Rest, kam Ryder an ihre Seite und legte ihr einen Arm um die Schultern.

„Eindrucksvolle Geschichte", bemerkte er. „Hast uns alle gefesselt."

„Sogar dich?", fragte Summer lachend.

„Mich besonders." Ryders tiefe Stimme senkte sich noch tiefer, und er drückte sie.

„Oh", murmelte Summer nur. Sie warf einen kurzen Blick nach hinten, auf der Suche nach Claire.

„Du bist ein echter Glücksfund, Summer. Und ich glaube, wir haben viele Gemeinsamkeiten."

„Ich bin keine Muschel, die man am Strand aufsammelt", konterte Summer und verdrehte die Augen. „Du hast mich nicht *gefunden*."

Ryder lachte, dass es durch die Dunkelheit hallte. „Wie wahr. Sorry, ist wohl zu oberflächlich rübergekommen."

„Und was genau glaubst du, haben wir gemeinsam?"

„Wir sind beide Blumenkinder. So was riech ich eine Meile gegen den Wind, weißt du? Auch wenn du dich dagegen wehrst."

„Ich wehr mich gegen gar nichts", sagte sie. „Ich versuche nur, zu tun, was für mich richtig ist." Latte zu ihren Füßen machte Geräusche, als wolle sie zustimmen, und einen Moment darauf war Chester bei ihnen, gefolgt von Jas. Summer atmete insgeheim auf.

„Tolle Geschichte", befand nun auch Jas.

„Das hab ich ihr auch eben gesagt", gab Ryder dazu.

„Na, darauf wette ich. Summer, ich würde auf dem Rückweg gern mehr über den Spuk an der Brücke hören. Ich hab schon alle Geister des Wasserwegs durch, und das wäre was für meinen Blog."

„Dann steuerst du uns nicht nach Foxburn zurück?", fragte Ryder.

„Diesmal nicht, Kumpel." Jas klopfte ihm auf den Rücken. „Ein Mann sollte Herr im eigenen Haus sein, und ich schätze, eine Nachtfahrt zur Übung könnte dir auch nicht schaden."

Als sie an Bord des Kanalboots waren, drückte sie Chester einmal lang und herzhaft. Sie hoffte, dass Jas es richtig deuten würde, und als sie einen Blick wechselten, konnte sie sehen, dass er genau das tat. Er hatte sie gerettet, selbst wenn Ryder ihr nicht wirklich zu nahe gekommen war. Sie sah sich momentan nicht in der Lage, die Avancen von irgendjemandem zu erwidern, und ganz bestimmt nicht von jemandem, an dem Claire Interesse bekundet hatte.

Als sie später den Leinpfad entlanggingen, hakte Claire sich bei Summer ein und fragte: „Hat's dir heut auch wieder gefallen?"

„Absolut. Ich wusste gar nicht, dass es so beschwingend ist, Geschichten zu erzählen."

„Es ist ein eklektischer Haufen, aber wir sind ein super Team. Wäre gut, jemanden zu haben, der etwas Ausgleich bringt, vielleicht … femininer ist." Sie funkelte Summer an.

„Was?"

„Die Kurzzeitliegeplätze sind für höchstens vierzehn Tage zu ergattern, also hast du weniger Tage übrig als wir. Wohin willst du als Nächstes?"

Summer zögerte. „Ich … na ja, weiß noch nicht."

„Dann komm mit uns. Du hast doch auch eine Lizenz fürs Fahrgeschäft. Wir wollen weiter nach Norden, flussaufwärts zu einem Ort namens Tivesham. Nicht so lebhaft wie hier, aber mit einem ganz eigenen Flair. Ich bin auf der Suche nach einem Platz für ein Musikfestival."

„Was?" Summers Gedanken wirbelten über die Einladung durcheinander, weil sie Claires Gedankengang nicht ganz folgen konnte.

„Die Bootsgemeinschaft ist so herzlich, jeder gibt, was er kann, wenn was gebraucht wird. Sandwiches, Unterstützung bei Reparaturen oder einfach Zeit, um einzuspringen. Es gibt eine Menge kleiner Dörfer mit Pubs und Wiesenplätzen und breiten Leinpfadabschnitten. Perfekt für ein Festival. Wir könnten Tanz, Geschichten, Theater anbieten, und natürlich gäbe es Musik, Musik und noch mal Musik. Ich kenne ein paar Leute in dem Bereich und will dieses Jahr unbedingt was organisieren. Ich suche Veranstaltungsorte, und Tivesham scheint perfekt für den Auftakt."

„Ein richtiges Musikfestival? Mit Bands und Zuschauern und Knicklichtern?"

„Nicht allzu groß oder extravagant. Nur wenige Bands, vor allem heimische, leckeres Essen – einschließlich Kuchen." Sie boxte Summer in die Rippen. „Wir werden uns rumsprechen, den ganzen Fluss entlang. Und dass wir Atmosphäre schaffen können, weißt du ja jetzt schon. Alles klar soweit?"

„Klingt toll, wirklich." Summer nickte, und was Claire zuvor angesprochen hatte, ging ihr nicht aus dem Kopf. Mit ihnen gehen, Teil der Truppe werden und sich noch weiter von Willowbeck entfernen?

„Hey", sagte die neue Freundin, als sie bei ihrem Boot ankamen. „Du brauchst das noch nicht zu entscheiden. Ein paar Tage haben wir ja noch. Und ich weiß, dass du noch mehr zu überdenken hast."

Claire küsste sie auf die Wange, und dann waren Una und Colin da, und Summer schloss sich ihnen auf dem Weg zu ihrem eigenen Boot an. Die Leinpfadbeleuchtung übergoss die schwarze Wasserfläche mit flatternden goldenen Fäden.

Summer lag an dem Abend noch lange wach und starrte an die niedrige Kabinendecke, während Latte am Fußende des Bettes leise schnarchte. Sie konzentrierte sich auf das rhythmische Schaukeln des Bootes, das leichte Klopfen des Heizsystems, das Knarren der Holzpaneele. All das war beruhigend, fast schon tröstlich. Summer hatte sich daran gewöhnt, denn die Geräusche gehörten zu dem Stoff, aus dem ihr neues Leben gemacht war.

Vor Kurzem erst war sie von Willowbeck weggefahren, und sie hatte gewusst, dass die Kurzzeitliegeplätze zeitlich beschränkt waren, aber noch weiter wegzufahren von dort, wo ihre Mutter einst glücklich gewesen war, weiter weg von Valerie und Norman – und vor allem von Mason? Sie schloss die Augen.

Seit dem herrlichen Spaziergang und dem prekären Dinner, das darauf folgte, hatte sie nichts mehr von ihm gehört. Ob Claire recht hatte? War Mason ihr so nahe gekommen und bewusst im Streit abgerauscht, um sich von ihr abzusetzen? Mit welchem Sinn? Sie hatten nicht miteinander geschlafen, und noch immer glaubte Summer nicht, dass das seine einzige Motivation gewesen war, weswegen er sie hatte kennenlernen wollen. Was Claire da gesagt hatte, erschien ihr suspekt. Sie verbrachte liebend gern Zeit mit ihm, und sie war sicher, dass es ihm genauso ging. Es war unbestreitbar, dass die Chemie zwischen ihnen stimmte. Sie mochte ihn so sehr, dass sie mehr über ihn wissen wollte, aber wie konnte sie das verwirklichen, wenn sie immer weiterfahren würde?

* * *

Als Harry am Mittwochnachmittag eintraf, schien die Sonne wärmer und ließ auf mehr hoffen. Amseln sangen und suchten im Gebüsch nach Zweigen und Blättern, um dann emsig ihre Nester zu bauen. Der Fluss glitzerte unter dem blauen Himmel und hier und da blitzte etwas silbrig auf, wenn Elritzenschwärme unter der Oberfläche dahinzogen.

Summer fühlte die Hitze auf den Wangen, als sie mit Harry zum Marktplatz ging. Im Feinkostladen kauften sie riesige Streifen frisch gebackener Pizza mit sonnengereiften Tomaten, Pilzen, gegrilltem Hähnchenfleisch und Artischocken und setzten sich zum Essen auf eine Bank.

„Ist das schön hier", meinte Harry mit bewunderndem Blick aufs Rathaus und den Springbrunnen, von dem hin und wieder Wassertröpfchen mit einer Brise herübersprühten. „Warum essen wir nicht auf dem Boot?"

Summer zuckte mit den Schultern. „Ich dachte, man kann ja mal was anderes ausprobieren. Ich hab den ganzen Tag gearbeitet und brauch dringend frische Luft." Sie gab Latte ein Stück Hähnchen von der Pizza. „Und ich fürchte, die Kleine war kurz davor, zu einem ziemlich angesäuerten Satansbraten zu werden."

Harry lachte. „Latte? Die ist doch ein Schoßhündchen. Sofas, Betten, Bequemlichkeit."

„Du würdest dich wundern. Seit sie ein Bordhund ist und ein etwas raueres Leben führt, und vor allem, seit sie Archie kennengelernt hat …" Sie verstummte und wandte sich kurz ab.

„Archie?", bohrte Harry nach. „Ist das nicht Masons Hund? Sollte da etwa eine Romanze aufgeblüht sein, ohne dass ich was davon gemerkt hab?"

„Was?“ Summer zuckte zusammen und verschluckte sich fast.

Harry beobachtete sie. Das lange dunkle Haar fiel über den Kragen ihrer roten Jacke. „Ich meinte zwischen Archie und Latte, aber gerade habe ich den Verdacht, ins Schwarze getroffen zu haben.

„Das … das ist aber nicht der Grund, weshalb ich dich treffen wollte.“

„Oh doch“, widersprach Harry, „selbst wenn du versuchst, etwas anderes vorzuschieben.“

Summer kniff die Augen zusammen im Versuch, sich zu ärgern.

„Also du und Mason? Zu dumm, dass ich ihm nur einmal im Vorbeigehen begegnet bin.“ Summer hatte die beiden in Willowbeck einander vorgestellt, als Harry gerade mit einem frischen Blechkuchen hereingekommen und Mason mit einem Bacon-Brötchen gegangen war. „Du wirst mir also alles haarklein erzählen müssen.“

„Erst mal muss ich mit dir über etwas reden.“

„Ja, über genau das. Los, Sum.“

Summer wusste, dass es keinen Zweck hatte, zu widersprechen, also weihte sie Harry ein: in ihr FaceTime-Erlebnis einschließlich der Aussprache mit Valerie, den Spaziergang durch die schöne Landschaft – der sich innerhalb weniger Tage unauslöschlich in ihr Gedächtnis gebrannt hatte – und dann in die unsanfte Landung in der Realität, als Mason sie gebeten hatte, nach Willowbeck zurückzukehren, sowie Claires Enthüllung über die ihr bisher unbekannte Seite von Mason.

Harry hörte geduldig und still zu und verzog fast keine Miene, als Summer beichtete, wie nahe sie einander gekommen waren, und wie es zwischen ihnen geknistert hatte, dass sie unmöglich die Zeichen hatte missdeuten können. Dann berichtete sie von Claires Vermutung, dass Mason ein Frauenheld sei und jedes Mal die Biege machen würde, wenn er eine weitere Kerbe in seinen Bettpfosten geschnitzt hatte.

„Aber das kannst du dir nicht vorstellen?“

Summer schüttelte den Kopf. Sie hatte so viel erzählt, dass ihr Pizzarest schon fast kalt war. Sie aß schnell auf, während Harry antwortete.

„Okay, also er hat Claire gesehen, und etwas an dieser Beziehung – oder die Erinnerung an sie – hat ihn verstört. Vielleicht ist das damals einfach nur eine harte Zeit für ihn gewesen? Was ich nicht verstehe, ist, warum allein ihr Anblick ihn dazu getrieben hat, dich mit nach Willowbeck nehmen zu wollen.“

„Obwohl er doch versprochen hatte, mich genau das nicht zu fragen“, murmelte Summer mit vollem Mund.

„Na ja. Er hat also entweder an diesem Nachmittag festgestellt, dass er nicht ohne dich leben kann, was nach deiner Beschreibung der Chemie möglich ist …“

„Das hätte er doch direkt sagen können.“

Harry hob ratlos die Schultern. „Vielleicht ja gerade nicht? Weil er sich fürchtet, oder weil er noch nicht so richtig weiß was zwischen euch passiert ist und er dir nicht sein Herz ausschütten wollte? Aber du hast recht. Wenn er dich gefragt hat, ob du mit ihm zurückkehren würdest, dann hat er sich dir schon anvertraut. Oder er hat Panik bekommen, dass Claire etwas enthüllt, und wollte dich von ihr fernhalten.“

„Was enthüllt? Dass er ein Frauenheld ist?“

„Möglich.“ Harry runzelte die Stirn. „Aber Claire kennt auch nur Tanias Seite der Geschichte. Sie ist ganz sicher kein Opfer von Mason, dem Bad Boy. Sie mag wissen, wie ihre Freundin sich gefühlt hat, aber trotzdem wäre Masons Reaktion in dem Moment, als er nur Claire gesehen hat, dann schon ziemlich extrem oder? Wäre es Tania gewesen, die ihm gegenüberstand, könnte ich's noch verstehen.“ Sie trommelte nachdenklich mit den Fingerspitzen an den Lippen. „Außer Claire verschweigt was, entweder aus Rücksicht um deine Gefühle, oder weil sie meint, dich noch nicht genug zu kennen.“

„Sie hat mich aber immerhin schon eingeladen, mich dem Händlertrupp anzuschließen."

„Stimmt", Harry seufzte. „Also ehrlich – ich weiß nicht. Die ganze Sache ist ziemlich vertrackt. Er hat dir nicht mal eine SMS geschickt seitdem? Hast du ihm eine geschickt?"

Summer schüttelte den Kopf. Sie wusste schon, was Harry sagen würde, darum wechselte sie lieber das Thema und hoffte, die Worte so abwenden zu können.

„Was hältst du davon, was zu backen?"

„Wie soll das bei der Lösung des Mason-Problems helfen?"

„Gar nicht. Es soll das Problem lösen, dass mein Gebäck ein bisschen – na ja, es ist zwar gut, aber nicht besonders inspirierend."

„So ein Unsinn! Aber ich hätte dir wirklich in den letzten Wochen mal was bringen sollen. Nur ist bei mir zu Hause der Teufel los. Immerhin hab ich im Auto einen Victoriabiscuit mit Aprikosen und Pekannüssen. Ich hol ihn gleich auf dem Rückweg."

„Ehrlich? Oh Gott, das klingt toll. Siehst du, das mein ich. Wenn ich deine Biscuittorte neben meine Rosinenscones stelle … Hat sie eine Aprikosenfüllung?"

„Und Sahnecreme."

Summer rollte die Augen. „Ah, okay, außer Konkurrenz. Genau das ist es, was ich brauche! Mehr Abwechslung und Qualität. Überleg mal, wie viel mehr Kundschaft das bedeuten würde. Der Ruf des Cafés würde durch die Decke gehen – *Harry Pooles frischen Kuchen*", Summer bewegte ihre Hand von links nach rechts, als sähe sie bereits das Schild vor sich, *„woll'n Sie jeden Tag wieder versuchen"*.

„Ach, Summer, bloß nicht!"

„Der Reim braucht noch ein bisschen, aber ist die Idee nicht klasse?"

Harrys Lächeln schwand. „Ich weiß nicht."

„Warum? Ich weiß, dass es ein etwas längerer Weg ist, aber ich bleib ja nicht für immer in Foxburn, und das Logistische können wir noch regeln."

Harry stützte die Ellbogen auf den Knien ab. Die Kirchenglocke begann zu läuten, und Tauben stoben von den Bäumen im Friedhof auf.

„Ich arbeite in Teilzeit."

„Was? Warum? Und wo?"

Harry vergrub das Gesicht in den Händen. „Gregs Arbeit ist ... Sie wirft kaum noch was ab. Die Firma schrappt am Abgrund entlang. Er war immer zu allem bereit, hat einen irren Einsatz gezeigt, um seine Kunden zu halten. Sie haben jeden Auftrag angenommen, der zu kriegen war, darum hatte er so viel zu tun, aber alle Leute sind auf Kurzarbeit gesetzt, und jetzt wird das Tagesgeschäft von einem dieser neuen Konzerne gefressen, der sich in der Region niedergelassen hat. Die haben größere Budgets und bieten Preise, mit denen es Gregs Firma nicht aufnehmen kann. Die sind so hinterlistig, schnappen Greg erbarmungslos die Klienten weg. Bisher gab's noch keine Kündigungen, aber es ist wohl nur eine Frage der Zeit."

„Oh, Harry, das tut mir so leid." Summer tätschelte der Freundin tröstend den Rücken.

„Es macht mir natürlich nichts aus, zu arbeiten. Ich kann eine Menge Stunden machen, wenn Tommy in der Schule ist, aber ..."

„Wo arbeitest du?"

„In einem Café bei uns in der Stadt."

„Was? Wie können die es wagen, deinen Kuchen zu verkaufen?"

Harry schaute auf, und Summer grinste sie schief an.

„Ich bin dort Kellnerin", sagte sie matt.

Summer stöhnte auf. „Nie im Leben! Wissen die, dass du so fantastisch backen kannst?"

„Sie brauchten eine Kellnerin." Harry zuckte mit den Schultern, und Summer hatte plötzlich einen Kloß im Hals. Das sah ihrer zuversichtlichen, rationalen Freundin so gar nicht ähnlich. Sie musste doch beim Einstellungsgespräch erwähnt haben, was sie konnte?

Sie fasste Harrys Hand. „Dann back doch für mich. Nicht wie bisher, als Riesengefallen, den du einmal wöchentlich deiner besten Freundin tust, sondern richtig, als Geschäftspartnerin. Ich bezahl dich für alles, und du kriegst die Fahrt zum Boot bezahlt, wo auch immer es liegt. Wir könnten dann neue Rezepte entwickeln, die Mengen austüfteln, die wir brauchen, all das. Wirst du wenigstens darüber nachdenken?“

„Meine Güte“, flüsterte Harry. Tränen glitzerten in ihren Augen. „Ich denk darüber nach, Sum. Das ist ein umwerfendes Angebot!“

„Ich wollte dich sowieso fragen, schon bevor du das von Greg erzählt hast. Es soll keine Notlösung sein, Harry. Ich dachte wirklich, dass du mir helfen könntest, Geld zu verdienen, indem du etwas tust, was du besonders gut kannst und – wie ich glaube – besonders gern machst.“

„Das mache ich wirklich. Es ist nur … Jetzt gerade ist alles so verwirrend, und Greg fühlt sich richtig …“ Harry drehte sich weg, und Summer nahm sie in die Arme.

„Kein Druck“, beschwichtigte sie. „Ich weiß, dass wir ein fantastisches Team sein können. Denk einfach darüber nach.“

„Klar“, Harry schniefte. „Danke.“

11. Kapitel

Es stellte sich heraus, dass Tivesham zwar mittig zwischen Willowbeck und Foxburn lag, aber dennoch weder Willowbecks idyllische Schönheit noch Foxburns rege Betriebsamkeit bot. Die reizvollsten Liegeplätze waren an einer Seite des Flusses von Feldern gesäumt, und der Leinpfad verlief auf der anderen Seite an einem Park entlang. Es gab Bänke, eine große Wiese und einen vernachlässigten Musikpavillon, den Claire unbedingt für ihr Festival nutzen wollte.

Summer hatte zugestimmt, das Leben eines fahrenden Händlers auszuprobieren, und Foxburn einen Tag nach dem Treffen mit Harry verlassen. Ihre Zeit dort war um, wohingegen die anderen noch ein paar Tage dort bleiben konnten. Dennoch hatte Claire es geschafft, dass auch die anderen schon früher weiterzogen, sodass Summer mit ihnen zusammenbleiben konnte.

Sie hatten schließlich an einem kleineren Anlegeplatz unterwegs gehalten, und ein vorbeifahrender Steuermann verriet ihnen, dass das örtliche Hotel voll von amerikanischen Touristen sei, die in der englischen Flussidylle schwelgen wollten. Natürlich war Claire gleich überzeugt gewesen, dass die Leute sich zu etwas Musik und ebenso zu Summers Gebäck und vielleicht noch zu ein paar teuren Antiquitäten verlocken lassen würden.

Danach waren sie nach Tivesham weitergefahren und beinahe einen Monat dort geblieben. Der Ort war größer als alles, was Summer bisher angesteuert hatte, hielt eine Menge Liegeplätze bereit und bot die Möglichkeit, länger als vierzehn Tage dort zu bleiben. Claire konnte so das Potenzial für ihr Festival ausloten.

Sie hatten regelmäßig Kundschaft direkt vor Ort, die vom Leinpfad herüberkam, und die vorbeikommenden Bootsleute nutzten die kleinen Seitenarme des Flusses, um anzuhalten und den Frühling zu genießen, der sich nun sonnig entfaltete. Die Geschichten- und Folknächte führten sie in dem derangierten Musikpavillon weiter, in dem Ryder geduldig jedes Mal die Lichterketten aufhängte. Die Atmosphäre war dort ebenso gespannt, und Summer hatte den Eindruck, es war zumindest weniger furchteinflößend als mitten im Wald.

Claire begleitete ihren eigenen Gesang mit der Akustik-Gitarre, Jas spielte Blechflöte, und Ralph holte etwas hervor, das wie ein Akkordeon mit Knöpfen aussah und – wie er erläuterte – Melodeon hieß. Und nicht zu vergessen: Summer und Ryder nahmen improvisierte Trommeln mit. Summer hatte entdeckt, dass ihr bestes Brownietablett ein annehmbares Geräusch machte, wenn es mit einem Acryllöffel bearbeitet wurde.

Sie hatte einen besseren Eindruck von Ryder bekommen, da sie immer mehr Zeit mit den Leuten verbrachte, und während sie einerseits verstand, was Claire an ihm faszinierte, fand sie andererseits, dass irgendetwas an ihm sie beunruhigte. Er hatte ein Talent, alles aufzudecken, was die Menschen sich wünschten, aber nicht bekommen konnten, und dieses zu seinem Gewerbe gemacht. Er konnte kurzfristig auf ein ganzes Netzwerk von Kontakten zurückgreifen, um ein billiges Motorersatzteil zu besorgen oder eine bestimmte Turnschuhmarke. Er gab sich als typischer unsteter Markthändler, nur eben mit einem Touch von Hipster, sodass seine Kunden überzeugt waren, dass genau er ihnen helfen konnte. Summer hatte sich geschworen, bei ihm niemals etwas zu kaufen. Sie wollte Claire sagen, dass *er* der Bad Boy war. Dass *er* derjenige war, demgegenüber man wachsam sein sollte, und dass man Mason nicht annähernd mit ihm vergleichen konnte. Die beiden Frauen waren auf gutem Weg, enge Freundinnen zu werden, aber dennoch wusste Summer nicht sicher, ob Claire ihre Warnungen zu schätzen wissen würde.

Mit dem Café hatte sie zu einer Routine gefunden, jeden Tag zu öffnen und abends zu backen, sodass sie sich tagsüber auf die Gäste konzentrieren konnte. Sie war wochenlang nicht im Atelier gewesen, und obwohl sie mit Harry beinahe jeden Tag Kontakt hielt, stand deren Entscheidung über ihr Angebot noch aus. Derweil verkaufte Summer weiter fleißig Bacon-Brötchen, wenn auch etwas minderwertigere, da es hier nur einen Supermarkt gab, und arbeitete daran, ihr Angebot unter Claires Anleitung und mithilfe von Rezepten aus dem Internet auszubauen.

Valerie hatte sich, nachdem Summer weggezogen war, ein Tablet zugelegt, und sie standen in regem E-Mail-Austausch und telefonierten, wobei die Freundin sie auch immer auf den neuesten Stand brachte, was beispielsweise Harveys Eskapaden an der Katzenfront oder auch die Misere eines Bootes betraf, das gegenüber von den festen Liegeplätzen angelegt hatte und wo der Eigner gerade ein Leck abdichten musste.

Valerie appellierte jedoch bei jedem einzelnen Austausch, Summer möge doch nach Willowbeck zurückkehren. Summer hingegen versprach regelmäßig, darüber nachzudenken, und das entsprach der Wahrheit. Sie konnte nicht leugnen, dass es ihr neuen Auftrieb gab, mit Claire und den anderen unterwegs zu sein und Zeit mit ihnen zu verbringen, aber sie war davon überzeugt, dass ihre Zeit in Willowbeck noch nicht vorüber sein konnte und dass dort – obwohl sie sich sträubte, es in dieser Weise zu sehen – ihre eigentliche Berufung lag.

Eines Abends, als sie sich nach einem aufreibenden Arbeitstag auf befriedigende Weise erschöpft fühlte, goss sie sich ein Glas Weißwein ein, schnappte sich ein Notizbuch und kletterte auf das Bootsdach. Latte nahm sie auch mit hinauf. Es war Ende Mai, darum begann es erst langsam zu dämmern, und die frühsommerliche Brise wehte sanft und mild. Ein Rotkehlchen trällerte laut von einem Baum bei den Leinpfadlichtern, wohl in der Annahme, eine neue Sonne gefunden zu haben. Summer ließ den Blick über die Parklandschaft schweifen, wo das Grün sich langsam in Schatten verwandelte und noch ein paar Hundespaziergänger unterwegs waren. Ein Jogger in leuchtend pinkem Top lief den Leinpfad entlang. Latte blieb dicht bei ihr sitzen, und Summer entspannte sich bei dem angenehmen Gefühl des Hundekörpers an ihrem Oberschenkel und dem sachten Schimmer der anderen Boote, die neben ihrem vertäut lagen.

Sie schrieb „Willowbeck“ als Überschrift auf eine Seite des Notizbuchs und stellte eine Liste der Gründe zusammen, die für eine Rückkehr dorthin sprachen. An die erste Position hatte sie „Harry“ gesetzt: Wenn sie in der Nähe von Cambridge und Harrys Cottage wäre, könnte die Kuchenback-Partnerschaft eine echte Möglichkeit sein, um sowohl dem Café als auch Harrys Familie zu helfen. Sie hatte alle Hände voll zu tun, um allein alles rund um Café und Boot zu schaffen, und wenn Harry sie unterstützte, wäre es auch nicht mehr nötig, jeden Abend zu backen.

Sie wunderte sich über sich selbst, wie es ihr in Fleisch und Blut übergegangen war, das Boot zu warten, ein Auge darauf zu haben, kleine Lecke zu entdecken, die sich öfter zeigten, nun da sie mehr unterwegs war, und sie mit Kitt abzudichten, den sie in einem Laden in der Nähe gekauft hatte. Sie putzte regelmäßig den Boiler aus, hatte es bisher vermeiden können, dass sich durch Bioschlamm in den Filtern Dieselpest bildete, und hatte auch mit Jas' Hilfe ein Auspuffloch im Motor gefunden und repariert. Sie hatte es sich selbst gegenüber bewiesen, dass sie eine Solo-Bootsfrau sein konnte, aber das half nicht dagegen, dass sie ihre Freunde in Willowbeck vermisste.

Da war Valerie – hauptsächlich dafür verantwortlich, dass sie überhaupt auf dem Boot war. Summer vermisste die Freundin, obwohl diese weiterhin darauf schwor, dass Maddys Präsenz über sie alle wachte. Und so kam es, dass sie es einerseits genoss, ein Teil von Claires Trupp zu sein, und doch das Unterwegssein nicht als den Lebensstil ansah, der sie ganz ausfüllte. Wenn ihre Zeit hier um war, mussten sie weiter. Es schien ihr, als würde sie permanent vor etwas davonlaufen – und hatte sie das nicht schon zur Genüge getan? Besonders vor einer bestimmten Person wollte sie gar nicht davonlaufen.

Seit ihrem abgebrochenen Abend hatte sie inzwischen ein paar Mal mit Mason telefoniert, aber es fühlte sich nicht richtig an, und sie wollte die Angelegenheit lieber persönlich klären. Erleichterung hatte sie durchflutet, als er ein paar Tage nach seinem abrupten Abschied doch noch eine SMS geschickt hatte: *Sorry wegen neulich. Ich fühlte mich überrumpelt und hab was Falsches gesagt. Hätte dich nie bitten dürfen, zurückzukommen. M.* Danach hatte sie ihn angerufen, war aber direkt mit seinem Anrufbeantworter verbunden worden. So hatte sie nicht herausbekommen, was „überrumpelt" konkret bedeutete, außer dass es mit Claire zu tun haben musste.

Später hatte er ihr ein Foto von Archie geschickt, der, wie es aussah, ein vollkommen in Fetzen gerissenes Handtuch in der Schnauze hielt. Dabei stand: *Wie du siehst, ist meine Erziehungsarbeit an Archie sehr erfolgreich.* Sie hatte laut aufgelacht und ihm als Antwort ein Bild von Latte geschickt, wie sie auf der Kuchentheke des Cafés saß, und geschrieben, wie traurig es sei, dass ihr Hund sich lieber verkaufen lassen wollte, als bei ihr zu bleiben.

Die Beziehung war in ein lockeres Hin und Her übergegangen, sehr oberflächlich, als wollten sie beide vermeiden, die tieferen Gefühle auszutesten, die sich entwickelten. Summer wusste, dass sie Mason wiedersehen musste, und neben Harrys Situation war das der stärkste Grund für sie, überhaupt nach Willowbeck zurückkehren zu wollen. Sie nippte am Wein und schaute auf. Erste Sterne zeigten sich in atemberaubender Klarheit am dunklen Himmel, und ihre Reichweite war so überwältigend, dass Summer sie am liebsten ewig weiter angesehen und nach dem schimmernden Schweif einer Sternschnuppe Ausschau gehalten hätte.

Momente wie dieser waren das Beste am Bootsleben. Das Wasser um sie her machte keinerlei Wellen, sie hatte Gesellschaft, wusste, dass ihre neuen Freunde nur wenige Meter entfernt waren, und genoss den ungetrübten Blick auf den Sternenhimmel. Sie wusste, dass auch Mason eine solche Aussicht lieben würde, und wünschte, er wäre bei ihr. Sie verspürte einen Stich von Sehnsucht, einen Schmerz in der Brust, und so kehrte sie, während der Wein seinen Weg in ihren müden Geist fand, zu ihren SMS-Nachrichten zurück.

Sitze auf dem Dach mit Blick auf die Sterne, schrieb sie. *Wünsche mir, du wärst hier. Xx*

Aufgeregt überlegte sie, ob es richtig gewesen war, das so zu verschicken, wo doch so viel ungeklärt zwischen ihnen stand? Aber sie beide konnten nicht ignorieren, was in Foxburn beinahe geschehen wäre. Vielleicht konnte dies ja der erste Schritt sein, um darüber zu sprechen.

Erst als sie hinunterkletterte und sich der Müdigkeit gegenüber geschlagen geben wollte, bekam sie eine Antwort. *Eine perfekte Nacht dafür,* lautete seine Nachricht. *Bin zwar nicht am selben Ort, aber ich sehe dieselben Sterne. M. P. S.: Mein Dach ist dreckig.*

Ende Mai kam das verlängerte Wochenende durch den Bankfeiertag am Montag, und Summer hatte schon am Sonntag mehr zu tun als je zuvor, weil eine kleine Kirmes im Park Besucherströme anlockte. Das Café war zum Bersten voll, und während sie sich über den Betrieb freute, zeigten sich doch erste Risse in ihrem Ein-Frau-Unternehmen.

Ihr blieb nicht einmal Zeit, um zwischendurch die Tische abzuwischen, wenn neue Gäste hereinwuselten, darum wurde das Geschirr immer wieder zu den Tischkanten geschoben. Bald gab es keine sauberen Tassen mehr. Ihre Muffins, Brownies und Scones kamen gut an, und sie hatte sich sogar an Rosen-Pistazien-Macarons gewagt. Die waren zwar nicht so schön gleichmäßig geformt, wie das Rezept es vorsah, dafür aber mehr als lecker. Endlich konnte sie etwas Neues auf die Tafel schreiben:

Verlockende Muffins, verführerische Macarons, schmelzende Brownies –
und dazu Tee, Saft oder Kaffee zum Genießen.
Einen schönen Bankfeiertag!

Sie entdeckte bereits ein paar bekannte Gesichter, die sie von den Wochen in Tivesham her kannte, und merkte, dass das auch etwas war, was sie an Willowbeck vermisste – die Stammkundschaft, die herzlichen Begrüßungen und schon, wenn der Gast ankam, genau zu wissen, welches Getränk man vorzubereiten hatte. Sie hoffte, die alte Frau wiederzusehen, die ihr von den Junggesellenpartys erzählt hatte, und endlich deren Hund Ginny kennenzulernen, aber dann erinnerte sie sich, dass die Dame gar nicht mehr in Foxburn war. – Wenn sie an diesem Lebensstil festhalten wollte, würde sie sich an ständig wechselnde Gesichter gewöhnen müssen.

Als Summer schließlich um sechs das Café schloss, konnte sie sich kaum noch auf den Beinen halten. Sie packte die Spülmaschine voll und dankte im Stillen ihrer Mum, dass sie das Boot so gut mit allem ausgestattet hatte. Als sie sich dann aufs Sofa fallen ließ und die Augen schloss, weil der Schlaf sie eben übermannte, riss ein lautes Klopfen sie wieder hoch.

Claire stand draußen, hinter sich auf dem Deck eine dunkle Gestalt. Summer spähte in die Dunkelheit, konnte aber nicht ausmachen, wer es war. Insgeheim dachte sie, es könnte Mason sein, und das Herz klopfte ihr bis zum Hals, aber als der anfangs unbekannte Begleiter in den Lichtschein trat, legte sich die Aufregung umgehend.

„Hab den hier auf dem Leinpfad aufgegabelt", fiel Claire mit der Tür ins Haus. „Er hat mir gesagt, dass er das Café mit der niedlichen Besitzerin sucht." Sie grinste schelmisch, runzelte aber dann die Stirn, weil Summer keine Miene verzog. „Alles in Ordnung? Du siehst erschöpft aus."

„Mir geht's gut." Summer winkte ab. „Ich kippe nur fast aus

den Latschen nach dem Tag. Du ja sicher auch. Ross, was führt dich her?"

„Hallo, Summer!" Er trug einen hellblauen Kapuzenpulli, und sein Gesicht war leicht gebräunt. „Gut siehst du aus."

Claire schaute ihn komisch an und drückte Summers Arm. „Kann ich dich allein lassen?"

Sie nickte und ließ Ross an sich vorbeitreten. „Leider kann ich dir heute Abend kaum was anbieten. Ich war heute völlig eingespannt."

„Weiß ich doch", sagte Ross. „Bankfeiertag-Wochenende. Darum hab ich vorgesorgt." Er hielt eine Weinflasche und eine Plastiktüte hoch, und der Duft nach chinesischem Essen schlug Summer entgegen. Ihr Magen rumorte.

Sie lächelte schwach, holte Teller und Gläser und bat ihn, im Café einen Tisch zu decken. Latte blieb dicht bei ihren Füßen und winselte hin und wieder, selbst nachdem Summer der kleinen Freundin eine Dose von deren Lieblingsessen kredenzt hatte. „Was ist denn bloß los, Latte?", fragte sie, von der eigenen Müdigkeit und Ross' unerwarteter Anwesenheit leicht gereizt.

Der kleine Hund umschwirrte ihr Bein, Summer hob ihn hoch und knuddelte ihn. „Ich weiß", flüsterte sie. „Ich will ihn auch nicht hier haben, aber ich kann ihn doch nicht fortjagen." Latte sah sie mit ihren großen dunklen Augen ernst an. „Du hast recht", fuhr Summer fort. „Ich sollte ihm trotzdem sagen, dass er gehen soll, aber einen Streit schaffe ich heute Abend nicht mehr."

Sie warf sich eine Handvoll Wasser ins Gesicht und betrachtete sich im Badezimmerspiegel. Die dunklen Ringe unter den Augen waren unübersehbar, aber ihre Wangen glänzten bereits rosig von der Sonne, und das Haar hatte gold schimmernde Highlights bekommen. Sie versuchte, sich vorzustellen, wie es wäre, wenn Mason gerade mit einem Dinner vor der Tür gestanden hätte, und ihr Herz überschlug sich fast. Leise verfluchte sie Ross zusammen mit der eigenen Schwäche und ging wieder zu ihm ins Café.

„Wie hast du mich gefunden?“, fragte sie mit betont unbekümmerter Stimme, als sie beide saßen, jeder sein Essen vor sich. Zwar wollte sie nicht anklagend klingen, fühlte sich aber alles andere als wohl. Auch Ross hatte Kontakt zu ihr per SMS gehalten, aber ihm hatte sie nie ihren Aufenthaltsort preisgegeben.

„Komischer Zufall“, begann Ross. „Ich hab im Netz herumgesurft, und weil ich jemanden kenne, der auf einem Boot lebt, schaue ich nur mal eben auf Websites von Kanalbooten und stolpere direkt über diesen Blog von einem Typen namens Jas – oder so ähnlich. Und der erwähnt ein Bootscafé. Ein echter Glückstreffer. Ich wusste, dass du den Fluss raufgefahren bist, aber so hatte ich sogar deine genaue Position. Ich dachte mir, dass du ziemlich im Schlamassel steckst.“

„Da hast du dich aber geirrt.“ Summer fragte sich, ob sie sich eher Sorgen machen oder beeindruckt sein sollte, dass er sie gefunden hatte. „Ich hab einige gute Freunde gefunden. Claire kennst du ja schon. Und es war meine freie Entscheidung, Willowbeck zu verlassen und etwas Neues auszuprobieren.“

Ross zuckte mit den Schultern und lächelte. Entweder bemerkte er ihr Unbehagen nicht, oder er sah absichtlich darüber hinweg. „Gefällt’s dir denn?“

„Ja, allerdings.“

„Scheint aber keine gute Gegend zu sein. Ich hab mich auf dem Weg vom Parkplatz hierher nicht gerade sicher gefühlt. Sind Boote nicht besonders angreifbar? Und wie steht es um deine Schlösser?“

Summer legte demonstrativ ihre Gabel ab. „Ross, warum bist du gekommen? Wenn du nur hier bist, um meine Entscheidung infrage …“

„Hey, hey. Überhaupt nicht.“ Er hielt die Hände hoch. „Nein, lieber Gott. Es tut mir leid. Ich – na ja, ich hab dich einige Zeit nicht gesehen, und ich mach mir eben Gedanken. Genau genommen hab ich mir Sorgen gemacht. Unten in Willowbeck war ich auch schon, und Valerie wünscht sich, dass du zurückkehrst. Ein paar deiner Freunde aus der Kooperative waren auch inzwischen in meinem Laden, und sie sagten, dass du nicht mehr dort aufgetaucht bist, keine neuen Projekte angefangen hast. Du hättest dich sang- und klanglos davongemacht, und das ist doch gar nicht deine Art. Also wollt ich mal schauen, ob alles okay ist."

„Ach, die Kooperative. Da sollte ich mich wirklich mal melden, stimmt allerdings." Summer rieb sich die Schläfen.

„Siehst du, dir geht's nicht gut." Seine Stimme wurde weicher. „Ich weiß, dass ich gesagt habe, du würdest gut aussehen, und das tust du auch immer, aber du wirkst müde. Du bürdest dir zu viel allein auf, und ich glaube, du brauchst so was wie das hier." Er deutete aufs Essen. „Lass mal zur Abwechslung zu, dass sich jemand anderer um dich kümmert, anstatt dich um alles zu kümmern."

„Ich bin nicht allein. Claire wohnt nur ein paar Meter weiter."

„Du weißt, was ich meine." Er lächelte süßlich. „Das alles hat seinen Preis, und du brauchst jemanden, mit dem du reden kannst."

„Was ich brauche, ist eine Mütze voll Schlaf, Ross. Morgen ist Bankfeiertag, also wird noch mehr Betrieb sein als sonst."

„Ich könnte dir helfen. Mein Laden ist doch morgen geschlossen, also kann ich hier sein und die Tische abräumen, spülen … Was auch immer."

Summer griff sich die Gabel, kaute auf ihrer Frühlingsrolle herum und schaute ihn an. Kurz war sie versucht, sein Angebot anzunehmen. Nichts wäre ihr lieber gewesen als Hilfe bei der Arbeit, nur um den Feiertag morgen erfolgreich über die Bühne zu bringen und etwas vom Druck loszuwerden, aber sie wusste, dass es ein Fehler wäre – mal ganz abgesehen von der Andeutung, dass er lieber in Tivesham bleiben wollte, als nach Cambridge zurückzufahren. Wenn sie ihm auch nur dieses Stückchen entgegenkäme, würde alles noch komplizierter werden.

Sie schüttelte den Kopf. „Das ist total lieb von dir, Ross, aber nicht nötig. Glaub mir. Ich bin's mir selbst schuldig, das allein zu schaffen. Ich muss es mir beweisen."

„Ich würde dir auch nicht in die Quere kommen. Nicht mal ‚piep' sagen."

„Ich weiß. Das ist ein großzügiges Angebot, aber ich muss nur früh ins Bett, dann bin ich morgen wieder taufrisch. Das war wirklich köstlich. Danke." Sie lächelte und merkte, wie sein Dauergrinsen minimal nachließ.

„Ich hab Mason in Willowbeck nicht gesehen. Du hattest dich mit ihm angefreundet, oder? Ich weiß ja nicht recht, aber kann's sein, dass er weitergezogen ist?"

Summer zuckte mit den Schultern, nicht willens, mit ihm darüber zu sprechen. Sie wusste nur, dass Mason, wo immer er war, ihr geschrieben hatte, dass er zu denselben Sternen hinaufschaute wie sie. „Wie läuft dein Geschäft?", fragte sie stattdessen und hörte Ross zu, als er ihr von seiner Arbeit erzählte, von Konzerten, auf denen er in der letzten Zeit gewesen war, einem Kunstfestival in Peterborough. Sein munterer Redefluss wirkte irgendwie beruhigend und erinnerte sie daran, wie er ihr durch die schwerste Zeit in ihrem Leben geholfen hatte. Egal wie sie jetzt zu ihm stand, sie hatte nicht vergessen, wie unerschütterlich er an ihrer Seite gestanden hatte, und das erinnerte sie daran, dass ihre Mutter nun schon seit fast einem Jahr nicht mehr bei ihr war. Der Gedanke erschreckte Summer so sehr, dass sie sich an einem Bissen verschluckte und sich wegdrehen musste, um zu husten.

„Alles okay?", fragte Ross und unterbrach seinen Monolog.

Summer nickte. „Nur ein Reiskorn."

Ross sah sie dermaßen durchdringend an, dass sie den dringenden Impuls fühlte, wegzulaufen – und zwar schnurstracks in ihre Kabine.

„Ich weiß, dass es noch immer schwer ist, und ich weiß, dass du unbedingt der Welt zeigen willst, dass du alles allein schaffen kannst, aber du musst dir mal 'ne Pause gönnen. Warum machst du es dir zusätzlich schwer, indem du mit dem Boot unterwegs bist? Hier ist es ganz anders als in Willowbeck. Auf dem Leinpfad liegen zig Bierdosen, ein noch am Laternenmast angekettetes einzelnes Rad ist von einem geklauten Fahrrad übrig, und diese Gestalten auf der Kirmes im Park kommen mir ziemlich zwielichtig vor. Deine Freundin Claire hat mir erzählt, dass sie hier ein Musikfestival ins Leben rufen wollte, aber das Umfeld hätte sie mittlerweile eines Besseren belehrt."

„Tatsächlich?" Summer hatte die Freundin einige Tage aus den Augen verloren.

Ross nickte. „Du bist eben doch allein. Und außerdem erschöpft."

„Und darum muss ich jetzt schlafen gehen", erwiderte sie, um einen energischen Tonfall bemüht. „Tut mir leid, Ross. Danke vielmals für deinen Besuch, aber ich gehör ins Bett."

Ross schob seinen Teller von sich weg. „Okay. Ich wollte nur mal ein freundliches Gesicht sehen. Und wenn du dich bis morgen früh doch dazu entscheiden solltest, dass du meine Hilfe gebrauchen kannst, komme ich. Ich bin immer nur eine Autofahrt weit weg."

Summer stand auf und wartete, bis er es ihr nachtat. Sie bestand darauf, dass er den Rest vom Wein wieder mitnahm, und drückte ihm die Flasche in die Hand. An der Tür drehte er sich um und überrumpelte sie mit einer Umarmung. Sie presste die Handflächen an seine Brust und versuchte, ihn sanft wegzudrücken. Wie anders es sich anfühlte, wenn Ross sie umarmte. Masons Umarmung war im Gegensatz zu dieser voller Gefühle gewesen …

„Meld dich mal", sagte er, bevor er sich zu ihr hinunterbeugte, um sie auf die Wange zu küssen.

„Danke, dass du gekommen bist." Latte bellte wieder, und Summer überlegte kurz, ob es wohl besser wäre, „auf Wiedersehen" zu sagen oder „auf Nimmerwiedersehen".

Montag, der Bankfeiertag, versprach schon morgens, recht sonnig zu werden. Summer hatte gut geschlafen. Alles, was sie Ross gesagt hatte, war ehrlich gemeint gewesen. Sie wollte sich selbst beweisen, dass sie auch die turbulentesten Tage im Café auf sich allein gestellt bewältigen konnte, ganz so, wie es ihre Mum jahrelang gemacht hatte, wenn sie nicht bei ihr gewesen war. Sie hatte mehrere Packen Baconscheiben und Brötchen vorrätig, zusätzliche Kuchen und Scones und sogar eine Extraportion Macarons, die in der Küche warteten. Es würde für den ganzen Tag reichen, dessen war sie sicher. Sie duschte, zog Jeans und ein schwarzes Shirt mit einer Eule darauf an, und dazu die super bequemen Skechers, ihre bequemen Trainingsschuhe. Dann band sie sich die Haare zu einem Pferdeschwanz. Sie war bereit.

Sie öffnete die Bugtür und ließ die warme Morgenluft durchs Café ziehen, seufzte aber dann, als sie sah, dass Abfall vom Kirmesplatz an Deck geweht worden war: leere Kaffeebecher, Popcorntüten und sogar Bierflaschen, ein weggeworfener Plüschaffe, den wohl jemand gewonnen und dann nicht mehr gewollt hatte, und Unmengen an Zeitungspapier. Sie fand schon selbst, dass sie sich anstellte – fast wie ihre Mutter –, als sie Handschuhe anzog und sich einen blauen Sack holte, um alles einzusammeln. Fast alles warf sie weg, entschied aber, dass der Plüschaffe in die Waschmaschine wandern und dann bei den Holzobjekten – ihren anderen Deck-Fundstücken – und den gehäkelten Torten auf der Theke sitzen sollte.

Sie bückte sich, griff unter die Sitzbank, um die letzten Abfallstücke herauszuholen, und fing eine Papiertüte ab, die ins Wasser geweht zu werden drohte. Da entdeckte sie die Schrammen unter dem Schloss in der Holztür. Die rote Farbe war deutlichen Kratzern gewichen. Die Stirn gerunzelt, fuhr sie mit einem behandschuhten Finger über die Stelle, und ein kalter Schauer lief ihr über den Rücken. Sie warf einen Blick hinüber zum Park, aber auf dem Kirmesgelände wirkte alles ruhig, die

Reißverschlüsse der Markisen waren hochgezogen, die Läden der Stände noch zugeklappt.

Sie zwang sich zur Ruhe, ging wieder hinein und öffnete das Café. Alles war sauber und glänzte, Besteck und Geschirr lagen bereit. Sie hatte weitere Einwegbecher bestellt und Freesien gekauft, um die Tische zu dekorieren, wobei sie die Blumen mit selbst gepflückten Vergissmeinnicht kombinierte. Erst mal kochte sie sich einen Kaffee und genoss ihn mit Latte zu ihren Füßen, bevor die Hitze ins Boot kroch. Dann brachte sie die Tafel hinaus.

Kommt die Beine ausstrecken
und lasst es euch schmecken
bei Gebäck, Kaffee und gutem Tee,
angenehm schaukeln im Bootscafé!

Nicht gerade ihr bester Reim, aber er würde reichen. Die Leute würden zumindest über die kindischen Verse schmunzeln. Hatte Jenny sie nicht so genannt? *Kindisch.* Vielleicht stimmte das sogar, aber bisher hatte Summer noch keinen Gast damit vergrault.

Zehn Minuten später bückte sich ein unglaublich großer Mann durch die Tür. Sein Lächeln nahm die volle Breite seines Gesichts ein, und er hielt ein etwa vierjähriges Mädchen an der Hand, dessen weißblondes Haar in Rattenschwänzchen geflochten war. „Hallo", grüßte er, „haben Sie geöffnet?"

„Aber sicher. Was hätten Sie gern?"

Der Mann studierte die Karte über der Theke, stellte sich eine Auswahl an Macarons zusammen und bestellte noch einen Kaffee und einen Orangensaft dazu. Als Summer sich zur Kaffeemaschine wandte, öffnete sich die Tür erneut, und ein älteres Paar trat ein. Obwohl es erst kurz nach neun Uhr war, trugen sie bereits Sonnenhüte. Summer lächelte und nahm die Bestellungen auf.

Es ging los.

Der Tag brachte so viel Betrieb mit sich, wie sie vermutet hatte, und trotz aller Vorbereitungen und Voraussicht war um vier Uhr kaum noch Kuchen übrig. Sie fühlte sich unglaublich müde, aber sie hatte praktisch den ganzen Tag über mit einem Lächeln im Gesicht gearbeitet. Summer wusste nicht, ob es mit Claire und den Geschichtenerzählern zu tun hatte, dass ihr Selbstvertrauen dermaßen gestiegen war, oder ob sie einfach in ihre Rolle als Cafébesitzerin hineinwuchs, aber sie genoss den Kontakt mit den Gästen jeden Tag mehr. Auch nahm sie nicht mehr nur Bestellungen an und machte hier und da nette Bemerkungen, sondern ließ mehr und mehr auch eigene Geschichten in Gespräche einfließen.

Der Strom der Gäste versiegte, als die Musik vom Jahrmarkt lauter wurde und die Leute anfingen, zu den Fahrgeschäften und Karussells zu flanieren, um dort den sonnigen Abend auszukosten.

„Also, ich kann mich für deren Musikauswahl da drüben nicht begeistern“, klagte Claire, die gerade die Tür aufstupste, als Summer die Klapptafel hinter die Theke stellte.

Sie sah genauso müde aus, wie Summer sich fühlte, ihr dunkles Haar klebte feucht an den Schläfen. „Ich dachte, du nimmst jede Art von Musik an, wie sie ist“, antwortete Summer verwundert.

„Tu ich auch, aber nur, wenn ich sie selbst ausgesucht hab.“ Claire grinste. „Mein Boot ist der reinste Ofen. Hast du was Kaltes?“

„Cola, Limo, Holunderblüte?“

„Letzteres.“ Claire ließ sich auf einen Stuhl plumpsen. „Jas und Ryder möchten später zum Jahrmarkt rüber. Ich hab ihnen gesagt, dass sie verrückt sind. Ich wäre nicht mal für dieses Affentheater zu haben, wenn ich *nicht* den ganzen Tag geschuftet hätte.“

„Ich krieg beinahe Lust“, sagte Summer und brachte zwei Flaschen Holunterblütensaft zum Tisch. „Es bestünde aber die

Gefahr, dass ich bei den schnulzigen Schlagern einschlafe. Lass mal die jungen Hüpfer sich amüsieren, wir können derweil unsere geschundenen Füße vorm iPad hochlegen."

Claire lachte. „Gott, sind wir denn so alt?"

„Nein." Summer schüttelte den Kopf. „Nur viel beschäftigt. Was auch gut ist, aber … Ross hat erwähnt, du überlegst noch, ob du das Musikfestival überhaupt hier veranstalten sollst?"

Claire zog die Nase kraus wie ein Kaninchen. „Der Platz ist da, wie du weißt, aber ich weiß nicht recht, ob er so idyllisch ist, wie ich dachte. Er hat keine Aura, keine kleinen Häuschen oder Feenhaine wie Foxburn."

„Würden die Ortsansässigen wirklich ein Musikfestival gutheißen, das dermaßen in der Nähe stattfindet?"

„Stimmt auch." Claire seufzte auf. „Ich hatte nur … Ich fühl mich durch den Ort nicht inspiriert. Kann sein, dass ich noch mal bei null anfange."

„Mein Deck war heute Morgen von Abfall übersät, und Ross sagte, ein Fahrrad ist gestohlen worden. Dieser Krach von der Kirmes ist auch ziemlich erdrückend. Ich hab die blöden Ohrwürmer sogar noch im Kopf, wenn die Fahrgeschäfte längst geschlossen sind."

„Die Leute sind ja morgen wieder weg", Claire schüttete sich Limo ins Glas und trank einen großen Schluck. „Und Abfall hat man nach jedem Event oder Festival, aber irgendjemand sollte schon fürs Aufräumen zuständig sein. Warum erzählt Ross dir Märchen von geklauten Rädern?"

„Da war also kein einziges Überbleibsel von einem Fahrrad?"

„Möglich, aber den Anblick kennt man doch überall. Wer ist dieser Ross überhaupt? Nur ein Freund?"

Summer nickte. „Und zwar ein verdammt hartnäckiger."

Claire sah sie mit einem wissenden Grinsen an. „Aha, verstehe. Tut mir leid, wenn ich da quergeschossen habe, als ich ihn gestern hergebracht hab."

Summer machte eine wegwerfende Geste. „Konntest du ja nicht wissen. Er war ein guter Freund, aber er versteht den Wink mit dem Zaunpfahl nicht und besteht darauf, für mich da zu sein, auch wenn ich ihm beteuere, dass ich klarkomme."

„Also ist er kein Trostpflaster für Mason?"

Claire sagte es so leise, dass Summer erst dachte, sie hätte sich verhört. Sie schüttelte den Kopf und stierte auf die Tischplatte.

„Tut mir leid, was ich eben gesagt hab. Das steht mir nicht zu."

„Du hast mir nur gesagt, was du wusstest."

„Ihr habt noch Kontakt?"

„Ein bisschen."

„Ob du ihn noch magst, brauch ich wohl nicht zu fragen, das sieht man eh."

Summer atmete geräuschvoll aus. „Ich würde ihn gern besser kennen. Was du mir erzählt hast, will ich nicht beiseiteschieben, aber ich muss es selbst herausfinden. Wenn Ross mir helfen will, fühlt es sich immer erstickend an, aber bei Mason hab ich dieses Gefühl nie."

„Das sagt doch alles. Freut mich für dich, Summer."

„Du freust dich, dass ich verliebt bin?"

„Ich freu mich, dass du vielleicht jemanden gefunden hast. Das ist überall schwierig, aber besonders, wenn man auf dem Fluss lebt. Ich will dir auch keine Vorträge mehr halten."

Summer sah Claire an, deren dunkles, etwas unordentliches Haar, den Ausdruck in ihren Augen, den man wohl am ehesten in die Kategorie „frech" einordnen konnte. In der kurzen Zeit, die sie sich kannten, war sie eine gute Freundin geworden. „Deine Ratschläge sind immer willkommen, solange du damit leben kannst, dass ich meine eigenen Entscheidungen treffe."

„Ich wär enttäuscht, wenn du's nicht tätest."

„Kann ich dir dann auch was sagen?"

Claire breitete die Arme aus. „Schieß los."

„Ryder“, begann Summer zögerlich und sah, wie ihr Gegenüber erstarrte. „Ich finde, er ist gewissermaßen … manipulativ. Charmant, ganz sicher, aber meiner Ansicht nach ein klassischer Bad Boy.“

„Oh ja, hundertprozentig“, erwiderte Claire und nickte.

„Und trotzdem interessierst du dich für ihn?“

„Ich kenne ihn schon viel länger als du, und weiß auch, dass mehr hinter seiner Fassade steckt. Es ist schwierig, seine Schale zu durchbrechen, aber da *ich* weiß, worauf ich mich einlasse …“

„Anders als Tania, meinst du? Mason hat ihr gegenüber den Anschein erweckt, es ernst zu meinen, und dann hat sich das Gegenteil herausgestellt?“

„Genau. Wenn beide mit offenen Augen einen solchen Schritt wagen, seh ich keinen Nachteil darin.“

„Und was ist, wenn man nur glaubt, man hätte die Augen geöffnet, und dann zeigt sich, dass sie die ganze Zeit geschlossen waren?“ Sie dachte wieder und wieder an Mason, daran, wie sie ihn, wenn man nach Claire ging, völlig falsch eingeschätzt haben musste.

Claire seufzte. „Für so eine Zwickmühle bin ich gerade definitiv zu müde.“

„Auch wieder wahr“, meinte Summer und schob die Gedanken an Mason beiseite. „Lass uns diesen Kirmeskram in den Wind schießen und einen Film schauen. Ich weiß, es ist ein herrlicher Abend, aber nach all dem Tohuwabohu würde ich jetzt am liebsten Winterschlaf halten.“

„Gebongt. Gib mir fünf Minuten, bis dahin verklicker ich den Jungs, dass wir die absoluten Partymuffel sind. Bin gleich wieder da.“

12. Kapitel

Etwa um Mitternacht verabschiedete Summer sich von ihrer Freundin. In Claires Gesellschaft hatte sie ihre Erschöpfung fast vergessen. Obwohl die ungeklärte Frage über Mason zwischen ihnen stand, fühlte sie sich in Gegenwart der Freundin absolut wohl. Claire war lustig, zuversichtlich und selbstbewusst, manchmal etwas dreist – und erinnerte sie ziemlich oft an ihre Mum.

Sie spülte die Weingläser, schnappte sich ein Stück Salami aus dem Kühlschrank, wovon sie Latte die Hälfte abgab, putzte sich wenig später die Zähne und kroch ins Bett. Die Nacht war warm, und sie ließ das Fenster einen Spalt offen stehen, obwohl es auf der Kirmes noch immer hoch herging und Rufe, Kreischen und Schlagermusik hereinschwappten. Latte ließ sich in ihrer Armbeuge nieder, und so schloss sie die Augen.

Summer wusste nicht, wie lange sie geschlafen hatte, als sie plötzlich hellwach war. In der Kabine war es stockdunkel, und vom Jahrmarkt kam kein Laut mehr. Latte stand in höchster Alarmbereitschaft auf dem Bett, die kleinen Pfötchen auf Summers Beine gestemmt. Summers Herz setzte kurz aus, und sie stützte sich auf den Ellenbogen hoch.

„Was ist los, Latte?“ Der Hund winselte und sprang weg, als sie ihn berühren wollte, zitterte.

Summer befeuchtete sich mit der Zungenspitze die Lippen und griff nach dem Handy. Es war kurz vor drei. Durch den Fensterspalt strich kühle Luft herein. Sie zögerte, aber da sie nichts weiter hören konnte, ließ sie sich wieder aufs Kissen sinken.

„Platz, Latte."

Die Hündin hörte nicht, sondern winselte weiter. Als Summers Augen sich an die Dunkelheit gewöhnt hatten, sah sie, dass Latte in Bugrichtung schaute, wo die Küche und das Café lagen. Der kleine Hund konnte nicht über die Kabine hinaussehen, aber sie nahm dort etwas wahr – etwas, das sie ganz offensichtlich beunruhigte.

Gänsehaut kroch Summers Arme hoch. Dann ertönte ein lautes Krachen. Glas zerschellte, und ihr Herz raste. Sie zog die Knie an die Brust, wodurch Latte hinunterrutschte und laut losbellte.

„Schsch, Latte", flüsterte Summer verzweifelt. „Schschsch!"

Der Krach ging weiter, und sie erkannte das schabende Geräusch von Stuhl- und Tischbeinen, die über den Boden des Cafés schrammten. Sie dachte an das Geld von der Kasse, das sie jeden Abend herausnahm und im Safe im Wohnbereich sicher aufbewahrte, hörte noch mehr Glas splittern und eine Stimme, ein tiefes Murmeln. Sie fummelte am Handy herum und wollte schon den Polizeinotruf wählen, als ihr einfiel, dass sie Hilfe direkt nebenan hatte. Ihre Finger zitterten, und die Handflächen waren schweißnass, als sie Claires Nummer eintippte. Die Geräusche gingen unerbittlich weiter, schienen sogar lauter zu werden, näher zu kommen und regelrecht mit Lattes unablässigem Bellen zu wetteifern.

Claire nahm beim fünften Klingeln ab und meldete sich mit schläfriger Stimme. „Summer?"

„Da ist jemand auf dem Boot", flüsterte sie. „Im Café."

„Fuck", rief Claire, nun aufgeschreckt. „Sieh zu, dass du rauskommst! Ich trommle alle zusammen und ruf unterwegs die Polizei."

Das Herz schlug ihr bis zum Hals, dass sie kaum schlucken konnte. Summer kletterte aus dem Bett, schnappte sich in aller Eile eine Jogginghose und einen Pullover, die neben dem Bett lagen und die sie im Gehen über den Schlafanzug zog. Dann schnappte sie sich Latte und lief, den Hund auf dem Arm, durch die Kabine ins Badezimmer, von wo eine Tür in den Maschinenraum führte. Dort hindurch raste sie zur Hecktür.

Die Nacht war kühl, das Wasser ein schwarzes, tiefes Loch, und das Deck fühlte sich unter den nackten Füßen rau an. Angst überkam sie, dennoch versuchte sie, gleichmäßig zu atmen und bei aller Panik klar zu denken.

Sie hockte sich direkt neben die Ruderpinne und wagte nicht, auf den Leinpfad hinüberzutreten, aus Furcht, dass wer auch immer dort in ihrem Boot war, sie sehen und verfolgen würde. Jetzt ertönte ein anderes lautes Bollern, das Geräusch von klapperndem Metall. Er musste jetzt in der Küche sein, vielleicht auf der Suche nach den Einnahmen. Zitternd, den winselnden Vierbeiner fest an sich gedrückt, schloss sie fest die Augen. Sollte sie dem Kerl nicht eigentlich tapfer entgegentreten? Aber sie konnte kaum knien vor lauter Zittern.

Vom Bug her riefen vertraute Stimmen – sie erkannte die von Claire, dann die von Jas und Ryder – alle laut und zusammenhanglos etwas, anscheinend einfach, um möglichst viel Lärm zu verursachen. Das Licht im Nachbarboot ging an. Noch mehr Lärm ertönte von ihrem eigenen Boot, Schritte erklangen, jemand schien sich schnell zu bewegen. Einen endlosen Moment lang hatte Summer die schreckliche Befürchtung, dass der Eindringling direkt an ihr vorbeiflüchten würde, aber dann gab es noch größeren Aufruhr am anderen Bootsende, und Claire rief: „Komm zurück, du Mistkerl!"

Das Echo von Schritten hallte vom Leinpfad herüber – mehr als eine Person lief dort.

„Summer! Wo bist du? Alles in Ordnung? Er ist weg, Jas verfolgt ihn."

Sie musste sich an der Ruderpinne festhalten, um aufzustehen. Unsicher trat sie auf den Leinpfad hinüber, und Claire, die einen grauen, gepunkteten Morgenmantel trug, kam schnell zu ihr und nahm sie und Latte in den Arm.

„Du lieber Gott, ist mit euch alles in Ordnung? Teufel aber auch!"

„Mir geht's gut", antwortete Summer schwach.

„Mist", murmelte Claire. „So ein Mist!"

Summer drückte das Gesicht an die Schulter der Freundin. Sie hörte, wie andere Leute von ihren Booten herankamen, um zu schauen, was los war. Ein Murmeln ertönte, Rufen wurde laut, ängstliche und verschlafene Stimmen waren zu hören. Summer zog sich etwas zurück, als das Martinshorn sich näherte. Doug, Ryder und einige andere Bootseigner standen in Grüppchen um sie herum auf dem Leinpfad, und Ryder legte ihr eine Hand auf die Schulter. Zuspruch und aufmunterndes Lächeln wurde Summer zuteil, als jeder versuchte, ihr beizustehen, selbst wenn man gar nicht genau wusste, was genau eigentlich geschehen war.

Die Polizisten, beide anscheinend jünger als Summer, blieben ruhig und selbstsicher. Claire erklärte den beiden Männern, was passiert war und dass Jas dem Einbrecher nachgerannt sei. Einer der Polizisten folgte den beiden auf dem Leinpfad, obwohl sie längst über alle Berge sein mussten. Der andere schlug Claire vor, Summer doch erst mal mit auf ihr Boot zu nehmen, und als sie sich dort alle gesetzt hatten und einen Kaffee serviert bekamen, der eindeutig mit etwas Starkem versetzt war, begann die Befragung.

Sie gingen den ganzen Vorfall noch einmal durch – vom Aufwachen angefangen, den Moment, als sie gehört hatte, dass jemand an Bord war, ihren Anruf bei Claire, bis zu ihrer Flucht ans Heck. Viel gab es nicht zu erzählen. Summer erklärte, was sich alles an Bord befunden hatte, wo der Safe und die Schlüssel sich befanden, und dann verließ sie der Polizist, um das Boot zu untersuchen.

„Geht's?" Claire fütterte Latte mit ein paar Scheiben kaltem Rindfleisch aus dem Kühlschrank.

„Muss ein irrer Schock gewesen sein." Ryder stand unschlüssig am Eingang. Kein Schwadronieren, stattdessen sah er wirklich betroffen aus.

Summer nickte nur und trank kleine Schlucke vom Kaffee. Sie zitterte noch immer heftig, obwohl sie die warmen Sachen anhatte, ihre Zähne klapperten. Der Adrenalinpegel sank langsam, hinterließ aber einen kalten Keil der Angst in ihrem Herzen, der dort saß, seitdem sie begriffen hatte, dass jemand in ihr Boot eingedrungen war. „Es – war unheimlich", erklärte sie. „Ich wusste überhaupt nicht, was los ist. Und als es mir klar wurde, hatte ich keine Ahnung, was ich tun soll. Ich wollte auf keinen Fall mit dem Kerl an Bord in der Falle sitzen." Ihre Stimme schwankte weinerlich.

„Das hast du ja auch nicht", beschwichtigte Claire. „Du bist rausgekommen. Du bist in Sicherheit." Sie schüttete mehr Brandy in den Kaffeerest in Summers Tasse.

Als es an der Tür klopfte, zuckte Summer zusammen. Beide Polizisten traten ein, gefolgt von Jas in Shirt und Shorts. Die Schnürsenkel an seinen Turnschuhen waren offen, seine Stirn glänzte verschwitzt, und er keuchte heftig. Als er Summer erblickte, schüttelte er den Kopf.

„Tut mir leid, Summer, hab ihn nicht gekriegt."

„Schon okay", murmelte sie, obwohl sie ganz und gar nicht so empfand. Sie wollte nicht, dass dieser Eindringling noch dort draußen herumlungern konnte, jetzt, wo er wusste, dass das Schloss aufgebrochen war und er jederzeit hineinkonnte.

„Wir haben uns das Boot angesehen", sagte der blonde Polizist. „Das Schloss wurde aufgebrochen, und einige Fenster sind eingeworfen worden, aber von der Liste, die Sie uns erstellt haben, scheint nichts zu fehlen. Den Safe hat er nicht geknackt."

„Allerdings liegt erheblicher oberflächlicher Schaden vor", fügte der andere Beamte hinzu.

„Damit kommen wir zurecht", versicherte Claire tapfer. „Keine Sorge."

„Wir nehmen noch Fingerabdrücke und müssen Tür und Fenster verbarrikadieren. Sie werden also heute Nacht nicht mehr ins Boot können. Ihre Aussage haben wir, und die von Jas auch, die anderen Bootseigner werden wir auch befragen. Vielleicht hat jemand etwas gehört oder gesehen. Am besten versuchen Sie, jetzt ein wenig zu schlafen."

Summer nickte, aber sie konnte sich nicht einmal darauf konzentrieren, was die Polizisten zu Claire sagten, und so beobachtete sie wie betäubt, wie ihre Freundin die beiden hinausführte. Claire, Jas und Ryder sprachen weiter miteinander, aber sie fühlte sich zu erschöpft, um ihnen zuzuhören. Sie zog das Handy aus der Tasche. Fast vier Uhr. Bald schon würde es hell werden.

„Du kannst in meinem Bett schlafen", schlug Claire vor, nachdem Ryder und Jas zu ihren Booten zurückgegangen waren. „Soll ich jemanden für dich anrufen?"

Summer schüttelte den Kopf und zog die Knie zur Brust. Was hätte wohl ihre Mum getan? Sicher hätte sie sich jedem mutig entgegengestellt, der versuchte, ihr geliebtes Café zu beschädigen, und dann hätte sie die ganze Sache von sich abgeschüttelt und höchstens als Vorwand zum Renovieren benutzt.

„Hey, Summer. Schschsch." Claire setzte sich neben sie auf das Sofa.

Summer hatte nicht gemerkt, wie sie angefangen hatte zu weinen, bis sie fühlte, dass ihre Wangen tränennass wurden. „Entschuldigung", murmelte sie.

„Du brauchst dich doch nicht zu entschuldigen. Du hast was ziemlich Schlimmes erlebt."

„Ich sollte besser damit klarkommen."

„Von wegen! Komm, Süße, leg dich hin und schlaf ein bisschen."

„Nein, ich find 's okay hier."

Claire seufzte. „Gut. Ich hol dir eine Decke. Und kannst du mir dein Handy borgen? Ich will den anderen Bescheid geben, dass Jas zurück ist, und ich hab keine Ahnung, wo meins ist."

Summer entsperrte das Smartphone und gab es Claire. Sie schloss die Augen, und sofort sah sie das dunkle, glitzernde Wasser wieder vor sich, auf das sie vom Heck aus gestarrt hatte. Erneut spürte sie die Panik aufsteigen, die sie befallen hatte, als sie nicht wusste, ob sie bleiben oder weglaufen sollte, mit dem Lärm eines Eindringlings hinter sich, der ihr liebevoll hergerichtetes Café auf den Kopf stellte. Sie stellte sich vor, wie die Freesien und Vergissmeinnicht zwischen Glasscherben auf dem Fußboden verstreut lagen, und drängte einen Schluchzer hinunter.

Claire kam zurück und breitete eine große, flauschige Decke über ihr aus, nachdem sie das Handy neben Summer aufs Sofa gelegt hatte. „Ganz sicher, dass du nicht in mein Bett möchtest?"

Summer rollte sich ein und zog die Decke bis zum Kinn hoch. Latte kuschelte sich nahe an sie, und sie döste ein wenig, wobei jedes Geräusch und jede Bewegung sie aufschreckte. Sie glaubte, Stimmen zu hören, aber ihre Augenlider waren schwer und wollten sich nicht öffnen. Ihre Schultern verkrampften sich.

„Wo ist sie?", hörte sie jemanden fragen und war sicher, zu träumen, denn Mason musste meilenweit entfernt sein, aber es war doch Masons Stimme … scharf, angstvoll, besorgt.

„Wie steht's um das Boot?", fragte eine ältere, tiefere Stimme, und Summer meinte, den ruhigen Tonfall von Dennis zu erkennen. Sie fühlte einen Schauer von Sympathie für ihn aufsteigen, trotz allem, was zwischen ihm und Mum gewesen war. Willowbeck schlich sich zu ihr zurück, und das tat ihr gut. Sie drehte sich um und versuchte, es sich bequemer zu machen. Als sie die Decke noch höher zog, jaulte Latte auf und sprang vom Sofa, wo Kälte ihren Platz einnahm.

„Summer?" Es war Claire, die sie vorsichtig wach rüttelte.

Sie zwang sich, die Augen zu öffnen, drehte sich, um die Freundin ansehen zu können, und schnappte nach Luft, als sie zwei andere, bekannte Gestalten wahrnahm.

Mason und Dennis schauten mit sorgenvollen Gesichtern zu ihr herüber, aber das Schockmoment wurde ein wenig abgeschwächt, weil Latte glücklich in Masons Arm fiepte und erfreut sein Kinn zu lecken versuchte.

Summer hatte Mühe, sich aufzusetzen, und warf die Decke ab. „Was machen die beiden denn hier?“, flüsterte sie. „Was ist los?“

„Bitte, sei jetzt nicht böse, aber nach allem, was da vorhin passiert ist, hab ich von deinem Handy aus Mason angerufen. Ich dachte, du würdest gern ein freundliches Gesicht sehen. Nicht, dass ich nicht freundlich wäre, aber ihn kennst du ja länger.“ Claire warf einen verstohlenen Blick hinter sich. „Ich meinte, er würde dir Halt geben, sozusagen.“

Summer schluckte. „Hi.“ Sie hob eine Hand zum Gruß.

„Ich musste kommen“, erklärte Mason und trat näher, „nachdem Claire mir am Telefon alles erzählt hat. Wie geht es dir? Ist mit dir alles in Ordnung?“

Claire verzog sich in die Küche, und Dennis folgte ihr und fragte, ob er ihr nicht mit dem Tee zur Hand gehen könnte.

„Es ist nicht mal sechs!“ Summer schaute auf ihr Handy. „Ich kann’s gar nicht fassen, dass du direkt hergekommen bist. Es tut mir leid, dass Claire dich angerufen hat.“

„Mir aber nicht“, erwiderte er, hockte sich neben sie auf das Sofa und setzte Latte auf dem Boden ab. Archie stand noch im Eingang, trottete aber jetzt heran, um seine kleine Hundefreundin zu begrüßen.

„Mir tut’s leid, dass du das erleben musstest“, sprach Mason weiter. „Ich musste selbst sehen, dass du in Ordnung bist. Ist wirklich alles okay mit dir?“ Er drückte sanft ihren Arm, und seine Fürsorge sandte einen Schauer von Emotionen durch ihren Körper. Er sah unausgeschlafen aus, die Haare durcheinander, das graue T-Shirt und die dunklen Jeans leicht zerknittert. Die dunkel gerahmte Brille tarnte kaum seine Müdigkeit.

„Mir geht es gut", sagte Summer, „außer … na ja, eigentlich nicht richtig gut. Ich hatte solche Angst", flüsterte sie, und die Worte purzelten in Masons Anwesenheit nur so hervor. „Ich hab gehört, wie er immer näher an die Kabine herangekommen ist, und dann wäre ich in der Falle gewesen. Er hätte alles Mögliche tun können …" Sie schluckte und hustete.

Mason lehnte sich zu ihr, und der Druck auf ihren Arm wandelte sich zu einer Umarmung. Sein Zitrus-Vanille-Duft hüllte sie ein. „Jetzt ist alles gut", sagte er. „Du bist in Sicherheit."

„Aber da ist noch dieser Keil, genau hier." Sie richtete sich etwas auf und presste sich eine Hand auf die Brust. „Der geht nicht weg. Jedes Mal, wenn ich die Augen schließe, sehe ich das dunkle Wasser und höre, wie er zwischen meinen Sachen herumpoltert, auf dem Boot meiner Mum, wie er immer näher kommt. Dann … dann kann ich nicht mehr atmen."

„Ich weiß", flüsterte Mason.

Summer schaute ihn an, sah die dunklen Bartstoppeln, weil er nicht zum Rasieren gekommen war, und die feinen Fältchen in seinen Augenwinkeln. Die Intensität in Masons Blick überwältigte sie.

„Das geht nie weg", prophezeite sie.

„Doch, das wird es", widersprach er und hob eine Hand, um ihr eine Haarsträhne aus dem Gesicht zu streichen. „Nicht sofort. Es dauert eine Weile, aber dann verschwindet es."

„Wie kannst du das wissen?"

„Erst ist es unerträglich und fühlt sich an, als würde es dich zermalmen – die Last der Erinnerung, die Angst. Aber das lässt nach. Es ist erst ein paar Stunden her, und auf dem Wasser zu sein, wird dir helfen."

„Obwohl es hier passiert ist?", fragte sie, aber die Gedanken an den eigenen Schmerz wurden bereits von der Neugier durchzogen, warum Mason so sicher wissen konnte, was sie fühlte. „Ich weiß, du hast mal gesagt, dass Wasser einen beruhigt, aber wie kann es das, nach so was? Wie kann ich je wieder auf mein Boot zurück?"

„Indem wir es in Ordnung bringen. Wir reparieren den Schaden, und schon bald wirst du wieder du selbst sein: zuversichtlich und glücklich und dich für dein Café engagierend. Lass dir das nicht von einem einzigen Arschloch kaputt machen."

„War es das, was du gemacht hast?"

„Was?" Mason hielt die Finger noch immer an ihre Wange. Die leichte Berührung fühlte sich mehr als heiß an.

„Als du … dieselben Gefühle hattest. Bist du zum Wasser gekommen, um dort Trost zu finden?"

Er nickte. Auf einmal schien es, als wäre er gerade irgendwo anders, und nur ein Abbild seiner selbst säße blass und unwirklich bei ihr. „Ja, genau so war das", flüsterte er.

„Und was dann?"

„Ich bin geblieben."

Sie saßen schweigend da, bis Claire und Dennis mit dem Tee zurückkamen. Zu viert saßen sie in Claires kleinem Wohnraum, Latte und Archie in der Mitte, die die Aufmerksamkeit auf sich zogen. Summer war erleichtert, dass Latte nicht traumatisiert schien und den Border-Terrier so enthusiastisch wie immer begrüßt hatte.

„Wir sehen uns den Schaden an." Dennis nickte bedeutungsvoll zu Mason hinüber. „Du brauchst nicht mitkommen, Summer, wenn du lieber nicht willst."

Summer schüttelte den Kopf. „Irgendwann muss ich's mir sowieso anschauen, dann lieber, wenn ihr beide dabei seid."

„Recht hast du", fand Dennis. „Kommst du danach mit uns zurück nach Willowbeck?"

Summer starrte ihn an und konnte nicht gleich antworten. Sie merkte, wie Mason sie im Auge behielt, auch wenn er nichts hinzufügte.

„Wir werden in ein paar Tagen von hier aufbrechen", sagte Claire. „Tivesham war kein besonderes Highlight, gelinde gesagt. Es gibt bessere Orte, die freundlicher und sicherer sind."

„Keiner ist so sicher wie Willowbeck“, entgegnete Dennis munter.

„Ich weiß nicht, ob ich zurückkommen kann“, murmelte Summer. „Was ist mit Jenny?“

Dennis winkte ab. „Die überlass mal schön mir, meine Liebe. Nur weil sie sich gekränkt fühlt, heißt das nicht, dass sie das Recht hat, es an dir auszulassen. Du hast doch einen festen Liegeplatz dort, oder?“

Summer nickte.

„Aber du kannst doch nicht einfach wieder zurückgehen, weil das heute passiert ist“, mischte sich Claire entrüstet ein. „Das bedeutet, dass du dich geschlagen gibst!“ Sie seufzte. „Natürlich ist es deine Entscheidung, und du stehst noch unter Schock, das weiß ich. Aber ich bezweifle, dass du in Willowbeck sicherer wärst.“

„Zumindest kennst du dort jeden“, gab Dennis zurück.

Summer starrte ihn an und fragte sich, warum er plötzlich so darauf aus war, dass sie zurückkehrte, obwohl dies sein Leben mit Jenny nur verkomplizieren würde. „Vielleicht sehen wir uns jetzt erst mal das Boot an“, schlug sie vor. „Ich weiß nicht, was ich mache … Ich kann jetzt nicht darüber nachdenken.“

„Willst du denn wirklich jetzt schon mitkommen?“, fragte Mason. „Du kannst dich ruhig noch ausruhen.“

Summer musste sich sichtlich zusammenreißen, aber sie stand auf, bevor sie es sich anders überlegen konnte. „Ja, es muss sein.“ Sie lächelte gezwungen und durchquerte dann festen Schrittes das Boot. Sie trat hinaus auf den Leinpfad, wo sie sich in Richtung Bootscafé wandte.

Die Tür am Bugdeck war verrammelt, wie es die Polizisten angekündigt hatten, und so ging sie weiter zum Heck. Sie fühlte, wie sie leicht errötete, als Mason und dann Dennis und Claire ihr durch die Schlafkajüte folgten, wo sie in der Nacht vor Angst einfach das Bettzeug von sich geworfen hatte. Sie wurde langsamer, als sie den Wohnraum erreichte, aber alles schien an seinem Platz zu sein, nur dass das Stickbild, das Geschenk von Harry, leicht schief an der Wand hing. Dahinter befand sich der Safe, und sie bewegte das Bild etwas, um sicherzugehen, dass er wirklich verschlossen war, nachdem die Polizisten alles untersucht hatten.

Sie trat über die Schwelle in die Küche und blieb wie angewurzelt stehen. Das Blut stockte ihr in den Adern. Alle Utensilien, jeder Löffel und Quirl, jedes Messer und jeder Teller in dem kleinen Raum war auf den Boden geworfen worden. Es sah mehr nach Irrsinn aus als nach einer methodischen Suche nach Wertgegenständen.

„Mist", hauchte Mason hinter ihr.

Summer fehlten die Worte. Sie machte einen Schritt nach vorn und fühlte, wie Mason ihr eine Hand auf die Schulter legte. „Vorsichtig", riet er. „Denk daran, du hast keine Schuhe an."

Sie trat zurück in ihre Kajüte, um sich die Skechers anzuziehen, und als sie Latte und Archie aus Rücksicht um ihre Pfoten hinten eingesperrt hatte und zurückkam, waren die anderen schon vorausgegangen. Sie bahnte sich einen Weg durch das Chaos auf dem Küchenfußboden bis zum Café und schluchzte auf. Mason, der dabei war, die Scherben der Vasen aufzusammeln, richtete sich auf und schaute sie mitfühlend an.

„Liebes", sagte Claire, „es tut mir echt leid, aber weißt du, es sieht schlimmer aus, als es ist."

Die Klapptafel, die sie immer auf den Leinpfad gestellt hatte, war mittig durchgebrochen und von der Theke sämtliche Einrichtung wie in Rage heruntergefegt worden. Alles lag auf dem Boden, die Kuchenhauben, die gehäkelten Kuchen und auch die Holzschnitzereien. Die Kaffeemaschine sah, soweit ersichtlich, intakt aus, aber Kaffeesatz und Kaffeebohnen waren zwischen Blumen und Glasscherben zwischen umgeworfenen Stühlen und Tischen auf dem Boden verteilt. Die Vorhänge hatte der Eindringling heruntergerissen und ein schmutziges

Wort in roter Kreide auf die Tafel geschmiert. Die Kasse war geknackt, geleert und auf den Boden geworfen worden wie alles Übrige.

Summer musste sich an der Theke festhalten. Die Beine gaben unter ihr nach, aber Dennis hielt sie an den Schultern fest, tröstend, aber auch nachdrücklich. „Wird schon wieder, Summer. Das ist so eine Art Reviermarkierung. Eine ziemlich üble zwar, aber trotzdem. Das kann man alles wieder in Ordnung bringen – das Fenster und die Tür und die Kasse. Schau nicht auf das Ganze, sondern darauf, wie leicht jede einzelne Sache davon in Ordnung gebracht werden kann." Er holte ein feuchtes Tuch aus der Küche und wischte die Tafel sauber. „Na bitte", sagte er. „Bereit für eine neue Aufschrift."

Summer nickte schwach und versuchte, den Worten von Dennis Glauben zu schenken. Er drückte kurz ihren Arm und fuhr dann fort, umgekippte Stühle aufzuheben.

Claire machte sich auf in die Küche. „Ich hol mal Handfeger und Kehrschaufel."

„Wenn du sie in dem Durcheinander finden kannst." Summer versuchte ein Lächeln.

„Das ist die richtige Einstellung", lobte Claire. „Und ich glaube, du siehst mal besser nach der Kaffeemaschine, denn wenn die nicht kaputt ist, werden wir ein paar starke Espressi brauchen. Ich glaube, wir sind alle ziemlich ausgepowert, oder, Jungs?"

Keiner der beiden antwortete, und als Summer sich zu Mason umdrehte, sah sie eben noch, wie Dennis ihn an der Schulter hielt und ihm etwas zuraunte. Mason nickte schwach als Antwort.

Summer wartete, bis Dennis gegangen war, um die Beschädigung an der Bugtür in Augenschein zu nehmen, und tippelte auf Zehenspitzen durch den Wust am Boden zu Mason hinüber. Sie hörte und fühlte, wie die Scherben unter den Sohlen knirschten. Sein Gesicht war blass, und seine dunklen Augen, sonst so voller Wärme, schienen in eine unbestimmte Ferne zu blicken. Es war, als spiegelte Mason ihre eigene Angst, den Schrecken, mit einem Fremden allein auf dem Boot zu sein, die Panik und die Erkenntnis, dass jedes rationale Denken, auch daran, zu fliehen, wie weggefegt war. Summer zweifelte in diesem Moment kein bisschen daran, dass alles, was er über den Keil der Angst und die Erinnerung gesagt hatte, die langsam verblassen würde, aus seiner eigenen Erfahrung entsprang. Sie merkte, dass er darum kämpfte, ihrem Blick standzuhalten, obwohl es ihn drängte, sich abzuwenden.

„Ich glaube, Dennis hat recht", sagte sie sanft und näherte sich ihm. „Ich glaube, es kann alles in Ordnung gebracht werden. Ich kann das Café bald wiedereröffnen. Es sieht jetzt zwar schlimm aus, aber wenn wir erst mal anfangen, die Dinge zu ersetzen und wieder zu richten, werde ich mich schon nicht mehr so schlecht fühlen."

Mason nickte, und sie sah, wie er schluckte.

„Und das hier", sie hielt sich eine Hand an die Brust, „geht auch weg. Im Moment fühlt es sich noch ziemlich erschreckend an, aber ich weiß, dass Erinnerungen mit der Zeit verblassen, und so ist es auch mit der Angst." Sie sah ihm noch immer in die Augen. „Mason, was ist dir damals widerfahren?"

Er lehnte sich seitlich gegen die Bootswand und schüttelte den Kopf. Summer wollte den Arm ausstrecken und ihn berühren, aber sie wusste nicht, ob er es als tröstlich oder eher als aufdringlich empfinden würde. Sie fühlte sich schuldig, weil das, was ihr geschehen war, ihm offenbar so viel Schmerz bereitete. Darum tat sie das, was sie, anstatt ihn körperlich zu berühren, als das Nächstbeste ansah.

„Wie wäre es, wenn ich wirklich nach Willowbeck zurückkomme?", fragte sie. Claire hatte hinter ihr gefegt, und das Geräusch brach plötzlich ab, darum machte sie noch einen Schritt auf Mason zu. „Möchtest du, dass ich zurückkomme?"

Mason fuhr sich mit der Hand übers Kinn. „Ich hatte das

Gefühl, dass du nicht bereit bist, und es war ein Fehler, dich zu fragen."

„Ich war zu abweisend. Ich hätte nicht so wütend reagieren sollen", antwortete sie. „Jetzt ist das hier passiert, und alles ist anders. Ich will keine Angst haben, und in Willowbeck hatte ich nie Angst. Dort war ich frustriert – wegen Jenny, und weil Valerie daran festgehalten hat, dass Mum noch da wäre. Und dann noch Archies Tendenz zum Bacondiebstahl", fuhr sie fort in dem Versuch, ihm ein Lächeln zu entlocken, aber es funktionierte nicht. Sie schluckte, fragte sich, ob es ihm mittlerweile egal war, und ob sie zu lange gewartet hatte, zu lange weg gewesen war. „Was meinst du, was ich tun sollte? Wäre es feige, nach Willowbeck zu gehen, Schwierigkeiten aus dem Weg zu gehen, mit eingezogenem Schwanz? Oder wäre es genau das Richtige?"

Mason seufzte. „Du weißt, wie ich dazu stehe, Summer. Aber es ist deine Entscheidung. Ich will dich nicht zu irgendwas drängen, das du vielleicht später bereust."

„Du drängst mich nicht."

„Ich bin nur hergekommen, um sicherzugehen, dass es dir gut geht. Ich hatte Glück. Mit dem Boot hätte es zu lange gedauert, darum bin ich zu Dennis und hab ihn geweckt – vermutlich bin ich jetzt genau wie du bei Jenny unten durch. Er war sofort zur Stelle und ist mit mir hergefahren."

„Warum erzählst du mir das?" Summer legte Mason eine Hand auf den Arm. Seine Haut war warm, seine Muskeln wirkten angespannt.

Er zuckte mit den Schultern. „Du sollst wissen, dass du mir wichtig bist. Wichtig genug, dass ich dich tun lasse, was du tun musst, auch wenn das bedeutet, dass du nicht mehr zurückkommst. Ich kann nicht auf ewig an etwas festhalten. Das Leben ist nicht so – es ist viel zu unkontrollierbar. Vielleicht ist ja alles letztlich nur Schicksal."

Summer kniff die Augen zusammen. „Hast du viel Zeit mit Valerie verbracht, seit ich weg bin?"

Diesmal erntete sie ein Lächeln von ihm, und sie fühlte einen kleinen Hoffnungsschimmer aufkeimen.

„Vielleicht ist alles Teil davon, und man muss es einfach nehmen, wie's kommt, sodass man an sich selbst glaubt und allem die Stirn bieten kann. Du hast Claire hier und die anderen Händler. Womöglich klappt es und ist genau, was du brauchst."

„Aber …?" Summer ließ den Blick über seine Locken gleiten, folgte der Linie seiner starken Augenbrauen, der Kontur seiner Lippen. Sie hungerte nach dem „Aber" von ihm.

Mason lächelte und nahm ihre Hand, und sie wusste im selben Moment, dass er ihr nicht aus der Misere helfen konnte.

Es kam ihr vor, als hätte sie in den letzten zwölf Stunden ein ganzes Leben hinter sich gebracht. Der Abend mit Claire war in ihrer Erinnerung schon verblasst. Sie zwang sich, die Ereignisse des frühen Morgens noch einmal durchzugehen, die Dunkelheit und den Lärm, die Angst und, als alles vorbei gewesen war und der Schock und die Kälte sich gesetzt hatten, den übermächtigen Gedanken, dass die einzige Person, durch die sie sich besser fühlen würde, Mason war. Nicht Claire oder Valerie – obwohl sie die zwei natürlich als gute Freunde sah – und auch nicht ihrer Mum galt ihre Sehnsucht, sondern dem legeren, bezaubernden, faszinierenden Naturburschen.

Und jetzt war er hier und gar nicht der sichere Typ, von dem sie geglaubt hatte, dass sie ihn langsam kannte. Er hatte dichtgemacht, als er auf Claire getroffen war, und jetzt, beim Anblick ihres zerstörten Cafés, schien er ebenso erschüttert wie sie. Aber anstatt entmutigt zu sein, wollte sie ihn nur umso mehr kennenlernen, ihn verstehen und, wenn möglich, ihm genauso helfen, wie er ihr bereits geholfen hatte.

„Also gut." Sie drückte seine Hand leicht, bevor sie sie losließ. „Also gut, ich glaub, ich weiß, was ich zu tun habe. Aber erst werde ich die Wimpel wieder aufhängen." Sie packte die demolierte Kasse wieder auf die Theke und hob die Wimpelreihe auf. Sie lächelte, als sie merkte, dass die Wimpel nicht kaputt waren, sondern nur verrutscht, reckte die Arme hoch und band sie wieder über der Tafel fest, die noch vom Abwischen feucht glänzte und auf eine neue Aufschrift wartete.

Schon jetzt wusste sie, was sie darauf schreiben würde.

Eine neue Botschaft für eine neue Richtung – ob nach Norden, weiter den Fluss hinauf mit Claire und Jas, der Water Music und der Wanderer's Rest, oder wieder nach Willowbeck, zu Valerie, Norman und Mason. Sie hatte nun keinen Zweifel mehr, welche Richtung sie wählen würde. Sie wünschte nur, sie hätte noch den Kompass ihrer Mutter, damit er ihr den richtigen Weg wies.

BAND 3

Kabinenkoller

13. Kapitel

Als Summer schließlich unter der vertrauten Steinbrücke kurz vor Willowbeck hindurchfuhr, konnte sie kaum noch die Augen offen halten. Die Fahrt von Tivesham den Fluss hinauf zum ursprünglichen Liegeplatz des Bootscafés hatte mehrere Stunden gedauert. Es war unangenehm heiß und stickig, so sehr war die Luftfeuchtigkeit angestiegen. Schweißströme rannen Summer den Rücken hinab, die Haut spannte auf den Wangen und der Stirn, den Tag über fast ununterbrochen der Sonne ausgesetzt gewesen.

Lattes und Archies kleine Körper waren zu ihren Füßen zusammengerollt, seit die Ausgelassenheit der Hunde von der Hitze gezügelt worden war, hechelten die zwei nur noch. Summer und Mason achteten gemeinsam darauf, dass die Kleinen immer Wasser im Napf hatten. Das sanfte Tuckern des Kanalbootes schläferte Summer zunehmend ein. Sie konnte es kaum erwarten, endlich kalt zu duschen, in frische, leichte Kleidung zu schlüpfen und sich auf dem Sofa auszustrecken. Aber sie konnte sich glücklich schätzen. Trotz allem war sie mit einem blauen Auge davongekommen. Morgen würden die handwerklichen Aufräumarbeiten am Bootscafé beginnen – ein Anfang, um über den nächtlichen Einbruch hinwegzukommen.

Mason kam mit zwei Flaschen kalter Limo, die er aus dem Kühlschrank des Bootscafés hervorgezaubert hatte. „Das Geld hab ich auf den kleinen Tisch neben dem Sofa gelegt“, sagte er.

„Das hättest du nicht machen müssen.“ Summer nahm dankbar eine der Flaschen entgegen und trank einen langen Zug. „Alles, was du für mich gemacht hast, hättest du eigentlich nicht tun müssen, und ganz bestimmt brauchst du nicht für deine Getränke bezahlen."

Mason lächelte träge. Er war mit Sicherheit genauso erschöpft wie sie. Seinen Bewegungen fehlte die gewohnte Energie, und seine schwarz gerahmte Brille hatte er durch eine Sonnenbrille ersetzt, sodass Summer nur vermuten konnte, wie müde er darunter aussah.

„Soll ich noch mal übernehmen?", fragte er. Sie hatten sich mit dem Steuern die ganze Zeit über abgewechselt. Mason hatte nicht mit Dennis im Auto zurückfahren wollen, und Summer hatte sein Angebot spontan angenommen, weil sie noch nicht wieder allein auf dem Boot sein wollte.

„Ich glaube, das lohnt sich jetzt nicht mehr", erwiderte sie, während sie unter der Brücke hindurchfuhren und dann dem leicht verengten Flusslauf folgten, wo die Weidenbäume einen Vorhang aus vollem grünen Laub über das blaue Wasser breiteten. Summer atmete tief ein, und ihr Puls erhöhte sich, als die Anlegestellen in Sicht kamen. Da lag Valeries lila Boot, die Moonshine, und auf dem Hügel nicht weit entfernt sah sie den Pub Black Swan, die Gartentische davor bevölkert von Familien, Paaren und Gruppen mit Bierkrügen. Enten und Gänse bahnten sich schnatternd in der Nachmittagssonne ihren Weg zwischen den Tischen, auf der Suche nach heruntergefallenen Pommes und Sandwichbröseln.

„Da wären wir", sagte sie und merkte, dass sie auf einmal nervös wurde, ob aus Erleichterung, Aufregung oder Furcht, wusste sie selbst nicht. „*Home, sweet home.*" Sie begann den langwierigen Prozess des Wendens, um das Boot an seinen angestammten Liegeplatz zwischen der Moonshine und Masons Boot, die Sandpiper, zu bringen. Die Kurzzeitliegeplätze waren alle belegt, der Leinpfad so belebt wie der Biergarten des Pubs, weil alle das sonnige Wetter ausnutzten. Summer fielen mit einem Mal die letzten Tage wieder ein, die sie mit ihrer Mum hier verbracht hatte. Der Betrieb und die Hitze – die Atmosphäre fast wie an Karneval. Der Jahrestag von Maddies Tod rückte näher, aber Summer sah sich ganz und gar nicht in der Verfassung, daran zu denken.

„Ich bereite die Seile vor." Mason verschwand weiter hinten und überließ es Summer, sich auf das Manöver zu konzentrieren. Sie wartete ab, bis ein gelbes Kanalboot an ihnen vorbeigeschippert war, die „Sunny Spells".

„Ein Café, he?", rief der Steuermann. „Hätte ich heute Morgen gebrauchen können. War 'ne lange Nacht gestern, da freut man sich über einen Kaffee in der Früh."

„Tut mir leid", rief Summer zurück, „aber jetzt bin ich ja wieder da."

„Klar, jetzt, wo wir fahren."

„Kommen Sie einfach mal wieder vorbei." Summer grinste.

„Machen wir vielleicht wirklich", rief er und winkte, während er in die Richtung fuhr, aus der sie gerade gekommen waren.

Summer versuchte, sich zu konzentrieren, und behielt jeden Winkel des Bootes im Blick, während sie langsam wendete. Ihr war bewusst, dass jede Menge Pubgäste sie interessiert beobachteten und bereit waren, entweder zu applaudieren oder zu lachen, je nachdem, ob sie es zurück an ihren Platz schaffte oder es versemmelte und am Ende womöglich gegenüber anlanden musste und dabei andere Boote behindern würde. Vor einigen Monaten hätte sie sich kein bisschen sicher gefühlt, aber seit sie mit Claire und den anderen fahrenden Händlern unterwegs gewesen und mit ihnen von einem zum anderen Liegeplatz geschippert war, hatte sie unschätzbare Erfahrungen gesammelt. Fast ohne jeglichen Aufwand ließ sie das Bootscafé in seine Lücke gleiten.

Mason hüpfte auf den Leinpfad und band die Taue fest. Er schwenkte die Hände in Summers Richtung, als eine Gruppe Leute an einem Biergartentisch einen halbherzigen Applaus spendete.

Summer schaltete den Motor aus und schüttete den Rest der Limonade herunter. Mason ging zu ihr, und die Hunde, wahrscheinlich von der plötzlichen Stille auf dem Boot alarmiert, wachten auf und hoben erwartungsvoll die Köpfe.

„War ein sehr langer Tag", sagte Summer und lehnte sich gegen die Bootswand. „Ohne dich hätte ich's nicht geschafft. Danke für deine Hilfe und dass du gekommen bist, um mich zu retten."

„Das war das Wenigste, was ich tun konnte."

„Warum? Du schuldest mir doch nichts."

Mason schüttelte den Kopf. „Ich bin da nicht so sicher. Nach der Wanderung … Wie es da endete, so …"

Summer zögerte. Sie wollte vollkommen mit ihm im Reinen sein, aber sie wusste auch nicht recht, ob sie der Sache gerecht werden würde, wenn sie sich so müde fühlte.

„Wenigstens haben wir jetzt die Möglichkeit, zu reden. Wenn du willst."

„Ja, das würd ich gern. Was wirst du jetzt machen?" Er sprach es zwar nicht aus, aber sie wusste, dass er auf das demolierte Café und die unvermeidlichen Aufräumarbeiten anspielte. Nachdem sie sich entschieden hatte, nach Willowbeck zurückzukehren, war sie zur Polizei gegangen. Dort hatte man ihr mitgeteilt, dass sie ruhig fahren konnte, offenbar ging man nur wenigen Hinweisen nach. Man wolle sich bei ihr melden, sobald sich etwas Neues ergab. Claire hatte ihre Entscheidung dagegen weniger entspannt hingenommen.

„Heute mach ich nichts mehr. Ich will nur noch duschen und schauen, dass ich was in den Magen kriege. Wie wäre es mit einer Portion Pommes im Pub?"

Mason schob sich die Sonnenbrille auf den Kopf. „Im Ernst?"

„Ich will mich bei Dennis bedanken, und jetzt hab ich mich entschieden, eine feste Einrichtung in Willowbeck zu werden, also muss ich auch Jenny gegenübertreten. Ich will sie nicht zur

Rede stellen oder so was, aber ich muss ihr gegenüber meinen Standpunkt klarstellen. Ich möchte wirklich, dass wir miteinander zurechtkommen, auch wenn es eine Weile dauert. Ich hab mir fest vorgenommen, es durchzuziehen."

„Da bin ich dabei", sagte Mason, „und ich hab auch Abbitte zu leisten, nachdem ich ihnen mitten in der Nacht die Tür fast eingeschlagen habe."

„Wofür auch wieder ich verantwortlich bin", erinnerte ihn Summer.

„Nur hast du nicht darum gebeten, dass bei dir eingebrochen wird." Seine Stimme klang sanft. „Aber ich fühlte mich absolut hilflos. Ohne fahrbaren Untersatz und fremde Hilfe hätte ich nicht so schnell bei dir sein können. Ich hatte Glück, dass Dennis so hilfsbereit war."

„Und ich hatte Glück, dass ich gleich zwei Ritter in schimmernder Rüstung an meiner Seite hatte. Ich bin dir wirklich so dankbar, dass du gekommen bist, dass du dort bei mir warst – und auch, dass du jetzt mit mir zurückgefahren bist. Ich hab lange Zeit ziemlich unabhängig gelebt. Man merkt gar nicht, wie allein man ist, solange nicht so etwas passiert. Es hat mir die Augen dafür geöffnet, dass ich eben nicht allein bin – du, Dennis, Claire … auch Valerie. Das ist es, was mich bei dem ganzen Schlamassel so ermutigt." Eine Welle der Dankbarkeit überrollte sie. Summer schluckte und schob alles auf ihre Müdigkeit.

„In der Gemeinschaft der Bootsführer achtet man zwar aufeinander, aber ich bin trotzdem heilfroh, dass ich gleich zu dir kommen konnte."

„Obwohl du Dennis im Schafanzug sehen musstest?"

Mason sah sie schief an. „Ich bin ziemlich sicher, dass er keinen trägt."

Summer lachte und verzog das Gesicht. „Halt, keine Details, bitte. Okay, treffen wir uns um sieben? Ich frage auch Valerie."

„Abgemacht."

Summer sah, wie er sich zu Archie umwandte und mit den Fingern schnippte, und staunte nicht schlecht, als der freche Border-Terrier sogleich aufsprang und hinter ihm über den Leinpfad trottete. Wieder musste sie lachen, und Mason schaute sie mit übertrieben unschuldigem Blick an.

„Was denn?“, fragte er.

„Was hast du dem denn eingeflößt?“

Er grinste nur und sprang an Bord der Sandpiper, Archie sprang hinterdrein.

Nach der wohl besten Dusche ihres Lebens, nach der sie sich um einiges frischer und beinahe wach fühlte, trat Summer am Heck aus dem Boot und auf den Leinpfad. Latte war neben ihr. Im Pub drüben schien viel los zu sein, bei dem feuchtwarmen Wetter wünschten sich die Leute anscheinend nur noch ein kaltes Bier und eine kühle Brise. Summer hatte sich für Jeansshorts und ein ärmelloses schwarzes Top entschieden. Nach einem Tag in der vollen Sonne auf dem Wasser freute sie sich auf einen Abend im Schatten des Pubs.

Sie klopfte an die Tür der Moonshine. Valerie, die beste Freundin ihrer verstorbenen Mum, öffnete, im Gesicht einen Ausdruck echter Überraschung, als sie Summer vor sich stehen sah.

„Du bist wieder hier!“, kreischte sie und warf die Arme um Summer, die gleich von einer Räucherduftwolke eingehüllt wurde. „Wann bist du angekommen? Warum hast du mir nichts gesagt?“ Sie hielt sie eine Armeslänge von sich. „Ach, Schätzchen, wie schön!“

„Es ist … eine lange Geschichte“, sagte Summer nur. „Aber ich dachte, du möchtest vielleicht mitkommen? Mason und ich gehen im Pub essen, also draußen, falls wir einen freien Tisch finden.“

Valerie kniff die Augen zusammen. Sie trug ein ärmelloses langes Kleid in Grün, der Stoff schimmerte dezent. Ihre Haut war blass, und die Haare hatte sie sich zurückgebunden. „Du schlägst aus freien Stücken vor, in Jennys Revier einzudringen? Was ist mit dir da draußen auf dem Fluss passiert?"

Summer lachte. „Eine Menge. Ich erzähl dir beim Essen alles. Kommst du mit?"

„Nichts auf der Welt könnte mich davon abhalten. Nicht mal eine Meute wilder Hunde." Valerie hockte sich hin und kuschelte den kleinen Bichon Frisé. „Du bist damit natürlich nicht gemeint, meine Süße."

„Ich glaube, Latte ist so wild wie ein Teddybär", scherzte Summer. „Ich geh mal vor und schaue, ob ich einen Platz für uns finde."

Es gab einen freien Tisch oben auf dem Hügel beim Pub-Gebäude, von wo aus man einen guten Blick über die Kanalboote und den Fluss hatte. Summer band Latte an einem Tischbein fest und zog eine große Wasserkanne zu sich heran, die schon bereitstand. Valerie machte sich inzwischen fertig, und von Mason war noch nichts zu sehen, also setzte sie sich hin, um auf die beiden zu warten.

Wie in allen Pubs bestellte man hier drinnen und zahlte auch gleich, aber sie wollte den Hund nicht allein draußen lassen. Erst als Valerie ankam, ging sie Getränke bestellen. Dabei musste sie sich selbst beruhigen, weil sie doch nervös wurde, als sie die schwere Holztür aufdrückte.

Im Pub war es angenehm kühl. Auf dem Weg zur Bar hoffte sie, Dennis oder einen der Angestellten dort anzutreffen, aber dann sah sie schon die dunklen Haare und die aufrechte Gestalt der Besitzerin und holte tief Luft.

„Grüß dich, Jenny", sprach sie die Wirtin mit ruhigem und, wie sie hoffte, freundlichem Ton an.

Jenny schaute argwöhnisch, aber, wie Summer mit einem Funken Hoffnung feststellte, nicht direkt verärgert. „Hab gehört, dass du zurückkommst. Das mit dem Einbruch tut mir leid. War sicher nicht angenehm."

Summer merkte, dass sie Jenny anstarrte, und bemühte sich um eine Antwort. „Danke“, brachte sie schließlich heraus. „Nein, es war nicht angenehm, aber ich bin Mason und natürlich Dennis sehr dankbar, dass sie gekommen sind, noch dazu mitten in der Nacht.“

Jenny nickte und lächelte kurz, aber kalt. „Was kann ich dir bringen?“

Summer verstand, dass ihr Gegenüber noch nicht zum Plaudern bereit war, und bestellte Wein für sich und Valerie und ein regionales Ale für Mason. „Gibt’s heute Abend auch etwas zu essen?“

„Selbstverständlich.“ Jenny reichte ihr eine Speisekarte. „Bis neun bieten wir Warmes, aber auch eine erlesene Auswahl an Desserts, wenn du dir was Süßes gönnen möchtest. Viele verschiedene Kuchen, alle frisch gebacken. Heute war ja mehr Zeit zum Backen, weil wir bereits zu einer unchristlichen Zeit aus dem Bett gerissen wurden. Man muss ja nach Möglichkeit alles positiv sehen.“ Sie lächelte noch einmal gezwungen.

Summer tat es ihr nach und steckte den Dämpfer weg. „Danke“, sagte sie. Es war längst nicht alles vergessen, natürlich nicht. Fraglich nur, wie lange Jennys halbherzige Waffenruhe andauern würde. Wie es aussah, hatte sie Dennis mehr zu verdanken als nur die Tatsache, dass er heute Nacht gleich zur Stelle gewesen war. Neugierig nahm sie die Karte und das Getränketablett mit hinaus in die Abendsonne, setzte sich neben Valerie und stieß mit ihr an.

„Wie war’s?“, fragte die Freundin.

„Nur leicht unterkühlt. Ich glaub, Dennis hat ihr eingeschärft, freundlich zu mir zu sein. Mal sehen, ob es anhält, aber wenn ich mich anstrenge – wer weiß?“

„Es sind schon seltsamere Dinge geschehen.“

„Wirklich?“

Valerie seufzte. „Nein, nicht mal in meinem Leben.“

Summer lachte. Natürlich bezog sich die Freundin auf die eigenen Vorhersagen und Geistererscheinungen, die Seite in ihrem Leben, die sie selbst offenbar nicht recht nachvollziehen konnte und die vor nicht allzu langer Zeit der Grund ihres Zerwürfnisses gewesen war. Dass Valerie in der Lage war, über sich selbst zu lachen, zeigte, dass sie wirklich entspannt sein musste. Lag es womöglich an Masons Anwesenheit? Er schien sich überall mit den Menschen anzufreunden – und hatte sicher auch auf andere einen beruhigenden Einfluss. Nur dämmerte es ihr langsam, dass er hinter dem leichten Humor etwas verbarg, und Summer brannte darauf, herauszufinden, was das wohl sein mochte.

Aber das hatte Zeit. Sie war nun wieder hier, unter Freunden, und sie musste sich vor allen Dingen erst einmal richtig ins Zeug legen, da mit dem warmen Sommerwetter viele Gäste ins Café strömen würden. Sie dachte an Claire und daran, wie ungern die neue Bootsfreundin sie hatte ziehen lassen. Zwar waren sie beide sich einig gewesen, dass es nun mal Summers Entscheidung war, aber Claire hatte unmissverständlich durchblicken lassen, dass sie überhaupt nicht einverstanden war.

„Du gehörst auf den Fluss", hatte sie gesagt.

„Willowbeck liegt am Fluss. Du solltest mich besuchen."

Claire hatte rundheraus abgelehnt. „Wir ziehen weiter nordwärts, und du solltest mitkommen. Ich hab mich daran gewöhnt, dass du zu unserem Trupp gehörst, vor allem, weil wir uns so gut gegen die Jungs verbündet hatten. Ohne dich wird's richtig langweilig."

„Dein Leben wird niemals langweilig", hatte Summer erwidert. „Und wir bleiben in Kontakt."

„Dann kriegst du von mir die ganze Zeit neue Ideen für Kuchen geschickt, und wenn es mich doch irgendwann mal nach Willowbeck verschlägt, erwarte ich eine Verkostung mit Proben von jedem einzelnen."

„Zu Befehl." Die zwei hatten sich umarmt, und Summer hatte gespürt, dass sie, auch wenn sie fortan nicht im Fahrwasser von Claire und ihrer Water Music reiste, gute Freundinnen bleiben würden. Hoffentlich würden sie sich in Zukunft öfter mal treffen.

Sie blickte in Richtung Fluss. Zwischen den Tischen watschelten Kanadagänse herum, die auf der Suche nach Essensresten keck die langen Hälse reckten, während die Gäste sie mit Gelächter oder verärgerten Rufen bedachten. Summer musste lächeln.

„Also, erzählst du mir jetzt von deinem Abenteuer?", fragte Valerie. „Wie kommt es, dass du zurück bist? Als wir uns das letzte Mal gesprochen haben, fandest du es noch toll, mit Claire und ihren Freunden über den Fluss zu fahren."

„Ach", Summer stützte die Ellbogen auf den Tisch. „Es gab da einen kleinen Vorfall." War es wirklich erst heute Morgen geschehen? Der Tag kam ihr nun so anders vor, fast, als wäre sie in einem anderen Land und nicht nur ein paar Meilen weit weg. Sonnenschein und Gelächter und das blaue Schimmern des Flusses waren Welten entfernt von den schwarzen Tiefen, bei denen sie gekauert hatte, während irgendjemand drinnen ihr Boot zertrümmerte.

„Einen *Vorfall*?", hakte Valerie mit scharfer Stimme nach. „Was ist passiert?"

Summer wappnete sich, trank einen Schluck Wein und berichtete.

Die Freundin hörte schweigend zu, aber ihr Gesicht sprach Bände, und ihr ganzer Körper spiegelte die Anspannung, die sie durchlebte, während Summer ihr alles haarklein berichtete und schließlich damit endete, dass Mason und Dennis bei ihr aufgetaucht waren und alle – einschließlich Claire – ihr geholfen hatten, auf das Boot zurückzugehen und sich den Schaden anzusehen.

„Herrje, Liebes", hauchte Valerie, „ist das wirklich erst letzte Nacht passiert?"

Sie nickte.

„Du bist unglaublich. Ich hoffe, du verzeihst mir, wenn ich das jetzt sage, aber ich kann mir gar nicht vorstellen, dass *die* Summer, die ich im Februar hier willkommen hieß, etwas so Fürchterliches so schnell weggesteckt hätte. Du sitzt hier und siehst höchstens erschöpft aus, das schon, aber sonst bist du so hell und strahlend, wie du nun mal bist, und das zeugt von *so* viel Kraft! Das ist die Maddy in dir."

„Meinst du?" Der Gedanke war Summer auch schon gekommen. Bei jeder Entscheidung über das Café und das Leben auf dem Fluss hatte sie sich gefragt: Was würde Mum tun? Aber dass Valerie jetzt aussprach, dass es eine Ähnlichkeit zwischen ihnen gab, bestätigte ihr, dass sie vielleicht tatsächlich so mutig und klar sein *konnte*, wie es Maddie gewesen war.

„Du hast viel von ihr. So viel. In deinen Augen, deinem Lächeln, und in deiner Bestimmtheit."

„Ich hab gemerkt, dass man Initiative und Bestimmtheit braucht, wenn man auf einem Boot lebt", versuchte Summer, die Gefühle zu entschärfen, die in ihr aufstiegen. Durch ihre Erschöpfung war sie gerade nahe am Wasser gebaut, und Valeries Worte taten ein Übriges. „Wenn ich daran denke, was ich so in meiner Wohnung tun musste – eine Glühbirne auswechseln, staubsaugen, den Müll raustragen – alles ganz einfache Dinge. Auf dem Bootscafé bedeutet ein komisches Geräusch meist, dass man etwas auseinanderbauen muss, was zu reparieren oder auszuputzen hat. Es ist so, als ob das Boot eine Person wäre, und zwar eine sehr arbeitsintensive und temperamentvolle obendrein."

„Und doch lächelst du, während du das sagst."

Summer zuckte mit den Schultern, und dann winkte sie Mason, der gerade von der Sandpiper an Land gesprungen war und nach ihnen Ausschau hielt. Archie schien ganz wild darauf, vorauszulaufen und die Gänse zu jagen. „Ja, stimmt", gab sie zu. „Ich mag es ja auch. Als ich das Café heute Morgen nach dem Einbruch gesehen hab, war ich völlig fertig."

„Verständlich."

„Nicht nur, weil es viel Arbeit bedeutet, sondern weil jemand meinem Boot das angetan hat – ihm *etwas getan* hat – und ich unfähig war, es zu beschützen."

„Oh, Summer, du wirst zu einem echten Flusswesen."

„Wie ein Otter?" Sie lachte.

„Wer ist ein Otter?", fragte Mason, der sich auf die Bank gegenüber von Summer fallen ließ. Seine Wangen waren von dem Tag in der prallen Sonne mit hellen Sommersprossen überzogen. Die Brille trug er nicht, sein Haar glänzte noch feucht und kräuselte sich nach dem Duschen. Er trug ein ausgewaschenes orangefarbenes Shirt und graue Shorts. Auch er musste müde sein, wie die zusätzlichen feinen Fältchen um seine Augen verrieten, doch er wirkte auch um einiges entspannter, nun da er nach dem unerfreulichen Ereignis wieder in Willowbeck war.

„Ich", antwortete Summer. „Valerie sagt, ich sei ein Flusswesen, und ich hab den Ottervergleich gewählt. Wasserratten sind auch süß, aber ich hoffe, dass ich, zumindest mittlerweile, etwas mutiger bin als eine Wasserratte."

Mason nickte, bevor er ihnen zuprostete und einen langen Zug trank. „Otter sind beeindruckend. Sie mögen aber ihr eigenes Territorium, außer wenn sie ihre Jungen aufziehen, sind sie ziemliche Eigenbrötler. Ich kann mir beim besten Willen nicht vorstellen, dass ein Otter alle anderen am Fluss in seinen Bau einlädt, um ihnen Kuchen und Bacon-Brötchen anzubieten."

„Du nimmst uns hier ein bisschen zu ernst, mein Lieber", entgegnete Valerie.

„Ich sag ja nur, dass Summer viel geselliger ist, mehr wie ein Kiebitz."

„Aha, und wie sind die so?"

„Das sind wunderschöne Vögel", schwärmte Mason und hielt inne, um Summer direkt in die Augen zu sehen. Er hielt ihrem Blick stand, während er fortfuhr: „Sie leben in großen Schwärmen, werden aber hier in Großbritannien seltener."

„Also muss man sie sehr schätzen, nicht wahr?", fragte Valerie und ergriff Summers Hand, um sie sacht zu drücken.

„Man darf sie nicht einfach als selbstverständlich ansehen", bestätigte Mason. „Vielen Dank für das Bier."

„Kommt es dir nicht vor wie das köstlichste Getränk, das du je getrunken hast?", fragte Summer. „So ähnlich, wie ich es vorhin fand, endlich zu duschen. Ich bin gerade für alles dankbar, das nicht heiß und stickig und ermüdend ist. Nicht dass ich etwas dagegen hätte, auf dem Fluss zu fahren, nur weil es nach der letzten Nacht ein echter Kampf war."

„Ich weiß nicht. Womöglich hättest du es dir anders überlegt, wenn du nicht gleich losgefahren wärst. Wenn Claire dir nur geholfen hätte, das Café in Ordnung zu bringen, dann wärst du vielleicht noch bei ihrem Trupp", mutmaßte Mason.

„Ich hätte auch warten können, aber ich wollte nicht. Ich war schon bereit, hierher zurückzukommen. Selbst ohne den Einbruch. Langsam hab ich gemerkt, dass es mir reichte, nur herumzugondeln. Ich hab angefangen, mich heimatlos zu fühlen."

„Ich dachte, du mochtest die Lebensweise von Claire und ihren Freunden", warf Valerie ein.

„Schon, und es war auch gut, dass ich's mal ausprobiert hab, aber irgendwie fühlt es sich hier – hm – richtig an." Summer breitete die Arme aus, um ganz Willowbeck in seinem sommerlichen Idyll zu umspannen, die fröhlichen, plaudernden Leute, das lockere Treiben am Flussufer. Als sie an Foxburn zurückdachte, an Tivesham, wurde ihr bewusst, dass beide Willowbeck nicht das Wasser reichen konnten. „Es war Zeit, zurückzukehren. Hier gehöre ich hin." Als sie es jetzt sagte, meinte sie es aus vollem Herzen. Und sie saß dabei sogar an einem der Pubtische – wohlgemerkt, auf Jennys Territorium – und es war in Ordnung. Sie hob ihr Glas, und Mason und Valerie stießen mit ihr an.

„Ich glaube, jetzt ist es Zeit für Pommes“, sagte sie. Archie schaute auf, und sie lachte. „Frag nicht mich, mein Kleiner. Das ist Masons Sache.“

„Oder Archies“, ergänzte Valerie.

Mason wollte gekränkt schauen, musste aber lächeln. „Soll ich mitkommen?“

Aber Summer winkte ab. Je öfter sie in die Höhle des Löwen ging, umso weniger Angst würde ihr die Löwin machen, dachte sie. Vielleicht würde sich das Biest ja sogar an sie gewöhnen. Aber diesmal war von Jenny nichts zu sehen, und sie bestellte bei Dennis.

„Ich kann dir gar nicht genug danken.“ Sie lehnte sich über die Theke und küsste ihn auf die Wange. „Du und Mason, ihr habt mich wirklich aus einem Riesenschlamassel gerettet.“

Dennis machte eine wegwerfende Handbewegung, aber in seinen Augen sah sie, dass er sich geschmeichelt fühlte. „Wir waren ja gar nicht dort, als es passiert ist.“

„Aber ihr wart sofort zur Stelle. Durch euch konnte ich mich der Situation stellen, und ihr habt dafür gesorgt, dass ich nicht im Selbstmitleid versunken bin.“

„Selbstmitleid hilft keinem, und du brauchtest nur jemanden, der dich auf das Licht am Ende des Tunnels aufmerksam macht. In deinem Fall ist dieser Tunnel zwar düster, aber dafür kurz.“

„Morgen fang ich an, klar Schiff zu machen“, sagte Summer. „Mum hätte das als Gelegenheit wahrgenommen, so als hätte ihr jemand den Tipp gegeben, mal zu renovieren. Darum werde ich genau das auch tun.“

Dennis nickte anerkennend. „Guter Plan“, er lächelte ein wenig mitleidig angesichts der Aufgabe, die Summer sich stellte, aber seine Augen strahlten. „Ich bring euch die Fritten raus, wenn sie fertig sind. – Ach, und, Summer …“, fügte er hinzu, als sie sich eben umgewandt hatte. „Gut, dass du ihn hast. Hast Glück mit ihm – Mason, meine ich.“ Sie runzelte die Stirn, und er fuhr fort: „Prima Kerl.“

Sie wollte erwidern, dass sie ihn eigentlich nicht *hatte*, dass sie nicht einmal wusste, was das überhaupt zwischen ihnen beiden war, aber sie nickte nur lächelnd und reckte die Daumen in die Höhe, was ihr nur einen Moment später völlig blödsinnig vorkam.

„Du wirst eine Geburtstagstorte backen müssen", empfing Valerie sie.

Summer ließ die Finger durch Archies warmes Fell gleiten und setzte sich erst einmal. „Und für wen?"

„Mason wird fünfunddreißig."

„Oh Mann!"

Er lachte. „So alt finde ich das nun auch wieder nicht."

„Ich dachte aber, du wärst jünger."

„Tja, bei meinem umwerfenden Aussehen …" Mason strahlte sie spitzbübisch an, wobei etwas in Summers Bauch Purzelbäume zu schlagen schien.

„Was für eine Torte soll's denn sein?", fragte sie schnell. „Schokoladen-, Kaffee- oder Victoriabiscuit?"

„Wie wär's mit rotem Samtkuchen?"

Summer blieb einen Moment die Spucke weg, dann gab sie ihm einen Klaps auf den Arm. Er hatte sie wieder an ihre erste Begegnung erinnert, als Jenny provokant ein Stück Samtkuchen auf dem Deck des Bootscafés deponiert und sie es wutentbrannt an ihn weitergereicht hatte. „Am Ende kriegst du keinen Kuchen, wenn du's zu weit treibst."

„Entschuldigung, aber ich konnte nicht widerstehen."

„Hör auf, ihre Kuchen zu loben."

Mason spielte den Reumütigen.

„Wir werden immerhin gleich ihre Fritten essen", bemerkte Valerie.

„Das ist was völlig anderes. Ich verkaufe ja keine Pommes." Summer grinste und nippte am Wein. „Wann hast du denn Geburtstag?"

„Am zehnten Juni", antwortete Mason. „Aber ehrlich gesagt, brauchst du dir keine Mühe machen. Ich feiere meine Geburtstage nicht mehr. Ich weiß gar nicht, warum ich das je erwähnt hab." Er strich sich gedankenverloren durch die fast getrockneten Locken und beugte sich hinunter, um die Hunde zu kraulen.

Während er abgelenkt war, machte Valerie ein vielsagendes Gesicht in Summers Richtung, und die wiederum gab ihr im Stillen zu verstehen, das ihr der Plan vollkommen gerechtfertigt schien. Sie hatte noch über eine Woche Zeit bis dahin, das würde reichen, um etwas Besonderes zu planen. Ihr eigener Geburtstag – sie war einunddreißig – war im Oktober gewesen, und damals hatte sie zum ersten Mal kein bisschen Lust zum Feiern gehabt, weil die für sie wichtigste Person fehlte.

Was hatte Mason davon abgebracht, Geburtstage zu feiern, fragte sie sich. War es sein einsamer Lebensstil auf dem Wasser, oder steckte doch mehr dahinter? Aber wenn sie nur mit den paar ortsansässigen Bootsnachbarn eine kleine Party organisierten, würde es ihm sicher nichts ausmachen. So wusste er, dass es Menschen gab, denen etwas an ihm lag. Summer wollte ihm zeigen, wie sehr das auf sie zutraf.

Dennis kam mit den Käse-Pommes mit Soße, und sie langten zu. Mason und Summer merkten schnell, was für einen Bärenhunger sie gehabt hatten. Die Schälchen waren schnell leer gegessen, und Summer leckte sich die Finger, aber Archie und Latte sahen enttäuscht aus. Sie hatten nur einige Krumen bekommen, darum gab Summer nach, als Latte die Vorderpfötchen auf die Bank stellte und darum bettelte, hinaufgelassen zu werden.

„Valerie, entschuldige", sagte Summer plötzlich. „Ich hab noch gar nicht gefragt, wie es euch inzwischen hier ergangen ist."

„Deine Abenteuer sind viel interessanter als meine", antwortete Valerie lachend. „Hier ist alles rundgelaufen. Harvey hält mich nach wie vor auf Trab, Mike ist eine wirklich liebenswerte Schoßkatze, und meine Klientenliste wird und wird nicht kürzer. Ich hab mich rangehalten, aber den Einbruch bei dir konnte ich nicht vorhersehen", sagte sie mit gerunzelter Stirn. „Ich hatte geglaubt, du bist gesund und munter und in guten Händen."

„Ich brauche nicht in jemandes guten Händen zu sein", widersprach Summer. „Mir geht's gut. Vielleicht war ich zu ... weit weg, um es vorauszuahnen." Sie wusste selbst, wie lahm das klang.

„Ich hätte es trotzdem wissen müssen. Ich wollte, ich hätte für dich da sein können."

„Das bist du aber jetzt", entgegnete Summer. „Claire und die anderen Händler waren für mich da – und natürlich Dennis und Mason." Sie sah ihn an. Wieder wurde ihr bewusst, wie viel verlorener sie sich nach dem Überfall und auch auf dem Rückweg nach Willowbeck ohne ihn gefühlt hätte.

Auch Valerie sah ihn an. „Du bist ein Schatz, mein Lieber."

Seine Wangen verfärbten sich leicht. „Noch jemand was zu trinken?", versuchte er, vom Thema abzulenken.

Er eilte hinein, ohne richtig hinzuhören, was sie haben wollten, und Summer musste unwillkürlich kichern. „Also, Komplimente entgegenzunehmen, scheint ja nicht gerade seine Stärke, aber ich weiß wirklich nicht, was ich ohne ihn gemacht hätte."

„Er mag dich sehr, das ist mehr als offensichtlich."

Summer biss sich auf die Unterlippe. Hoffentlich hatte Valerie recht. Sie konnte nicht vergessen, was Claire über das gebrochene Herz der Freundin gesagt hatte, und dachte daran, wie er zurückgewichen war, als er Claire begegnet war – wie ertappt er gewirkt hatte. Aber jetzt saß sie hier, wieder in Willowbeck, und das Bootscafé lag neben der Sandpiper, sodass sie alle Zeit der Welt haben würde, um den wahren Mason kennenzulernen.

Eine Brise ließ sie frösteln, und als sie nach oben blickte, sah sie, wie düstere Wolken mit einem Mal den eben noch strahlend blauen Himmel verdunkelten. Die Luft war noch immer sehr feucht, es roch nach Regen. „Ich glaube, ein Sturm zieht auf", sagte sie.

„Zeit, zu gehen", meinte Valerie. „Es ist seit Tagen so schrecklich drückend."

Summer lief ein Schauer über den Rücken. Sie hatte es gern, wenn der Regen auf das Bootsdach und den Fluss prasselte, und mochte sogar die Blitze. Vorfreude breitete sich tief in ihrem Innern aus, ein Gefühl von Hoffnung und freudiger Erregung – eine Zukunft in Willowbeck mit ihrem Café und den Menschen, die sie liebte, um sie herum.

Als Mason mit den Getränken zurückkam, grinste Summer ihn breit an. Sie konnte einfach nicht anders.

„Was denn?", fragte er und lachte zurück. Trotz aller Müdigkeit warf er ihr einen so eindringlichen Blick zu, dass Summer wegsehen musste.

„Ich bin so froh", murmelte sie. „Genau so sollte es sein. Ich kenne Jenny, und mit ihr steht mir noch einiges bevor, und mit dem Café auch, aber sonst ist alles gut. Hier in Willowbeck ist einfach alles schön."

„Du ganz besonders", raunte er ihr zu, und diesmal konnte sie nicht wegschauen. Sein Blick traf sie im Innersten, und sie sah, dass er es genau so meinte, wie er es gesagt hatte. Konnte dieser Mann wirklich ein Schürzenjäger sein? War alles Teil seines Spiels? Sie konnte es sich nicht vorstellen.

Erst als ein paar Sekunden später die ersten dicken Regentropfen auf sie herabprasselten – von denen einer im Wein landete – und plötzliches Donnergrollen ertönte, lösten sich ihre Blicke.

Wilde Panik folgte. Die Leute sprangen auf und rannten los, hielten sich Jacken über den Kopf, pressten halb volle Gläser an sich, quietschten und schrien durcheinander, teils aus Bestürzung, teils aus kindlicher Begeisterung über das plötzliche Gewitter. Summer, Mason und Valerie saßen dem Eingang am nächsten und waren schnell im Pub, obwohl Mason noch anhielt, um eine Kanadagans aus der Tür zu scheuchen. Der große Vogel zischte ihn an und schlug mit den Flügeln. Latte und Archie rannten vor ihnen hinein, aber erst nachdem Latte die Gans angekläfft hatte.

Sie ließen sich in einer Nische in der hinteren Ecke nieder, während der Pub sich zusehends füllte. Die Leute hinterließen Rinnsale auf dem Boden und klopften sich die Nässe aus den Haaren und Klamotten. Dennis schaute verdutzt drein und hielt mitten im Bierzapfen inne. Einen Moment lang übertönte der Regen, der gegen die Fenster peitschte, jedes andere Geräusch.

Im Raum wirkte es düster, bis jemand das zuvor sehr gedimmte Licht aufdrehte. Kurz darauf blitzte es grell auf, der nächste Donner grollte direkt über ihnen und löste neue Rufe des Erstaunens bei einigen Gästen, aber auch ängstliche Schreie bei den Kindern aus.

„Was hattest du eben über Willowbeck gesagt?", fragte Valerie beinahe kläglich.

Als Summer wieder zu Atem gekommen war, wischte sie sich den Regen aus dem Gesicht und antwortete: „Es ist einfach wunderbar hier, findet ihr nicht auch?"

Die anderen beiden konnten ihr nur zustimmen.

14. Kapitel

Als Summer am nächsten Tag erwachte, hatte sie eine Menge Pläne im Kopf, was die perfekte Geburtstagsfeier anging. Sie wollte einen Kuchen backen, Ballons und Prosecco besorgen und das Café dekorieren. Sie dachte an Luftschlangen und glänzendes Konfetti auf den Tischen, während die warme Brise durch die offenen Fenster den Duft von Sommerblumen hereintrug. Sie könnten sogar an Tischen auf dem Leinpfad sitzen, wenn das Wetter mitspielte.

Es würde eine kleine, aber feine Party werden – mit Mason natürlich, und mit Valerie. Auch Harry und Tommy würden da sein, und vielleicht noch Greg, wenn er konnte. Womöglich sogar Norman. Eigentlich wollte sie Dennis unbedingt einladen, fragte sich aber, ob Jenny das zulassen würde.

Sie streckte sich und wackelte mit den Zehen. Latte sprang auf den Boden und quietschte, aber es gab kein Gekläffe wie sonst, als sie noch herumgezogen waren. Summer schaute das kleine Fellbündel an, die kleine rosa Zunge und den wedelnden Schwanz, und wusste, dass ihr Hund auch glücklich darüber war, wieder hier zu sein. Wie Latte wohl zu Luftballons stehen würde? Es würde hübsch aussehen, wenn einige an der niedrigen Decke des Cafés schwebten – und da fiel es ihr wieder ein.

Aus der Party im Café konnte nichts werden, denn es würde kein *Café* in ihrem Café geben, bevor der Schaden nicht repariert wäre. Die Tür, die zerbrochenen Vasen und Tassen, die Kasse, die kaputten Tische – alles musste repariert oder ersetzt werden.

„Oje." Summer warf die Decke zurück, duschte und zog sich an. Mit gemischten Gefühlen trat sie in die Kombüse. Die

Küchenausstattung, die auf dem Fußboden verstreut gewesen war, lag jetzt auf der Arbeitsplatte verteilt, und obwohl Claire gefegt hatte, stand nichts an seinem Platz.

Sie gab Latte Futter, nachdem sie den Napf unter einem Stapel Küchentücher wiedergefunden hatte, und packte so viel Geschirr wie möglich in die Spülmaschine. Wenigstens wurde bei der Gelegenheit einmal alles grundgereinigt.

Als sie sich im Café umschaute, überkam sie ein Gefühl von Unsicherheit, ein Hauch von Niederlage, aber dann atmete sie durch und stemmte die Hände in die Hüften. Helles Sonnenlicht fiel durch die Fenster herein und beleuchtete die Schäden. Wenigstens waren die zerbrochenen Vasen und die zerstreuten Blumen, all das Chaos am Boden weggeräumt, aber die echten Reparaturen standen noch aus.

Seufzend schaltete sie die Kaffeemaschine ein und dankte dem Himmel, dass das teure Herzstück ihrer Ausstattung dem Einbrecher widerstanden hatte. So konnte sie wenigstens während der Instandsetzung noch Tee und Kaffee durch die Luke verkaufen. Schade nur, dass ihre geliebte Klapptafel kaputt war.

Mit einem starken, ordentlich gezuckerten Kaffee setzte Summer sich an einen der weniger beschädigten Tische und stellte eine Liste zusammen. Ihre Mum hatte bei einem Großhändler in Cambridge eingekauft, wenn sie neues Inventar hatte besorgen müssen. Die Vasen ließen sich leicht ersetzen, ebenso das zerbrochene Geschirr, die Kasse und die Tafel. Die demolierte Tür und die Fenster waren schon schwieriger, und Summer hatte keinen Schimmer, wo ihre Mum Reparaturen hatte machen lassen. Maddys kleines Adressbuch war offenbar verloren gegangen, als Ben die Sachen vom Schiff geräumt hatte.

Summer trank aus, dann schnappte sie sich ihre Tasche, nahm Latte an die Leine und verließ das Boot durch den Motorraum am Heck. Sie schloss ab, die Bugtür war noch immer verrammelt. Als sie sich dem Parkplatz näherte, wurde ihr erst richtig klar, dass ihr Polo ein paar Monate unbenutzt dort gestanden hatte, dabei war das Parken seit Anfang April hier wieder gebührenpflichtig. Ihr wurde schon ganz anders, als sie nur an die Strafzettel dachte. Beim Näherkommen bemerkte sie schon einen weißen Zettel auf der Windschutzscheibe und wappnete sich. „Parkerlaubnis in der Fleischerei Willowbeck hinterlegt", las sie laut, atmete auf und eilte zu der kleinen Ladenzeile.

Adam schaute auf, als sie eintrat. „Dreißig Scheiben Bacon, Miss Summer?"

„Heute nicht. Heute möchte ich mich nur ganz herzlich für die Sache mit meinem Auto bedanken."

Adam winkte ab. „Ach was, ich wusste, du bist jetzt erst mal weg, aber hab mir schon gedacht, dass du deine kleine Rostlaube behalten willst. Die offizielle Parkerlaubnis für dich hab ich im Hinterzimmer liegen. Wollte den Wagen nicht aufbrechen, um sie aufs Armaturenbrett zu legen. Dann hätte das Auto erst recht verlassen ausgesehen."

„Das weiß ich wirklich zu schätzen."

„Also bist du wieder ganz hier?"

Summer lächelte entschuldigend. „Es war gut, mal wegzukommen. Und es hat mir geholfen, zu erkennen, dass hier mein Zuhause ist, auch wenn einem das Leben am Fluss überall schön und interessant vorkommt."

Adam gab einen Lacher von sich. „Absolut. Keiner kann dem Charme von Willowbeck widerstehen."

„Ich komm dann auch wieder Bacon kaufen, muss nur erst einige Reparaturen vornehmen. Danach kannst du mit mir als Stammkundin rechnen."

„Das freut mich."

„Dann lass mich wissen, wie viel ich dir für die Parkerlaubnis schulde. Ich komm später noch mal mit dem Geld rein."

Adam winkte ihr zum Abschied, und erstaunlicherweise sprang das Auto beim ersten Versuch an.

Latte saß auf dem Beifahrersitz, während sie durch die herrliche Landschaft in Richtung Cambridge fuhren. Es war ein seltsames Gefühl, nach so langer Zeit wieder über die bekannten Straßen zu fahren und überhaupt am Lenkrad zu sitzen und nicht an der Ruderpinne. Sie hatte das Fenster geöffnet, das Radio dudelte, und wenn das Café auch im Moment trist aussah, wusste sie doch, dass es mit ein wenig Einsatz und Kapital wieder ein Schmuckstück werden würde. Valerie und sie hatten es schon einmal instand gesetzt. Und diesmal würden sie sich selbst übertreffen.

Der Großhändler hatte alles, was sie brauchte, und als Summer wieder fuhr, war der Kofferraum voller Geschirr und Vasen, Ballons und Wimpel. Auch eine moderne Kasse war dabei und – was sie besonders freute – eine neue, robuste Klapptafel zum Aufstellen, inklusive Kreidestiften. Sie schwelgte schon in der Vorstellung, wie schön sich die Schrift darauf machen würde, wenn sie mit ihren Sprüchen die Leute zu einem Aufenthalt an Bord verführen wollte.

Wieder auf dem Boot, ging sie gleich an die Arbeit und machte sich schon bald mit den neuen Kreidestiften ans Werk. Sie kostete es voll aus, benutzte verschiedene Kreiden und zeichnete eine dampfende Teetasse in eine der unteren Ecken.

Die Tische bleiben ungenutzt,
denn heute wird das Boot geputzt.
Getränke gibt es nicht zu knapp,
kommt, holt euch euren Kaffee ab!

Sie hätte natürlich auch Tische auf dem Leinpfad postieren können, aber es gab noch so viel zu regeln, dass sie darauf lieber verzichtete.

Bevor sie die neue Tafel hinausstelle und die Luke öffnete, ging Summer zur Sandpiper hinüber. Es war beinahe elf Uhr. Sie hatte zu viel Zeit beim Großhändler vertrödelt, Mason musste längst auf sein. Der Abend im Pub hatte Spaß gemacht. Die Atmosphäre war locker und gemütlich gewesen, warum also kroch ihr die Nervosität durch die Glieder? Sie war noch nie auf diesem Boot gewesen, und das Herz klopfte ihr bis zum Hals, als sie an die glänzend schwarze, zweiflügelige Tür klopfte.

Lange brauchte sie nicht zu warten, bis Mason öffnete. Mit der Brille auf der Nase und in einem schäbigen kakifarbenen Shirt, das knapp über dem Bund seiner Jeans endete, sah er unwiderstehlich zerknautscht aus.

„Hi", begrüßte er sie erstaunt.

„Tut mir leid, wenn ich störe. Ich kann später wiederkommen, wenn du noch zu tun hast."

„Ist schon gut, komm nur rein." Er trat einen Schritt zurück, um sie vorbeizulassen. Summer trat ein und wurde, bevor sie sich überhaupt umsehen konnte, überschwänglich von Archie begrüßt. Sie streichelte den Border-Terrier, und er sah sie erwartungsvoll an.

„Leider hab ich Latte zu Hause gelassen. Ich wollte nicht lange bleiben." Sie blickte umher und war überwältigt. Alles hier kam ihr schön und ungewöhnlich vor. Der Fußboden hatte Planken aus Weißeiche oder Erle, mit schwarzen und roten Akzenten, und war offensichtlich sehr hochwertig. Sie stand neben einem kleinen Küchentisch, dahinter lag die offene Kombüse, und sie erhaschte einen Blick auf schwarze, marmorierte Arbeitsplatten. Die Kanten der Schränke waren wellenförmig geschwungen. Dahinter musste der Wohnbereich sein, in dem sie ein Sofa, einen Fernseher in einem Einbauschrank an der Wand und einen großen iMac auf einem winzigen Schreibtisch erkennen konnte. Wo sie auch hinschaute, alles schien perfekt aufeinander abgestimmt. Die großen rechteckigen Fenster wechselten sich mit Bullaugen ab, der Schreibtisch hatte eine kurvige Kante, und runde rote Kissen lagen auf dem schwarzen Sofa. Bis auf den schwarz-weiß karierten Küchenboden bestand der gesamte Fußboden aus Holz.

Summer hatte immer gewusst, dass ihr Wohnraum kleiner wirkte, weil das Café die Hälfte des Platzes einnahm, und als sie gesehen hatte, wie geräumig andere Boote wirkten, war es ihr erst richtig bewusst geworden. Dies hier war aber noch etwas völlig anderes. Alles auf diesem Boot strömte Raum, Licht und Ruhe aus. „Wow“, hauchte sie. „Das ist fantastisch.“

„Ein langer Weg, aber jetzt ist alles genau, wie ich es mir gewünscht habe.“

„Ich frag mich, wo du deine schlammigen Wanderschuhe abstellst.“

Mason lachte laut auf. „Das ist deine drängendste Frage?

„Es ist *so* schön, so voller Charakter, so – so perfekt!“

„So ganz anders als ich, wie?“ Er grinste. „Kaffee?“

„Gern“, Summer musste an die berühmte Zeile aus „Bridget Jones“ denken: *Ich mag dich sehr. So, wie du bist.* Sie ging ihm nach, nahm dabei die kleinen Details wahr – einen Küchenwecker auf der Arbeitsplatte, der die Form eines Schafs hatte, ein Einmachglas mit knochenförmigen Hundekeksen, auf dem „Archie“ auf einem Schildchen stand, wohl damit er sie nicht in einem zerstreuten Moment selbst aß. Kleine gerahmte Fotos auf den schrägen Wänden: ein Zwerghirsch im Nebel, der, Hals und Kopf in aufmerksamer Haltung, direkt in die Kamera schaute, ein Schwan, der sich mit gestrecktem Körper vom Fluss in die Luft erhob, die Flügel sprühten glänzende Wassertropfen, die Nahaufnahme eines Rotkehlchens, dessen Brust von unglaublichem Rot war, die Details der einzelnen Federn so komplex wie Spitze.

„Sind die alle von dir?“

„Jepp.“ Mason löffelte Kaffee in die Cafetière. „Sorry, ich hab keine so raffinierten Sachen wie eine Kaffeemaschine.“ Er setzte Wasser im Kessel auf.

„Ich staune, dass du echten Kaffee nimmst statt Instantpulver.“

Er sah betroffen drein. „So wenig hältst du also von mir?“

„Du gibst gerade ein Vermögen für meine Espressi aus."

„Kaffee schmeckt zu Hause immer anders, das weißt du sicher selbst. Obwohl – wahrscheinlich ist es bei dir nicht so."

„Ich hab nun mal alles, um einen guten Kaffee zu machen."

„Wie geht es dem Café? Brauchst du Hilfe bei den Reparaturen?"

„Ehrlich gesagt, bin ich deswegen hier." Sie sah zu, wie er heißes Wasser aufgoss, umrührte und den Deckel aufsetzte. Der Kaffeeduft vermischte sich mit seinem typischen Geruch nach Zitrus und Vanille. „Kannst du mir jemanden empfehlen, der meine Tür und die Fenster ersetzen und vielleicht bei der Reparatur der Tische helfen kann?"

„Klar doch." Er ging hinüber an den Schreibtisch und blätterte einige Papiere durch. Summer folgte ihm und bemerkte Zeichen seiner Nachlässigkeit, die sich in das Vorzeigeboot einschlichen. Ein Stapel Zeitschriften mit Eselsohren über Fotografien auf einem Beistelltisch, eine davon aufgeschlagen bei einem Artikel, der mit Leuchtstift umkringelt war. Zwei Pullis hingen über der Sofalehne, und ein leeres Glas mit einem Rotweinrest stand auf dem Boden. Eine Schachtel auf dem Sofa sah aus, als wäre sie voller Filmrollen, wo auch immer er sie wohl entwickelt bekam. Sie grinste bei dem Gedanken, dass er nicht völlig in das digitale Zeitalter eingetaucht war.

„Hier ist es." Er reichte ihr ein Blatt. „Da hab ich die meisten Arbeiten an der Sandpiper machen lassen. Ich wusste nicht das Geringste über Boote, als ich sie gekauft habe, und sie erklären einem immer gern alles Mögliche, darum konnte ich am Ende ganz gut einiges selbst machen. Es ist nicht allzu weit, und Mick, mit dem ich zu tun hatte, kommt auch mal selbst her, wenn etwas schnell zu erledigen ist. Sag ihnen, dass ich sie dir empfohlen habe."

„Super, danke. Ich muss das Café jetzt bei dem Wetter so schnell wie möglich wieder zum Laufen bringen.

„Bestimmt stehen sie dir gern zur Verfügung." Mason schlüpfte an ihr vorbei, schenkte Kaffee ein, und sie lehnten sich nebeneinander an die Arbeitsplatte, jeder eine große Tasse in der Hand.

„Das ist die schönste Bootseinrichtung, die ich je gesehen habe", gestand Summer ihm. „Verglichen mit dem Café und – warst du mal auf der Moonshine? Dort ist alles voller Stoff und dunkler Ecken."

„Na ja, weil es Valeries Büro ist, wo sie ihre Klienten empfängt. Und bei dir gehen auch den ganzen Tag Leute ein und aus. Deine Kabine ist genauso gemütlich wie das hier."

Summer lachte. „Von wegen. Du brauchst nicht extra nett zu sein. War es in deinem Haus auch so, bevor du aufs Boot gezogen bist? So schönes Design mit Liebe zum Detail?" Sie fuhr über die geschwungene Kante des Schranks und nahm wahr, wie Mason neben ihr seufzte.

„Nicht direkt. Das hier war ... schon ein echter Neuanfang. Die Sandpiper zu kaufen, ganz auf dem Wasser zu leben. Darum wollte ich es zu einem echten Zuhause machen. Und ehrlich gesagt, war es für mich auch eine Art Projekt, eng mit den Bootsbauern zu arbeiten, um das Innenleben zu gestalten, sich über die geeignetste Einrichtung zu informieren, auch, was Heizung und Zubehör angeht. Und dann schließlich für den letzten Schliff mit den Leuten Hand in Hand zu arbeiten – eine gute Ablenkung."

„Ablenkung wovon?" Summer dachte an Claires Freundin und daran, ob sie wohl auch eine Form von Ablenkung gewesen war. Sie schob den Gedanken beiseite und nippte am Kaffee.

„Von unangenehmen Erinnerungen", antwortete Mason mit einem kurzen Seitenblick. „Ich freue mich aber, dass es dir gefällt. Schade, dass du es jetzt erst siehst, aber du bist immer willkommen. Du solltest dir wirklich mal die Fotos anschauen, die ich in Foxburn aufgenommen habe."

„Sehr gern. Wie wär's nächste Woche Freitag? Ich koche hier

in deiner wundervollen Küche für uns, und du zeigst mir die Bilder."

Mason wandte sich ihr mit forschendem Blick zu. „Das klingt nach einem Hinterhalt."

„Wie meinst du das denn?"

„Du glaubst, wenn du das Datum nicht nennst, entgeht mir, dass das mein Geburtstag ist?"

Summer lachte auf. „Ist doch eine gute Idee, sich an seinem Geburtstag ein Abendessen kochen zu lassen. Es sei denn, du hast andere Pläne." Sie fühlte, wie sie rot wurde, und nahm einen großen Schluck. Womöglich wollte er ja mit jemand anderem seinen Geburtstag verbringen.

„Nein, keine Pläne", sagte er und schaute ihr tief in die Augen. „Ich denk drüber nach."

„Gut. Man muss ja keine große Sache daraus machen, aber ich finde, man sollte den Tag, an dem man auf die Welt kam, würdigen, und wenn auch nur ein klein wenig. Ich möchte den Tag jedenfalls gern würdigen." Sie trank schnell den Kaffee aus, um ihre Verlegenheit zu kaschieren. „Ich muss zurück zu Latte und meinem geschrotteten Café. Danke für die Kontaktdaten."

„Soll ich dir nicht helfen?"

Sie schüttelte den Kopf. „Solange Tür und Fenster nicht repariert sind, kann man nicht viel machen. Trotzdem danke." Sie winkte ihm und öffnete die Tür, durch die gleich grelles Sonnenlicht hereinfiel. Als sie ging, sah sie ein Paar schlammbespritzte Wanderschuhe auf einer Plastiktüte neben der Tür stehen.

Sie bummelte zurück zu ihrem Boot und genoss die Sommerbrise. Wie gern sie es gehabt hätte, dass Mason ihr half, aber sie musste erst einmal seine Überraschungsparty planen – nur eine kleine mit weniger als zehn Gästen, die Gänse nicht mitgerechnet, aber er würde schon sehen, wie sehr man ihn schätzte und wie dankbar sie ihm für seine Unterstützung war. Sie brauchte ein voll funktionstüchtiges Café, bevor sie irgendetwas tun konnte. Darum musste sie zuerst diesen Mick anrufen.

Mick kam am späten Nachmittag vorbei, und Summer fürchtete schon, dass er das Boot eher kaputt machen als reparieren würde. Er war mindestens eins neunzig groß, hatte einen struppigen braunen Bart, der ein ideales Nest für Blaumeisen abgegeben hätte, und trug ein hellrotes T-Shirt. Er erinnerte Summer an Desperate Dan aus den Comics, die sie als Kind gelesen hatte, aber er sah freundlich drein, und sein Händedruck war warm und fest.

„Meine Güte, was ist denn hier passiert?"

„Ein Einbruch. Es ist nichts von Wert gestohlen worden, aber alles wurde ziemlich verwüstet."

Mick nickte und drehte sich einmal um sich selbst, wobei er den Kopf etwas einziehen musste. „Kriegt man aber leicht wieder hin."

„Im Ernst?"

„Ich nehme die Maße, bringe Ihnen neue Fenster und setze eine bessere Tür ein, die sicherer ist. Ist eh an der Zeit." Er fuhr mit dem Finger an der Türkante entlang. „Das dauert nicht lange."

„Und die Tische?" Summer zeigte ihm die demolierten Möbel.

Mick befühlte auch diese, und Summer fand, dass sie neben dem großen Mann fast wie Hobbitmöbel aussahen. „Kann ich gleich mitnehmen und bring sie morgen wieder, zusammen mit der Tür und den Fenstern. Wie wär das?"

„Morgen?"

„Na ja, wenn's Ihnen zu schnell ist, dann natürlich nicht." Er grinste, oder zumindest sah es für Summer so aus. Bei dem Bart schwer zu sagen.

„Das ist ja nicht zu fassen! Ich hätte nicht gedacht, dass Sie das so schnell hinkriegen."

„Im Sommer geht es etwas fixer, weil die Leute lieber unterwegs sind, als Reparaturen machen zu lassen. Wenn es Winter wäre, hätte ich überhaupt erst in ein paar Wochen kommen können."

„Dann bin ich sehr froh, dass der Einbruch im Sommer stattgefunden hat."

„Genau", bestätigte Mick. „Danken wir dem Einbrecher für seine Rücksichtnahme." Jetzt sah man das Grinsen unzweifelhaft, und Summer musste sich zurückhalten, dem komischen großen Mann nicht um den Hals zu fallen, weil er ihr Café viel schneller wieder in Schuss bringen würde, als sie es für möglich gehalten hatte. „Sie sagten, dass Mason mich Ihnen empfohlen hat? Ist er da?" Er wies in Richtung Sandpiper.

„Heute Morgen war er zu Hause."

„Dann werd ich mal bei dem alten Don Juan reinschauen. Bin gleich wegen der Tische wieder hier, wenn's okay ist."

Summer nickte, dankte ihm nochmals und winkte ihm hinterher. Sie versuchte, nicht weiter über den Spitznamen nachzudenken, mit dem er Mason bedacht hatte, oder darüber, woher der wohl stammen mochte.

Mick stand zu seinem Wort, kam am folgenden Tag zurück und hatte die wiederhergestellten Tische sowie die neuen Fenster dabei. Noch dazu brachte er eine neue Tür mit, die rot glänzte wie ein typisch englischer Briefkasten.

„Ist die schön", schwärmte Summer voller Ehrfurcht und strich ehrfürchtig über das Holz.

„Ich setz sie kurz ein", sagte Mick. „Montier Ihnen schnell alles so weit."

Summer bediente an der Luke, servierte den Donnerstags-Spaziergängern Tee, Kaffee und Plätzchen, während Mick die kaputten Fenster ersetzte. Es war heute extrem heiß, und die Luftfeuchtigkeit erreichte ungeahnte Höhen, sodass Summer einen weiteren Ansturm erwartete. Sie versorgte den bulligen

Mann mit starkem Tee und Schokokeksen und war schon versucht, ihm eine Massage zu verpassen, weil er sich bei der Arbeit im niedrigen Boot so verkrümmen musste, konnte es sich aber noch verkneifen.

Er beendete seine Arbeit, als die Familien die Gartentische der Black Swan nach und nach verließen und Paaren und älteren Gesellschaften Platz machten. Summer hatte das Geld parat – Micks Dienste kamen ihr nicht gerade kostengünstig vor, aber das Café sah wieder schön aus und war nun deutlich sicherer. Allein das zu wissen, war das Geld wert.

„Wenn noch was ist, rufen Sie mich einfach an."

„Sie waren eine Wucht, Mick, und so schnell! Kein Wunder, dass Mason Sie empfohlen hat."

„Er ist schwer in Ordnung", sagte Mick und nickte bestätigend.

„Auch wenn er ein Don Juan ist", erwiderte Summer lachend, aber es klang unsicher und längst nicht so entspannt wie erhofft.

„Aha, aus Erfahrung gesprochen …"

Summer errötete. Sie hätte sich besser nicht so weit vorwagen sollen, nur um Näheres zu erfahren.

„Aber er hat ja die Kurve gekriegt", gab Mick zurück, ohne ihr Unbehagen zu beachten. „Ungefähr so wie die Sandpiper."

Summer sah ihn fragend an. „So?"

„Hat als Wrack angefangen und ist jetzt irgendwie zur Ruhe gekommen. Richtiggehend solide geworden. Früher …" Mick brach ab und blickte in eine unbestimmte Ferne. „Tja, aber wer kann ihm das verdenken, nicht wahr? Nach allem, was er durchgemacht hat. Aber wie auch immer …" Er war wieder im Hier und Jetzt, ergriff mit seiner Pranke Summers Hand und schüttelte sie dementsprechend.

Summer begleitete ihn hinaus, ging zurück zu ihrer neuen Bugtür und strich erneut über die rote Beschichtung. Wundervoll! Fast so, als hätte ihr Mason ein kleines Stück der Sandpiper geschenkt. Mason, der Don Juan, Mason, der Solide. Was war denn nun geschehen? Sie konnte nicht ihr Leben lang über dieser Frage brüten. Sie konnte ihn aber auch nicht fragen oder warten, bis er es ihr erzählte, denn ihre Freundschaft hatte eine Vertrauensebene erreicht. Es gab auch immer noch Dinge, die er nicht über sie wusste.

Sie brauchte Ablenkung, etwas, um die Gedanken loszuwerden, die ihr im Kopf herumschwirrten. Das Problem war nur, dass ihre Ablenkung aus Mason und seinem bevorstehenden Geburtstag *bestand*. Sie seufzte auf, drückte der neuen Tür einen Kuss auf und schaute sich dann schnell um. Nein, niemand hatte sie beobachtet. Latte sah zu ihr auf, den Kopf schräg gelegt, mit einem völlig verständnislosen Blick im kleinen Hundegesicht.

Der zehnte Juni, Masons Geburtstag, begann schon am Morgen so feuchtwarm wie die ganze letzte Woche über. Es gab jedoch keine Anzeichen für einen Sturm, der die drückende Atmosphäre hätte aufreißen können, und Summers Kunden gaben sich so schwunglos, wie sie selbst sich fühlte. Jeder bewegte sich so langsam wie möglich, die Leute hielten sich länger an den Tischen im Innern auf, wo zumindest durch die Fenster auf beiden Seiten eine minimale Brise zog. Man kaufte kalte Getränke und Eis durch die Luke, und so musste Summer am laufenden Band Waren nachlegen.

Sie wusste, dass sie an dem Ort war, an dem man es noch am besten aushalten konnte, denn auf dem Fluss zu sein, erschien einem bei dem Wetter immer noch besser, als in einem Café im Zentrum von Cambridge zu sitzen. Latte saß bei der Hitze lethargisch herum, schlief viel und starrte hin und wieder aufs Wasser, als wolle sie hineinspringen. Das jedoch hatte sie noch nie getan, und so hielt Summer sie so kühl, wie sie konnte, ging morgens sehr früh und abends spät mit ihr spazieren, wenn es noch nicht oder nicht mehr ganz so warm war, und verfolgte sie förmlich mit dem Wassernapf.

Für den Abend hatte sie schon alles vorbereitet. Der Kuchen stand fertig im Kühlschrank, die Ballons waren mit Helium gefüllt und baumelten in der Kabine herum, und Luftschlangen für die Tische lagen auch bereit. Sie hatte ein Geschenk für Mason in Arbeit – ein kleines Bild von einem Eisvogel – aber weil sie erst seit Kurzem von dem Geburtstag wusste, hatte sie nicht genug Zeit gehabt, um daran zu arbeiten. Es würde einige Wochen dauern, bis sie damit fertig wäre. Sie hatte Valerie und Adam, den Metzger, eingeladen. Harry wollte mit Tommy und Greg kommen. Norman hatte sie auch gefragt, und für Dennis und Jenny hatte sie eine Einladung im Pub hinterlegt, aber sie hatte wenig Hoffnung, was die drei betraf. Dennoch würde es sicher schön werden, auch wenn sie nur mit wenigen feierten.

Wenn sie um sechs schließen würde, wollte sie die Ballons, die Luftschlangen und das Konfetti hervorholen, auch die Flaschen und den Kuchen, und dann ging es darum, Mason unter einem Vorwand auf ihr Boot zu locken. Wie sie das anstellen würde, wusste sie allerdings noch nicht, nur dass er zu Hause sein würde, denn sie hatte sich ja selbst bei ihm auf der Sandpiper zum Kochen eingeladen. Es widerstrebte ihr sogar ein bisschen, ihn mit den anderen zu teilen, aber sie hoffte, noch viel Zeit mit ihm allein verbringen zu können, wenn die Party erst einmal gut gelaufen war.

Noch in ihrem Sommerpyjama – gelben Shorts und Trägertop – tappte sie zur Kaffeemaschine. Erst mal registrierten ihre nackten Füße nur Kälte, aber als sie betroffen nach unten schaute, nahm sie schon die Nässe wahr. Eine Wasserschicht überzog den gesamten Fußboden des Cafés.

Sie musste einen Schrei ausgestoßen haben, denn Latte kam angelaufen, tanzte kurz durch das Wasser und versteckte sich dann mit lautem Bellen hinter ihr.

„Oh nein!", kreischte sie laut. „Was ist das? Gehen wir jetzt etwa unter?" Latte konnte ihr die Frage nicht beantworten und kläffte stattdessen weiter, um den Lärm noch zu steigern.

Panisch rannte Summer durch die Kabine zur Hecktür und an Deck und bollerte kurz darauf so heftig an Masons Tür, dass der junge Mann, der gerade vorbeiradelte, vor Schreck einen Schlenker machte. Latte, die ihr gefolgt war, kläffte mittlerweile in für Menschen fast nicht mehr hörbarer Tonhöhe.

Endlich meinte sie, eine Stimme von drinnen zu hören, schon schwang die Tür auf und Mason stand da und schaute sie schläfrig und besorgt zugleich an. Er war ein wenig zerknittert um die Augen. Auf einen Blick registrierte Summer, dass er nur Boxershorts trug und unglaublich gebräunt war, aber sie hatte keine Zeit, um sich dadurch ablenken zu lassen.

„Summer“, sagte er gähnend. „Was ist los? Geht's dir gut?“ Bevor er ihr in die Augen schaute, streifte sein Blick kurz ihre Beine, die ja nur in dem winzigen Schlafanzughöschen steckten.

„Mein Boot steht unter Wasser“, platzte sie heraus. „Das Café – gehe ich jetzt unter?“

„So ein Mist“, rief Mason aufgeschreckt. „Hoffentlich nicht! Gib mir zwei Sekunden.“

Er verschwand kurz nach drinnen, und Summer hielt Latte fest, die genauso wild darauf brannte, das Innere der Sandpiper zu sehen, wie sie selbst noch vor Kurzem.

Mason kam zurück, jetzt in einem weißen Shirt über den Shorts, war aber barfuß. „Archie, bleib.“ Er schloss die Tür von außen und folgte Summer auf ihr Boot und durch die Kabine, wo er an den Ballons vorbeikam und sie erstaunt betrachtete.

„So ein Mist“, murmelte er wieder, als sie den Caféraum erreichten.

„Geh ich doch unter? Bitte, sag mir, dass ich nicht untergehe!“

Mason schüttelte den Kopf. „Ich glaub nicht. Vielleicht hast du ein Leck im Rohr. Das ginge noch. Es kann aber auch sein, dass der Rumpf ein Leck hat.“

„Das kann nicht sein! Das … wäre ziemlich schlimm, oder?“

„Wahrscheinlich ist es das Rohr. Lass uns von einem Rohrbruch ausgehen."

„Gut, dass du so optimistisch bist. Und was machen wir nun?"

„Wir rufen Mick an."

„Gute Idee." Summer ging ihr Handy holen und rief den Bootsbauer an. Er war optimistisch und hilfsbereit, aber zu ihrer Verzweiflung teilte er ihr mit, dass er frühestens mittags kommen konnte.

Sie gab die schlechte Nachricht an Mason weiter.

„Okay", sagte er und schaute sich im Café um, wobei er sich mit der Hand durchs Haar fuhr, das davon aber nur noch wuscheliger wurde. „Okay. Wir sehen zu, dass wir das Leck finden, damit es schneller geht, wenn er hier ist."

„Was? Wie sollen wir das machen?"

„Wir nehmen die Bodenplanken raus."

Summer verlor beinah das Gleichgewicht. „Wir?"

„Ja, genau." Er klang trotzig.

„Na schön. Was brauchen wir dafür?"

„Schraubendreher und Stemmeisen."

„Ich hol die Werkzeugkiste." Während Summer zum Maschinenraum lief, dämmerte ihr, dass die Überraschung für Mason nun verdorben war. Selbst wenn es ihnen gelang, das Boot in Ordnung zu bringen, hatte er doch die Ballons gesehen. Sie hatte keine Ahnung, wie ernst es um das Leck stand und wie viel diese ganze Sache kosten würde, aber es schien doch eher unwahrscheinlich, dass die Party heute überhaupt stattfand oder das Café überhaupt für Gäste öffnen konnte – ganz zu schweigen von den langfristigen Auswirkungen auf das Geschäft. Sie fluchte, fand im selben Moment die Werkzeugkiste und schlurfte damit zurück ins Café.

15. Kapitel

Summer war sich ziemlich sicher, dass noch nichts in ihrem Leben sie derart aus der Fassung gebracht hatte. Zu zweit hatten sie die Stühle und Tische ganz ans Ende des Cafés geräumt, direkt vor die Theke, und konzentrierten sich auf die Bugseite des Bootes, wo Mason das Leck vermutete. Vorsichtig stemmte er die Bodendielen hoch, um sie bei der Arbeit nicht zu beschädigen. Nach und nach kamen das Rohrsystem und die Bilgen darunter zum Vorschein.

„Warum tut es das wohl?", fragte Summer beim Anheben einer Planke.

„Was?" Mason schaute auf. Er hatte Schweißperlen auf der Stirn, und seine Locken kräuselten sich durch die feuchte Luft.

„Mein Boot. In letzter Zeit repariere ich es andauernd."

„Den Einbruch kannst du ja nicht dem Boot anlasten", sagte Mason angestrengt, während er ein Brett hochstemmte. „Und wir wissen auch noch nicht, was hier passiert ist."

„Ich glaub ja, du hast einen schlechten Einfluss."

„Ich?", entgegnete Mason scharf. „Warum? Was hab ich getan?"

„Bestimmt hat das Bootscafé gemerkt, wie grandios die Sandpiper ist, und jetzt ist sie eifersüchtig. Und prompt geht sie überall kaputt, damit ich sie repariere. So kommt sie dann schließlich auf denselben hohen Standard."

„So toll ist mein Boot auch nicht."

„Es ist ein James-Bond-Boot."

„Welcher Film soll das denn gewesen sein? Kann mir nicht vorstellen, dass irgendein Regisseur glaubt, ein Kanalbootrennen könnte Zuschauerherzen höherschlagen lassen, selbst wenn

Bond das Tempolimit von vier Meilen die Stunde brechen würde." Mason linste hinunter in die Bilgen. „Wenn ich rausfinde, wo ..." Seine Stimme driftete ab, bis er wieder gerade saß und sich die nasse Stirn mit einer geschwärzten Hand abwischte.

Summer starrte auf die schmutzige Stirn, registrierte seine völlige Selbstvergessenheit und musste sehr an sich halten, um nicht laut loszuprusten. „Ross hat mal gesagt, dass mein Boot ihn an die mondänen Jachten in den Bond-Filmen erinnert. Dabei trifft das nicht im Mindesten auf meins zu, aber auf deines schon."

„Ich verwahre mich gegen das Wort ‚mondän' in jedem Bezug, aber ganz besonders mein Boot betreffend."

„Es ist einfach wundervoll", sagte Summer träumerisch und schaute dann auf das Wasser um sie her und die Höhle, die sie in ihrem Boot geöffnet hatten, als wollten sie es ausweiden. Sie saßen beide mitten im Wasser, mit durchnässten Shorts, und sicher sah sie selbst nicht besser aus als Mason, was den Schmutz im Gesicht anging. Das Bootscafé und die Sandpiper konnten im Moment gegensätzlicher nicht sein. Sie seufzte und beugte sich über die Stelle, auf die Mason blickte.

„Ich vermute, dass es dort ist." Er zeigte mit einer Hand nach unten und angelte sich mit der anderen die Taschenlampe von der Fensterbank, um dann den Strahl auf das Rohrleitungssystem zu richten.

Summer glaubte, zu erkennen, was er meinte. An der Seite eines der Rohre war ein Riss zu erahnen. „Dann kann man es reparieren. Es ist also nicht der Rumpf."

„Genau. Und das kriegt Mick locker hin."

„Das Boot sinkt definitiv nicht?"

Mason sah sich demonstrativ um. „Sieht nicht so aus."

„Puh. Zum Glück. Zum Glück, hm, meine Süße?" Sie hob Latte auf und knuddelte sie. Die Hundepfötchen waren pitschnass, und als sie das Tier wieder absetzte, prangten kleine schmutzige Abdrücke auf ihrem gelben Top. Summer seufzte und schaute auf. Mason grinste, und als sie die Arme vor der Brust verschränkte, lächelte er unschuldig. „Sag nichts", warnte sie.

„Hatte ich nicht vor."

„Himmel, was macht *ihr* denn da? Was ist mit dem Boden passiert? Habt ihr *Schlafanzüge* an?"

Valerie stand in der Tür.

„Mein Boot leckt. Wir haben die kaputte Stelle gesucht."

„Du liebe Güte, du bist ja völlig durchnässt, Schätzchen!"

„Das Café auch", bestätigte Summer düster.

„Ich mach mal ein paar Fotos und schick sie an Mick, dann weiß er, was er hier zu tun hat und was er mitbringen muss", schlug Mason vor.

Summer rappelte sich auf und ging um das Loch im Boden herum zum Bugdeck, wo sie sich mit Valerie setzte. „Der Plan heute Abend fällt jetzt gründlich ins Wasser."

„Das ist deine größte Sorge, während dein Boot sich in Wohlgefallen auflöst?"

„Ich wollte doch, dass alles perfekt ist!"

„Soweit ich das sehe, sind keine Regenwolken in Sicht." Valerie schaute zum wolkenlos blauen Himmel.

„Wow, du musst eine Wahrsagerin sein. Das ist einfach erstaunlich!"

Valerie schnappte hörbar nach Luft. „Na hör mal, du freche Göre!"

„Entschuldige, es war einfach ein völlig surrealer Morgen." Summer rieb sich die Schläfen.

„Nur gut, dass du dich an Mason wenden konntest." Valeries Stimme schien mehr Nachdruck zu haben als sonst, aber Summer wollte nicht weiter nachhaken.

„Ich dachte plötzlich, das Boot geht unter. Ich bin so froh, dass das nicht der Fall zu sein scheint."

„Mick ist schon unterwegs", sagte Mason von der Tür her. „Er weiß, welches Rohr er mitbringen muss und kriegt das heute noch hin. Die Bodendielen kannst du allerdings noch nicht wieder einsetzen, und die Türen und Fenster müssen möglichst lange offen bleiben, damit alles trocknen kann. Er sagt, du hättest Glück gehabt, dass es im Sommer passiert ist. Bei Kälte wäre das alles viel unangenehmer."

„Es ist schon ein rücksichtsvolles Leck, genau wie der Einbrecher."

Mason und Valerie wechselten einen verständnislosen Blick, woraufhin Summer ihnen von ihrer Unterhaltung mit Mick von der vergangenen Woche berichtete.

„Ich kann nicht mal richtig durch die Luke bedienen, bevor nicht alles trocken ist. Und – ach du meine Güte! Mason, ich hab dir nicht mal gratuliert! Sieh nur, was ich an deinem Geburtstag mit dir anstelle!"

„Tja, als es in aller Herrgottsfrühe bei mir klopfte, hatte ich einen Moment gehofft, ein Riesengeschenk geliefert zu bekommen." Er seufzte dramatisch auf. „Stattdessen kreischst du mich an, du würdest sinken. Nicht gerade der beste Start."

„Oh nein! Es tut mir so leid …" Summer hielt inne, als sie die Ironie in seiner Stimme bemerkte. „Du bist mir nicht böse?"

„Ich helf dir doch gern."

„Wieder mal", ergänzte Summer.

„Wieder mal", wiederholte Mason. „Steht dein Angebot für später noch? Das Abendessen? Ich kann auch kochen, jetzt, wo bei dir gerade alles drunter und drüber geht."

„N-nein, es geht schon." Summer warf Valerie einen schnellen Blick zu. „Lass mich nur machen. Ich krieg das schon hin."

„Okay." Mason hob die Kante seines Shirts hoch und wischte sich das verschmierte Gesicht damit ab, wobei er den Blick auf ein Stück seines gebräunten Bauches freigab. „Ruf mich, wenn Mick kommt, dann helf ich ihm."

Summer bedankte sich. „Was machen wir jetzt bloß?", fragte sie, als Mason gegangen war. „Auf meinem Boot können wir jedenfalls nicht mehr feiern."

„Dann bringen wir eben die Gartenmöbel raus und feiern auf dem Leinpfad."

„Außer, es gibt ein Gewitter." Sie sah Valerie zweifelnd an.

Die wies mit ausgestrecktem Arm gen Himmel. „Ich sage voraus, dass es keines geben wird, und da ich eine Wahrsagerin bin, kannst du dich auf meine Wettervorhersage verlassen."

„Touché." Summer grinste. „Wir müssten nur die Ballons besonders fest an die Stühle binden.

„Warum?"

„Weil sie mit Helium gefüllt sind."

„Ach so. Das ist natürlich ein guter Grund."

Während die Männer das Rohr reparierten, machte Summer mit den beiden Hunden einen langen Spaziergang den Fluss hinauf und über die Felder in ein kleines Wäldchen. Sie hatte zwar auch helfen wollen, aber sie hätte nur im Weg herumgestanden. Sie gönnte sich die Zeit, um den herrlichen Sommertag zu genießen. Die Wanderung mit Mason schien Jahre zurückzuliegen. So viel war in der Zwischenzeit geschehen, sie würde sich selbst zwar längst nicht als Naturkennerin bezeichnen, aber sie erkannte immerhin die Töne einer Schwarzdrossel und eines Rotkehlchens, die sich vor der Sommerhitze in den Bäumen versteckten. Sie fühlte sich an die Zeit mit Jas und Ryder erinnert, an die Geschichten im Wald in kühleren Nächten, die Furcht und Spannung am knisternden Feuer. Auch wenn es jenseits der Bäume helllichter Tag war, fühlte sich die Ruhe unter den Baumkronen fast jenseitig an.

Schließlich kehrte sie von ihrem Spaziergang erhitzt, aber entspannt zurück, mit den Vierbeinern, die friedlich neben ihr hertrotteten. Mason und Mick setzten gerade die Bodenbretter wieder ein.

„Darf man die Dielen doch schon wieder einsetzen?", fragte sie beim Blick von der Tür ins Café.

„Wir haben die Bilgen ausgepumpt“, erklärte Mick. „Wenn Sie nur den Raum heute und morgen gut lüften, ist wieder alles in Ordnung.

„Sie haben mir wieder mal aus der Patsche geholfen.“

„Kein Problem.“ Er wischte sich an einem Lappen die Hände ab.

Summer konnte sich nicht zurückhalten, ging zu ihm, umarmte ihn und drückte ihn fest. „Vielen Dank.“

„Kein Problem“, wiederholte Mick, diesmal etwas leiser und mit unsicherer Stimme.

Sie ließ ihn los, und weil sie schlecht ihn umarmen und Mason auslassen konnte, drückte sie ihn ebenfalls. „Danke dir“, murmelte sie an seinem Hals. Er roch nach Öl oder Schmiere und Holz, und sein Körper war warm und muskulöser als der von Mick. Sie fühlte, wie er die Arme vorsichtig um sie schlang und sie ungeschickt, fast gehemmt an sich drückte, holte Luft und dachte kurz daran, die Gelegenheit zu nutzen, um ihm durch die Haare zu fahren, entschied aber, dass der Anlass es doch nicht so ganz hergab, und ließ es lieber.

„Jetzt hast du deinen Geburtstag damit verbracht, meinetwegen in schmutzigem Wasser rumzukriechen und Planken aufzustemmen“, sagte sie, als sie sich widerstrebend von ihm löste. Seine Hände waren ganz schmutzig, und ihr ging auf, dass er sie nur aus Rücksicht nicht richtig umarmt hatte.

„Ich hatte sowieso nichts anderes vor“, scherzte Mason. „Außer heute Abend natürlich.“ Er lächelte zögerlich, als wäre ihm deutlich bewusst, dass sie ihn nicht wie Mick nur zum Dank umarmt hatte.

„Ich bin dann mal weg“, sagte Mick.

Summer bezahlte ihn, erwog kurz, ihm gleich eine Einzugsermächtigung anzubieten, und sah ihm nach, als er zu seinem Lieferwagen ging.

„Soll ich so um sieben kommen?“, frage Summer mit dem letzten Rest Hoffnung, dass Mason ja vielleicht noch immer nichts ahnte. Vielleicht hatte er die Ballons in der Aufregung um die Rohrleitung und die Bilgen ja vergessen.

„Hört sich gut an. Bis dahin bin ich hoffentlich wieder sauber."

„Die Gefallen, die ich dir schulde, türmen sich langsam auf. Ich weiß gar nicht, ob ich mich jemals bei dir werde revanchieren können."

„Ach, wenn ich an all die Bacon-Brötchen und Espressi denke – ich glaube, wir sind einigermaßen quitt."

„Das ist aber sehr großzügig gerechnet."

Mason nahm Archie an die Leine und machte sich mit ihm auf den Heimweg zur Sandpiper. Es war mitten am Nachmittag, immer noch herrschte brütende Hitze, und so fand Summer noch Zeit, im Café aufzuwischen und dem Trocknungsprozess etwas nachzuhelfen, bevor es an die Geburtstagsfeier ging. Sie war etwas aus dem Konzept geworfen worden, aber es hätte tatsächlich viel schlimmer sein können – wenn ihr Boot, das Café und ihr ganzes Lebensmodell unten im Flussbett gelandet wären. Sie hatte alle Hilfe bekommen, auf die sie in solchen Fällen hoffen konnte, und nun hatte sie erst recht Grund dazu, Mason ihre Dankbarkeit zu zeigen.

Alles war fertig. Summer und Valerie hatten die Tische zum Leinpfad hinausgebracht, sie mit Luftschlangen geschmückt und Ballons dreifach an den Stuhllehnen festgeknotet. Auf ihre stabile Aufstelltafel hatte Summer geschrieben:

Mason hat Geburtstag,
hoch soll er leben!
Dann schließt das Café
für den Nachmittag eben.

Harry, Greg und Tommy tauchten etwa um halb sieben auf. Tommy trug ein feines rotes Hemd und dunkle Shorts, Harry sah in dem pfirsichfarbenen Kleid einfach wunderschön aus, und Greg strahlte übers ganze Gesicht, aber als Summer ihn genauer in Augenschein nahm, bemerkte sie die Müdigkeitsfältchen um seine Augen.

„Harry, du Schmuckstück!" Summer umarmte die Freundin. „Danke, dass du gekommen bist."

„Ich konnte es mir doch nicht entgehen lassen, Mason richtig kennenzulernen. Und noch weniger, dich wiederzusehen."

„Schön, dass du deine Prioritäten kennst." Summer grinste. „Und ich bin wieder in Willowbeck. Für immer."

„Das sehe ich. Und heißt es, dass …?"

„Wir können unser gemeinsames Geschäft in Angriff nehmen. Es sei denn, du hast was anderes vor, oder das Café …"

„Nein, nein, da ist nichts anderes. Lass uns das noch richtig besprechen. Ich verspreche auch, dass ich keine große Sache daraus mache. Aber hier ist erst mal etwas für die Feier." Harry überreichte ihr eine große Dose, die Summer sofort an sich drückte und vorsichtig öffnete. Darin war eine riesige dreischichtige Torte mit blassgrüner Glasur. Summer sah die Hobbybäckerin fragend an.

„Pistazientorte", erklärte die sofort. „Ich hab auch Eis in der Kühltasche, das sollte schnell in die Gefriertruhe. Hast du Platz dafür?"

„Das mach ich schon", Valerie nahm Harry die Tasche ab. „Ich hole sowieso einen Saft für Tommy."

Summer dankte ihr und wandte sich an Harry. „Wie geht es Greg?"

„Er bleibt am Ball." Harry sah zu ihrem Mann und ihrem Sohn hinüber, die inzwischen einträchtig am Flussufer standen. „Aber es gibt so unregelmäßig Arbeit, dass er immer nach was anderem Ausschau hält. Bisher hatte der Arbeitsmarkt nicht gerade viel zu bieten." Sie blinzelte, um die Traurigkeit nicht zur Schau zu tragen, und lächelte schwach.

„Das tut mir leid." Summer tätschelte ihr sachte den Arm.

„Na ja, aber heute feiern wir. Wann kommt der Ehrengast? Ich brenne darauf, mich mit ihm zu unterhalten."

„Wenn ich ihn hole."

„Also jetzt sofort", rief Valerie dazwischen, die mit einer Flasche Saft in der Hand wieder zurückkam. „Bestimmt hat er sowieso den Aufruhr vor seinem Fenster bemerkt."

„Er hat schon heute Morgen die Ballons gesehen", informierte Summer die anderen und berichtete von dem Leck. Sie winkte Adam und seinem Sohn Charlie, die gerade von dem Metzgerladen herüberkamen, glättete kurz den Rock ihres blauen Sommerkleides und verfluchte ihre Nervosität, während sie zur Sandpiper hinüberging.

Latte begleitete sie zu Masons Boot.

„Was meinst du, ob er sich freut oder ärgert?" Der Hund legte den Kopf schief, Summer sandte ein kurzes Stoßgebet gen Himmel und klopfte dann an die Holztür.

Mason öffnete mit breitem Lächeln. Er trug Jeans, sein Hemd war so tiefblau wie der Abendhimmel, die Locken hatte er irgendwie gebändigt, und er war barfuß. Summer holte tief Luft.

„Hey, du siehst toll aus. Komm rein." Er trat zur Seite und wollte sie hereinlassen. Sie biss sich auf die Lippe und blieb im Türrahmen stehen, Masons Lächeln erstarb abrupt. „Was ist? Ist was passiert? Dein Boot?"

„Nein, alles okay. Ich dachte nur …", stieß Summer hervor. „Äh, könntest du mal kurz nach draußen kommen?"

Mason runzelte die Stirn. „Klar. Archie – bleib."

„Nein, bring ihn mit." Es war mehr ein Quietschen. Die Hunde berührten sich mit den Nasen und wedelten wie wild, Archie sprang vor Begeisterung abwechselnd vorwärts und rückwärts.

„Okay", sagte Mason, wobei er das Wort dehnte, und Summer merkte, wie alles schiefzugehen drohte. Sie hatte ihn nervös und argwöhnisch gemacht, weil sie selbst nervös war. Hätte sie ihn einfach gebeten, kurz mit rüberzukommen, um mal nachzusehen, wie gut ihr Boot ausgelüftet war, hätte es unverfänglicher gewirkt.

„Ach, Mason, entschuldige. Ich ..."

„Was ist denn?" Er trat näher, und Summer roch seinen vertrauten Duft, wobei die Vanille sie an den Zuckerguss auf den Cupcakes erinnerte, die sie am Tag zuvor gebacken hatte.

Wie gern sie jetzt die anderen sich selbst überlassen hätte, um mit Mason hierzubleiben! Das konnte sie aber natürlich nicht, da alle sich solche Mühe gegeben hatten. „Ich hab's vermasselt."

„Was genau?" Er schaute zu ihr hinab, ein neugieriges Lächeln auf den Lippen.

Summer holte tief Luft, nahm ihn bei der Hand und zog ihn mit sich an Deck und auf den Leinpfad. „Herzlichen Glückwunsch zum Geburtstag", sagte sie leise.

Die kleine Gruppe auf dem Pfad jubelte. Summer fühlte, wie Mason ihre Hand drückte und sie dann losließ.

„Happy Birthday, Mason", rief Valerie.

Harry und Greg klatschten, Tommy schaufelte eine Ladung Luftschlangen von einem Tisch und warf sie annähernd in Masons Richtung. Summer dachte kurz daran, dass sie sie besser bald aufheben sollte, bevor Jenny die „Vermüllung" sah und einen Grund für eine neue Ermahnung hatte.

Mason neben ihr atmete tief ein. Summer schloss die Augen und erwartete schon, einen Fluch zu hören – oder dass er sich umdrehte und zu seinem Boot zurückstürmte. Stattdessen begann er zu lachen, und so riskierte sie einen Blick zu ihm. Seine Augen schienen zu strahlen, und neben echter Überraschung stand in seinem Gesicht ehrliche Freude.

„Hi." Er winkte ansatzweise in die Runde. „Ich hatte ja keine Ahnung!" Dann drehte er sich zu Summer um. „Ich hatte ja *keine* Ahnung. Hast du das etwa alles organisiert?"

„Valerie und ich – eigentlich wir alle. Hast du denn heute Morgen nicht die Ballons bemerkt?“

„Die Ballons? Ich …“ Er schlug sich mit der flachen Hand vor die Stirn. „Ja, sicher. Aber ich hatte das ganz vergessen. Ich kann's gar nicht fassen, dass du dir deswegen so eine Mühe gemacht hast.“

„Ach, komm, genieß es und hab Spaß!“ Sie zog ihn in die Mitte der kleinen Gruppe, damit jeder ihm gratulieren konnte.

„Lasst uns anstoßen!“, schlug Valerie vor.

Von drinnen holten sie die Proseccoflaschen, Sandwiches und Häppchen, die Summer vorbereitet hatte. Als die Gläser gefüllt und verteilt waren und dann alle Gäste sie ansahen, wurde Summer klar, dass sie von ihr als der Organisatorin eine Rede erwarteten. Bei aller Planung hatte sie daran überhaupt nicht gedacht.

Der Abend war lau, das Wasser schimmerte klar unter dem wolkenlosen blauen Himmel, eine leichte Brise zog über den Leinpfad, bewegte die Luftschlangen ein wenig und ließ die Ballons hüpfen. Alles war perfekt. Sie würde es hinbekommen. Für Mason.

Sie meinte, den eigenen Herzschlag in der Kehle zu spüren – keine große Hilfe – und schluckte. „Ich habe euch alle heute hierher eingeladen, um …“

Quak. Sie schaute nach unten. Vier Enten watschelten um ihre Füße und reckten die Schnäbel zu den Tischen hoch, auf denen die Brote standen.

„Husch, husch!“ Sie wedelte mit der freien Hand.

Quak.

Tommy rannte mit ausgebreiteten Armen auf die Enten zu, die daraufhin auseinanderstoben, aber direkt darauf wieder zurückwatschelten. Summer seufzte ergeben und sah schon bei manchen Gästen die Mundwinkel zucken. Tommy senkte den Kopf wie ein wütender Stier, bereit zur nächsten Attacke, aber Harry legte ihm eine Hand auf die Schulter.

„Es hat keinen Zweck. Sie werden nicht aufgeben."

Die Enten quakten zustimmend.

Summer musste selbst ein Grinsen unterdrücken. „Also gut", sagte sie. „Wenn sie mitfeiern wollen, okay. Im Grunde ist es ja genau das, was ich sagen wollte, nur etwas geschliffener. Mason, ich kenne dich noch nicht sehr lange." Sie warf ihm einen schnellen Blick zu. Der warme Ausdruck in seinen Augen gab ihr Sicherheit, obwohl er sie gleichzeitig fast aus der Bahn warf. „Trotzdem bist du bereits ein guter Freund geworden, und das nicht nur, weil du immer da bist, wenn ich Probleme habe – sei es ein Einbruch oder ein unvorhergesehener Paddelsee im Café. Du hast mir alles Mögliche über den Fluss und die Natur beigebracht, wovon ich keinen Schimmer hatte. Du bist geduldig und liebenswürdig und humorvoll, und ich bin nicht die Einzige, die so viel Gutes über dich berichten kann. Ich weiß, dass ich für alle spreche, wenn ich sage, dass wir dich sehr mögen. Du bist ein … ein wirklich guter Mensch." Sie wusste, das war ein lahmer Abschluss, darum hob sie ihr Glas und sagte laut: „Auf dich! Happy Birthday, Mason!"

Alle hoben die Gläser und wiederholten die Gratulation. Der Prosecco war kühl und frisch, genau das Richtige an einem solch heißen Tag. Summer hatte nie verstanden, wie es möglich war, dass die Schaumbläschen so beruhigend wirkten, anstatt einen noch unruhiger und nervöser zu machen, aber sie war wirklich froh über diese Tatsache.

Sie griffen hungrig zu, unterhielten sich zwanglos und standen mehr auf dem Pfad, als dass sie an den Tischen saßen. Es war, als hätten sich die Gartenmöbel in eine Küche mit Buffet gewandelt – den typischen Partytreffpunkt. Tommy verjagte noch einmal die Enten, gab es dann aber auf, und Summer sah ihn später Brotkrumen in Richtung der schnatternden Schar werfen, sodass bald nicht vier, sondern fünfzehn Tiere da waren. Mindestens. Einschließlich einiger Kanadagänse.

„Herzlichen Glückwunsch, Mason!“, rief eine Frau mit zwei Zwergschnauzern, und Mason, der sich gerade ein Sandwich gönnte, schaute auf. Er sah Summer stirnrunzelnd an.

Sie wies auf die Aufstelltafel mit der Aufschrift, und er nickte. Im selben Moment überfiel ihn Tommy mit einer ganzen Reihe von Fragen übers Jagen, ob er schon Tiere mit dem Gewehr geschossen habe, was er vom Fischen hielte und ob er selbst schon im Fluss gefischt hätte.

Summer ging zu Harry an den Tisch, füllte dort die Gläser auf und bedachte die Freundin mit einem langen Blick.

„Wie sieht es nun wirklich aus?“, fragte sie.

Harry lächelte und sah zu Boden. „Wir kommen zurecht. Das Kellnern im Café ist in Ordnung für mich, und ich mache jetzt mehr Stunden. Es ist gar nicht so übel.“

„Aber es juckt dich in den Fingern?“

„In den Fingern?“

„Deinen herrlich kreativen Fingern.“ Summer nahm Harrys Hand in ihre. „Du könntest so viel mehr machen. Du solltest dir einen Schubs geben.“

„Ich mache noch eine Menge Häkelarbeit.“

„Verkaufst du was davon?“

Harry schüttelte den Kopf.

„Was ist also mit meinem Vorschlag? Ich würde das Café wirklich gern zu etwas ganz Einzigartigem machen, es soll sein wie kein zweites.“ Summer machte eine Kopfbewegung in Richtung Pub. „Aber abgesehen von der Tatsache, dass ich in Sachen kreativem Backen erbärmlich talentfrei bin, hab ich in letzter Zeit nichts anderes getan, als mein Boot zu reparieren. Du kannst Meisterwerke sozusagen mit einem Fingerschnippen kreieren.“

„Ich bin aber nicht die gute Fee“, sagte Harry und lächelte vorsichtig.

„Du könntest eine werden, ganz im Ernst. Für mich und das Bootscafé.“

„So gut bin ich auch wieder nicht."

„Deine Bescheidenheit klingt langsam ein bisschen lächerlich", urteilte Summer. „Pass auf, wie wär's mit einem Deal? Wenn irgendjemand etwas Negatives über deine Pistazientorte sagt, sobald ich sie als Kalorienbombe geoutet habe, bringe ich es nie wieder zur Sprache."

„Nein. Ich ... ich möchte es ja machen. Wirklich."

„Aber?"

Harry seufzte, und Summer glaubte zu wissen, warum sie noch zögerte. So, wie Harry genau gewusst hatte, dass es sie glücklich machen würde, es mit dem Boot ihrer Mutter zu versuchen, konnte sie jetzt sehen, dass die Zuversicht ihrer Freundin durch die momentan so verfahrene Situation einen Knacks bekommen hatte. Obwohl sie keine Schuld daran trug und nur widrige Umstände zu all den Schwierigkeiten geführt hatten – nämlich die Auftragslage von Gregs Firma –, fühlte Harry sich dafür verantwortlich, dass ihre kleine Familie nicht mehr perfekt rundlief. Ihr Selbstvertrauen hatte einen Riss bekommen.

Summer war überzeugt, mit ihrem Plan etwas daran ändern zu können. „Einen Monat", sagte sie.

Harry schaute auf. „Was?"

„Wenn du für deine Pistazientorte positives Feedback bekommst – Leute, die generell keine mögen, nicht eingeschlossen, die zählen nicht –, dann probieren wir es auf der Basis von einem Monat aus. Ich hab einen Businessplan entworfen."

„*Das* hast du gemacht?"

Summer nickte. „Nur ein Anfang. Ich gebe dir eine Kopie, und du kannst alles durchgehen, Änderungen vornehmen, sofern du sie für nötig hältst. Dann kommst du mal her, übernachtest hier, und wir machen die Einzelheiten fest, gehen alles ordentlich durch. Du kannst auf dem Klappbett schlafen, auf dem ich früher immer übernachtet hab."

„Du brauchst das wirklich nicht für mich zu tun, Summer."

„Das ist kein Gefallen, den ich dir tue. Es ist vielmehr etwas, was du für mich und für dich machst. Und für das Café. Komm einfach mal rum und bleib über Nacht. Lass Greg auf Tommy aufpassen und nimm dir eine Nacht frei."

Harry schüttelte kurz den Kopf und lachte.

„Was ist?"

„Du! Du bist so glücklich! Glücklicher, als ich dich je in Foxburn erlebt habe. Und diese – diese Entschlossenheit. Businessplan, Ideen fürs Café – das ist toll, Summer. Ich wusste, dass du aufblühst, wenn du nur wieder auf dem Boot bist. Ich kann nur nicht sicher sagen, ob es wirklich nur daran liegt."

Summer merkte, wie ihre Wangen zu glühen begannen. „Ich weiß nicht, was du meinst."

„Deine Gesichtsfarbe verrät dich sowieso. Du weißt genau, was ich meine. Und ich glaube, er ist ein netter Kerl, obwohl ich noch nicht richtig mit ihm gesprochen hab. Ich werd mir mal ein Beispiel an Tommys Umgang mit den Enten nehmen und Mason an einem der Boote in die Enge treiben."

Summer lachte. „Ich weiß noch immer nicht genug über ihn."

„Hm, im Bezug auf das, was Claire dir erzählt hat?"

Summer nickte.

„Aber darum geht es ja beim Kennenlernen, oder? Es ist kein schneller Download. Kein Knopfdruck, bei dem man das ganze Mason-Programm ruck, zuck auf der Festplatte hat. Das geht nach und nach, und so ist es ja auch viel schöner. Mach dir keine Gedanken über das, was Claire gesagt hat. Mach dir selbst ein Bild von dem *jetzigen* Mason. Nicht von dem, der er vor fünf Jahren vielleicht mal gewesen ist."

„Da hast du sicher recht." Summer linste in seine Richtung. Er lachte über etwas, das Adams Sohn Charlie gerade erklärte. Sein Glas war leer, und Archie lag quer auf seinen Füßen. Sie musste lächeln. „Ich glaube, es ist Zeit für Kuchen", sagte sie und zwang sich, woandershin zu schauen. Als sie aufstand, lächelte Harry sie wissend an.

Die Party löste sich langsam auf – eigentlich, wie Summer im Scherz zu ihrer besten Freundin sagte, direkt nachdem die Pistazientorte aufgegessen war. Sie umarmte Greg und Tommy zum Abschied und gab Harry den Businessplan mit. „Bald. Hier auf dem Boot. Versprochen?"

Harry seufzte tief, aber sie grinste. „Versprochen. Ich warte noch, bis ich meine Schichten im Café bekomme, dann spreche ich mit Greg."

„Worüber?", fragte Greg, der einen Arm um seinen Sohn gelegt hatte. Der wiederum versuchte, seine Müdigkeit durch exzessives Blinzeln zu überspielen.

„Ich möchte deine Frau zu einer Übernachtung auf meinem Boot überreden, um sie mal für mich zu haben."

Er schaute Harry an. „Und wo liegt das Problem? Ich hätte nichts dagegen."

„Wir müssen das planen, wegen meiner Schichten im Café, und Tommy …"

„Mach dir keinen Kopf. Wir beide kommen schon eine Nacht klar, ohne das Haus abzufackeln. Mach es. Nimm dir mal frei. Du kannst wahrhaftig eine Pause gebrauchen."

„Danke, Greg. Siehst du, keine Ausreden mehr." Summer umarmte Harry und küsste sie auf die Wange. Dann schaute sie ihr nach, wie sie mit ihrer perfekten kleinen Familie zum Parkplatz ging. Sie wollte Harry helfen, weiterhin dasselbe perfekte Familienleben führen zu können wie bisher, denn trotz oder sogar wegen all der Schwierigkeiten hatten sie es umso mehr verdient.

Valerie räumte die Gläser und Teller von den Tischen und summte eine leise Melodie. Mason war gerade in ein Gespräch mit Dennis vertieft. Summers Herz machte einen Satz, und sie näherte sich ihnen langsam.

„Da ist sie ja", sagte Mason, und Dennis drehte sich um.

„Es tut mir so leid, dass ich nicht früher kommen konnte", sagte Dennis. „Freitagabends ist im Pub die Hölle los. Wie ich höre, war's ein schöner Abend?"

Summer nickte unsicher. „Ich glaube, alle hatten ihren Spaß", meinte sie mit einem Blick zu Mason.

„Ich auf jeden Fall", sagte er. „Wirklich." Er hielt eine Flasche Prosecco in die Höhe, und Summer fragte sich einen Moment lang, ob er die ganze Zeit aus der Flasche getrunken hatte. Aber dann fiel ihr auf, dass diese noch verschlossen war und ein anderes Etikett trug als die Flaschen, die sie gekauft hatte. „Ich stelle schon seit geraumer Zeit wenig Ansprüche an meine Geburtstage, und das war wirklich so was von lieb von euch. Du hättest das nicht tun müssen, Summer."

„Ich wollte es aber."

Mason schüttelte den Kopf. „Und dabei hattest du so viel um die Ohren."

„Du warst es, der mir schnell aus dem Schlamassel geholfen hat. Ohne dich hätte ich das alles gar nicht auf die Reihe gekriegt." Sie zupfte an einem Ballon, und Latte bellte. „Dein Dank gebührt also tatsächlich nur dir selbst."

Mason runzelte die Stirn. „Ich werd mich garantiert nicht bei mir selbst für meine eigene Überraschungsparty bedanken. Auf keinen Fall. Wir sollten mit dem Prosecco, den Dennis mir mitgebracht hat, den Abend stilvoll beenden. Dennis, trinkst du ein Glas mit uns?"

Dennis warf einen Seitenblick auf den Black Swan, schien schon drauf und dran, abzulehnen, entschied sich dann aber um. „Ach, was soll's? Ein Gläschen in Ehren kann niemand verwehren."

„Prima. Ich hol ein paar saubere Gläser." Summer fand Valerie beim Aufräumen in der Kombüse, spülte schnell vier Gläser aus und zerrte die Freundin mit nach draußen.

Zu viert machten sie es sich an einem der Tische bequem und sahen zu, wie die untergehende Sonne das Wasser mit einem goldenen Schimmer überzog. Von den Gartentischen am Pub wehten noch leise Gesprächsfetzen herüber. Die Wärme ermutigte die Leute, so lange wie möglich draußen zu bleiben. Ein Duft von frisch gemähtem Gras lag in der Luft.

Die Stille war leicht und angenehm, und Summer widerstrebte es beinahe, sie zu durchbrechen. Sie saß neben Mason und genoss das Bewusstsein, dass sie sich berühren könnten, wenn sie sich nur ein klein wenig nach rechts bewegte. Sie trank einen Schluck, fühlte wieder die Sektbläschen prickeln wie zuvor bei Schnittchen und Kuchen.

„Das hier ist nahezu vollkommen", schwärmte Valerie, mittlerweile ein klein wenig undeutlich durch den Alkohol.

Die drei anderen nickten zustimmend. Latte schnüffelte an Summers Füßen, die zu ihr hinuntersah und plötzlich in lautes Lachen ausbrach.

„Was denn?", fragte Valerie. „Was ist los?"

Summer versuchte, tief einzuatmen, um gegen den Lachanfall anzukämpfen, bekam aber stattdessen noch einen Schluckauf. Sie sah Mason an. „Du bist die ganze Zeit auf deiner Geburtstagsfeier barfuß gewesen. Auf dem Leinpfad, wo es alles Mögliche gibt – Entenkacke, Zigarettenstummel …" Wieder hatte sie einen Lachanfall und legte Mason eine Hand aufs Knie. „Entschuldige. Ich will mich gar nicht lustig machen."

„Na ja, du tust es aber eindeutig." Er hatte die Augen leicht zusammengekniffen und fuhr fort: „Du erinnerst dich vielleicht, dass du mich von meinem Boot weggeholt hast, ohne dass ich mich erst ordentlich anziehen durfte. Es wäre schon unhöflich gewesen, meine eigene Party zu verlassen, um nach Hause zu gehen und mir Schuhe zu holen."

Summer suchte in seinem Gesicht nach Zeichen von Verärgerung, fand aber nur Wärme. Klar, durch seinen Job und die Stunden, die er draußen verbrachte, schreckte er vor ein bisschen Schmutz nicht zurück, aber dann wiederum dachte sie an sein makelloses Boot.

„Du bist so voller Widersprüche", entschlüpfte es ihr, bevor sie sich zurückhalten konnte.

„Tatsächlich?", fragte er sanft. „Inwiefern denn?"

Summer setzte zu einer Antwort an, musste sich aber eingestehen, dass sie sich nicht erklären wollte und dass die erste Widersprüchlichkeit – sein Naturburschenlook, der gleichzeitig so gepflegt wirkte – unweigerlich zur zweiten hinführen würde: wie er so herzlich und offen und zuvorkommend zu ihr sein konnte, und trotzdem zu dem von Claire beschriebenen Benehmen fähig. Konnte sich jemand so vollkommen ändern? Sie schüttelte den Kopf. „Happy Birthday, Mason."

„Das ist keine Antwort." Er legte eine Hand auf ihre, die mittlerweile auf seinem Knie ruhte.

Sie lächelte ihn verschmitzt an.

„Maddy hat solche Sonnenuntergänge ebenso geliebt", erinnerte sich Valerie. „Wenn sie auch sicher lieber mit dem Proseccoglas auf den Tischen getanzt hätte als daran zu sitzen."

Dennis gluckste. „Das stimmt. Maddy hat jede Party so lange ausgekostet, wie es ging."

Summer schloss die Augen.

„Alles okay?", fragte Mason leise.

Sie nickte. „Es ist fast ein Jahr her, dass …"

„Gott", sagte Dennis, „wirklich, nicht wahr?"

„Achtzehnter Juni", sagte Valerie. „Morgen in einer Woche. Ein Tag, den wohl keiner von uns je vergessen wird."

Summer erschauerte. Das Datum war immer näher gerückt, und ihr war genau das in den letzten Tagen immer deutlicher bewusst geworden, aber im Bemühen, optimistisch zu sein, hatte sie den Gedanken möglichst weit von sich weggeschoben. Jetzt schien der Tag in seiner Bedeutung noch gewachsen zu sein. Sollte sie sich dafür etwas Besonderes einfallen lassen? Es schien so grotesk, den Jahrestag auszuzeichnen, an dem man jemanden verloren hatte, der einem so nahestand. Den Beginn von Kummer, Trauer und – in ihrem Fall – Schuldgefühlen. Nein, wahrlich kein Grund zum Feiern.

„Da kommen wir heute hier zusammen", sprach Valerie weiter, „und feiern etwas Wundervolles. Den Tag der Geburt von jemandem, der uns allen am Herzen liegt. Und bald schon gibt es einen völlig gegensätzlichen Jahrestag. Den, an dem wir eine geliebte Person verloren haben, die wir jeden Tag vermissen. Dem Anfang und dem Ende – man kann ihnen nicht entkommen. Man muss für die Zeit dazwischen dankbar sein."

„Allerdings", stimmte Dennis leise zu.

Summer starrte in ihr Glas. Sie fühlte eine Leere, auf deren Grund sie pure Furcht erkannte. Sie wollte sich nicht mit den Erinnerungen auseinandersetzen, dem Andenken daran, dem Jahrestag. Sie überließ es den anderen, sich auszutauschen, aber wurde Masons Anteilnahme gewahr, den Blicken, die er ihr zuwarf. Als völlige Dunkelheit sie einhüllte, bestand Dennis darauf, die letzten Tische und Stühle an Bord des Bootscafés zu tragen, und Summer bot Mason an, ihn nach Hause zu begleiten.

„Es ist ungefähr drei Meter weit", sagte er, aber dennoch legte er einen Arm um ihre Schultern, und so gingen sie zur Sandpiper.

„Du fühlst dich nicht wohl bei dem Gedanken an den achtzehnten", begann er sanft. „Willst du etwas vorbereiten?"

Summer schüttelte den Kopf. „Ich glaube kaum. Mir graut schon davor, aber ich weiß nicht, wie ich damit umgehen werde, wenn es so weit ist. Im Café wird viel los sein, das ist schon mal was. Ein Samstag im Juni in Willowbeck wird mich ablenken. Allerdings ist heute immer noch dein Geburtstag."

Sie hielten auf seinem Deck an. Archie tappte mit den Pfoten so lange an die Tür, bis Mason sie aufschloss und ihn hineinließ. „Es war der beste Geburtstag für mich seit Langem. Ich danke dir."

Summer fühlte das sanfte Schaukeln unter ihren Füßen. Sie sah Mason an, dessen Gesicht im Schatten lag, und fühlte, wie die Emotionen durch sie hindurchrieselten. „Gern geschehen. Sehr gern", antwortete sie ganz leise, als würde der Moment Stille erfordern.

Mason streckte den Arm aus und strich ihr eine Haarsträhne aus dem Gesicht. Summer fühlte die Spannung, die Erwartung zwischen ihnen, stellte sich vor, wie sie sich hinaufreckte, um ihn zu küssen, langsam, zögerlich, auf die Lippen. Sie wollte es, beinahe mehr als alles andere, aber etwas hielt sie zurück. Claires Worte, die Notwendigkeit, mehr über ihn herauszufinden, bevor sie sich ganz auf ihn einlassen konnte. Sie hatte in der Vergangenheit den Fehler gemacht, die Dinge zu überstürzen, aber diesmal hielt sie ihre Sinne beisammen.

Sie küsste ihn sacht auf die Wange, ein wenig länger als nötig, und atmete seinen leichten Vanilleduft ein. Er legte ihr kurz einen Arm um die Taille, und Summer musste gegen den Wunsch ankämpfen, zu bleiben und sich eng an ihn zu pressen. „Gute Nacht, Mason", sagte sie und löste sich von ihm.

„Nacht, Summer", murmelte er.

Sie fühlte seinen Blick im Rücken, als sie zu ihrem Boot zurückging. Das Herz pochte ihr bis zum Hals.

16. Kapitel

Summer hatte erwartet, dass der Tag, an dem der Tod ihrer Mum sich jährte, wolkenverhangen sein würde, grau und schwer. Zumindest, so dachte sie, würde die Luftfeuchtigkeit erdrückend sein. Stattdessen wurde sie von einem vollkommenen Sommertag begrüßt, die Wellen glitzerten im Sonnenlicht, und eine Brise zog durch das Boot. Sie war am Tag zuvor losgezogen und hatte den größten Strauß gelber Rosen gekauft, den sie finden konnte. Es waren Maddys Lieblingsblumen gewesen, sie hatten oft in Vasen auf den Tischen und entlang der Vorderseite des Cafés gestanden. Summer verteilte die Blumen, mit den restlichen kletterte sie aufs Dach des Bootes und verstreute sie dort. Sie sagte sich, dass dies ihre Art sein würde, mit diesem Tag umzugehen. Das Beste, was sie im Andenken an ihre Mutter tun konnte – den ganzen Tag über das pralle Leben im Café zu haben.

Sie öffnete, und innerhalb von Minuten waren Menschen an der Luke, bestellten Kaffee und Bacon-Brötchen. Sie warf sich in die Arbeit, schäumte Milch für Cappuccinos auf und bat die Leute mit herzlichem Lächeln nach drinnen, wenn sie unschlüssig am Bug standen. Als der Mittag nahte, während sie vollauf beschäftigt war, entdeckte Summer ein vertrautes Gesicht bei der Tür. Ihr Herz machte schnell einen kleinen Hüpfer, und ohne es zu merken, strich sie sich die Schürze glatt.

„Hallo“, sagte Mason, als er sie erreicht hatte.

„Hi“, hauchte sie. „Hast du deinen Adler gefunden?“

Mason grinste, und sein Gesicht hellte sich auf. Er war am Tag nach seinem Geburtstag flussabwärts gefahren, weil ein Seeadler im Gebiet von Suffolk und hinauf Richtung Norfolk gesichtet worden war und er es riskieren wollte, den Zorn der Schiffer der Norfolk Broads auf sich zu ziehen, indem er mit dem Kanalboot in ihre Gewässer fuhr, um den seltenen Vogel selbst zu sehen.

Summer wusste das, weil er sie an dem Abend angerufen hatte, um ihr zu erklären, warum er so plötzlich verschwunden war. Ihren besonderen Augenblick auf seinem Boot hatte er nicht erwähnt, aber der eigentliche Grund seines Anrufs war dennoch ersichtlich. Er wollte nicht, dass sie dachte, er wäre vor der Sache davongelaufen. Schließlich hatten sie über eine Stunde telefoniert. Sie hatte mit Latte an ihrer Seite auf dem Sofa gelegen, und der unverkennbare Ruf einer Eule erscholl immer wieder von den Uferbäumen her.

„Also hast du", riet Summer. Sein Grinsen griff auf sie über.

„Der Prachtkerl war grandios." Er stützte sich auf die Theke. „Seine Spannweite ist riesig, so schwebt er auf den hohen Luftströmen. Ich wollte, du wärst auch da gewesen."

„Ehrlich?" Sie drückte schon fast automatisch den Knopf an der Kaffeemaschine und begann, einen Espresso zu machen.

Mason nickte. Er war braun gebrannt und hatte nun unzählige Sommersprossen auf Nase und Wangen. Sein weißes T-Shirt brachte seine Bräune noch mehr zur Geltung. „Ich hab Fotos gemacht. Eine ganze Menge. Komm und schau sie dir an."

„Würde ich total gern. Wie wär's mit heute Nachmittag?"

Mason kniff die Augen leicht zusammen. „Bist du sicher? *Heute*?"

Sie gab ihm eine Espressotasse auf einer Miniatur-Untertasse. „Ganz sicher." Es rührte sie, dass er daran gedacht hatte, und sie wollte es ihm später auch sagen, wenn nicht mehr die Gefahr bestand, dass ihr die eigenen Gefühle vor den Gästen entglitten.

Er nippte seinen Espresso, während sie an den Tischen bediente und den stetigen Kundenstrom an der Luke abfertigte.

Als klar war, dass es zu unruhig war, um sich zu unterhalten, trat er kurz neben sie. „Komm einfach, sobald du fertig bist. Ich bin da."

Summer lächelte und winkte ihm, als er ging. Dann gab sie einen großen Klecks Sahne und Liebesperlen auf die heiße Schokolade für ein kleines Mädchen, das mit seinem Großvater im Café saß. Die Kleine riss begeistert die Augen auf, als Summer die Tasse an den Tisch brachte, und das erfüllte sie mit einem Gefühl tiefer innerer Zufriedenheit. Genau für Momente wie diesen hatte ihre Mum gelebt. Und das war es auch, womit sie ihr Andenken ehren konnte.

Der Strom hungriger und durstiger Kunden versiegte etwa um fünf, die Leute suchten abends eher den Pub oder die Ruhe im heimischen Garten auf, um zu grillen oder sich ein Bier zu genehmigen. Summer taten die Füße weh, und die Müdigkeit drückte ihr auf die Schultern, aber sie war glücklich. Die Wehwehchen und Schmerzen hatte sie sich erarbeitet, indem sie das Café ihrer Mutter – mittlerweile *ihr* Café – ganz allein führte, die Gefühle im Zaum hielt und sich professionell und freundlich gab. Jetzt konnte sie sich mit einem perfekten Abend belohnen, zusammen mit Mason auf seinem schönen Boot Fotos anschauen. Es machte ihr nichts aus, dass sie sich selbst so schnell eingeladen hatte, und es kümmerte sie nicht, wie es für ihn aussehen könnte. Sie wollte ihn besuchen, und wenn sie an Harrys Versprechen dachte, wusste sie, dass die Freundin nicht die Einzige war, die noch an ihrer Zuversicht und Entschiedenheit zu arbeiten hatte.

Als sie nach dem Aufräumen in der Kombüse ins Café zurückkam, stand jemand in der Tür, und sie glaubte zu träumen. Er war groß, hatte eine schwarze Hose und ein hellblaues Hemd mit hochgekrempelten Ärmeln an. Seine Haarfarbe unterschied sich von ihrem eigenen Rotblond und war eher rötlich, aber seine Augen sahen genauso aus wie ihre.

„B-Blaze", stammelte sie. „Was um Himmels willen ...?"

Er blinzelte irritiert, als er seinen Geburtsnamen hörte, den Maddy ihm gegeben hatte und den er in den Namen Ben hatte ändern lassen, sobald er es konnte. Dann lächelte er Summer an und bewegte sich durch den Mittelgang auf sie zu. „Summer, meine Güte, siehst du erledigt aus."

„Ich freu mich auch, dich zu sehen! Mir geht's gut, keine Sorge. Das Café läuft prima, es ist Sommer und warm, aber ... herrje, was machst du hier?" Natürlich wusste sie es bereits, und ein Anflug von Panik glomm in ihr auf.

„Valeries Idee", sagte er knapp.

Summer trat näher, damit ihr Bruder sie wie üblich steif umarmen konnte. „Was war Valeries Idee?"

„Die Gedenkfeier für Mum. Am Fluss, also hier, in Willowbeck." Er gaffte sie mit offenem Mund an, als wäre sie eine Verrückte oder eine völlig Fremde, nicht etwa seine kleine Schwester. „Sum?"

„Ich ... ich weiß nicht. Valerie hat nichts gesagt." Summer wand sich herum, als würde sie eine Antwort suchen – eine Notiz auf der Arbeitsplatte, eine Nachricht auf der Tafel, aber Blaze – Ben – nickte.

Sie meinte, ich sollte dich nicht darauf ansprechen. Ich dachte, weil es dich zu sehr mitgenommen hätte, vorher darüber zu sprechen, aber sie hat wohl ... Sie hat dich überhaupt nicht eingeweiht?"

Summer blinzelte und schüttelte den Kopf. „Nein." Sie nahm die Schürze ab.

„Weil du dagegen gewesen wärst." Ben sprach jetzt ganz leise. „Du wolltest den Tag lieber unter den Teppich kehren."

„Oh ja, bitte, das würd ich liebend gern. Wenn ich das nur könnte!" Sie wusste, ihre Stimme klang dünn und hoch, fast wie die eines Kindes, und das war ihr mehr als unangenehm.

„Komm schon, Sum. Dad ist auch hier. Auch deine Freundin Harry. Wir alle sind hier, für dich – für Mum natürlich, aber auch für dich." Er drückte ihr die Schultern. „Es wird dir guttun."

„Ach ja?" Es war eine Weile her, dass sie mit ihrem Vater gesprochen, geschweige denn, ihn gesehen hatte.

„Zeig doch erst mal, was du aus dem Boot gemacht hast", schlug Ben vor. „Wenn's in irgendeiner Weise an das Café herankommt, bin ich entsprechend beeindruckt."

„Was?" Summer lachte gezwungen. „Mein Bruder – beeindruckt von etwas, was *ich* gemacht hab? Keine Chance."

„Eine klitzekleine Chance."

Summer zeigte ihm ihre Kabine, und Ben entschlüpften Ausrufe des Erstaunens, was ihr jedoch kaum auffiel. Ihr Bruder und ihr Vater waren hier in Willowbeck, am Jahrestag von Mums Tod. Sie hätte es wissen müssen – ahnen müssen, dass irgendetwas passieren würde. Allein schon, weil die zwei im Vorfeld nichts von sich hatten hören lassen. Sie konnte natürlich nicht davon ausgehen, dass jeder so wie sie mit sich allein den Tag begehen wollte.

Ben sagte ihr, dass die anderen im Pub warteten, damit sie sich umziehen und zu ihnen stoßen konnte.

In einem kurzen lila Kleid mit weißem Blumenmuster und mit zurückgebundenen Haaren stieg Summer den Grashügel zum Black Swan hinauf. Valerie und Harry saßen mit dem Rücken zu ihr an einem der Tische. Gegenüber saßen ihr Bruder und ihr Vater, Letzterer mit dünner gewordenem, längst ergrautem Haar. Der Blick aus seinen stechenden Augen war, wie Summer schon immer gefunden hatte, einigermaßen unversöhnlich. Dennoch lächelte er, als sie näher kam, und er erhob sich und umarmte sie wie eine verlorene Tochter, was in gewisser Weise ja auch auf sie zutraf.

„Summer, gut siehst du aus. Man hört ja hier nichts als Lob über dich und darüber, wie gut du Madeleines Café führst."

„Es ist jetzt Summers Café", warf Harry überfröhlich ein.

„Vielleicht ja das von ihnen beiden“, meinte Valerie mit einem Beben in der Stimme. Summer wusste, dass es für die liebe Freundin heute genauso schwer war. Vielleicht war es egoistisch von ihr gewesen, sich zu verstecken und sich zu weigern, die Bedeutung dieses Tages anders als mit Blumen zu würdigen.

Ben schenkte ihr ein Glas Wein aus der Flasche ein, die mitten auf dem Tisch in einem Eisbehälter gestanden hatte, und sie stießen an.

„So“, sagte Summer. „Was ist der Plan? Falls es einen Plan gibt. Ich wusste ja nichts davon, dass das hier stattfindet. Trotzdem freue ich mich natürlich, euch alle zu sehen.“ Sie lächelte, nippte an ihrem Wein und bedachte die anderen mit erwartungsvollen Blicken. Wieder wurde ihr bewusst, wie falsch sich alles anfühlte ohne Mum, die sonst ihr familiäres Vierergespann komplettiert hatte. Es hatte sie überrascht, als Ben sagte, dass sogar ihr Dad gekommen sei, aber obwohl er und Madeleine geschieden gewesen waren, hatten sie doch in den sieben Jahren vor Maddys Tod immer Kontakt zueinander gehalten. Sicher war er überzeugt, dass es für sie und Ben wichtig war, den Tag so zu begehen.

„Wir dachten, wir gehen zum Fluss hinunter und sprechen ein paar Worte“, sagte Harry. „So meintest du es doch, oder, Valerie?“

Valerie nickte und sah Summer unsicher an. „Entschuldige. Ich wusste nicht so recht, wie du dich fühlen würdest.“

„Du hättest mich fragen können.“ Summer bemühte sich um einen ruhigen Ton. Sie fühlte sich überrumpelt, aber keinesfalls wütend. Es tat gut, ihren Vater zu sehen und Ben erst recht, aber sie war überhaupt nicht darauf vorbereitet.

„Ich weiß“, gab Valerie zu, „und ich hätte es eigentlich so angehen müssen. Ich weiß nicht, was ich mir dabei gedacht hab. Vielleicht, dass es besser ist, wenn du keine Gelegenheit hast, dich rauszureden. Dass du einfach …“ Sie schaute Ben Hilfe suchend an, und er übernahm das Reden.

„Ich hab nicht mitbekommen, dass Valerie dir gegenüber

nichts erwähnt hat, aber verstehen kann ich sie. Es hat lange gedauert, bis du nach Mums Tod hierher zurückgekehrt bist."

„Aber jetzt bin ich glücklich."

„Also wärst du einverstanden gewesen, wenn ich dir den Vorschlag gemacht hätte, uns alle zu treffen?" Er lächelte sie zweifelnd an und verschränkte die Arme auf dem Tisch.

„Vielleicht. Nein, wahrscheinlich nicht. Ich weiß nicht. Warum überhaupt? Warum sollten wir Zeit damit verbringen, uns an den Tag zu erinnern, an dem wir sie *verloren* haben?" Sie fühlte einen Kloß im Hals und wusste, dass sie genau aus dem Grund all das hier nicht hatte haben wollen. Doch sie wollte jetzt nicht die Fassung verlieren.

„Weil wir alle sie geliebt haben." Valerie fasste sie mit ihren dünnen Fingern an der Hand. „Und es ist wichtig, dass wir uns daran erinnern. Komm."

Summer folgte den anderen hinunter zum Wasser. Harry hakte sich bei ihr unter und drückte kurz ihren Arm, aber Summer ertappte sich dabei, wie sie zur Sandpiper hinspähte. Ob sie Mason einfach dazuholen konnte? Er hatte ihre Mum mal getroffen, das hatte er erzählt, aber hatte er sie gut genug gekannt? Sie wandten sich von den Booten ab und auf die kleine Steinbrücke zu, die die Grenze zum engeren Flussteil markierte. Hier war es ruhiger, außer Sichtweite von den Booten und dem Biergarten. Der Leinpfad war zwar nicht gänzlich leer, aber alles wirkte hier friedlicher.

Summer sah, dass Ben auch einen Strauß Rosen dabeihatte, in Rot und Gelb, die Blüten prall von Farbe und Duft und Leben. Er band den Strauß auf und fing an, die Rosen an alle in der Gruppe zu verteilen. Summer nahm zwei der Blumen entgegen und starrte auf den Fluss, dessen Oberfläche hier und da in konzentrische Kreise gebrochen wurde, wo Boote oder Fische sie aufstörten. Ein paar grüne Blätter wurden mit dem Strom davongetragen und sahen aus, als würden sie auf dem Rücken liegend ein Sonnenbad nehmen.

Sie erinnerte sich an den Tag im vorigen Jahr. Es war nicht lange bevor es passierte, und es war genauso heiß gewesen wie jetzt. Sie und ihre Mum hatten das Café geschlossen und im Pub zwei Pints Lager bestellt. Damit hatten sie am Rand des Leinpfads gesessen, die Füße bis zu den Knöcheln im Wasser. Sie hatte noch nicht von der Sache zwischen ihrer Mutter und Dennis gewusst, aber langsam etwas geahnt, darum war in den vorausgehenden Wochen eine gewisse Spannung zwischen ihnen gewachsen. Sie wusste nicht mehr, worüber sie an dem Tag gesprochen hatten, aber an dem Abend, unter dem blauen Himmel und der prallen Sonne und mit dem blubbernden Bier im Bauch, hatte sie so viel gelacht wie lange nicht mehr – und wie seitdem auch nicht mehr wieder.

Ihre Mum war keine Heilige gewesen, aber dennoch ihre Mutter, die Person, zu der sie stets aufgeschaut hatte. Summer erkannte, dass sie Maddy mehr als alles andere auf der Welt vermisste.

„Gut." Ben räusperte sich und wandte sich zum Wasser. „Um dir zu … sagen, dass wir dich vermissen, Mum, Madeleine – wir alle vermissen dich, und wir werden immer an dich denken." Er holte aus und warf eine rote Rose und dann eine gelbe in den Fluss, so weit er konnte. Dann nickte er entschieden, aber Summer war sicher, eine vielsagende Rauheit in seiner Stimme gehört zu haben. Seltsam sah er aus, zu smart und zu steif, um an einem Fluss zu stehen und Blumen hineinzuwerfen, aber sie wusste, dass die Worte ihres Bruders von Herzen kamen.

„Leb wohl, meine liebe Maddy. Danke, dass du auf uns herabschaust und uns beschützt. Kein Tag vergeht, an dem wir nicht an dich denken oder im warmen Gedenken an dich mit dir lachen. Du bist immer in unseren Herzen." Valerie trat vor und warf ihre Blumen ins Wasser. Harry tat es ihr nach, und dann Summers Vater.

Summer war einen Augenblick neugierig, ob er etwas sagen würde, aber er tat es nicht, ging nur nach vorn, bückte sich langsam und steif und legte seine Rosen auf die Wasseroberfläche, als wären sie aus Kristall. Sie holte tief Luft und ging einen Schritt auf das Ufer zu. Dann schloss sie die Augen und stellte sich vor, wie sie neben ihrer Mum gesessen hatte, die Füße im kalten Wasser, dann sah sie Maddy hinter der Theke im Café, die Baumwollschürze umgebunden und Spuren von Schokoladenkuchen auf den Wangen, während sie über etwas lachte, was ein Kunde gesagt hatte. Dann das letzte Bild von ihr, das sie nie aus dem Kopf bekommen würde – ihre Mum, die sie entsetzt anstarrte, verletzt und geschockt, und ihren Namen rief, im Versuch, sie zurückzurufen.

Aber Summer war durch das Café gestürmt, hatte die Tür aufgerissen und sie hinter sich zugeschlagen. Das war ihre letzte Erinnerung an ihre Mum, bevor Maddy ins Krankenhaus gekommen war. So hatte sie sie das letzte Mal gesehen.

„Es tut mir so leid, Mum", sagte sie und kniete sich auf den Leinpfad. Sie ließ den Tränen freien Lauf, die ihr in Strömen über die Wangen liefen. „Was ich gesagt hab, tut mir schrecklich leid. Ich wollte dir nie, *nie* wehtun. Du bist doch mein großes Vorbild." Sie warf die rote Rose ins Wasser, die sofort den Fluss hinabtrieb, den anderen Blumen hinterher, wobei einzelne Blütenblätter sich lösten. „Ich hab dich lieb, und ich hoffe, dass du stolz auf mich sein kannst." Schluchzend warf sie auch die gelbe Rose hinein und blickte ihr durch einen Tränenschleier hinterher. Ob Valerie recht hatte und Maddy tatsächlich auf sie herabschaute und diese unbeholfene Zeremonie beobachtete? In diesem Augenblick hoffte sie mit ganzer Seele, dass es so wäre und ihre Mum sehen könnte, wie sehr es ihr leidtat und wie sehr ihre Tochter sie vermisste.

Latte stupste ihre Hand mit der Nase an, und Summer hob den kleinen Hund auf und vergrub das nasse Gesicht in dem weichen weißen Fell. Der Vierbeiner leckte ihr die Tränen von der Wange, die noch immer nicht versiegten. Sie fühlte eine Hand auf der Schulter und wusste, es war die ihres Bruders.

„Komm, Schwesterherz, alles ist gut." Er streckte ihr eine Hand entgegen, und Summer ergriff sie dankbar und ließ sich hochziehen. Dann folgten sie der kleinen Gruppe zurück zum Pub.

„Ich hole eine Flasche Wein", sagte Ben. „Wir können wohl alle ein Gläschen vertragen."

Wieder wanderte Summers Blick zur Sandpiper, und sie dachte an ihren und Masons Plan. Noch war es nicht zu spät. Sie wollte nichts lieber als Zeit mit Mason verbringen, aber es war klar, dass sie ihre Familie nicht einfach im Stich lassen konnte. Ihr Bruder war den ganzen langen Weg von Edinburgh hergekommen, und ihren Dad hatte sie seit Monaten nicht gesehen. Sowieso war sie momentan gewiss nicht gerade eine Stimmungskanone und würde Mason womöglich endgültig vergraulen. Sie zog das Handy hervor und schickte ihm eine Nachricht:

Tut mir leid, es ist was dazwischengekommen. Können wir es verschieben? Morgen hab ich frei. Xx

Die Antwort kam fast sofort:

Kein Problem. Morgen ist okay. Geht's dir gut? M.

Summer seufzte. Diese einfache Frage bereitete ihr Kopfzerbrechen, weil sie nicht wusste, ob sie mit einem lockeren „Alles okay!" antworten konnte oder lieber näher bei der Wahrheit bleiben sollte. Schließlich ließ sie es ganz sein und steckte das Smartphone wieder in die Tasche, um sich um ihre Familie zu kümmern. Als sie etwas zu essen bestellten, entschied sie sich für Pommes mit Soße.

Sie saß bei ihrem Dad, fragte ihn, wie es ihm ergangen war, und hörte sich die langweiligen Geschichten vom College an, an dem er lehrte. Er war viel zu sehr Profi, als dass er wirklich interessante Anekdoten über andere Lehrkräfte oder Studenten preisgegeben hätte. Schon bald würde er pensioniert werden. Summer hatte stark den Eindruck, dass er den Gedanken und das Gefühl, nicht mehr gebraucht zu werden, verabscheute.

„Wirst du das Buch schreiben, über das du immer nachgedacht hast?", fragte sie. „Das könntest du doch jetzt endlich."

„Ich weiß nicht, ob das wirklich etwas für mich ist, Summer. Die Geschichte von Fenland in Cambridgeshire ist nicht gerade ein gefragter Lesestoff. Heutzutage stehen die Leute mehr auf Thriller und Sportbiografien oder auf diese Superstars bei YouTube."

„Du könntest trotzdem eine Menge Leser begeistern, die hier leben. Und wenn du es nicht versuchst, werden wir's nie wissen, oder?"

„Du sprichst wohl aus Erfahrung", er hielt sie fest im Blick. Fast lächelte er. „Ich glaube, ich könnte noch eine Menge von dir lernen. Was du in den letzten Monaten geschafft hast – dafür war eine Menge Mut nötig."

Summer erschreckten seine Worte, der Stolz, der darin zum Ausdruck kam, sein Verständnis dafür, was es sie gekostet hatte, zum Boot ihrer Mutter zurückzukehren. „Dad", presste sie hervor und presste sich eine Hand vor den Mund.

„Ich wüsste gern mehr über deine letzten Monate am Fluss. Vielleicht nicht heute, also nicht jetzt, aber ich könnte mal für ein paar Tage kommen, wenn nicht mehr so viel Betrieb herrscht."

„Das wär wirklich schön. Danke dir." Sie stießen an. Summer blieb für eine Weile ganz still. Ihr Dad hatte sich noch nie um sie bemüht, immer war sie es gewesen, die die Initiative ergriffen, Besuche organisiert, angerufen hatte. Lag es daran, dass sie über die letzten Monate nichts dergleichen getan hatte? Hatte er gemerkt, dass er etwas verpasste im Leben seiner Tochter?

„Hast du Mums Kompass gefunden?" Ben riss sie aus ihren Gedanken.

Sie schüttelte den Kopf. „Ich hab überall nachgesehen, es sei denn, sie hätte ein Geheimfach gehabt, um ihn sicher aufzubewahren. Aber dafür hätte sie bestimmt einfach den Wandsafe benutzt."

Ben sah verärgert aus. „Vielleicht hab ich ihn ja weggeworfen, aber ich bin ziemlich sicher ... Ich bin *ganz* sicher, dass das nicht der Fall ist! Ich musste die ganze Zeit an das Ding denken, als ich das Boot leer geräumt habe. Tut mir leid, Summer."

„Nicht deine Schuld. So was passiert einfach." Obwohl sie wusste, dass es stimmte, musste sie die Tränen zurückhalten.

„Er ist nicht weg", sagte Valerie.

„Nicht? Woher willst du das wissen?"

Valerie beugte sich vor und tätschelte den beiden die Hände. „Ich weiß es einfach. Er ist nicht weg, er wird wieder auftauchen. Das ist eine wichtige Sache."

„Den Kompass mochte ich von den Dingen meiner Mum mit am liebsten", murmelte Summer. „Es stecken so viele Erinnerungen darin!"

„Nein, ich meine, dass es wichtig ist, dass er wiedergefunden wird. Ich fühle es. Es wird dich etwas lehren, Summer."

Summer sah die Freundin verständnislos an, versuchte, in deren Gesicht zu lesen, Valeries merkwürdigen mystischen Glauben zu verstehen. Wie konnte sie so etwas wissen? Wo sollte dieses Wissen herkommen? Sie schaute auf Ben und zuckte mit den Schultern.

„Also, wenn du meinst", sagte ihr Bruder, voller Zweifel in der Stimme. „Wenigstens scheint er also nicht für alle Zeiten verloren."

Summer brachte nur ein Nicken zustande.

Als sie sich auf den Rückweg machten, war es kurz vor neun am Abend. Harry nahm die beiden Männer im Auto mit nach Cambridge zum Haus von Summers Vater. Summer fühlte sich erschöpft und wie ausgewrungen, als gäbe es nichts mehr in ihr. Sie hakte sich bei Valerie unter, und Seite an Seite gingen sie zur Moonshine.

„Dennis hätte da sein sollen“, Valerie seufzte. „Er hätte teilnehmen sollen.“

„Ich glaube, das wäre zu viel für ihn gewesen – und für Jenny. Ganz sicher gedenkt er Mum auf seine Weise.“

„Wir sollten ihn aber nicht ausschließen.“

„Das machen wir ja nicht. Wir müssen nur ein ausgewogenes Maß hinbekommen.“

Die beiden verabschiedeten sich vor Valeries Boot mit einer innigen Umarmung, danach schlenderte Summer den Leinpfad entlang, Latte bei Fuß. Die Außenbeleuchtung des Pubs erhellte sogar noch den Fluss, der Mond schien hell und überzog alles in einem surrealen, weißlichen Schimmer. Sie trat aufs Bugdeck, blieb vor der Tür stehen, den Schlüssel in der Hand, und schaute auf die Armbanduhr. Viertel nach neun. Noch nicht zu spät für einen Besuch. Nachdem sie sich zunächst nur danach gesehnt hatte, den ganzen Tag zu verschlafen, war sie plötzlich inmitten von Freunden und Familie gelandet. Jetzt mochte sie plötzlich gar nicht daran denken, den restlichen Abend allein mit Latte und den eigenen Erinnerungen zu verbringen.

Sie atmete tief ein, trat wieder zurück ans Ufer und ging weiter zur Sandpiper. Drinnen war noch Licht an, also klopfte sie schnell, bevor sie einen Rückzieher machen konnte.

Sie meinte, von drinnen ein „Komme!“ zu hören. Dann ging die Tür auf.

„Hallo.“ Mason schien nicht einmal überrascht. „Harter Tag?“ Der Blick aus seinen dunklen Augen traf sie, ganz zwanglos, und sein Lächeln war so freundlich, er sah überhaupt so entspannt aus – in blauem T-Shirt und den üblichen Jeans –, dass sie sich zusammenreißen musste, um ihm nicht gleich um den Hals zu fallen und sich an seine Brust zu lehnen.

„Es war gut“, sagte sie. „Unerwartet, aber besser, als ich gedacht hätte. Kann ich … Ach, entschuldige, ich platze einfach so rein. Dabei ist es spät, und ich hab dich heute sogar schon einmal versetzt, also …“

„Ach was, komm rein." Er ließ sie ein, ging in die Küche und nahm ein Glas aus dem Schrank. „Wie wär's", begann er, während er Rotwein einschenkte und sein eigenes Glas auffüllte, „mit etwas frischer Luft?"

„Was?"

Er zeigte zur Decke. „Da draußen gibt es einen eindrucksvollen Mond und wahrscheinlich eine ganze Menge Sterne zu sehen."

Summer lehnte sich an die Arbeitsplatte und grinste. „Aufs Dach?"

„Sollen wir?"

„Geh du voran. Ich folge dir."

Latte und Archie untersuchten jeden Winkel auf dem Dach der Sandpiper, schauten über Vorsprünge und schnüffelten an ein paar Blättern und Zweigen, die dort gelandet und noch nicht von der Brise weggeweht worden waren.

„Sauber hier", murmelte Summer, setzte sich mit dem Rücken zum Ufer und schaute auf die dunkle Wasserfläche.

Mason hatte sich neben ihr auf dem Dach niedergelassen, sodass er ihr nah war, sie aber nicht berührte. „Ich hab hier geputzt, nachdem du mir geschrieben hast, dass du zu den Sternen aufschaust. Als du bei Claire und den anderen warst. Damals war ich hier oben und hab mir ein T-Shirt ruiniert. Ich musste es dreimal in die Kochwäsche geben, bevor die Flecken raus waren. – Siehst du, da hast du's."

„Da hab ich was?" Summer warf ihm einen verständnislosen Blick zu.

„Nicht so makellos, wie du dachtest."

„Bei diesem Boot würde sich niemand über ein schmutziges Dach beschweren. Es hat mich nur gewundert, dass du die meiste Zeit draußen querfeldein wanderst, durch Schlamm und Tümpel, noch dazu mit einem Hund im Schlepptau, und dann so ein wunderbar ordentlich eingerichtetes Boot hast."

„Es ist mein Zuhause. Mein Leben. Wenn man auf dem Wasser lebt, verbringt man sogar noch mehr Zeit zu Hause, darum ist es umso wichtiger. Geht es dir nicht so?"

„Wie meinst du das?"

„Als ich noch an Land gewohnt hab, in einem Haus, und ein – na ja – normales Leben geführt habe, gab es nicht nur die Wahl zwischen Arbeit und Zuhause. Meist war da noch was anderes – zum Essen ausgehen, auf einen Drink, in eine Galerie, eine Ausstellung, auf Partys. Das Zuhause war irgendwie etwas, wo man was essen und schlafen konnte oder hin und wieder mal einen Abend verbracht hat, aber hier, auf dem Fluss …" Er schüttelte den Kopf. „Vielleicht hat sich mein Leben einfach geändert. Mein Radius ist kleiner geworden. Vielleicht hat es ja gar nichts mit dem Leben auf dem Boot zu tun und wäre auch woanders so, auch wenn ich stattdessen ein anderes Haus gekauft hätte."

Summer rührte sich nicht. Zum ersten Mal sprach er von seiner Vergangenheit, der Zeit vor der Sandpiper, und sie wollte ihn am liebsten ewig so weitersprechen hören. „Warst du damals auch schon Fotograf?", fragte sie vorsichtig.

Er nickte. „Ja, aber mit der Wildtierwelt hatte ich noch nichts zu tun. Ich war Freelancer, hab mir die besten Jobs rausgepickt und versucht, mir einen Namen zu machen. Die Konkurrenz ist aber groß, und man sticht nicht leicht heraus." Er trank einen Schluck Wein. „Irgendwann jagt man nur noch dem Geld nach. Dann nimmt man jeden gut bezahlten Auftrag an und sagt sich, dass man diesen einen macht, um sich über Wasser zu halten, und sich danach einen sucht, der einem was bedeutet. Es ist aber schwierig, dem Geld zu widerstehen, und dann ist es egal, was für Aufnahmen man im Kasten hat. Ich hab dabei sehr schnell die Achtung vor meiner Arbeit verloren, und ich war so darauf konzentriert, Aufträge zu ergattern, dass ich an nichts anderes mehr gedacht habe."

„Und darum hast du entschieden, dein Leben zu ändern? Wolltest du denn schon immer Naturaufnahmen machen?"

Er neigte den Kopf ein wenig, und Summer dachte schon, er wollte damit ihre Frage verneinen, aber er drehte sich nur, streckte die Beine aus und legte sich dann der Länge nach aufs Dach. Sie stellte ihren Wein ab und legte sich neben ihn. Latte kam angetrottet und kuschelte sich in die warme Lücke zwischen ihnen.

„Ehrlich gesagt, hab ich damals gar nicht daran gedacht", fuhr Mason fort. „Wir hatten gerade mal Futterstellen für die Vögel im Garten, das war auch schon alles. Aber als ich die Sandpiper kaufte, war mir klar, dass ich weiterhin freiberuflich Geld verdienen musste und dabei ständig unterwegs sein würde, anstatt nur in London zu sein. In meiner ersten Woche auf dem Boot saß ich mit einem Bier an Deck – im Februar, also bei Frost, aber es machte mir nichts aus. Am Ufer, halb verdeckt von den Büschen, entdeckte ich einen Reiher, der auf Beute lauerte. Er schien so nah und stand doch so starr, ich weiß noch, dass ich dachte, wie urzeitlich er wirkte. Ich bin reingegangen und hab meine Kamera geholt, obwohl ich befürchtete, dass meine Bewegung ihn verscheuchen würde. Aber er blieb da. Es kam mir beinahe unwirklich vor, und doch war er wirklicher als alles, was ich je gesehen hatte. Als er sich dann bewegte, ins Wasser schoss und mit einem riesigen Fisch wieder auftauchte, konnte ich kaum fassen, dass ich so etwas zu sehen bekommen hatte, aus solcher Nähe."

Er machte eine kleine Pause. „Ich hab die Fotos auf den PC geladen und sie durchgesehen, und da wusste ich, dass ich keine Modeshootings mehr machen wollte. Ich stellte sorgfältige Arrangements für Zeitschriften zusammen und hatte die wilde Tierwelt für mich entdeckt. Es ging mir darum, das Leben einzufangen und festzuhalten – nicht in Pose, nicht gestellt und bis ins Detail geschliffen, sondern das *wirkliche* Leben."

„Verstehe", flüsterte Summer. „Es übt eine besondere Faszination aus, zieht einen in seinen Bann, Tiere dabei zu beobachten, wie sie einfach ihren eigenen Weg gehen. Wie eine Welt für sich, ohne Straßen und Städte und Lärm, Fernsehen, Geschrei und Autos, und …" Sie atmete aus, konzentrierte sich auf die Ansammlung von Sternen über ihnen. „So, wie mit dir hier zu liegen. Nur du und ich und die Hunde, der Fluss und der Himmel. Keinerlei Ablenkung."

„Gar keine", bekräftigte Mason, seine Stimme klang plötzlich rauer.

„Macht es dir was aus, über deine Vergangenheit zu reden?" Sie dachte daran, was er nach dem Einbruch gesagt hatte, mit welcher Überzeugung, und wie erregt er ausgesehen hatte, als er den Schaden am Café begutachtete.

„Ich spreche nicht oft darüber", gestand er. „Es fühlt sich seltsam an. Fast so, als wäre es gar nicht meine eigene – als ob ich über einen entfernten Verwandten spreche oder über einen Film, den ich mal gesehen hab. Es gab aber kürzlich Dinge, die mich wieder daran erinnerten."

„Und das macht dich traurig?" Sie wandte sich ihm zu. Er hatte den Blick gen Himmel gerichtet und die Lippen fest aufeinandergepresst. Sein Gesicht kam ihr kalkweiß im Mondschein vor.

„Ich bereue eine Menge", murmelte er schließlich. „Dinge, die ich hätte tun sollen, aber nicht getan habe. Ich war zu sehr mit mir selbst beschäftigt, und dann … war es zu spät."

„Wofür zu spät?" Sie sah seinen Adamsapfel auf und ab hüpfen, dann drehte er sich auf die Seite, sodass er sie auch ansah. Er lächelte, aber ein trauriges Lächeln, wie Summer fand. Eins voller Erinnerungen und Verlust, ein Lächeln, das gerade mehr in die Vergangenheit denn in die Gegenwart gehörte. Sie wusste, wie er sich fühlte.

„Wiedergutmachung", sagte er. „Aber ich arbeite daran. Ich bin jetzt an einem guten Platz. Meine Arbeit, der Fluss, Archie, die Sandpiper, und – in den letzten Monaten – auch, in Willowbeck zu sein. Das alles hilft."

„Das ist gut." Summer fragte sich, ob sie weiter nachbohren sollte, entschied sich aber dagegen.

„Erzähl mir von heute“, bat er. „Was hast du zum Gedenken an deine Mum gemacht?“

Diesmal zögerte er nicht. Er forderte sie heraus, das wusste sie. Offenbar war ihm genau das auch klar. Sie erzählte ihm, wie ihr Bruder und ihr Vater plötzlich aufgetaucht waren, wie Valerie deren Besuch ohne ihr Wissen organisiert hatte. Sie gab zu, dass sie es zunächst für die schlechteste Idee überhaupt gehalten hatte, sich die Gedenkfeier dann aber doch als eine gute Sache herausgestellt hatte.

„Es war schwer, Mum noch einmal Lebwohl zu sagen. Die Worte laut auszusprechen und es damit vor den anderen zuzugeben. Ich liebe unsere Sprache, aber Worte haben immer eine Macht, ob ausgesprochen oder niedergeschrieben, ob ernst oder scherzhaft gemeint.“

„Die Reime auf deiner Tafel“, sinnierte Mason.

„Sie sind nicht zu ernst, oder? Ich könnte sie immer noch etwas lockerer dichten.“ Mason lachte, und Summer spürte seinen Atem im Gesicht. „Seit Mum tot ist“, sprach sie weiter, „hab ich versucht, alles in mir drin zu halten – nicht drüber zu sprechen, das Thema ganz zu vermeiden. Aber dann hab ich natürlich ständig darüber nachgegrübelt, und die Gedanken konnten nirgendwohin, darum sind sie immer Karussell gefahren. Ich mag es immer noch nicht, aber ich habe schon gemerkt, dass es besser ist, darüber zu sprechen als zu schweigen. Es hilft, Gefühle freizulassen und Sachen zu entwirren, die sich im Innern verknotet haben.“

„Vielleicht solltest du deine Gedanken aufschreiben“, schlug Mason vor.

„Was?“ Summer zog die Nase kraus. „Wie in einem Tagebuch?“

„Weiß nicht. Aber du sagst, dass Worte – auch geschriebene – Macht besitzen. Vielleicht ist es eine Möglichkeit für dich, alles fallen zu lassen, es herauszulassen, aber nicht öffentlich. Wenn du das machst, ist es nicht mehr so schwer, darüber zu sprechen.“

Masons Idee hatte in ihr das Bild von einem Teenager-Tagebuch heraufbeschworen, mit Herzchen auf dem Einband und einem winzigen goldenen Schloss und Schlüssel, aber es schien wirklich keine schlechte Idee zu sein. Wenn sie es recht bedachte, sogar eine sehr kluge und rücksichtsvolle Idee.

„Vielleicht", sagte sie. „Aber ich spreche zum Beispiel sehr gern mit dir. Vielleicht könntest du ja mein Tagebuch sein? Mein Resonanzboden?"

„Du willst dich wirklich *mir* anvertrauen? Nicht Valerie oder Harry?"

„Harry weiß schon alles", Summer grinste. „Keine Ahnung. Klingt komisch, oder? Aber mit dir kann ich reden. Ich *mag* es, mit dir zu reden."

„Das ist klasse, geht mir genauso. Es wäre ein bisschen unangenehm, wenn wir hier nur so in eisernem Schweigen verharren würden."

„Du bist auch nicht der Typ für eisernes Schweigen." Summer streichelte Latte, die mit den Pfötchen in ihr Gesicht tatzte.

„Nicht?" Mason stützte sich auf einem Ellenbogen ab, sah zu, wie Archie sich an einer Dachkante ausstreckte und in den dunklen Fluss blickte, und legte sich wieder hin.

„Du bist eher ein Typ für … wärmende Stille."

„Wie ein tragbares Heizgerät?"

Summer lachte. „Die Dinger sind niemals still. Ich meine, dass es sich leicht anfühlt, dich um sich zu haben, ob man nun redet oder nicht. Und ein bisschen hab ich ein schlechtes Gewissen."

„Warum?"

„Weil wir all dem da oben nicht annähernd genug Aufmerksamkeit schenken." Sie zeigte nach oben, und Mason sah nach oben, dorthin, wo die Sterne blinkten.

„Dafür ist diese Nacht sowieso nicht gut geeignet, weil der Mond viel zu hell strahlt."

„Wetten, für ein Foto wär es richtig toll? Du hast ja deine Kamera gar nicht dabei!" Sie merkte es erst jetzt. „Warum nicht?"

„Hab nicht daran gedacht. Außerdem müsste ich sie für ein gutes Foto vom Mond erst richtig vorbereiten. Lange Belichtungszeit, Stativ …"

„Kein Schnappschuss?"

Mason schüttelte den Kopf, während er weiter zum Himmel aufschaute. Summer ruckelte ein wenig herum, um sich anders hinzulegen, und Latte erhob sich mit verärgertem Knurren und ging nachsehen, was Archie da anschaute. Mason warf Summer einen Seitenblick zu und bedeutete ihr, ruhig näher heranzurutschen. Sie bettete den Kopf an seine Brust, Mason legte einen Arm um sie und strich mit den Fingern über ihren nackten Arm. Sie hatte noch immer das Kleid von der Abschiedsfeier für ihre Mum an, aber trotz der späten Stunde war ihr alles andere als kalt. Sie drückte sich noch näher an Mason und blickte nun wie er zu den Sternen auf.

Keiner von beiden sagte etwas, aber nach all den Emotionen des Tages wirbelten bei Summer die Gedanken nur so umher. Sie hatte das Gefühl, dass dies die beste Art war, den Tag zu beenden. Innerlich fühlte sie sich nicht gerade ruhig – genau genommen, sogar alles andere als das –, aber ihr Herz schlug auch nicht heftiger aus Angst oder Furcht. Sie drehte den Kopf, ein Ohr an Masons Brust, und merkte, dass auch sein Herzschlag schneller wurde.

17. Kapitel

Sie schauten gen Himmel, in die schimmernden Sterne, und Summer hatte wie meistens das Gefühl, dass sie umso mehr sah, je länger sie hinschaute. Trotz des Mondlichts verteidigten die Sterne ihren Platz, und sie erkannte einige bekannte Sternbilder unter ihnen – wenn sie auch die Namen nicht kannte – und kleinere, blassere Gruppen von Sternen, die fast zu Wolken verschwammen. *Sternenwolken.* Sie gewöhnte sich an das Gefühl von Masons Hand auf ihrem Arm, und seine Anwesenheit war grenzenlos angenehm.

„Eine gute Idee", murmelte sie. „Es ist vollkommen."

„War ursprünglich deine Idee", entgegnete Mason. „Ich hab sie nur geklaut."

„Gut gemacht", sagte Summer und lächelte an seiner Brust.

„Du bist voller guter Ideen. Ich hab seit Jahren keinen Wert darauf gelegt, meinen Geburtstag zu feiern, aber was du da für mich getan hast, war genau das Richtige. Es hat mir ehrlich Spaß gemacht, und ich weiß, dass du viel Mühe hineingesteckt hast. Es war schön, deine Freunde kennenzulernen – Harry, Greg und Tommy."

„Tut mir leid, wenn sie dich bedrängt haben."

„Ach, überhaupt nicht. Ich hab mich gut mit ihnen verstanden. Tommy hat echt Charakter."

„Stimmt, er ist ziemlich neugierig."

„Ich glaube, er hat mich für so was wie einen Jäger gehalten. Ich hab einige Zeit gebraucht, um ihm zu erklären, dass meine einzige Waffe die Kamera ist."

„Er hat gerade das Fischen entdeckt, durch Greg. Er ermutigt Tommy, darum ist der Kleine genauso enthusiastisch dabei wie er."

„Und Harry kann wunderbar backen. Das war definitiv der beste Geburtstagskuchen, den ich je hatte. Leider war er bei allen so beliebt. Ich hätte noch eine Woche allein von Kuchen und Eiscreme leben können."

„Ich sorge dafür, dass sie dir noch einen macht. Ich hoffe sehr, dass sie für das Café backen wird, regelmäßig."

„Bist du mit dem, was du anbietest, nicht zufrieden?"

„Ich bin keine gute Bäckerin. Harry ist ein Genie in Bezug auf Kuchen und Torten."

„Also, ich weiß nicht …"

Summer lachte. „Du hast in höchsten Tönen von ihrer Pistazientorte geschwärmt. Du brauchst mir keinen Honig ums Maul zu schmieren."

„Hör mal, du machst definitiv die besten Bacon-Brötchen. Das kann ich mit absoluter, unvoreingenommener Sicherheit behaupten."

„Äußerst liebenswürdig von dir."

„Und du bist die beste Gesellschaft überhaupt."

Summer hörte den Wechsel in seiner Stimme, die jetzt ernster klang. Ihr Herzschlag schien ins Stolpern zu geraten, als er über ihre Taille, wieder hinauf zum Arm und zu ihrer Schulter und dann sacht durch ihr Haar strich. Sie legte eine Hand auf seine Brust und schaute zu ihm auf. Im Mondlicht konnte sie sein Gesicht wie ein Relief sehen, seine Wangen und die Stirn schimmerten blass, seine Augen lagen im Schatten, aber sie spürte, wie er sie ansah und ihr Körper sich erwartungsvoll anspannte. Sie öffnete die Lippen, Mason neigte sich ihr entgegen und legte seine Lippen auf die ihren.

Wärme durchflutete sie, verjagte den anfänglichen Schauer, und sie fühlte, wie ihr ganzer Körper zum Leben erweckt wurde. Sie presste sich an ihn, erwiderte den Kuss, schmeckte Rotwein. Sie schloss die Augen, um nur ihn zu fühlen, seine Hand, die ihren Kopf umfing, seine weichen Lippen, das leichte Kratzen der Bartstoppeln, als er mit dem Kinn ihre Haut berührte.

Sie wollte das hier, das wusste sie schon, seit sie ihn zum ersten Mal getroffen hatte. Sie wollte es, und jetzt geschah es – und es fühlte sich genauso gut an, wie sie gehofft hatte. Die Verbindung zwischen ihnen war da, völlig echt, völlig beglückend, und bewirkte, dass sie mehr wollte. Aber ihr Verstand konnte keine Pause machen, Gedanken drängten sich nach vorn und versuchten, sich einzumischen: Claire, die sagte, er sei kälter als Eiscreme und längst nicht so süß, wie man vielleicht glaubte. Mick, der ihn einen „Don Juan" genannt hatte. Das Gesicht ihrer Mutter, während sie selbst aus dem Café gestürmt war, heute vor genau einem Jahr. Sie presste krampfhaft die Lider zu, versuchte, die Zweifel zu verjagen, die daraufhin nur noch umso heftiger heranflogen. „Sei vorsichtig", hatte Claire sie gewarnt. Aber hatte sie denn nicht lange genug gewartet?

Summer zog sich ein wenig zurück und löste den Kuss, suchte Masons Blick und schaute ihm in die Augen. Sein Atem ging schneller, der Blick aus seinen dunklen Augen kam ihr so intensiv vor, dass er sie bis ins Innerste traf. Wie sollte es möglich sein, dass dieser Mann ein Schürzenjäger war? Sie hatte von ihm nichts als Ehrlichkeit und Freundlichkeit erfahren.

„Was ist?", fragte Mason fast unhörbar.

„Ich ... ich weiß nicht."

„Du schaust so ... Tut mir leid, wenn ich – wenn du nicht wolltest, dass ..."

„Natürlich wollte ich es", sagte sie. „Das hast du hoffentlich gemerkt." Sie versuchte zu lachen, aber es klang, als würde sie sich räuspern.

„Was ist es dann?" Er strich mit dem Daumen über ihre Wange, schaute dann hinter sich, weil Archie herangetippelt war und den Kopf auf seine Schulter legte. Der Hund winselte verhalten.

„Ich glaub, es ist Zeit, reinzugehen", sagte Summer.

Mason nickte. „Ja, gleich wird es kalt."

Er setzte sich auf, und Summer fühlte sofort eine Distanz zwischen ihnen. Mason schlurfte zur Dachkante und sprang hinunter. Summer reichte ihm die Weingläser und gab ihm Archie und dann Latte auf den Arm, die wenig später wild umherrannten – ein verrückter Hundemoment, nachdem sie auf dem Dach gewesen waren.

Summer ließ sich über die Kante nach unten gleiten, darauf bedacht, dass ihr Kleid dabei nicht hochrutschte. Mason stand bereit, um sie aufzufangen, und so landete sie sanft auf dem Deck. Ihr Körper reagierte sofort – mit viel mehr Begierde diesmal, da sie ja nun schon erfahren hatte, wie gut sich diese Berührung anfühlte. Sie kamen sich mit den Gesichtern sehr nahe, aber Mason sah sie fragend an.

„Es war so perfekt", Summer kämpfte gegen das Verlangen an, ihn wieder zu küssen. Sie wollte es schon, hatte aber Angst, dass die Gedanken wiederkommen würden. Sie wollte es frei genießen, mit ihm zusammen zu sein, wollte sicher sein. „Du hast den heutigen Tag so viel besser gemacht, als er hätte sein können."

„Das freut mich. Und es tut mir leid, wenn ich dich …"

Summer legte ihm einen Finger an die Lippen. „‚Tut mir leid' ist verboten", sagte sie. „Es war perfekt."

Mason hob die Brauen. „Gerade sah es noch aus, als wärst du dir nicht sicher."

„Bin ich aber. Zumindest beinahe. Aber ich will nichts überstürzen. Ich hab mich in der Vergangenheit sehr verrannt, was Männer anging, und jetzt will ich nicht …" Sie schüttelte den Kopf, seufzte über ihre eigene Unfähigkeit, Gefühle auszudrücken. „Kann ich morgen vorbeikommen und deine Adlerfotos ansehen? Falls du hier bist?"

„Ich werde hier sein", versicherte Mason.

„Gut." Sie beugte sich hinunter, um Latte zu streicheln, die gleich aufhorchte, und trat auf den Pfad.

„Summer?"

„Ja?“

„Du würdest es mir sagen, oder? Wenn ich … etwas falsch gedeutet hab?“

„Würde ich“, gab sie ehrlich zurück. „Du hast nichts falsch gedeutet. Nur – ich mag dich, aber ich muss mir noch über einige Dinge klar werden.“

Mason nickte, und sie war erleichtert, als sie sah, dass er lächelte. Warm, aufrichtig. Ein Lächeln, das die nächtlichen Schatten durchbrach und sie fast so berührte, als würde er mit der Hand über ihren Arm streichen. Er verstand ihr Zögern. Es ging nicht einfach darum, dass ein Mann und eine Frau sich zueinander hingezogen fühlten. So einfach war das nicht, und er wusste es.

Sie ging zurück zum Bootscafé. Entweder fehlen in Claires Geschichte über Tania einige wichtige Details, dachte sie sich, oder ich habe die schlechteste Menschenkenntnis überhaupt. *Mason ist aufrichtig, ganz sicher. Er hält etwas vor mir verborgen, aber dasselbe könnte er von mir behaupten.* Wie Harry schon sagte, gab es keinen zwischenmenschlichen schnellen Download. Heute Nacht hatten sie sich wieder etwas näher kennengelernt. Sie durfte nur nicht zulassen, dass das körperliche Verlangen ihre Gefühle überholte. Sie wollte es sich nicht einmal ansatzweise vorstellen, dass es schiefging und sie Masons Freundschaft verlor, dafür war er ihr längst viel zu wichtig.

Sie fand die ganze Nacht über kaum Schlaf. Immer wenn sie die Augen schloss, sah sie eine Slideshow aus Sternen, Mond und Mason, der ihr auf dem Bootsdach das Gesicht zuwandte. Sah, wie er hinaufschaute, während er über seine Vergangenheit sprach. Er hatte angefangen, sich ihr gegenüber zu öffnen, sodass sie dasselbe tun konnte. Claires überholte Warnung, auch wenn sie eine gute Freundin war, und der Spitzname, den jemand benutzte, den sie erst ein paarmal getroffen hatte, sollte nicht über der Wirklichkeit stehen, die sie mit Mason erlebte.

Dennoch blieb sie misstrauisch. Bei Ross hatte sie es falsch gemacht, und sie wollte keinen weiteren Fehler begehen, der sie dann heimsuchen würde.

Auch am nächsten Tag war es wieder heiß und der Himmel klar und schön. Summer überzog einen Zitronenkuchen mit Zuckerguss und ließ Luft herein, soweit es ging. Sie hatte den ersten Jahrestag von Maddys Tod überstanden. Es fühlte sich wie ein Meilenstein an, als wäre sie automatisch stärker geworden, nur weil sie das Datum hinter sich gebracht hatte, und als könnte sie diesen Tag als einen neuen Anfang ansehen. Vielleicht war es Schicksal, dass Mason jetzt bei ihr war, damit sie durch ihn daran arbeiten konnte, Dinge zum Laufen zu bringen, Hürden zu überwinden und dann auf der Ziellinie in seine Arme zu sprinten.

Summer merkte, dass sie bei der Arbeit wie die Sonne selbst strahlte, und der Morgen flog nur so vorüber. Sie begrüßte eine Gruppe aus zwei Familien, die alle zwölf Sitzplätze im Café in Beschlag nahmen, und die Tische draußen waren auch immer wieder belegt. Die Kaffeemaschine fauchte und brodelte, weil die Leute sich an die alte Weisheit hielten, dass ein Heißgetränk die beste Erfrischung an einem heißen Tag war. Noch vormittags gingen ihr die großen Flaschen aus. Barry, der oft etwas zu trinken bei ihr holte, schipperte wieder auf seinem Boot vorbei, und sie reichte ihm einen Kaffee, ein Bacon-Brötchen und ein Stück Kaffeekuchen an. Dann beobachtete sie, wie eine Schwanenfamilie mit sechs Jungschwänen in grauen Daunen in einer Reihe vorbeiglitt. Der Sommer stand in voller Blüte, und hier auf dem Fluss schien der allerbeste Platz, ihn zu genießen.

Als sie um halb sieben schloss, stand ihr nächster Besuch auf der Sandpiper an. Erst aber beeilte sie sich, zu Valerie zu kommen. Sie wollte sich noch richtig bei ihr bedanken, weil die Freundin die Gedenkfeier organisiert hatte, auch wenn sie es klammheimlich getan hatte. Sie hatte sich vorgenommen, Valerie gegenüber freundlicher und offener zu sein und sich denen, die ihr nahestanden, selbst mehr zu öffnen.

Als sie aufs Bugdeck sprang, sah sie drinnen eine Bewegung und nahm an, dass Valerie gerade eine Sitzung mit einem Klienten beendete. Sie hüpfte zurück auf den Uferweg und wurde dort von Harvey, Valeries abenteuerlustigem Kater, begrüßt. Sie hockte sich hin und streichelte ihn. Er schmiegte sich an ihre Hand und machte sich dabei ganz flach und schnurrte. Als hinter ihnen Stimmen ertönten, schaute er mit seinen grünen Augen auf, und Summer erkannte in Valeries Klienten niemand anderen als Ross. Das verstörte sie zutiefst. Mit Sicherheit würde er sich einmischen wollen, sowohl in ihr Gespräch mit Valerie als auch, was die Erlebnisse mit Mason betraf, aber sie würde es nicht zulassen. Heute nicht.

„Summer!" Er grinste breit und entblößte dabei eine Reihe schneeweißer Zähne. Die grünen Kakishorts und das blaue Shirt mit einer Sprechblase aus dem „Kapow"-Cartoon standen ihm gut. „Du siehst wunderbar aus, aber ich schätze, du fühlst dich auch wieder richtig zu Hause."

Sie warf einen kurzen Blick auf ihr Boot, und Ross lachte. „Muss an der Jahreszeit liegen. Summer im Sommer. Es muss doch deine liebste Jahreszeit sein."

Sie hatten dieselbe Konversation mit Sicherheit schon mehr als einmal hinter sich, aber sie spielte mit. „Der Sommer ist schön, aber ich mag den Herbst genauso gern. War die Lieblingsjahreszeit von Maddy."

Ross nickte. Jetzt ersetzte er sein Grinsen durch einen feierlichen Gesichtsausdruck. „Valerie hat mir erzählt, wie ihr alle gestern den Tag begangen habt, um deiner Mum zu gedenken. Ist ja anscheinend sehr schön gewesen, war aber bestimmt nicht leicht."

„Nein." Summer merkte, wie sie innerlich blockierte. „Hart, aber gut, es so zu machen. Ich …", sie schaute die Freundin an, „… bin gekommen, um dir zu danken, Valerie. Danke, dass du dir all die Mühe gemacht hast, und auch dafür, dass du Ben und meinen Vater und Harry benachrichtigt hast. Ich war erst ziemlich geschockt, aber ich weiß jetzt, dass ich's bereut hätte, wenn ich nichts gemacht hätte, um den Tag zu feiern. Stattdessen fühle ich …" Sie sah Ross aus den Augenwinkeln an, wollte nicht, dass er mitbekam, wie gut sie sich seit gestern fühlte. Er würde entweder darüber lachen oder die Tatsache für sich vereinnahmen und versuchen, Teil ihres Neubeginns zu werden. „Ich bin jedenfalls wirklich froh, dass der Tag so verlaufen ist. Dank dir."

Valerie trat zu ihr auf den Uferpfad, das dünne Kleid in schimmerndem Gold und Gelb in der Brise wehend, und schlang die Arme um Summer, die sich in die Umarmung fallen ließ. Valeries rote Haare kitzelten im Gesicht.

„Ich bin froh, dass du es so siehst, und dass du verstehst, warum ich es gemacht habe. Eigentlich war es ja Maddys Idee." Sie trat zurück und schaute Summer ernst an. Die wiederum schaffte es, nicht genervt dreinzublicken.

„Ich bin nicht sicher, ob …"

„Ich hab nicht vor, es dir zu verschweigen. Ich spreche von den Rosen im Fluss."

Summer runzelte die Stirn und hob Harvey in die Höhe, der um ihre Beine gestrichen war, um Aufmerksamkeit einzufordern. „Sie hat dir gesagt, dass wir das tun sollen?"

Ross verschränkte die Arme über der Brust, und Summer sah, dass er schmunzelte. Wieder war sie irritiert. Warum ließ er sich von Valerie die Zukunft lesen, wenn er doch nicht daran glaubte und sich über sie lustig machte?

Valerie lächelte traurig. „Ein Freund von ihr, Warren – erinnerst du dich an ihn? Er war Schleusenwärter, kam aber regelmäßig nach Willowbeck, wenn er freihatte. Er ist vor ein paar Jahren gestorben. Ich glaube, er war Anfang siebzig, also war es zwar traurig, aber nicht tragisch. Maddy hörte nur zufällig von seinem Tod, von einem anderen Bootsführer. Sie kannte

Warren auch nicht gut genug, um zur Beerdigung zu gehen, also sagte sie, sie würde ihre eigene Zeremonie für ihn abhalten. Sie hat einen riesigen Strauß weißer Rosen besorgt und sie einzeln in den Fluss geworfen, während sie mir Geschichten über Warren erzählte. Es war so eine schlichte Art, auf Wiedersehen zu sagen, und ich dachte, dass es zu Maddys Gedenken und um sich an sie zu erinnern, genau das Richtige wäre."

Summer lächelte, erleichtert, dass Valerie ihr keine Geschichte vom Jenseits aufgetischt hatte. Es berührte sie, dass der Plan vielmehr auf der eigenen, teilnahmsvollen Zeremonie ihrer Mum basierte.

„Danke", wiederholte sie. „War schön, Dad zu sehen. Und auch Ben."

„Sie haben dich vermisst, aber das weißt du ja."

„Ich sollte besser zu ihnen Kontakt halten."

„Du machst einen guten Job, Summer. Sieh doch nur, wie das Café bei dir floriert. Herrje!" Sie lachte. „War es erst Anfang des Jahres, dass ich es fast zugrunde gerichtet hätte?"

„Ach, sei nicht unfair! Du hattest schließlich noch ein eigenes Geschäft zu führen."

„Du aber auch", warf Ross spitz ein und erinnerte sie wieder einmal daran, wie lange es her war, dass sie auf Kommission gearbeitet oder auch nur die anderen Mitglieder der Kooperative besucht hatte. „Und wolltest du das Bootscafé nicht eigentlich verkaufen?"

Summer seufzte kurz. „Die Dinge ändern sich eben. Man weiß nie, was noch kommt. Ich erinnere mich, dass du mir vor nicht allzu langer Zeit was Ähnliches gesagt hast."

Ross grinste wieder und kratzte sich hinten am Hals. „Kann ich mal allein mit dir sprechen, Summer?"

„Klar." Sie bemühte sich, mit ruhiger Stimme zu sprechen, und wappnete sich vor der unausweichlichen Konversation mit ihm, die sich immer im Kreis drehte. „Gehen wir doch an einen der Tische." Sie zeigte in Richtung Pub.

„Dann ist mit dir und Jenny alles im Reinen? Das überrascht mich aber.“

„Wir haben uns geeinigt, uns gegenseitig in Ruhe zu lassen. Sie wird akzeptieren müssen, dass ich mit dem Café wieder hier bin, und ich muss mich daran gewöhnen, dass sie nichts mit mir zu tun haben will. Das ist okay so, jedenfalls besser, als wenn böse Kuchen auf meinem Boot auftauchen. Scheint zu klappen.“

„Das freut mich“, sagte Ross. „Was möchtest du trinken?“

Während er vorging, um die Getränke zu organisieren, kehrte Summer kurz zu ihrem Boot zurück, um Latte zu holen. Der Hund würde sich freuen, hinaus in die Sonne zu kommen, und so konnten sie anschließend gleich ihre Abendrunde machen. Sie lächelte, als ihr Herz einen kleinen Sprung machte, schon bei dem Gedanken an den geplanten Besuch bei Mason. Beschwingt ging sie zu Ross im Biergarten hinauf, Latte hüpfend an ihrer Seite. Der Abend begann verheißungsvoll, und Summer war fest entschlossen, ihn zu genießen.

Es wurde ein perfekter Sommerabend, an den anderen Tischen unterhielten sich die Gäste laut, es wurde viel gelacht, und alle waren entspannt und fröhlich. Man genoss die Wärme der Abendsonne und die postkartenähnliche Aussicht auf die englische Flusslandschaft. Summer konnte sich kein schöneres Fleckchen auf Erden vorstellen. Der absolut einzige Platz, an dem Spannung herrschte, war der Tisch, an dem sie gerade saßen, und das meiste davon ging auf ihre Kappe.

„Hast du jetzt regelmäßig Termine bei Valerie?“

Ross tat gleichgültig. „Wär das ein Problem?“

„Nein, überhaupt nicht. Ich dachte nur, dass es gar nicht dein Ding ist, darum frage ich. Was lässt du machen? Astrologie, Auralesen, Handlesen?“ Summer wusste, dass Valerie verschiedene Methoden benutzte, einschließlich dem Legen von Tarotkarten und Teeblättern, dem Sternen- oder Handlesen und ihrer spirituellen Vision. Mit Letzterer assoziierte Summer am meisten Valeries Beteuerungen, dass Maddy über sie wache, obwohl auch alle anderen dahinterstecken konnten.

„Sie hat immer andere Vorgehensweisen“, sagte Ross. „Ich glaube, dass alles von ihrem inneren Auge geleitet wird, aber heute hat sie sehr gründlich meine Handflächen angesehen. Sie hat tatsächlich einige interessante Dinge entdeckt.“

„Ach?“ Summer hatte ihre Zweifel, ob sie mehr darüber hören wollte. Es musste noch etwas anderes damit auf sich haben. Während es ihr widerstrebte, Ross mit Absicht ganz von sich zu stoßen, wollte sie auch wieder nicht zu viel Zeit mit ihm verbringen, weil sie sich noch für den Besuch bei Mason zurechtmachen wollte.

Ross nickte und trank von seinem Bier. „Ich weiß – kann mich gut daran erinnern, dass du selbst gesagt hast, du würdest nicht viel von diesem Zeug halten, und ich kann das vollkommen nachvollziehen. Aber ich glaube wirklich, dass da etwas dran ist. Du verstehst dich gut mit Valerie, oder?“

„Absolut. Sie ist eine gute Freundin, aber ich … Wir können trotzdem unterschiedliche Auffassungen haben, findest du nicht?“ Sie ärgerte sich, dass sie sich gleich verteidigte.

Wie üblich ließ Ross sich kein bisschen aus der Ruhe bringen. „Natürlich. Ich finde es nur komisch. Na, wie auch immer, sie hat eine gute Vorhersage gemacht, was mein Geschäft angeht: eine Expansionsmöglichkeit. Was interessant ist, weil ich mir vor ein paar Wochen ein leeres Ladenlokal auf der anderen Seite von Cambridge angesehen habe.“

„Wow“, sagte Summer. „Du willst noch einen Laden anmieten? Dann musst du noch Leute einstellen.“

„Die Miete scheint erschwinglich, und Cambridge steckt voller kreativer Köpfe. Ich dachte, vielleicht würden sich welche von den Künstlern deiner Kooperative über einen kleinen Nebenverdienst freuen, um ihren künstlerischen Kram zu finanzieren.“

„Da liegst du sicher richtig.“ Die Schuldgefühle kamen wieder hoch, weil sie sich so lange nicht bei den Kollegen hatte sehen lassen, aber Summer schob sie schnell beiseite. Es war klar, dass Ross wusste, wie es ihr damit ging, und absichtlich diese Dinge sagte. Ob er überhaupt eine Vorhersage bekommen hat?, fragte sie sich. *Vielleicht hat er nur eine Tasse Tee mit Valerie getrunken und denkt sich das jetzt alles nur aus.*

„Summer? Alles in Ordnung? Du bist mit den Gedanken woanders.“

„Ja, alles okay.“ Sie lächelte kurz und entschied sich, es darauf ankommen zu lassen. „Ross, weißt du, natürlich musst du selbst wissen, was du tust …“

„Das war übrigens nicht das Wichtigste, was Valerie gesagt hat“, unterbrach Ross sie laut.

Summer nippte an ihrem Glas und ballte dann die Fäuste unter dem Tisch.

„Sie sagte, dass ich auf jemanden aufpassen muss, dass ich denjenigen vom Boden auflesen muss, und dass es nicht das erste Mal wäre.“

„Ross, das kann ich nicht …“

„Sie hat dich gemeint, keine Frage. Sie hat mir so einen scharfen Blick zugeworfen. Sie sagte, meine Rolle wäre es, auf diese Person aufzupassen, auch wenn diese es nicht für nötig hielte.“

Summers Irritation steigerte sich augenblicklich in Wut. „Sie hätte über sonst wen reden können! Und überhaupt weißt du genau, dass ich nicht an das ganze Zeug glaube!“

„Aber *ich* tue es.“ Ross drückte seine Handflächen auf die Tischplatte, versuchte aber nicht, Summers Hand oder ihren Arm zu fassen. „Ich muss die Worte doch ernst nehmen, sonst hätte es doch gar keinen Sinn, zu ihr zu gehen, oder?“

Summer wusste darauf keine Antwort, also zuckte sie nur mit den Schultern und kontrollierte, ob es Latte unter dem Tisch gut ging. Der kleine Hund döste in der Sonne, ein Ohr nach hinten geklappt, als würde er der Unterhaltung folgen.

Eine Möwe landete auf dem Dach der Sandpiper. Ob Mason das drinnen hörte? Ob Archie sich wohl aufregte, weil er merkte, dass dort oben etwas saß, das er gern jagen würde?

„Valerie sagte, dass eine Person, die mir nahesteht, kurz davor ist, von jemandem hereingelegt zu werden, verletzt zu werden – tief verletzt – und das in einer Zeit, in der sie gerade erst wieder auf die Füße kommt."

„Genauso gut könntest du selbst damit gemeint sein", konterte Summer, die nicht mehr die geringste Lust hatte, noch mehr von dem Unsinn zu hören.

„Das bin ich doch! Es geht ja darum, was *ich* zu tun habe – welche Rolle ich spiele." Sein bisher offenes, entspanntes Gesicht verzog sich verärgert, und Summer wich erschrocken zurück. Er spiegelte in ihrer Gegenwart immer reines Glück, schien locker zu sein, egal welche Launen sie herausließ. Jetzt fragte sie sich für den Bruchteil einer Sekunde, ob es womöglich stimmen konnte, was er da von sich gab. „Entschuldige", murmelte sie.

Ross schüttelte den Kopf. „Du bist immer so schnell dabei, zu sagen, dass es dir gut geht, Summer. Seit dem letzten Jahr, seit wir miteinander geschlafen haben, warst du wie eine Porzellanpuppe mit aufgemaltem Lächeln, wolltest nie zugeben, dass du schwach oder traurig bist, und jetzt komme ich mit dieser Sache an, und du tust alles, um mich wegzustoßen. Willst du mir sagen, dass du kein bisschen fürchtest, von jemandem verletzt zu werden? Glaubst du, dass du unangreifbar bist?"

Summer rutschte auf ihrem Stuhl herum. „Das geht dich gar nichts an."

Er fuhr sich durch das kurze Haar. „Okay. Du hast mir nichts zu sagen, natürlich, aber du kannst es mir nicht vorwerfen, dass ich mir Sorgen um dich mache. Valerie sagte, dass diese Person, die mir wichtig ist und um die ich mich kümmern soll, dabei ist, einem Don Juan zu verfallen."

Summer erstarrte und schnappte hörbar nach Luft. Ross ließ sie nicht aus den Augen, während sie das Gefühl hatte, innerlich in sich zusammenzufallen. Sie wollte ihre Zweifel wegschieben, blinzelte und versuchte, ihre Gedanken zu ordnen, um für sich zu klären, was da gerade passiert war. Ross hatte ein Motiv, Mason in ihren Augen schlechtzumachen. Er war von Anfang an misstrauisch und eifersüchtig gewesen, aber woher kannte er den Spitznamen, den Mick für Mason benutzte und der ihr im Zusammenhang mit Claires Geschichte so zu schaffen machte?

„Hey", sagte Ross sanft, „geht's dir gut?"

„Sicher", antwortete sie und wischte seine Sorge mit einer Handbewegung weg.

„Du bist blass um die Nase. Ruhst du dich genug aus?"

„Warum sollte ich mich ausruhen?", blaffte sie zurück. „Ich bin schließlich weder achtzig noch zwei Jahre alt! Ich bin eine erwachsene Frau von einunddreißig Jahren, und ich hab eine Menge Energie in mir. Ich brauche nicht mehr Ruhe als jeder andere!"

„Ich meinte doch nur, ob du zu viel gearbeitet hast. Dein Boot ist mitten in der Nacht aufgebrochen worden, und daran hat man psychisch bestimmt länger zu knacken, als man denkt." Er war wieder ganz der Unerschütterliche, wusste genau, dass er sie so erreichte und wieder die Oberhand gewann.

„Ich muss jetzt gehen. Danke für den Drink." Summer hatte kaum etwas getrunken, und im Bemühen, ihm zu zeigen, dass sie nicht schwächelte oder Ruhe brauchte, schüttete sie den Wein in großen Schlucken hinunter.

„Schon?"

„Ich hab heute Abend noch etwas vor."

„Ach?" Ross hob eine Augenbraue, aber sie sah auch seine verkniffenen Lippen und die innere Unruhe, denn seine Miene sprach Bände, obwohl er sich anstrengte, an sich zu halten. „Du bist immer auf dem Sprung, immer beschäftigt.

Ich würde gern mal wieder mehr Zeit mit dir verbringen. Das fehlt mir."

„Dann solltest du vielleicht nicht mehr einfach so in ungünstigen Momenten hereinplatzen", erwiderte sie scharf.

Ross hob abwehrend die Hände. „Ich weiß, ich weiß. Entschuldige. Lass uns was ausmachen, wenn du dir mal freinehmen kannst. Bald kommt eine Jeff-Koons-Ausstellung nach Cambridge. Wie wär das? Wir könnten den ganzen Tag einplanen."

Summer kaute auf der Unterlippe herum und bereute, dass sie den Wein so schnell hinuntergekippt hatte. „Ich überleg's mir."

„Aber wirklich", er legte ihr eine Hand auf den Arm. „Ich vermiss dich, Summer."

Sie nickte schnell und stand auf. Unverbindlicher konnte man wohl kaum reagieren, dachte sie, ohne gleich richtig unhöflich zu werden. „Ich muss los, also danke wie gesagt für den Wein."

„Jederzeit wieder." Er erhob sich und umarmte sie kurz. Dann spazierte er in Richtung Parkplatz davon. Summer starrte ihm ein paar Minuten lang nach und stapfte dann zu ihrem Boot. Latte war aufgewacht und trottete langsam mit.

Es hat nichts zu bedeuten, sagte sie sich, als sie das Hundefutter vorbereitete. Sie schlug die Schranktüren zu. *Ross ist nun mal so, er mischt sich immer ein. Er war bei Valerie, hat mit ihr eine Tasse Tee getrunken und spielt mir jetzt die Vorhersage vor, dass ich mich von Mason fernhalten soll.* Das ließe sich leicht klären, indem sie die Freundin einfach selbst fragte. Wie aber kam er an den Ausdruck „Don Juan"? Wollte er sich nur absichern, hoffte, dass sie sich beeinflussen ließ, und segelte dabei mutwillig so hart am Wind? Mason als Schürzenjäger darzustellen, war die einfachste Methode, ihn für sie unattraktiv zu machen, also hatte er womöglich nur ins Blaue hinein den Namen verwendet. Er hätte aber alles Mögliche sagen können: Casanova, Herzensbrecher, Bad Boy. „Don Juan“ war ein ziemlich spezifischer Ausdruck und beunruhigte sie sehr gezielt, so als käme er *tatsächlich* von Valerie.

Ihre Sachen für den Abend hatte sie schon morgens herausgesucht: abgeschnittene Jeans und ein dunkelblaues Trägertop mit einem kleinen Spitzenrand am Hals und an den Kanten. Als sie es jetzt sah, seufzte sie auf und reagierte nicht schnell genug, um Latte daran zu hindern, aufs Bett zu springen und sich stolz auf den Jeans zu präsentieren.

Valerie konnte auch gehört haben, wie Mick, als er hier war, Mason so bezeichnete. Er war nicht gerade der leiseste Mann, den sie je getroffen hatte, alle Fenster hatten offen gestanden, und im Sommer trug die Luft sowieso alle Geräusche besonders weit. Wenn Valerie es aber gehört hatte, nicht durch göttliche Eingebung gesagt bekommen, warum hatte sie es dann ausgerechnet an Ross weitergegeben? Wollte die Freundin sie von Mason abbringen und benutzte ihren Beruf dazu? Nein, Summer glaubte nicht, dass Valerie das tun würde. Es sei denn … Sie durchkämmte mit den Fingern ihr Haar. Was wusste Valerie über Mason? War es, weil sie die Gefühle einer Vertrauten nicht verletzen und ihr nicht unabsichtlich zeigen wollte, dass sie ihren Entscheidungen nicht traute?

„So ein vertrackter Mist, was, Latte?“ Sie setzte sich auf die Bettkante und ließ den Hund auf ihren Schoß. „Könnte Zufall sein, oder? Vielleicht hat einer der beiden nur zufällig ein Wort benutzt, und es ist treffender, als sie ahnen.“

Sie hoffte, dass es allein die Idee von Ross gewesen war. Sie hoffte, dass er ihr nur einen Floh ins Ohr setzen wollte, indem er den Einbruch erwähnte und versuchte, ihr Mason madig zu machen, weil er irgendwo in seinem Hirn noch immer glaubte, eine Chance bei ihr zu haben, Anteilnahme an ihrem Wohlergehen zu zeigen, derjenige zu sein, der sich um sie kümmerte. An beide anderen Erklärungen – dass Valerie ihr bewusst von

Mason abraten wollte oder womöglich etwas Gefährliches in Mason sah – durfte sie gar nicht erst denken. Denn beides hätte bedeutet, dass sie für ihn keine besondere Bedeutung hätte, selbst wenn er bei ihr länger brauchte, um sie in sein Bett zu bekommen. Sie machte sich zurecht, fühlte sich aber mittlerweile so aufgewühlt, dass alle freudige Erwartung des Tages zunichtegemacht war.

So viel zu meinem Neustart, dachte sie, während sie Latte hochhob und das Boot abschloss.

18. Kapitel

„Hey“, begrüße Mason sie in schwarzem Shirt und grauen Shorts, als er die Tür öffnete. Er lächelte. Seine Beine waren fast genauso braun gebrannt wie seine Arme. Wie üblich trug er keine Schuhe.

Summer versuchte, ihm tiefer als sonst in die Augen zu blicken, um womöglich sogar seine Gedanken zu erraten. Sie zog die Stirn kraus und lachte etwas nervös.

„Du kannst reinkommen, wenn du magst.“

„Hi“, gab sie zurück. „Entschuldige. Danke.“ Sie trat ein. Sein wunderschönes Boot war kühl und frisch, und es duftete nach etwas Köstlichem, leicht Gewürztem. Die Kombüsenfenster waren offen, die Sommerluft wehte in jede Ecke und fuhr auch durch ihr Haar. „War's ein guter Tag für dich?“ Sie war entschlossen, Claires Warnung und die merkwürdige Vorhersage von Ross möglichst weit von Masons Person fernzuhalten, um ihn objektiv betrachten zu können.

Er nickte, holte zwei Flaschen Bier aus dem Kühlschrank. Kurz darauf stießen sie an und tranken jeder einen Schluck.

Angenehm erfrischend nach dem starken Weißwein, dachte Summer.

„Und für dich?“, fragte er zurück. „Im Café war ja wohl heute die Hölle los.“

„Das kann man wohl sagen. Und du? Hast du heute … auch Vögel beobachtet?“ Sie schloss die Augen. Jetzt war sie nicht einmal mehr zu Smalltalk mit ihm imstande. Nach dem gestrigen Abend und ihrem Geständnis, dass sie sich in seiner Gesellschaft wohlfühlte, selbst wenn sie nicht redeten, hatte sie nun das Gefühl, dass sie sich gegenseitig aufrieben, und das war allein ihre Schuld.

„Heute mal nicht“, antwortete Mason kurz angebunden, ging an den Schreibtisch und forderte sie auf, ihm zu folgen. Er bedeutete ihr, sich auf den ledernen Schreibtischstuhl zu setzen und ließ sich selbst auf der Armlehne des Sofas nieder.

Mit dem Bier in der Hand saß sie da und fühlte, wie ihre Sinne auf Masons Nähe reagierten, als er sich über sie beugte, um die Maus zu erreichen. Er duftete zitronig, und die dunklen Locken glänzten, als wären sie noch vom Duschen feucht.

Sie fragte sich, ob er so aufgeregt war wie sie, nachdem sie sich am Abend zuvor geküsst hatten und ein unausgesprochenes „Was kommt jetzt?“ zwischen ihnen in der Luft schwebte. Wenn ihre Aufregung doch nur auf die reine Erwartung beschränkt wäre! Aber inzwischen drängte sich eine Wachsamkeit in den Vordergrund, die alles andere blockierte.

„Ich bin meine Fotos durchgegangen, und zwar nicht nur die vom Adler. Ich dachte, du würdest vielleicht auch gern ein paar andere sehen, zum Beispiel auch die, die ich an dem Tag in Foxburn aufgenommen hab.“

„Ja, sehr gern, aber willst du dich nicht lieber hierhin setzen, damit du besser an den Computer kommst? So, wie du dich vorbeugen musst, sieht es ziemlich unbequem aus.“

Er schenkte ihr ein strahlendes Lächeln. „Der bessere Platz ist für die Gäste bestimmt.“

„Gäste? Du bringst also viele Leute hierher und zeigst ihnen deine Bilder?“ Sie wusste selbst, wie defensiv das klang, aber jetzt war es schon heraus.

„Nur, wenn ich sie sehr mag“, erwiderte Mason und beobachtete, wie sich Latte und Archie freundschaftlich auf dem Boden balgten. „Oder wenn deren Hund ein sehr guter Freund von meinem ist.“

„Ach so. Du suchst dir deine Freunde danach aus, wie sehr sie deinen Hund von Missetaten abhalten können? Ohne Latte hättest du mir wohl nicht mal guten Tag gesagt, wie?“

Mason setzte sich aufrecht hin und wandte sich um. Ihre Knie berührten sich beinahe, und er war so dicht neben ihr, dass Summer die goldenen Pünktchen in der dunklen Iris seiner Augen sehen konnte. „Ich möchte dich nicht nur wegen deines Hundes und der Bacon-Brötchen", sagte er ernst.

„Aber du ... du ..." Ihre Stimme verebbte, und sie fuhr sich mit der Zungenspitze über die Lippen.

Er legte ihr eine Hand unters Kinn und hob es sacht an. „Ich möchte *dich*", beantwortete er die Frage, die sie nicht herausbrachte. „In meinem Leben. Und dass du hier an Bord der Sandpiper bist, ist ein guter Anfang." Er forschte in ihren Augen, seufzte kaum hörbar und ließ die Hand wieder sinken.

„Was ist?", fragte Summer, und es klang unsicher, zittrig. Sie trank schnell noch einen Schluck und versuchte, wieder ruhig zu atmen. „Stimmt was nicht?"

„Ich will es nicht überstürzen, wenn du noch nicht ... bereit bist."

„Aber ich ... ich ..."

„Du *bist* noch nicht bereit", sagte er bestimmt. „Also lass uns die Fotos anschauen." Sein Lächeln war warm und herzlich, keine Spur frustriert, und Summer konnte nicht anders als zurückzulächeln. Ohne es wirklich zu merken, war mit dem Stuhl ein Stück vom Sofa und dem Computer abgerückt, und Mason zog sie an der Armlehne wieder zurück. „Ich beiße nicht, und du solltest die Bilder schon richtig sehen können."

Sie nickte und konzentrierte sich auf den Monitor.

„Ich hab ein paar ausgesucht, aber wenn du dich für irgendwas interessierst, das nicht dabei ist, oder einfach durchschauen möchtest, ist das auch okay. Allerdings sind es ein paar tausend Fotos."

„Was?"

„Ich mache den Job schon fünf Jahre."

„Und was ist mit den Fotos von früher? Als du noch keine Wildfotos gemacht hast? Den Mode- und Magazinshootings?"

Möglicherweise bildete sie es sich nur ein, aber sie meinte, dass er plötzlich starr wurde, während der Mauszeiger über einem Ordner mit dem Namen „Sommer“ stand.

„Die hab ich nicht hier. So viel Platz ist auch gar nicht auf der Festplatte, dass ich alles da draufpacken könnte. Also los.“ Er klickte den Ordner an und wählte das erste Foto aus, das den ganzen Monitor ausfüllte.

Nachdem Summer einen Augenblick lang ob seiner Veränderung verwirrt war, zog sie nun das Foto ganz in seinen Bann. Es war schön, zeigte einen gewundenen blauen Fluss mit einem breiten, erhöhten Ufer, grün-goldenen Feldern und Weiden dahinter, auf denen Kühe grasten. Der Horizont wurde von einer Windmühle unterbrochen, die ihre weißen Flügel wie offene Arme in den Himmel streckte. Besonders faszinierend war jedoch das Licht. Es floss wie weißes Gold ins Bild, rein und vollkommen, als könnte man es trinken. Und sie merkte, dass sie genau das tat – sie versuchte, es zu trinken.

„Das ist atemberaubend“, murmelte sie. „Wo ist das?“

„Norfolk. Auf den Broads. Ich komme nicht so oft dorthin, weil die Wasserwege da nicht sonderlich gut für Kanalboote geeignet sind, aber sie haben ein paar tolle Naturschutzgebiete und herrliche Ausblicke.“

„*Du* hast das aufgenommen?“

Mason lachte. „Ich hab dich doch nicht eingeladen, um dir Fotos von anderen Leuten zu zeigen.“

„Aber wie kann Licht so wundervoll sein?“

„Es war direkt nach Sonnenaufgang, im Sommer. So ein Licht sieht man sonst nie.“

„Das ist wie im Märchen!“

„Na ja, ohne Schloss und Prinzessin, würde ich sagen.“

„Die Prinzessin könnte in der Windmühle wohnen. Bei der Aussicht hat sie kein Schloss nötig.“

„Ja, vielleicht.“ Mason griff nach vorn und klickte auf das nächste Bild. „Du solltest es aber mal an einem nassen, grauen

Oktobertag sehen. Ich glaube kaum, dass die Prinzessin da ausgesprochen glücklich wäre, besonders wenn ihr Name Summer ist."

„Hey!" Summer lachte, aber ihr Blick wurde wieder zum Monitor hingezogen, wo diesmal eine unglaubliche Nahaufnahme eines Spinnennetzes erschien, dessen taubedeckte Fäden wie Silbergarn glitzerten. Eine Spinne saß in der Mitte des Netzes und sorgte für einen fast perfekten Eindruck von Symmetrie. „Ich hab ja nicht gesagt, dass ich die Prinzessin wäre."

„Nicht?" Er sah sie von der Seite an.

Eine Sekunde schaute sie ihn an, dann wandte sie sich wieder dem Bildschirm zu. „Wo hast du das aufgenommen?"

„Etwa zehn Minuten zu Fuß von hier, den Leinpfad hinunter. Das hab ich kürzlich erst gemacht."

„Und wie lange hast du dafür auf der Lauer gelegen?"

„Ein paar Minuten. Geduld ist in meinem Job wichtig, aber in diesem Fall brauchte ich keine."

Summer nickte. „Geduld", wiederholte sie leise. Ob diese Geduld ihm auch erlaubte, seine weiblichen Fänge langsam einzuwickeln? Ihnen eben genug Zuwendung und Aufmerksamkeit zukommen zu lassen und sie dann später sang- und klanglos fallen zu lassen, um zu einem anderen Flussabschnitt weiterzufahren, wo er von Neuem damit beginnen konnte? Summer starrte die Spinne an, dachte an die Fliegen, die kopfüber in die Falle schwirrten, und trommelte mit den Fingern auf dem Tisch vor ihnen herum. Sie konnte nicht aufhören, sich Fragen über Mason zu stellen, wenn sie irgendeine Art von Beziehung mit ihm anfangen wollte. Selbst wenn es nur Freundschaft sein sollte. Es war lächerlich. *Sie* benahm sich lächerlich.

„Summer? Hallo, jemand zu Hause?" Er tippte leicht mit dem Zeigefinger gegen ihre Stirn, und sie zuckte zurück. „Alles okay mit dir? Ich hab dich gefragt, ob du noch ein Bier willst."

„Oh ja, gern. Danke."

Mason legte eine Hand auf ihren Unterarm und schob den Stuhl zur Seite, damit er vorbeikam.

Summer fühlte einen elektrischen Schlag, ein merkwürdiges Ziehen im Bauch bei seiner Berührung, während ihre Sinne die Zweifel des Verstandes einfach ignorierten. Sie musste dieses lächerliche Gehabe augenblicklich beenden! Also folgte sie ihm in die Küche, blieb nur stehen, um Archie und Latte zu streicheln, die auf dem Boden eine stumme Hundeunterhaltung führten.

„Mason?", ergriff sie das Wort und hielt dann inne. Sie hatte keine Ahnung, wie sie fortfahren sollte. Sie wusste nur, dass sie ihm unbedingt diese eine Frage stellen musste.

Er hatte erneut zwei Bier aus dem Kühlschrank genommen, reichte ihr eines nach dem Öffnen und lehnte sich an die Küchenplatte. „Summer?"

„Kann ich dich was fragen?"

„Klar. Schieß los."

„Okay."

Seine Augen waren leicht verengt, und er schaute neugierig, aber auch etwas nervös drein. Erwartete er eine Frage über sein altes Leben? Irgendwie war ihre Frage ja so etwas in der Art, und irgendwie auch die schlimmste Frage überhaupt.

„Sag mal, hattest du eigentlich sehr viele Freundinnen?"

Die Worte kamen aus ihrem Mund gepurzelt und trieben im Raum. Masons offensichtliche Neugier wandelte sich schnell in Überraschung. „Was?"

„Ich hab mich nur gefragt … Und jetzt merke ich, dass es viel weniger seltsam klingen würde, wenn wir uns gerade nur locker unterhalten hätten. Also – tut mir leid. Vergiss es einfach."

„Nein, du kannst fragen, was du willst", sagte er, aber dabei klang seine Stimme ein wenig angespannt, anders als zuvor. „Und ich schätze, es kommt darauf an, was du unter ‚sehr viele' verstehst."

Summer zuckte mit den Schultern, da sie selbst keinen Schimmer hatte, wie ihre Maßeinheit für die Kategorisierung zu den „Don Juans" dieser Welt aussah.

„Worum geht es hier?" Er seufzte und schlurfte an ihr vorbei, setzte sich auf das Sofa und klopfte auf den Platz neben sich. „Hast du dich deswegen nach dem Kuss zurückgezogen? Weil du mich für eine Art Schürzenjäger hältst, der so viele Frauen rumkriegen will, wie er auf den Wasserwegen nur aufgabeln kann?"

Summer wand sich vor Verlegenheit, starrte an ihm vorbei und wieder auf die Spinne auf dem Bildschirm.

„Wo kommt das her?" Er stellte seine Flasche ab, ging mit der Hand durch seine Lockenmähne und setzte sich seitlich aufs Sofa, ein Bein zog er unter ein großes Kissen.

Summer machte es ihm nach und setzte sich wieder, starrte aber nun auf das Sofa, auf seine nackten, gebräunten Beine und die dunklen Härchen darauf. „Es war etwas, was Claire gesagt hat, als ich den Fluss hinaufgefahren bin, nachdem du mich dort besucht und sie dabei getroffen hattest. Sie hat Fragen über uns gestellt. Und ich … Du warst so verändert, nachdem du sie gesehen hast, und am nächsten Tag hat sie mir erzählt …"

„Was genau hat sie dir erzählt?", fragte Mason mit scharfem Ton.

„Von der Sache mit Tania." Summer zwang sich, ihn anzusehen.

Sie sah, wie die Erkenntnis sein Gesicht überzog, und sich etwas in seinen Blick schob, das wie eine Mischung aus Traurigkeit und Verstehen aussah.

„Sie hat es dir also erzählt." Seine Stimme war leise, aber fest.

Summer nickte. „Warst du deswegen so erpicht darauf, dass ich wieder nach Willowbeck komme? Damit sie es nicht hätte weitererzählen können?"

Mason beugte sich nach vorn. Latte wählte diesen Moment, um Summer auf den Schoß zu springen, und quietschte auf.

Summer küsste den Hund schnell auf die Nase und setzte ihn sanft wieder auf den Boden. Als sie sich wieder zu Mason umwandte, verbarg er das Gesicht hinter den Händen.

„Das Ganze war so ein Schlamassel", murmelte er. „Tania, ich …" Er stöhnte verärgert. „Ich hab sie so schlecht behandelt, das weiß ich. Es ist unverzeihlich, aber damals …" Er schaute auf, und Summer erschrak vor den Gefühlen in seinen Augen. „Ich war an keinem guten Ort, und ich hab mich so geirrt. Aber das ist nichts, was ich immer tue. Ich warte nicht darauf, dass mir eine Frau nahekommt, um sie dann zu verlassen. Es ist ein einziges Mal geschehen, aber auch damals wollte ich ihr nicht wehtun."

Summer schluckte. „Aber du hast versucht, mich zur Rückkehr nach Willowbeck zu bewegen, um zu verhindern, dass Claire mir alles erzählt."

Mason verzog das Gesicht. „Wir kannten uns noch nicht so gut. Ich dachte, wenn du gleich einen schlechten Eindruck von mir bekommst, dann könnte ich gleich die Hoffnung aufgeben. Und ich wollte wirklich nur weiter auf dich hoffen."

„Das wolltest du?"

Er nickte.

Sie schluckte noch einmal. „Kann ich lieber ein Glas Wasser bekommen?"

„Klar, ich …" Er wollte aufstehen, aber Summer stellte ihre Flasche weg und hielt ihn an der Schulter fest.

„Ich kann's mir holen." Sie ging in die Kombüse, fand ein Glas und hielt es unter den Wasserhahn. Ihr Herz klopfte wie wild. Er hatte zugegeben, was mit Tania gewesen war, aber es schien ihn sehr mitzunehmen. Mit Sicherheit sagte er die Wahrheit und hatte schon damals in Foxburn Gefühle für sie gehabt. Schon damals hatte er sich gewünscht, dass sie eine Chance bekämen, aber er hatte versucht, seine Vergangenheit zu verbergen, indem er sie drängte, nach Willowbeck zurückzukommen. Hätte er nicht damals schon reinen Tisch machen sollen? Sie stützte sich auf die Arbeitsplatte und trank in großen Schlucken.

„Summer?"

Sie schaute zu ihm hinüber, wie er plötzlich so verloren auf dem Sofa saß, so erschöpft vom Leben, genau wie nach dem Einbruch in ihr Café. Sie war sicher, dass es da einen Zusammenhang gab – zu dem, was mit Tania gelaufen war, der Art, wie er über seine Vergangenheit sprach. Da musste es etwas geben, das ihn geprägt, das ihn vielleicht auch aufs Wasser getrieben hatte.

„Alles okay?", fragte sie. „Möchtest du auch …" Plötzlich blieben ihr die Worte im Hals stecken, und sie erstarrte. Ein eisiges Frösteln überfiel sie.

An der Wand hing ein kleines Foto in einem Holzrahmen. Es zeigte Mason vor einem Kanalboot, aber es sah der Sandpiper nicht im Mindesten ähnlich. Seine Farbe war ein verblichenes Grün, es hatte kleine, alte Fenster und Rostflecken. Mason sah auch anders aus – seine Haut war blasser und sein Haar viel kürzer. Er hatte eine nachdenkliche, verzagte Miene, als gäbe es über nichts im Leben Gewissheit. Das Foto war es aber nicht, das sie verstört hatte, sondern der Gegenstand, der auf der Küchenplatte darunter lag.

„Summer, stimmt was nicht?" Sie hörte ihn kaum, sondern griff nach dem Kompass, fühlte seine weiche, runde Form, den Rosenquarz kalt an ihren Fingerspitzen. Sie hatte diesen Kompass so oft gesehen, ihn so oft angefasst, und jetzt war er plötzlich hier, nachdem sie ihn monatelang vermisst hatte.

Mason war zu ihr gekommen, ohne dass sie es gemerkt hatte, und sie zuckte zusammen, als er sie am Arm berührte.

„Was macht der hier?" Ihre Stimme klang fremd, wie erstickt.

„Der? Der Kompass?"

„Der Kompass meiner Mum." Sie sah zu ihm auf, und seine Augen weiteten sich.

„Was?“, flüsterte er.

„Was hat der Kompass meiner Mum hier auf deinem Boot zu suchen?“

Mason starrte nur zurück. Er bewegte die Lippen, aber es kam kein Ton aus seinem Mund.

„Hast du ihn dir genommen? Hast du ihn auf meinem Boot gesehen und ihn genommen?“ Ihr Herz pochte wie verrückt und ihr Kopf ebenso, während sie versuchte, das alles zu verstehen und mit Masons Fassungslosigkeit umzugehen.

„Nein. Natürlich nicht. Ich …“

„Hat Archie ihn gestohlen? Ihr beide wart auf dem Boot, bevor ich eingezogen bin. Archie ist in die Küche gelaufen und hat den Bacon gestohlen, und dann bist du mir in die Kabine gefolgt. Hast du gedacht, dass du ihn dir einfach nehmen kannst? Hast du gedacht, ich würde es nicht merken, weil ich damals nicht dort bleiben wollte?“

„Summer, nein! Natürlich hab ich das nicht getan. Ich würde doch so was nicht machen! Verdammt, ich hatte keine Ahnung, dass er deiner Mum gehört hat.“ Er legte ihr die Hände auf die Schultern, aber sie wich zurück, wobei sie mit dem Arm an das Wasserglas stieß. Es flog durch den Raum und landete auf dem Boden. Beide Hunde bellten, und Summer taumelte weiter rückwärts, den Kompass fest umklammert.

„Ich … ich muss gehen“, murmelte sie. „Latte. Latte!“

„Lass mich dir das erklären.“ Mason ging auf sie zu, barfuß, das Wasser und die Glasscherben ignorierend, und streckte den Arm nach ihr aus. „Setz dich einen Moment hin, dann erzähle ich dir alles.“

„Alles? Was alles? Warum du mir gegenüber nicht ehrlich wegen Tania sein kannst? Warum Mick dich Don Juan nennt, und warum du den Kompass meiner Mum *in deiner Küche* hast? Warum es für dich so schwer war, mit dem Einbruch in mein Café klarzukommen und du ja *so* sicher weißt, wie sich Angst anfühlt? Das alles willst du mir erzählen?“ Sie schrie es beinahe heraus, aber sie konnte nichts daran ändern. Ihre Atmung ging schnell, die Finger waren fest um den Kompass gekrallt, der sich hart und kalt in ihrer verschwitzten Hand anfühlte.

„Ja“, antwortete Mason schlicht. „Ja, ich werd dir alles erzählen. Bitte, Summer, komm und setz dich hin.“ Sie starrte ihn an, die dunklen Locken und diese Augen, mit denen er sie so intensiv fokussierte, dass es sich anfühlte, als würde sie unter seinem Blick verbrennen. Auf einmal kam er ihr absolut ruhig vor, als hätte er vor der Tatsache resigniert – vor dem, was nun passieren würde. Archie und Latte schauten ihn beide erwartungsvoll an, als könnten sie die Atmosphäre deuten und als wüssten sie ganz genau, dass hier gerade alle Träume und Hoffnungen zerschellten. Summer fühlte den Kompass in ihrer Hand und spürte die Tränen aufsteigen.

„Ich muss gehen“, sagte sie kalt. „Ich kann nicht. Ich kann das jetzt nicht.“ Sie drehte sich um und rief Latte noch einmal.

„Summer, warte doch!“

Sie rannte hinaus, gefolgt von ihrer Hündin, die hinter ihr hersprang, als wäre das Teil eines Spiels. Die Sonne schien noch immer hell und stach ihr sofort in die Augen, aber sie wollte nicht anhalten, selbst nicht, als sie dachte, Mason hinter sich herkommen zu hören. Über den Pfad lief sie zu ihrem Boot, schwang die Tür auf und warf sie hinter sich wieder zu. Summer lief weiter, bis sie ihre Koje erreicht hatte, setzte sich aufs Bett, zog die Knie dicht an den Körper und schloss die Arme darum, als könnte sie sich so beieinanderhalten. Ihr Telefon klingelte, und Latte schnüffelte daran, aber sie ignorierte es. Sie hörte das laute Klopfen an der Tür, hörte Mason ihren Namen rufen und fragte sich einen Moment lang, ob sie ihn hereinlassen, ihn alles erklären lassen sollte.

Sie betrachtete den Kompass in ihrer Handfläche, sog seine Schönheit auf, fühlte die Verbindung zu ihrer Mutter, die sie, ihre Kleine, immer hatte navigieren lassen, wann immer sie beide mit dem Bootscafé auf den Fluss hinausgefahren waren. Wie konnte er auf Masons Boot gelandet sein? Sie wollte es wissen, wollte, dass er es ihr sagte, aber jetzt gerade sah sie sich beim besten Willen nicht in der Lage, ihm ruhig zuzuhören.

Er hatte zugegeben, Tania schlecht behandelt zu haben, und es regte sie schon auf, wenn sie daran dachte, was er ihr zu erzählen haben mochte und wie ihre Gefühle ihm gegenüber dann aussehen würden. Sie musste sich beruhigen, brauchte Raum, und dann, morgen früh, würde sie zu ihm gehen und ihn um eine Erklärung bitten. Es war einfach gewesen, ihm zu vertrauen, und sie hatte es fast sofort getan, aber seitdem hatten sich Zweifel bei ihr eingeschlichen und ihre Gefühle zu ihm unterwandert und zu zerstören gedroht.

Offenbar war er bereit, es ihr zu berichten, sie vollständig einzuweihen, und wenn er das tat, dann sollte sie ihm auch alles berichten. Alles über Ross, was zwischen ihnen beiden geschehen war, alles über die Nacht, in der ihre Mum gestorben war. Summer kroch ins Bett, Latte nah bei sich, und obwohl ihr Kopf noch pochte und ihr die Augen wegen all der nicht geweinten Tränen brannten, fühlte sie Erleichterung und Hoffnung – dieselbe Hoffnung, die Mason für sie beide gehabt hatte. Sie würde am Morgen mit ihm reden, und dann konnten sie einander alles sagen und von vorn beginnen, eine neue Seite aufschlagen, eine neue Tafel beschreiben, mit neuen Worten.

Als sie am nächsten Morgen erwachte, zog Summer sich hastig an und ließ Latte mit dem Hundefrühstück auf dem Boot, während sie auf den Uferpfad und in den Sonnenschein trat. Der Liegeplatz neben ihr war leer, das Wasser, wo eigentlich die Sandpiper hätte liegen sollen, glitzerte im Morgenlicht. Die Sandpiper war weg, und mit ihr alle Hoffnung. Sie hatte zu lange gewartet. Während sie mit dem Handy herumhantierte, zitterten ihre Finger. Sie tippte Masons Nummer ein und gab einen Seufzer von sich, als sofort die Mailbox ansprang.

Ein Klumpen bildete sich in ihrem Hals, sie ballte die Hände zu Fäusten, um den aufsteigenden Ärger zu unterdrücken. Sie verfluchte die eigene Dummheit, die lächerliche Flucht von seinem Boot am Abend zuvor. Dabei wäre ihr beinahe der geschwungene Holzgegenstand entgangen, der an der Wand neben der Bugtür lag.

Summer bückte sich und hob ihn auf. Es war eine Sonne. Eine dicke runde Sonne mit gewellten Strahlen, die von der Mitte ausgingen und, ein bisschen wie in einem gezeichneten Cartoon. Die Schnitzerei fühlte sich angenehm glatt und griffig an. War es wirklich Mason? War er weg und hatte einen Hoffnungsschimmer für sie beide dagelassen?

Sie ging zurück aufs Boot, brachte all die nötigen Handgriffe hinter sich, um das Café zu öffnen, platzierte vorher aber die Sonne bei den anderen Holzgegenständen: dem Herzen, dem Frosch, dem Hasen, der Narzisse und der Narrenkappe. Was hatten sie zu bedeuten? Waren es womöglich Glücksbringer?

Sie wusste, dass sie einen großen Fehler begangen hatte. Sie hätte Mason ausreden lassen sollen, anstatt zu türmen und davon auszugehen, dass Verwirrung und Leid bei ihr wichtiger waren als bei ihm. Dennoch glaubte sie daran, dass es noch Hoffnung gab. Sie schaltete die Kaffeemaschine ein, öffnete die Luke und ließ den Sonnenschein und das Trällern eines Rotkehlchens herein. Sie fühlte das Gewicht des Kompasses in der Tasche ihres Kleides und griff hinein, um ihn einen Augenblick lang festzuhalten.

Mason war fort. Womöglich hatte er Willowbeck für immer den Rücken gekehrt, aber diese Möglichkeit wollte sie nicht in Betracht ziehen, weil es ihr das Herz gebrochen hätte. Die letzten zwölf Stunden über hatte sie es geschafft, sich einzureden, dass sie beide sich versöhnen und einander in die Arme fallen würden. Sie hatte nicht damit gerechnet, dass er verschwinden würde, zu verletzt von ihrem Ärger oder all den Erinnerungen, die sie wieder heraufbeschworen hatte, als dass er hätte hierbleiben und es mit ihr zusammen verarbeiten können. In der fast vollständig schlaflosen Nacht hatte sie erkannt, wie stark ihre Gefühle für ihn waren. Es gab sicher eine einfache Erklärung dafür, dass er den Kompass bei sich in der Kombüse liegen hatte, und nichts, was er ihr zu sagen hatte, konnte ihre Zuneigung zu ihm schwächen oder das Gewicht des Gefühls, das sich zu etwas entwickelte, was sie nicht zu benennen wagte.

Sie dachte an die Nacht, in der Mason und sie zu den Sternen aufgeblickt hatten, vor nur wenigen Tagen. Wie er ihr geraten hatte, ihre Gefühle niederzuschreiben, um sie nicht in sich einzuschließen. Sie schnappte sich den roten Kreidestift und schrieb in großen Lettern oben auf die Tafel über der Theke:

Komm zurück, Mason.
Es tut mir so leid, ich glaube fest daran, dass es Hoffnung für uns gibt.

Es reimte sich nicht. Es war nicht elektrisierend oder besonders gewitzt oder originell, aber es entsprach der Wahrheit. Sie schloss die Augen und hoffte, dass die Worte jetzt, da sie heraus und für jeden sichtbar aufgeschrieben waren, auch Macht entfalten würden. Sie würde daran glauben, dass sie mit Mason Kontakt aufnehmen konnte oder er nach Willowbeck zurückkommen würde. Sie nahm die hölzerne Sonne und drückte sie an ihre Brust. Wenn es etwas gab, das ihr wichtig war, dann, diesen Hoffnungsschimmer festzuhalten.

BAND 4

Land in Sicht

19. Kapitel

Summer Freeman sah in immer kürzer werdenden Abständen auf die Armbanduhr, als würde die Zeit gegen sie arbeiten, indem sie verrann. Es war ein sonniger Junitag, der längste Tag des Jahres, und das Bootscafé bewirtete einen beinahe ununterbrochenen Strom von Gästen. Manche von ihnen besuchten den Black Swan auf ein Pint und dampfende, salzige Pommes frittes, andere hielten auf ihrem Weg über den Leinpfad am Ufer und steckten die Nasen durch die Luke des Bootscafés, um von Summer einen Cappuccino oder eine Flasche Limonade zu bekommen – oder einen der Schoko-Chip-Cookies, die verlockend nah bei der Luke standen.

Als ein Mann, der ungefähr Ende dreißig zu sein schien, bei ihr einen Espresso und ein Bacon-Brötchen bestellte, kniff Summer unwillkürlich leicht die Augen zusammen. Trotz des warmen Wetters trug er einen dreiteiligen Anzug und eine blaue Seidenkrawatte. Sie fand ihre Reaktion selbst lächerlich. Es war keine außergewöhnliche Bestellung, aber Mason hatte immer genau das bestellt, und Mason war nicht da. Der Kunde hatte grüne Augen und blondes Haar, das mit zu viel Gel gestylt war und in spitzen Strähnen hochstand. Vielleicht hatte er den Eindruck, eine Welle von Ärger schwappe zu ihm herüber, jedenfalls versiegte seine angeberische Ausstrahlung jäh.

„Schöner Tag für die Liebe“, sagte er mit einem Blick auf die Tafel hinter Summer.

„Ja, nicht wahr“, erwiderte sie, und weil sie sich etwas unwohl dabei fühlte, fügte sie hinzu: „Sind Sie auf dem Weg zur Arbeit?“

Er schaute an sich hinab, als wollte er sichergehen, dass er nicht versehentlich Zivilklamotten angezogen hatte und ihre

Frage ironisch gemeint war. „Stimmt genau", bestätigte er, und das war es auch schon mit dem Smalltalk. Als Summer ihm dann aber den Kaffeebecher und das Bacon-Brötchen reichte, aus dem bereits der Ketchup in die Papiertüte tropfte, sah der Mann ihr in die Augen und sagte mit einem kurzen Nicken: „Ich hoffe, dass Mason zurückkommt."

„D-danke", antwortete Summer hinter seinem Rücken, während der Fremde davonging, und schaute dann auf die Nachricht, die sie auf ihre Tafel geschrieben hatte. Wie viele Gäste hatten sie wohl gelesen und hielten sie jetzt für völlig verrückt, fragte sie sich. Oder würde ihn so nach Art der Bootsleute, die ihr Leben auf den Wasserwegen verbrachten, die Nachricht erreichen, dass sie ihn zurückhaben wollte? Da er offenbar nicht gewillt war, an sein Telefon zu gehen, funktionierte die althergebrachte Methode der Mundpropaganda ja vielleicht besser. Noch vor ein paar Monaten hätte sie sich im Leben nicht vorstellen können, ihre Gefühle so für alle sichtbar zu präsentieren, fett geschrieben auf ihrer Angebotstafel. Jetzt aber hatte sie keine Bange davor, was die Leute dachten oder sagten. Ihre Angst, dass Mason nie mehr nach Willowbeck zurückkehren würde, war viel größer, und der Satz an der Tafel gab ihr das Gefühl, etwas dafür zu tun, dass er zurückkam. Sie hoffte sehr, dass die Worte Macht hatten.

Während sie servierte, die Tische putzte, die Spülmaschine vollpackte und frische Portionen von Orangen- und Schokoladenmuffins aus dem Ofen holte, stiegen Erinnerungsfetzen vom Abend zuvor in ihr auf. Mason, der sich dicht neben ihr zu seinem Computer hinüberbeugte, das Foto der Windmühle auf den Norfolk Broads, der kostbare Kompass ihrer Mum auf der Arbeitsplatte seiner Küche unter einem alten Foto von ihm vor dem Schrotthaufen, der sein Boot früher gewesen war, bevor er es in ein Meisterwerk verwandelt hatte. Mason, der seinen Arm nach ihr ausstreckte – mit unendlicher Traurigkeit in den Augen, Mason, wie er über die Glasscherben auf den Bootsdielen lief und versuchte, sie aufzuhalten. Ob er sich die bloßen Füße an den Scherben aufgeschnitten hatte? Ob er noch immer so abgeschlagen und besiegt aussah wie gestern, als sie ihm ihre Wut an den Kopf geknallt und ihm dann nicht einmal erlaubt hatte, sich zu rechtfertigen? Sie presste die Lippen aufeinander, hasste sich dafür, dass er ihretwegen verletzt war, wusste, dass sie ihn finden und sich entschuldigen musste. Danach würde sic versuchen, wiedergutzumachen, was sie zu ihm gesagt hatte.

Sie schloss eine Hand um den Kompass, berührte zärtlich die kühle, glatte Oberfläche, und als sie die Augen wieder öffnete, stand ihre beste Freundin Harry vor ihr, einen Kuchenbehälter in der Hand.

„Harry!“, krächzte Summer. Sie nahm den Kompass aus der Tasche. „Du bist wie ein Flaschengeist. Ich hab das hier gerieben, und du bist erschienen.“

Harry lachte zwar, aber in ihren großen braunen Augen spiegelte sich Verwirrung. „Du wusstest doch, dass ich komme, oder?“

Summer starrte sie an. „Oh mein Gott! Du bleibst ja heute hier, oder?“

„Ja, das dachte ich zumindest. Also, wir haben so was bei Masons Geburtstagsparty ausgemacht. Wir wollten doch den Businessplan durchgehen, und ich hab auch ein paar Probeexemplare mitgebracht.“ Sie hielt den Behälter hoch, schaute aber nicht mehr ihre Freundin an, sondern den Kompass, den diese in der Hand hielt. „Du hast ihn gefunden! Wo war er?“

Summer zögerte. Wo sollte sie anfangen?

„Was ist? Was ist denn los, Liebes?“

„Harry, ich bin *so froh*, dass du hier bist.“

Sie setzten sich auf zwei Stühle auf dem Bugdeck, Harrys Kuchenbehälter und eine Flasche Weißwein zwischen sich. Harry trug ein kurzes karamellfarbenes Kleid, dessen Saum im leichten Abendwind sanft flatterte.

Der Hefter mit dem Businessplan darin lag auf der Bank neben Harry. Summer brannte darauf, zu erfahren, was Harry davon hielt und ob sie ihrerseits darauf brannte, in Zukunft eine entscheidende Rolle im Bootscafé zu spielen.

„Erzähl mir von dem Kompass“, sagte Harry.

„Sag erst: Was hältst du von meinen Plänen?“ Summer stibitzte eine der Cranberry-Schnitten aus dem Kuchenbehälter und biss genüsslich ab. Sie schloss die Augen, als der vollmundig-herbe Fruchtgeschmack auf ihrer Zuge explodierte und sich mit dem des Butterstreuselbodens vermischte. Zuckerkristalle rieselten auf ihre Shorts.

„Ich finde sie rundum schlüssig. Du hast wirklich an alles gedacht.“ Harry seufzte und sah zu Boden, und Summer fiel auf, dass sie etwas zurückhielt.

„Und was hat der Seufzer zu bedeuten? Dass Greg nicht gerade scharf darauf ist? Meinst du, dass die Zeit, während Tommy in der Schule ist, dafür nicht reicht? Du wohnst nah genug – und ich werde nirgendwo anders hinschippern. Willowbeck ist jetzt mein Zuhause.“

Harry starrte sie an. „Es war ein glücklicher Seufzer. Ich bin erleichtert.“

„Worüber? Meinen Businessplan?“

„Ich werde es tun, Süße! Ich wollte es von Anfang an, als es noch der Funke einer Idee war. Und jetzt will ich's mehr denn je. Ich hab ein Ziel. Versteh mich nicht falsch – auch das Geld ist mir sehr willkommen. Greg sagt, von Entlassungen kann nicht mehr die Rede sein, aber die Auftragslage ist noch immer sehr bescheiden, gelinde gesagt – und das ist noch gar nicht das Schlimmste.“ Ihre Unterlippe zitterte, aber Summer wollte sie in Ruhe ausreden lassen und sagte nichts. „Dieses Gefühl der Hilflosigkeit. Mich um Tommy zu kümmern und das Essen zu kochen und dafür zu sorgen, dass unser Heim hübsch aussieht? Es kommt mir irgendwie so vor, als wäre das nicht genug. Ich weiß …“ Sie hob eine Hand, um Summer, die zu einer Erwiderung ansetzte, zum Schweigen zu verdonnern. „Ich weiß ja, das sind erst mal die entscheidenden Sachen, aber ich muss doch Greg einfach mehr unterstützen! Und auf diese Weise kann ich das endlich."

Summer fiel ein Stein vom Herzen, weil sie der Freundin helfen konnte und diese ihr Angebot nicht ablehnte. Die Spannung in ihrem Nacken ließ nach, und ein Glücksgefühl breitete sich aus, dort, wo es neben der unablässigen Sorge wegen Mason noch Platz fand. „Das ist fantastisch! Wenn du mitmischst, wird was ganz Besonderes aus diesem Café. Ich werde deine Kreationen nicht einfach neben mein Gebäck stellen, sondern dich mit deinen Kuchen als Marke herausstellen, damit deine Kreationen auch gebührend wahrgenommen werden. *Unübertreffliche Meisterwerke von Harry Poole.* Daran muss ich aber noch arbeiten."

Harry lachte. „Das musst du aber wirklich nicht machen."

„Doch! Man wird einmal davon kosten, und dann verbreitet sich dein Glanz wie die Kielwellen im Fluss über die gesamten Fenland-Wasserwege. Menschen werden nur deswegen herkommen – um deine Kuchen zu probieren." Sie hielt ihr Glas in die Höhe und wartete, bis Harry es ihr nachtat. „Das wird der Knaller. Was machen eigentlich deine Jungs gerade?"

Harry lachte. Ihr langes Haar schimmerte im Sonnenlicht, als die beiden sich zuprosteten. „Tommy gibt Greg eine Einführung in ‚Minecraft'. Ich hab die Befürchtung, dass ich bei meiner Rückkehr zwei Paar eckige Augen vorfinde und ich nur einsilbige Antworten bekomme."

„Darüber brauchst du dir vor morgen Nachmittag keine Gedanken machen. Harry, es tut mir so leid, dass ich deinen Besuch vergessen hab."

„Ja, hast du, dabei ist das überhaupt nicht deine Art. Dafür ist der Kompass deiner Mum wieder da. Also …?" Sie schlug die Beine übereinander und wandte sich gespannt Summer zu. „Was ist los?"

Summer fühlte Nervosität aufsteigen. Es war ein Montagabend, darum ging es beim Pub deutlich ruhiger zu als am Tag zuvor, als sie mit Ross dort gesessen hatte. Die Paare, die vereinzelt an den Gartentischen saßen, konnte man an einer Hand abzählen – anders als die Gänse, die ihre Zahl weit übertrafen. Die Brise war etwas stärker geworden, als würde sie sich wütend gegen die Übermacht der Sonne wehren. Wahrscheinlich würde es heute früher kalt werden, wenn erst die Sonne unterging, und womöglich lag ein Gewitter in der Luft. Die Weiden waren dicht belaubt und sattgrün, und eine Entenparade schlängelte sich durch den Hindernisparcours aus Ästen, die sie ins Wasser hängen ließen.

„Summer?“

„Mason ist weg“, platzte sie heraus. „Und Mums Kompass hab ich bei ihm an Bord gefunden. Ich habe ihn damit konfrontiert, und jetzt ist Mason weg.“

„*Wie* bitte?“ Harry lehnte sich zu ihr hinüber. „Ich glaub, du musst weiter ausholen. Das kann noch nicht die ganze Geschichte sein.“

Summer erzählte Harry alles, wobei sie sich zwischendurch mit delikaten Stückchen von Harrys Kuchen stärkte. Sie brachte die arme Freundin fast zur Weißglut, weil sie immer wieder wissen wollte, was jedes Einzelne für eine Sorte war, damit sie es aufschreiben und in ihren großen Caféplan einbauen konnte.

„Was ist das hier? Ist da Lavendel drin?“

„Es ist ein Honig-Lavendel-Biscuit. Summer! Hör auf, das Thema zu wechseln! Wie hat Mason reagiert, als du Tania erwähnt hast?“ Harry ließ nicht zu, dass sie auch nur ein Detail ausließ, und Summer war ihr gegenüber immer ehrlich gewesen – was Ross betraf, Jenny und auch all das, was am Todestag ihrer Mum geschehen war. Harry kannte als Einzige die ganze Geschichte.

„Es geschieht wieder, oder?“, fragte Summer, als sie ihre Erzählung damit beendete, dass sie aufgewacht war, die Sandpiper nicht mehr an ihrem Liegeplatz lag und sie die geschnitzte Holzsonne an Deck gefunden hatte.

„Was geschieht wieder?“ Harry hob sich Latte auf den Schoß, und der kleine Hund tat wenig überzeugend so, als schliefe er, während er sich in die Nähe der Kuchenplatte zu strecken versuchte. Summer stellte die Platte weiter weg, und ein Ohr des Hundes zuckte.

„Dass ich aber auch immer alles vermassele! Leute mit etwas konfrontiere, unsinnige Diskussionen vom Zaun breche und das alles nie wiedergutmachen kann!“

Harry fixierte Summer mit einem prüfenden Blick. „Das hier ist nicht dasselbe. Erstens hatte Mason den Kompass, also musstest du ihn fragen. Du hättest vielleicht besser noch seine Antwort anhören sollen, aber egal. Zweitens bist du nicht für den Tod deiner Mum verantwortlich. Ich weiß nicht, wie oft ich dir das noch sagen muss.“

„Ja, aber ich habe an dem Nachmittag mit ihr gestritten.“ Summer musste ihre Worte an dem Klumpen in ihrem Hals vorbeiquetschen. „Ich hab sie angeschrien – ihr vorgeworfen, dass sie es nicht schafft, die Sache mit Dennis ins Reine zu bringen. Sie hat zugelassen, dass Jenny es selbst herausfinden musste und es nicht von ihnen selbst erfahren hat, und sie hat die Affäre nicht beendet. Ich hab ihr gesagt, dass sie herzlos und selbstsüchtig sei, und dann bin ich vom Boot gerannt.“

„Summer“, beschwichtigte Harry sanft. „Ich weiß das alles, und ich weiß auch, dass du dich seitdem mit Schuldgefühlen selbst zerfleischst. Es war aber nicht deine Schuld. Und …“, sie machte eine Pause und schaute kurz an Summer vorbei auf den ruhigen blauen Fluss, bevor sie fortfuhr, „… du warst wütend, und deine Mum hat dir gesagt, sie würde die Beziehung zu Dennis abbrechen. Sie hatte dir versprochen, dass sie es tun würde, und sie hat es nicht gehalten, und *dann* hat Jenny es herausgefunden. Dein Ärger war berechtigt, und es ist normal, dass man im Eifer des Gefechts Dinge sagt, die einem später leidtun. Es war eine Verkettung unglücklicher Umstände. Schrecklicher Umstände. Aber deine Mum wusste genau, dass du sie sehr geliebt hast, was auch immer du gesagt hast."

„Schlaganfälle können durch Stress ausgelöst werden, hab ich gelesen. Sie hatte ihn meinetwegen."

„Nein." Harry schüttelte den Kopf. „Das *stimmt* doch nicht. Du hast deine Mum geliebt. Du warst bei ihr auf dem Boot – jahrelang. Sie hatte dich und deine Liebe um sich, und ein einziger Streit kann daran doch nichts ändern. Niemals. Du musst diesen letzten Tag endlich mal hinter dir lassen."

Summer versuchte, die Worte festzuhalten und in sich aufzunehmen, aber wie schon zuvor prallten sie an ihrer Oberfläche ab, anstatt bis in ihr Bewusstsein vorzudringen. Das Schuldgefühl war immer da, dabei hatte sie kürzlich noch geglaubt, darüber hinwegzukommen, schon durch ihre Zeit auf dem Bootscafé und das neue Leben, das sie sich dort aufgebaut hatte. Jetzt aber hatte sie wieder im Zorn einen Menschen von sich gestoßen, der ihr viel bedeutete, und obwohl Harry hier war, obwohl sie zusammenarbeiten würden, klaffte da ein großes Loch, das sie nie würde füllen können. Sie schob Harry als Lückenfüller hinein. „Und was ist mit Mason? Ich hab es wieder getan! Ich habe ihm Vorwürfe an den Kopf geworfen und bin dann geflüchtet. Ich hab ihm nicht mal eine Chance gegeben, sich zu erklären, obwohl er es wollte. Und jetzt ist es zu spät."

„Mason ist aber nicht tot", warf Harry sachte ein. „Und er wird irgendwann auch sein Handy wieder einschalten."

„Er ist weg. Er hat eingesehen, dass es mit mir zu kompliziert ist, und er ist flussabwärts gefahren, wie Claire es vorausgesagt hat."

„Hallo?!" Harry schlug ihr leicht auf den Arm, und Latte fiepte, stand zitternd auf und spielte die Gekränkte, um dann die Nase in den Kuchenbehälter zu stecken.

„Ui, Latte. Du kannst bald Archie Konkurrenz machen." Summer lächelte, als sie die Hündin am Halsband aus dem Behälter zog, und dann fiel ihr ein, dass Archie ja mit Mason zusammen weg war.

„Du tust euch beiden Unrecht“, wies Harry sie zurecht. „Du bist liebenswert und ganz und gar nicht kompliziert, und Mason will garantiert nicht nur mit dir ins Bett und dann weiterfahren. Ich hab ihn auch kennengelernt, und so ist er nicht, egal wie die Sache mit dieser Tania abgelaufen ist.“

„Hätte ich es ihn bloß erklären lassen.“ Summer hatte Latte nach unten geschickt, hielt nun das Weinglas umklammert und schaute auf die Flüssigkeit darin, in der sich der goldene Schimmer der Abendsonne spiegelte. Sie leerte das Glas auf einen Zug. „Er hat so gezögert, sich mir gegenüber zu öffnen. Dann wollte er es tun, und ich hab ihn zurückgestoßen. Ich war absolut unvernünftig und voreilig. Dabei müsste ich es doch mittlerweile besser wissen, oder?“

„Jede Situation ist anders, du warst geschockt! Jetzt mach dich nicht selbst fertig, weil du nicht jedes Mal perfekt reagierst.“

Summer seufzte und schloss die Augen. „Was, wenn er nie wieder sein Handy einschaltet? Und wenn ich ihn nie finde?“

Harry deutete ein Kopfschütteln an und öffnete den Mund, sagte aber nichts, sodass Summer einen schrecklichen Moment lang fürchtete, dass die Freundin um eine Antwort verlegen war. Aber dann kam doch etwas.

„Irgendjemand wird ihn sehen“, sagte Harry. „Du hast doch inzwischen ein Netz aus Spionen auf dem Wasser, oder? Warum rufst du nicht Claire an?“

Summer rief nicht gleich an, aber die Erkenntnis, dass sie es tun könnte, sorgte schon dafür, dass sie sich besser fühlte. Sie hatte von vielen gehört, dass es auf den Wasserwegen ein großes Zusammengehörigkeitsgefühl unter den Bootsleuten gab, und so ein schönes Boot wie die Sandpiper fiel jedem auf, ganz zu schweigen von ihrem ebenso auffälligen Eigner oder dem schlecht erzogenen Border-Terrier. Hungrig pickte sie sich noch eine Fritte aus der Metallschüssel auf dem Tisch.

Sie waren zum Pub umgezogen, als Summer zugeben musste, dass sie – da sie Harrys Besuch vergessen hatte – nichts fürs Abendessen eingekauft hatte. Jetzt hatten sie fettige, saftige Burger vor sich stehen und teilten sich eine große Schüssel Pommes frittes. Latte lag friedlich zu Summers Füßen, und Summer fragte sich, ob sie eigentlich ruhiger als sonst war. Vielleicht vermisste sie Archie, oder projizierte sie da ihre eigenen Gefühle auf ihr Haustier?

Der Wind nahm trotz der Sonne zu, peitschte die Blätter an den Bäumen und die Rückenfedern der Enten blähten sich. Kleine Wasserwellen jagten sich gegenseitig. Summer hatte einen Kapuzenpulli über ihr Top gezogen, und Harry trug ihre Jacke.

„Sollen wir nicht reingehen? Ich weiß nicht, wie lange es noch dauert, bis die Sonne weggepustet wird."

„Darf Latte denn nach drinnen?"

„Ja. Dennis und Jenny wissen auch, wie viele Hundespaziergänger auf dem Leinpfad unterwegs sind und wie viele Kunden ihnen verloren gingen, wenn die Hunde draußen bleiben müssten."

„Dann lass uns mal reingehen. Ich war nie so vom stoischen britischen Schlag."

„Das weiß ich wohl." Summer lachte auf. „Du bist genauso glücklich, wenn du ein Kissen und ein Feuer hast, wie Latte."

„Oder wie sie es *war*." Harry nahm die Teller und die Weinflasche, und Summer schnappte sich die Pommes. „Hatte sie nicht gerade ihre abenteuerlustige Seite entdeckt?"

„Ja, stimmt." Summer fühlte schon wieder einen Stich wegen Archies Abwesenheit. Sie hatte nicht nur ihre eigene Beziehung mit Mason vermurkst, sondern auch noch ihrem Hund eine feste, andauernde Freundschaft. „Aber wenn der Spaß vorbei ist, sucht sie sich immer den gemütlichsten Platz. Mit Sicherheit glaubt sie, dass der Holzbrenner auf dem Boot einzig und allein für sie da ist. Ich muss für die Gläser noch mal zurückkommen."

„Lasst mich euch helfen."

Summer drehte sich um, und da stand Dennis an ihrem Tisch, ein Küchentuch über der Schulter. Er sah aus, als wäre er draußen in der Sonne gewesen, und sein weißes Hemd erstrahlte im Kontrast zu seinem gebräunten Teint. „Dennis, wie geht's dir?"

„Danke, sehr gut, Summer. Und dir? Komm, ich helf euch schnell rein."

Harry suchte die Nische am Fenster aus, sodass sie noch immer die Sonne genießen konnten, und Summer setzte sich ihr gegenüber. „Vielen Dank, Dennis", sagte sie, als er die Gläser neu postierte. „War viel los im Pub? Wie geht es Jenny?"

Dennis machte ein erstauntes Gesicht, aber dann lächelte er. „Diesen Sommer ging es bisher ohne Unterlass, und es scheint doch erst der Anfang zu sein, denn die Sommerferien kommen erst noch. Könnte unser bestes Jahr werden. Ist übrigens schön, dich zu sehen, Harry."

Harry lächelte. „Summer hat dafür gesorgt, dass ich mich für eine Nacht an Bord von zu Hause fortstehle. Ich hoffe nur, dass ich vom Schaukeln heute Nacht nicht seekrank werde."

„Das fühlt man kaum. Es ist nicht so, als wäre man in einem kleinen Ruderboot auf der Hochsee. Es ist absolut sicher und stabil."

Harry zog die Nase kraus. „Na, wir werden sehen."

„Herrliche Pistazientorte übrigens letztens", sagte Dennis und klopfte sich auf den Bauch.

„Du hast was davon abbekommen?" Harry warf der Freundin einen Blick zu.

„Ich bin spät zur Party gekommen, aber ich wollte Masons Geburtstag nicht ganz verpassen. Und ich hatte wirklich Glück, dass ich noch ein Stück von dem Kuchen abbekommen hab."

„Er hat Prosecco mitgebracht", erzählte sie Harry. „Erzähl es besser nicht Jenny, wie sehr dir der Kuchen geschmeckt hat, besonders, weil Harry zukünftig noch mehr für das Café backen wird."

„Wirklich?"

Harry nickte.

„Das wird's zwischen Jenny und mir nicht einfacher machen, wie?"

Dennis seufzte und lächelte sie reuevoll an. „Ich schätze, zwischen euch wird es niemals einfach sein. Du musst einfach dein Ding machen, Summer, und sie auch. Mach dir darüber keine Gedanken – das geht ja alles nicht von dir aus, sondern von mir. Und von Maddy, aber … Na ja, sie ist nun mal nicht mehr da. Ich bin verantwortlich, und ich muss es bei Jenny wiedergutmachen. Denk nicht schlecht von ihr, sondern von mir, wenn es sein muss."

„Ich möchte nur, dass wir alle in Frieden leben können. Nur mache ich es für alle nicht gerade einfach." Masons Gesicht voll Schmerz und Niederlage kam ihr wieder in den Sinn, und sie drückte ihren Finger an den Knubbeln im Holz entlang. „Und ich könnte nie schlecht von dir denken", fügte sie hinzu. „Du hast mich gerettet. Du und Mason habt mich gerettet."

Dennis schaute kurz zur Bar, um sicherzugehen, dass alles unter Kontrolle war. „Ich konnte nicht Nein sagen, als Mason bei mir vor der Tür stand. Er hat darauf bestanden. Ich hab ihn noch nie so gesehen, beinahe panisch, aber er … Es hat Erinnerungen in ihm geweckt. Er hält große Stücke auf dich, Summer, und ich glaub, er hatte Angst, dass sich die Vergangenheit wiederholt. Klar, damals habe ich's nicht gemerkt, aber als er es mir erzählte, bekam alles Sinn." Dennis schüttelte den Kopf, und sein Blick richtete sich durch das Fenster nach draußen.

Summer umfasste den Stiel ihres Weinglases, und ihre Knöchel traten weiß hervor. „Erinnerungen?", hakte sie nach. Ihre Stimme klang hoch und erstickt, und sie schaute Harry an, erwartete eine Ermahnung, merkte aber, dass sie ebenso neugierig war.

Dennis schaute wieder Summer an. „Wie?"

„Der Einbruch bei mir. Du hast gesagt, er hätte Erinnerungen in Mason geweckt. Was für Erinnerungen?"

Dennis runzelte die Stirn und schob das Küchentuch auf seiner Schulter zurecht. „Das weißt du nicht? Ich dachte, ihr beide wärt …"

„Wir waren Freunde. *Sind* Freunde. Ich hatte gehofft, dass …" Sie ließ den Satz unvollendet im Raum stehen.

„Was ist passiert? Alles okay?"

Sie sah zu ihm auf. Dennis war sanft, herzlich und lieb – und so unkompliziert. Sie konnte es noch immer nicht begreifen, wie er eine Affäre mit irgendjemandem gehabt haben sollte, noch dazu mit ihrer Mutter. Sie erkannte gleich, was ihn anziehend machte, aber sie konnte sich nicht vorstellen, dass er jemals unaufrichtig und hinterlistig genug sein könnte, um so etwas durchzuziehen.

„Was genau hat Mason dir erzählt?"

„Ich weiß nicht, ob ich derjenige bin, der es dir sagen sollte." Er zögerte. „Ich meine, vielleicht hat er es mir im Vertrauen erzählt. Es war auf dem Weg zu dir nach Tivesham, und ich glaube, er hatte spontan das Gefühl, sich erklären zu müssen – warum er so dringend zu dir wollte, als er hörte, was passiert war. Es klang beinahe wie eine Beichte und … Das ist sehr persönlich, Summer." Er beschäftigte sich mit einem Kratzer an seinem Arm.

Summers Herz raste. Das hier musste der Schlüssel zu allem sein, was geschehen war. War es in Ordnung, es von jemand anderem als Mason selbst zu erfahren? Sie wusste es nicht, aber er war fort, und sie hatte keine Ahnung, wie sie ihn zurückbekommen konnte. Vielleicht hatte Dennis die Antwort darauf.

„Bitte, Dennis", bat sie, aber es war nur ein Flüstern.

„Mason ist weg", erklärte Harry lauter.

„Was?“ Dennis schaute wieder aus dem Fenster zum Fluss und den Anlegeplätzen, als wollte er sichergehen, dass die Sandpiper nicht mehr dort war. „Warum?“

„Ich hatte Streit mit ihm“, begann Summer, aber Harry unterbrach sie.

„Er bedeutet ihr viel“, sagte sie, „und sie ihm auch, aber sie haben sich gestritten, und nun ist er weg, und sein Handy ist durchgehend ausgeschaltet. Also, Dennis, wenn du uns irgendetwas sagen kannst, das uns dabei hilft, Mason zu finden oder herauszufinden, warum er weggefahren ist, würde es die Lage einfacher machen. Zumindest könnte es uns beruhigen. Wir machen uns nämlich beide Sorgen um ihn.“

Dennis seufzte auf. „Ich weiß nicht. Worüber habt ihr gestritten? Kannst du mir das sagen?“

„Dennis?“ Die Stimme schnitt durch das allgemeine Stimmengewirr der Pubgäste. „Hilfst du mir? Es ist voll!“

Summer schaute auf und sah Jenny hinter der Bar stehen. Sie sah zerzaust aus, ihr Haar hing offen um ihre Schultern, aber ihre Augen schienen trotz der Hektik zu strahlen. Erstaunlich, wie hübsch Jenny war, wenn sie nicht total um ihre Selbstkontrolle bemüht war.

„Komme!“, rief Dennis und drehte sich zu den beiden Frauen um. „Wir sprechen später darüber, wenn's ruhiger ist.“

„Mason hatte Mums Kompass“, sagte Summer hastig. Er sollte jetzt nicht weggehen, so verzweifelt wollte sie hören, was er wusste.

Dennis starrte sie einen Moment an und schloss dann die Augen. „Oh nein, *darüber* habt ihr gestritten?“

„Was? Was ist damit?“ Summer richtete sich auf, als wollte sie aus dem Stuhl springen und Dennis packen.

„Dennis?“, rief Jenny wieder. „Bitte, Schatz!“

„Komme!“

„Was weißt du darüber?“, bat Summer. „Dennis, bitte.“

„Geht nirgendwohin. Ich lasse euch noch Wein bringen und Nachtisch, was ihr wollt. Ich komme später, wenn weniger los ist, versprochen."

„Warum hatte Mason Mums Kompass?", versuchte Summer es in ihrer Verzweiflung noch einmal.

Dennis blickte sich um, schaute dann wieder zu ihnen. „Er hatte ihn von mir", gestand er leise. „Ich hab ihm Maddys Kompass gegeben. Und jetzt muss ich gehen. Bitte, bleibt hier, und wir reden später darüber."

Er ging an die Bar, und Summer sah ihm nach. Sie stellte sich alle möglichen Fragen, versuchte, alle Informationen zu ordnen, und scheiterte doch kläglich daran. Sie beobachtete, wie Dennis mit einem Gast sprach, ein Pint zapfte, wie sein entspanntes Auftreten leichte Anspannung barg. Er schaute immer wieder zu ihnen herüber, und sie zwang sich, Harry anzusehen. Die Freundin sah genauso geschockt und angespannt aus, wie Summer sich fühlte.

„Was können wir tun?", fragte Harry. „Gibt's hier einen Feuermelder, den wir drücken können? Irgendwas, um den Pub sofort leer zu kriegen, damit Dennis schneller wieder hier ist?"

Summer schaffte es sogar, zu lachen. „Ich glaub nicht. Wahrscheinlich können wir nur warten."

Harry schaute geknickt drein.

Summer zog den Kompass aus der Tasche ihres Hoodys und legte ihn auf den Tisch. Da lag er nun zwischen ihnen, wie eine Bombe vor der Explosion.

„Dann bleibt uns wohl nichts anderes übrig als abzuwarten", sagte sie.

20. Kapitel

Der Pub hatte geschlossen, und der Wind strich unangenehm kühl umher, aber Summer saß dennoch mit Harry und Dennis draußen an einem der Gartentische. Der frische Wein, den Dennis ihnen eingeschenkt hatte – nach all den vorherigen – und das intensive orangerote Glühen der Heizstrahler taten jedoch ihr Übriges und ließen alles verschwommen und weicher und weniger dringend erscheinen. Summer starrte zu ihrem Boot, ein Teil der blauen und roten Bemalung stach im Licht der Pfadlaternen aus dem Dunkel hervor, während der Rest des Bootes im Schatten lag. Der Fluss schien nur noch aus schimmernden Kristallen zu bestehen.

Latte saß neben Dennis auf der Bank, Harry neben ihrer Freundin, und der Kompass lag auf dem Tisch.

Summer wusste selbst nicht, warum sie ihn wieder herausgekramt hatte, außer vielleicht, weil er ein Symbol für alles darstellte – dafür, wie sie mit ihrer Mum gestritten hatte, und dann mit Mason. Der Kompass klagte sie an, aber genauso erinnerte er sie auch daran, dass sie Dinge finden, Schwierigkeiten umschiffen konnte. Sie hatte die Kraft, ihre eigenen Fehler wiedergutzumachen.

„Tut mir leid, dass es so spät geworden ist", entschuldigte sich Dennis. „Ich hatte nicht erwartet, dass an einem Montag noch so lange Betrieb ist." Er hatte immer noch ein Küchentuch über der Schulter hängen. „Wollt ihr wirklich nicht wieder reingehen? Ich hab es mit Jenny besprochen, und sie hat kein Problem damit, wenn ihr nach dem Absperren noch da seid."

Summer lächelte und schüttelte den Kopf. Harry hatte es geschafft, sie abzulenken, während sie warteten. Sie hatten sich einen Eisbecher geteilt, mit Butterscotchsoße und einer Extraportion Nüssen, und hatten über Summers Pläne für das Café und Harrys Rolle darin gesprochen. Summer hatte vor, Verkostungsabende und Special Events zu veranstalten. Sie wollte das Café auch für Gruppenbuchungen öffnen. Dann könnte man Privatpartys, zum Beispiel einen Geburtstag oder einen Jahrestag auf dem Boot feiern, und sie würde dafür von Willowbeck aus über den Fluss fahren – und Harrys Backkunst sollte bei allem im Mittelpunkt stehen. Sie hatte eine Menge Pläne gemacht, und sie besprachen jeden einzelnen. So war sie einige Stunden von der anderen Sache abgelenkt. Nur der Kompass vor ihnen auf dem Tisch hatte sie daran erinnert.

Als Dennis endlich so weit war, dass er reden konnte, hatte Summer sich so erhitzt und beengt gefühlt, dass sie vorgeschlagen hatte, sich nach draußen an die frische Luft zu setzen. Jetzt fühlte sie sich beschwipst und fröstelte, aber das machte alles nichts, bei dem Gewicht dessen, was Dennis ihr zu sagen hatte.

„Warum hast du Mason den Kompass meiner Mum gegeben?“, fragte sie rundheraus. Ihr war klar, dass sie im Moment keinen Sinn für Smalltalk hatte.

Dennis seufzte. „Weil Maddy ihn mir gegeben hat – der Kompass war es auch, der uns am Ende verraten hat.“ Er fuhr sich mit der Hand über sein kurzes Haar, vom Hinterkopf bis über die Stirn. „Jenny hatte bereits etwas gemerkt, glaube ich, aber als sie Maddys Kompass in meiner Jackentasche fand, gab ihr das Gewissheit. Warum sollte ich sonst einen Kompass aus Rosenholz haben? Von wem sonst hätte ich ihn haben können? Zu der Zeit gab es so viel Wut und Schmerz, es ist so viel geschehen, und als dann … Na ja, als Maddy starb, wusste ich nicht, was ich tun sollte. Das Ding hat mich an sie erinnert, ich wollte es nicht einfach loswerden, darum hab ich's versteckt. Jenny und ich haben uns ja damals wieder zusammengerauft. Letztes Jahr, kurz vor Weihnachten, hat sie das Ding dann wieder bei meinen Sachen gefunden. Sie hat irgendwas gesucht, und fand den Kompass. Sofort ist natürlich alles wieder hochgekommen, und ich wusste, dass ich ihn nicht behalten kann."

„Warum Mason?", flüsterte Summer, die daran dachte, wie schwer es für Dennis gewesen sein musste und wie sie in ihrer eigenen Trauer ihn auch überhaupt nicht berücksichtigt hatte. Sie wusste ja, dass er ihre Mum geliebt hatte, und er musste auch damit klarkommen, sie verloren zu haben – und noch dazu mit den Vorwürfen und dem Zorn in dem langwierigen Prozess, seine Ehe zu retten.

„Ich wusste nicht, ob du jemals nach Willowbeck zurückkehren würdest", sprach er weiter. „Niemand hatte dich seit Maddys Tod gesehen, und Valerie hatte mit ihrer eigenen Trauer zu kämpfen. Außerdem wäre es für Valerie ebenso wie für dich nicht leicht zu akzeptieren gewesen, dass Maddy ausgerechnet mir den Kompass gegeben hat. Mason ist glaube ich im November hier aufgeschlagen, und wie du aus eigener Erfahrung weißt, mag man ihn gleich gern. Wir hatten schon mal miteinander gequatscht, und als Jenny der Kompass wieder in die Hände fiel, hab ich … ihn einfach Mason gegeben. Ich hatte ihn gebeten, ein paar Fotos vom Pub zu machen, die ich an eine Regionalzeitschrift schicken konnte. Es ging um einen Promotionartikel. Der Kompass war sozusagen die Bezahlung. Es ging nie darum, wo er herkam, ich hatte Mason nur gesagt, dass ich etwas für ihn hätte, und der Kompass gehörte ja auf ein Narrowboat. Er war überrascht und wollte ihn gar nicht so recht annehmen, hat ihn dann mehr aus Pflichtgefühl genommen, weil er kein Geld annehmen wollte. Aber so wusste ich wenigstens, dass der Kompass in guten Händen und in der Nähe sein wird. Ich hätte das nicht tun sollen."

„Nein, du hattest eine schwere Zeit. Es muss furchtbar gewesen sein, nicht einmal diese Erinnerung an Maddy behalten zu können, nachdem du sie verloren hattest, und dann das mit Jenny …" Sie schluckte. „Ich bin froh, dass du ihm den Kompass gegeben hast. – Verflucht!" Sie vergrub das Gesicht in den

Händen. „Ich hab Mason bezichtigt, ihn *gestohlen* zu haben. Ich hatte doch so lange danach gesucht!"

„Summer, es tut mir so leid. Wenn ich nur einen Moment darüber nachgedacht hätte …"

„Es ist nicht deine Schuld. Ich hätte nicht einfach falsche Schlüsse ziehen dürfen." Wahrscheinlich würde sie dieses Mantra für den Rest ihres Lebens wiederholen. Sie warf einen kurzen Blick auf ihr Handy. Das Display war leer. Ihre Anrufe waren den ganzen Tag über nicht erwidert worden. Immer wieder war gleich der Anrufbeantworter angesprungen, aber sie wollte nicht in die Luft reden, darum hinterließ sie keine Nachricht.

„Es ist doch gut, zu wissen, dass er ihn aus einem völlig harmlosen Grund hatte, oder?" Harry legte eine Hand auf die von Summer. „Und es bestätigt, was du die ganze Zeit von ihm angenommen hast."

„Dass Mason einer der nettesten Menschen ist, die ich je getroffen habe, und es wert ist, es mit ihm zu versuchen."

Harry nickte. „Genau."

Summer schaute Dennis fragend an und wartete auf seine Bestätigung, aber sie wusste auch, dass er nicht so direkt antworten würde und vielleicht nicht einmal bereit war, ihr mehr zu sagen. „Und wie sieht es mit seinen Erinnerungen aus? Warum fürchtete er, dass die Vergangenheit sich wiederholt?"

Dennis schüttelte den Kopf. „Summer, ich …"

„Sag es mir bitte", flüsterte sie. „Bitte, sag mir etwas. Ich hab Angst, dass ich …" Sie dachte wieder daran, wie niedergeschlagen er sie angesehen hatte, als sie ihn nach Tania gefragt hatte. „Ich fürchte, dass ich ihn sehr verletzt habe. Er war bisher immer für mich da, nicht immer offen zu mir, aber immer bereit, mit mir zu reden, Zeit mit mir zu verbringen. Und jetzt ist er … einfach weg."

Dennis sah erst die eine, dann die andere der beiden eindringlich an und trank etwas von dem Whisky, den er mit nach draußen genommen hatte. „Mason hat seine Ehefrau verloren."

Summer starrte ihn an. „Was?“ Sie glaubte, sich verhört zu haben.

„In einem Feuer“, fügte Dennis hinzu. „Ihr Haus geriet in Brand, und beide waren zu Hause. Mason hat sie und sich selbst durch ein Fenster im ersten Stock vor den Flammen gerettet, aber Lisa hatte Asthma. Der Rauch war für sie tödlich. Es war zu spät. Sie starb auf dem Weg ins Krankenhaus.“

Die Welt um Summer schien sich auszudehnen und dann in sich zusammenzufallen. Es war, als gäbe es nur sie in dieser Welt. Dann öffnete sich der Himmel, wirbelte schwarz und endlos um sie herum. Auf der Suche nach Halt umklammerte sie mit beiden Händen die Tischkante.

„Großer Gott“, hörte sie Harry sagen und fühlte gleichzeitig eine Hand auf ihrer Schulter.

„Mason“, wisperte Summer. „Oh, Mason. Shit.“ Sie schob die Arme auf den Tisch und ließ den Kopf darauf sinken.

„Er hat es mir auf der Fahrt nach Tivesham erzählt. Er hatte große Angst um dich, und ich glaub, er hatte alles wieder vor Augen: die Angst, die Verwüstung. Es war vor fünf oder sechs Jahren, als Lisa ... Ja, sie war einfach nicht mehr da und das Haus war zerstört, also hat er sich das Boot gekauft. Er war völlig am Ende, verständlicherweise. Klar, das ist etwas, über das man nie ganz hinwegkommt, aber ... Na ja“, Dennis seufzte, „man merkt es ihm kaum an, oder? Er wirkt so ausgeglichen, aufmerksam und freundlich, eigentlich unbeschwert, als hätte er nicht die geringsten Sorgen.“

„Herrje“, sagte Summer und schaute zu Dennis hoch. „Er musste seine Frau beerdigen? Als er nicht mal dreißig war ...“ Sie schluckte, als Tränen in ihr aufstiegen.

Sie dachte daran, wie geschockt er beim Anblick ihres Bootes nach dem Einbruch gewesen war. Hatte er nach dem Feuer sein eigenes zerstörtes Haus betreten müssen – als ihm nichts geblieben war? Und auf ihre Frage nach den Fotos aus der Zeit vor seinem Leben auf dem Boot hatte er sie zuerst ganz still angesehen. Bestimmt waren doch alle Erinnerungen zerstört worden. Er hatte sogar erwähnt, dass er etwas zu verarbeiten hatte! Und wie er an ihrem zweiten Tag in Willowbeck ganz plötzlich auf ihrem Boot aufgekreuzt war, weil von dem verbrannten Bacon der Feueralarm losgegangen war … *Und ich dachte, er hätte es nur auf das erste Bacon-Brötchen abgesehen.* „Fuck", flüsterte sie und schloss die Augen.

„Das ist ja furchtbar", murmelte Harry betroffen.

„Er redet anscheinend nie darüber", sagte Dennis. „Also, wenn er es nicht mal dir gesagt hat. Ich dachte, ihr steht euch sehr nah."

„Tun wir auch. Zumindest waren wir auf dem Weg dahin, aber …" Summer ließ den Kopf hängen. „Ich kann es nicht glauben. Ich kann nicht glauben, dass er so viel durchmachen musste." Die Angst, die sie in ihm wahrgenommen hatte, war nichts gegen all die Wärme, die Sorge, die er ihr entgegengebracht hatte, als er ihr mit dem Boot half, als er zu ihr nach Foxburn kam, um mit ihr die Natur zu erkunden, als er sie nach dem Einbruch unterstützte, und das, obwohl diese Angst auf so unerträglichen Erinnerungen gründete. Er hatte ein traumatisches Erlebnis gehabt, wie es schlimmer kaum sein kann, und ohne es ihr zu sagen, hatte er ihr doch so viel von sich gegeben.

„Ich muss mit ihm Kontakt aufnehmen", beschloss sie. Es war wie ein Schmerz in ihrer Brust, ein drängendes Gefühl der Panik. Sie saß jetzt ganz auf der Vorderkante der Bank und fummelte wieder an ihrem Handy herum, aber Dennis hielt sie zurück.

„Wenn er weggefahren ist, dann braucht er Zeit. Du sagst, ihr habt gestritten? Du hast was Persönliches angesprochen?"

Sie nickte.

„Okay." Dennis schenkte ihr ein knappes Lächeln. „Dann gibt es für ihn einige Dinge zu überdenken. Wenn er so weit ist, kommt er vielleicht zurück."

„Oder er will mich nie wiedersehen – und Willowbeck auch nicht." Summer sah Harry an, deren große braune Augen im weichen Schein der Laternen ihre Gefühle spiegelten.

„Sagtest du nicht, dass er noch nicht lange auf dem Boot gelebt hat, als die Sache mit Tania passiert ist?“, fragte Harry.

„Claire hat es zumindest so erzählt.“

„Das erklärt vielleicht sein Verhalten damals. Vielleicht glaubte er, er wäre bereit für eine neue Beziehung, aber in Wirklichkeit war es doch zu früh.“

„Kann sein. Aber ich will nicht spekulieren. Ich will ihn finden und vernünftig mit ihm sprechen. Keine voreiligen Schlüsse mehr.“

„Gute Idee“, meinte Dennis und lächelte sie warm an. „Mason ist ein guter Kerl, und wenn ihr euch nähergekommen seid, hätte er es dir sicher auch bald erzählt. Weißt du, nach dem Einbruch ist mir aufgefallen, wie besorgt er um dich war und wie sehr ihm die Erinnerung zu schaffen machte. Darum war es mir so wichtig, dass du nach Willowbeck zurückkehrst. Ihr habt beide eine Menge durchgemacht, und ich dachte auch, dass ihr euch gegenseitig helfen könnt. Aber he, es läuft eben nicht immer alles nach Plan, hm?“ Dennis lächelte aufmunternd, und Summer lächelte zurück, wusste sie doch, dass es gewissermaßen ebenso eine stumme Entschuldigung für das war, was zuvor vorgefallen war – mit ihm und ihrer Mum. „Ich glaube, Mason wird zu dir zurückkommen. Er ist sicher nicht für immer fortgegangen.“

„Aber wenn er nicht ans Telefon geht“, warf Harry ein, „wenn er Abstand braucht, dann sollten wir das respektieren. Und auch wenn andere Bootsführer die Sandpiper sehen, heißt das nicht, dass sie ihn jetzt nerven müssen. Wäre allerdings zumindest schon ein Trost, zu wissen, wo er steckt, oder?“

Summer nickte bedächtig. „Meinst du, wir sollen Claire anrufen?“

„Ich glaube ja, schon allein, um dich zu beruhigen.“

* * *

Summer rief Claire am folgenden Morgen an. Sie rieb sich die Schläfen in dem Versuch, so die stechenden Kopfschmerzen abzumildern, die sie beim Erwachen überfallen hatten.

„Summer Freeman, du verdammte Hellseherin!"

„Was?" Sie runzelte die Stirn, während sie Harry einen Kaffee anreichte, das Telefon ans Ohr gepresst. „Nein, meine Nachbarin ist die Hellseherin."

„Ich wollte dich eben anrufen! Wir kommen nach Willowbeck."

Summer stutzte. „Was? Wann?"

„Dieses Wochenende. Weißt du noch, wie ich dir gesagt hab, dass Willowbeck hübsch ist, ich aber immer den Eindruck hatte, ich bräuchte etwas anderes, weil ihm was fehlt?"

„Ähm, ja?"

„Tja, und das ist es – mein Musikfestival! Wir fahren dieses Wochenende. Ich möchte mit den Besitzern des Pubs darüber sprechen, ob wir ihre Rasenfläche nutzen können, und dann, wenn alles klappt, gibt's in wenigen Wochen ein schwingendes, klingendes Festival."

„In wenigen *Wochen*? Claire, wie kannst du denn …"

„Weil sich alle schon vorbereitet haben. Ich hab ja ewig rumgetönt, dass ich im Sommer dieses Festival aufziehen will, und wenn Willowbeck so perfekt ist, wie ich meine, dann brauchen wir nur noch die Werbetrommel zu rühren. Du weißt selbst, wie schnell sich Neuigkeiten über den Fluss verbreiten – wie ein verdammtes Lauffeuer."

Summer zuckte zusammen. Claires Wortwahl erinnerte sie an den Grund, aus dem sie sie hauptsächlich angerufen hatte, aber dann zweifelte sie plötzlich, ob sie überhaupt nach Mason fragen konnte, ohne den Eindruck zu erwecken, dass Claires Warnung gerechtfertigt gewesen war – dass Mason sich aus dem Staub gemacht hatte, weil er sein Ziel bei ihr erreicht hatte.

„Machst du mit?“, fragte Claire.

„Na klar! Gerne – und ich hab deinen Rat beherzigt.“ Sie grinste Harry an. „Das Café wird von nun an um einiges interessanter werden.“

„Du hast einen Backkurs besucht?“

„Nix da, ich hab fortan meine beste Freundin mit an Bord. Wir werden Geschäftspartnerinnen.“

Nachdem Summer sich Claires Freudentaumel angehört hatte, verabschiedeten sie sich voneinander.

„Du hast sie nicht nach der Sandpiper gefragt“, klagte Harry sofort. „Und darum ging es dir doch eigentlich.“

Summer setzte sich zu ihr aufs Sofa. „Schon, aber Claire hat mich erst mal abgelenkt mit ihrer Neuigkeit, dass sie und Jas, Ralph und Ryder mit den anderen hierherkommen, um dieses Musikfestival aufzuziehen, und dann ist mir klar geworden, dass ich sie nicht bitten kann, nach Mason Ausschau zu halten, weil sie dann weiß, dass er weg ist, und dann denkt sie, sie hätte recht gehabt. Ich kann ja Claire nicht die Wahrheit über Masons Vergangenheit sagen. Dennis hat uns das ja im Vertrauen erzählt. Es würde aussehen, als wäre genau das geschehen, wovor sie mich gewarnt hat.“

Harry trank ihren Kaffee und sah sie über den Tassenrand ernst an. „Was wirst du also tun?“

Summer hoffte, zuversichtlicher auszusehen, als sie sich fühlte, und sagte. „Ich kann wohl nur warten, bis er sich meldet.“

Als Harry an diesem Nachmittag nach Hause fuhr, versprach sie Summer, am Freitag wiederzukommen, damit sie mit ihrer Planung für das Musikfestival anfangen konnten. Summer musste ihr Stein und Bein schwören, sofort Bescheid zu sagen, wenn sie etwas von Mason hörte. Als Harry gefahren war, konnte sie sich nicht mehr konzentrieren. Harry hatte ihr morgens im Café geholfen, und sie war glücklich gewesen, sie bei sich zu haben. Alles ging leichter und machte mehr Spaß, und überhaupt zeigte es sich, dass sie ein perfektes Gespann abgaben. Es war ihr schon durch den Kopf gegangen, ob sie sich wirklich darauf beschränken sollten, dass Harry zu Hause in ihrer Küche backte, oder ob sie sie vielleicht überzeugen konnte, noch weiter einzusteigen.

Diese Gedanken sorgten zusammen mit der Enthüllung über Mason und der Neuigkeit, dass Claire und Ryder bald über das verschlafene kleine Willowbeck hereinbrechen würden, dafür, dass Summer mehrere Getränkebestellungen durcheinanderbrachte und Schokoladenguss anstelle von Butter auf den Scone eines Gastes strich. Ihre Kunden waren jedoch sehr nachsichtig und lachten über ihre Fehler, aber Summer wusste, dass sie sich dringend zusammenreißen musste.

Als der Betrieb nachließ, kochte sie sich eine große Tasse starken Tee, schnitt ein dickes Stück Kaffeekuchen ab und nahm es mit auf die Celeste. Sie hatte Norman kaum gesehen, seit sie zurück in Willowbeck war, und da sie sich jetzt entschieden hatte, zu bleiben, wollte sie eine Art gutnachbarschaftliches Verhältnis pflegen. Wahrscheinlich wäre es auch gut, Norman vor dem bevorstehenden Festival zu warnen. Sie wandte den Blick von dem leeren Fleck ab, an dem die Sandpiper hätte liegen sollen, kletterte auf das Deck der Celeste und klopfte an.

Es dauerte ewig, aber schließlich öffnete sich die Tür, und Norman stand da und schaute blinzelnd zu ihr auf, als würde sie ihm mit der Taschenlampe ins Gesicht leuchten.

„Was 'n los?", nuschelte er.

„Ich hab dir Tee gebracht." Sie hielt ihm den Take-away-Becher und die Papiertüte mit dem Kuchen hin.

„Wieso?"

„Nur eine nette Geste."

„Is' nich' nötig."

Summer zählte im Kopf bis drei und sagte. „Nötig nicht, aber ich möchte es gern. Ich bleibe jetzt in Willowbeck und meine, es wär doch schön, wenn wir uns ein bisschen besser kennenlernen."

„Wenn du meinst." Norman nahm grummelnd den Becher und die Tüte entgegen und nickte ihr kurz zu. Er zog sich in den Korridor zurück, aber als Summer schon gehen wollte, kam er wieder heraus an Deck.

Sie starrte ihn an.

„Hab nur den Tee abgestellt", erklärte er.

„Aha", murmelte Summer. „Prima."

„Dann bleibst' also? Fährst nicht dei'm Typen hinterher?"

Summer blinzelte. „Ähm, wie?"

„Mason", sagte er knapp. „Sandpiper. Hab gehört, wie er nach dir gerufen hat, letztens nachts. Hat an die Tür gehämmert."

„Oh." Etwas geschah in ihrem Magen und erzeugte Übelkeit. „Entschuldigung."

Norman schüttelte den Kopf. Sie sah die weißen Tupfen in seinem grauen Bart, und Teile seines Strickpullis schimmerten fadenscheinig. „Macht ja nix, klang nur, als wär's was Trauriges für dich. Is' 'n anständiger Kerl, trotz dass der Köter 'ne Plage is'."

Summer lachte auf, dass es leicht hysterisch klang. Sie dachte an Archie und daran, wie schlecht erzogen er war. Und Norman, der sich praktisch ständig in seinem Boot verkroch und selbst an Deck beim Fischen extrem ungesellig war, wusste, dass man Mason vertrauen konnte. War sie denn die Einzige, die daran gezweifelt hatte? Sie hätte mehr zu verlieren gehabt, wenn sie bereits eine Beziehung begonnen hätten, aber auch so hatte sie nicht recht an ihn geglaubt. Sie ließ den Kopf hängen. Hatte sie überhaupt eine Chance verdient, um zwischen ihnen alles wieder in Ordnung zu bringen?

„Er is' den Kranichen nach", sagte Norman. „Ganz sicher."
„Kraniche?"
„Haben die beim Schutzgebiet gesichtet. Laut mei'm iPad."
Sie unterdrückte ein Schmunzeln. Norman musste in den Siebzigern sein und rührte nicht einmal Kaffee an, weil er ihm zu neumodisch war. Und jetzt gab er zu, dass er ein iPad besaß! Ihr Herzschlag beschleunigte sich, weil Norman ihr eine Erklärung für Masons plötzliches Verschwinden geliefert hatte. „Du meinst, er ist ins Naturschutzgebiet gefahren, weil sie dort Kraniche gesichtet haben? Und nicht ... Er ist nicht ..."
„Kraniche", wiederholte er und nickte entschieden. „Is' wild auf die, nich' wahr?"
Jetzt lächelte sie doch und konnte sich kaum zurückhalten, ihn in die Arme zu nehmen, aber das hätte ihn sicher so überrumpelt, dass er von Bord gekippt wäre. „Danke, Norman", sagte sie stattdessen.
„Danke für 'n Tee." Er drehte sich um und schlurfte wieder nach drinnen.
Summer sprang ans Ufer und lief zum Bootscafé. Ob der alte Kauz mit seiner Annahme recht hatte, wusste sie nicht – das Timing schien ihr etwas zu perfekt –, aber es gab immerhin etwas, woran sie sich festhalten konnte. So konnte sie zur Ruhe kommen und die Wartezeit leichter ertragen, bis sie von Mason hören würde. So konnte sie sich sogar auf die Ankunft von Claire und den fahrenden Händlern freuen.
Sie schlug sich auf die Stirn, als ihr einfiel, dass sie das Festival gar nicht erwähnt hatte. Sie würde morgen noch einmal zu Norman gehen müssen, immerhin hatte er sich gerade ein lebenslanges Abo auf Tee und Kuchen verdient. Er hatte ihr das Quäntchen Hoffnung geschenkt, das sie so bitter nötig hatte.

Freudig erregt, aber auch ein bisschen beklommen beobachtete Summer am Freitagmorgen, wie die Wanderer's Rest in Willowbeck einfuhr, gefolgt von der Water Music und Doug's Antiques Barge sowie allen anderen Händlerbooten. Nur ein paar Wochen zuvor war sie selbst Teil dieser Truppe gewesen und hatte dabei eine Menge Spaß gehabt. Trotzdem hatte sie auch schlechte Erinnerungen – nicht nur wegen des Einbruchs. Ryder würde da sein, gewohnt dominant, und Claire würde wissen wollen, wo Mason steckte. Auf einmal hatte sie den Drang, ganz Willowbeck zu beschützen, auch Valerie und Dennis, Adam von der Metzgerei und Norman.

Sie hatte dem schrulligen Gesellen noch einmal Tee und einen Kirschmuffin gebracht und ihm von dem Festival erzählt. Er hatte sie aus schmalen Augen angesehen und genickt, und dann hatte er ihr – wenn auch etwas wortkarger – erzählt, dass es laut seinem iPad *sechs* Kraniche gebe und Mason daher sicher eine Weile beschäftigt wäre. Summer hatte ihn daraufhin zwar nicht umarmt, aber seinen Arm gedrückt, der sich durch den abgewetzten Pulli sehr knochig angefühlt hatte. Sie wollte nicht, dass Norman sich durch die Neuankömmlinge bedroht fühlte.

Sie biss sich auf die Unterlippe und wischte einen Tisch schon zum vierten Mal ab. Dann aber betrat Claire das Boot, und alle ihre Sorgen verflüchtigten sich.

„Summer, du wunderschönes Wesen!" Claire stürmte zu ihr, die Arme ausgebreitet, sodass sie das ganze Café mit ihrer Präsenz ausfüllte. Summer ließ Lappen und Desinfektionsspray stehen und liegen und drückte Claire an sich. „Du wirst uns nie allzu lange entkommen, hatte ich das erwähnt?"

„Nein, aber ich wusste es sowieso. Fühlt sich aber schon deutlich länger an als ein paar Wochen."

„Wie geht es dir? Das Café sieht ja tipptopp aus nach allem." Sie nahm Summer scharf in Augenschein, eine stumme Frage im Blick.

„Alles läuft richtig gut. Es hat gar nicht lange gedauert, alles wiederherzustellen."

„Und wie sieht's mit deinem Vertrauen aus? Ist das auch wiederhergestellt?"

Summer nickte. „Ich fühle mich sicher in Willowbeck. Nicht, dass ich mich mit dir nicht sicher gefühlt hätte oder nicht noch einmal hinausfahren würde, aber ich muss jetzt erst mal ein bisschen bleiben. Ich muss das hier zu meinem Zuhause machen, damit ich immer weiß, dass ich eine Zuflucht habe, wenn ich eine brauche."

„Klingt vernünftig." Claire verschränkte dic Arme. Die dunkle Bräune stand im Kontrast zu dem blassen Grün ihres Kleides, das an ihr viel zu fließend und feminin aussah, um darin ein Boot zu steuern oder Schleusen zu bedienen.

Aber dann bemerkte Summer die orangefarbenen Converse-Chucks und musste grinsen. „Also nimmt dieses Musikfestival tatsächlich Gestalt an?"

Claire nickte, und in ihre Augen schlich sich ein Strahlen. „Klaro. Muss nur noch mit den Inhabern des Pubs sprechen, aber ich wüsste nicht, warum sie sich die Gelegenheit für so ein hübsches Extrageschäft entgehen lassen sollten. Ein paar Anrufe von Ryder, Jas und mir, und der Karren kommt ins Rollen."

„Willowbeck wird gar nicht wissen, wie ihm geschieht."

„Wir werden den Ort schon nicht in Schutt und Asche legen, wir bringen nur ein bisschen Schwung in die Bude."

Summer lächelte sie warm an. „Weiß ich doch. Sag mir nur, wie ich helfen kann. Ich kann's kaum abwarten." Und das war die Wahrheit. In kürzester Zeit hatte ihre mutige, schöne Freundin ihr das Gefühl gegeben, alles würde gut werden. Claire würde Willowbeck und seine Bewohner niemals mit dem Festival schaden. Sie war einer der gutherzigsten Menschen, die Summer kannte. Sie wusste nicht, wie lange sie damit durchkam, das Thema „Mason" zu umschiffen, aber eines war klar: Das Musikfestival wäre die perfekte Ablenkung, und es würde dafür sorgen, dem Bootscafé über die Ufer des Ortes hinaus zu Bekanntheit zu verhelfen.

21. Kapitel

Willowbeck war wie verwandelt, seit die fahrenden Händler eingelaufen waren. Claires Boot sorgte für die passende Untermalung, indem dort den ganzen Tag über die übliche Mischung aller erdenklichen Musikstile herausdröhnte, wenn auch, wie Summer fand, etwas weniger laut als in Foxburn oder Tivesham. Die Reihe bunt bemalter Kanalboote an den Gastanlegestellen und am gegenüberliegenden Leinpfadufer brachte mehr Leben und Farbe in das Flussstädtchen.

Summer saß mit Valerie an einem Gartentisch auf dem Leinpfad. Es war Samstag und noch früh am Morgen. Eine Nebelschicht hing über dem Wasser und wartete darauf, dass die Sonne sie aufsaugte. Für Claires Musik war es noch zu früh, die Luft war noch kühl, doch das würde sich auch bald ändern. Latte jagte einem Blatt über den Pfad nach, und Harvey, der silberne Kater von Valerie, beobachtete sie vom Dach der Moonshine aus.

„Ich glaub ja, es ist eine feine Sache", sagte Valerie. „Claire, Jas und Ryder scheinen echt nett zu sein. Und auch Ralph und Doug – so wunderschöne Antiquitäten auf seinem Boot."

„Du warst dort?"

„Oh ja." Valerie warf sich ihr rotes Haar über die Schulter. „Ich war jetzt schon auf fast allen Booten."

Summer war einen Moment perplex und fing dann an zu lachen. „Hey, du bist ja richtig gesellig! Wie konnte ich das übersehen?"

„Bisher gab es eben in Willowbeck kaum neue Bootsleute, die man kennenlernen konnte. Durch das Festival werden viele kommen, da muss ich zusehen, dass meine Vorhersagen sich herumsprechen, damit die Leute zu mir finden. Hast du schon eine Verstärkung fürs Café?"

Summer nickte. „Harry war gestern hier und hat mir mit der Planung geholfen. Sie kommt Freitag und Samstag, aber am Sonntag geht sie auf eine Hochzeit. Da muss ich allein klarkommen, aber nur an dem einen Tag, das kann ich schaffen."

Sie nippte an ihrem Spiced Latte und bemühte sich, den kleinen Dämpfer wegzustecken, den Harry ihr am Tag zuvor gegeben hatte, bevor sie ging. Sie hatte ähnlich wie Valerie geklungen.

„Ist es nicht eher so, dass du schon an einem normalen Wochenende kaum weißt, wo dir der Kopf steht?", hatte sie Summer gefragt, nachdem sie von der Hochzeit erzählt hatte, auf die sie mit Greg und Tommy eingeladen war. „Du weißt schon, wie viel mehr hier los sein wird, wenn das Festival steigt? Du musst jemanden haben, der dir am Sonntag hilft – unbedingt!

„Ich hab das schon mal gemacht", hatte Summer geantwortet und abgewunken, in der Hoffnung, so die Panik zu kaschieren, die in ihr aufgestiegen war. Sie hatte schon eine leise Ahnung, dass ein Markttag in Foxburn nicht ganz mit einem Musikfestival konkurrieren konnte.

Aber Harry hatte sich nicht täuschen lassen. „Summer, ganz im Ernst – du brauchst noch jemanden, um mit anzupacken. Was ist mit Charlie, dem Sohn vom Metzger? Ganz bestimmt werden mehr Cappuccinos gebraucht als rohe Wurstwaren und Hackfleisch. Frag ihn doch einfach mal."

Sie hatte klein beigegeben, aber eigentlich kannte sie Charlie nicht gut genug und wusste nicht, ob er neben dem Fleischereihandwerk noch weitere Erfahrung im Service hatte. Außerdem wollte sie ungern in ihrem geliebten Café neben jemandem arbeiten, von dem sie kaum etwas wusste, zumal an einem solchen Tag. Da wäre es für sie das kleinere Übel, allein zurechtkommen zu müssen.

„Und abends kannst du bei der Musik dabei sein", riss Valerie sie aus ihren Gedanken. „Es ist wirklich nett von Dennis und Jenny, dass die Truppe die Wiese neben dem Pub nutzen darf."

„Da hast du recht. Das wundert mich eigentlich. Nicht bei Dennis. Der ist einfach nur ein Herzensguter, aber Jenny ..." Summer seufzte. „Vielleicht hab ich sie falsch eingeschätzt."

Valerie schnaubte. „Na ja, sie war erst vor Kurzem nicht gerade die Freundlichkeit in Person. Du hast natürlich keinen leichten Stand bei ihr, aber ich finde, sie war mehr als unfair dir gegenüber, auch wenn man nachvollziehen kann, dass sie ihre Wut einfach an dir auslassen wollte. Ein Monster ist sie deshalb ja noch nicht."

„Du vergibst Jenny? Was ist denn mit dir los?"

Valerie kicherte, und Summer stupste sie freundschaftlich mit der Schulter an.

„Und wie geht es dir sonst? Hast du was von Mason gehört?"

Summer presste die Lippen aufeinander und schüttelte den Kopf. Sie hatte noch einige Male versucht, ihn anzurufen, kam aber immer gleich an den Anrufbeantworter und traute sich selbst nicht zu, eine ordentliche Nachricht zu hinterlassen. „Vielleicht ist er ja wirklich total mit den Kranichen beschäftigt." Fünf ganze Tage lang, ergänzte sie still für sich. Sie hatte selbst auf der Website des Naturschutzgebietes nachgesehen, als Norman so nachdrücklich darauf bestanden hatte, dass Mason dort war, und festgestellt, dass wirklich Kraniche gesichtet worden waren. Zwar gab ihr das Bestätigung, aber sie war auch nicht blöd. Natürlich hatte das, was auf der Sandpiper vorgefallen war, Masons Einstellung ihr gegenüber geändert, oder zumindest brauchte er Zeit, um sich über seine Gefühle klar zu werden.

„Weißt du, wenn jemand eine Katastrophe durchlebt hat, erholt er sich von weiteren Schlägen viel langsamer. Es ist so ähnlich wie bei einer Vase, die zerbrochen ist und die man wieder zusammengesetzt hat. Jedes Mal, wenn sie wieder runterfällt, ist es schwieriger, sie zusammenzukriegen, weil man die alten Risse nicht kitten kann."

Summer schaute ihre Freundin an und schluckte. „Weißt du es etwa? Hat Mason es dir erzählt?"

„Nein." Valerie legte Summer eine Hand aufs Knie. „Ich sehe aber, dass er in seinem Leben einen großen Verlust erlitten hat. Einen, den er nicht wegschieben kann, auch wenn er es noch so sehr möchte. Das prägt ihn für immer, egal was noch geschehen mag. Er ist ein warmherziger, liebenswerter Mensch, aber er braucht mehr Zuwendung und Aufmerksamkeit, als er selbst zugibt."

Summer ließ den Kopf hängen, und dann kam ihr ein Gedanke – verrückt und aufsässig –, aber sie sprach ihn aus, bevor sie es sich anders überlegen konnte. „Wahrsagst du mir, Valerie? Lies mir die Zukunft, ja?"

„Du willst das nicht wirklich, Summer."

„Doch, ich will es. Tust du mir den Gefallen?"

Valerie drehte sich zu ihr, und Harvey machte zwei Sprünge: erst auf den Weg und dann auf den Gartentisch. Sein Schwanz kitzelte Summer an der Nase, und sie hob die Katze auf ihren Schoß, nachdem sie mit einem Blick auf Latte sichergestellt hatte, dass ihr Hund anderweitig beschäftigt war.

„Ich lese nicht für dich die Zukunft, Schätzchen."

„Warum nicht?"

Valerie lächelte sie an. Ihre Augen glänzten. „Weil du dich in deinem Herzen ganz gut auskennst und mich nicht brauchst, um zu wissen, was du zu tun hast."

„Aber *wie* soll ich es tun? Wie kann ich es tun, wenn er nicht hier ist?"

Valerie tätschelte ihr den Arm, und Harvey leckte der älteren Frau die Hand. „Hab Vertrauen in dich. Vertrau darauf, dass alles sich fügen wird."

Summer sah sie an in dem Versuch, ihre Stimme und ihren Ausdruck zu deuten. Die Freundin lächelte, und das hielt sie für ein gutes Zeichen. Norman hatte ihr von den Kranichen berichtet, Valerie sagte, sie solle Vertrauen in sich selbst haben, und Dennis hatte gesagt, er glaube daran, dass Mason zurückkommen werde. Sie merkte, dass sie nach jedem Strohhalm griff und aus vagen Hinweisen ein Bild konstruierte, aber etwas anderes besaß sie nicht. Dann aber sagte Valerie etwas, von dem ihr aus anderem Grund die Spucke wegblieb.

„Hast du mit Ross darüber gesprochen? Vielleicht weiß er ja was von Mason."

Summer spulte die Frage mehrmals in ihrem Hirn ab, bevor sie darauf reagierte. „Ross? Wie kommst du darauf, er könnte etwas von ihm wissen?"

„Ich hatte den Eindruck, dass sie gute Freunde sind. Zumindest schließe ich das daraus, was Ross sagt, wenn er zu seinen Vorhersagen bei mir ist."

Summer hielt sich an Harvey fest, dessen weiche Ohren ihr Kinn kitzelten. „Und was sagt er so?", fragte sie kaum hörbar.

„Ach, er erwähnt ihn oft. Du hast sie einander vorgestellt, nicht wahr? Ross spricht in den höchsten Tönen von ihm, und da muss ich ihm natürlich recht geben. Es ist doch sicher schön für dich, dass sie gut miteinander auskommen, falls – wenn – Mason wiederkommt."

Summer blinzelte. Das konnte doch nicht wahr sein! Sie wusste, dass es nicht stimmte, weil Ross ihr all diese Dinge gesagt hatte, unmittelbar bevor sie zu Mason aufs Boot gegangen war. All die Zweifel, die er in ihr an Masons Absichten geweckt hatte. Sie wusste es wegen seiner Ablehnung Mason gegenüber, wann immer sie im selben Raum gewesen waren, wann immer sie Masons Namen erwähnt hatte. Sie holte tief Luft. „Valerie, hast du Ross bei einer Vorhersage geraten, er müsse sich um jemanden kümmern? Um jemanden, der sonst von einem Don Juan verletzt würde?"

Valerie runzelte die Stirn und sah bestürzt drein. „Nein, so was habe ich nicht gesagt. Warum um alles in der Welt glaubst du das?“

Summer schluckte den Klumpen in ihrem Hals hinunter. „Weil Ross mir das gesagt hat. Er sagte, du hättest ihn in der Vorhersage gewarnt, er müsse für jemanden da sein. Er hat durchblicken lassen, dass ich diejenige bin, und gesagt, ich würde von jemandem verletzt werden. Ich wollte ihm nicht glauben, aber trotzdem hat es mich Mason gegenüber befangen gemacht, und dann hab ich genau an dem Abend den Kompass auf seinem Boot gefunden.“

Valerie schüttelte energisch den Kopf. „Nein. Das musst du falsch verstanden haben. Ross würde nicht versuchen … Er ist doch Masons Freund. Hast du etwas falsch gedeutet, was er gesagt hat? Ross erklärt sich manchmal nicht deutlich genug, darum …“ Sie stöhnte auf. Harvey sah mit großen grünen Augen zu ihr auf und schnurrte laut.

„Was?“, fragte Summer mit einem Anflug von Übelkeit.

„Ross hatte mir gesagt, dass du nicht an das glaubst, was ich mache, dass du ihm anvertraut hättest, du denkst, ich sei eine Betrügerin. Vor einigen Monaten.“ Valerie drückte die Finger an die Lippen. Sie sah geschockt aus. „Er war so liebenswürdig, entschuldigte sich und sagte, es täte ihm so leid, das zu sagen, aber er meinte, ich sollte es wissen, weil wir ja Nachbarn sind – und Freunde. Erst hab ich mich furchtbar über dich geärgert, aber je mehr ich darüber nachgedacht habe, umso weniger Sinn ergab das alles. Ich konnte nicht glauben, dass du so was gesagt haben sollst, und dachte, ich hätte ihn falsch verstanden. Später hab ich es ihm gegenüber nicht mehr erwähnt, weil ich sicher war, dass es mein Fehler war. Er ist ja immer so herzlich und freundlich.“

Summer starrte auf das schimmernde blaue Wasser hinter den Booten und versuchte, das Ausmaß von Ross’ Manipulationen zu erfassen. „Ich hatte damals angenommen, Jenny wäre diejenige, die dir das eingeredet hat, weil sie uns gegeneinander ausspielen wollte – damit ich mich nicht wohlfühle und Willowbeck verlasse. Und ich hab es getan und bin weggefahren! Ross hat sich zwischen uns gestellt, und ich glaube … nein, ich *weiß* jetzt, dass er sich auch zwischen Mason und mich gestellt hat."

„Schätzchen, es tut mir so leid."

„Nicht doch." Ihr Unglauben machte langsam Platz für echte Wut. „Du hast ja nichts falsch gemacht."

„Ich hab ihm geglaubt! Ich dachte, er wäre aufrichtig, herzlich, süß. Und ich dachte, er wollte wirklich Vorhersagen haben und würde sich für das interessieren, was ich mache. Und wenn er nach dir und Mason gefragt hat, bin ich davon ausgegangen, dass er wissen wollte, wie es seinen Freunden geht."

„Ach je", Summer seufzte, „ich hab ihm doch auch geglaubt. Ich …" Sie dachte zurück an die Art, wie er sie getröstet und ihr nach dem Tod ihrer Mutter Halt gegeben hatte. Sie kniff die Augen zu. „Ich hab mich viel zu lange von ihm täuschen lassen. Verdammt! Er hat Mason nie gemocht, aber er hat es dich glauben lassen, um mehr über ihn zu erfahren und vor allem, um etwas gegen ihn in der Hand zu haben. Hast du …", begann sie, seufzte dann aber erneut auf, weil sie die Antwort auf ihre Frage schon kannte. „Hast du Ross gesagt, dass Mick ihn Don Juan nennt? Ich habe das nämlich von Mick gehört, und als Ross die Bezeichnung benutzte und mit deiner Vorhersage dieser Warnung verknüpfte, war da etwas in mir, das ihn für aufrichtig hielt und ihm glaubte, dass Mason eigentlich nichts an mir liegt."

Valerie saß da wie ein Häufchen Elend und schaute mehr als betreten drein. „Er hat gefragt, wie es dir geht. Ich hab ihm von dem Leck auf deinem Boot erzählt und darüber, dass Mick gekommen ist und er und Mason sich kennen, weil sie zusammen an der Sandpiper gearbeitet hatten. Kann sein, dass ich es erwähnt habe, aber … Oh nein!"

„Ich hätte wissen müssen, dass nichts davon stimmte." Summer presste eine Hand an die Stirn. „Wenn du Ross das wirklich vorhergesagt hättest, hättest du mich wohl kaum ermutigt, an Mason zu glauben und auf ihn zu warten, sondern wärst so misstrauisch ihm gegenüber gewesen wie Ross. Wie dumm ich gewesen bin!"

„Nein, Summer, er hat dich manipuliert. Und es muss nicht unbedingt so gewesen sein. Ich erfahre in meinen Vorhersagen nicht immer Namen. Ich kann keine Details angeben, sondern habe nur starke Emotionen, starke Hinweise darüber, was im Leben einer Person geschieht oder geschehen wird. Es war schlau von Ross, Masons Spitznamen zu benutzen, um Zweifel zu säen, ohne konkret zu werden. Er hat gelernt, wie ich arbeite und welche Art von Information ich weitergeben kann. Ach, Summer, was willst du jetzt machen?"

„Ich weiß nicht. Ich werde Ross damit konfrontieren, aber ich muss mich jetzt erst mal um das Festival kümmern. Jetzt gerade kann ich mich nicht mit dieser Sache befassen, aber falls Mason nicht zurückkehrt ..."

„Hab Vertrauen in dich", sagte Valerie entschlossen und streichelte Summers Hand. „Vertrau darauf, dass alles sich fügen wird", wiederholte sie ihre Worte von vorher. „Lass Ross sich nicht zwischen euch beide drängen."

In diesem Moment brach aus den Lautsprechern der Water Music Madonnas „Holiday" hervor, und für Summer wurde es Zeit, das Café zu öffnen. „Ich danke dir", sagte sie und seufzte. „Danke, dass du mir zugehört hast und mir geholfen hast, wieder klar zu sehen."

„Es tut mir so furchtbar leid, dass ich an dieser Sache beteiligt bin. Aber ich bin immer für dich da, bitte vergiss das nicht."

Summer nickte und ging zum Bootscafé. Unterwegs sammelte sie Latte ein und wälzte eine dicke Portion Ärger und Reue im Kopf herum. Natürlich darf Ross sich nicht zwischen mich und Mason stellen, dachte sie. *Aber was, wenn er sein Ziel längst erreicht hat?*

Über die nächsten paar Tage entwickelte sich eine seltsame Mischung aus ihrem üblichen Willowbeck-Leben und ihrem Leben als fahrende Händlerin. Sie verbrachte die Tage mit ihrer Arbeit im Café, in dem deutlich mehr los war, seit die Händlerboote eingetrudelt waren. Sie bot Bacon- und Wurstbrötchen und -sandwiches an, Kuchen und Muffins, verschiedene Blechkuchen, die Harry in ihrer Cottageküche auf dem Land gebacken hatte, und eine Auswahl von Macarons in mehreren Geschmacksrichtungen, die sie zusammen hergestellt hatten, als Harry zum Planen für das Festival da gewesen war. Summer fand es selbst lächerlich, wie aufgeregt sie war, wenn sie daran dachte, dass Harry ihr zwei ganze Tage lang helfen würde, und sie überlegte sogar schon, wie sie die Freundin am besten fragen konnte, ob eine permanentere und variablere Rolle als Geschäftspartnerin für sie infrage käme.

An den Abenden, wenn das Café, der Musikladen, das Sandwich- und das Antiquitätenboot zu waren, schlossen sie und Valerie sich den anderen Händlern auf der Wiese hinter dem Pub an, jenseits der Anlegestellen. Es war eine große, unbenutzte wilde Wiese, am Rand von Bäumen gesäumt, in denen man vor dem Biergarten und dem Leinpfad verborgen sein konnte. Hier entstand bereits eine Freilichtbühne, und Summer erkannte schnell, dass Ryder anscheinend das Sagen hatte. Wahrscheinlich hatte er die Ausrüstung über einen seiner dunklen Kontakte organisiert. Jedes Mal, wenn sie ihn sah, schien er schwitzende Männer und Frauen herumzukommandieren, während er selbst mit gekreuzten Beinen und einem Pint Cider in der Hand entspannt im Gras hockte.

Am Donnerstagabend, dem Abend vor Beginn des Festivals, gingen Valerie und Summer wie gewohnt hinüber, um die anderen zu treffen. Die Bühne sah fertiggestellt aus, und das ganze Areal war mit Lichterketten geschmückt, die an der Seite der Pubmauern entlang aufgehangen waren, die Bühne flankierten und sogar in den Bäumen zu schweben schienen.

„Meine Güte“, stieß Valerie aus und blieb am Rand der Wiese stehen. „Das sieht ja umwerfend aus.“

Summer stutzte und musste dann lachen. „Ja, die fahrenden Händler lieben ihre Lichterketten. Wirklich die perfekte Kulisse.“

„Kommt, Ladys!“, rief Claire. „Hört auf zu gaffen und holt euch lieber was zu trinken.“ Sie schenkte ihnen Wein in zwei Gläser, und Summer sah die Tabletts mit Sandwiches und roten Samt-Cupcakes mitten in der Gruppe stehen. Dennis und Jenny hatten zugestimmt, ihnen den Platz zu überlassen, wenn sie dafür bei ihnen Essen und Getränke kauften. Summer hatte schon gesehen, dass eine Ladung Pintbecher aus Plastik von einem Lieferwagen zum Hintereingang des Pubs gebracht worden war. Die Greenways freuten sich zweifellos genauso wie alle anderen über das zusätzliche Geschäft und das Leben, das die dreitägige Veranstaltung mit sich bringen würde.

Summer saß neben Jas und schlang die Arme um Chesters zottigen Hals. Latte sprang auf und hüpfte ihr auf den Schoß, um auch dabei zu sein. Summer drückte den kleinen Hund und den Irischen Wolfshund gleichzeitig, und Jas in seinem Baseballcap grinste sie an.

„Was macht der Blog?“, fragte ihn Summer. „Immer noch so viele Follower?“

„Yep.“ Er nickte. „Noch ein paar Tausend mehr seit Tivesham. In den Sommermonaten geht es gut, weil die Leute davon träumen, wie toll es wäre, auf so einem Boot zu sein und im Sonnenschein herumzuschippern, darum schauen sie haufenweise herein. Hilft, sie daran zu erinnern, dass es im Winter ganz anders aussieht.“

„Nicht, dass du etwa die Leute abschrecken wolltest“, meinte Claire.

„Ach, nein, das natürlich nicht, aber man muss schon realistisch sein. Das Flussleben ist ja nicht immer nur leicht.“

Summer nippte an ihrem Wein. Auch wenn in Willowbeck und bei allen Ereignissen, seit sie wieder auf dem Boot ihrer Mum wohnte, nicht alles eitel Sonnenschein gewesen war – sie wollte es nicht mehr anders. Sie würde auch nichts von dem, was passiert war, ändern wollen, außer dem einen Abend, der sie immer noch in ihren Gedanken verfolgte.

„Werden wir Geschichten hören?", fragte Valerie. „Summer hat mir so viel darüber erzählt. Sie sagt, dass du besonders gut erzählst, Doug, und deine Höllenhund-Geschichte soll richtig unheimlich gewesen sein."

„So furchteinflößend auch wieder nicht", protestierte Summer und versuchte, tapfer zu klingen, dabei konnte sie sich noch gut erinnern, wie verängstigt sie gewesen war, als Doug die Geschichte erzählt hatte. Hoffentlich hatten die fahrenden Händler sie, die sichere Cafébetreiberin, nicht so in Erinnerung behalten.

Doug setzte sich aufrecht hin und rieb sich die Hände, wobei er Valerie ansah. „Lass mich mal überlegen", sagte er. „Gib mir zehn Minuten, und ich hab was richtig Spektakuläres für dich."

„Ich kann's kaum erwarten." Ihre Blicke trafen sich, und in Valeries Augen stand ein Glitzern, das Summer so noch nie bei ihr gesehen hatte.

„Die Bühne ist errichtet", sagte Ryder theatralisch, „und sind wir alle nicht bloß Spieler auf dieser Welt?"

Er kam zur Gruppe geschlendert und hockte sich hin. Er trug ein schreiend buntes Hawaiihemd in Knallpink und Gelb zu Jeans, die so ausgeblichen waren, dass sie beinahe weiß aussahen. Summer glaubte, Quasten an seinen Schuhen gesehen zu haben, wollte aber nicht genauer hinschauen, aus Angst, dass es tatsächlich stimmte. „Sieht schnuckelig aus, oder?"

„Ein fürchterlich misslungenes Zitat", kommentierte Claire, „aber es sieht wirklich bombastisch aus. Die Bands werden begeistert sein. Ich habe ‚Herald' in letzter Minute engagiert und eine Indie-Band aus Norwich namens ‚Swordfish' mit super Backgroundmusik. Ich dachte, sie könnten Sonntagnacht spielen, um dem Ganzen einen würdigen Abschluss zu verleihen."

„Hört sich klasse an", fand Summer. „Wie blöd, dass ich die frühe Musik verpassen werde, wenn ich arbeiten muss."

„Wir sorgen schon dafür, dass die Lautstärke stimmt", erwiderte Claire. „Und wenn Harry dir hilft, kannst du auch Pausen einlegen."

„Kommt immer darauf an, ob viel Betrieb ist. Von dem, was man sich im Café so erzählt hat, scheint deine versteckte Werbekampagne Wunder zu wirken."

„Am Fluss erzählen sich alle davon", sagte Ryder. „Ganz zu schweigen von den Fangemeinden der Bands und Künstler. Willowbeck ist nicht gerade eine Metropole, darum mache ich mir keine Sorgen wegen der Atmosphäre. Es wird richtig bumsen, und das ist es doch, was wir alle wollen." Er warf Claire einen spitzbübischen Seitenblick zu, und sie wurde rot und schaute weg.

Summer unterdrückte ein Grinsen und machte sich eine gedankliche Notiz. Sie musste unbedingt noch Claire fragen, wie es um sie und Ryder stand, wenn sie das nächste Mal allein reden konnten.

„Aber der eine freie Liegeplatz ist eine Schande", klagte Ryder noch. „Da geht ein Geschäft dran verloren oder beim Festival streitet man sich womöglich noch darum."

„Das ist ein fester Platz", entgegnete Valerie mit Entschiedenheit. „Mason kann jeden Tag wieder hier sein. Er ist nur einige Tage beruflich unterwegs, und ich gehe davon aus, dass er von dem Festival weiß und am Wochenende zurückkommt."

Ryder sah erstaunt aus, schien aber alles andere als überzeugt, und Summer war gerührt, dass Valerie sich so loyal Mason gegenüber zeigte. Sie spürte ein Zupfen an ihrem T-Shirt.

„Immer noch nichts von ihm gehört?", fragte Claire. Sie klang mitfühlend, und Summer widerstand dem Drang, eine

Mauer um sich wachsen zu lassen, um sich vor der Antwort zu drücken.

„Nichts", antwortete sie. „Norman meint, er ist den Kranichen hinterher – zum Naturschutzgebiet. Das ist gut möglich, aber ich weiß auch, dass das sicher nicht alles ist."

Claire drückte Summers Schulter. „Er kommt bestimmt wieder."

Summer schnaubte. „Das glaubst gerade du doch nicht wirklich."

„Doch, nach allem, was du mir erzählt hast … Er scheint bereit zu sein, über Tania zu reden, und schon deswegen. Er ist ein anderer Mensch geworden. Oder er sieht durch dich die Dinge anders."

„Du bist wirklich lieb, und ich weiß, dass du versuchst, mich aufzumuntern, aber ich werd ihn wohl selbst aufstöbern müssen, wenn ich das mit ihm klären will. Er hat es vorgezogen, sich aus dem Flussnetz zu verziehen, und ich kann's ihm nicht verübeln." Summer nippte an ihrem Wein und streckte sich auf dem weichen Gras aus. Sie schaute zu den Ausschnitten des blauen Himmels empor, die zwischen dem Geflecht aus Blättern und Ästen über ihr hervorlugten. Sie hatte Claire davon erzählt, dass sie und Mason einander nähergekommen waren, vom Kompass und dem Abend auf seinem Boot, als sie ihn dort gefunden hatte. Von seiner Frau oder dem Feuer hatte sie kein Wort gesagt, weil es nicht an ihr war, über diese Dinge zu reden. Claire schien mit ihr zu fühlen, obwohl Masons Verschwinden unverständlich sein musste, wenn man seinen Hintergrund nicht kannte.

Sie zwinkerte einige Male, und als sie die Augen wieder öffnete, sah ihr jemand kopfüber ins Gesicht, und das Lächeln, das er zur Schau trug, sah für sie wie ein Stirnrunzeln aus.

„Ross", sagte Claire. „Lange nicht gesehen. Ich hab nicht gemerkt, dass du auch hier bist!"

„Es hörte sich vielversprechend an", gab er zurück. „Und da Willowbeck jetzt einer meiner Lieblingsorte ist, wollte ich mir das nicht entgehen lassen." Als weder Valerie noch Summer ihn willkommen hießen, ließ sein Lächeln ein wenig nach.

Summer setzte sich auf. „Hallo", sagte sie etwas steif. Er trug ein gelbes Shirt, und seine Haare waren stachelig hochgegelt. Seine Knie stachen unter schwarzen Shorts hervor.

„Summer, wie geht's dir? Bereit fürs Festival?"

„Lass uns einen Drink holen." In ihrem Kopf rasten die Gedanken. Sie hatte sich nicht vorbereitet auf diese Sache, noch nicht überlegt, was sie ihm alles sagen musste, aber er stand hier vor ihr, und sie konnte nicht so tun, als wäre alles in bester Ordnung, jetzt, nachdem ihr klar geworden war, wofür alles er die Verantwortung übernehmen musste.

„Wir haben hier einen ganzen Vorrat an Wein", Claire hielt eine Flasche hoch.

Summer schüttelte den Kopf und stand auf. Sie bedeutete Ross, mitzukommen. An den Gartentischen war es voll, aber hier hatte sie eher das Gefühl, frei reden zu können, weil die anderen nicht um sie herumstanden. Sie bestellte im Pub ein Pint für Ross und ein Glas Limo mit Soda für sich und nahm beides mit nach draußen, wo sie sich ihm gegenüber niederließ.

Ross saß mit dem Rücken zum Fluss und schaute sie amüsiert an. Summer sah an ihm vorbei auf die Boote: die lila Moonshine, die der Brücke am nächsten lag, das Bootscafé, dann die Lücke, wo die Sandpiper gelegen hatte, die Celeste in Grün und Rot und zuletzt die Gruppe von Händlerbooten an den Gastliegeplätzen und entlang dem gegenüberliegenden Ufer. Das Wasser glitzerte, und ein warmer Wind strich ihr über die Arme. Es war ein herrlicher Tag.

„Na, Summer, worüber willst du mit mir reden?" Ross schwellte stolz die Brust, als würde er sich auf eine gute Nachricht vorbereiten. Wenn er ihr nur leidtun könnte für die verzweifelten Maßnahmen, die er ergriffen hatte, nur um ein Teil ihres Lebens zu werden, aber sie fühlte nur Wut.

„Du hast mich angelogen, was Mason betrifft", kam sie gleich zur Sache.

Es dauerte einen Moment, bis sein Lächeln erstarb und seine Brust sich wieder senkte. „Was? Nein, natürlich nicht."

„Als du mir von Valeries Vorhersage erzählt hast, wollte ich dir nicht glauben. Du hast mich getäuscht, du wolltest, dass ich meinen Gefühlen misstraue, und jetzt weiß ich, dass nichts davon wahr ist. Du hast alles nur erfunden."

„Ich weiß gar nicht, was du meinst." Ross fuhr mit den Fingern über sein Glas.

„Ich hab mit Valerie gesprochen. Sie hat mir gesagt, dass sie gedacht hat, dass du und Mason Freunde seid und du über ihn gesprochen hättest, als ob ihr gut miteinander klarkommt. Dabei ist das völliger Unsinn! Du hast ihn nie leiden können. Und als wir uns das letzte Mal getroffen haben, wolltest du mir weismachen, Valerie hätte dir nahegelegt, auf *mich* zu achten und mich vor einem Don-Juan-Typen zu beschützen. Natürlich war da Mason gemeint." Sie beobachtete ihn. Er presste die Lippen zusammen, während er abzuwägen schien, was er ihr antworten sollte. „Ich hab mich gefragt, wie es sein kann, dass Valerie euch für Freunde hält und Mason für einen guten Kerl – wenn diese Vorhersage wirklich stattgefunden hätte."

„Aber sie hat auf einiges hingewiesen, das …"

„Nein, hat sie nicht. Sie hat *nichts* dergleichen gesagt. Ich habe sie gefragt."

Ross sah weg, schaute dann aber wieder zu ihr. „Summer …"

„Sag mir einfach die Wahrheit! Gib zu, dass du dir alles ausgedacht hast, und dann erklär mir, warum."

„Okay. Nichts davon stimmte. Valeries Vorhersage enthielt das alles nicht."

Summer lehnte sich zurück und fühlte, wie sich der Keil in ihrer Brust bei seinem Geständnis ein wenig zurückzog. „Du hast alles frei erfunden, um mich von Mason fernzuhalten?"

Ross sah sie unverwandt an. „Wärst du dir bei ihm sicher gewesen, hätte nichts dich von ihm fernhalten können. Ich hab doch deine Zweifel nur in Worte gefasst."

Summer verbiss sich eine wütende Antwort. „Du hast mir eingeredet, man könne ihm nicht trauen! Du hast Valerie benutzt, ihr vorgemacht, ihr wärt befreundet, dabei war sie für dich nur ein Werkzeug, um möglichst viel über Mason zu hören. Nur, damit du mich gegen ihn aufbringen konntest."

„Das ist doch nicht wahr. Ich mag Valerie."

„Ross, hör auf! Ich hab genug davon. Was ist mit dieser Don-Juan-Sache? Ich weiß doch genau, dass du das von Valerie hast."

Er verschränkte die Hände. „Summer, du bist mir wichtig. Es ist egal, woher ich die Informationen habe. Jemand *hat* Mason so genannt, oder? Also ist er es vielleicht wirklich."

„Ist er nicht."

„Wie kannst du dir da so sicher sein? Kennst du ihn denn so gut?"

Summer ballte die Hände zu Fäusten. „Nein, weißt du, ich versuche es, aber irgendwie kommt mir immer wieder jemand in die Quere! Du kontrollierst mich, du hast erst versucht, mich zum Verkauf zu überreden, dann wolltest du, dass ich nach Willowbeck zurückkomme, als ich mit dem Boot unterwegs war. Ich weiß, dass du es warst, der Valerie gesagt hat, ich hielte sie für eine Betrügerin. Das war nicht Jenny, sondern *du* warst es! Ein Freund, dem ich vertraut habe, der sich um mich gekümmert hat, als ich besonders verletzlich war. Und jetzt komme ich hinter all das! Ross, kannst du dir überhaupt vorstellen, wie sehr du mich und Valerie verletzt hast?"

Er starrte nur auf den Tisch.

„Wie könnte ich dir jemals wieder trauen?"

„Du bist nicht mehr in meinen Laden gekommen", sagte Ross jetzt mit beinahe weinerlichem Ton. „Ich hab dich so vermisst, Summer, und ich dachte, wenn du das Boot aufgibst, wenn du hier keine Freunde hast, dann würdest du wieder nach Cambridge kommen."

Kalte Wut erfasste sie. „Also hast du alles darangesetzt, mir den Verkauf des Bootes schmackhaft zu machen, hast versucht, meine Freunde gegen mich aufzubringen, und als ich Willowbeck verlassen hatte, hast du mich aufgespürt. Und dann reichte es dir nicht, dass ich wieder in Willowbeck war, und du hast versucht, mich gegen Mason aufzuhetzen." Sie ließ den Kopf in die Hände sinken. „Mein Gott, Ross, ich kann's nicht glauben, dass ich dich nicht früher durchschaut hab. Hast du wirklich gedacht, ich würde meine Meinung dir gegenüber ändern? Ich hab dir doch mehrmals gesagt, dass wir nie etwas anderes als Freunde sein werden."

„Wir passen aber so gut zusammen. Das musst du doch auch merken. Diesem Mason bedeutest du längst nicht so viel wie mir."

„Woher willst *du* das denn wissen?", feuerte Summer zurück. „Du kennst ihn doch überhaupt nicht! Und mich kennst du auch kaum, wenn du meinst, ich würde dir all das, was du mir angetan hast, einfach vergeben. Das Einzige, was nicht auf dein Konto geht, ist der Einbruch. Jemand anderer hat es geschafft, mir genug Angst einzujagen, dass ich hierher zurückwollte. Ich wette, du wärst selbst gern darauf gekommen. Aber du hast die Saat gelegt, nicht wahr? Du bist zu mir hinaufgefahren, hast mir schön dargelegt, wie unsicher es in Tivesham doch ist. Warst du selig, als deine Warnungen auf fruchtbaren Boden gefallen sind?" Sie lachte humorlos auf, aber erstarrte dann, als ihre Worte in ihr nachklangen und Zweifel an einem puren Zufall aufkamen.

Sie sah Ross scharf an, und ihr Herz schlug wie rasend. Er wich ihrem Blick aus. „Ross?" Es war kaum mehr als ein Flüstern. „Du hast doch nicht …?"

„Natürlich nicht." Er schnaubte kurz und trank einen großen Schluck von seinem Pint.

Summer glaubte ihm nicht. Auf einmal dachte sie, dass er tatsächlich dazu fähig wäre, so weit zu gehen. Er hatte nicht mit der Wimper gezuckt, als er alle, die ihr wichtig waren, gegen sie einnehmen wollte, also warum sollte er nicht sogar einen Schritt weiter gehen?

„Ross, sag mir die Wahrheit."

„Es ist die Wahrheit!", gab er heftig zurück. „Ich würde dir so was nicht antun, Summer. Mir liegt etwas an dir. Ich will dir doch nicht derart wehtun."

„Nur mir meine Freunde abspenstig machen, mich an meinen Gefühlen zweifeln lassen? Du hast mich auf andere Weise verletzt, aber nicht durch einen Einbruch auf meinem Boot?"

Ross seufzte. „Ich hab mir Gedanken um dich gemacht und mich um dich gekümmert, hast du das vergessen? Ich weiß genau, was gut für dich ist und *wer* gut für dich ist."

„Wie kannst du das sagen?" Sie merkte, dass sie nahe daran war, ihn anzuschreien, aber sie konnte es nicht ändern. „Wie kannst du behaupten, mich so gut zu kennen, wenn du nie zuhörst, wenn ich mit dir spreche? Du hörst nicht, wenn ich dir sage, dass es mir gut geht oder dass ich mit dir nur befreundet sein möchte. Du schneist hier rein und manipulierst jeden. Aber mit mir nicht mehr. Ich will dich nie wiedersehen!"

„Summer, bitte, lass mich das wiedergutmachen."

„Das kannst du gar nicht, niemals." Sie schaute zur Seite. „Ich will nur noch, dass du gehst."

„Bitte!"

Sie fühlte die Berührung seiner Finger auf den Händen und entzog sich ihm.

„Ich tue alles, Summer. Ich entschuldige mich bei Mason und Valerie, und ich komme für die Beschädigungen auf deinem Boot auf. Ich ..."

Summers Kopf fuhr zu ihm herum. „Warum solltest du für die Beschädigung aufkommen, wenn du doch gar nicht dahintersteckst?"

Ross schreckte zusammen und versteckte den Mund hinter dem Glas. „Ich wollte nur helfen."

„Warst du es?", fragte sie leise. „Bist du in mein Boot eingebrochen, um mir einen Schrecken einzujagen, nur damit ich wieder nach Willowbeck komme?"

„Ich würde alles für dich tun, Summer, und ich *wusste*, dass du dort nicht sicher warst. Aber du kannst es nicht immer erkennen."

Summer fühlte die Holzsplitter unter ihren Händen, als sie die Tischkante umklammerte. Einen Augenblick lang konnte sie nicht sprechen. Dann sagte sie schließlich: „Ich war *zu Tode* erschrocken! Man hat dich verfolgt, und die Polizei war da. So viel war zerstört …"

„Ich sage ja, dass ich dir den Schaden ersetze. Ich weiß, es war eine blöde Idee, aber ich hab nur daran gedacht, dass du nach Willowbeck zurück …"

„Das war ein Verbrechen!", schrie Summer ihn an, und mehrere Gäste drehten sich zu ihnen um. Sie lehnte sich nach vorn und zischte: „Du hast ja keine Ahnung, wie verängstigt ich war und wie viele Menschen von deiner dummen Aktion betroffen waren." Sie dachte daran, wie sie am Heck ihres Bootes gehockt hatte, im Dunkeln, und wie Claire und ihre Freunde sich um sie versammelt hatten, wie Jas ihm übers Ufer nachgejagt war. Sie hatte noch genau Masons Angst und Schrecken vor sich, als er mit ihrem zerstörten Café konfrontiert worden war, und jetzt erschien ihr seine Reaktion nur allzu gut nachvollziehbar. Sie stand abrupt auf, und Latte jaulte verdutzt auf.

„Du hast mir mal was bedeutet, Ross, und ich werde nie vergessen, was du für mich getan hast nach Mums Tod. Ich wäre immer deine Freundin geblieben, aber das … Ich kann es nicht fassen. Ich weiß gar nicht, was ich denken soll. Bitte geh, sofort."

„Summer, bitte. Lass uns drüber reden, dann …" Ross stand auch auf. Er war kreidebleich.

„Ich möchte aber nicht mit dir reden. Ich kann das auch nicht." Sie bückte sich und hob Latte auf, drehte sich dann in die Richtung, in der die Bühne und die fahrenden Händler waren, und hielt inne. Was sollte sie ihnen sagen? Dass jemand, den sie für einen Freund gehalten hatte, sie manipuliert und tatsächlich auch den Einbruch verübt hatte? Sie so in Panik versetzt hatte, dass sie geglaubt hatte, nicht weiter auf dem Boot bleiben zu können? Ross hätte es beinahe geschafft. Sie wollte Valerie sagen, dass er sogar noch weiter gegangen war, als sie gedacht hatten, aber jetzt war sie dazu noch nicht in der Lage. Sie musste das Ganze selbst erst verstehen.

Durch die Aufregung und den Ärger fühlte sie sich unruhig, aber auch wie betäubt. Also ging sie erst zu ihrem Boot. Sie nahm Ross als Bedrohung wahr. Er hielt das, was er getan hatte, für harmlos, dabei war es einfach bösartig gewesen. Er hatte Valerie dazu gebracht, ihre Freundschaft infrage zu stellen, ihr Angst vor dem Fluss gemacht und versucht, sie gegen Mason aufzuhetzen. Das war ihm nicht gelungen, aber am Ende war er schuld, da die Angst sich doch in ihrem Kopf festgesetzt hatte, dass Mason sich nun gegen sie wandte?

Sie lief in der Kabine auf und ab. Latte verfolgte ihren Weg vom Sofa aus. Es war ein lauer Abend, Stimmen und Gelächter drangen vom Biergarten her durch das offene Fenster. Ihr Telefon piepte, aber als sie Ross' Namen auf dem Display für eingehende SMS sah, löschte sie die Nachricht gleich wieder, ohne sie zu lesen. Harry meldete sich, um sich für den kommenden Tag mit ihr abzustimmen, und das erinnerte sie daran, dass sie sich auf den Festivalbeginn vorbereiten musste.

Froh über die Ablenkung, ging sie ins Café und kontrollierte, ob alles bereitlag. Sie schaute zur Tafel hinter der Theke und fragte sich, was sie wohl Neues darauf schreiben konnte. Aber dann sah sie die Nachricht an Mason in roter Kreide, und ihre Entschlossenheit verebbte.

Elf Tage waren ohne ein Wort von ihm vergangen. Kein einziger Anruf, keine SMS oder E-Mail, um ihr mitzuteilen, dass es ihm gut ging oder dass er sie nicht mehr wiedersehen wollte.

Konnte es wirklich sein, dass er die ganze Zeit Kraniche fotografiert hatte? Sie machte sich doch selbst etwas vor, wenn sie das glaubte. Sie konnte Ross verantwortlich machen, und er hatte einiges zu der Situation beigetragen, aber sie musste auch ihre eigene Rolle darin sehen.

Sie hatte Mason Fragen gestellt, aber ihm keine Chance gegeben, sie zu beantworten. Sie hatte ihn gezwungen, sich seiner Vergangenheit erneut zu stellen, aber hatte ihn nicht aufgefangen, hatte ihm nicht genug vertraut, um ihn davon erzählen zu lassen. Er war bereit gewesen, ihr alles zu erzählen, auch die größte Tragödie, die jemand überhaupt erleiden konnte – und sie hatte ihre Tür vor ihm verschlossen.

Summer schlich zurück in ihre Kabine, aber sie konnte nicht zur Ruhe kommen, sich nicht einmal auf ein Buch oder einen Film konzentrieren. Stattdessen versuchte sie schließlich, das mit Mason Erlebte irgendwie zu verarbeiten. Das Bild vom Eisvogel war fast fertiggestellt, aber der Gedanke daran, dass sie es Mason niemals würde geben können, ließ ihren Mut noch weiter sinken.

Sie zog sich den Sommerschlafanzug an, kroch ins Bett und starrte lange an die Bootsdecke über sich. Als langsam kalte Luft durch das Fenster hereinwaberte und es im Biergarten still geworden war, kletterte Summer wieder aus dem Bett. Latte schlief am Fußende, und sie achtete darauf, sich leise zu bewegen, um sie nicht zu wecken.

Nur in Shorts und Hemdchen nahm sie ihr Handy, ging hinaus an Deck und zog sich aufs Bootsdach hoch. Willowbeck lag ruhig da, zitternd legte sie sich hin. Sie zuckte kurz ob der Kälte des Daches unter sich zusammen, als sie es berührte, und wartete dann darauf, dass ihre Augen sich an die Dunkelheit über ihr gewöhnten. Der Mond war eine schmale Sichel, der Himmel beinahe völlig tiefschwarz, und die Sterne stachen daraus hervor, leuchteten einzeln und in Grüppchen so strahlend und schier lebendig, als müsste man nur den Arm ausstrecken, um einen davon anzufassen.

Ihr Atem stockte, sie erschauerte, hielt den Blick aber weiter auf die Sterne gerichtet und ergab sich ihren Gefühlen: all dem Ärger über Ross, der Reue wegen Mason und dem Verlangen, ihn wiederzusehen. Sie dachte daran, wie sie zusammen auf dem Dach seines Bootes gelegen hatten und wie glücklich sie beide gewesen waren. Bei dem Nachtwind und der Himmelskulisse führte das dazu, dass sie sich klein und verloren vorkam. Dennoch musste sie daran glauben, dass es noch Hoffnung gab.

Sie schaute aufs Handy und hörte den eigenen Puls laut in den Ohren, während sie die Nachrichten aufrief. Masons Name stand weit oben auf der Liste, obwohl es eine Weile her war, seit sie sich geschrieben hatten. Elf Tage, dachte sie erneut, und keine einzige SMS.

Liege auf dem Dach und sehe zu den Sternen auf, schrieb sie, *aber ohne dich ist es nicht dasselbe. Ich vermisse dich, und es tut mir sehr leid. Xxx.*

Sie hätte endlos weiterschreiben können, ihre Entschuldigung in einen langen, herzergreifenden Aufsatz fassen, aber ihre Finger zitterten zu sehr, und sie wusste nicht, ob er überhaupt am anderen Ende wäre. Es hätte für ihn ein Leichtes sein können, über das Geflecht von Flüssen und Kanälen in einen anderen Teil des Landes zu verschwinden, seine Nummer zu ändern und die Verbindung zu ihr komplett abzubrechen. Sie wollte nicht daran denken, aber wie Valerie gesagt hatte, war er traumatisiert. Es schien ihm womöglich leichter, neu anzufangen, die Scherben anderswo wieder zusammenzusetzen, wo ihn niemand kannte. Hatte sie nicht genau das auch versucht, als sie Willowbeck verlassen hatte und es sie nach Foxburn verschlagen hatte?

Sie starrte zum Himmel, versuchte, Sternbilder zu entdecken, grübelte darüber nach, welche Himmelskörper dort oben wohl Planeten waren, und welche schon längst verschwunden sein mochten, nur Erinnerungen an einen Stern, der einen letzten, lang gezogenen Abschiedsgruß zu ihr hinableuchtete.

Erst glaubte sie, sie hätte sich das Geräusch eingebildet. Sie hatte es so oft in ihrer Vorstellung gehört, in der Hoffnung auf eine Nachricht von ihm, aber sie schaute trotzdem nach – wie hätte sie es auch nicht tun können? – und keuchte auf, als sie den Namen auf dem Display sah: Mason!

Sie entsperrte das Handy und öffnete die SMS, schloss jedoch fest die Augen und holte tief Luft, bevor sie sich gestattete, sie zu lesen.

Nicht derselbe Ort, aber dieselben Sterne. Ich vermisse dich auch. M. xx.

Summer las die Nachricht wieder und wieder, bis sie vor ihren Augen verschwamm, ihre Zehen sich nahezu in Eis verwandelt hatten und die Sterne schon ein ganzes Stück weitergewandert waren. Sie wusste nicht, was sie antworten sollte, wollte ihn nicht mit Fragen bombardieren, wo er war oder wann er zurückkäme oder was er dachte – ob er sie hasste oder ihr vergab oder ob es wirklich die Kraniche gewesen waren, wegen denen er fortgegangen war.

Sie blinzelte die Tränen aus den Augen und schrieb:

Ich hoffe, du schläfst gut. In letzter Zeit hoffe ich viel. Sie lächelte durch ihre Tränen und fügte hinzu: *P. S.: Mein Bootsdach ist dreckig. Xx.*

22. Kapitel

Das Musikfestival Willowbeck verwandelte das Postkartendorf in etwas, das Summer wie der Mittelpunkt der Welt vorkam. Noch bevor sie überhaupt öffnen konnte, wimmelte es von Leuten auf dem Leinpfad, und Kanalboote legten am gegenüberliegenden Flussufer an, wo es in regelmäßigem Abstand entlang dem Ufer Pfosten zum Festmachen gab. Es war der erste Julitag, und das Wetter passte. Viel nackte Haut wurde gezeigt, obwohl die Sonne noch längst nicht mit voller Kraft wärmte.

Summer freute sich, weil der Erfolg des Festivals sehr vom Wetter abhängen würde, aber sie hatte nur wenig Zeit, und so wuchs ein wenig die Panik in ihr, dass ihre Vorbereitung – backen, putzen und Vorräte nachfüllen – nicht annähernd ausreichen würde.

„Ich habe den letzten Parkplatz ergattert", keuchte Harry atemlos, als sie, mit einem Turm aus Kuchenblechen beladen, ins Café kam. „Es ist der Wahnsinn. Wann geht denn die Musik los?"

Als wäre es das Stichwort gewesen, tönte im nächsten Augenblick James Bays „Craving" in voller Lautstärke von der Water Music herüber.

„Ich glaub, die Auftritte auf der Bühne fangen so um elf an, aber es gibt auch Lyriklesungen und Tanz und alles Mögliche, bevor die Bands kommen. Ich freu mich so, dass du hier bist! Meinst du, wir haben genug gemacht?"

Harry grinste. Sie trug superkurze Jeansshorts und ein luftiges Top in hellem Pink und hatte die Haare nach hinten gebunden. „Na klar haben wir genug", antwortete sie, und Summer hörte nicht die Spur von Zweifel in ihrer Stimme.

„Hast recht. Wir sind so gut vorbereitet, wie's nur geht. Komm, ich helf dir mit den Platten." Sie nahm der Freundin die meisten Bleche ab. „Erst mal hol ich uns einen Koffeinschuss, bevor wir die Horden hereinlassen."

„Koffein wär jetzt toll", sagte Harry. „Du bist eine gewiefte Geschäftsfrau, weißt du das?"

„Mal sehen, ob du das heute Abend auch noch so siehst."

Summer blickte hinaus auf den Fluss. Der gegenüberliegende Leinpfad war beinahe vollständig von Kanalbooten verdeckt. Die Leute saßen auf den Decks beim Frühstück und ließen die Atmosphäre auf sich wirken. Ein Gänseschwarm paddelte mit hochgereckten Köpfen über den Fluss, als wären sie stets und ständig im Zentrum der Aufmerksamkeit.

Summer schaltete die Kaffeemaschine ein und holte eine Flasche Milch aus dem Kühlschrank. „Prost", sie stieß mit dem Cappuccinobecher gegen Harrys. „Ich hab einen extra Schuss Kaffee in beide gegeben. Können wir bestimmt brauchen."

Die Leute kamen ohne Unterlass. Die Tische leerten sich, und neue Gäste nahmen die Plätze gleich wieder ein, sodass immer fröhliches Geschnatter im Café herrschte. Eine sanfte Brise driftete von der Luke herein, vor der sich eine Schlange gebildet hatte, die nie kleiner zu werden schien, wie schnell Harry und Summer auch servierten. Die Spülmaschine machte Überstunden, und der Inhalt der Kuchenbleche und -behälter auf den Arbeitsplatten in der Küche und im Kühlschrank wurde in einem Tempo gekauft und verzehrt, wie Summer es noch nie zuvor erlebt hatte. Und all das vor einem Hintergrund von Musik, erst von Claires Boot und dann, als es auf Mittag zuging, von der Bühne her, die fleißige Helfer an der Seite des Black Swan aufgebaut hatten.

Der Fluss war bepackt mit vorbeiziehenden Booten, von denen immer, wenn ein Anlegeplatz frei wurde, wieder eines anlegte, weil man schauen wollte, was in dem sonst so ruhigen Ort vor sich ging. Summer fragte sich, wie die Anwohner mit dem Ereignis klarkamen, obwohl sie annahm, dass zumindest Dennis und Jenny überglücklich sein mussten und hoffentlich genug Aushilfskräfte eingestellt hatten, um mit dem Hochbetrieb fertigzuwerden. Die Biergartentische waren jedenfalls berstend voll besetzt und allesamt von Festivalbesuchern in Beschlag genommen. Valerie hatte sie nicht gesehen, aber es war anzunehmen, dass auch sie ein volles Programm hatte und gerade Unmengen an Lesungen durchführte. Und Norman hatte sich mit Sicherheit an Bord der Celeste eingeigelt und schaute sonst was auf seinem iPad nach.

Um acht Uhr schloss Summer schließlich widerstrebend die Tür des Cafés. Die Musik war über den Tag hin stetig lauter geworden, und die derzeitige Band sorgte dafür, dass die Tassenstapel auf der Theke vibrierten, wobei der Klang sich in etwa als Mix zwischen „Of Monsters and Men“ und „Placebo“ beschreiben ließ.

„Heute ist Kuchen für anderthalb Tage weggegangen“, bemerkte Harry, als Summer ihnen beiden eine Flasche Limonade holte.

„Ich weiß gar nicht, was ich ohne dich gemacht hätte.“ Summer öffnete die Bugtür und warf sich auf einen Sitz an Deck.

„Dann ist's ja gut, dass der Fall nicht eingetreten ist.“ Harry setzte sich ebenfalls, zog sich die Ballerinas aus und rieb sich die Fußsohlen. „Ich hab noch genug Nachschub für zwei Tage im Cottage, das bring ich morgen alles mit, und dann bin ich ja noch mal da, aber wenn der Sonntag nur annähernd so wird wie heute, dann schaffst du es auf keinen Fall allein. Hast du dir schon was überlegt?“

Summer schaute über das Wasser, die Augenbrauen leicht gerunzelt. Das Licht hatte den Rosastich eines heißen Spätnachmittags, an ihrem Kreuz spürte sie feine Schweißtröpfchen hinabrinnen und wischte sich die klebrigen Haare aus dem Gesicht. „Nicht direkt. Ich meine, ich habe darüber nachgedacht, weil ich wusste, dass es hart wird – und das schon, bevor der heutige Tag uns so um die Ohren geflogen ist. Eine Lösung hab ich aber nicht parat."

„Haben Sie noch geöffnet?", fragte ein junger Mann vom Leinpfad her. Er hatte ein junges Mädchen im Arm, auf dessen langen Locken ein Kranz von Gänseblümchen saß.

„Nein, wir haben leider geschlossen. Der Pub ist aber offen", sagte Summer überflüssigerweise und wies auf den Tumult. „Da gibt es auch Kuchen. Wir öffnen morgen früh wieder."

„Danke." Sie wandten sich ab und liefen die Wiese hoch.

„Du brauchst noch jemanden zum Servieren. Wenn ich irgendwie am Sonntag absagen könnte, würde ich es tun, aber es ist einer von Gregs engsten Freunden, und es geht einfach nicht."

„Natürlich nicht. Mir käme es nie in den Sinn, dich zu bitten, eine Hochzeit auszulassen, damit du den ganzen Tag für mich ackern kannst."

„Ob das vielleicht …"

„Vielleicht was?"

„… vielleicht etwas ist, womit Ross dir aushelfen kann? Er würde es doch bestimmt gern machen."

„Ja, ganz sicher, supergern." Summer drehte sich der Magen um, als sie daran dachte, was sie entdeckt und was er auch – am Ende – zugegeben hatte. „Aber ich ganz und gar nicht. Gestern ist was vorgefallen, das konnte ich dir in dem Trubel noch nicht erzählen."

Harry starrte sie entgeistert an. „Was? Was ist vorgefallen? Hast du ihm endgültig gesagt, dass er sich nicht mehr sehen lassen soll?"

„Allerdings, und nach allem, was ich jetzt weiß, zeigt sich, dass ich besser sofort auf dich gehört hätte. Ich hätte das längst tun sollen."

Summer gab Harry einen Bericht von allem, was sich zugetragen hatte und wie unglaublich es war, was Ross alles angestellt hatte, um sein Ziel bei ihr zu erreichen. Zuletzt erzählte sie, wie erstaunt und erleichtert sie gewesen war, als Mason letzte Nacht auf ihre SMS geantwortet hatte.

„Hör mal, du musst Ross anzeigen", sagte Harry mit Nachdruck. „Er darf nicht damit davonkommen. Was hätte alles geschehen können? Wenn du dich ernsthaft verletzt hättest ...!"

„Ich weiß, aber ..." Summer kaute auf ihrer Unterlippe. Sie war unsicher, ob sie damit würde leben können, wenn sie Ross der Polizei meldete.

„Aber was? Er ist in dein Boot eingebrochen. Das war gemeingefährlich! Er wollte dich erschrecken, also versuch nicht, es als Hilfe oder Unterstützung abzutun, was auch immer er dir gesagt hat."

Summer blickte betroffen auf ihre Schuhe. „Ich muss noch darüber nachdenken. Ich will ihn nicht wiedersehen – und werde ihn nicht wiedersehen –, aber ich glaub nicht, dass ich noch mehr unternehmen möchte. Es würde nur alles wieder hochkochen, und ich – ich brauche jetzt erst mal etwas Raum nach all dem", sie breitete weit die Arme aus, um symbolisch das Festival zu umfassen. „Um eine Entscheidung zu treffen."

„Na gut", sagte Harry und rieb ihr die Schulter. „Ich bin für dich da, wie auch immer deine Entscheidung ausfällt. Und das ist eine gute Nachricht, oder? Das mit Mason? Wenn du ihm früher geschrieben hättest, hätte er vielleicht schon früher von sich hören lassen. Er wird vielleicht genauso durcheinander sein wie du, wenn man bedenkt, dass du noch böse auf ihn bist."

„Wie könnte ich das sein?", fragte Summer und drückte sich die kühle Limoflasche gegen die Stirn.

„Woher soll er wissen, dass du's nicht bist, wenn du es so ... so in der Luft hast hängen lassen? Als er dich zum letzten Mal gesehen hat, bist du von seinem Boot geflüchtet und hast ihm nicht aufgemacht, als er bei dir klopfte."

Summer seufzte und legte den Kopf auf ihre Arme, die auf dem Bootsrand lagen. „All das hätte sich aufklären können, wenn er nur zurückgekommen wäre."

„Das wird er." Harry drückte ihren Arm. „Jetzt sowieso, wenn ihr euch wieder ausgetauscht habt. Hast du Lust, rüberzugehen und ein bisschen von der Band mitzukriegen? Ich hab noch eine halbe Stunde, dann muss ich zu Greg und Tommy, und dich würde es auf andere Gedanken bringen."

„Kommen die beiden morgen mit?"

„Ja. Wenn wir Glück haben, hilft uns Tommy sogar ein bisschen im Café aus, wer weiß."

„Und was müssen wir ihm dann bezahlen?"

„Eis dürfte reichen."

„Dann gut. Davon hab ich noch massenweise."

Am Samstag brummte das Geschäft sogar noch mehr als am Freitag, da am Wochenende auch mehr Leute zum Festival kommen konnten. Harry hielt Wort und brachte so viel Kuchen mit, dass Summers Wohnraum fast zum Bersten voll war. Greg und Tommy verbrachten den Morgen damit, die anderen Händler auszukundschaften und sich die Veranstaltungen auf der Bühne anzuschauen. Dann schickte Harry ihren Mann auf ein Pint in den Pub, während Tommy die Tische im Café abräumte. Natürlich fanden sein fröhliches Gesicht und seine frechen Sprüche wieder viel Anerkennung bei den Gästen.

„Seit wann arbeitest du schon hier, junger Mann?", fragte eine Frau, die Summer auf etwa fünfzig schätzte, deren Haare aber beneidenswert waren, lang und kastanienbraun, mit einigen kleinen, geflochtenen Strähnen. Von ihrem Platz an der Theke aus sah sie, dass die Dame Schlaghosen trug und die Füße in roten Sandalen mit Keilabsatz steckten.

Tommy schaute seine Mum nervös an, bevor er sich wieder der Fremden zuwandte. „Heute ist mein erster Tag", verkündete er stolz. „Es ist Summers Café, und wir helfen ihr wegen des Festivals."

„Du machst das sehr gut. Möchtest du später mal selbst ein Café eröffnen?"

Tommy schüttelte den Kopf. „Nein, ich werd mal ein Profiangler. Mein Vater unterrichtet mich."

Harry und Summer wechselten einen Blick und grinsten. Summer übernahm die Luke, während Harry in die Küche lief, um eine neue Portion Macarons aus dem Ofen zu holen – Mokka- und Passionsfruchtgeschmack. Summer hörte, wie Tommy der Frau erzählte, dass er nicht in Willowbeck Angler sein wollte, weil es definitiv keine Fische in diesem Fluss gab, und sie unterdrückte nur mit Mühe ihr Lachen.

Eine halbe Stunde später sah sie den Jungen draußen an einem Tisch stehen und sich mit einer Drei-Generationen-Familie unterhalten. Zwei kleine Kinder saßen bei ihren Eltern auf dem Schoß. Er gestikulierte wild und tat so, als würde er über den Leinpfad davonlaufen, und die Leute lachten alle, besonders der Großvater krümmte sich vor Lachen.

„Bist du sicher, dass Tommy Angler werden will und nicht Comedian?", fragte sie und zeigte nach draußen. „Er ist ein Naturtalent."

Harry trat neben sie und beobachtete ihren Sohn liebevoll. „Er hat Greg und mich wirklich aufrechterhalten", sagte sie. „Er ist ein helles Licht in all diesem Trübsinn gewesen. Neben dir und dem Café natürlich", fügte sie hinzu und lehnte sich aus der Luke, um zwei Teenagern eine Tüte Brownie-Häppchen zu reichen. „Möchtest du ein Mittagspäuschen einlegen?"

Summer winkte ab. „Dafür ist es zu voll."

Harry schaute vorwurfsvoll. „Mir hast du eine halbe Stunde aufgedrängt. Geh mal und sag unterwegs Tommy, er soll zum letzten Akt von dem kommen, was er gerade vorführt, dann werd ich schon fertig."

„Okay, ich nehme mir zehn Minuten."

„Wenn du vor zwei Uhr wieder hier bist, schubs ich dich in den Fluss. Also los!" Harry scheuchte sie mit wedelnden Händen hinaus. Summer schenkte ihr ein dankbares Lächeln und hängte ihre Schürze über eine Ecke der Tafel.

Auf dem Leinpfad kam sie kaum vorwärts, aber sie schaffte es durch die Menschenmenge zu den Tischen und arbeitete sich durch zur Bühne, auf der ein Sänger mit einer großen ockerfarbenen Gitarre ein akustisches Stück zum Besten gab. Seine Stimme trug leicht über die aufmerksame Zuhörerschaft. Summer schaute ihm zu und genoss es einfach, nichts anderes zu tun, als die Atmosphäre auf sich wirken zu lassen.

„Er ist gut, hm?", sagte eine männliche Stimme an ihrem Ohr.

Sie drehte sich um, neben ihr stand ein Mann, der ihr bekannt vorkam. Er war etwas älter als sie, hatte grüne Augen und blondes Haar. „Ja, das ist er wirklich", gab sie zurück und grübelte, woher genau sie den Mann kannte.

„Pause?", fragte er und deutete mit einem Nicken in Richtung Ufer.

Sie warf einen Seitenblick hinter sich. „Nur eine halbe Stunde", sagte sie. Er war ein Kunde gewesen, ja, das musste es sein. Aber sie konnte sich nicht erinnern, ihn bedient zu haben.

Der Mann schaute zur Bühne, drehte sich aber dann wieder zu ihr hin. „Und? Ist Mason zurückgekommen?", fragte er mit weicher Stimme.

Da wusste sie es wieder. Der Geschäftsmann, der dasselbe bestellt hatte wie Mason immer – Espresso und Bacon-Brötchen. Es war an dem Tag gewesen, als die Sandpiper weg gewesen war. Heute trug er keinen Anzug und sah viel entspannter aus in seinem lockeren weißen Shirt und den blauen Shorts.

„Noch nicht", ihre glückliche Stimmung sank.

„Aber er wird", sagte der Mann und hob die Bierflasche in ihre Richtung. „Und das glauben Sie auch, sonst hätten Sie nicht ‚noch nicht' gesagt."

„Ja, ich habe Hoffnung", sagte sie und versuchte, ihren eigenen Worten zu vertrauen.

„Wer könnte an einem solchen Tag ohne Hoffnung sein?" Er lächelte sie an, und es war so ein aufrichtiges, warmes Lächeln, dass sie daraus unwillkürlich Gewissheit schöpfte. Sie wollte ihm eben danken, aber der Sänger auf der Bühne hatte seinen Song beendet und sprach sein Publikum an.

„Ich komme jetzt zu meinem letzten Stück", sagte er, „und hoffe, es hat euch gefallen." Die Menge jauchzte und klatschte, und Summer fiel mit ein. „Für mein letztes Stück brauche ich eure Hilfe. Also, ihr habt hoffentlich alle eure Kehlen mit reichlich Bier vom Black Swan gewetzt, damit ihr mitsingen könnt. Seid ihr bereit?" Er hielt seine Gitarre an ihrem Hals hoch und streckte den Arm zum blauen Himmel aus.

Summer konnte noch für den Song bleiben und dann zum Café zurückgehen. „Ja!", rief sie mit allen anderen. Sie drehte sich zu dem Mann mit den grünen Augen um und grinste, und er hielt ihr sein Bier hin. Sie trank schnell einen Schluck und bedankte sich bei ihm, und sie sangen zusammen mit, beide nach dem Motto: Lautstärke ist wichtiger, als die Töne zu treffen. So waren sie ein paar Minuten gemeinsam ausgelassen, bevor sie wieder an dic Arbeit musste. Der fröhliche Refrain blieb ihr noch den ganzen Nachmittag im Kopf.

Wieder schloss sie um acht mit dem Wissen, dass sie mit ihren Vorräten – und ihrer Energie – haushalten musste, um für den nächsten Tag gewappnet zu sein, an dem sie ganz allein den Laden würde schmeißen müssen. Sie spielte mit dem Gedanken, Dennis zu fragen, ob er einen Angestellten entbehren konnte, aber dann entschied sie, zu improvisieren und sich nur Hilfe zu holen, wenn es gar nicht anders ging. Sie schaute sich mit Harry, Greg, Tommy und Valerie den Auftritt von ‚Herald' an und tanzte zu den Songs mit Tommy und Claire, obwohl ihr die Füße wehtaten.

„Das ist so unglaublich", brachte sie atemlos hervor und wies zum sternenübersäten Himmel und den unzähligen Lichterketten. Um sie herum erklang das Dröhnen der elektrischen Gitarre, und die Menschenmenge tobte. „Du bist ein Genie, Claire! Ich hätte es nie für möglich gehalten, dass Willowbeck so ein Festival auf die Beine stellt!"

„Du musst eben deiner Fantasie freien Lauf lassen", erwiderte Claire, „und daran glauben, dass alles möglich ist." Sie strahlte Summer breit und ein wenig frech an, dass die ihr einfach um den Hals fallen und sie drücken musste.

„Genau das werde ich auch. Angefangen mit dem morgigen Tag. Ich glaube nämlich daran, dass ich das Café am letzten Festivaltag allein stemmen kann."

„Oder du fragst Norman, ob er dir hilft." Harry hatte das gesagt, die zu ihnen gekommen war.

„Das könnte den Glauben ein bisschen zu weit treiben", gab Summer zu, und alle lachten.

„Wir haben uns alle zusammen entschieden, morgen um achtzehn Uhr dichtzumachen", sagte Claire. „Dann können wir noch zusammen den Festivalausklang mitmachen und ‚Swordfish' anhören. Das wird der Hammer. Wir haben ein super Geschäft gemacht und können einen tollen Abend mit Festivalstimmung gebrauchen."

„Wenn ich dann noch lebe", warf Summer ein.

„Hallo? Du wirst brillant sein, schon vergessen?"

„Ich kann helfen", bot Tommy an.

„Nein, kannst du nicht, weil wir auf der Hochzeit von Steve und Sophie sein werden." Harry strich ihrem Sohn die Haare glatt.

Tommy rümpfte die Nase. „Aber da muss ich einen Anzug tragen", maulte er. „Im Café kann ich einfach meine Shorts und ein T-Shirt anhaben und noch dazu Eis essen."

„Hochzeiten sind super", widersprach Summer. „Außerdem sind da bestimmt noch andere Gäste in deinem Alter."

„Ich will trotzdem lieber wieder hierherkommen", beharrte er, aber allein sein Starrsinn zeigte bereits, wie müde er sein musste.

„Du kannst jederzeit herkommen, wann immer du möchtest – ab übermorgen", bekräftigte Summer.

„Aber jetzt geht's Richtung Bettenhausen", sagte Harry. „Wir haben morgen einen langen Tag vor uns."

„Wie schade, dass ihr den letzten Abend verpasst." Claire umarmte Harry und Greg und drückte Tommy die Schulter.

„Es war fantastisch", fand Harry. „Hätte nie gedacht, dass es so großen Spaß machen kann, in einem Café zu arbeiten. Da könnte ich meiner ehemaligen Chefin noch so ein, zwei Dinge beibringen."

„Wie schön, dass du es so siehst", Summer lächelte. „Und vielen, vielen Dank für alles. Wir reden dann nach dem Wochenende." Sie wollte warten, bis alle Wogen sich geglättet hatten, und dann mit Harry über ihre weitere Mitarbeit im Café sprechen.

„Viel Glück für morgen – und vergiss nicht, Norman zu rufen, wenn alle Stricke reißen."

Summer lachte, und Claire hakte sich bei ihr unter, als Harry und ihre Familie sich einen Weg durch die Menge bahnten.

„Für mich geht's auch ins Bett, würde ich sagen", meinte Summer.

„Sag Bescheid, wenn's dir morgen doch über den Kopf wächst. Wir können vielleicht irgendwo jemanden finden. Wie wär's mit Ryder?"

Summer stöhnte innerlich auf. „Ich glaube, da würde ich's eher mit Norman versuchen."

Am letzten Festivaltag zog sie sich ein violettes, gerade knielanges Kleid an. Es war bequem und hübsch zugleich und passte gut zu der rot-blauen Baumwollschürze, die sie bei der Arbeit immer trug. Latte saß auf einem Stuhl im Café und beobachtete die Boote, die vorbeituckerten, während Summer sich einen Kaffee machte und ihre Kuchen unter den Glasstürzen auf der Theke drapierte. Trotz des verrückten Andrangs am Vortag hatte sie noch reichlich Auswahl, um ihre hungrigen Gäste zufriedenzustellen, und da sie um sechs Uhr abends schließen konnte, würde sie wahrscheinlich auch damit auskommen.

Zunächst klappte alles wie am Schnürchen. Sie ging methodisch und organisiert vor, teilte sich die Zeit zwischen der Bedienung an der Luke und den Gästen an den Tischen gut ein und war stolz, dass niemand allzu lange warten musste. Als aber die Bühne eröffnet war und es auf Mittag zuging, schien die Menge unkontrolliert anzuwachsen.

Auf dem Fluss war es sehr belebt, und Kanalboote fuhren vorüber, während die Sonne noch stärker herabzuprasseln schien als am Vortag. Summer wurde an der Luke länger aufgehalten als sonst, als eine Frau in den Vierzigern mit leuchtend pinkem Lippenstift und Perlenohrringen ihre Bestellung von einem Zettel ablas. Und als sie sich wieder ins Café wandte, erntete sie mehrere unzufriedene Blicke.

„Tut mir wirklich leid", sagte sie entschuldigend und eilte zu einem jungen Paar an den Tisch. Die Frau hatte ein kleines Kind auf dem Schoß. „Heute ist enorm viel Betrieb."

„Ihr Café ist wundervoll." Die junge Frau strich sich das Haar nach hinten. „Kein Wunder, dass der Andrang so groß ist. Und Sie machen das einfach klasse."

„Danke schön. Tut gut, das zu hören. Was kann ich Ihnen bringen?"

Ein älteres Ehepaar, das gerade eintrat, kam ihr bekannt vor. „Sind Sie öfter hier?", fragte sie die beiden, wischte den Tisch ab und räumte die Tassen und Teller der vorherigen Gäste zusammen auf ein Tablett. Die Leute setzten sich.

„Nein", sagte die Frau, „aber wir waren schon mal hier an Bord. Da hat es aber noch nicht so ausgesehen."

Summer runzelte die Stirn.

„Sie haben uns an einem bitterkalten Tag eine Tasse Tee gemacht", erklärte der Mann. „Sie saßen auf dem Dach, und ich weiß nicht, ob Sie überhaupt geöffnet hatten."

Summer stutzte. Sie erinnerte sich an den Tag, als sie einen Ausflug von Willowbeck aus unternommen hatte, um sich darüber klar zu werden, ob sie das Café übernehmen oder es doch lieber verkaufen sollte.

„Ich muss schon sagen", bemerkte die Frau in die entstandene Stille hinein, „es ist wundervoll. Sie sind bestimmt sehr glücklich mit Ihrer Entscheidung, hierzubleiben."

Summer nickte, und die Erinnerung verblasste wieder. „Das bin ich wirklich. Schön, Sie wiederzusehen! Ich kann's kaum glauben."

„Als wir von dem Festival in Willowbeck hörten, konnten wir nicht widerstehen", sagte der Mann. „Und es ist unfassbar, nicht wahr? Ich hab eine alte Schallplatte gefunden, die ich als Junge immer gehört habe." Er hielt eine Tragetasche hoch. „Eine tolle Sache."

„Ich kenne Claire, die das hier organisiert hat, und sie hat Wunder vollbracht in der kurzen Zeit." Summer lachte und wünschte sich, sie könnte sich länger unterhalten, während es in ihrem Kopf schwirrte, weil in der Zeit, seit sie das freundliche Paar an einem frostigen Tag im Februar kennengelernt hatte, so viel geschehen war.

„Entschuldigung, kommen wir auch noch dran?", rief jemand, und sie sah zur Luke hinüber, vor der sich die Schlange mittlerweile bis weit über den Leinpfad erstreckte.

„Oje", murmelte sie. „Ich muss weitermachen", entschuldigte sie sich bei dem Paar. „Aber ich bringe Ihre Sachen gleich."

Sie merkte, dass die paar Minuten, die sie sich unterhalten hatte, sie vollständig aus dem Konzept gebracht hatten, arbeitete, so schnell sie konnte, aber die Schlangen und Bestellungen und Fragen schienen endlos. Trotzdem ermahnte sie sich, nicht panisch zu werden, bewahrte die Ruhe, während sie einschenkte, aufschäumte, auf Teller verteilte, servierte und abräumte, lächelte und versuchte, bewusst langsam zu atmen. Sie hörte Leute zum Wasser hin etwas rufen, hörte ein Boot langsam vorbeituckern, um sich irgendwo am Leinpfad hineinzuquetschen, aber dann war sie wieder an der Luke und reichte Papiertüten mit Ingwerplätzchen hinaus.

Sie machte drei Tassen Espresso für eine Gruppe junger Männer, die aussahen, als wollten sie noch einen Koffeinkick, bevor sie nahtlos auf Bier umsteigen würden, und nahm eine Tüte Bacon von Adam entgegen, der an der Theke auftauchte.

„Dachte, du könntest das gut gebrauchen", sagte er, als er ihr die Tüte gab. „Das mit dem Geld regeln wir später."

„Danke, Adam. Du hast mir wahrscheinlich gerade das Leben gerettet."

„Sehen wir uns gleich noch auf dem Festival?"

„Ich zähl die Stunden bis sechs", sagte sie leise, damit die Kunden es nicht mitbekamen, dass sie ihre Arbeitszeit – und die Gäste – zumindest heute gern schon hinter sich gehabt hätte.

Sie drehte sich wieder zur Luke um, reichte vier große Flaschen hinaus und hörte dann, wie an der Theke Geschirr abgestellt wurde, wahrscheinlich von Leuten, die einen Tisch selbst abräumten, um sich dort hinsetzen zu können.

„Sekunde", rief sie, drehte sich um und keuchte auf.

Sie konnte nur noch starren. Mason stand ihr gegenüber an der Theke und schaute sie an. Seine Haut war dunkler geworden, die Sommersprossen auf seinen Wangen ebenso, und sein Haar wirkte länger, die Locken waren so durcheinander wie immer. Er trug ein königsblaues Shirt mit V-Ausschnitt, die Kamera über der Schulter, deren verchromten Beschläge in der Sonne glitzerten.

Eine Welle der Emotion überrollte Summer. Sehnsucht, Erleichterung und Euphorie. Sie konnte plötzlich kaum noch schlucken, und ihr war schwindelig. Sie sah in seine dunklen Augen. Obwohl er nicht lächelte, entzündete die Wärme in seinem Blick ein Feuerwerk in ihrem Innern.

„Hi", sagte sie mit einem leichten Lächeln.

„Hey", erwiderte er. „Du machst den Eindruck, als könntest du etwas Hilfe gut gebrauchen?"

Sie hätte nicken können, war aber wie erstarrt und konnte den Blick nicht von ihm abwenden. Ein winziges weißes Blütenblatt steckte in seinen Haaren, und sie stellte sich vor, wie es gemächlich in der Sommerbrise herumgeflogen war, um dort zu landen, während er noch am Steuer der Sandpiper stand, auf dem Weg zurück nach Willowbeck.

Mason warf einen Blick hinter sich und lächelte nervös zu ihr hin.

„Summer? Die Schlange ..." Er zeigte nach draußen, und Summer zwang sich, die Reihe von Menschen zu realisieren, die an der Luke warteten.

„Etwas Hilfe wäre toll. Danke."

„Okay." Mason nickte entschlossen und begann, Tische abzuräumen.

Summer blinzelte. Ihr Herz klopfte so laut, dass sie nichts anderes mehr hören konnte. Sie wischte sich die Hände an der Schürze ab, schaute den Jungen, der zur Luke hereinsah, freundlich an, fürchtete aber, dass sie ein wenig hysterisch wirkte.

„Was möchtest du?", fragte sie und konzentrierte sich auf seine Antwort, obwohl sie sich wünschte, sich umdrehen und Mason noch einmal anschauen zu können. Sie hörte, wie er sich mit den Gästen unterhielt, hörte auch Latte zustimmend bellen und fragte sich, wo Archie war und ob die Sandpiper an ihrem rechtmäßigen Platz lag oder ein opportunistischer Festivalbesucher die Lücke ausgenutzt hatte. Was sie aber wusste, war, dass sie sich jetzt nur noch darauf konzentrieren musste, die Leute vor der Luke zu bedienen, was einerseits einfacher, andererseits aber auch schwerer schien, jetzt, da Mason bei ihr an Bord war.

Sie bildeten ein gutes Team. Summer stand an der Luke und machte Heißgetränke, Mason packte Scones und Muffins, Macarons, Minipralinen und Kaffeekuchen auf Teller, räumte Tische ab und die Spülmaschine ein und aus. Unterhalten konnten sie sich nicht, dafür war keine Zeit, und das war auch gut so, denn Summer wollte richtig mit ihm reden, wenn alle Gäste fort waren und sie das Café abgeschlossen hatte. Ihre Blicke trafen sich jedoch immer wieder über die Tische hinweg, und wenn sie sich auch nur zurückhaltend anlächelten, fand sie Masons Blick noch genauso intensiv wie immer.

Die Mittagszeit ging vorbei, die Hungrigen und Durstigen kamen und gingen, und Summer servierte und unterhielt sich in einem fort. Mit Mason an ihrer Seite fühlte sie sich unbesiegbar und unendlich zuversichtlich. Er muss mir vergeben haben, dachte sie, während sie zwei Tees servierte, sonst wäre er nicht zurückgekommen. *Er wäre nicht hier, um mir zu helfen, wenn er nicht denkt, dass es für uns beide etwas zu besprechen gibt.*

Erst hatte es sich so angefühlt, als würde sie die Sekunden zählen und mit ihrer Willenskraft die Uhrzeiger anschieben wollen, bis es endlich sechs war, aber stattdessen verflog die Zeit nun nur so. Und dann war es schon so weit. Von der Water Music ertönte kurz ein Signalhorn, und dann folgte eine Ansage per Lautsprecher, von dessen Existenz Summer gar nichts gewusst hatte.

„Die Händlerboote sind jetzt geschlossen", wurde dort verkündet, „aber im Black Swan wird noch den ganzen Abend serviert. Wir freuen uns, dass die beliebte Band ‚Swordfish' um 19:30 Uhr die Bühne betreten wird. Vielen Dank, dass ihr zum ersten Willowbeck-Musikfestival gekommen seid. Wir hoffen sehr, dass es euch gefallen hat. Wir fanden es jedenfalls alle klasse!" Das Horn erklang wieder, und Applaus brandete auf, Jubelgeschrei kam von den Leuten auf den Booten, vom Leinpfad und vom Biergarten.

Summer winkte den letzten Gästen nach und ging zum Bugdeck, um von innen abzuschließen. Mason schloss gerade die Luke, Latte sprang auf einen Tisch und kläffte ihn an, wobei sie aber mit dem Schwanz wedelte.

Schmetterlinge tanzten in ihrem Bauch, als Summer sich gegen die Tür lehnte. Mason stützte die Ellenbogen auf die Theke, und sie fühlte sich von ihm magisch angezogen. Er hielt die hölzerne Sonne in die Höhe.

„Du hast noch eins bekommen“, sagte er, besah sich den Gegenstand und drehte ihn um.

„Ja, an dem Tag, als du weggefahren bist.“ Sie ging langsam auf ihn zu. „Nachdem ich … von deinem Boot gestürmt bin.“ Sie zwang sich, seinem Blick standzuhalten, und sah ganz kurz Schmerz in seinen Augen aufflackern. „Das tut mir mittlerweile so leid, Mason. Alles, was ich gesagt habe. Und dass ich dir nicht zuhören wollte.“ Mason legte die Sonne wieder hin, und Summer sah, wie sich seine Schultern hoben und wieder senkten.

„Es ist ein wunderschöner Abend. Wo können wir hingehen, um zu reden?“, fragte er.

Sie nickte. „Komm mit. Und unterwegs kannst du Archie holen.“

Sie überquerten die Elizabeth-Proudfoot-Brücke gegen den Strom der Menschenmassen, die auf dem Weg zur Bühne waren. Latte und Archie liefen an den Leinen neben ihnen, jeder der beiden glücklich in der Gesellschaft des anderen. Summer und Mason gingen nebeneinander, Summers Herz klopfte doppelt so schnell, als sie sich am Ende der Brücke nach links wandten, wo der Fluss ruhiger war und der Leinpfad von Grün umrankt. Als sie sich weiter vom Festival entfernten, fort von den Menschen und der Musik, beruhigte sich ihr Herz wieder.

Die zwei gingen auf eine Bank zu, ein paar einfache Holzlatten auf Metallfüßen. Das Holz war vom Alter und der feuchten Atmosphäre in der Nähe des Wassers verzogen und verformt, und Summer blieb davor stehen. Sie fegte ein paar Blätter weg und setzte sich. Mason ließ sich neben ihr nieder, sich ihr ein wenig zugeneigt, sein nacktes Knie unter den grauen Cargoshorts berührte ihres. Unter dem Dach aus Blättern war es kühler, das Licht war hellgrün getönt, und die Geräusche vom Festival klangen nur gedämpft herüber.

„Mason, ich …“

„Summer, ich …“

Sie lachte leicht nervös und schüttelte den Kopf. „Du zuerst.“

„Sicher?“

Sie nickte, merkte, dass nur davon, dass sie seine Stimme hörte, etwas in ihr geradegerückt wurde, ihre Spannung löste. Erwartungsvoll sah sie ihn an, und er zögerte kurz. Sie wartete mit angehaltenem Atem.

„Es tut mir leid, dass ich weggefahren bin – an dem Tag, nachdem du den Kompass gefunden hast“, sagte er. „Zum Teil war es wegen meiner Arbeit, aber es … Ich musste irgendwie weg von hier. Ich brauchte Zeit für mich, um nachzudenken.“

„Ich möchte mich auch entschuldigen“, ergriff nun sie das Wort.

„Wofür? Dass du wütend warst, weil ich etwas hatte, das deiner Mum gehörte?“

„Dafür, dass ich dich über Tania ausquetschen wollte und dir dann keine Chance gegeben habe, zu antworten. Dafür, dass ich einfach so weggelaufen bin. Dich so stehen lassen hab.“

Mason ließ die Schultern hängen und nickte. „Ich dachte, ich hätte alles kaputt gemacht. Dass du dich entschieden hast und ich meine Chance vermasselt hab. Ich bin dir nach, hab dich angerufen, aber als du mich abgeblockt hast, dachte ich, das war’s.“

Summer schloss die Augen. „Ich war außer mir, geschockt. Ich glaube, es war wegen der ganzen Kompass-Sache. Es hat ein bisschen gedauert, bis ich mich beruhigt hatte, und dann warst du nicht mehr da. Ich wollte doch wirklich mit dir reden. In der Nacht hatte ich es schon geplant, wollte reuevoll zu dir schleichen, aber als ich dann aufgewacht bin, warst du weg. Ich hab versucht, dich anzurufen …“

„Ja, ich weiß“, murmelte er. „Aber zu der Zeit war ich mir nicht sicher, ob ich mit dir sprechen kann – was ich dir überhaupt sagen sollte.“ Er schüttelte den Kopf. „Summer, es gibt da etwas, das du wissen musst. Darüber, warum ich überhaupt auf der Sandpiper gelandet bin. Was mich dorthin getrieben hat."

Summer holte tief Luft. „Ich weiß", flüsterte sie.

Mason sah sie erstaunt an. „Was? Du weißt es?"

„Ja, weil ich Dennis getroffen habe. Ich habe ihm erklärt, dass du weg bist, habe den Kompass erwähnt, und er sagte … Er kann nichts dafür, Mason. Ich hab ihn bekniet, es mir zu sagen. Er vermutete, dass du Zeit zum Nachdenken brauchst, nach allem, was du durchgemacht hättest. Er nahm an, dass ich es schon wüsste. Er hatte mir von dem Kompass erzählt, dass er ihn dir als Gegenleistung für deine Fotos gegeben hat. Es tut mir so leid, dass ich dich beschuldigt hab, ihn einfach genommen zu haben."

„Hat er dir auch von Lisa erzählt?"

Summer nickte. „Erst wollte er nicht, aber ich wusste, dass mehr dahintersteckt als nur eine unschöne Trennung von Tania, darum hab ich ihn bedrängt, mich einzuweihen. Er sagte, dass du es ihm auf der Fahrt nach Tivesham erzählt hast, nach dem Einbruch." Sie wagte es, eine Hand auf sein Knie zu legen. Er schien es nicht zu merken, sah stattdessen zum Fluss und rieb sich das Kinn.

Latte und Archie schnüffelten im Unterholz, und Summer musste daran denken, wie einfach es für einen Hund war, eine unkomplizierte Freundschaft zu knüpfen. „Ich hätte warten sollen, bis du es mir selbst erzählst. Mason, es muss sich furchtbar anfühlen, jemanden zu verlieren, den man so sehr geliebt hat."

„Das Schlimmste war, dass ich dachte, ich hätte sie gerettet." Er klang ganz ruhig, aber die Worte hörten sich rau an. „Ich dachte, nach der Angst und der Panik, als wir von den Flammen weg waren, weg von der schrecklichen Hitze und dem Rauch, dass wir davongekommen wären. Wir sind aus dem Schlafzimmerfenster entkommen, raus aufs Dach über der Küche. Lisa wurde immer wieder bewusstlos, und ich musste sie tragen – oder sie mit mir zerren. Und dann dachte ich ehrlich, wir hätten's geschafft."

Summer drückte sein Knie. Tränen drängten nach draußen und rannen ihre Wangen hinab.

„Dann lagen wir auf dem Rasen, und ich hörte die Martinshörner, aber Lisa atmete schon nicht mehr. Ich hab versucht, sie wiederzubeleben, und irgendwann haben die Rettungskräfte übernommen, und ich … Teile davon sehe ich so klar in meiner Erinnerung, aber manches ist nur diffus wie ein Nebel. Ich bin das monatelang immer wieder durchgegangen, um die Bilder klar vor mir zu sehen, und habe mich gefragt, was ich hätte anders machen können."

„Du hast getan, was du konntest", raunte Summer. „Da bin ich ganz sicher. Ich weiß, dass du alles in deiner Macht Stehende getan hättest, um sie zu retten. Es war ein tragisches Unglück."

Er wandte sich ihr zu. Auf seinem Gesicht erkannte sie den unglaublichen Schmerz, den es ihm bereitete, alles wieder zu durchleben. Sie blinzelte ihre Tränen fort.

„Es ist schwer, darüber zu sprechen. Selbst jetzt. Ich kann nicht darüber hinwegkommen, dass ich überlebt habe und sie nicht. Ich glaube nicht, dass ich das jemals kann. Aber ich hätte es dir früher erzählen sollen."

„Du bist mir nichts schuldig", flüsterte Summer.

„Nicht einmal die Wahrheit?"

„Du hättest es mir erzählt, wenn ich dich gelassen hätte – an dem Abend. An diesem vollkommenen Abend, den ich ruiniert habe, als ich aus der Haut gefahren bin."

„Ich hatte keine Ahnung, dass der Kompass deiner Mum gehört hat."

„Das weiß ich jetzt auch, aber die ganze Situation hat eine Lawine von Fragen ausgelöst, und ich konnte nicht mehr klar denken. Und zusammen mit dem, was Claire mir über die Sache mit Tania gesagt hatte – ich war völlig durcheinander."

„Ich hätte an dem Abend in Foxburn ehrlich mit dir sein sollen, als Claire auf der Bildfläche erschien." Mason seufzte tief auf. „Als ich anfing, mein Leben neu in die Hand zu nehmen, habe so sehr versucht, vorwärts zu schauen, und gedacht, Tania könnte ein Teil meines neuen Lebens werden. Aber es war viel zu früh. Mir ist bewusst, dass ich sie schlecht behandelt habe, aber das war nie meine Absicht. Ich war längst nicht über Lisas Verlust hinweg, nicht mal ansatzweise, und ich hatte Mühe, mit mir selbst klarzukommen. Wie hätte ich mich da noch um jemand anderen kümmern können? Darum bin ich einfach weg. Ich dachte, es wäre für uns beide besser. Natürlich wusste ich, dass Claire ihrer Freundin gegenüber absolut loyal ist, darum hab ich Panik gekriegt, als ich sie in Foxburn sah – bei dir. Du solltest nicht schlecht über mich denken."

Summer drückte seine Hand. „Danke, dass du es mir erzählt hast", murmelte sie. Es war genau, wie sie und Harry vermutet hatten, nachdem sie von Lisa und der Tragödie erfahren hatten. Mason hatte Tania nie wehtun wollen, sondern versucht, Halt in einer Normalität zu finden, die es für ihn so noch nicht gab. Sie schluckte. „Ich glaube, jetzt muss ich auch ehrlich zu dir sein."

Mason setzte sich aufrecht hin, ließ ihre Hand aber nicht los. „Okay", sagte er, misstrauisch geworden. „Und worüber?"

Sie seufzte. „Über meine Mum. Darüber, warum ich mich so schuldig fühle und solche Mühe habe, mit allem ins Reine zu kommen und warum es mir überhaupt so widerstrebte, nach Willowbeck zurückzukehren."

Dann erzählte sie Mason von den Vorhaltungen, die sie ihrer Mum an den Kopf gemacht hatte. An dem Tag, als Maddy den Schlaganfall erlitt, hatte sie ihr vorgeworfen, wie verantwortungslos sie sich verhalte, wie herzlos und egoistisch. Und dies waren die letzten Worte gewesen, die sie zu ihrer Mum gesagt hatte. Das Gefühl, Masons Hand in ihrer zu spüren, gab ihr Trost. Sie erzählte ihm auch, wie sie Trost bei Ross gefunden hatte, dass es ein Fehler gewesen war und was für Folgen das nach sich gezogen hatte. Sie holte tief Luft und beschrieb ihm, wie der einstige Freund sie seitdem manipuliert hatte. Auch die Sache mit dem Einbruch ließ sie nicht aus.

Mason schüttelte entsetzt den Kopf. „Ich war auf ihn eifersüchtig, weil ich dachte, dass ihr zusammen seid! Ich hab ihn nicht gemocht, aber ich hätte nie gedacht, dass er gefährlich ist. Was hätte alles passieren können! Wenn du ihn konfrontiert hättest oder ins Wasser gesprungen wärst, um zu fliehen – alles Mögliche!"

„Ja, das stimmt. Aber es ist nichts passiert. Mir geht es gut, dem Boot auch. Alles ist okay."

„Wirst du es der Polizei melden?"

„Ich weiß nicht. Es ist natürlich eine schlimme Sache, aber ich will eigentlich gar nicht mehr daran denken. Und ihn wiedersehen will ich erst recht nicht. Im Moment möchte ich mich nur hierauf konzentrieren, auf uns."

Mason sah sie an. Sein Blick war hart vor unterdrückter Wut.

Summer sah ihn zärtlich an. „Mir geht's gut, Mason. Wir brauchen uns um Ross keine Gedanken mehr zu machen. Du bist zurück, und das ist es, was für mich am wichtigsten ist."

„Dann verzeihst du mir?"

„Was gäbe es für *mich* zu verzeihen?"

„Dass ich dich so zurückgelassen habe."

„Du hast Zeit gebraucht. Ich hab dich gedrängt, dich deinen Gefühlen zu stellen – wieder – und deinen Ängsten. *Ich* sollte *dich* um Verzeihung bitten, aber ich bezweifle, dass ich es verdiene."

Ein Lächeln überzog plötzlich Masons müdes Gesicht, genau so ein Lächeln, von dem ihr immer ganz schwindlig vor Verlangen wurde. „Du hast Vergebung verdient", sagte er. „Ich glaube sogar, du hast eine ganze Menge Dinge verdient, und auf jeden Fall ist *das* eines davon." Er beugte sich zu ihr und küsste sie.

Summer schloss die Augen, rutschte dichter zu ihm und erwiderte den Kuss.

Masons Haut war warm, er duftete nach Kaffee und Zuckerguss, und er war zurück in Willowbeck und küsste sie. Er umarmte sie, zog sie an sich. Es war die Auflösung, nach der sie sich gesehnt hatte, und jetzt, da sie in seinen Armen lag, wurde ihr klar, dass sie endlich ihre Hoffnungen loslassen konnte, denn es waren nicht länger Hirngespinste in ihrem Kopf. Ihre Hoffnungen waren Wirklichkeit geworden. Und während sie Mason küsste und seine Haare ihre Wange kitzelten, dachte sie daran, dass die Wirklichkeit in jeder Hinsicht so gut war, wie sie sie sich vorgestellt hatte.

23. Kapitel

Die beiden spazierten langsam zur Brücke zurück, die Hände fest verschränkt, und blieben einen Moment lang oben stehen, bevor sie zum Festival zurückgingen. Summer hätte den ganzen Abend mit Mason auf der Bank verbringen können. Sie hätte einfach eine Flasche Wein und etwas vom übrig gebliebenen Kuchen geholt und wäre dann mit ihm zurückgekehrt, um sich mit ihm unter der Baumkrone zu verstecken, bis es dunkelte. Aber Claire hatte sich solche Mühe gemacht, da wollte sie sie nicht am letzten Abend versetzen.

Der Sound der Band, wahrscheinlich die Vorband für ‚Swordfish', erfüllte die Luft. Ihre Musik war laut und mitreißend, und als sie nach oben in den blauen Himmel blickte, war sie beinahe sicher, dass es kein besseres Ende für das Festival geben konnte.

Der Fluss, glitzernd und von Kanalbooten gesäumt, floss unter ihnen, der Biergarten des Black Swan wimmelte von Menschen, die im Sonnenschein ausspannten, und Rufe aus dem Publikum und Musik von der Bühne schallten herüber. Für den letzten Abend hatten Dennis und Jenny ihr Einverständnis gegeben, dass Ralph draußen einen Grillstand aufbaute, um dem großen Bedarf nachzukommen, darum zog, obwohl das Sandwichboot schon geschlossen war, dennoch der Duft von gegrilltem Fleisch durch die Luft.

Summer schaute hinunter ins Wasser und dachte an Elizabeth, deren Geist angeblich unter der Brücke spukte, und daran, wie die Arme hätte glücklich werden können, wenn sie nur nicht auf die Gerüchte zum Tode ihres Liebsten gehört hätte. Sie lehnte sich an Mason, und er küsste sie auf die Stirn.

„Alles okay?“, fragte er.

„Mehr als okay. Was ich eigentlich noch fragen wollte – hast du die Kraniche gefunden?“

„Allerdings. Drei Paare. Die Besitzer des Naturreservats sind hingerissen, und ich hab eine Menge Arbeit vor mir, um ihre Ankunft zu dokumentieren. Wie hast du davon gehört?“ Er sah sie verwundert an.

Sie erzählte es ihm.

„Es geschehen immer wieder Zeichen und Wunder. Sollen wir Archie und Latte nach Hause bringen? Ich möchte nicht riskieren, dass sie von all den Leuten niedergetrampelt werden.“

„Okay, aber ich darf dich daran erinnern, dass nur einer unserer Hunde sich nicht benehmen kann.“

„Ah, du musst der Sache Zeit geben. Ganz sicher wird Latte sich Archies Denkweise auch noch anpassen.“

„Hm, ich würde ja wetten, dass eher Archie ein bisschen ruhiger wird, jetzt, wo wir …“ Sie verstummte, fing Masons Blick auf und wusste nicht recht, was sie sagen sollte.

„Zusammen sind? Wolltest du das sagen?“

Summer nickte. Die Schmetterlinge, die in ihrem Bauch herumflatterten, waren ihr keine große Hilfe.

„Warum hast du es dann nicht gesagt?“

„Ich war nicht sicher, ob ich es sollte.“

„Sei sicher“, sagte er und küsste sie. „Ich bin’s jedenfalls.“

Sie ließen die Hunde auf Summers Boot, bei offenen Fenstern und gefüllten Wasser- und Futternäpfen, und wagten sich in die Menge beim Black Swan. Dort war eben die Vorgruppe mit ihrem Support Act fertig geworden. Summer hielt Masons Hand fest und schlängelte sich durch die Pulks von Menschen, um nach Claire, Ryder und Jas Ausschau zu halten. Schließlich kamen sie zu Ralphs Stand am hinteren Ende des Festivalbereiches, an dem eine Schlange bis unter die Bäume anstand.

„Summer!“, hörte sie Claire rufen. „Da bist du! Wir dachten schon, du bist uns verloren gegangen.“

Sie ging hinüber zu ihrer Freundin und zog Mason mit sich. Claire und er musterten einander, und dann streckte Mason ihr die Hand entgegen. „Ach, komm schon her“, sagte Claire und zog ihn in eine feste Umarmung.

„Schön, dich zu sehen“, Mason rang nach Luft.

„Schön, dass du dich in einen richtigen Bootstypen verwandelt hast“, bemerkte sie, als sie ihn wieder freigelassen hatte.

„Wie meinst du das? Ich bin seit Jahren auf meinem Boot.“

„Ich meine das hier.“ Sie zupfte an seinem T-Shirt. „Du hast nicht mehr diese Gepflegtheit von damals. Jetzt siehst du angemessen unordentlich aus.“

Mason sah einigermaßen perplex drein. „Ich bin doch nicht unordentlich.“

„Wann hast du dir das letzte Mal die Haare schneiden lassen?“

Er stutzte, drehte sich dann betroffen zu Summer.

Summer lachte. „Ich mag ihn genau so, ganz strubbelig und zerzaust.“ Sie zog an einer seiner Locken.

„Soso?“ Claire hob eine Braue. „Also, ich freue mich sehr für dich. Und auch, dass du rechtzeitig zum großen Finale wieder hier warst.“

„Das alles ist schon unglaublich“, räumte Mason ein und blickte sich um. „Ich kann kaum fassen, dass wir noch in Willowbeck sind.“

Jas kam mit Ryder zu ihnen. Beide hielten Tabletts mit Bier in Pintgläsern aus Plastik, die verteilt wurden, und Summer stellte Mason allen vor. Sie war noch nicht ganz bereit, ihn ausdrücklich als ihren festen Freund vorzustellen, konnte aber kaum den Blick von ihm wenden und ging davon aus, dass man es sowieso sehen konnte. Sie unterhielt sich mit Jas, der ihr mitteilte, wie viel Traffic auf seinem Blog herrschte und dass Chester dabei war, der Star des Festivals zu werden, weil so viele

Leute ein Foto von sich mit dem ruhigen Irischen Wolfshund haben wollten.

Claire und Mason steckten die Köpfe zusammen, um sich im Lärm der Menge, die auf den Auftritt der Hauptband wartete, überhaupt verstehen zu können. Summer sah, wie Claire aufkeuchte und sich die Hände vor den Mund hielt. Dann drückte sie Mason noch einmal an sich. Er hatte ihr anscheinend von Lisa erzählt und würde ihr sicher jetzt erklären, warum die Sache mit Tania so furchtbar schiefgelaufen war.

Es war fraglich, ob es für Mason leichter werden würde, aber zumindest war sie davon überzeugt, dass sie jetzt für ihn da sein konnte, wann immer er sie brauchte, ob er nun darüber reden wollte oder nicht. Sie wandte sich ab und überließ die beiden ihrem Gespräch. Da sah sie Valerie auf sich zukommen, eine Schönheit in einem langen scharlachroten Kleid. Doug war bei ihr, und beide lächelten.

„Du lieber Gott, Summer, ich hätte es nie für möglich gehalten, dass so viele Leute je in Willowbeck auftauchen. Ich hatte das ganze Wochenende über Lesungen ohne Pause, und meine Klientenliste ist um ein Drittel angewachsen. Ich werde Harvey als meinen Kompagnon ausbilden müssen bei dem Zuwachs." Sie zog Summer in eine weihrauchgeschwängerte Umarmung, und Summer drückte die Freundin fest an sich. „Doug hat gesagt, dass diese Gegend hier eine Fundgrube für Antiquitäten ist. Er hat über die nächsten Wochen schon Besuche geplant, um einige Stücke vor Ort zu begutachten."

„Ganz zu schweigen davon, dass ich eine ganze Menge verkauft habe", ergänzte Doug. „Im Boot ist es regelrecht kahl geworden, also hoffe ich sehr, dass diese Besuche erfolgreich verlaufen. Ich kann mir nicht vorstellen, dass irgendjemand schlechte Erfahrungen mit dem Festival gemacht hat. Wir können alle stolz auf Claire sein."

„Ihr habt doch alle dazu beigetragen", sagte Summer. „Aber vielleicht gibt es doch jemanden, der es nicht so sehr genossen hat wie die anderen.“ Sie zeigte zum Fluss. „Der arme alte Norman.“

„Was’n mit mir?“

Summer staunte nicht schlecht, als Norman neben Doug auftauchte, wie immer in seinem abgewetzten grünen Pullover. Sein Bart jedoch war deutlich gepflegter als bei ihrer letzten Begegnung. Seine Wangen waren so rosa, als hätte er während des gesamten Festivals in der Sonne gesessen.

„N-Norman“, stammelte sie. „Wow, ich hätte nicht gedacht …“

„Dass ich Musik mag?“ Er deutete ein Kopfschütteln an. „Und ob. Bin ’n großer Swordfish-Fan. Hab’s Album von denen auf mei’m iPad.“

Summer lachte überrascht auf und drückte ihn diesmal doch an sich. „Toll, dich zu sehen, Norman.“

„Hab alles mitgekriegt. Auf mei’m Boot. Warst ja selber bloß im Café.“

„Da hast du allerdings recht“, stimmte sie ihm zu. Sie konnte es noch immer nicht glauben. „Komm, nimm dir was zu trinken.“

Sie wollte ihn Claire, Jas und Ryder vorstellen, aber alle hatten ihn längst kennengelernt, und so kam sie aus dem Staunen gar nicht mehr heraus. Wie war es möglich, dass sie ihren Nachbarn derartig falsch eingeschätzt hatte? Mason kam herüber und legte ihr einen Arm um die Taille, und Valerie kreischte vor Begeisterung unkontrolliert auf.

„Mason! Du bist zurück! Und du bist … du bist …“

„Bis über beide Ohren verliebt, ja, ich gestehe es. – Und ich habe tatsächlich die Kraniche gesehen“, fügte er an Norman gewandt hinzu. „Sie sind sehr imposant und herrlich zu fotografieren. Du solltest beim nächsten Mal mitfahren.“

„Hm, würd schon gern“, erwiderte Norman. Und zu Summer sagte er: „Hab’s doch gesagt, dass er zu ’n Kranichen is’ und sich alles einrenkt.“

„Du hattest recht. Danke dir."

„Ach, bring nur weiter 'n Stück Kuchen und 'ne Bacon-Stulle, dann komm'n wir klar." Er nickte ihr verschwörerisch zu, und Summer lachte und lehnte sich an Masons breite Schulter.

„Oh, schaut mal", sagte Claire, „da kommen sie."

Gelächter und Gespräche verstummten, die Lichter um sie her wurden gedimmt, bis nur noch der Bühnenstrahler und Ryders Lichterketten das Areal erhellten, und dann betraten drei junge Männer und eine Frau die Bühne. Alle waren in den Zwanzigern und trugen sorgfältig beschädigte Jeans und T-Shirts, und die Frau hatte einen leuchtend pinken Haarschopf. Die Menge explodierte. Selbst Norman reckte die Arme in die Luft, als die ersten Gitarrenriffs erklangen und die Band ihren bekanntesten Song zum Besten gab. Summer hatte von ihnen gehört, kannte aber die Musik eigentlich nicht. Trotzdem wurde sie schnell von den fröhlichen Songs vereinnahmt, wippte mit Mason im Takt dazu und stahl sich hier und da einen Kuss von ihm.

Summer war noch nie in ihrem Leben glücklicher, lebendiger oder zuversichtlicher gewesen. Sie bedachte Mason, der zur Bühne schaute, mit einem verstohlenen Seitenblick. Ein freudiger Schauer überlief sie, und sie stellte sich auf die Zehenspitzen und küsste ihn auf die Wange. Mason drehte sich zu ihr, umarmte sie und zog sie an sich.

Bei der lauten Musik konnten sie nicht reden, darum küssten sie sich stattdessen. Die Sterne funkelten durch die Baumkronen über ihnen, und die Luft kühlte sich zu einer angenehmen, wispernden Brise ab. Während die Meute um sie herum tanzte und sang, versanken sie in ihrem Kuss, ganz im Bann dieses vollkommenen Moments, der nur sie beide umfing. Für Summer wäre es in Ordnung gewesen, für immer so stehen zu bleiben.

Als die Band ihre letzte Nummer gespielt hatte, die Menge jubelte und applaudierte – erschöpft und verschwitzt –, war es kurz vor elf. Die Musiker verbeugten sich und dankten dem Publikum fürs Kommen, und Summer wandte sich an Claire.

„Wow, das war fantastisch!"

„Find ich auch." Claire strahlte. „Mit denen ist man auf der sicheren Seite, und sie haben heute Abend wirklich einen tollen Job gemacht."

„Ich kann nicht glauben, dass es vorbei sein soll. Ich meine, es ist bestimmt auch gut, wieder ein paar ruhigere Tage im Café zu erleben, aber es hat solchen Spaß gemacht. Wie kommt Willowbeck wohl damit klar, wieder ganz ruhig und beschaulich zu sein?"

„Du möchtest es doch wohl nicht immer so haben? Ich glaube, davon braucht jeder auch eine Pause. Allerdings hat es sich tatsächlich als super Veranstaltungsort erwiesen."

„Du wirst also zurückkommen?"

„Nichts und niemand hält mich davon ab", Claire lächelte. „Aber ich schätze, du wirst wohl ganz hierbleiben wollen." Sie wies mit einer Kopfbewegung in Richtung Mason. Er hatte die Arme verschränkt, die Haare aus der Stirn gestrichen und unterhielt sich mit Valerie.

Summers Herz machte einen Satz. „Ja", sagte sie. „Willowbeck ist mein Zuhause. Das heißt nicht, dass ich nicht wieder auf Fahrt gehe, und vielleicht fahren wir das nächste Mal ja sogar zusammen."

„Ich freu mich für dich, Summer. Mason hat mir erzählt, was ihn zu diesem Leben getrieben hat, und – ach Gott, ich hatte ja keine Ahnung. Er möchte sich bei Tania melden und ihr erklären, dass er noch nicht bereit war, dass er noch getrauert hat und ihm die Dinge entglitten sind. Ich habe sie lange nicht gesehen, aber ich werde mal die Fühler ausstrecken und schauen, ob sie bereit ist, ihn anzuhören. Bestimmt ist sie es. Das ist jetzt Vergangenheit, und ich bin auch bereit zu sagen, dass ich mich geirrt habe."

„Das ist aber sehr erstaunlich", meinte Summer und grinste. „Aber du hast dich eigentlich nicht geirrt. Du kanntest nur nicht die ganze Geschichte, und ich hätte den Mut haben sollen, mir eine eigene Meinung zu bilden. Das habe ich jetzt, und …"

„Und jetzt kannst du in diesen Locken wühlen, so oft du willst, du Glückliche."

Sie lachten und ließen sich im Gras nieder, während die Menge wegdriftete, zurück zu Autos, Booten und Häusern. Ralph legte noch etwas Fleisch auf den Grill, Ryder ging in den Black Swan, um noch vor der Sperrstunde weitere Drinks für sie zu holen. Die anderen gesellten sich zu Claire und Summer.

Die Atmosphäre zeugte von allgemeiner Erschöpfung und Zufriedenheit, während sie sich ruhig unterhielten, dann kamen die Bandmitglieder, um sich von Claire zu verabschieden, und machten sich dann mit ihrem Manager und den Instrumentenkoffern auf den Weg.

„Morgen beginnt der Abbau", sagte Ryder und lehnte sich zurück ins Gras. „Ich wünschte, wir könnten alles durchgehend stehen lassen. Wir könnten unsere Geschichten auf der Bühne erzählen, unter den Lichtern."

„Ich weiß ja nicht, was Dennis und Jenny davon halten würden", sagte Valerie. Summer fiel auf, dass sie nahe bei Doug saß, und fühlte eine Glückswoge aufwallen.

Sie redeten und lachten bis in die Nacht hinein, nachdem die Temperatur gefallen war und die Dunkelheit über ihnen nur von den Sternen durchbrochen wurde, die mit dem sanften Leuchten der Lichterketten wetteiferten.

„Für mich wird es Zeit", sagte Valerie schließlich, stand auf und streckte sich. „Wie kann es bloß auf einmal so kalt sein? Wahrscheinlich muss ich sogar den Holzofen anzünden, bevor ich zu Bett gehe."

„Sag doch nicht so was." Summer hatte in der letzten halben Stunde versucht, die Gänsehaut auf den Armen zu ignorieren, weil sie nicht wollte, dass dieser Abend endete.

Doug, Ralph, Norman und Jas waren sich alle einig, dass sie völlig erledigt waren. Sie wünschten den anderen eine gute

Nacht und gingen den Hügel hinab zu ihren Booten. Claire, Ryder, Summer und Mason blieben noch ein wenig.

„Ich war ziemlich skeptisch, was Willowbeck betrifft, als Claire vorschlug, hierherzukommen“, sagte Ryder. „Aber wie immer hatte sie genau die richtige Mischung aus Überzeugungskraft und Herrschsucht drauf, und seht euch an, was daraus geworden ist.“

„Das beste Mini-Musikfestival, das man hier in der Gegend je gesehen hat“, kommentierte Claire.

„Ich glaube, da bist du zu bescheiden. Es wird über Fenland hinaus bekannt werden, und für das nächste Mal wirst du in größeren Dimensionen denken müssen.“ Mason hielt seinen Becher zum Toast auf Claire hoch.

Sie waren zu stärkeren Getränken übergegangen, und Summer begann sich daran zu gewöhnen, wie der Whisky in der Kehle brannte. Sie fühlte sich glücklich, leicht diffus, und war sich bewusst, dass die kommenden Tage nicht nur mit Sonnenschein und ihrem Café und der Aussicht auf Harry als Dauereinrichtung angefüllt wären, sondern auch mit Mason und vielen Möglichkeiten, ihn kennenzulernen, mit langen Küssen, mit Archie und Latte und wunderbaren, trägen Abenden am Wasser. Sie schloss zufrieden die Augen.

„Ich glaube, es wird Zeit fürs Bett“, sagte Claire.

Summer schlug die Augen wieder auf. „Nein, alles gut, ich hab nur nachgedacht.“

„Und wir können uns alle vorstellen, worüber.“ Claire sah sie amüsiert an.

Summer wurde rot und schaute Mason an, der ihr eine Haarsträhne aus dem Gesicht strich. „Es ist spät“, sagte er.

„Oh-oh, welches Boot? Zu mir oder zu dir?“, scherzte Claire. „Wie wollt ihr das entscheiden? – Kleiner Scherz.“ Sie reckte in Verteidigungshaltung die Hände in die Höhe, als Summer ihr einen etwas verärgerten Blick zuwarf.

Summer sammelte die leeren Gläser ein und stellte sie in den

Sammelbehälter neben dem Pub. Drinnen war noch Licht an, und sie fragte sich, ob Jenny und Dennis noch wach waren und nach dem wahrscheinlich arbeitsreichsten Tag in der Geschichte des Pubs noch aufräumten.

Zu viert gingen sie hinunter zu den Booten. Dort verabschiedeten sich Claire und Ryder, sagten gute Nacht und bummelten den Leinpfad entlang zu den Gastanlegestellen.

Summer und Mason hielten vor der Sandpiper an, und er legte seine Arme um sie. Außer dem schwachen Leuchten der Weglaternen umgab sie nur Dunkelheit, der Rauch von Ralphs Grillstand hing noch immer in der Luft. Es war sehr kühl geworden, doch Summer fühlte sich schwindelig vor Erschöpfung und Glück.

„Das war ein guter Tag", sagte Mason. „Einer der besten überhaupt. Und trotzdem bin ich nicht wirklich traurig darüber, denn ich bin sicher, dass noch viele gute Tage kommen werden."

„Aber nicht alle werden mit so toller Musik enden."

„Aber alle werden – oder wenigstens die meisten – mit dir enden."

„Wenn das mal nicht sogar wahr ist", murmelte Summer und reckte sich, um ihn zu küssen.

Mason fuhr mit beiden Händen langsam durch ihr Haar, und Summer merkte, wie ihr ganzer Körper auf die Berührung reagierte.

„Du kannst mit zu meinem Boot kommen", raunte sie und trennte sich von ihm. „Allerdings könnte es schwierig werden, Latte beizubringen, dass sie heute Nacht nicht mit in meinem Bett schlafen darf."

Mason lächelte auf sie hinab. „Ich glaube, das …" Er brach ab und hielt den Atem an. Als er an Summer vorbeischaute, fühlte sie, wie sein Körper sich anspannte.

„Was ist denn?", flüsterte sie. „Mason?"

„Riechst du das?" Seine Stimme klang scharf. „Da brennt doch was?"

Summer schüttelte den Kopf. „Es ist nur vom Barbecue", sagte sie, aber ihre Worte verflogen, als sie selbst merkte, dass der Geruch stärker geworden war anstatt schwächer, und jetzt konnte sie eindeutig das Knistern von Flammen hören. Es erinnerte sie an die Nächte mit Claire und Ryder und an ihre Geschichten, als sie im Wald um das Lagerfeuer saßen.

Mason hastete an ihr vorbei den Leinpfad entlang in Richtung Brücke. Nach ein paar Schritten fing er an zu rennen, und Summer sah den Rauch im Laternenlicht. Er kam von der Moonshine, von Valeries Boot.

Angst ergriff sie, aber Mason rannte, so schnell er konnte. „Ruf die Feuerwehr!", rief er ihr über die Schulter zu. „Und den Rettungswagen!"

„Mason!", rief sie. „Tu das nicht!" Aber was sollte sie noch sagen? Valerie war auf dem Boot, und wenn sie auch nicht wollte, dass Mason sich in Gefahr brachte, wollte sie dennoch die Freundin in Sicherheit wissen.

Irgendwie brachte sie es fertig, dass ihre Füße sich wieder bewegten. Sie folgte Mason, zog gleichzeitig das Handy aus der Tasche und rief den Rettungsdienst an. Als sie näher an das Boot herankam, wurde der Brandgeruch stärker und der Rauch dichter. Flammen waren jedoch keine zu sehen.

„Valerie!" Mason schrie und hämmerte an die Tür am Heck. „Valerie!" Er bekam keine Antwort, darum wischte er sich mit der Hand übers Gesicht und holte einmal tief Luft. Dann warf er sich mit der Schulter gegen die Tür – einmal, noch einmal und ein drittes Mal.

Summer erklärte der Bereitschaft, wohin sie die Feuerwehr schicken sollten. Sie ging näher an die Moonshine heran, aber Mason hob die Hand zum Zeichen, dass sie fernbleiben sollte.

„Nicht", rief er atemlos. „Bleib weg!" Seine Stimme war rau, aber er stemmte sich noch einmal gegen die Tür, und diesmal gaben die Scharniere nach, und sie sprang auf. Schwarzer Rauch erfüllte die Luft, und Mason begann zu husten.

„Du kannst doch nicht …“, protestierte Summer, aber er hielt sich einen Arm vors Gesicht, als beißender schwarzer Rauch ihn einhüllte, und verschwand im Boot.

„Mason!“, schrie Summer. „Valerie!“ Sie stand auf dem Weg, wusste nicht, was sie tun sollte, fühlte sich taub und hilflos zugleich und wurde von Panik erfasst. Der Rauch quoll weiterhin aus der Türöffnung, und jetzt konnte sie auch die Flammen sehen, die orangerot am Bugende des Bootes an den Fensterscheiben leckten. Ein silbergrauer Kater tauchte aus dem Rauch an der Hecktür auf, die Pfötchen schwarz vom Ruß. Summer hob ihn in ihre Arme.

„Harvey“, murmelte sie, als sie den Kater an seinem schmalen Gesicht erkannte. „Oh Gott, Harvey.“ Sie drückte das Tier an sich und zuckte zusammen, als sie Mason sah, wie er Valerie aus dem Boot zog. Ihr Nachthemd hatte schwarze Flecken, und beide husteten. Summer setzte Harvey ab und rannte zu ihnen, um Mason zu helfen, die Freundin auf die Wiese zu tragen. Valerie war nur halb wach, wie betäubt, alles war voller Ruß und stank nach Rauch.

„Valerie“, sprach Summer sie an, als sie sie auf dem Gras ablegten. „Geht es dir gut? Valerie?“

Die murmelte etwas, das Summer nicht verstand, und Mason ließ sich neben ihr nieder.

Er versuchte zu sprechen, konnte aber durch den Hustenreiz kein vollständiges Wort hervorbringen. Summer drückte seinen Arm und merkte, wie sehr Mason zitterte.

„Sie kommen gleich“, versuchte sie, ihn zu beruhigen. „Feuerwehr und Rettungswagen. Alles okay mit dir?“

Er nickte, hustete erneut und wischte sich über die tränenden Augen.

Summer fühlte ein Zupfen an ihrem Kleid und sah auf Valerie hinab.

„M-Mike“, stammelte sie mühsam zwischen keuchenden, schwerfälligen Atemzügen.

Summer lief es kalt über den Rücken. „Valerie, war er …“

„Mike“, sagte sie wieder und schloss die Augen.

„Wer ist Mike?“, schaffte es Mason zu fragen.

„Ihre andere Katze. Aber du kannst nicht …“

Er rappelte sich auf und rannte wieder zur Moonshine. Summer erhob sich ebenfalls, schlitterte auf dem Gras fast aus und jagte ihm nach. Sie rief seinen Namen und schaute sich noch einmal um, sah Dennis und Jenny aus dem Pub laufen. Sie glaubte, in der Ferne Sirenen zu hören.

„Mason!“, schrie sie. „Mach das nicht! Bitte, Mason!“ Aber er war schon weg, wieder im Boot, während der schwarze Rauch in großen, dunklen Fahnen in den Himmel stieg und die Flammen sich durch das Boot fraßen. Summer trat an Deck und presste die Handflächen vors Gesicht. Selbst hier draußen war der Rauch beißend scharf. Ihr Herz hämmerte in der Brust, Tränen strömten über ihr Gesicht, teils vom Rauch und teils von der Panik. „Mason!“, rief sie erstickt. „Mason, bitte!“

„Er wird doch nicht zurück ins Boot gegangen sein?“ Dennis war neben ihr.

„Er will Mike holen“, brachte sie hervor. „Eine von Valeries Katzen.“ Sie machte einen Schritt auf die Türöffnung zu, aber Dennis riss sie zurück ans Ufer und weg vom brennenden Boot. Erst wehrte sie sich gegen seinen Griff, aber Dennis hielt sie fest und sagte etwas, das sie aber gar nicht aufnahm. Er führte sie zu einer Bank und setzte sie mit sanftem Druck darauf. Von dort aus starrte sie durch einen Tränenschleier auf die Moonshine, dachte jede Sekunde, die verstrich, daran, dass es zu spät sein konnte und dass er zu lange dort drinnen gewesen war. Unablässig wiederholte sie seinen Namen, bis die Sirenen immer lauter und schließlich ohrenbetäubend das Eintreffen der Feuerwehr signalisierten. Menschen strömten von den anderen Booten, auch Claire, Ryder und Norman.

Summer starrte hinüber zur Moonshine, versuchte, ihn kraft ihres Willens zu zwingen, wieder herauszukommen, und wagte es nicht, an die andere Möglichkeit zu denken.

Dann, hinter dem Lärm der Sirenen, dem Zuspruch der Rettungskräfte, die sich um Valerie kümmerten, und Claires Stimme, als sie ihren Namen rief und sie fragte, was passiert sei, hörte sie ein Husten. Sie stand auf, schüttelte Dennis' Hand ab und rannte zur Moonshine. Vier Feuerwehrmänner überholten sie und erreichten das Boot vor ihr. Sie behielt die Hecktür mit dem wabernden Rauch im Blick, versuchte, nicht in die Flammen zu sehen, die Valeries Boot auffraßen und sich der Stelle näherten, an der sie den Mann, den sie liebte, hatte hineingehen sehen. Dann nahm sie eine Bewegung wahr, und Mason erschien am Heck, stolpernd und hustend, mit verschmiertem und verschwitztem Gesicht – und mit Mike auf dem Arm.

Summer lief auf ihn zu, aber diesmal hielt einer der Feuerwehrmänner sie zurück, während die anderen den mutigen Retter stützten und ihm Mike vorsichtig abnahmen. Sie brachten Mason zur Wiese und ließen ihn sachte auf den Boden gleiten. Ein Rettungssanitäter versorgte ihn.

Summer wollte sich aus dem Griff des Feuerwehrmanns befreien. Sie merkte, wie Claire auf sie einredete, konnte aber den Blick nicht von Mason abwenden. „Geht es ihm gut?", fragte sie, ohne irgendjemanden direkt anzusprechen. „Bitte, kann ich zu ihm?"

Mason hustete unablässig, wobei sein gesamter Körper bebte. Der Sanitäter kniete bei ihm, holte eine Sauerstoffmaske aus dem Koffer und legte sie ihm über Mund und Nase.

„Warten Sie nur einen Moment", sagte der Feuerwehrmann. „Er ist wach, das ist schon viel wert."

Summer dachte an Lisa, die halb bewusstlos gewesen sein musste, als Mason sie aus dem Haus gebracht hatte, und fühlte eine neue Welle von Panik in sich aufsteigen, die sie so überrollte, dass ihr schwindelig wurde.

Jenny hockte jetzt direkt neben Valerie und streichelte ihr über das Haar, während ein Sanitäter sie durchcheckte. Auch Valerie trug eine Sauerstoffmaske. Ihr rotes Haar war wie ein

Fächer um ihren Kopf auf der Wiese ausgebreitet. Jas saß auf einer der Gartenbänke und hielt die beiden Kater auf dem Schoß. Mike schnurrte und kuschelte sich in seinen Arm. Trotz seines Martyriums und des Rauchs, den er eingeatmet haben musste, schien er auf der Hut zu sein.

Der Feuerwehrmann ließ Summers Arm los und klopfte ihr auf die Schulter. Sie rannte los und ließ sich neben Mason ins Gras fallen. Das Schluchzen ließ sich nicht unter Kontrolle bringen. Sie sah den Sanitäter an, wusste ohnehin nicht, was sie ihn fragen sollte, brauchte aber Gewissheit.

„Er wird eine Weile nicht sprechen können", sagte er in beruhigendem Ton. „Er scheint unversehrt, aber wir müssen ihn ins Krankenhaus bringen, um ihn durchzuchecken und die Lungenfunktion eine Zeit lang aufzuzeichnen. Schon um sicherzugehen, dass es keine bleibenden Schäden gibt."

Sie schluckte. „Kommt er wieder ganz in Ordnung?"

„Bringen wir ihn in die Klinik", erwiderte der Sanitäter vorsichtig, „damit der Arzt ihn sich erst mal anschauen kann." Dennoch lächelte er sie aufmunternd an.

Sie blickte auf Mason, der zwar aufrecht saß, aber ein wenig nach vorn gesunken, seine Brust hob und senkte sich angestrengt. Sie streckte den Arm aus und strich ihm sanft über die Stirn. Er hob den Kopf. Trotz Asche und Schweiß in seinem Gesicht strömten die Tränen nur so über seine Wangen und die Sauerstoffmaske. Summer spürte dennoch eine Welle der Erleichterung.

Sie legte einen Arm um ihn, und Mason lehnte sich an sie und drückte ihre Finger, obwohl Chaos sie umgab. Für Summer gab es nur Mason und die Tatsache, dass er noch bei ihr war, dass sie ihn nicht verloren hatte und er etwas so Mutiges getan hatte, dass sie es kaum begreifen konnte. Sie hielt ihn ganz fest und war sicher, dass sie ihn niemals wieder loslassen würde.

24. Kapitel

Summer fand sich auf dem Rücksitz des Landrovers der Greenways wieder, neben sich Jenny. Der Sanitäter hatte gesagt, Mason müsse für einige Stunden überwacht werden. Seine Blutgase mussten gemessen werden, und er sollte gründlich auf Brandverletzungen und andere Schäden hin untersucht werden. Valerie sollte ebenfalls im Krankenhaus bleiben, bis man sicher sein konnte, dass sie auf dem Weg der Besserung war. Jenny drückte ihr die Hand mit festem Griff, und Summer zwang sich, sie anzusehen. Sie versuchte zu lächeln.

„Sie werden sich beide wieder erholen", sagte Jenny im Brustton der Überzeugung. „Valerie war bei Bewusstsein. Ich hab keine Zeichen von Verbrennungen an ihr bemerkt, und der Rettungswagen war schnell da."

„Dein Freund ist ein Held", rief Dennis vom Fahrersitz. „Ein absoluter, verdammter Held. Noch dazu, wenn man bedenkt, was er schon erlebt hat."

„Das ist wahr", sagte Summer, aber sie wusste nicht, ob sie es laut genug sagte, dass es außer ihr jemand hörte. Sie wusste auch nicht, warum Jenny bei ihr auf der Rückbank saß, anstatt neben Dennis auf dem Beifahrersitz, aber sie vermutete, sie tat es zum Trösten. Sie versuchte, sich getröstet zu fühlen. Mason ging es gut. Sie hatte ihn umarmt, und er hatte darauf reagiert. Dennoch – in ihrem Kopf hämmerte es. Sie konnte nicht anders, sie musste an das letzte Mal denken, als sie zum Krankenhaus gefahren war. In ihrem kleinen Polo hatte sie Vollgas gegeben, nachdem Valerie sie angerufen hatte. Damals hatten ihre verärgerten Worte an ihre Mum in ihrem Kopf herumgespukt, hatten wie ein Vogel im Käfig versucht, daraus zu flüchten.

Und dann war sie in dem Korridor angekommen und hatte Valerie dort stehen sehen, die ihr mit weit aufgerissenen Augen und ungläubigem Blick die schlimmste Botschaft überbracht hatte, die es geben konnte.

Wieder überfiel sie Panik, engte ihr die Brust ein, als sie daran dachte, dass es diesmal genauso sein könnte. Sie würde dorthin kommen und erfahren, dass etwas Grauenhaftes im Rettungswagen geschehen war, dass Valeries Herz aufgehört hatte zu schlagen oder Masons Atmung plötzlich ausgesetzt hatte. Sie wünschte, es wären zwei Rettungswagen dort gewesen, dann hätte sie mitfahren können. Sie hatte den absurden Gedanken, dass sie auf beide hätte aufpassen können, sie zumindest gesehen hätte. Sie machte sich Sorgen darum, was während ihrer Abwesenheit passieren konnte.

„Jas ruft die Tierambulanz an", sagte Jenny. „Er will Mike durchchecken lassen, dabei wirkte der Kleine recht munter, oder?"

Summer nickte. „Tiere haben einen guten Instinkt. Vielleicht hat er sich irgendwo versteckt, wo der Rauch nicht hinkam. Wir können Mason fragen … wenn es ihm besser geht. Und Jas schaut auch nach Latte und Archie und passt auf Harvey auf." Sie hätte sich jetzt gern an ihrem weichen, quirligen Hund festgehalten, Latte und Archie waren ja beide fast den ganzen Abend auf ihrem Boot gewesen, und sie hatte nicht einmal Gelegenheit gehabt, die zwei zu beruhigen, nachdem das Feuer ausgebrochen war. Sie hoffte, dass Jas es für sie tun würde.

Dennis bog mit dem Landrover schwungvoll auf den Krankenhausparkplatz, und wenig später stiegen sie aus. Summer zitterte in der Nachtluft, und Jenny holte einen Mantel aus dem Kofferraum und legte ihn ihr um die Schultern. Summer blinzelte im grellweißen Licht im Rezeptionsbereich Notaufnahme. Alles hier unterschied sich von Willowbeck mit seinen überhängenden Bäumen und Eisvögeln und Vogelrufen, wo der Pub das größte Gebäude weit und breit war und die Natur noch regierte.

Dennis eilte an die Rezeptionstheke, und Summer, die ihm folgte, wunderte sich, dass er mitten in der Nacht derartig souverän und wach sein konnte. Sie wusste natürlich, dass sie sich selbst zusammenreißen musste und nicht zulassen durfte, dass sie wieder von Panik erfasst wurde.

„Wir möchten zu Valerie Brogan und Mason Causey“, sagte sie zu der Frau an der Theke, noch bevor Dennis den Mund aufmachen konnte. Die Rezeptionistin wies zum Wartezimmer, in dem die Hälfte der rot gepolsterten Stühle von missmutig, benommen oder sterbenskrank wirkenden Patienten eingenommen war.

Summer setzte sich, Jenny und Dennis nahmen ihr gegenüber Platz. Dennis brach das Schweigen zwischen ihnen bald, indem er fragte, ob sie etwas trinken wollten. Summer sehnte sich nach einem Tee und schaute Dennis nach, wie er in einem der langen Korridore verschwand.

Summer räusperte sich. „Danke, dass ihr mich hergebracht habt“, sagte sie. „Ich glaube nicht, dass ich selbst hätte fahren können.“

„Natürlich hättest du das nicht“, antwortete Jenny. Sie war ungeschminkt, die Haare sahen zerzaust aus. Ihr Blick wanderte zwischen Summer und dem Linoleum auf und ab. „Und – sehr gern geschehen. Es ist alles so furchtbar.“

„Ja. Aber wenigstens sind beide so weit wohlauf.“ Summer bemühte sich, es nicht zu sehr wie eine Frage klingen zu lassen.

„Zum Glück, und nur dank Mason. Dennis hat mir erzählt, was damals geschehen ist, mit Masons Frau. Ich kann es kaum fassen, dass er heute so spontan auf das Boot ist, sich so bereitwillig wieder dem Feuer gestellt hat, um Valerie zu retten. Und dann noch mal für Mike.“

„Vielleicht ja auch gerade deswegen“, mutmaßte Summer. „Er hatte versucht, Lisa zu retten, und doch ist sie gestorben, obwohl er alles getan hat, was er nur konnte. Vielleicht musste er das heute tun, um es nicht noch einmal geschehen zu lassen. Ich weiß nicht, ob ich so mutig wäre, das zu tun, wenn da die Flammen sind und der dicke schwarze Rauch." Sie rieb sich die Augen. Danach waren ihre Finger vom Ruß geschwärzt. „Genau genommen, weiß ich, dass ich es nicht bin. Ich bin ihm schließlich nicht aufs Boot gefolgt."

„Ich glaube auch nicht, dass ich es gekonnt hätte. Aber du hast die Feuerwehr alarmiert. Und wenn du auch noch an Bord gewesen wärst, mit Mason und Valerie, bei dem wenigen Platz … Das hätte doch nur für mehr Durcheinander gesorgt. Du hast schon getan, was du konntest, Summer. Aber es ist doch schlimm, dass diese wunderbaren letzten Tage so einen Abschluss finden."

„Fandest du das Festival auch so toll?"

„Wir hatten nie zuvor so viel Betrieb." Jenny lächelte sie schwach an. „Ich mag Willowbeck sehr, auch dafür, wie verschlafen es sein kann, aber mal ein paar Tage so einen Haufen Leute um sich zu haben – so viel Leben … Es war fantastisch!"

„Ich glaube, Claire möchte einen jährlichen Event daraus machen, wenn alle dafür sind."

„Und du hast das auch hinbekomen – in deinem Café?"

Die Frage kam zaghaft, aber Summer sah ihr direkt in die Augen. „Ja, mit der Hilfe von Freunden." Sie dachte an den Augenblick, als sie sich umgedreht und Mason an der Theke gestanden hatte, der wie ein Ritter in strahlender Rüstung in ihrer Stunde der Not zurückgekehrt war, um sie zu retten. Nun, er hatte sie wirklich schon oft genug gerettet, und sie nahm sich vor, wenn all dies hier vorüber war, alles daranzusetzen, um sich um ihn zu kümmern.

„Es freut mich ehrlich, dass du so einen Erfolg mit deinem Café hast." Jenny konnte ihr nicht richtig in die Augen sehen, und Summer merkte, wie schwer es ihr fallen musste, das zu sagen.

„Danke", erwiderte sie. „Und eure Fritten mit Soße im Pub sind wirklich die allerbesten überhaupt. Ich liebe Willowbeck auch, und ich möchte dort bleiben."

„Ich weiß." Jenny nickte. „Tut mir leid, wenn ich es dir erst so schwer gemacht habe."

„Das hast du. Für mich war es sowieso hart, nach Mums Tod. Und ich wollte einen richtigen Neustart, um zu sehen, ob ich es überhaupt schaffen kann. Ich weiß, dass es unverzeihlich war, was meine Mum getan hat. Es tut mir so leid, dass sie dir und Dennis das angetan hat. Aber sie war schließlich trotzdem meine Mutter, und ich kann nie aufhören, sie zu lieben."

„Das sollst du auch nicht. Meine Angriffe auf dich waren mies. – Mein Gott." Sie schüttelte wieder den Kopf und sah sich um. „Dabei gibt es wirklich Wichtigeres im Leben, oder?"

„Und ob. Und um damit fertigzuwerden, braucht man Unmengen von Kuchen. Roten Samtkuchen, Cupcakes, Sahnetorte und Macarons. Darum können wir auch nebeneinander arbeiten. Wir brauchen uns keine Konkurrenz zu machen."

Jenny seufzte auf und schaute zu Boden. Ihr dunkles Haar fiel herab wie die Weiden über den Fluss. Als sie wieder aufschaute, lächelte sie sogar. „Deine Macarons sind köstlich."

Summer war wie vor den Kopf geschlagen. „Was? Wieso …?"

„Beim Festival hab ich eine von unseren Kellnerinnen rübergeschickt, um welche bei dir zu kaufen. Ich dachte mir schon, dass du so viel zu tun hast, dass du es nicht bemerkst."

„Hatte ich auch! Ich meine, hab ich auch *nicht*. Und sie haben dir geschmeckt?"

„Die waren spitze."

Summer wurde von Stolz erfüllt. „Die hab ich sogar selbst gemacht", sagte sie. „Nicht Harry. Die waren von mir."

„Du kannst richtig gut backen." Jenny setzte sich auf und schaute zur Seite.

Summer sah Dennis zurückkommen, drei Getränkebecher zwischen den Fingern. Er ging langsam und vorsichtig. Sie drehte sich wieder zu Jenny und hielt ihr die Hand hin. „Waffenstillstand?"

Jenny zögerte einen Moment, stand dann auf und setzte sich auf den Stuhl neben ihr. Sie ignorierte die dargebotene Hand und nahm Summer stattdessen in den Arm. Es war eine weiche, nach Seife duftende Umarmung. „Waffenstillstand", sagte sie leise.

Summer lächelte an Jennys Schulter, fühlte neue Tränen aufsteigen und schniefte.

„Hier, bitte", sagte Dennis, der grinsend darauf wartete, dass ihre Umarmung ein Ende fand, und ihnen dann die Becher reichte. „Ob das wirklich die Bezeichnung ‚Tee' verdient, wage ich zu bezweifeln."

Jenny nahm den Deckel von ihrem Becher und verzog das Gesicht, als hätte man ihr eine Tasse Flusswasser serviert. Sie nippte vorsichtig am Tee. „Nein, Dennis, kein Zweifel. Das ist einfach nur widerlich."

Sie unterhielten sich weiter, während sie ungeduldig warteten. Summer berichtete den beiden von der Zeit in Foxburn und Tivesham, davon, wie sie Claire und ihre Freunde kennengelernt hatte, von ihren Plänen für das Café. Jenny wiederum erzählte ihr von ihren Kuchen, lud sie ein, sich ihre top ausgestattete Küche anzusehen.

Beide weigerten sich, Summer das Soßenrezept zu verraten, weil es angeblich ein Familiengeheimnis war, und Summer war einfach nur dankbar, dass die zwei sich mit ihr unterhielten und sie von der Tatsache ablenkten, dass es noch keine Nachricht vom Arzt gab.

Dennis ging sogar noch einmal los, um – optimistisch, wie er war – für sie alle einen Kaffee und eine heiße Schokolade zu holen. Jenny fand später immerhin, man könnte die heiße Schokolade zur Not durchgehen lassen. Dann schwang eine Doppeltür weit hinten im Korridor auf, und ein Arzt – groß und blond – trat dahinter hervor, mit Mason an seiner Seite.

Summer sprang auf und rannte auf sie zu, aber der Arzt hielt ihr abwehrend eine Hand entgegen.

„Langsam“, sagte er.

Mason sah ihr in die Augen und lächelte entschuldigend. Er war noch immer voller Ruß. Und er sah übermüdet aus. Aber er war hier, stand vor ihr, und sie wusste, dass sich alles andere finden würde. Jetzt war es an ihr, sich um ihn zu kümmern. Sie holte tief Luft, um sich zu beruhigen, den Überschwang der Gefühle zu bremsen.

„Wie fühlst du dich? Geht es wieder?“

Mason setzte zu sprechen an, brachte aber nur ein Husten hervor. Er drehte sich weg und hielt sich die Hand vor den Mund.

„Ihm geht’s gut“, sagte der Arzt. „Der Husten wird ihm allerdings ein paar Wochen erhalten bleiben, und er braucht auch noch viel Ruhe. Bleibende Schäden sind jedoch nicht zu befürchten. Er hat großes Glück gehabt.“

Summer nickte. Sie traute sich selbst kaum, etwas zu sagen, und streckte Mason nur die Hand hin. Er ergriff sie und bedachte sie wieder mit diesem Lächeln, das, auch wenn es diesmal kleiner war, wie immer ihr Herz hüpfen ließ. „Danke“, sagte sie zu dem Arzt. „Und wie geht es meiner Freundin Valerie?“

„Ganz gut. Wir müssen sie einen Tag hierbehalten. Es sind noch Tests nötig, und sie bekommt Sauerstoff. Wenn alles gut geht, kann sie morgen entlassen werden.“

Summer entspannte sich und seufzte.

„Gute Nachrichten“, meinte Dennis und legte ihr eine Hand auf die Schulter. Sie hatte gar nicht gemerkt, dass die beiden auch herangekommen waren, weil sie so auf Mason fokussiert gewesen war.

„Darf ich ihn umarmen?“, fragte sie, an den Arzt gewandt.

„Ja, bitte“, antwortete Mason.

Seine Stimme war mehr als rau, aber ihn nur sprechen zu hören, war ihr schon genug. Sie schlang die Arme um ihn, dass er fast nach hinten fiel. Ihn so nah bei sich zu haben, nachdem sie noch vor ein paar Stunden fürchten musste, ihn zu verlieren, war überwältigend. Sie ließ ihn erst los, als Dennis sanft an ihrem Arm zog und ihr sagte, dass sie besser jetzt nach Hause fahren sollten.

Es war längst Tag geworden, während sie in dem zeitlosen, geweißelten Wartezimmer gesessen hatten, und Sumer kletterte neben Mason in den Fond des Landrovers. Kurze Zeit später war Mason mit keuchenden Atemzügen eingeschlafen. Summer sah ihm die ganze Strecke bis Willowbeck beim Schlafen zu.

Als sie ankamen, brummte das kleine Dorf am Flussufer wie ein Bienenstock, obwohl weder das Bootscafé noch der Pub geöffnet waren. Claire sah sie als Erste und kam ihnen entgegengelaufen. Sie umarmte Mason vorsichtig.

„Du lieber Gott! Geht es dir gut?"

„Wird schon wieder", keuchte er mühsam, lächelte aber und rieb sich die Augen.

„Was ist denn hier los?", fragte Summer.

Claire drehte sich kurz um und seufzte dann auf. „Mick ist hier. Und auch ein Ermittlungsteam. Bei der Moonshine ist nichts mehr zu machen, sagt Mick. Er hat sein Schleppboot mitgebracht und wird sie zur Werkstatt mitnehmen, aber erst versuchen die Leute hier, herauszufinden, was überhaupt passiert ist."

Sie gingen zum Fluss hinunter, und Summer merkte, wie angespannt Mason neben ihr wurde, als sie die Moonshine sehen konnten. Der Bug des Bootes war vollständig geschwärzt, am Heck war noch etwas lila Farbe erhalten geblieben, obwohl es auch dort fleckige und verbrannte Stellen gab.

„Tut mir auch leid für das Bootscafé", sagte Claire.

Summer sah jetzt, dass der Bug ihres Bootes ebenfalls Brandschäden davongetragen hatte. Es schien aber von dort aus gesehen, wo sie stand, baulich intakt zu sein. „Was wird Valerie jetzt machen?", fragte sie. Der oberflächliche Schaden an ihrem Boot stand auf ihrer Sorgenliste ziemlich weit unten.

„Die Versicherung müsste ihr ein brandneues Boot bescheren", kommentierte Dennis, „vorausgesetzt, dass die Ermittlungen komplikationslos über die Bühne gehen. Bis dahin kann sie gern bei uns im Pub wohnen. Dann fühlt sie sich wenigstens nicht entwurzelt und kann die Wartezeit in Willowbeck verbringen. Wisst ihr schon, wie es passiert ist?"

Summer schüttelte den Kopf. „Ich weiß wohl, dass sie ihren Holzbrennofen anzünden wollte, also ist das Feuer vielleicht von dort ausgebrochen. Es ist aber nur eine Vermutung. Wie geht es den Katzen?"

„Denen geht es gut", antwortete Claire. „Jas hat sie vom Tier-Notarzt durchchecken lassen, und selbst Mike ist erstaunlich gut drauf, wenn man bedenkt, wie lange er auf dem Boot war. Außerdem wäre er gar nicht mehr da ohne dich." Sie sah Mason an, und alle wurden still bei dem Gedanken, was er riskiert hatte, um Valerie und dann ihren Kater zu retten.

Er winkte ab. „Ich hab nur …" Er hustete heftig und schüttelte den Kopf. „Wo ist Archie?"

„Oh, Jas' Boot ist zum Heim aller streunenden Katzen und Hunde von Willowbeck geworden. Ich geh mal hin und hol ihn."

Da tauchte eben Jas mit den beiden Hunden auf, und Summer war schon wieder den Tränen nah, als Archie sich auf sein Herrchen warf und wild bellte. Mason hockte sich ins Gras und umarmte seinen Hund, und Summer hob Latte auf und drückte sie fest an sich.

„Tut mir leid, dass ich dich allein gelassen habe", sagte sie in eines der seidigen Hundeohren. „Das wollte ich nicht. Alles okay?" Latte leckte ihr die Wange, und Summer lachte. „Gut. Und du wirst jetzt noch mehr Zeit mit Archie verbringen können. Falls du anfangen solltest, dich danebenzubenehmen, werde ich aber ein ernstes Wörtchen mit dir reden müssen – mit euch beiden. Wir alle vier." Sie schaute verstohlen zu Mason und Archie hinunter und spürte etwas in sich aufwallen, das sich gefährlich nach Liebe anfühlte.

Trotz ihrer Müdigkeit nahm Summer Latte und Archie mit zu einem Spaziergang über die Felder und Wiesen, während Mason sich auf der Sandpiper ausruhte. Er hatte nicht viel gesagt, und sie glaubte, dass er auch dann so still gewesen wäre, wenn er nicht unablässig hätte husten müssen. Sie konnte sich nicht vorstellen, welche Kraft es ihn gekostet haben musste, dem Feuer entgegenzutreten, nachdem er in seinem damaligen Zuhause bereits einen Brand erlebt und seine Frau darin verloren hatte. Es musste so vieles in ihm wieder geweckt haben, und sie befürchtete, dass er in den kommenden Monaten mit den Erinnerungen würde zu kämpfen haben. Und mit dem Schock über das, was geschehen war. Dennoch war sie bereit, ihm durch diese Zeit zu helfen.

Die Sonne brannte auf sie herab, und sie blieb im Schatten der Bäume, soweit es möglich war. Sie hatte eine Wasserflasche und einen Metallnapf mitgenommen und hielt hin und wieder an, um den Hunden zu trinken zu geben. Im Wald war es kühl und ruhig, und sie ging langsamer, um den Frieden zu genießen. Die Hunde waren trotz der Hitze aufgedreht, weil sie so lange auf den Booten gewesen waren, und als sie eine grasbewachsene Lichtung erreichten, ließ sie sie von der Leine und legte sich auf dem dichten Graspolster hin, um in den endlosen blauen Himmel zu blicken.

Vor sechs Monaten hatte schon der Name „Willowbeck" ihr einen kalten Schauer über den Rücken gejagt, und jetzt konnte sie sich nicht mehr vorstellen, irgendwo anders zu sein. Sie hatte angefangen, Frieden mit Jenny zu schließen, hatte einen großen Schritt nach vorn gemacht, indem sie den Tod ihrer Mum für sich akzeptierte und sich dem eigenen Schuldgefühl stellte. Sie hatte einen Mann gefunden, mit dem sie wahrhaftig glücklich sein konnte, und sie war stolze Besitzerin eines gut gehenden, schönen Cafés. Okay, momentan war der Anstrich nicht gerade perfekt, aber sie wusste genau, wie sie das ändern konnte, und sie dachte mit Genuss daran. Valerie würde bald wieder da sein, erst im Pub und dann in einem neuen Boot, als ihre Nachbarin auf ihrem gewohnten Platz. Es war nicht immer leicht gewesen, und Summer hatte auf ihrem Weg viele Fehler gemacht, aber nichts davon war umsonst gewesen. Alles hatte seinen Wert gehabt.

Sie spazierte langsam zurück, die Hunde wieder angeleint, und blieb auf der Elizabeth-Proudfoot-Brücke stehen. Willowbeck schimmerte im nachmittäglichen Sonnenlicht. Valeries Boot war nicht mehr da, und ihr eigenes war am Bug geschwärzt, aber die Sandpiper und die Celeste lagen an ihren Plätzen, und die Gartentische vor dem Pub begannen sich mit Menschen zu füllen, ungeachtet des Dramas, das sich in der vorherigen Nacht ereignet hatte. Die Kurzzeitanlegestellen waren auch noch von den fahrenden Händlern eingenommen.

Sie würden bald schon wieder weiterziehen, aber nach dem Erfolg von Claires Festival war Summer zuversichtlich, dass sie wiederkehren würden. Sie hörte einen hohen, scharfen Laut hinter sich und drehte sich gerade noch rechtzeitig um, um einen Eisvogel zu sehen, der sehr niedrig und schnell über das Wasser flog, auf der Suche nach einem neuen Platz zum Fischen. Mit einem Mal überkam sie die Sehnsucht nach Mason, und sie ging schleunigst weiter.

Sie klopfte sachte an die Tür der Sandpiper, öffnete und trat ein. Archie und Latte, die sie von der Leine gelassen hatte, jagten in ihrem vertrauten Umfeld vorwärts.

„Schsch“, zischte sie, als Archie loskläffte, aber Masons Schlafzimmertür öffnete sich bereits, und er kam heraus, nur mit einer alten Jeans bekleidet. Summer starrte ihn an. Ihr war bewusst, dass ihr Lächeln ziemlich idiotisch wirken musste, aber sie konnte nicht anders. Seine Haare waren total zerzaust. Wahrscheinlich hatte er darauf geschlafen, nachdem er sich den Dreck und Ruß abgeduscht hatte. Er versuchte, seine Schläfrigkeit wegzublinzeln, aber immerhin sah er schon viel besser aus als vor ein paar Stunden – weniger blass und weniger verschmiert.

„Wie fühlst du dich?“, fragte sie.

„Besser.“ Er versuchte, seine Kehle freizubekommen. „Nicht blendend, aber besser.“

Er setzte sich aufs Sofa. Summer ging zu ihm und brachte ihm ein Glas Wasser. Er legte einen Arm um sie und zog sie eng an sich, direkt an seine nackte Brust. Summer atmete seinen Zitrus-Vanille-Duft und seine Wärme ein – und eine Spur von Rauch, die sich, wie sie vermutete, eine Weile halten würde.

„Ich hab dich vermisst“, sagte sie.

„Du warst nur ein paar Stunden weg.“

Man merkte, dass es ihn anstrengte zu reden, und sie strich ihm über die Brust. Ob er Schmerzen darin hatte? „Mir ist klar geworden, dass ich dich immer vermissen werde, wenn ich nicht bei dir bin.“

„Danke“, erwiderte er. „So geht's mir aber auch. Außer als ich geschlafen habe, darum habe ich dich eigentlich …“ Er hustete, und Summer zuckte zusammen. Archie legte eine Pfote auf Masons Knie und sah ihn fragend an.

„Er merkt, dass es dir nicht gut geht.“ Sie streichelte Archies Ohren.

„Mir geht es gut“, widersprach Mason und hustete.

„Ich hätte dich beinahe verloren.“ Sie richtete sich auf und sah ihm in die Augen.

Sein Gesicht war neutral, aber sie las die Emotionen in seinen Augen. „Nein, hast du nicht. Ich hätte nie riskiert, zu … Das hätte ich nie riskiert.“

„Feuer ist unvorhersehbar.“ Sie sagte es ganz sanft, wollte nicht diskutieren oder ihn ermahnen. Sie wollte nur, dass er wusste, wie viel er ihr bedeutete. „Vorläufig keine Rettungsaktionen mehr, okay? Ich werde allen einschärfen, besonders aufzupassen, damit du niemanden retten musst.“

„Das weiß ich zu schätzen.“

„Oder vielleicht bleiben wir einfach die nächsten paar Tage hier, damit du nicht in Versuchung kommst, selbst *wenn* jemand gerettet werden muss, weil du es dann nicht weißt.“ Sie vergrub die Finger in seinen Locken und küsste ihn sachte auf die Lippen.

„Also das klingt wahrlich nach einer brillanten Idee“, brachte er krächzend hervor.

„Ich sprühe nur so vor guten Ideen.“ Sie küsste ihn noch einmal.

„Was glaubst du, was mich an dir besonders angezogen hat?“

„Meine erstaunlichen Bacon-Brötchen natürlich.“

Mason lehnte sich zurück und blickte sie an. Dann grinste er plötzlich wieder auf diese besondere Weise, dass sein ganzes Gesicht strahlte, und Summer war froh, dass sie bereits saß. „Da ist was dran“, sagte er, „aber du bist selbst auch ziemlich erstaunlich.“

* * *

Als Summer später Mason schlafen ließ und zu ihrem Boot zurückkehrte, fand sie auf dem Bugdeck eine weitere Holzskulptur. Sie war ganz sauber, die umgebenden hölzernen Planken dagegen und die Malereien des Bootes waren schwarz und klebrig von Ruß. Sie hob das kleine Kunstwerk auf und betrachtete es. Es war eine Flagge, und der Künstler hatte ein leichtes Kräuseln hineingearbeitet, sodass es aussah, als ginge eine Brise hindurch. Sie trug Streifen und Sterne, und obwohl es keine fünfzig waren, konnte man doch erkennen, dass die amerikanische Fahne dargestellt sein sollte. Diese Skulptur war die rätselhafteste von allen, fand sie.

Sie ging ins Café, das sich leer anfühlte nach den geschäftigen Tagen des Festivals, und legte die Flagge zu den anderen Skulpturen. Sie betrachtete sie alle nacheinander. Sie hatte keine Verbindung nach Amerika, also gab es keinen Grund, ihr eine Flagge zu schenken. Außerdem konnte sie jetzt sicher sein, dass es nicht Mason gewesen war, der die Artefakte dort hingelegt hatte, außer er hätte die Flagge geschnitzt, als er noch im Wildreservat war. Aber er hätte es ihr sicher mittlerweile verraten, wäre er derjenige gewesen.

Ihr Handy brummte, und als sie es aus der Tasche zog und darauf schaute, musste sie lächeln. Eine SMS von Mason: *Vermisse dich jetzt schon.* Sie antwortete sofort: *Geh schlafen! Xx* Dann fiel ihr auf dem Display das Datum am oberen Rand auf. Es war der vierte Juli – Independence Day. Verblüfft starrte sie die Flagge an, dann ging sie die anderen Stücke noch einmal durch.

Das Herz hatte sie an ihrem zweiten Tag in Willowbeck gefunden, Mitte Februar. Sie hatte herzförmige Plätzchen gebacken, weil es Valentinstag war. Dann kam der Frosch ein paar Wochen später, Ende Februar, am neunundzwanzigsten, dem Schalttag. Der kleine Hüpfer musste ein Symbol für den Springer-Tag sein.

„Mein Gott“, murmelte sie. Die Narzisse symbolisierte den Frühlingsanfang am St. David's Day und der Hase das Osterfest. Die Narrenkappe war nicht, wie sie dachte, ein Seitenhieb auf sie, dass sie ein Witz sei, sondern bezog sich auf den ersten April. Sie nahm die Sonne in die Hand und drehte sie herum, fragte sich, ob sie nur ein Zeichen für den Sommer ganz allgemein war oder ob es mit ihr auch eine besondere Bewandtnis hatte. An welchem Tag war sie da gewesen? – Am Tag nach ihrem Streit mit Mason.

„Ach du meine Güte!“, gab Claire von sich, die sie gar nicht hatte hereinkommen hören. „Du hast ja eine ganze Sammlung von echten Normans“, platzte sie heraus.

„Wie bitte?“ Summer wirbelte herum. „Normans?“

„Diese prachtvollen kleinen Skulpturen. Er hat für jeden von uns eine als Abschiedsgeschenk gemacht. Für mich war es eine LP, Ralph hat ein Sandwich bekommen, Doug einen kleinen Schrank, Jas einen Computer und Ryder eine Minibühne. Sie sind so unglaublich filigran ausgearbeitet, dass Doug ganz aus dem Häuschen ist deswegen. Sie sind natürlich keine Antiquitäten, aber er meint, die Qualität ist überragend. Zeig ihm bloß nicht deine Sammlung, sonst musst du sie vor ihm wegschließen, damit er sie nicht mopst.“

„Norman hat die hier gemacht?“

„Hallo? Erde an Summer! Ich weiß ja, dass du letzte Nacht nicht geschlafen hast, aber hast du nicht gehört, was ich eben gesagt habe?“

„Aber er hat … Dann hat er sie mir einfach so hingelegt. Anonym. Auf meinem Deck. Ich hatte ja keine Ahnung. Guck mal.“ Sie zeigte auf die einzelnen Stücke und erklärte sie ihr.

„Sommersonnenwende“, sagte Claire, als die Sonnenskulptur an die Reihe kam. „Eindeutig.“

„Ach ja. Klar! Aber warum hat er sie mir hingelegt?“

„Um dich aufzumuntern? Damit du dich auf etwas freuen kannst? Du warst anfangs doch noch ziemlich niedergeschlagen, als du herkamst, oder? Vielleicht ging es ihm nur darum, dich mit einem kleinen Mysterium bei der Stange zu halten. Über Geschenke freut sich doch jeder, stimmt doch, oder?“

Summer lehnte sich an die Theke und betrachtete den Hasen. „Norman hat auf mich achtgegeben. Und ich hab gedacht, er wäre mir böse, weil ich erst Valerie im Stich gelassen hatte und dann einfach zurückgekommen bin, als wäre nichts geschehen. Dabei wollte er, dass ich bleibe? Er hat mir tatsächlich auf seine ganz eigene Art Mut gemacht. Ich muss es Mason erzählen. Wir haben zusammen versucht, dieses Rätsel zu lösen.“

„Ich schätze, ihr werdet ab sofort jede Menge Dinge zusammen machen, wie?“

Summer lächelte auf die Theke hinab. „Oh ja, das werden wir wohl.“

25. Kapitel

Summer konnte den Blick nicht von ihrem Boot lösen. Das hier war ihr Café, und jetzt sollte die Wiedereröffnung gebührend gefeiert werden. Mason legte ihr einen Arm um die Taille. Die Geste, die ihnen beiden schon so natürlich vorkam, schickte ihr trotzdem noch immer einen Schauer von Glück durch den ganzen Körper.

„Du hast wirklich ein Wunder vollbracht", flüsterte er ihr ins Ohr, wofür er sich hinunterbeugen musste. „Es ist das absolut schönste Boot in Willowbeck."

Summer lachte. „Noch schöner als die Sandpiper?"

„Ja", sagte er nachdrücklich. „Definitiv."

Das Erscheinungsbild von Willowbeck sah nun ein wenig anders aus als vor sechs Wochen, als die Moonshine noch neben dem Bootscafé gelegen hatte. Celeste und Sandpiper befanden sich noch an ihren angestammten Plätzen, aber am Liegeplatz der Moonshine lag nun ein dunkel purpurfarbenes, mit Gold abgesetztes Boot mit dem Namen „Cosmic". Die polizeilichen Nachforschungen hatten ergeben, dass der Brand durch Funkenflug aus Valeries Holzofen entstanden war. Ein Vorhang hatte sich entzündet – ein schrecklicher Unfall, aber keine Brandstiftung.

Summer war kurz der Gedanke gekommen, dass Ross dahintergesteckt haben könnte – ein letzter Akt der Rache dafür, dass sie ihn endgültig aus ihrem Leben verbannt hatte. Aber ihr fiel ein, dass er alles mit der Überzeugung getan hatte, ihr zu helfen, egal wie verfehlt seine Aktionen in Wirklichkeit gewesen waren. Sie hatte ihn nicht angezeigt, weil sie nicht für noch mehr Schmerz und Leid verantwortlich sein wollte, sondern ihm einen langen Brief geschrieben, in dem stand, dass ihre Freundschaft für immer vorbei sei und sie ihn bat, nie wieder nach Willowbeck zu kommen. Es hatte ihr wehgetan, das zu tun, aber sie hatte das alles hinter sich bringen müssen, um es loslassen zu können. Die furchtbaren Monate nach dem Tod ihrer Mutter und die Erinnerung an den Einbruch. Harry und Mason hatten zu Anfang darauf beharrt, dass sie zur Polizei gehen müsse, aber als sie sich ihnen erklärte, verstanden sie, warum sie die Sache auf sich beruhen lassen wollte.

Valerie hatte ihm auch bereits vergeben und wollte sich lieber auf die Zukunft als auf die Vergangenheit konzentrieren. Als sie aus dem Krankenhaus entlassen worden war und in einem der Gästezimmer von Jenny und Dennis wohnte, hatte sie das Internet nach Booten durchforstet, die zum Kauf standen, und die Cosmic entdeckt. Sie musste sie einfach haben, wie sie sagte, schon weil der Name nicht passender hätte sein können. Nicht so passend war allerdings die fuchsiafarbene Bemalung des Bootes gewesen.

„Das geht doch nicht, Summer! Die Farbe beißt sich mit meiner Haarfarbe. Was soll ich bloß machen?"

Summer wusste nur zu gut, was Valerie machen sollte – nämlich das Boot neu gestalten und bemalen lassen – und zwar von ihr.

Fast den ganzen Juli und August hatte sie nun in Micks Werft verbracht, zunächst an Valeries Boot gearbeitet und dann ihr eigenes Boot neu bemalt. In den wenigen ruhigen Augenblicken zwischendurch hatte sie sogar das Bild vom Eisvogel für Mason fertiggestellt. Neben Mick zu arbeiten, machte ungeheuren Spaß. Sie lachten so viel, und er zeigte ihr, wie man die Boote grundierte, abschmirgelte und bemalte. Nach dem Auftragen der Basisfarbe gab er ihr freie Hand für das Design und die Details. Summer hatte befürchtet, ihr Geschäft würde unter der neuen Beschäftigung leiden, aber mit Harrys Hilfe hatte sie einen Plan ausgearbeitet und alles auf die Neueröffnung Anfang September ausgerichtet.

Jas verbreitete eine Info über seinen Blog, und Adam, Carole vom Andenkenladen und selbst Jenny verteilten alle ihre Flyer. Darin gab sie bekannt, dass das Café wegen Renovierungsarbeiten geschlossen sei und es eine große Neueröffnung zum Indian Summer geben würde.

Während sie an den Booten arbeitete, versorgte Mason sie immer, wenn er nicht ins Naturschutzgebiet musste, mit Sandwiches und Kuchen. Manchmal brachte er sogar Espresso mit, den er in seiner Cafetière an Bord der Sandpiper selbst gekocht hatte. Summer liebte es, die Boote mit schönen Designs zu verzieren, aber sie genoss es auch, sich von Mason von der Arbeit abhalten zu lassen und mit ihm eine halbe Stunde draußen zu sitzen, während die Hunde herumtollten. Offenbar vermisste er sie genauso wie sie ihn. Da ihr Boot in der Werft war, verbrachte sie die Nächte auf der Sandpiper bei Mason, wo sie, aufs Köstlichste und so weit von einem schnellen Download entfernt, wie es nur ging, nach und nach mehr über Mason herausfand.

Es hatte mehrere Wochen gedauert, bis sein Husten vollständig kuriert war, und Valerie hatte im Black Swan sogar fast einen Monat lang das Bett gehütet, bis sie sich kräftig genug fühlte, um aufzustehen und sich wieder richtig zu bewegen. Mason hatte sich dagegen schnell erholt, wenn auch die emotionalen Narben langsamer heilen würden. Er sprach mit Summer über die Angst, die ihn getrieben hatte, der Bestimmung zu widerstehen und nie wieder jemanden so sterben zu lassen, wie Lisa umgekommen war. Manchmal verschwand er abends, um mit Latte und Archie über den Leinpfad oder die Felder zu wandern, und wenn er dann zurückkehrte, umarmte und küsste er sie. Seine Haut war dann warm und sein Haar roch nach Spätsommer. Es würde dauern, aber sie hatten alle Zeit der Welt, dessen war sie sicher.

„Ich hab Mick gefragt“, sagte Summer und betrachtete dabei ihr Boot mit dem verbesserten Anstrich und dem noch abgedeckten neuen Namen.

„Was gefragt?“, murmelte Mason in ihr Ohr.

„Warum er dich Don Juan nennt.“

„Das hab ich überhaupt erst durch dich erfahren!“

„Tja, es kommt daher, dass sie sich in der Werft alle einig sind – all die bulligen Kerle –, dass du ein Ladykiller bist. Er ist nicht ganz so weit gegangen, zuzugeben, dass du ihm gefällst, aber seine Bewunderung konnte er nicht verbergen. Du bewirkst, dass den Menschen das Herz höherschlägt, was ich übrigens bezeugen kann.“

„Na, das beruhigt mich doch. Es wäre schon ein Armutszeugnis für mich, wenn ich meine Freundin nicht dazu bringen könnte, weiche Knie zu kriegen.“

„Das kannst du sehr gut.“

„Summeeeeeeer!“, rief jemand hinter ihnen, und sie drehten sich um. Tommy rannte den Leinpfad entlang auf sie zu, Greg und Harry folgten ihm Hand in Hand.

Summer umarmte ihre Freundin und nahm dankbar die Kuchenplatte entgegen. „Eine Kleinigkeit zur großen Wiedereröffnung“, sagte Harry. „Kann bei deinen wunderbaren Angeboten stehen.“

Summer grummelte. „Ich glaub, ‚wunderbar‘ ist ein klein wenig übertrieben.“

„Glaub ich aber nicht“, widersprach Harry, „und sicher auch sonst keiner.“

Inzwischen kamen weitere Leute an und sammelten sich in Grüppchen auf dem Leinpfad, neugierig, was die große Eröffnung beinhaltete. Summer und Harry gingen an Bord und öffneten die Luke. Summer schaltete die Kaffeemaschine ein. Sie schaute auf die Holzobjekte auf der Theke vor ihr: Kuchen und Boote, Eisvögel und Reiher. Sie alle standen zu einem – wie sie fand – sehr bescheidenen Preis zum Verkauf.

Nachdem sie erfahren hatte, dass Norman der Urheber der Schnitzereien war, hatte sie ihn besucht und sich bei ihm dafür bedankt, dass er ihr Hoffnung gegeben hatte. Er war fast so grantig wie immer gewesen und wagte kaum, es zuzugeben, geschweige denn, ihr Kompliment anzunehmen. Aber über die Wochen hatte sie es geschafft, ihm zu vermitteln, dass seine Schnitzereien besondere Kunstwerke waren und jeder gern eine davon würde besitzen wollen. Wenn sie jetzt in ihrem Café verkauft wurden, ging es nicht darum, dass Norman Geld damit verdiente. Im Gegenteil – er weigerte sich rundheraus, Lohn dafür zu nehmen. Vielmehr wollte sie, dass sich die Freude verbreitete, die seine Arbeit ihr bereitet hatte, und den Gästen ein Andenken an ihren Besuch in Willowbeck und im Bootscafé mitzugeben.

„Alles fertig?", fragte Harry.

„Alles fertig. Vielen Dank noch mal, dass du heute das Schiff mit schaukelst." Harry verdrehte die Augen. „Ach, sorry, natürlich nur bildlich gesprochen."

„Du, in deinem Café zu arbeiten, macht hundertmal mehr Spaß als bei meiner anderen Stelle. Mit meiner besten Freundin an einem idyllischen Ort in einer Flusslandschaft zu werkeln – ein Traumjob. Und uns hilft es, wieder auf die Füße zu kommen. Greg ist dir genauso dankbar wie ich, auch wenn er wahrscheinlich zu stolz ist, es dir gegenüber zuzugeben."

„Ganz ehrlich – keiner von euch kann dankbarer sein, als ich es bin. Dieses Café wird nur so abheben, wenn du backst und auch noch hier bist. Wir sind das perfekte Team."

„Na, ich hoffe trotzdem, dass es nicht abhebt und fliegt, sondern höchstens segelt. Das wäre angemessener."

Summer kicherte. „Kanalboote segeln doch nicht, sie fahren einfach – oder tuckern. Du musst noch eine Menge lernen."

„Und auch wenn es unglaublich klingt – ich freue mich auf jede Minute. Hast du die Flasche?"

Summer grinste und ging in die Küche, um die Sektflasche aus dem Kühlschrank zu holen, die Mason gekauft hatte. Sie ging damit durch das Café hinaus zum Leinpfad, wo sich alle versammelt hatten. Greg und Tommy waren da, Dennis und

Jenny, Adam vom Metzgerladen, Valerie und Norman. Sie sah auch einige ihrer Stammgäste, Barry, den bärtigen Bootsführer, und sogar den Geschäftsmann mit den auffallend grünen Augen, mit dem sie zusammen auf dem Festival gesungen hatte. Sie gab jedoch der Versuchung nicht nach, zu ihm hinüberzulaufen, auf Mason zu zeigen und ihm zu sagen, dass sie beide zu Recht an seine Rückkehr geglaubt hatten. Mason war mit Archie und Latte da, die beide zum Dach der Sandpiper spähten. Dort saßen Harvey und Mike beieinander und sonnten sich in der Nachmittagssonne.

Seit dem Feuer war in Mike ein neuer Lebensgeist erwacht. Er hielt sich nicht mehr nur drinnen auf. Wahrscheinlich hatte das damit zu tun, dass sie wochenlang statt auf einem Kanalboot im Pub hatten bleiben müssen, wo es laut und hektisch zuging. Das war zumindest Summers Vermutung, aber sie wollte Valeries Enthusiasmus nicht dämpfen. Mason hatte die Katze anscheinend nicht nur gerettet, sondern ihr auch vor Augen geführt, was sie sich entgehen ließ.

„Liebe Gäste“, sagte Summer. Sie stand der Menge gegenüber, die Sektflasche in der Hand. „Vielen Dank, dass ihr alle heute gekommen seid – zur feierlichen Wiedereröffnung des Bootscafés einschließlich zweiter Bootstaufe zur Umbenennung meines Bootes. Viele von euch werden sich erinnern, dass Valeries Boot Moonshine vor einigen Wochen durch einen Brand zerstört wurde. Der Schaden, den das Bootscafé dabei erlitt, war nur oberflächlich, aber doch ausreichend, um einen neuen Anstrich zu rechtfertigen. Wie ihr seht, ist Valeries neues Boot, die Cosmic, sogar noch schöner, als die Moonshine war, und wer Valerie als Medium befragen möchte, der möge es gern tun.“ Sie machte eine Geste zu ihrer Freundin hin, die ihr kurz zuwinkte.

Sie holte tief Luft und fuhr fort: „Während der Vorbereitung zur Sanierung und Neubemalung des Bootscafés habe ich festgestellt, dass das Boot unter dem bestehenden Anstrich einen anderen, richtigen Namen trug, und zwar hieß es zuvor …" Sie schaute jedem in der Gruppe ins Gesicht, und alle hingen an ihren Lippen. „… Summer Breeze." Ein vertrautes Kichern kam aus Masons Richtung, und Valerie verbiss sich das Lachen. „Es erschien mir irgendwie komisch – oder überheblich –, ein Boot zu haben, das nach mir selbst benannt ist, besonders, wenn der Name nahelegt, dass ich zu – leichten Winden neige. Kurz und gut, ich wollte ihn nicht, aber er brachte mich darauf, wie ich mein Boot, mein hübsches Café, nennen könnte. Ich dachte, es wäre ganz unkompliziert, aber angeblich bringt es Unglück, den Namen eines Bootes zu ändern, und das wollte ich natürlich nicht riskieren. Mick, der Bootsbauer …" Sie suchte ihn in der Menge, und er gab einen kurzen Jauchzer von sich. „… lehrte mich die Schritte, die für eine gründliche und glückliche Zeremonie zur Umbenennung nötig sind, durchzuführen. Ich begann damit, den Namen ‚Summer Breeze' aufzustöbern und auszulöschen, wo immer er auftauchte. Da er mir bisher weder innen noch außen am Boot aufgefallen war, musste die Suche sehr gründlich erfolgen. Da das erledigt ist und das Boot auch neu bemalt wurde, können wir also nun darangehen, den Namen vollständig loszuwerden." Sie stellte die Flasche auf den Boden und zog ein Blatt Papier aus der Hosentasche. Als sie es entfaltete, kam ein Metallschildchen zum Vorschein, das sie kurz hochhielt, damit alle sahen, dass der Name „Summer Breeze" darauf geschrieben stand. Sie nahm das Blatt und die Plakette in eine Hand, hob die Flasche mit der anderen auf und trat auf das Bugdeck ihres Bootes.

„Nun denn", begann sie und fühlte, wie ihr die Röte in die Wangen stieg. „Es geht los. Oh, mächtiger Herrscher der Meere und Ozeane, dem alle Schiffe und auch wir, die wir uns vorwagen in dein gewaltiges Reich, huldigen müssen, wir flehen dich an, in deiner unendlichen Gnade für alle Zeiten aus deiner Erinnerung zu verbannen den Namen ‚Summer Breeze'. Und so entbieten wir dir diesen Barren, der da trägt jenen Namen – auf dass er von den Gewässern ausgelöschet und getilget sei für jetzt und immerdar." Sie blickte in die Runde und sah amüsierte Gesichter. Tommy grinste, und Adams Schultern zuckten.

Sie hatte Valerie verraten, dass sie zweifelte, ob diese Zeremonie tatsächlich auch für Kanalboote geeignet war oder wohl doch nur für seetaugliche Schiffe, aber Valerie hatte nur erklärt, dass alle Flüsse irgendwie mit dem Meer verbunden seien, und Micks Ansicht bestärkt, dass die Zeremonie durchgeführt werden müsse. Auch hatte sie sich gefragt, ob ihre Mum, als sie das Boot kaufte, wohl von dem Originalnamen des Bootes gewusst hatte. Womöglich hatte sie ihn ja wegen der Anspielung auf ihre Tochter einfach mit „Bootscafé" übermalt, anstatt ihn ganz zu entfernen. Summer hatte das Boot erst zu sehen bekommen, als es fertig war und im Wasser lag. Da hatte Maddy es ihr stolz als ihr neues Zuhause vorgestellt – ihr neues Leben nach der Scheidung.

Summer schob ihre Verlegenheit beiseite, so gut es ging, und warf die Plakette ins Wasser. Dann ließ sie den Korken knallen und schüttete die Hälfte des Inhalts der Sektflasche hinterher. „Zum Dank für dein edelmütiges Walten bieten wir dir dieses Trankopfer dar", sagte sie und sah zu, wie das Flusswasser die sprudelnde Flüssigkeit verschluckte.

Sie drehte sich wieder zur vergnügten Menge um. „Nun, da dies vollbracht ist, können wir mit der Bootstaufe beginnen." Sie sprang auf den Leinpfad und stellte sich mit klopfendem Herzen zu Mason neben die Stelle am Boot, an der ein großer Papierbogen den neuen Namen verdeckte. Das Boot war wie zuvor in Rot und Blau gestrichen, aber Summer hatte es mit einem hübschen Gingham-Design abgesetzt sowie am Boot entlang verschiedene Torten und Kuchen, Teetassen und Kaffeebecher aufgemalt.

Mason griff hinter sich auf den Boden und reichte ihr eine neue Sektflasche. „Die wirst du brauchen. Du willst doch wohl dein Boot nicht mit dem Rest aus der Flasche taufen."

„Du bist genauso abergläubisch wie alle anderen", sagte Summer und tauschte dankbar die eine Flasche gegen die andere ein. Sie wandte sich an die Besucher, hielt die Flasche hoch und las den zweiten Teil ihrer Rede vor: „Oh, mächtiger Herrscher der Meere und Ozeane, dem alle Schiffe und auch wir, die wir uns vorwagen in dein gewaltiges Reich, huldigen müssen, wir flehen dich an, in deiner unendlichen Gnade in deine Obhut und dein Gedächtnis aufzunehmen dieses würdige Schiff, jetzt ..." Sie sah Mason aus den Augenwinkeln an, der sie seinerseits aufmunternd anlächelte, eine Ecke des Papiers ergriff und es wegzog. „... und immerdar bekannt als ‚Madeleine'".

Sie schaute auf ihr Werk: „Madeleine" war in fließender Schrift dunkelblau auf den blassblauen Untergrund geschrieben. Darunter stand in Rot „Das Bootscafé". Einige der Besucher riefen ihre Anerkennung aus, anderen entfuhr ein „Ah!" oder „Oh!" vor Verblüffung. Summer schaute hoch und fing Jennys Blick auf, die ihr zunickte und ihr ein kleines, verständnisvolles Lächeln schenkte. Summer war so erleichtert darüber, dass sie nur noch grinsen konnte.

„Zum Dank für dein edelmütiges Walten und deiner Erhabenheit zu Ehren bieten wir deiner Majestät und deinem Hofe dieses Trankopfer dar." Sie opferte diesmal fast den gesamten Flascheninhalt an den Fluss und wandte sich zu der Gruppe um. „Lasst uns den neuen Namen des Cafés gebührend feiern. Wir haben frische Madeleines mit dick Marmelade und Sahne für alle. Also bleibt bitte auf einen Kaffee oder Tee und probiert unseren Kuchen. Außerdem gibt es drinnen Holzschnitzereien zu kaufen, die der gute Norman angefertigt hat, und solltet ihr noch Appetit auf etwas Stärkeres oder eine richtige Mahlzeit haben, empfehle ich euch den Black Swan, der auch geöffnet hat. Buchungen sind hier bei uns ebenfalls möglich. Wir bieten ab sofort Privatfeiern inklusive Flussfahrt an. Dazu sprecht bitte Harry oder mich an. Vielen, vielen Dank für euer Kommen und dafür, dass ihr diesen besonderen Tag mit uns gemeinsam feiert. Ich hoffe sehr, dass ihr uns an Bord der Madeleine oft besuchen kommt."

Als die Menschenmenge sich auflöste – einige strebten dem Café zu, andere dem Black Swan oder den Gartentischen –, zog Mason Summer auf die Seite. „Das hast du wirklich gut gemacht", sagte er und küsste sie auf die Nase. „So ein schöner Tribut an deine Mum."

„Es kommt mir ein bisschen wie ein Hokuspokus vor", gab Summer zu. „Nicht der neue Name, aber die Zeremonie. Und eine Verschwendung von gutem Sekt sowieso."

„Ich glaube nicht, dass die Flussgötter es so sehen. Außerdem habe ich noch eine Flasche in meinem Kühlschrank kalt gestellt. Für heute Abend, wenn alles vorbei ist. Nur für uns zwei. Diese Gottheiten haben ihren Anteil gehabt."

„Mason Causey", sagte sie und schaute zu ihm auf. Sie erlaubte es sich sogar, sich einen Moment in seinem Blick zu verlieren, aber nur ganz kurz. „Weißt du eigentlich, dass du einfach perfekt für mich bist?"

„Weiß ich." Er küsste sie wieder. „Aber je länger du hier herumstehst und mich ansiehst, umso länger muss Harry das Café allein führen."

„Gutes Argument. Was machst du jetzt?" Sie wandte sich langsam zum Café um.

„Ich komme mit rein und bestelle mir einen Espresso und ein Bacon-Brötchen", sagte er mit einem verschmitzten Grinsen. „Was denn sonst?"

Summer zog ihr festliches Wiedereröffnungs-Kleid aus und schlüpfte in Jeans und Kapuzenpulli, bevor sie hinüber zur Sandpiper lief, wo Mason sie auf seinem Boot und in seinen Armen willkommen hieß und sie lange und ausgiebig küsste.

„Du duftest nach Kuchen."

„Ja, das ist ein neues Parfum", erwiderte sie. „Ich dachte, für das Café muss ich einfach alles geben."

„Du gibst immer alles. Ein erfolgreicher Tag?"

„Der beste überhaupt." Sie seufzte. Es tat gut, sich nach einem Tag auf den Füßen richtig ausgepowert zu fühlen nach all dem Aufräumen, Servieren, Unterhalten und Lachen mit den Kunden. „Die neuen Kuchen sind super angekommen, und echte Katastrophen gab es auch nicht, bis auf eine Beinahekatastrophe. Ein Eichhörnchen ist durchs Fenster reingeklettert, und Latte ist durchgedreht, als sie versuchte, es zu erwischen. Dann hatte ich noch einen Haufen Nachrichten vom Support der Twitter- und Facebook-Seiten. Die Madeleine ist offiziell eröffnet."

„Und wird ausschließlich Glück haben, weil du die Flussgötter günstig gestimmt hast."

„Ganz genau", sagte sie triumphierend. „Und jetzt bin ich hier, um meine Belohnung abzuholen."

Mason neigte sich ein wenig hinab, um ihr den Hals zu küssen. „Möchtest du nicht erst mal den Sekt?"

Summer lachte auf und wand sich unter seiner Berührung. „Du Schlingel!"

„Okay, dann komm." Er grinste sie an, holte zwei Gläser aus dem Schrank und die Flasche aus dem Kühlschrank. Summer sah gleich, dass es ein hochwertiger Sekt war.

Sie gingen hinaus in die kühle Abendluft, und Mason hob seine Liebste auf das Dach der Sandpiper, reichte ihr die Flasche und die Gläser hinauf. Er nahm Archie und Latte ebenfalls mit hoch, bevor er selbst hinaufkletterte und sich neben Summer hinsetzte. Dann ließ er den Korken knallen und schenkte ein.

Es war kurz nach sieben, und die Sonne ging langsam unter, mit endloser, türkisfarbener Dämmerung über ihnen. Die hellsten Sterne begannen sich zu zeigen. Lichter von den Booten in den temporären Anlegestellen und den großen Fenstern des Pubs glühten golden, während sich die Dunkelheit nach und nach herabsenkte. Summer hörte Flügelgeflatter, Enten stoben davon, und Valerie rief Mike und Harvey zum Essen herein.

Willowbeck verschloss sich langsam vor der Nacht, Türen gingen zu, Vögel nahmen ihre Ruheplätze ein, die Wasseroberfläche glättete sich zu einem dunklen, tintigen Nichts.

Summer überlief ein Schauer des Entzückens, und sie rückte näher an Mason heran, legte ihm einen Arm um den Körper und stieß mit ihm an. „Auf Willowbeck und die Magie, die es zu bieten hat", sagte sie leise, um die abendliche Ruhe nicht zu durchbrechen.

„Auf Summer Freeman", fügte Mason hinzu, „und die Madeleine. Auf die Sandpiper, ein üppiges Wildtierleben und einen endlosen Strom von Kuchenliebhabern, und auf unsere Zukunft auf dem Fluss. Unsere gemeinsame Zukunft."

„Auf uns", sagte Summer, und sie tranken beide. Es war alles so rundum vollkommen, so kühl und erfrischend, wie sie es sich nur wünschen konnte.

„Ich muss morgen ins Naturschutzgebiet", sagte Mason. „Ich würde gern den ganzen Tag im Café bleiben und Kaffee trinken und deine neuen Torten probieren, aber sie wollen, dass ich den Abschnitt fotografiere, den sie gerade eingerichtet haben."

„Kein Anzeichen, dass deine Arbeit dort ausläuft?"

„Nicht die Bohne. Und wenn, dann gibt es jede Menge andere Sachen im Umkreis. Alles Arbeit, bei der ich hier in Willowbeck bleiben kann."

„Ich weiß, wir können hingehen, wohin wir möchten, und es gibt andere hübsche Dörfer und Fluss- und Kanalstrecken, aber dieser Ort hier fühlt sich für mich wie zu Hause an, und ich möchte gar nicht weg."

„Das brauchst du auch nicht. Ich liebe Willowbeck, und ich liebe dich, und ich werde nirgendwo hingehen."

„Ah, aber liebst du mich *genauso* sehr wie Willowbeck?" Sie drehte sich zu ihm und konnte gerade so seine Konturen in der zunehmenden Dunkelheit ausmachen.

„Bestimmt kennst du die Antwort darauf."

Summer nahm sein Gesicht in ihre Hände, küsste ihn fest auf die Lippen und sagte dann: „Ja, weiß ich. Willowbeck kann von Glück sagen, dass es dich hat."

Als es Nacht wurde, lagen sie beide auf dem Bootsdach und schauten nach oben. Summer fühlte, wie Mason seufzte, und sie genoss die Berührung an ihrer Taille. „Ich wüsste gern, woran du jetzt denkst", sagte sie.

„Nur daran, wie glücklich ich bin." Sie hörte ein Kratzen in seiner Stimme, als wäre eine Spur von Rauch noch darin übrig geblieben, aber sie kannte ihn jetzt gut genug, um zu wissen, dass es ein Zeichen dafür war, dass tiefe Gefühle ihn bewegten. Sie erwiderte nichts, ließ ihn reden. „Selbst bevor ich auf den Fluss gezogen bin, selbst nach allem, was passiert ist, glaube ich nicht, dass ich mich jemals so zufrieden oder so hoffnungsvoll gefühlt hab wie jetzt. Voller Hoffnung auf die Zukunft. Und das alles wegen dir. Erinnerst du dich an den ersten Tag, als Archie deinen Bacon geklaut hat und du dich über Valerie geärgert hattest, weil sie meinte, Maddy würde dich behüten? Und wie du mir Jennys vergifteten Kuchen gegeben hast?"

Summer lachte auf. „Wie könnte ich das vergessen? Ich hab mich furchtbar aufgeführt."

„Du warst in der Falle wie ein Vogel im Käfig. Du warst, wo du nicht sein wolltest. Ich habe das deutlich gespürt."

„Hm, und ich dachte damals, du wärst einfach schmuddelig und unorganisiert …"

„Im Ernst?" Sie merkte, wie er sich leicht aufrichtete, und sein Ton enthielt etwas Herausforderndes.

„… und total liebenswert", beendete sie ihren Satz. „Ich wollte mit den Händen durch deine Haare fahren, obwohl ich mich so geärgert hatte."

„Diese Haare?", sagte Mason und schüttelte den Kopf. „Alle sind verrückt danach. Es ist wie eine Superkraft."

„*So* ein Don Juan bist du also", neckte Summer. Sie verfielen in ein angenehmes Schweigen bei dem Versuch, Sternkonstellationen in der Ferne über sich auszumachen. Summer konnte sich noch immer nicht die Namen merken und nahm sich vor, sich ein Buch oder eine App zur Sternenkunde zu besorgen. Latte lag so nah bei ihr, dass ihr kleines Hundekinn auf Summers Knöchel ruhte.

„Mason?"

„Ja?"

„Glaubst du, Mum schaut wirklich auf uns herunter, wie Valerie sagt?"

„Also wenn, denn beglückwünscht sie dich jedenfalls für die Auswahl deines Freundes."

„Ich mein es ernst."

„Ja, klar. Entschuldige." Er küsste ihre Stirn, und sie hörte ihn wieder seufzen. „Ich glaube, sie wird immer bei dir sein, in deinem Herzen und deinen Erinnerungen, in den Dingen, die sie dich gelehrt hat – das Café zu führen, im Angesicht von Widrigkeiten stark zu sein, vergeben zu können. Sie wird immer ein Teil deines Lebens bleiben, aber auf dich herabschauen? Ich weiß nicht. Ich glaube nicht an Geister, aber sag es bitte nicht Valerie."

„Kein Problem. Dein Geheimnis ist bei mir sicher."

Als die Temperatur weiter sank, entschieden sie, den restlichen Sekt drinnen zu trinken, in Masons gemütlicher Kabine. Als er ihr vom Dach hinunterhalf, fiel Summers Blick auf die Brücke von Willowbeck. Das Licht war verschwunden, und der Schimmer der Laternen am Leinpfad reichte nicht bis zu der Steinstruktur, aber eine Sekunde lang meinte sie, dort jemanden stehen zu sehen, eine Frau, einen Schimmer von blondem Haar, das in einen langen Zopf geflochten war. Sie blinzelte, und da war niemand mehr auf der Brücke, und sie stand auf dem Deck der Sandpiper, in Masons Armen.

„Alles okay?", fragte Mason etwas verwundert.

„Ja. Ich dachte nur gerade, ich hätte etwas gesehen, aber da ist nichts. Meine Augen haben mir nur einen Streich gespielt. Gehen wir rein, es wird kalt."

Bevor sie ihm nach drinnen folgte, blieb sie kurz an der Tür stehen und schaute noch einmal zu dem Brückenbogen. Wie viel Wahrheit mochte wohl in Valeries Überzeugungen stecken, dass ihre Mum noch immer an ihrer Seite war, unbemerkt, und Elizabeth Proudfoot und der Gärtner Jack am Ende doch vereint gewesen waren?

Sie war der Meinung, dass man so etwas wie die große Liebe, wenn überhaupt, dann am ehesten hier finden würde. Wer würde es sich nicht wünschen, in Willowbeck zu bleiben – und sich aus ganzer Seele zu verlieben? Sie jedenfalls hatte es getan. Sie hatte sich entschieden, zu bleiben, und sie hatte sich verliebt, in den Ort und in den wunderbaren Naturliebhaber, der gerade den Rest aus der Sektflasche in Gläser goss und dabei vor sich hin pfiff, während Archie und Latte ihm um die Füße wuselten, in der Hoffnung auf einen Krümel von etwas Leckerem aus dem Kühlschrank.

Summer starrte noch ein paar Sekunden länger auf die Brücke, und kurzerhand winkte sie, auch wenn sie es selbst ein wenig lächerlich fand, in die Dunkelheit. Dann zog sie die Tür hinter sich zu, schloss die Nacht aus und dafür ihren Mason in die Arme. Hier, in Willowbeck und bei ihm, war sie wirklich zu Hause.

– ENDE –

Archies Abenteuer

Mason Causey hatte seinen Hund verloren. Er stand auf dem schwarz-weiß karierten Fußboden in der Kombüse seines Kanalbootes, der Sandpiper, und drehte sich langsam im Kreis. Zerstreut fuhr er sich dabei mit der Hand durch die dunklen Locken. So lange konnte er nicht abgelenkt gewesen sein. Außerdem – wohin konnte Archie schon gelaufen sein? Es war ein Narrowboat, also ein zwar relativ langes, aber sehr schmales, übersichtliches Hausboot. Er kontrollierte die Schlafkabine und das kleine Bad, fand aber auch dort keine Spur von dem kleinen Border-Terrier. Der Vierbeiner lag auch nicht wie sonst oft lang ausgestreckt auf dem Sofa, wo er sich faul auf den Rücken drehte, sobald Mason vorbeikam, um ihn aufzufordern, ihm den Bauch zu kraulen. Das Sofa war ja auch vollständig von Fotoutensilien bedeckt: Linsen, Taschen Stativ. Er hatte nicht den kleinsten Platz für Archie gelassen, an dem er bequem ein Schläfchen hätte machen können.

Er seufzte. Archie hatte ganz offensichtlich entschieden, mit ihm Verstecken zu spielen, weil er sauer auf ihn war. Immerhin hatte sein Herrchen es vorgezogen, die Fotos von heute früh aus dem Naturschutzgebiet durchzusehen, statt sich mit seinem Hund zu beschäftigen. Mason lief durch das Boot, schaute unter Bett und Sofa nach – obwohl dort nicht mal genug Platz war, um eine Maus zu verstecken, und erst recht keinen Border-Terrier – und sogar in der Waschmaschine. Plötzlich durchfuhr ihn ein Gedanke. Als er nach Hause gekommen war, hatte er ziemlich zu kämpfen gehabt, um die schlammigen Boots von den Füßen zu bekommen. Im Eingangsbereich. Er ging zu der zweiflügeligen Bugtür und drückte leicht dagegen. Die Flügel schwangen nach außen auf. Die Tür war nicht verriegelt.

„Verflucht“, murmelte er. Schnell zog er die Boots wieder an, befreite sich von Archies Leine, die sich an ihm verfangen hatte, als wollte sie ein Zeichen setzen, nahm seine Schlüssel und schloss die Tür hinter sich ab.

Es war ein herrlicher, frischer Herbsttag von der Art, die einem das Gefühl gab, ein Verbrechen zu begehen, wenn man nicht hinausging. Irgendwie hatte der Hund recht. „Archie!“, rief Mason, sobald er von Bord auf den Leinpfad gesprungen war. „Archie! Hierher!“ Er formte mit den Händen vor dem Mund ein Sprachrohr, in der Hoffnung, dass der Ton weit tragen würde und der Hund im nächsten Moment wie der Blitz angewetzt käme. Einen Versuch war's wert, dachte er und wandte sich in Richtung der Madeleine, Summers Bootscafé. Sie hätte bestimmt eine Idee – wenn sie ihn genug ausgelacht hatte.

Willowbeck strahlte in seinem Herbstmantel. Der Fluss hatte heute die Farbe von Indigo, war tief, kühl und gekräuselt, und die Blätter der Weiden, die ihn säumten, hatten denselben goldenen Ton wie die untergehende Sonne. Es ging eine angenehme, kühle Brise, und der Himmel war wolkenlos blau.

Als Mason sich der Madeleine näherte, tauchte an der Luke jemand auf, der zuvor drinnen im Schatten gewesen war, und unwillkürlich erhellte sich sein Gesicht, trotz seiner misslichen Lage.

„Magst du ein Bacon-Sandwich zum Mittagessen?“, fragte Summer, langte nach draußen und zog ihn zu sich, um ihn zu küssen. Mason stieß sich den Kopf am oberen Lukenrand, fühlte es aber kaum, weil bei Summer zu sein und sie zu küssen alles andere in den Hintergrund rücken ließ. Fast alles. Er durfte sich nicht von der Suche nach Archie ablenken lassen.

Summer lehnte sich zurück und zerstrubbelte seine Locken. Ihre Augen blitzten. „Tut's weh?“, fragte sie und konnte sich ein Lachen nicht verkneifen. „Sorry.“

„Ach, der Kopf ist okay. Es ist nur wegen Archie."

Summer wurde ernst. „Was ist denn? Ist was passiert?"

„Er ist verschwunden. Ich hab an meinen Fotos von heute Morgen gearbeitet, und als ich mich umsah, war er weg. Hm, ich muss wohl vergessen haben, die Tür zu verriegeln, also …"

„Er wird nicht weit gelaufen sein", sagte Summer. „Du kennst ihn doch. Er sucht das Abenteuer, aber er weiß, wie gut er es bei dir hat. Er kommt sicher schnell zurück."

„Schon, aber ich kann nicht zu Hause sitzen und auf ihn warten. Ich werde ihn schon suchen müssen."

„Okay, dann nimm Latte mit. Ich könnte mir vorstellen, dass sie ihn anzieht wie die Brieftaube der Taubenschlag."

Mason ließ die Schultern hängen. „Ja gut. Und hältst du …"

„… die Augen offen? Klar. Wenn er hierherkommt, bellt er sowieso an der Tür. Also lass besser dein Handy eingeschaltet."

Sie verschwand einen Moment und kam mit einem kleinen Bichon Frisé im Arm zurück, der wild zappelte. Er hatte eine knallrote Leine um. Sie reichte den Hund hinaus, und Mason nahm ihn und ließ ihn seine Wange lecken, bevor er ihn auf dem Boden absetzte.

„Du weißt immer, was zu tun ist", sagte er, beugte sich noch einmal zu Summer, wobei er aufpasste, nicht wieder die Lukenkante mit dem Kopf zu treffen, und gab ihr einen langen Kuss. Da war wieder dieses wohlbekannte Prickeln, die Zufriedenheit, und er legte sacht eine Hand an ihre Wange und wischte einen Mehlfleck weg. „Ich melde mich, wenn ich ihn gefunden habe."

„Dann kannst du dir einen Espresso und ein Brötchen holen. Ich möchte alles über heute Morgen im Wildreservat hören."

„Kann's kaum erwarten." Er schaute ihr noch nach, als sie sich wieder den Gästen im Café zuwandte, die sie fast so sehr vergötterten wie er, dann warf er noch einen Blick auf die

Sandpiper, um sicherzugehen, dass Archie nicht inzwischen mit eingezogenem Schwanz zurückgekehrt war, und ging dann mit Latte im Schlepptau den Pfad hinauf.

„Okay, Latte“, sagte er. „Lass mal sehen. Wo könnte Archie hin sein? Wohin geht er wohl an so einem schönen Tag? Über die Felder? In den Wald?“

Der Vierbeiner schaute zu ihm hoch und bellte kurz. Mason wünschte sich – nicht zum ersten Mal –, er würde die Hundesprache beherrschen. Dann fiele es Archie vielleicht auch nicht so leicht, ihn immer wieder zu übertölpeln. Weggelaufen war der Kleine aber noch nie, darum machte sich jetzt auch ein leichter Anflug von Panik bei ihm breit. Er musste etwas tun, also ging er weiter über den Pfad, zur Cosmic, dem dunklen, pupur-goldenen Boot, auf dem Valerie wohnte.

Er klopfte an, und wenig später stand ihm die Wahrsagerin gegenüber, das lange rote Haar ausnahmsweise offen und weich um die Schultern fallend. Harvey, einer ihrer Kater, schlüpfte durch die Tür, und Latte begann zu kläffen. „Schsch“, sagte er und hielt die Hündin an der Leine auf Abstand, als sie versuchte, an Harvey heranzukommen, der auf die Decksitze gesprungen war.

„Mason, grüß dich.“ Valerie strahlte ihn an. „Was kann ich für euch beide tun?“

„Hast du vielleicht Archie gesehen?“, kam er gleich zur Sache. „Er hat es geschafft, mir vom Boot zu entwischen.“

Valerie neigte den Kopf. „Seit wann ist er denn schon weg?“

„Weiß nicht, vielleicht eine Stunde?“ Mason merkte selbst, wie verzweifelt er klang. „Ich hab gearbeitet und nicht gemerkt, dass die Tür nicht richtig zu war.“

„Oh, Mason“, stöhnte Valerie nachsichtig und legte ihm eine Hand auf die Schulter. „Dieses clevere Hündchen … Ich hab ihn aber seit gestern nicht gesehen, als du mit ihm abends Gassi gegangen bist. Dann halte ich mal die Augen offen. Harvey und Mike werden sicher dasselbe tun.“

Latte versuchte noch einmal, Harvey zu erwischen, und Mason nahm das Hündchen auf den Arm. Es fiel ihm nicht leicht, das kleine, zappelnde Wesen unter Kontrolle zu halten. „Danke."

„Und pass auf, dass du nicht auch noch Summers Hund verlierst. Einer am Tag ist mehr als genug."

Mason schaute verdattert drein, aber Valerie lächelte schelmisch und schickte ihn mit einer Handbewegung fort. Er trat wieder auf den Leinpfad und wusste nicht recht, wohin er sich wenden sollte. Weder Summer noch Valerie schienen überrascht oder auch nur im Geringsten besorgt über Archies Verschwinden. Das wertete er als gutes Zeichen. Als nächste Anlaufstelle nahm er sich den Black Swan vor.

Von den Tischen im Außenbereich hörte man schon das Gemurmel der Leute, die sich vom Sommer, den Gesprächen und Getränken im Freien noch nicht ganz verabschieden wollten. Mason fragte an jedem Tisch, ob man vielleicht einen Border-Terrier hatte herumlaufen sehen. Er erntete mitleidige Blicke und verneinendes Kopfschütteln. Niemand hatte seinen Hund gesehen. Er schaute noch unter den Tischen nach, um sicherzugehen, bevor er in den Pub hineinging.

Er zwinkerte, wartete, bis seine Augen sich an das Halbdunkel gewöhnt hatten, und entdeckte Dennis an der Bar.

„Mason! Bisschen früh für dich, wie? Oder kommst du zum Mittagessen?"

Wie aufs Stichwort knurrte sein Magen. Ihm fiel ein, dass ein Bacon-Brötchen in Summers Boot auf ihn wartete, wenn alles gut ging und der Hund wieder bei ihm war.

„Hast du vielleicht Archie gesehen?", fragte er und erzählte seine Geschichte zum wiederholten Mal.

Dennis zeigte echte Besorgnis. „Tut mir leid", gab er bedauernd zurück. „Heute noch nicht. Und wenn er auch clever sein mag – was er ja sein muss, um dich zu überlisten –, kann er kaum unsere großen, schweren Türen geöffnet haben."

„Okay, danke, Dennis“, sagte Mason, der versuchte, nicht zu verzagen. Vielleicht war es das. Archie hatte ihn mit seiner Bockigkeit schon sehr nah an seine Grenzen gebracht. Was, wenn er jetzt wirklich weg war? Er hatte nicht genug auf ihn aufgepasst. Er war immer recht entspannt damit umgegangen, wie der Hund sich benahm, solange niemand dadurch zu Schaden kam. Vielleicht hätte er es kommen sehen müssen.

Wieder blinzelte er, als er in den herbstlichen Sonnenschein hinaustrat, schaute über die herrlich pittoreske Flusslandschaft von Willowbeck: die farbenfrohen Kanalboote, die am Ufer lagen, Enten, die unbeschwert übers Wasser glitten, Gänse, die sich Gras rupften und zwischen den Gartentischen herumwatschelten. Die Kurzzeitaanlegeplätze waren leer, und er dachte daran, wie es hier ausgesehen hatte, als er vom Naturschutzgebiet zurückgekehrt war. Plötzlich blitzte eine Horrorvorstellung in ihm auf: Archie konnte gestohlen worden sein. Er bückte sich und kraulte Latte. Ihre Anwesenheit tröstete ihn ebenso, wie sie ihn traurig machte. Er musste Archie einfach finden! Nach Summer war der Hund das einzige Wesen hier, ohne das er nicht leben konnte.

Norman besuchte er als Nächsten, aber auch der alte Mann schüttelte den Kopf, als er ihm seine Notlage erklärte. Er fühlte sich schon gescholten, bevor Norman überhaupt zu reden begann.

„Lässt die Tür offen, Jungchen? Pah, bei dem Hund! ’n Houdini ist der. Dass du ’n so lang halten konntest, is ’n verdammtes Wunder. Jawohl, ’n Wunder. Ehrlich.“

„Dann hast du ihn nicht gesehen?“

„Seit er vorgestern meine Angel umgeschmissen hat, nich’ mehr.“ Er schwenkte seinen Kopf nach hinten, als wollte er mit der Geste in die Vergangenheit zeigen.

„Das tut mir leid. Wirklich.“

„Nix passiert.“ In Normans Augen blitzte es amüsiert auf. „Sieh zu, dass ’n findest. Wär nich’ dasselbe hier ohne den, auch wenn er ’n Tunichtgut is’.

„Danke“, sagte Mason mit rauer Stimme. Er ging zurück ans Ufer und stemmte die Hände in die Hüften, in Erwartung einer Inspiration. Latte legte sich zu seinen Füßen hin, schnüffelte sanft an ihnen, und Mason kraulte sie hinterm Ohr. Hätte er nur den Riegel kontrolliert. Wenn er nur nicht so sehr mit seinen Fotos beschäftigt gewesen wäre! Er hatte ein paar richtig gute gemacht, von einer Gruppe Schwanzmeisen in einer hohen Baumkrone, ihre dicken, kleinen, altrosa Körper im Pulk, während sie mit ihren langen Schwanzfedern zuckten und wedelten, fast wie winzige, fluffige Hunde.

„Archie!“, rief er. „Archie, komm schon!“ Latte machte gleich mit und kläffte mit ihrer weichen, hohen Hundestimme, dass Mason von ihrer Loyalität gerührt war. Nur wenige Wochen zuvor hatte er Summer Fotos von den Vögeln gezeigt und ihr erklärt, dass die Schwanzmeise im Volksmund auch „Bumbarrel“, also „Popofässchen“, genannt wurde, weil ihr Nest wie ein Fässchen geformt war und sie durch ein Loch hinein- und wieder herausschlüpfte. Summer hatte so sehr gelacht, dass sie Tränen in den Augen gehabt hatte, und wäre fast von seinem Schreibtischstuhl gefallen.

„Mason!“ Er schaute auf, als er Summers wohltönende Stimme hörte, und sah, dass sie ihm aus der Luke der Madeleine zuwinkte. „Noch kein Glück?“, rief sie.

„Noch nichts!“ Er hoffte, lässig auszusehen, damit sie nicht merkte, wie unruhig er in Wirklichkeit war. Dabei wusste er doch, dass er sich selbst etwas vormachte. Summer merkte es immer, wenn er versuchte, Unruhe, Angst oder Aufregung zu verstecken. Auch, wenn er Raum brauchte – für sich allein sein wollte. Sie konnte ihn besser lesen als er sie, und das war okay so. Seit sie sich endlich ihre Gefühle füreinander eingestanden hatten, alle Hürden genommen waren, alle Geheimnisse offengelegt und alle Verwirrungen geklärt waren, wusste Mason, dass Summer seine Rettung war. Er konnte nicht ohne sie sein, fragte sich, wie er es jemals geschafft hatte, ohne sie auszukommen. Die Sandpiper trug nun auch Spuren ihrer Anwesenheit: ihre Zahnbürste in dem Becher im Bad, ein blasslila Morgenmantel aus dünnem, fließendem Stoff über seinem in der Schlafkabine, ein paar neuartige Gebäcke, die sie ausprobiert hatte, auf seiner Küchenarbeitsplatte. Die blieben allerdings nie lange dort. Selbst wenn Summer nicht selbst dort war, blieb sie doch immer präsent.

„Ich weiß, du machst dir Sorgen", sagte sie jetzt, als er sich ihr näherte, „aber er wird wiederkommen. Ganz sicher."

„Wie kannst du so sicher sein? Was, wenn jemand auf einem vorbeifahrenden Boot ihn am Ufer gesehen und einfach mitgenommen hat? Oder wenn er zu weit über die Felder gelaufen ist und nicht mehr nach Hause findet? Vielleicht hat er eine Gans gejagt und sich in den Wasserpflanzen verfangen." Unwillkürlich war Mason beim Sprechen immer lauter und aufgeregter geworden, aber er konnte es nicht ändern. Die Möglichkeiten verstärkten, während sie ihm in den Sinn kamen, nur noch seine Angst, weil jede ein immer schlimmeres Szenario darstellte.

Summer fasste nach seiner Hand, hielt sie fest, und mit der anderen drehte sie ihn so, dass er sie ansehen musste. „Archie kommt zurück", sagte sie mit zuversichtlicher Stimme. „Er ist nur auf Erkundungsgang, das ist alles. Du musst Vertrauen haben. Wo überall hast du schon nachgesehen?"

Mason berichtete es ihr, und sie hörte zu, die Ellenbogen auf die Ablage der Luke gestützt, ihr langes, rotblondes Haar wehte leicht im Wind. „So weit, so gut. Wenn jeder nach ihm Ausschau hält …"

„Bacon ist fertig!", rief Harry, Summers beste Freundin und Geschäftspartnerin im Café, von drinnen. „Oh, Mason." Sie war neben Summer aufgetaucht. „Wie geht's? Ich hab dich gar nicht gesehen. Den Bacon hab ich von der Platte genommen. Möchtest du ein Brötchen damit? Wir wollen zwar ein bisschen für ein neues Rezept verwenden, aber bestimmt kannst du ein oder zwei Rashers … Mason?" Sie runzelte kurz die Stirn.

„Sorry, Harry, ich bin nur gerade …" Er schaute wieder Summer an, die gleich merkte, dass ihm etwas durch den Kopf ging. „Kannst du Latte kurz nehmen?" Schon hielt er den kleinen Hund vor die Luke.

„Klar", sagte Summer schnell und nahm den kleinen Kläffer entgegen. „Viel Erfolg!", rief sie noch, aber Mason rannte bereits den Leinpfad hinunter an der Sandpiper und der Celeste vorbei zu der Geschäftszeile aus drei Läden, die zum Fluss gewandt dastanden: dem Kioskladen, dem gemütlichen Souvenir- und Geschenkladen und der Metzgerei von Willowbeck. Er platzte nur so beim Metzger herein und rang nach Atem. Adam wandte sich ihm mit einem breiten Lächeln zu.

„Archie", stammelte Mason. „Hast du Archie gesehen? Hat er – es tut mit total leid, wenn er was geklaut hat – also, wenn er Bacon geklaut hat."

Adam lächelte noch breiter und schaute etwas verwirrt drein. „Archie? Nö, du, der ist mir heute noch nicht über'n Weg gelaufen."

Mason, der gerade ziemlich sicher gewesen war, auf der richtigen Spur zu sein, sackte ein wenig zusammen. „Bist du sicher? Er ist nicht vielleicht hinten oder …"

Adam schüttelte den Kopf. „Nein, tut mir leid. Die Tür ist zu, siehst du?" Er deutete nach hinten. „Das wüsste ich auch, wenn das Kerlchen die Gelegenheit gehabt hätte, an die Vorräte zu gehen, das kannst du mir glauben. Ich muss dich zwar enttäuschen, aber dass er nicht hier ist, finde ich eigentlich nicht so schlimm."

„Stimmt, da hast du recht", gab Mason zu und bedankte sich bei Adam.

Wieder zurück im Sonnenschein, ließ er sich an der Wand des Metzgerladens ein Stück hinuntergleiten und machte die Augen zu. Er hätte eben einfach die blöde Tür richtig zumachen sollen. Ganz im Ernst – was hatte er sich eigentlich dabei gedacht? Okay, wenn Archie jetzt für immer weg war, hatte er das ganz allein sich selbst zuzuschreiben. Er schluckte den Klumpen hinunter, der sich in seiner Kehle bildete. Ihm wurde klar, dass Latte ihm dann nie verzeihen würde. Die beiden Hunde waren unzertrennlich – normalerweise. Wenn Archie nur stattdessen zu ihr gelaufen wäre.

„Entschuldige bitte, Mason?"

Er öffnete die Augen wieder. Das Gesicht einer Frau schien direkt vor ihm zu schweben. Ihr dunkles Haar war straff nach hinten gekämmt, aber aus braunen Augen sah sie freundlich auf ihn herab. Sie trug eine cremefarbene Seidenbluse, einen schwarzen Bleistiftrock und Lack-High-Heels.

„Carole", sagte Mason, als er sie erkannte. Sie führte den Geschenkladen, und er hatte schon ein paar Mal mit ihr gesprochen. Bei ihr hatte er sogar das Holzschild für Summer gekauft, auf dem stand: *Das Leben ist kurz, also schleck immer die Schüssel aus.* Er hatte gedacht, sie könnte es über der Tafel an der Theke aufhängen, aber sie hatte es lieber in ihrer Wohnkabine angebracht, weil sie unsicher war, was die Gäste – oder die Lebensmittelkontrolleure – von diesem speziellen Lebensmotto halten würden, wenn sie ihnen den frisch gebackenen Kuchen servierte. „Wie geht's?", fragte er.

„Gut, danke. Ich möchte dir nur etwas zeigen."

Mason seufzte. „Entschuldigung, Carole, aber das passt gerade nicht so gut. Leider muss ich …"

„Nur eine Minute", beharrte sie, „bitte." Sie hielt ihm die Hand hin, als wenn sie ihm aufhelfen wollte, drehte sich aber um und ging in ihren Laden. Mason konnte nichts anderes tun, als ihr zu folgen.

Caroles Laden war ein Hort an beruhigenden Pastelltönen und weichem Mobiliar. Es gab Kissen, Türschilder aus Holz mit eingebrannten Aufschriften, tierförmige Türstopper aus Stoff, Schlüsselringe und kleine Spiegel mit Dekorahmen. Es duftete nach zu vielen Duftkerzen. Carole ging zu der Ecke des

Raumes, die am weitesten von der Tür entfernt lag, gegenüber von der Kasse.

„Ich hab das hier vor ein paar Minuten gefunden", sagte sie zu Mason gewandt, und ihre Lippen zuckten. „Ich weiß nicht recht, wie ich es mir erklären soll, außer vielleicht, dass dein Hund es irgendwie gelernt hat, Türen zu öffnen. Den ganzen Morgen war niemand hier."

„Mein Hund?", schaffte Mason zu sagen. Sein Herz klopfte wild. Er folgte Carole, die ihm zeigte, wohin er schauen musste. Unter einem Tisch voller Bilderrahmen mit Haustiermotiven stand ein geflochtener Geschenkkorb, in dem etwas Braunes lag, das Fell hatte und auf den ersten Blick überhaupt nicht unpassend wirkte – inmitten all der Weichheit im Laden. Wenn man genauer hinschaute, merkte man, dass es lebendig war. Seine Brust hob und senkte sich, und ein schwarzes Auge ging langsam auf.

„Archie!", rief Mason. Erleichtert fiel er auf die Knie und streckte die Arme aus, um seinen Hund in den Arm zu nehmen. „Was um alles in der Welt machst du hier?" Er drehte sich zu Carole um, versuchte, ernst zu schauen, konnte sich aber das Strahlen nicht verbeißen, so erleichtert und glücklich war er. „Es tut mir so leid. Ich zahle natürlich für alles, was er kaputt gemacht hat."

Sie schüttelte den Kopf. „Der Korb war leer – bis auf den Futterstoff. Ich erwarte eine Lieferung von Mini-Wärmflaschen mit Lavendelduft."

Mason nickte dümmlich. Er hatte keine Ahnung, wovon sie sprach. Archie reckte sich hoch und leckte ihm die Wange. „Du dummer Hund", sagte er und zwirbelte das Fell zwischen Archies Augen. „Na komm, raus aus Caroles Körbchen, sonst verkauft sie dich noch." Der Kleine sah ihn einen Moment an und hüpfte dann auf den Boden.

„Oh, und das da kannst du umsonst haben." Carole bückte sich und hob etwas Weißes aus dem Korb. „Ich glaube, davon ist er sehr angetan."

Sie gab Mason etwas, das er für einen schweren weißen Ball hielt, der allerdings sehr flauschig war. Bei näherem Hinsehen stellte sich heraus, dass es einer der tierförmigen Türstopper war, der wie ein kleiner weißer Hund mit wuscheligem, lockigem Fell geformt war. Er lachte laut auf. „Ein Mini-Latte." Er stand auf und steckte einen Finger unter Archies Halsband durch. „Sicher, dass ich es nicht bezahlen soll? Er hat es ziemlich durchgekaut."

Die Ladenbesitzerin winkte ab. „Ein Geschenk von mir an Archie. War schön, dass er mich besucht hat, aber ich muss wohl besser darauf achten, meine Tür richtig einzuklinken."

„Das müssen wir wohl beide. Vielen Dank, dass du ihn gefunden hast."

„Er hat wohl eher mich gefunden", sagte Carole und lächelte.

Mason spazierte zurück, tief nach vorn gebeugt, um Archie am Halsband zu führen. Er hatte nicht vor, ihn aus den Augen zu lassen.

Wieder an Bord, machte er den kleinen Gesellen an dessen Leine fest, wobei er ihn fest in die Arme nahm und an sich drückte. Archie sah ihn etwas perplex an, wedelte ansatzweise und schaute umher, als würde er nach einem Fluchtweg suchen, aber dann gab er nach und leckte Mason das Gesicht ab. Der hingegen war einfach nur erleichtert. Vielleicht war er nicht allzu sehr bei Archie in Ungnade gefallen.

Er stand auf und stellte den weißen Hündchen-Türstopper auf das Sofa, nahm seine Kamera und die Ausrüstung mit hinunter, damit Archie sich demnächst nicht sonst wo einen gemütlichen Platz suchen musste.

„Na komm schon", sagte er und hängte sich den Fotoapparat um. Sie gingen hinaus, und er verschloss die Tür hinter sich. „Gehen wir deine echte Freundin Latte besuchen. Wer weiß – wenn du dich noch eine halbe Stunde benimmst, kriegst du vielleicht sogar ein Stück Bacon." Er grinste und konnte sich eben noch das Pfeifen verkneifen, um nicht das ultimative Klischee des Glücks darzustellen.

So schlenderten sie in der Sonne den Leinpfad von Willowbeck entlang, unterwegs zu Latte, einem Bacon-Brötchen und – der größte Preis von allen für Mason – zu Summer Freeman an Bord des Bootscafés.

– ENDE –

Deutsche Erstveröffentlichung

Cressida McLaughlin

Leinen los – ein Jahr voller Hundeglück

Cat hätte sich vorher denken können, dass ein neugieriger Hundewelpe in einem Kindergarten nur Chaos bedeuten kann. Trotzdem, mit einer Kündigung hat sie nicht gerechnet. Wild entschlossen, sich nicht unterkriegen zu lassen, macht sie sich als Hundesitterin selbstständig. Und plötzlich hat Cat alle Hände voll zu tun, mit den Hunden, aber auch mit den Träumen und Problemen ihrer Besitzer. Zum Glück ist da Joe, der ihr bei alldem zur Seite steht …

ISBN: 978-3-95649-608-0
9,99 € (D)

Originalausgabe

Anne Barns

Apfelkuchen am Meer

Durch Zufall findet Hobby-Tortendekorateurin Merle im Blog einer Unbekannten ein Rezept für Töwerland-Torte. Genau dieses Rezept für die leckere Apfelbuttertorte wird seit jeher vertrauensvoll in ihrer Familie weitergegeben, von Generation zu Generation. Merle macht sich im Auftrag ihrer Mutter auf den Weg nach Juist, um die Bäckerin der Torte zu suchen. Auf der zauberhaften Insel findet sie heraus, dass es noch mehr Gehemnisse gibt, die in der Familie gehütet werden.

ISBN: 978-3-95649-710-0
9,99 € (D)

Originalausgabe

Cathrin Moeller

Mordsacker

Tragische Umstände haben Klara Himmel samt Familie ins mecklenburgische Mordsacker verschlagen. Doch hier liegt nicht nur der sprichwörtliche Hund begraben! Während die chaotische Großstädterin sich noch als brave Hausfrau versucht – und schon an einem simplen Käsekuchen scheitert – wird ihr Mann, der neue Dorfpolizist, zu seinem ersten Fall gerufen: Bauer Schlönkamp liegt tot in der Güllegrube. Leider erkrankt Klaras Göttergatte und sie wittert ihre große Chance auf etwas Nervenkitzel. Kurzerhand ermittelt Klara auf eigene Faust und bringt dabei nicht nur die dunkelsten Geheimnisse der verschworenen Dorfgemeinschaft zutage sondern schon bald sich selbst in Lebensgefahr ...

ISBN: 978-3-95649-681-3
9,99 € (D)

Tanja Janz

Mit dir auf Düne sieben

Originalausgabe

Jette ist die Hochzeitsplanerin in St. Peter-Ording. Mit Begeisterung organisiert sie den perfekten schönsten Tag im Leben – für andere. Nachdem sie kurz vor ihrem eigenen Jawort sitzengelassen wurde, hat sie für sich den Traum von einer Hochzeit in Weiß an den Nagel gehängt. Plötzlich taucht ihr Exverlobter Klaas wieder auf. Zur gleichen Zeit bekommt Jette den Auftrag, eine große Hochzeit zu planen. Doch die Braut in spe ist ausgerechnet Klaas' Verlobte.

ISBN: 978-3-95649-711-7

9,99 € (D)